# La Scala

Len Deighton

# La famiglia Winter

*Traduzione di*
Andrea Terzi

Rizzoli

*First published in Great Britain*
*by Hutchinson Ltd. 1987*


ISBN 88-17-67333-1

*Titolo originale dell'opera:*
*WINTER: A BERLIN FAMILY 1899-1945*

*Prima edizione: aprile 1989*

# La famiglia Winter

*«... il lettore deve ricordare*
*che le opinioni espresse dai personaggi*
*non sono necessariamente quelle dell'autore...»*

JAMES JONES

# PROLOGO

## *Norimberga 1945*

Winter entrò nella cella impreparato al cambiamento che il breve periodo di detenzione aveva operato sul suo amico. Il prigioniero aveva cinquantadue anni, e ne dimostrava almeno sessanta. I suoi capelli erano andati diradandosi per anni, ma adesso egli era divenuto un vecchio calvo. Giallastro in volto e scavato, era seduto sul lettuccio di ferro, i gomiti sulle ginocchia, una mano a sostenersi il mento non rasato. Come da regolamento, gli avevano tolto cintura, bretelle e cravatta, e l'abito su misura, opera di uno dei più rinomati sarti di Berlino, era adesso macchiato e sgualcito. Eppure, gli occhi cerchiati di nero erano gli stessi, e il mento puntuto con la fossetta lo rendeva immediatamente riconoscibile quale una celebrità del Terzo Reich, uno dei più fidati collaboratori del Führer.

«Mi ha mandato a chiamare, Herr Reichsminister?»

Il prigioniero alzò gli occhi. «Il Reich è kaputt, la Germania è kaputt, e io non sono un ministro: sono soltanto un numero.» Winter non riuscì a farsi venire in mente alcuna risposta per quel vecchio amareggiato. Da troppo tempo si era abituato a vederlo seduto dietro alla splendida scrivania intarsiata, nella stanza ad arazzi del ministero, attorniato da sottosegretari, segretarie e assistenti. «Sì, volevo vederla, Herr Doktor Winter. Si segga.»

Il visitatore ubbidì. Tutto, quindi, doveva essere formale.

«Volevo vederla, Herr Doktor Winter, e le spiego il perché. Mi avevano informato che lei era in prigione a Londra, in attesa di essere interrogato. Mi risulta anche che ognuno di noi, qui sotto processo, poteva scegliere qualsiasi concittadino tedesco di suo gradimento per il collegio di difesa, e che, se il prescelto fosse a sua volta detenuto, lo avrebbero rilasciato temporaneamente a tale scopo. Mi è parso evidente che un uomo in prigione debba rendersi conto di cosa voglia dire per me essere qui dentro.»

Winter si domandò se non fosse il caso di offrire all'ex Reichsminister una sigaretta, ma quando – ancora incerto – tirò fuori il prezioso pacchetto, l'uomo della polizia militare che sorvegliava dal corridoio ammonì seccamente: Vietato fumare, amico!».

L'ex Reichsminister parve ignorare la voce del poliziotto, e continuò: «Punto due: lei parla americano... lo parla fluentemente. Tre, lei è un avvocato maledettamente in gamba, e lo so per avere lavorato con lei molti anni. Quattro, ed è la cosa più importante, lei è Obersturmbannführer delle SS...». Vide Winter mutare espressione, e disse: «Qualche cosa non va, Winter?».

Winter si protese verso di lui: un atteggiamento che denotava preoccupazione e riserbo. «In questo stesso istante, a qualche centinaio di metri da qui, uno stuolo di avvocati americani sta stilando, per l'accusa, un documento che dichiari le SS organizzazione illegale. Se acquisito agli atti, un documento del genere renderebbe inevitabile la sentenza: galera, e forse morte, per chiunque ne fosse mai stato membro.»

«Benissimo» replicò stizzosamente il detenuto. Aveva sempre detestato quelli che definiva "insignificanti cavilli legali". «Non mi verrà a sostenere, così, di colpo, che non ha mai appartenuto alle SS? O sì?»

Per la prima volta da quando gli era stato comunicato che il ministro lo voleva nel collegio di difesa, Winter si sentì allarmato. Girò gli occhi tutto intorno alla cella per vedere se ci fossero microfoni. Non era affatto da escludere. Ricordava quell'edificio sin dai tempi in cui aveva lavorato per la Gestapo di Norimberga. Metà del materiale usato nel processo alle rimanenti camicie brune recalcitranti era provenuto dagli stenografi, i quali, mediante microfoni nascosti, avevano ascoltato quanto i prigionieri si erano detto. «A questo, non posso rispondere» disse Winter, a voce bassa.

«Non stia a rifilarmi i suoi "sissignore, nossignore, non lo so signore". Non mi serve un liberale dal cervello d'ovatta, tenero di cuore e filogiudeo, che cerchi di incasinare il mio processo per mezzo di sottili disquisizioni legali. L'ho mandata a chiamare perché è lei che mi ha messo in questa situazione. Non avevo certo dimenticato il suo duro lavoro per il partito. Ricordavo i bei tempi insieme, molto prima che sognassimo di arrivare al potere. Ricordavo come suo padre mi finanziò quando nessun altro mi avrebbe nemmeno permesso di entrare nel suo ufficio.

Animo, Winter! O si mette anima e corpo nella mia difesa, oppure esca di qui, e tanti saluti!»

Winter non poteva non ammirare il coraggio del vecchio amico. Le apparenze potevano ingannare: l'uomo non era il guscio, vuoto di nerbo, che egli aveva pensato che fosse; era ancora lo stesso spietato bastardo di sempre, per il quale aveva lavorato. Gli venne in mente il primo raduno politico nella Potsdamer Platz, negli anni Venti, e il relativo discorso: "Sotto le ceneri, divampa ancora il fuoco". Un tema ricorrente in tutte le sue allocuzioni, sempre, fino al 1945.

«Quei giudici, li combatteremo» esclamò Winter. «Li afferreremo per le caviglie e li scuoteremo fino a fargli uscire dalle tasche gli ultimi spiccioli.»

«Ora ci siamo!» disse il prigioniero. Era un'altra delle sue espressioni predilette. «Ora ci siamo!» ripeté Esser e quasi sorrideva.

«Tempo finito, compare!»

Winter guardò l'orologio. Mancavano ancora due minuti. Gli americani erano fatti così. Parlavano di giustizia e libertà, di democrazia e diritti umani, ma non mollavano mai di un millimetro. Inutile discutere: i vincitori erano loro. Tutto quel dannato processo di Norimberga non era altro che un gran fumo negli occhi, null'altro che l'opportunità, per americani, inglesi, francesi e russi, di far bella mostra di un'elaborata pretesa di rettitudine legale prima di giustiziare i vinti. Ma era meglio che l'ex Reichsminister non si rendesse conto in pieno dell'inevitabile verdetto. Meglio lottare fino in fondo e morire a testa alta. Per lo meno, sarebbe servito ad alimentare lo spirito combattivo. Raggiunta questa conclusione, Winter si sentì meglio. Sarebbe stata un'occasione per rivivere i vecchi tempi, anche se soltanto nel ricordo.

Quando Winter fu sulla porta, Esser lo richiamò. «Un'ultima cosa, Winter. Ho sentito parlare di un certo aggressivo colonnello americano del collegio d'accusa, un tipo alto, snello, con una bella divisa su misura e le unghie curate... uno che parla un perfetto tedesco con accento berlinese. Pare che abbia in odio tutti i tedeschi e non guardi in faccia nessuno; chiunque manda a chiamare, lo tratta a pesci in faccia. Adesso, risulterebbe che lo hanno mandato da Washington espressamente per incastrare me...» Si interruppe, accigliandosi. Stava immagazzinando quella sorta di collera che aveva seminato terrore in ogni angolo del suo ministero, e anche più in là. «Non per fregare Göring, Speer, Hess, o qualsiasi altro. Solo per me. Che ne sa, lei, di questa faccia di merda d'uno *Schweinehund*?»

«Sì, ne so qualcosa. È mio fratello.»

Uno degli avvocati americani, Bill Callaghan — un bostoniano dai capelli candidi, specialista in diritto marittimo — disse, dopo aver letto la pratica Winter, che la storia dei due fratelli pareva un romanzo. Ma solo perché Callaghan non era al corrente di altra realtà romanzesca se non la documentazione che gli armatori suoi clienti gli fornivano per discutere in tribunale.

Un romanzo ha unità e stile, un inizio e una fine appropriata, dà prova di pianificazione e di ricerche, e di solito mira a imporre uno schema ordinato al caos della realtà.

Ma la vita dei fratelli Winter non era stata ordinata né aveva avuto uno schema rintracciabile. Le loro vite erano state una risposta reattiva alle attese paterne, alle circostanze storiche e a fuggevoli opportunità. Le ambizioni erano rimaste insoddisfatte, e i preconcetti non avevano trovato conferma. Deviazioni, digressioni e delusioni avevano punteggiato la loro vita. In sostanza, la loro esistenza aveva seguito lo stesso andamento di quella di tanti altri, nati all'inizio del Ventesimo secolo.

Callaghan, con quel modo spiccio e sciolto che gli avvocati penalisti riescono così spesso a imporre, formulò un immediato giudizio sulle vite dei fratelli Winter. «Una di esse è la storia di un successo,» disse Callaghan «e l'altra una maledetta storia dell'orrore.» In effetti, né l'una né l'altra era una storia. Come tantissima gente, i due erano vissuti attraverso una serie di episodi, per la maggior parte frustranti e insoddisfacenti.

# 1899

## *«Tutto un nuovo secolo»*

Non passava certo inosservato ad alcuno l'uomo dall'aspetto imperioso in piedi sotto il lampione sulla Ringstrasse di Vienna, eppure nessuno lo guardava in modo diretto. Oltremodo snello, sulla trentina, pallido in viso, occhi mobilissimi e poco cordiali, un paio di baffi neri ben regolati. Lo sguardo era tenuto in ombra dalla tesa del lucido cilindro di seta, e la luce a gas del lampione metteva in risalto la spilla di diamanti appuntata sulla cravatta. L'uomo indossava un lungo cappotto nero foderato, col bavero di pelliccia. Un indumento di particolare pregio, che proveniva da una delle più rinomate sartorie di Berlino. «Non posso aspettare un momento di più» disse. E il suo tedesco aveva l'inconfondibile accento berlinese. Nessuno — tranne forse qualche immigrato dei Sudeti, i quali adesso costituivano gran parte della popolazione cittadina — avrebbe potuto scambiare Harald Winter per un nativo di Vienna.

Il crocchio di persone che si era raccolto attorno alla stupefacente vettura senza cavalli — una Viktoria Benz — stava ora osservando lo chauffeur che, avendo ispezionato il motore, si rialzava e si puliva le mani con uno straccio. «È la benzina,» disse l'autista «c'è il tubo intasato.»

«Io proseguo a piedi fino al club» disse Harald Winter. «Tu resta qui con la vettura. Manderò qualcuno a darti una mano.» Senza aspettare una risposta, si avviò, urtando un paio di curiosi che gli sbarravano la via, a passo deciso lungo il viale, martellando il marciapiede col puntale del bastone da passeggio, lanciando occhiate rabbiose.

Faceva freddo a Vienna in quell'ultima sera del 1899; la temperatura era andata diminuendo costantemente per tutta la giornata, per scendere, con il buio, al di sotto dello zero. Harald Winter sentiva il freddo, ma sentiva anche di essere stato ridicolo. Era mortificante quando una delle sue automobili lo lasciava a terra. Egli si compiaceva non poco di essere al centro dell'attenzione allorché era scarrozzato, superando amici e nemici nei loro calessi, o semplicemente quando veniva additato quale proprietario di uno dei nuovi, costosi veicoli semoventi. Ma quando accadeva un guaio come questo, si sentiva umiliato.

A Berlino era differente. A Berlino, di meccanica se ne intendevano. A Berlino c'era sempre qualcuno disponibile per rimediare alle crisi, ai sussulti, e ai colpi di tosse di quegli aggeggi meccanici, alle stasi ansimanti e alle recidive. Mai avrebbe dovuto portare la macchina a Vienna. Gli austriaci non capivano niente di ingegneria moderna. L'unico veicolo senza cavalli che egli aveva visto era a trazione elettrica — e i veicoli elettrici erano odiosi. E mai avrebbe dovuto lasciarsi convincere da sua moglie di venire a Vienna per il Natale: egli detestava Vienna dalle piogge invernali, detestava l'esasperazione politica che tanto spesso sfociava in tumulti, detestava il cibo, e detestava quei viennesi, indolenti e buoni a nulla, con il loro accento stridulo, per non parlare poi dei miserevoli, cenciosi stranieri che erano dappertutto a romperti i timpani con il loro linguaggio incomprensibile. Nessuno di loro si prendeva il disturbo di imparare una sola parola di buon tedesco.

Era gelato quando arrivò all'ingresso del club. Come tanti altri edifici di quell'arrogante città, il club somigliava a un palazzo nobiliare, una pesante costruzione barocca, doviziosa di ninfe e naiadi, con l'atrio sostenuto da un quartetto di erculei pilastri. Il guardaportone fu pronto a segnalare il nuovo arrivato agli addetti, in modo tale che Harald Winter si trovò subito nell'atrio vividamente illuminato. Che, di solito, era affollato a quell'ora, ma adesso risultava stranamente quieto.

«Buona sera, Herr Baron.»

Winter grugnì. Ecco un'altra cosa che odiava di Vienna: tutti dovevano avere un titolo, e se, come Winter, uno non aveva un titolo, i camerieri gliene inventavano uno. Mentre uno degli inservienti gli prendeva bastone e cappello a cilindro, un altro gli sfilò dalle spalle il cappotto.

Senza cappello e cappotto, risultò che Harald Winter non si era ancora cambiato per cena. Indossava una finanziera di colore scuro su un paio di pantaloni grigio chiaro, un alto colletto inamidato e un cravattino a farfalla. Il volto pallido, largo, dal mento puntuto, gli dava un'aria alquanto satanica, accentuata dai lucenti capelli neri con la scriminatura centrale.

«Winter! Che coincidenza! Sto andando proprio adesso da sua moglie.» Chi parlava, era il Professor Doktor Franz Schneider, cinquantenne, il migliore, o per lo meno il più ricco e più affermato ginecologo di Vienna. Un ometto pallido, paffuto come lo sono certi bimbi, la carnagione immacolata e luminosi occhi celesti. Si toccò nervosamente la candida barbetta caprina, prima di raddrizzarsi sul naso il pince-nez. «Ha saputo, naturale... Sua moglie: i primi sintomi sono cominciati un'ora fa. Vado subito all'ospedale. Viene con me? Ho qui la mia carrozza.» Parlava in fretta, con la voce più acuta del normale. Davanti ad Harald Winter era sempre un po' nervoso; in quel momento non era più il temutissimo professore che accoglieva le domande dei suoi studenti con tagliente e perverso sarcasmo.

Gli occhi di Winter guizzarono verso la porta da cui il professor Schneider era emerso. Il bar. Il professor Schneider avvampò. Al diavolo quel maledetto borioso maiale d'un Winter, pensò. Senza aprire bocca riusciva a far sentire colpevole un uomo. Che gli fregava a Winter se lui si era bevuto una mezza bottiglia, soltanto una mezza bottiglia di champagne con la sua cena fredda a base di fagiano? Era la moglie di Winter che s'era fatta venire le doglie del parto proprio l'ultimo giorno dell'anno, rovinandogli la possibilità di arrivare al ballo a un'ora decente.

«Ho una riunione» disse Winter.

«Una riunione?» si stupì il professor Schneider. Cos'era, uno scherzo? La sera della vigilia di Capodanno, chi avrebbe partecipato a una riunione in un club quasi deserto se non per la presenza dei camerieri? E come poteva un uomo concentrare la mente sugli affari quando la propria moglie era sul punto di partorire? Il ginecologo incontrò lo sguardo di Winter: non c'era calore in quegli occhi, né curiosità, né passione. Si diceva che Winter fosse uno dei più scaltri uomini d'affari di tutta la Germania, ma a che gli servivano ricchezza e notorietà se la sua anima era tanto insensibile? «Allora, vado. Le manderò notizie. Lei è rintracciabile qui?»

Winter annuì quasi impercettibilmente. Solo dopo che il professor Schneider se ne fu andato, egli si avviò su per l'ampia scalinata che portava al mezzanino. Vi trovò un altro socio del club. Winter ne fu compiaciuto. Finalmente, una faccia che conosceva e gli piaceva.

«Foxy!* Avevo sentito che c'eri anche tu in questa orribile città.»

I rossi capelli di Erwin Fischer già da parecchio s'erano fatti grigi — un abbondante casco di acciaio brunito — ma il suo soprannome resisteva. Era un uomo di bassa statura, esile e gioviale, occhi neri e colorito sanguigno. I suoi bisnonni erano stati ebrei della baltica città di Riga. Il nonno aveva cambiato il nome di famiglia, e il padre si era convertito al cattolicesimo molto prima che Erwin fosse nato. Fischer era l'erede di un impero dell'acciaio, ma suo padre a settantacinque anni era in piena forma fisica e mentale, e Fuchs Fischer — adesso quarantottenne — aveva prospettive che prospettive rimanevano. Erwin era vedovo. Non che il padre lo tenesse a stecchetto, ma lui era facile preda della noia, e i quattrini non sempre mitigavano il suo tedio. Da qualche tempo, la sua vita era diventata una lunga, uggiosa sequela di impegni mondani, ricevimenti e frequentazioni di "dame perfettamente matrimoniabili" le quali mai si dimostravano perfette.

«Sei troppo brusco con Buby Schneider, Harald. Ti conviene? Quello ha un sacco di amici in questa città.»

«È un piccolo parassita strisciante. Chissà mai perché mia moglie si è affidata a un individuo del genere.»

«Fa sgravare le mogli degli uomini più potenti di Vienna. Le donne si fidano in pieno di lui, i bambini imparano a considerarlo uno di famiglia. È ammanicato con le sfere influenti.»

Winter sorrise. «Devo averne paura?» chiese, glaciale.

«No, certo che no. Ma potrebbe procurarti fastidi. Vale la pena di trattarlo male, quando un sorriso e una stretta di mano è tutto quello che lui desidera?»

«Quella nullità ha continuato a insistere che Veronica non poteva affrontare il viaggio per rientrare a Berlino. Mio figlio nascerà qui. E io non voglio un figlio austriaco. Tu sei tedesco, Foxy, e capisci.»

«Quindi sarà un maschio. Lo hai già deciso, vero?»

Winter sorrise di nuovo. «Ci facciamo una bottiglia di Burgundy?»

«A te, un tempo Vienna piaceva, Harald. Quando comprasti la casa qui, dicevi a tutti quanto era meglio qui che a Berlino.»

* Rossastro, fulvo. [*N.d.T.*]

«Altri tempi, quelli. Ero un uomo diverso, allora.»

«Cioè, avresti scoperto la tua deliziosa moglie a Berlino e Veronica qui a Vienna. È questo che vuoi dire.»

«Vacci piano, Foxy.»

L'uomo più anziano ignorò l'avvertimento. Era abbastanza intimo con Winter da arrischiare certi commenti, e anche altri più maliziosi. «Ma hai senz'altro tenuto conto della possibilità che fosse un'idea di Veronica di avere qui il bambino.»

«Di Veronica?»

«Considera i fatti, Harald. Veronica ti ha conosciuto qui, quando era studentessa universitaria. È qui dove lei ha conosciuto per la prima volta cos'è l'amore, la vita, e tutto ciò che aveva sognato da bambina in America. Lei adora Vienna. Anche se tu la vedi come una capitale di seconda categoria di un impero da operetta; per Veronica, Vienna è tuttora la casa dei valzer di Strauss e dei ricevimenti dove ella conosce duchi, duchesse e principi di sangue regale. Checché tu ne dica, Harald, la Berlino del Kaiser Guglielmo non può rivaleggiare con Vienna quanto a vita sociale. Ti sorprenderebbe davvero molto se scoprissi che Veronica ha voluto avere qui il suo secondogenito?»

«Voglio sperare che non sia stato tu a...»

«No, con lei non ho parlato, naturale che non ho detto niente. Ti sto semplicemente dicendo di non prendertela con Bubi Schneider finché non sei del tutto sicuro che la colpa sia sua.»

Winter si scostò dall'amico per andare ad appoggiarsi alla ringhiera. Con la mano posta sulla testa di un cherubino, fece segno a un inserviente a pianterreno. «Ci mandi su una bottiglia del miglior Burgundy. E tre bicchieri.»

Entrarono in una lunga stanza piena di specchi, dai lampadari fiammeggianti di mille riflessi. In fondo al locale, ardeva il fuoco. Il caminetto a giorno era un'audace innovazione per Vienna, città riscaldata da stufe, ma la direzione del club aveva copiato il locale da un circolo londinese.

Sopra al caminetto era appeso un enorme ritratto del monarca che assommava le dignità di imperatore d'Austria e re d'Ungheria, e che insisteva perché gli fosse dovuto l'appellativo di "Sua Maestà Apostolica, nostro amatissimo Imperatore e Signore Francesco Giuseppe I". La stanza era deserta. Winter scelse un tavolo vicino al caminetto e si sedette. Fischer rimase in piedi, mani in tasca, e guardò dalla finestra. Winter ne seguì lo sguardo. Sul lato opposto della via buia era stato eretto un palco di legno per un raduno politico tenuto in mattinata. Adesso non c'era nessuno, tranne due poliziotti in divisa, immobili tra cartelli lacerati e sedie rotte, come se quei rottami non fossero esistiti.

«Le donne, non le ho mai capite» disse Winter alla fine.

«Le hai sempre capite fin troppo bene» replicò Fischer, sempre guardando in strada. «Sono le americane che non riesci a capire. E siccome Veronica è americana, ecco che il tuo matrimonio a volte è difficile.»

«A suo tempo, me lo avevi detto, Foxy. Avrei dovuto darti retta.»

«Nessun europeo con la testa sulle spalle sposa una ragazza americana. Tu sei stato fortunato con Veronica: non pianta troppo casino per le altre tue donne, né cerca di impedirti di bere o di frequentare quelle piccole riunioni in casa di Madame Reiner. Per essere una donna americana, Veronica è molto comprensiva.» C'era una nota divertita nella voce di Fischer, il quale girò la testa per vedere come Winter la stava prendendo. Accorgendosene, Winter si concesse una parvenza di sorriso.

Arrivò un cameriere che, senza affatto affrettarsi, mostrò a Winter l'etichetta della bottiglia, per poi riempire due bicchieri con esasperante lentezza.

Fischer centellinò il suo vino, sempre guardando fuori dalla finestra. Il significativo scambio di battute aveva estraniato i due uomini che adesso erano persi nei loro pensieri. «L'addetto ai vini te ne ha trovato uno veramente ottimo, Harald» disse Fischer in tono elogiativo, sporgendo le labbra e sorbendo un altro sorso.

«Ho la mia scorta personale» rispose Winter. «Non bevo più roba della cantina del club.»

«Gusti raffinati, eh?»

Winter non rispose. Bevve in silenzio. Era quella la differenza tra loro due. Fischer, figlio di ricchi, considerava ogni cosa come dovutagli, e lasciava tutto al caso. Harald Winter, magnate fattosi da solo, non si fidava di nessuno e non lasciava niente al caso.

«Ero qui questa mattina» disse Fischer, e indicò giù sulla via dove si era svolto il raduno politico. «Ha parlato Karl Lueger. Dopo che è sceso dal palco, è cominciato il pestaggio. La polizia non riusciva a controllare la situazione: hanno dovuto fare intervenire la cavalleria per sgombrare la strada.»

«Lueger è un farabutto» commentò Winter, con tranquilla indifferenza.

«È il sindaco.»

«L'imperatore non avrebbe mai dovuto ratificarne la nomina.»

«Infatti la bloccò a più riprese, ma alla fine ha dovuto fare come volevano i votanti.»

«I votanti? Poveri fessi! Guarda gli slogan, lì sulla strada — "Salvate il piccolo imprenditore"; "Riportate la famiglia alla Chiesa"; "Abbasso l'ebreo speculatore" — i socialcristiani si arruffianano proprio con i pregiudizi e le paure peggiori, e con la gelosia più astiosa. "Il Bel Karl" è tutto per tutti. Per quelli che vogliono il socialismo, è socialista; per i bacchettoni, è il pio devoto; per chiunque vuole impiccare gli ebrei o prendere a pedate gli ungheresi per farli tornare a casa loro, il suo partito è quello che merita il voto. Che verme!»

«Tu sei uomo di mondo; devi renderti conto che odiare gli stranieri fa parte della psiche austriaca. Mi sai dire quanti voti otterresti se dicessi a questa gente che l'ebreo ha più cervello di lei, o che questi immigrati cechi e ungheresi sono lavoratori più efficienti di qualsiasi operaio austriaco?»

«È un andazzo che non mi piace, Foxy. Lueger sta diventando popolare quanto l'imperatore. A volte, ho come la sensazione che Lueger potrebbe *diventare* lui stesso imperatore. Supponi che tutto quest'odio, questa *Judenhas*,* vengano organizzati su scala nazionale. Supponi che appaia sulla scena uno che abbia l'astuzia di Lueger con le masse, il carisma dell'imperatore sull'esercito, e un tocco dell'istinto di Bismarck per la *Geopolitik*. Allora, Foxy? Che ne diresti?»

«Direi che hai bisogno di una vacanza, Harald.» Fischer tentava di buttarla in ridere, ma Winter non si associò alla risatina forzata dell'amico. «Per chi è il terzo bicchiere, Harald? Se non sono indiscreto?» Sapeva che non era per una donna: a nessuna donna era consentito di metter piede nel club.

«Il misterioso conte Kupka mi ha mandato a casa un messaggero, questa mattina.»

«Kupka? È un tuo amico personale?» Traspariva una nota inquieta nella voce di solito assai pacata di Fischer.

* Avversione per gli ebrei. [*N.d.T.*]

«Amico personale? Niente affatto. Naturalmente, l'ho incontrato a qualche ricevimento, e anche in casa di Madame Reiner, ma di lui non so nulla, tranne che, a quanto si dice, è nella manica dell'imperatore ed è una specie di consulente del Ministero degli Esteri.»

«Hai un sacco da imparare su questa città, Harald. Il conte Kupka è il capo della polizia segreta dell'imperatore. Del proprio operato risponde esclusivamente al Ministero degli Esteri, e il ministro risponde soltanto a Sua Maestà. La firma di Kupka su un pezzo di carta è quanto basta per far sparire un uomo per sempre.»

«Lo fai apparire interessante, Foxy. A me è sempre sembrato un ometto rinsecchito e noioso.»

Fischer fissò l'amico. Chiaramente, Harald Winter non nutriva alcun timore reverenziale per Kupka. Era quella noncuranza di Winter che Fischer aveva sempre trovato affascinante. Foxy ammirava le audaci, per non dire spregiudicate, iniziative affaristiche, le sfacciate avventure amorose, e l'indifferenza di Winter alla prospettiva di farsi nemici del calibro del professor Schneider. Certe volte, Fischer era indotto a pensare che il coraggio di Harald Winter fosse il solo lato attraente di quell'uomo spietato ed egoista. «Ci conosciamo da un sacco di tempo, Harald. Se sei nei guai, forse posso darti una mano.»

«Nei guai? Con Kupka? Non vedo proprio perché e come.»

«Oggi è l'ultimo giorno dell'anno, Harald. A mezzanotte comincia tutto un nuovo secolo. Chiunque noi si conosca sta per festeggiarlo. C'è un ballo di stato a cui sarà presente la metà delle teste coronate d'Europa. Perché il conte Kupka deve vederti questa sera fra tutte le altre?»

«Ecco una cosa per cui potresti restar qui e di cui potresti chiedergli direttamente, Foxy. Intanto, è già in ritardo di venti minuti.»

Fischer finì il suo bicchiere di vino d'un sol sorso. «Non rimango, no. Quell'uomo mi fa venire i brividi.» Mise sul tavolo il bicchiere, di fianco a quello intatto che aspettava il conte Kupka. «Però, lascia che ti ricordi che stanotte le strade saranno deserte, a parte qualche festaiolo ubriaco. Per chi volesse rapire un uomo su una carrozza, o buttare nel Danubio qualche indesiderabile, questa notte sarebbe l'ideale.»

Winter sorrise ampiamente. «Che delusione per te domani,

Foxy, quando salterà fuori che il conte Kupka altro non voleva che la possibilità di fare un giro sulla mia vettura senza cavalli.»

In realtà, Kupka non voleva fare un giro sul veicolo semovente di Winter, o, se l'aveva voluto, non fece menzione di tale suo desiderio. Né il conte Kupka era l'ometto rinsecchito e noioso che Winter ricordava. Kupka aveva due spalle poderose, grosse mani nodose che non parevano accordarsi col viso pallido e segnato e con le delicate sopracciglia, ben depilate affinché non si congiungessero al di sopra del naso sottile e puntuto. La testa di Kupka era grossa: come un pallone su cui un bambino avesse scarabocchiato dei lineamenti essenziali e privi di espressione. E, come la vernice di un pallone, i capelli — lucenti di olio di castoro — erano spazzolati piatti e aderenti al cranio.

Quando entrò nell'atrio, Kupka indossava ancora il cappotto e il cappello di seta spinto leggermente sulla nuca. Depose il bastone, si tolse i guanti, serrando il sigaro tra i denti. Winter non si scomodò d'un filo. Kupka lasciò cadere i guanti sul tavolo. Winter continuò a sorseggiare il suo Burgundy, osservando il nuovo venuto con il divertito e indulgente interesse che avrebbe dedicato a un attore di varietà che stesse facendo l'ingresso in scena. Winter riusciva a ricordare soltanto due altri uomini che fumassero grossi sigari mentre andavano a passeggio, con addosso cappotto e cappello, ed entrambi erano domestici della sua casa di campagna. Lo divertiva che Kupka si comportasse in quel modo.

«Le sono veramente obbligato, Winter. Estremamente cortese da parte sua acconsentire a vedermi quasi senza preavviso.» Kupka scosse la cenere dal sigaro. «Specie in una sera particolare come questa.»

«Sapevo che doveva essere una faccenda di altrettanta particolare urgenza» rispose Winter, con una significativa intonazione della voce, che egli non fece nulla per evitare.

«Sì, sì, sì» disse l'altro, già chiaramente col pensiero altrove. «Non era Erwin Fischer che ho incrociato sulle scale?»

«Si era fermato un attimo a bere con me un bicchiere di Burgundy. Vuol seguirne l'esempio, conte Kupka?»

«Nulla mi sarebbe più gradito, Herr Winter...» Prima che Winter potesse prendere la bottiglia e versare, Kupka sollevò la mano in modo che gli anelli d'oro, alcuni incastonati di diamanti, brillarono sotto la luce dei lampadari. «Ma, ahimè, mi aspetta una notte di lavoro.» Mentre Winter riempiva il proprio bicchiere, il conte aggiunse: «E sarò il più breve possibile».

«Gliene sarò grato» concordò Winter. «Non vuole sedersi?»

«A volte, sento il bisogno di restare in piedi. All'Opera dicono che Mahler dirige la sua orchestra senza sedersi. Eretto, in piedi! Davvero straordinario, eppure quell'uomo mi è simpatico. Vede, certe volte riesco a pensare meglio se non mi siedo. Sì... sua moglie. Poco fa, stasera, ho visto il professor Schneider. Le donne sono creature così fragili, vero? Il piccolo problema di cui le devo parlare è sorto unicamente per l'affetto materno che la mia cara moglie ha per un suo lontano cugino.» Kupka si interruppe un momento per incantarsi a guardare la punta accesa del sigaro. «È un giovanotto alquanto sciocchino, ma non più di quanto lo fossi io alla sua età, e non più di quanto lo fosse anche lei, Winter.»

«Ero uno sciocchino, conte Kupka?»

Kupka lo guardò, inarcando le sopracciglia a denotare sorpresa. «Più sì che no, Herr Winter. Ha già dimenticato quelle teste calde alle quali si era intruppato quando era studente? La Società dell'Aquila d'Argento, vi facevate chiamare, me ne ricordo. E lei, per giunta, uno studente di legge!»

Per quanto facesse di tutto per restare impassibile, Winter era visibilmente turbato. Quando parlò, la voce gli uscì rauca: «Ma quella non era che una ragazzata, un gioco goliardico». Bevve un po' di vino per schiarirsi la gola.

«Per lei, forse, ma non per coloro che vi parteciparono. Se le dicessi che l'anarchico che lo scorso anno assassinò la nostra imperatrice potrebbe anche essere collegato a una organizzazione che si autodefinisce Aquila d'Argento?» Kupka sbirciò il ritratto dell'imperatore sulla parete, e poi si accostò al caminetto per scaldarsi le mani.

«Se lei mi dicesse una cosa del genere, allora capirei che sta scherzando, come noi scherzavamo allora.»

«E se io insistessi?» Kupka sorrise, ma senza apparente crudeltà in volto. Lo scambio di quelle battute sembrava dargli una gaiezza, alla quale Winter avrebbe dovuto unirsi. Ma per Winter la posta era troppo alta. Per quanto quelle accuse potessero essere infondate, sarebbero bastate soltanto poche insinuazioni fatte circolare a dovere per danneggiare Winter e la sua famiglia, per sempre.

«In tal caso, dovrebbe darmene soddisfazione» esclamò Winter con tutta la sicurezza che riuscì a chiamare a raccolta.

Kupka si mise a ridere. «Un duello? Questo tipo di stupidaggine lo lasci al Corpo Ufficiali. Io non sono niente più che *Einjährig-Freiwilliger*, e i volontari con un anno di servizio militare non imparano come duellare.» Sedette di fronte a Winter e con noncuranza scosse la cenere nel caminetto. «Adesso che vedo l'etichetta di quella bottiglia, forse un bicchiere lo accetterei.»

Winter gli versò da bere. Il lavoro di picador era fatto, la tempra e le debolezze del toro erano state scoperte: ora scendeva nell'arena Kupka, il matador.

«Questo ragazzo di cui le stavo dicendo» riprese Kupka, sorseggiando il vino. «Ottenne un prestito dalla sua banca.»

«Non direi che la banca sia mia» precisò Winter. Era venuto preparato. Il messaggio di Kupka aveva menzionato quel cliente della banca.

«Quella di cui una innominata e discreta persona detiene diciottomila azioni nominali. Quella in cui lei ha un ufficio e un segretario. Quella il cui direttore sottopone alla di lei approvazione qualsiasi transazione al di sopra di un prescritto importo. Il lontano cugino di mia moglie ha ottenuto il prestito da quella banca.»

«Vuole gli estremi?»

«Ho tutti gli estremi necessari, grazie. Desidero soltanto restituirle la somma.»

«Riscattare il debito?»

«Più avanti i dovuti interessi della banca.»

«Il giovanotto rispondeva al nome di Petzval; disse che la sua famiglia era di Budapest. Il direttore era incerto se concedere il prestito, ma sembrava fosse un ragazzo per bene.»

«Petzval, sì. Mia moglie è in ansia per lui.»

«La famiglia di mia moglie è un labirinto di lontani cugini e parenti del genere. Un ottimo vino, Winter. Non l'ho visto sulla carta dei vini del club» rilevò Kupka, e se ne versò un'altra dose. «Mia moglie si preoccupa del debito.»

«Cosa teme che io possa fargli?»

«Non lei, mio caro amico. Mio Dio, no! La paura della mia consorte è che il ragazzo rimanga in arretrato nel rimborso del prestito, e si rivolga a un usuraio. Lei sa quali possono essere le conseguenze. Vedo tante vite rovinate» disse Kupka, senza alcun segno di afflizione. «Lui vuole scrivere un libro. La sua famiglia non possiede nulla. Mi creda, Winter, è un debito senza il quale lei starà meglio.»

«Mi informerò di com'è la situazione» assicurò Winter.

«Il pagamento può avvenire in qualsiasi modo lei preferisca — in banconote, oro, assegno circolare — e su qualsiasi piazza — New York, Londra, Parigi, o Berlino.»

«La sua sollecitudine per il giovanotto mi commuove» ammise Winter.

«Sono un gran sentimentale, Winter, e adesso lei lo ha scoperto.»

La cenere del sigaro cadde sul cappotto di Kupka, ma questi non se ne avvide.

Entrò un fattorino del club, alla ricerca di Winter. «È desiderato al telefono, Herr Baron.»

«Dev'essere l'ospedale» spiegò Winter.

«L'ho trattenuta anche troppo» si scusò Kupka. Si alzò per prendere congedo. «La prego di porgere i miei ossequi e le mie sincere scuse alla sua deliziosa moglie.» Non attese conferma; gli uomini come Kupka sanno che le loro richieste non trovano mai rifiuto.

«*Auf Wiedersehen*, conte Kupka.»

«*Auf Wiedersehen*, mio caro Winter.» Abbozzò un leggero inchino, battendo i talloni.

Winter seguì il fattorino giù per le scale. Solo di recente il club aveva installato il telefono. Chi chiamava, però, non poteva parlare direttamente col personale della reception: l'eventualità per cui le mogli potessero controllare la presenza al club dei mariti non era un'innovazione gradita. L'apparecchio era collocato su una grande tavola di mogano in una stanza del primo piano. Un inserviente vi stazionava in permanenza pronto a rispondere.

«Qui Wunter.» Ci teneva a dimostrare sia al fattorino sia all'inserviente che i telefoni non erano affatto una novità per un berlinese.

«Winter? Parla il professor Schneider. Un falso allarme. Cose che succedono. Ci potrebbero volere ancora due o tre giorni.»

«Mia moglie, come sta?«

«In ottime condizioni. Le ho dato un leggero sedativo, e

adesso starà già dormendo. Suggerisco anche a lei una buona nottata di sonno, e di venire a vederla domani mattina.»

«Penso che farò così.»

«Il suo bimbo nascerà nel 1900: un figlio del nuovo secolo.»

«Il nuovo secolo non comincerà che nel 1901. Credevo che un dotto come lei dovesse saperlo» rimbeccò Winter, e rimise l'auricolare sul gancio. Già stavano suonando le campane. Ogni chiesa della città stava esibendo la maestria dei propri campanari nel dare il benvenuto al nuovo anno. Ma dalle cucine, un cane ululava lamentosamente; le campane gli facevano male alle orecchie. I cani detestano le campane. Anche Harald Winter le detestava.

### *«Questa è buona davvero, Liebchen»*

Martha Somló era bella. Quella piccola brunetta dai grandi occhi, figlia di un sarto ebreo, prolifico padre di dodici rampolli. La famiglia proveniva in origine da una piccola città della Romania. Martha era cresciuta in Ungheria, ma era arrivata a Vienna da sola, orfana sedicenne. Faceva la commessa in una tabaccheria quando Harald Winter l'aveva vista per la prima volta. Entro tre settimane dall'incontro, l'aveva installata in un appartamento nei pressi della Votivkirche. Adesso la ragazza aveva diciotto anni. Disponeva di un alloggio molto più elegante. Aveva una cameriera, un parrucchiere che veniva ogni giorno, un conto aperto presso una sarta di lusso, alcuni notevoli gioielli, e un cagnolino. Ma le visite di Harald Winter a Vienna non avvenivano con la frequenza che lei avrebbe desiderato. E quando lui non c'era, Martha si sentiva depressa e sola.

L'amante non era niente più di una piccola parte dello strano e complesso rapporto che Harald Winter aveva con Vienna. Egli aveva trascorso non poco tempo per scovare quel delizioso appartamento con la vista sul Teatro dell'Opera. Dalla finestra, Martha poteva osservare il "Sirk-Ecke" — l'angolo consacrato dove si incontrava l'alta società, ogni giorno tranne la domenica, per il tradizionale passeggio e sfoggio dei migliori vestiti.

Una volta trovato, l'appartamento era stato trasformato in un campionario della "Secessione" — il movimento artistico da poco formatosi. Un fregio di Klimt correva lungo le pareti della sala da pranzo, per il resto di un nero scintillante; tavolo e sedie erano di Josef Hoffmann. Lo studio, dalla scrivania alla cancelleria, era tutto opera di Koloman Moser. Ovunque, nell'appartamento, figuravano esempi di Art Nouveau. Martha Somló sentiva, a ragione, di essere poco più di un curatore di un museo d'arte. Pur detestando tutto quanto la circondava in quell'appartamento, messo su con tanta laboriosa passione da Harald Winter, era troppo astuta per lasciarlo capire. Veronica, la moglie americana di Winter, non aveva fatto segreto della propria antipatia per l'arte moderna, e il conseguente risultato finale era l'appartamento in Kärntnerstrasse. E Martha. Se Martha avesse manifestato i propri veri sentimenti, sarebbe stato molto improbabile che Winter rinunciasse a quei tesori d'arredamento; avrebbe mandato a spasso lei. Una soluzione più facile, sbrigativa ed economica.

«Ti amo, Harry» gli disse all'improvviso e senza premeditazione.

«Che hai detto?» domandò lui. Era paludato nella veste da camera di seta rossa, quella che Martha aveva scelto quale regalo per il suo trentesimo compleanno. Era stato un giorno meraviglioso, a far spese nei negozi, seguito da un folleggiante party da Sacher. Ed erano passati sei mesi da allora: adesso quasi mai si facevano vedere in giro assieme. Da quando la moglie era rimasta incinta per la seconda volta, Winter si era fatto più distante, e Martha temeva che egli stesse cercando un modo per dirle che la relazione doveva finire. «Ho paura di star diventando sordo; mio padre perse l'udito che era giovanissimo.»

Si precipitò verso di lui, gli buttò le braccia al collo e lo baciò. «Harry, scioccone. Non stai diventando sordo; sei l'uomo più forte e sano del mondo. Ho detto che ti amo; sorridi, Harry. Di' che anche tu mi ami.»

«Certo, che ti amo, Martha.» La baciò.

«Voglio un bacio vero, Harry. Un bacio come quello che mi hai dato quando sei arrivato questo pomeriggio, affamato di me.»

«Piccola Martha, tanto dolce.»

«Che c'è, Harry? Non sei tu, oggi. Alla banca, qualche cosa non va?»

Winter scosse la testa. Le cose non andavano troppo bene alla banca, ma egli non parlava mai a Martha dei suoi problemi d'affari, né mai lo avrebbe fatto. Donne e affari non andavano d'accordo. Secondo lui, c'era persino da dubitare se era un bene che le donne avessero accesso all'università. Di conseguenza, si sentiva a volte più a proprio agio con donne come Martha che con Veronica. Martha sapeva capirlo così bene...

«Sai chi è il conte Kupka?»

«Mio Dio, Harry! Non sei forse nei guai con la polizia segreta? Oh, buon Dio, no!»

«Vuole un favore da me, questo è tutto.»

La ragazza sedette sul divano e lo attirò vicino a sé. Winter le fece un breve resoconto del colloquio avuto con Kupka.

«E hai scoperto quello che voleva sapere?» Con tenerezza, lo accarezzò in viso. Poi guardò la borsa di cuoio che Winter aveva con sé. Raramente, egli arrivava recando qualche cosa, tanto meno dei documenti. Più volte le aveva detto che portarsi dietro borse, scatole, pacchi o pacchetti era compito esclusivo dei domestici.

«Non è tanto facile» rispose Winter. Era evidente che desiderava parlarne. «Il mio direttore aveva chiesto garanzie. Quel tizio possiede un terreno sull'Obersalzberg. Tutti i documenti inerenti al prestito erano a sanzionare che il terreno divenga proprietà della banca se il prestito non viene rimborsato. Adesso ho cambiato le cose, di modo che risulta che il prestito proviene dal mio conto personale. Fortunatamente, l'atto terriero già prevedeva la trasferibilità nominale, quindi diventa mia, quella terra, in caso di mancato rimborso.»

«Hai detto Salisburgo, Harry? In Austria?»

«Non Salisburgo; l'Obersalzberg. È una montagna alta mille metri. Non è in Austria: si trova proprio sul confine, in Baviera.»

«In Germania?»

«E questo è un altro problema. Non sono sicuro sia possibile trasferire il tutto a Kupka.»

«Allora, dirà che non vuoi collaborare» disse Martha. Conosceva di fama Kupka. Esisteva in tutto l'impero un ebreo che non avesse sentito parlare di quell'uomo? Solo a udirne pronunciare il nome, la giovane si sentiva morire di paura.

«Kupka è avvocato» disse Winter, fiduciosamente.

«È come dire che Attila l'Unno era un ufficiale di cavalleria» ribatté lei.

Winter scoppiò in una sonora risata. «Questa è buona davvero, *Liebchen*. Quasi quasi la racconto a Kupka.»

«Non farlo, Harry!»

«Non devi avere paura, tesoro. In questa faccenda, io sarei semplicemente un falso scopo.»

«Tu fa' quello che ti dice, Harry.»

«Ma non subito, credo. Questa sera mi vedo con questo misterioso Petzval al Caffè Stoessl, in Gumpendorfer Strasse. Accidenti a lui se non gli tiro fuori tutto quello che Kupka non vuole dirmi.»

«Ricorda che è un parente di Kupka, e che la moglie di Kupka lo ha caro.»

«Balle» replicò Winter. «Tutto fumo negli occhi per nascondere i fatti reali che ci sono dietro la faccenda.»

«Mandaci qualcuno» suggerì lei.

Le sorrise, e si alzò per prendere la borsa che si era portata. Ne trasse una piccola rivoltella e un morbido astuccio di cuoio con cinghia, da nascondere sotto il cappotto.

«Se ci sono lì gli uomini di Kupka, non sarà una rivoltella a salvarti.»

«Piccola fifona» le disse affettuosamente, e la baciò.

Martha lo strinse a sé, con forza. Quanto disperatamente invidiava sua moglie; i figli l'avrebbero sempre legata ad Harry, e viceversa, in un modo che nulla e nessuno avrebbero potuto contrastare. A meno che lei, Martha, gli desse un figlio.

# 1900

## *Un pezzo di terra nell'Obersalzberg*

Era già buio quando Winter sgusciò tra la porta girevole del Caffè Stoessl sulla Gumpendorfer Strasse, e si guardò attorno. Il caffè era lungo e tetro, rischiarato da lampade a gas che sibilavano e scoppiettavano. C'erano tavolini col piano di marmo rosato e sedie di legno ricurvo e piante ovunque. Riconobbe alcuni dei clienti, ma li ignorò. Non erano persone che Winter desiderasse salutare: la solita accozzaglia di sedicenti intellettuali, appassiti politicanti e di aspiranti scrittori.

Petzval era lì, ad aspettare. «Un ebreo piccolino, con la barba nera» aveva detto il direttore della banca. Be', facile riconoscerlo. Petzval sedeva all'ultimo tavolino in fondo, dirimpetto alla porta. Pallido, prossimo alla trentina, neri capelli lunghi e una barba straripante, tanto che tutto quello che si notava della sua faccia erano i piccoli occhi e il naso appuntito.

Winter mise il cappello su una sedia, poi si accomodò di fronte all'uomo e ordinò un caffè con complemento di brandy. Quindi si scusò vagamente per essere in ritardo.

«Lo sapevo che lei si sarebbe rimangiato la parola» partì subito all'attacco Petzval.

Non era un buon inizio, e Winter fu lì lì per negare tale sua intenzione, ma poi si rese conto che una simile apertura delle ostilità gli avrebbe lasciato poco o nessuno spazio di trattativa. «Perché questa sua convinzione?» domandò.

«Il conte Kupka, vero?» Petzval si sporse sul tavolino, appoggiandovi un gomito.

Winter esitò, ma, dopo aver guardato Petzval, decise di ammetterlo. Kupka aveva affermato che Petzval era un suo parente, e non aveva chiesto che Winter ne facesse un segreto. «Sì, il conte Kupka.»

«Vuole riscattare il mio debito?»

«Più o meno, il concetto è quello.»

Petzval spinse da un lato la tazza vuota, in modo da piazzare entrambi i gomiti sul tavolino. Il suo viso venne a trovarsi vicino a quello di Winter, più vicino di quanto risultasse gradito a Winter, il quale tuttavia non batté ciglio. «Polizia segreta» disse Petzval. «Le sue spie sono dappertutto.»

«È imparentato con Kupka, lei?»

«Imparentato? Con Kupka?» Petzval emise un breve suono nasale che sarebbe potuto sembrare una risata. «Io sono ebreo, Herr Winter. Lo sapeva quando ha autorizzato il prestito a mio favore?»

«Che lo sapessi o no, non avrebbe fatto differenza» rispose Winter. Arrivò il caffè, e Winter fu lieto dell'opportunità di poter arretrare un po' la sedia, sottraendosi allo sguardo spiritato dell'interlocutore. Sorseggiando la bevanda, studiò l'inquieto ebreo. Petzval era un tipo patetico, con la sua camicia lisa e il vestito macchiato d'unto, ma Winter lo trovava alquanto pericoloso. Quasi incredibile, dal momento che tutti sapevano che Winter non aveva timore di anima vivente.

«Sono un bel rischio per un creditore, non trova?»

«Logico che il direttore della banca lo abbia considerato. Cosa fa, lei, Herr Petzval?»

«Per guadagnarmi da vivere, vuol dire? Sono uno scienziato. Mai sentito parlare di Ernst Mach?»

L'ebreo attese una risposta. Non era una domanda retorica. Voleva sapere se Winter fosse abbastanza sveglio da capire.

«Naturalmente: il professor Mach è docente di fisica all'università.»

«Mach è il più grande genio scientifico dei tempi moderni.» Si interruppe perché il concetto fosse afferrato in pieno, prima di aggiungere: «Un paio d'anni fa ebbe un colpo apoplettico, e io ho avuto il privilegio di lavorare per lui, pur continuando a dedicarmi al mio specifico progetto».

«E qual è il suo specifico progetto?» chiese Winter, rendendosi conto che tale domanda, o una del genere, era attesa.

«Dinamica del volo. Mach gettò le basi fondamentali del suo lavoro, a Praga, prima che io fossi nato. Fu il primo a concretare le tecniche di fotografare il percorso dei proiettili nell'aria. Fu Mach a scoprire che una pallottola che viaggi oltre la velocità del suono crea due onde d'urto: un'onda di testa di gas compressi, e un'onda di coda determinata da un vuoto posteriore. Il mio lavoro è meritorio, ma è soltanto la continuazione di quello che il povero vecchio professor Mach ha dovuto abbandonare.»

«Povero vecchio professor Mach?»

«È troppo ammalato. Dovrà lasciare anche la sua cattedra universitaria. Ha tutto il lato destro paralizzato. È terribile vedere come cerca di tirare avanti.»

«E lei che farà quando Mach si ritirerà?» Winter sorbì il caffè, amaro ma aromatizzato di fico, secondo l'usanza viennese. Poi assaggiò il brandy: era aspro, ma ne aveva bisogno.

Petzval lo fissò, con aria di commiserazione. «Di tutto questo, lei non ne capisce nulla, vero?»

«Temo di no» ammise Winter. Si asciugò le labbra col fazzoletto di seta che teneva nel taschino della giacca, e si guardò in giro. Nell'angolo c'erano un gruppo rumoroso che giocava a carte, e due o tre persone dall'aspetto strano, curve sulle carte che avevano davanti. Forse poeti o romanzieri, ma forse, anche, uomini di Kupka, che tenevano d'occhio la situazione.

«Non afferra la differenza fra un pezzo d'artiglieria a tiro ultrarapido e una bocca da fuoco a bassa velocità iniziale?»

Per poco Winter non scoppiò a ridere. Di predicatori erranti ne aveva incontrati parecchi, ma quest'uomo ne era il limite estremo. Parlava di dinamica di proiettili nello spazio come altri avrebbero parlato del secondo avvento di Nostro Signore. «Confesso di no» disse, esilarato.

«Be', Krupp la differenza la capisce» esclamò Petzval. «Mi hanno offerto un impiego con uno stipendio che è quasi tre volte quello che Mach prende come professore universitario.»

«Veramente?» domandò Winter. Il particolare lo aveva colpito, e la sua voce lo rivelava.

Petzval sorrise. «Vede che adesso comincia a capire cosa c'è sotto? Alla Krupp sono decisi a fabbricare i migliori cannoni del mondo. E ci riusciranno.»

Winter annuì asciuttamente, ricordando come l'esercito austriaco fosse stato sconfitto, non molto tempo prima, dai prussiani dotati di cannoni più efficienti. Era ovvio che gli austriaci volessero sapere quello che le fabbriche d'armi tedesche stavano facendo. «Il conte Kupka è interessato al lavoro che lei svolge alla Krupp? È così?»

«Vuole che gli riferisca tutto quanto accade nel loro ufficio ricerca. Rilevando il mio debito, egli può mettermi sotto torchio. Ecco perché voglio che la banca rispetti il suo impegno.» Petzval aveva abbassato la voce a livello di sussurro, ma i suoi occhi spiritati e le mani gesticolanti rivelavano la sua passione.

«Non è così semplice.»

«Lei ha in garanzia il terreno nell'Obersalzberg. Ha un valore.»

«Non ne dubito, ma sarebbe meglio fare le cose come il conte Kupka vuole siano fatte.»

«Lei, un tedesco, mi dice una cosa del genere?»

Campanelli d'allarme risuonarono nel cervello di Winter. Che Petzval fosse un agente provocatore, spedito a sondare il comportamento di Winter nei riguardi dell'Austria? Non era da escludere. Un simile spionaggio militare contro la Krupp non poteva forse essere opera del colonnello Redl, il capo del servizio informazioni delle forze armate austriache? Oppure il conte Kupka stava soltanto cercando di avvantaggiarsi, precedendolo, sul suo rivale in uniforme? «Potrebbe essere la cosa migliore per tutti» insisté Winter.

«Ma non per me» obiettò Petzval. «Non sono capace di fare la spia. Quel genere di sporco lavoro lo lascio alla gente che ci sguazza. Si immagina che vorrebbe dire passare ogni minuto del giorno e della notte nell'angoscia di essere scoperto?»

«Potrebbe fare in modo di non essere scoperto.»

«E come potrei?» ribatté Petzval, escludendo immediatamente l'idea. «Pretendono che io fotografi i prototipi, rubi le cianografie, faccia il disegno dei meccanismi di culatta, e via dicendo.» Era lui che, naturalmente, ci aveva pensato sopra un bel po', oppure faceva parte dell'indottrinamento di Kupka?

«Lo farebbe per la sua patria» disse Winter, ormai convinto che era un tentativo di sovvertirlo.

«È mai stato in una fabbrica d'armi?» inquisì Petzval. «O meglio, più esattamente, ne ha mai oltrepassato i cancelli? In alcuni di quei posti perquisiscono un operaio su tre. E di quando in quando perquisiscono ogni singolo lavoratore. La polizia perquisisce le case degli impiegati. Io lavorerei nel laboratorio ricerche, e sono ebreo. Che probabilità mi concederebbe di passarla liscia?»

Winter girò ancora lo sguardo lungo il locale. Anche se stavano parlando a voce bassa, il modo appassionato con cui l'amico stava esprimendosi avrebbe finito con l'attirare l'attenzione. «Sono dolente, Herr Petzval, ma non posso aiutarla oltre.»

«Girerà il credito a lui?» Era paura o disprezzo che Winter leggeva in quegli occhi neri, profondamente incassati?

«Lei ha letto e firmato le modalità del prestito. Nulla v'era nulla che escludesse il trasferimento a una terza parte.»

«Una terza parte? La polizia segreta?»

«Si procuri i soldi da altra fonte» suggerì Winter. Sembrava si stesse sollevando un polverone per niente.

«Sono profondamente indebitato, Herr Winter. La scongiuro, si prenda quel pezzo di terra a saldo completo del mio debito.»

«Non mi sentirei di farlo. Il suo avvenire...»

«Quale avvenire posso avere se Kupka mi impedisce di lasciare il Paese?»

«Se Kupka le impedisce di lasciare l'Austria...» Per un attimo, Winter rimase perplesso. Poi si rese conto di quanto la frase di Petzval implicava. «Vuol dirmi che è venuto qui, sperando che avrei rifiutato di fare quello che Kupka esige, ma senza dirglielo finché lei fosse al di là del confine?»

«Lei è tedesco.»

«E continua a farmelo presente» riconobbe Winter. Bevve il brandy rimasto nel bicchiere. «Ma qui, ho interessi d'affari, e una casa. Come può aspettarsi che sfidi le autorità per favorire un estraneo?»

«Per favorire un cliente. Non sono un estraneo, sono un cliente della sua banca.»

«Ma lei chiede troppo.» Winter si alzò, prese il cappello, e gettò sul tavolino qualche moneta. Più che sufficiente per pagare il proprio caffè col brandy, nonché qualsiasi altro caffè e brandy che Petzval avesse eventualmente consumati mentre lo aspettava. «*Auf Wiedersehen*, Herr Petzval.» Mentre si avviava verso la porta, udì alle spalle una certa confusione, ma non si voltò se non quando sentì urlare Petzval.

Petzval si era alzato, scuotendo i pugni. Poi, afferrate le monete sul tavolino, le scagliò con tutta la forza contro Winter. Almeno un paio di monete colpirono la vetrata della porta girevole, facendo indietreggiare Winter. C'era un demonio in corpo a quel Petzval. Che adesso veniva bloccato da due camerieri, ma continuava a dibattersi tanto da dover richiedere l'intervento di un terzo per fermargli il braccio sollevato.

«Sia maledetto, Winter! E maledetto il suo denaro! Lei mi fa schifo, mi sente?»

Winter era scosso da un tremito, mentre superava la porta girevole e usciva nel buio della Gumpendorfer Strasse. Senz'altro quello era matto, ma le maledizioni risuonavano ancora nelle orecchie di Winter mentre saliva a bordo della sua vettura. Non poteva fare a meno di considerarle un cattivo presagio, specie adesso che il suo secondo figlio stava per nascere, da un momento all'altro.

Winter si svegliò e per un attimo si chiese dov'era, prima di ricordarsi che si trovava nella sua residenza di Vienna. Che appariva tanto differente in assenza di Veronica. Di solito, una buona nottata di sonno era quanto bastava ad Harald Winter per riprendersi dalla tensione e dalle ansietà degli affari. Ma quella particolare mattina, seduto nello spogliatoio e con un tovagliolo caldo sul viso, egli non aveva ancora dimenticato il colloquio con l'esagitato giovane ebreo.

Si tolse il panno caldo dalla faccia, e lo gettò nel lavabo di marmo. «Ci sarà una guerra, Hauser?» domandò al suo cameriere, il quale stava versando da una brocca a disegni floreali un po' d'acqua calda per farne schiuma nella ciotola per la rasatura.

Hauser insaponò il mento di Winter. Hauser era uno sveglio giovanotto di un villaggio vicino a Rostock. Si teneva ben caro il suo compito di cameriere personale di Winter; era il solo membro della servitù di casa Winter che accompagnasse sempre il padrone nelle trasferte. «Tra gli austriaci e i serbi, signore? Sì, la gente dice che ci sarà senz'altro.» Rasoi, pettini e forbici erano sterilizzati, risplendenti di pulizia, e disposti con precisione su un panno bianco inamidato. Ogni cosa era sempre collocata secondo una procedura invariabile.

«Presto, Hauser?»

Il cameriere rimase col rasoio a mezz'aria. Era troppo accorto per illudersi che il padrone lo stesse consultando sulle probabilità della guerra. Certe predizioni spettavano ai generali e ai politici, alla categoria di persone con le quali Winter se la vedeva ogni giorno. Ad Hauser ci si poteva rivolgere per sapere cosa dicesse il popolino. La gente, cioè, che viveva nei grandi falansteri vicini alle fabbriche, lavoratori che dormivano in dieci in una stanza, ognuno di essi pagando al locatore un quarto della sua paga. Uomini che lavoravano dodici, e anche quattordici ore al giorno, tranne il pomeriggio della domenica. Che dicevano gli uomini? Che stavano dicendo a Berlino, Vienna, Budapest e Londra? Winter voleva sempre sapere quelle cose, e Hauser si faceva un punto d'onore nel fornirgli le risposte. «A questi austriaci, signore, non gli va a genio nessuno. A noi tedeschi ci invidiano, odiano i cechi e disprezzano gli ungheresi. Ma è con i serbi che ce l'han su a morte. Prima o poi, lo dicono tutti, finiranno col farli fuori. E la Serbia non è un gran che: persino gli austriaci dovrebbero riuscire a batterli.» Hauser ne parlava con quella sufficienza con cui un tedesco ha sempre parlato dei popoli balcanici e degli austriaci. Questi ultimi catalogati più o meno sullo stesso livello.

Winter sorrise tra sé. Hauser aveva tutto l'orgoglio — l'arroganza, era il termine più appropriato — del prussiano. Ecco perché gli piaceva. Hauser bloccò con l'indice e il pollice il mento del padrone, mentre faceva scivolare l'affilato rasoio attraverso la schiuma e metteva a nudo la pelle rosea e lustra. Mentre il domestico forbiva la lama su un panno che aveva sull'avambraccio, Winter commentò: «I terroristi e gli anarchici con le loro rivoltelle e le bombe... assassinando per la strada persone innocenti. Sono tutti della Serbia. Addestrati e incoraggiati dai serbi. Tu non ne saresti furibondo, Hauser?»

«Però non mi arruolerei per andare a far la guerra, Herr Winter.» Con una lieve pressione della mano, fece sollevare il mento di Winter, per poter radere sulla gola. «Di gente che non posso soffrire ce n'è tantissima, ma per questo non vedo la necessità di partire a farle la guerra.»

«Hai del buon senso, Hauser.»

«Sì, Herr Winter» riconobbe Hauser, facendo ruotare il capo del padrone, mentre continuava a manovrare il rasoio.

«Abbiamo la fortuna di vivere in un'epoca in cui le guerre sono cosa del passato, Hauser. Non devi aver paura che ti portino al fronte.»

«Spero proprio di no» rispose Hauser, il quale non aveva paura di essere *portato* al fronte: solo i gentiluomini come Herr Winter andavano in guerra a bordo di veicoli, la categoria degli Hauser ci andava a piedi.

«Caso mai, qualche battaglia» proseguì Winter. «Il Kaiser dovrà decidersi a dare una lezioncina ai cinesi; gli Inglesi inviano uomini nel Sudan o a bloccare i boeri — ma sono soltanto operazioni di polizia, Hauser. Per noi europei, la guerra è cosa del passato.»

Hauser fece inclinare un tantino ancora il capo del padrone, e prese a regolare le basette. Ogni volta le accorciava di una frazione. I favoriti stavano rapidamente uscendo di moda, e, come tantissimi camerieri personali, Hauser era un irriducibile snob per quanto riguardava la moda. Dei baffi di Winter, se ne occupava sempre per ultimo. Radere in corrispondenza delle estremità arrotondate di un paio di baffi era la parte più delicata. Da portare a termine con un rasoio a parte. «Quindi, gli austriaci non faranno guerra ai serbi?» disse Hauser, come se il giudizio del padrone fosse definitivo.

«I Balcani non sono Europa» precisò Winter, flettendo il viso verso il guardaroba perché Hauser potesse lavorare sull'altra basetta. «Quella gente, giù in quella parte del mondo, è tutta matta. Non smetteranno mai di rompersi le corna tra di loro. Ma io mi riferisco ai veri europei, i quali hanno finalmente imparato a vivere assieme, e a comporre le divergenze mediante il negoziato: i tedeschi, gli austriaci, gli inglesi... persino i francesi hanno finito per accettare il fatto che l'Alsazia e la Lorena sono tedesche. Ecco perché dico che in guerra non ti ci porteranno, Hauser.»

«No, Herr Winter, sono sicuro che non mi ci porteranno.»

Bussarono leggermente alla porta. Hauser allontanò subito il rasoio dal viso di Winter, caso mai il padrone avesse fatto una mossa improvvisa.

«Avanti» disse Winter.

Era una delle domestiche; poco più che quattordicenne, la ragazza aveva un accento della Carinzia tanto pronunciato da costringere il padrone a farle ripetere per tre volte il messaggio prima di riuscire a capirlo. C'era lì il direttore della filiale viennese della banca. Che gli era saltato in testa a quell'uomo per venire a disturbare Winter in casa, alle nove e mezza di mattina? Eppure era un funzionario attempato, di solito assai formalista e riservato. «Urgentissimo» precisò la camerierina, rossa in faccia per l'emozione di un avvenimento così straordinario: aveva visto il padrone nell'atto di venire rasato; una circostanza di cui menar vanto tra le colleghe. «Molto, molto urgente» ripeté.

«Basta così, ragazza» la redarguì Hauser. «Il tuo padrone ha capito.»

«Fallo entrare» disse Winter.

Hauser tossicchiò. Farlo entrare a vedere Winter con la barba fatta a metà? E proprio nel momento più difficile: la rasatura attorno ai baffi. Hauser non voleva procedervi in presenza di estranei, tanto meno quando esisteva la possibilità che Winter si mettesse a parlare, nel qual caso poteva accadere di tutto. Se per caso ad Hauser fosse scivolata la mano così da provocare un taglio? Che ne sarebbe stato dell'impiego che Hauser aveva tanto caro?

«Sono oltremodo spiacente di disturbarla, Herr Winter» esordì il direttore, non appena fu fatto entrare, accompagnato adesso dal maggiordomo, e non dalla piccola sprovveduta domestica. Hauser notò che le dita del maggiordomo erano sporche di pasta per lucidare l'argenteria. Un lavoro da completare fin dalla sera precedente. Questi fottuti austriaci, pensò, sono tutti degli sfaticati. Si chiese se anche Winter se ne fosse accorto.

«È per la faccenda Petzval» si giustificò il direttore. Aveva grossi scopettoni cespugliosi, stile imperatore.

Winter annuì, cercando di nascondere qualsiasi accenno all'inquietudine che l'aveva assalito.

«Non l'avrei disturbata, ma il messaggero del conte Kupka ha detto che lei doveva essere informato immediatamente... Ho ritenuto doveroso venire di persona.»

«Sì, ma di che si tratta?» domandò Winter stizzosamente.

«È morto di sua propria mano. Il messaggero ha sottolineato che è da escludere qualsiasi ipotesi diversa. Ha insistito decisamente su tale punto.»

«Suicidio. Be', che io sia dannato» esclamò Winter. «Ha lasciato qualche biglietto?» Trattenne il fiato.

«Un biglietto, Herr Winter?» chiese l'uomo anziano, ansiosamente, incerto se Winter si riferisse a una cambiale o a qualche documento similare avente valore negoziabile. Poi, afferrando ciò che Winter aveva inteso, aggiunse, con evidente sollievo: «Ah, un messaggio di suicida. No, niente del genere».

Questa volta Winter cercò di nascondere il proprio, di sollievo. «Ha fatto bene a venire» disse. Era stato un colpo. Sentì che il sangue gli era affluito al volto. Sapeva fin troppo bene cosa poteva succedere quando faccende di quel tipo andavano storte.

«Grazie, signore. Naturalmente, ho controllato subito la pratica per accertarmi che gli interessi della banca non fossero compromessi.»

«E qual è la situazione?» domandò Winter, togliendo dal viso le ultime tracce di sapone, mentre si guardava nello specchio.

Fu sollevato nel notare che appariva freddo e calmo, come sempre tentava di essere in presenza dei dipendenti.

«A quanto mi risulta, Herr Winter, mentre la morte del debitore pone irrevocabilmente e totalmente il bene in possesso del beneficiario designato, gli obblighi della banca decadono con il decesso dell'altro contraente.»

«E del prestito concesso a Petzval, quale percentuale era già stata anticipata?»

«Venti corone oro, alla stipula del contratto, Herr Winter. Come da normale prassi della banca.»

«Quindi, quel pezzetto di terra nell'Obersalzberg ci viene a costare non più di venti corone?»

«Il totale della somma oggetto del prestito doveva essere corrisposto in dieci rate...»

«Lasci perdere le modalità» esortò Winter. «Ha mandato a dire altro il conte Kupka?»

«Ha raccomandato che le porgessi le sue congratulazioni, Herr Winter. Ritengo che...»

«Per il neonato» si affrettò a concludere Winter, sebbene sapesse che il conte Kupka non inviava congratulazioni per i neonati. Il conte Kupka sapeva, naturalmente, tutto ciò che accadeva a Vienna. A volte, forse, le sapeva prima ancora che accadessero.

«Tesoro! Perdonami se non sono venuto prima.» La baciò e con un'occhiata ispezionò la stanza. Winter odiava gli ospedali, con il loro odore pungente di etere e medicinali. L'aver voluto che sua moglie andasse a partorire in ospedale e non a casa era un altro risentimento da porre a debito del professor Schneider. «Per me è stata la giornata più difficile che mai immaginassi» aggiunse Winter.

«Harry! Povero caro!» tubò la moglie, facendogli il verso. Era incantevole quando rideva. Anche lì in ospedale, con i lunghi capelli biondi sciolti sulle spalle anziché raccolti alti sulla nuca, come li pettinava la sua cameriera personale, Veronica era la donna più bella che avesse mai visto. La mascella decisa, gli zigomi alti, l'eleganza longilinea gli sembravano tanto americani al punto da renderlo quasi incredulo che quella volitiva creatura fosse sua moglie.

Winter arrossì. «Scusami, tesoro. Non intendevo dire quello. Certo, anche per te non sono state rose e fiori. È ovvio.»

Veronica sorrise: era molto raro vedere Harald Winter mortificato. Era difficile prenderlo in contropiede. «Io *non* ho avuto una giornata tanto negativa, Harry. Ho avuto un figlio, io.»

Suo marito sbirciò il bebè sul lettino. «Volevo venire molto prima, ma c'è stata una complicazione alla banca, questa mattina. Il direttore è venuto a casa, a parlarmi, mentre mi stavo facendo la barba. A casa, mentre Hauser mi radeva la barba! È morto uno dei nostri clienti... Si è suicidato.»

«Oh, che cosa terribile, Harry. Qualcuno che conosco?»

«Un ebreo, di nome Petzval. Se devo essere sincero, secondo me era un uomo poco raccomandabile. La polizia segreta si interessava a lui già da un po'. Potrebbe essere stato in combutta con uno di questi gruppi terroristici.»

«Come hai potuto entrare in rapporti con una persona del genere?» La testa di Veronica ricadde all'indietro, i suoi occhi divennero vitrei. A causa, naturalmente, degli effetti collaterali dell'anestetico. L'infermiera aveva detto che la puerpera era ancora debole.

«Fu uno dei direttori giovani che trattò con lui. Uno di quei pivelli che non hanno un filo di discernimento.»

«Suicidio. Povera anima tormentata» mormorò Veronica.

Winter la osservò mentre si faceva il segno della Croce, e guardava poi il crocefisso intagliato sopra la testata del letto. C'era da sperare che Veronica non fosse sul punto di diventare una cattolica romana o qualche sorta di bigotta. Winter aveva già abbastanza grane, anche senza una moglie che si mettesse ad andare a messa allo spuntar del sole, immancabilmente. Scacciò l'ipotesi. Veronica non era il tipo. Se Veronica avesse dovuto convertirsi a qualche cosa, caso mai, si sarebbe dedicata a Freud e alle sue assurde teorie. Aveva già assistito a qualche lettura di Freud, rifiutando di ridere alle facezie di Winter sulla psicologia. «Meno male che non devi gestire una banca, mia cara. Daresti i soldi al primo straccione che arrivasse con una storia patetica.» Tolse da una sedia un cesto di fiori — la camera era piena di omaggi floreali — e rilevò dal biglietto allegato che il pensiero veniva dal personale della banca di Berlino. Si mise a sedere.

«Voglio chiamarlo Paul» disse Veronica. «Oppure il nome non ti piace?»

«No, è un bel nome. Ma credevo volessi chiamarlo col nome di tuo padre.»

«Peter e Paul, amor mio. Non vedi quanto sarà delizioso avere due figli che si chiamano Peter e Paul?»

«E quest'idea ce l'avevi in mente fin da quando nacque il nostro primogenito Peter Harald?»

Lei sorrise e distese le lunghe gambe sotto le coperte. Aveva scelto due nomi che i suoi genitori americani avrebbero trovato entrambi accettabili. Se ne rendeva conto Harry? Probabilmente, sì. Harry Winter era molto acuto quando si trattava di persone e delle relative motivazioni.

«Sin da allora? Per tutto questo tempo?» insisté Winter, e rise. «Che matta di moglie americana mi ritrovo!»

«Sei contento, Harry? Dimmi che lo sei.»

«Certo, che lo sono.»

«Allora, va' da lui e guardalo, Harry. Prendilo e portamelo qui.»

Winter si dette una sbirciata sopra la spalla, sperando che l'infermiera comparisse, ma quella si era eclissata, ovviamente per dar loro modo di restar soli per un po'. Goffamente, prese il neonato. «Ciao, Paul» disse. «Ho un regalo per te, bambino del secolo nuovo.» Era una creaturina soda, dal visetto accigliato che pareva pronto a minacciare. Ma gli occhi erano quelli di Veronica: occhi grigio fumo, che non rivelavano mai i pensieri che c'erano dietro. Winter depositò di nuovo sul lettino il piccolo fardello.

«Un regalo? Veramente, Harry? Che padre meraviglioso sei! Che cos'è? Fammi vedere che cos'è.»

«Un appezzamento. Un piccolo terreno sulle pendici dell'Obersalzberg.»

«Un appezzamento? Dov'è l'Obersalzberg?»

«In Baviera, in Germania, all'estremo sud. Il tipo di posto dove un uomo potrebbe costruirsi un bel capanno di caccia. Un luogo dove un uomo potrebbe andare quando vuole isolarsi dal mondo.»

«Un pezzo di terra nell'Obersalzberg. Harry! Riesci ancora a sorprendermi, dopo tutto questo tempo che siamo sposati.» Tra l'intontimento dell'etere, che ancora le annebbiava le idee, ella si chiese se ciò rappresentasse un qualche desiderio che il marito nascondeva nell'intimo. Harry era forse smanioso di andare da qualche parte e isolarsi dal mondo? Aveva già quell'odiosa Martha presso cui rifugiarsi. Che altro ancora voleva?

«Perché quella faccia?» volle sapere Winter.

«Niente, caro. Ma non è uno strano regalo da fare a un neonato?»

«È un buon pezzo di terra: un bel posto con la vista delle montagne. Un posto dove un uomo può accarezzare i propri pensieri ed essere il padrone di se stesso.» Guardò il nuovo figlio. Che era meno accigliato, adesso, e pareva sorridere.

# 1906

## *«E queste sono le cose che gli insegnano a scuola»*

«Hai due ragazzini adorabili, Veronica» le disse suo padre. Il vecchio stava osservando, in piedi davanti alla finestra, il decenne nipote Peter, il quale, tutto compunto, spingeva il biondo fratellino, raggiante di felicità, lungo il prato, su un cavallino a rotelle. I fanciulli erano nel giardino privato di una grande casa nell'aristocratico quartiere Belgravia di Londra. Era uno splendido giorno d'estate, e Londra sfoggiava il meglio di sé sotto il sole. Un vecchio giardiniere andava falciando l'erba verdissima, tracciando nel prato rettangoli ben livellati. Il forte profumo dell'erba recisa di fresco aleggiava nell'aria tranquilla, e arrossava e faceva lacrimare gli occhi del piccolo Pauli. Cyrus annusò beato. I loro amici inglesi avevano insistito perché essi venissero a Londra durante "la stagione", ma i Rensselaer preferivano attraversare l'Atlantico in quel periodo dell'anno, quando gli oceani erano meno rabbiosi. «Indipendentemente da quello che io sia portato a dire di quel filibustiere di tuo marito, per lo meno ha saputo darti due bei figlioli.»

«Via, via, papà,» disse Veronica in tono blando «non ricominciamo con la solita storia.» Indossava un abito lungo "da tè", di chiffon azzurro traforato e foderato di satin della stessa tonalità più scura. Quei modelli da pomeriggio le evitavano, per qualche ora, il supplizio degli aderenti corpetti impostile dalla moda per gran parte della giornata. Era un modello sciolto e vaporoso che la faceva sentire giovane e bella e disposta perfino a sopportare i commenti dei genitori. Sollevò leggermente l'orlo della gonna, compiacendosi della carezza sulle dita del morbido tessuto.

«È lei che ha dato ad Harry due bei figlioli» precisò brusca la signora Rensselaer. «Non poteva essere che un uomo a voler fare le cose al contrario di quelle giuste. Chi ha sopportato quell'orribile ospedale di Vienna, mentre c'erano una camera da letto e un medico che la aspettavano a New York?» Eccoli di nuovo all'attacco, ma Veronica ci era abituata. Notò quanto la cadenza quasi isterica, tutta yankee della madre, suonasse molto più sgradevole della voce paterna meno aspra. Adesso che la propria vita trascorreva fra tedeschi, il contrasto risultava più stridente. Si chiese se il proprio accento inglese avesse ormai acquisito una cadenza germanica. I suoi genitori non ne avevano mai fatto accenno, ed ella era convinta che fosse meglio non chiederglielo.

«Non sarei potuta venire a casa per partorire, mamma. Lo sai che non potevo.» Represse un sospiro. Per sei anni i suoi genitori avevano covato quel risentimento, che persisteva tuttora.

Suo padre osservò i due nipoti attraversare la strada, dando la mano alla loro nanny,* e udì il rimbombo della porta d'ingresso, mentre rincasavano in tempo per lavarsi prima del tè. Disse: «Io attraverso l'Atlantico regolarmente, Veronica, e tua madre di solito mi accompagna. È ridicolo che tu vada avanti a fingere che ti è impossibile venire a casa da noi, anche per un breve periodo, quando noi riusciamo a venire qui a Londra ogni anno immancabilmente...». Si ficcò le mani in tasca. «Perdiana! La prima volta che venni in Europa, viaggiai su un brigantino a quattro alberi. Oggi, tua madre e io viaggiamo in cabine di lusso, con tanto d'acqua corrente, e consumiamo pasti che farebbero invidia al Ritz.»

Cyrus Rensselaer era un uomo dall'aspetto notevole, tra i cinquanta e i sessanta anni. Aveva una criniera di neri capelli, pettinati lisci all'indietro, e chiari occhi azzurri e grandi baffi. Senza fare concessioni al clima estivo, indossava un severo abito da mattina, con tanto di panciotto fantasia di broccato e morbida cravatta con spilla d'argento a fermarne il nodo. C'era tuttavia in lui una certa aria non convenzionale — i capelli erano più lunghi di quanto imponesse la moda — tanto che, a volte, sul piroscafo, i passeggeri pensavano che egli potesse essere un famoso musicista o un pittore di successo. Del che, Cyrus Rensselaer si compiaceva, in quanto spesso diceva che sarebbe diventato un artista del pennello se suo padre non l'avesse messo al guinzaglio ogni volta che lui, Cyrus, voleva abbandonare gli studi di ingegneria.

«Lo so, papà. Tutto questo me lo hai fatto presente nelle tue lettere. Ma Harry è tedesco: i ragazzi sono tedeschi. Adesso, io considero la Germania come il mio paese.» Il guaio era che i suoi

* Istitutrice, o governante. Un po' come la nostra tata. [*N.d.T.*]

genitori non parlavano le lingue, e la loro unica visita a Berlino nel 1892, in occasione delle nozze di Veronica, sembrava averli dissuasi definitivamente dal rimettere più piede sul continente europeo.

«Però, sei stata in grado di andare a Vienna e avere là il bambino» chiarì sua madre. «Papà ritiene che un tuo viaggio a New York non sarebbe stato poi quella grande sfacchinata.»

«Il bambino era in anticipo, mamma. Ci trovavamo a Vienna, e il ginecologo disse che non dovevo mettermi in viaggio.» Guardò i genitori, che non sembravano convinti. «Harry ne era furibondo. Aveva già organizzato tutto quanto a Berlino. Povero Paul, il mio piccino — Harry aveva preso a chiamarlo "la polpettina austriaca" finché non gliel'ho fatta smettere.»

Suo padre estrasse dal taschino del panciotto un orologio d'oro, e lo consultò. «Il tuo Harry non aveva detto che sarebbe rientrato per il tè?»

«Faceva colazione al club.»

«Gli piacciono i club» commentò Cyrus.

«È per qualche cosa che ha a che fare con le miniere...» spiegò Veronica. «Hanno scoperto una cura per la malaria. Sembra che ci siano di mezzo le zanzare. Harry dice che, se la cosa funziona, ci aprirà l'accesso alla parte più nera dell'Africa Centrale.»

«Per caso, non è una donna?» sussurrò la signora Rensselaer.

«No, non è una donna, mamma. Harry non corre dietro alle donne quanto al denaro.»

A Cyrus non piaceva che si elogiasse Harald Winter, tanto meno quando le lodi riguardavano l'abilità negli affari del genero, campo in cui egli considerava se stesso imbattibile. «Mi stupisce che il tuo Harry non investa sulle macchine volanti» disse sardonicamente.

Veronica lo fissò duramente. «Tu sottovaluti Harry, papà. Tu pensi che egli investa soldi in qualsiasi stupido progetto gli venga sottoposto. Ma Harry i suoi soldi li sa amministrare, e bene; mai li affiderebbe a gente di quel calibro.»

«Mi venga un accidente se mi riesce mai di inquadrare il tuo Harry» ribatté Cyrus. «Butta via i quattrini per giocattoli come quella Mercedes Daimler, e poi ti porta giù in un capanno nell'Obersalzberg e ti costringe a far miracoli con un paio di domestiche del luogo. Non ti ho allevata perché tu dovessi lavare i piatti e scopare le stanze di casa!»

«Non è un capanno, papà, è più che altro un casotto da caccia. Il terreno Harry lo ha avuto a conguaglio di un credito inesigibile. Lo regalò a Pauli quale dono di battesimo. Adesso ci ha costruito la casa. E a me piace tanto andarci. È l'unica occasione in cui ho Harry tutto per me. E dalla casa di Berlino, ci portiamo dietro due cameriere, più la cuoca, il domestico di Harry e lo chauffeur.»

«Direi che è un bel po' di lavoro per te, mia cara» commentò sua madre. «E poi, dover fare a piedi cinque miglia! Quando ce l'hai scritto, non riuscivamo proprio a vederti scarpinare tanto. Non ti senti sola lassù?»

Veronica sorrise. «Ho Harry e i ragazzi: come potrei sentirmi sola? E, comunque, abbiamo tantissimi vicini.»

«Che genere di vicini? Montanari? Taglialegna?»

«No, papà. Alcune distinte famiglie hanno lì la casa. È diventato un posto molto alla moda. Musicisti e scrittori... che ci vivono tutto l'anno.»

«Come regalo di battesimo, mi pare un po' strano. Harry avrebbe fatto meglio a vendere il terreno e investire i soldi in qualche cosa di concreto, a favore del vostro Pauli.»

«Io voglio che Pauli lo abbia, papà. L'anno scorso, l'artigiano del legno, giù al villaggio, ha intagliato un grande cartello — "Haus Pauli" — che sarà infisso sopra il cancello. È il posto più bello del mondo. Prati, pascoli, pinete, e montagne. Alle nostre spalle ci sono l'Hohe Göll e il Kehlstein. Dalla finestra della stanza per la prima colazione abbiamo un panorama di miglia e miglia, fino a Berchtesgaden e fino in Austria.»

«È all'estremo sud della Baviera. Ho guardato l'atlante. Troppo lontano perché noi ci si arrivi» disse Rensselaer con tono che precludeva ogni ulteriore discussione.

La nanny scozzese fu puntuale nel portare i ragazzi alle quattro. Mani e faccia lustre e rosee, un circoletto di tintura di iodio dipinto sul braccio di Pauli, lì dove appariva una fresca escoriazione. Era sempre il biondo Pauli che inciampava e cadeva. O era sbadato o era goffo, comunque sempre allegro e sorridente. Peter era l'opposto; bruno, serio, composto, un ometto assennato, che mai, anche in tenera età, era stato un bambolotto come il fratello minore. I due fanciulli baciarono doverosamente la mamma, la nonna e il nonno. Poi, rispondendo al campanello, le cameriere portarono il tè, con le migliori tazze di porcellana e le teiere d'argento. E c'era, fatta in casa dalla cuoca, la marmellata di fragole da spalmare, assieme a una cucchiaiata di pallida crema di Cornovaglia, sulle tartine fresche di forno.

Il tè fu versato nelle tazze, i piattini vennero distribuiti, si tagliò la torta, lo zucchero andò a sposare la calda bevanda. In mezzo al tramestìo del tè pomeridiano, Rensselaer rimase in piedi davanti alla finestra; tazza, piattino e piatto con tartine aspettavano intatti, sul tavolo. Cyrus aveva iniziato la sua carriera di ingegnere nel West, lavorando in luoghi dove un uomo imparava presto ad adeguarsi alle bevute robuste, a usare i pugni e, qualche volta, una rivoltella. Il modo con cui si era guadagnato l'ingresso negli ambienti più proibitivi della finanza di New York, e quindi nelle famiglie più esclusive della metropoli, era dovuto tanto alla rude onestà, alla disarmante franchezza e all'impacciato charme di Rensselaer quanto alla sua fortuna e alla sua competenza in campo minerario. Egli, però, non aveva mai acquisito quel tratto snobistico che sua moglie aveva sperato da lui, e quella sorta di cerimoniale inglese per il tè non gli piaceva affatto.

«Col latino, vai sempre bene?» domandò Rensselaer a Peter. Il nipote era un ragazzo snello e sodo, che indossava, come suo fratello, un paio di calzoni alla zuava e un camiciotto alla marinara. Aveva gli stessi capelli scuri del nonno, e gli stessi occhi azzurro chiari. Non v'era altra rassomiglianza che saltasse all'occhio, ma tanto bastava per farli identificare quali affini di sangue.

«Sì, signore.» Peter, eretto e aggraziato, fissava il nonno, per nulla intimorito, rispondendogli in un limpido ed eccellente inglese.

«Bravo ragazzo! Latino e matematica, li devi curare. Tua madre era la prima della classe in matematica, quando andava a scuola a Springfield. Te l'ha mai detto?»

«No, signore. Non me l'ha mai detto.» Tra i genitori e i figli di Veronica c'era un rapporto imbarazzato. I Rensselaer erano poco elastici, rifiutandosi di capire che i ragazzi non erano più trattati in quel modo formale e distante che essi avevano riservato alla loro figlia.

«E cosa farai quando sarai grande, mio giovane Peter?» domandò Cyrus. Quanto avrebbe preferito che quei due suoi nipoti non avessero i capelli tagliati così corti, alla prussiana. Lui era abituato a bambini con le capigliature più lunghe. Quelle "teste a zucca" non si addicevano ai suoi nipoti, di questo c'era da biasimare Veronica che lo permetteva.

«Volerò sull'aeronave del conte Zeppelin» rispose Peter.

Suo fratello minore lo guardò con un rispetto che rasentava il timore reverenziale, ma il signor Rensselaer scoppiò in una risata. «Aeronave?! Questa è bella?» esclamò, con una nuova risata.

Anche Pauli rise, ma Peter si imporporò in volto. Per coprirgli l'imbarazzo, Mary Rensselaer intervenne, suadente: «Ti piacerebbe venire in America a trovarci, Peter? Come sarebbe bello averti con noi per un po'!».

«L'anno venturo andrò alla mia nuova scuola» obiettò Peter.

«Come convittore, Veronica?» domandò la signora Rensselaer alla figlia.

«No, mamma. È una scuola diurna. Harry non è favorevole ai collegi a meno che si tratti di scuole militari bene attrezzate e organizzate. Dice che sono piene di bulli. Secondo lui, è per questo che gli inglesi sono quelli che sono.»

«Non sarebbe niente male se questi tuoi tedeschi assomigliassero un po' di più agli inglesi» sentenziò Cyrus Rensselear. «Una certa dose di strapazzate da convitto avrebbero fatto un sacco di bene a quel bellicoso piccolo Kaiser Guglielmo.» Sottolineò il commento con un suono che poteva essere una risatina o un grugnito, poi si soffiò il naso in un enorme fazzoletto rosso di cotone.

Veronica sbirciò nervosamente i propri figlioli, poi replicò: «Harry dice che il Kaiser ha fatto grandi cose per la Germania. Ci ha portati più vicini all'Austria, e questo è stato un bene».

«Un bene per Harry, a causa dei suoi interessi finanziari in Austria, ma la Duplice Alleanza, come la chiamano, ha spaventato Russia e Francia, le quali hanno rafforzato i loro rapporti, e tutto quello che fa la Francia, lo fa anche l'Inghilterra. Il Kaiser si sta mettendo in un sacco di guai, Veronica. Vedi di tenerlo presente quando leggi i tuoi giornali.»

«Harry sostiene che tutto questo gran parlare di guerra che inventano i giornalisti è solo per aumentare le vendite dei giornali.»

Cyrus Rensselaer si chinò per dire a Peter: «E tu ricordati che tua madre è americana. Il che rende anche te mezzo americano. E lascia perdere le aeronavi del conte Zeppelin; vieni a New York e vedrai cose che ti faranno restare a bocca aperta.

L'America è il solo paese per il giovanotto che diventerai: terre coltivate che si estendono a perdita d'occhio, strade ferrate che intersecano tutto il continente. Vieni in America a scoprire che vuol dire respirare l'aria degli uomini liberi». Allungò una mano per metterla sulle spalle del nipote.

Peter respinse con rabbia la mano del nonno. «Non voglio venire con lei. Io la odio. Lei è un uomo cattivo, che dice male del nostro Kaiser. Egli è il mio imperatore. La Germania deve essere forte, per sconfiggere i francesi, gli inglesi e i russi. E così il mondo imparerà a rispettare il Kaiser. In America non ci verrò mai — mai, mai!»

Il sorriso si gelò sulle labbra di Pauli. Per un istante, i quattro adulti furono troppo penosamente imbarazzati per reagire. Fissavano quel ragazzino decenne, non sapendo che fare davanti a quell'esplosione di furore. Cyrus Rensselaer avvertì un'improvvisa sensazione di vuoto. Da lungo tempo aveva pregustato l'incontro con sua figlia e i suoi nipoti, i suoi unici eredi. Ma, invece dei due amabili, sbarazzini e lentigginosi fanciulli che si era aspettato, si trovava davanti, di colpo, due teutonici militanti. Roba da fare restare immobili e muti, e sconvolti. E nessuno si mosse finché Pauli — intuendo nel suo smarrimento che era successo qualche cosa di spaventoso — non lasciò partire un ululato, seguito da un pianto clamoroso, come mai prima in vita sua. Allora la nanny parve svegliarsi, afferrò la mano di Pauli, e tentò di impossessarsi di quella di Peter, ma questi le sfuggì, precipitandosi fuori dalla stanza e sbattendosi alle spalle la porta con tutta la forza.

Veronica disse: «Li chiuda tutti e due nella loro camera, Nanny. E dica a Peter che suo padre sarà debitamente informato non appena sarà a casa».

«Sì, madame» rispose l'istitutrice. «Davvero, non capisco... Peter non ha mai...»

«Questo è tutto, Nanny» disse nonno Rensselaer. Quando i bambini e l'istitutrice se ne furono andati, egli si versò una dose di whisky dalla bottiglia che era sul tavolino. La ingollò in un sol sorso.

«È il viaggio... e l'eccitazione» giustificò Veronica quando il padre si girò verso di lei. «Peter è quello di solito più tranquillo. Peter è educato e riflessivo. È Pauli che diventa sovreccitato.» Stava viziando il figlio minore, e se ne rendeva conto. Lo scoppio di rabbia voleva dire che Peter si sentiva trascurato e dimostrava la sua scontentezza?

«È quel marito che hai» disse Rensselaer. «Adesso ti accorgi di che razza di idee mette in testa ai ragazzzi... Il conte Zeppelin... le aeronavi, e tutte quelle fesserie sul Kaiser Guglielmo, "il mio imperatore". È ora che dica io due parole al tuo Harald!»

«No, papà, non farlo, ti prego. Harald non c'entra. Ha talmente poco tempo da dedicare ai suoi figli.» Si lisciò nervosamente la veste di satin.

«Qualcuno sta imbottendo la testa del ragazzo con queste sciocchezze pericolose» insisté suo padre.

«È la scuola, papà. E queste sono le cose che gli insegnano a scuola.»

Quella sera, il prestigio e la popolarità di Cyrus Rensselaer erano evidenti. I suoi ventidue ospiti a cena fornivano lo spaccato di una Inghilterra al culmine della sua potenza. Alla destra di Mary Rensselaer sedeva un principe indiano, un fragile vecchio dall'accento etoniano così classicheggiante che a volte persino gli altri invitati inglesi facevano fatica a capirlo. Di fronte, aveva preso posto un adusto colonnello di fanteria, che aveva militato in ogni zona dell'impero. Nel Transvaal si era guadagnato la Victoria Cross, di recente istituita dalla regina, e in Afghanistan ci aveva lasciato un braccio.

A dominare la tavola con una sequela di aneddoti c'era un uomo dello Yorkshire, senza peli sulla lingua, proprietario unico di una acciaieria da cui usciva acciaio sufficiente ad allestire una flotta completa della Marina Reale da guerra. E ad ascoltarlo deliziato c'era un pari del regno: un giovane piacente e barbuto, che aveva ereditato mezzo milione di acri nell'Inghilterra del nord. E che possedeva anche un paio di miniere di carbone che non aveva mai visto, e incamerava le rendite da una dozzina di villaggi, i cui nomi gli erano ignoti.

Le donne erano non meno rappresentative degli uomini, e altrettanto notevoli. La principessa indiana parlava dodici lingue, e il suo tedesco era impeccabile. La moglie del magnate dell'acciaio era stata ritratta da Degas, e la moglie del funzionario di banca era stata dama di corte della defunta regina madre. Una formosa signora dalla scintillante collana di diamanti aveva diretto un ospedale nel Sudan, prima di sposare un uomo il quale possedeva parecchie centinaia di miglia di strade ferrate nell'America latina.

La sala da pranzo era la giusta cornice a una tale eminente compagnia: bei quadri, tappeti, lini, cristalli e argento sulla tavola. Portate e vini erano ineguagliabili.

Harald Winter si sentiva schiacciato. Persino il suo vestito da sera, fatto su misura a Berlino, risultava sbagliato, specie dopo che egli si era accorto che tutti gli altri invitati di sesso maschile indossavano il panciotto bianco, anziché quello nero, tuttora di moda a Berlino. A Berlino Harald era trattato come uomo ricco e influente – per non dire potente. Ma adesso, in presenza di questa gente, era a disagio e diffidava. Erano tutti cordiali, e cortesi anche, ma lui non era tanto sciocco da non vedere la loro indisponente sicurezza. Anche se gli avevano fatto i complimenti per il suo inglese eccellente, era chiaro che trovavano ridicolo chiunque si esprimesse con accento straniero. La loro esagerata cortesia e ambigua condiscendenza erano l'impiallacciatura che nascondeva l'indubbio disprezzo per gli stranieri tipo Winter, e per la sua banca, della quale – gli avevano detto tutti – non avevano mai sentito parlare.

«Adesso sono completamente fuori dal giro» gli aveva spiegato uno degli ospiti – un esperto in finanza – come a scusarsene... «Sto invecchiando, capisce.» Si era picchiato l'indice sulla tempia, e si era girato per parlare con qualcun altro. Winter ne era rimasto mortificato.

Rensselaer, poi, si stava dimostrando particolarmente scostante. Per quasi tutta la durata del pranzo aveva parlato con la principessa indiana. Winter si chiedeva se il suocero avesse intuito l'urgenza con cui egli voleva sottoporgli una proposta finanziaria. Sin da quando era venuto via da una deludente colazione di lavoro, Winter aveva tentato di scambiare due parole in privato con il suocero, ma aveva il sospetto di essere evitato di proposito. Sicuramente era un sospetto infondato. Rensselaer era interessato, non meno di qualsiasi altro uomo del mondo finanziario, a ogni proposta foriera di successo. Evidentemente, adesso non era il momento giusto: Cyrus intendeva dedicarsi ai suoi doveri di anfitrione. Forse un colloquio sarebbe stato possibile dopo che gli ospiti se ne fossero andati.

«Ti vedo pensieroso, carissimo» disse Veronica al marito, quando gli uomini raggiunsero le signore in salotto. «Va tutto bene?»

«Tutto bene, certo» rispose Winter. Era controproducente far sapere a Veronica quanto quella gente gli stesse sullo stomaco. Sua moglie e relativi genitori erano della stessa risma degli altri invitati. Si limitò quindi a dirle che la trovava incantevole con quel suo lungo abito di pallida seta verde. Veronica non avrebbe mai rilevato il modo con cui quegli ospiti straricchi e potenti disprezzavano il piccolo banchiere tedesco e la nazione da cui proveniva.

«Non sono salumiere» fu la risposta che Winter diede quando la donna con la collana di diamanti gli chiese che cosa facesse per guadagnarsi da vivere. Una precisazione stizzosa e stupida, che non faceva che rivelare la propria nervosa esasperazione.

«Mio nonno faceva il macellaio a Leeds» replicò lei, allegramente. «Ancora adesso ricordo lo squisito roast-beef che si mangiava sempre a casa sua.»

La battuta imbarazzò Winter. Tentò disperatamente di fare ammenda per la propria gratuita villania. «Ho una banca» disse, e, volendo allinearsi a quella britannica ossessione per la modestia, aggiunse: «Una banca molto piccola». La donna si mise a ridere. Per quanto uno ce la mettesse tutta, in un modo o nell'altro quegli inglesi sapevano sempre come far sentire a uno straniero di essere uno scemo.

I due ragazzi, nella loro camera da letto all'ultimo piano, sentirono l'acciottolìo delle carrozze e il rumore degli ospiti che, subito dopo la mezzanotte, prendevano congedo. Peter, perso nel suo sogno popolato di aeronavi, si riaddormentò quasi immediatamente, ma il piccolo Pauli era ancora turbato per la scenata pomeridiana del fratello. Pauli non aveva alcuna delle doti di ingegno che distinguevano il fratello maggiore, ma, forse a compensarle, il biondo ragazzino possedeva un istinto per ciò che passava nella mente degli altri. Sapeva che il nonno era rimasto profondamente ferito da quello che Peter gli aveva detto. Peter era fatto così: riusciva ad avere quella crudeltà che tanto facilmente proviene da una convinta superiorità sugli altri.

Adesso Pauli non riusciva a prender sonno, angosciato per quello che sarebbe capitato a Peter. Che forse sarebbe stato mandato via di casa. Aveva saputo di altri bambini cui era toccata la stessa sorte. Mandati a lavorare, o in collegi lontani, o addirittura spediti a fare il soldato o il marinaio. Pauli non aveva idea del destino riservato a coloro che erano "allontanati da casa", ma adesso che era buio e la lampada da notte gettava strane ombre tremolanti sul soffitto, incombeva su di lui ogni sorta di incubi.

Diede una voce a Peter, ma troppo debolmente, e il sonno del fratello non ne risultò interrotto. Pauli decise allora di scendere dal letto e svegliare Nanny. La quale si sarebbe arrabbiata, naturalmente, ma avrebbe finito col prenderselo vicino, coccolarlo e poi rimetterlo a letto, con le rassicuranti parole che a volte i piccini come Pauli vogliono sentirsi dire nel cuore della notte.

Pauli era già a metà della rampa delle scale di servizio, prima di rendersi conto che non si trovava nella propria casa di Berlino. Percorse avanti e indietro la sfilata di porte delle camere da letto, cercando di decidere a quale dovesse bussare. Fu allora che udì delle voci provenire dal basso. Continuò giù per la scala di servizio, fino ad arrivare al piano terra. Le voci venivano da una stanza sul retro della casa. Era lo studio del nonno — un locale piuttosto piccolo ove Cyrus Rensselaer andava per fumare. Lì dentro disponeva di una vecchia e comoda poltrona di cuoio, una scrivania, e uno stipo chiuso a chiave che custodiva il suo squisito cognac francese e il prediletto robusto bourbon, che egli si portava da casa in quanto le liquorerie di Londra non sapevano nemmeno che cosa fosse.

Da dove era, lì sul pianerottolo, Pauli riuscì a insinuarsi in un vuoto esistente tra alcuni bauli vuoti, un nascondiglio da cui era possibile sbirciare attraverso la lunetta a vetri della porta e vedere all'interno della stanza.

Il nonno era seduto sulla grande poltrona, di fianco al caminetto dove ora rosseggiava soltanto qualche tizzone fra la cenere. Il padre di Pauli se ne stava appollaiato sull'orlo della scrivania. Entrambi avevano in mano panciuti bicchieri di vetro molato. Il nonno stava fumando un grosso sigaro, e il papà ne stava accendendo uno. Dal suo nascondiglio, Pauli poteva sentirne il fumo. Il nonno si tolse il sigaro di bocca e disse: «Lascia perdere tutte queste storie sulla cura della malaria, Harry. Se chiedi soldi per la tua banca, vuol dire che la tua banca è in difficoltà».

«Non è in difficoltà» protestò Winter. Diede uno strappone all'orlo del nero panciotto, maledicendo in cuor suo il sarto di Berlino il quale ignorava che in Inghilterra andava il bianco.

«Quando la gente dice, e le voci corrono, che una banca è in difficoltà, è in difficoltà.»

«È una opportunità per espandersi» insisté Winter.

Rensselaer lo interruppe. «Queste sono balle, Harry: riservale per i gonzi. I miei amici della City mi dicono che la tua banca non è solida.»

Winter si irrigidì: «Certo che è solida. Metà dell'investimento resterà in Germania in buoni del tesoro».

«Dannazione, Harry! Non fare l'ingenuo. Non è affidabile perché la tua fabbrica d'alluminio può anche essere un fiasco. Supponiamo che il mercato dell'alluminio non tiri secondo le tue previsioni. Come fai a rimborsare i quattrini? Chi ha investito con te ritiene che tutti i suoi soldi siano capitalizzati in buoni del tesoro. Rasenta la disonestà, Harry.»

Winter sorseggiò la sua bevanda. «Il processo elettrolitico ha rivoluzionato la produzione dell'alluminio. Il metallo è leggero e robustissimo; lo stanno sperimentando con ogni tipo di componente alleato, e queste leghe rivoluzioneranno l'edilizia e l'industria automobilistica, e troveranno impiego in altri settori dell'industria.»

«Certo, certo, certo» ribatté Rensselaer. «Le ho già sentite tutte queste storie mirabolanti... C'è sempre la grancassa quando un tizio scopre l'oro o il petrolio... ma è sempre la settimana prossima. Ci sono diventato vecchio in mezzo a queste fantasie.»

«Io non sto parlando di qualche cosa che non potrebbe accadere mai. Sto parlando dell'impiego delle leghe d'alluminio.»

«Alluminio: d'accordo. Ho fatto qualche indagine. Nel 1855 costava mille marchi tedeschi al chilo; nel 1880, veniva a venti marchi; oggi posso comprarlo a due marchi al chilo. Quale sarà il suo prezzo quando la tua fabbrica entrerà in produzione su scala totale?»

«Io non vendo alluminio, Mr. Rensselaer.» Al suocero si rivolgeva sempre dandogli del "lei" e sempre aspettando che l'altro suggerisse che il più familiare appellativo di Cyrus, o addirittura Cy, come era concesso agli amici, andava bene anche in bocca a Winter. Ma Cyrus Rensselaer un tale suggerimento non lo aveva mai formulato, anche se si rivolgeva al genero dandogli del "tu". Un altro sistema per umiliare deliberatamente Harald Winter. Per lo meno, così sembrava. «Io venderò componenti già pronti per essere collegati insieme per costituire il telaio rigido delle aeronavi.»

«Allora perché la fabbrica di alluminio? Compra i tuoi materiali al mercato libero.»

«Devo avere la sicurezza di un rifornimento non soggetto a fluttuazioni. Altrimenti, potrei firmare un contratto di acquisti, restando alla mercé dei produttori di materie prime.»

«È di mia figlia che mi preoccupo, Harry. Non le hai detto che stai investendo ogni centesimo che ti riesce di racimolare nella produzione di componenti metallici per le macchine volanti. Questo pomeriggio l'ho fatta parlare un po'. Veronica è convinta che ci vai cauto con i soldi. Ha piena fiducia che per te la famiglia conti più d'ogni altra cosa.»

Winter aspirò una boccata dal sigaro. «Questi Zeppelin, Mr. Rensselaer, cambieranno il mondo. Un anno fa anch'io avrei condiviso il suo scetticismo. Ma ho visto volare la prima di queste aeronavi del conte Zeppelin — grande come un isolato cittadino e liscia come la seta.»

«E pericolosa quanto il diavolo. Non lo sai, Harry, che quelle macchine volanti sono piene di idrogeno? Hai mai visto l'idrogeno incendiarsi?»

«Conosco tutti i problemi, e tutti i rischi,» ammise Winter «ma, proprio come lei ha i suoi contatti qui a Londra, io ho amici al Ministero della Guerra di Berlino. Attualmente, il Comando Supremo delle forze armate manifesta una netta opposizione a qualsiasi forma di mezzi aerei; i militari non vedono di buon occhio le innovazioni. Ma il Kaiser ha ordinato personalmente che venga costituita una Motorluftschiff-Studien-Gesellschaft: una società tecnica per lo studio delle aeronavi. La cosa è ancora ultrasegreta, ma è soltanto questione di tempo prima che l'esercito commissioni al conte Zeppelin alcuni semoventi rigidi.»

«Sono tutte chimere, Harry. Ho saputo che il secondo prototipo di Zeppelin, mandato in aria in gennaio, è risultato un fiasco solenne. Dicono che è stato il suo primo e ultimo volo.»

«Ma il conte Zeppelin sta già costruendo l'LZ3, che volerà tra circa dodici settimane. Stia pur sicuro: lui continuerà a produrli.»

«Forse questo dimostra unicamente che lui non capisce di essere finito. E chi sa dire come sarà la versione finale di queste macchine volanti quando l'esercito si deciderà a collaudarle?»

«Ha idea di quanto alluminio ci va in una di queste aeronavi, ognuna delle quali pesa quasi tre tonnellate? Ho fatto un po' di calcoli. Usando quale parametro di campione la prima aeronave del conte Zeppelin, mi sarà sufficiente soltanto il sei virgola settantatré per cento del fabbisogno d'alluminio di una aeronave per andare alla pari e pagare gli interessi del finanziamento.»

Anche Rensselaer appariva visibilmente impressionato. «Ma stiamo parlando di ogni centesimo che possiedi, Harry. Perché non ripiegare su un investimento più contenuto?»

«Potrei basarmi su un investimento minore; potrei rinunciare alla fabbrica d'alluminio, ed ecco che sarei alla mercé dei miei fornitori. Potrei dover fronteggiare la metà degli interessi passivi e disporre solo di azioni senza voto, ma questo significherebbe che qualcun altro prenderebbe le decisioni su a chi, che cosa, perché e quando vendere. Non è la mia prassi questa, Mr. Rensselaer; e non è nemmeno quella che segue lei.»

Cyrus Rensselaer si grattò il mento. «Ho speso metà della mia vita lavorativa cercando di dissuadere la gente da questi investimenti campati in aria. Ma vedo che sprecherei il mio tempo se tentassi di dissuadere te.» Si alzò di quel tanto che gli consentisse di scaricare la cenere del sigaro nel caminetto. «J.P. Morgan comprò le società dell'acciaio per fondare la US Steel, e diventare così l'uomo più potente degli Stati Uniti, forse uno dei più potenti di tutto il fottuto mondo. Sembra facile, ma non credere che riusciresti a monopolizzare il mercato dell'alluminio e diventare il Morgan della Germania. Il mercato europeo non funziona in quel modo.»

«Questo lo so, Mr. Rensselaer.»

«Lo sai?» Tornò a sprofondarsi nella poltrona. «Mi fa piacere, perché ce ne sono tantissime di persone che cercano di tirarmi dentro in quel genere sballato di investimenti finanziari.»

«Si tratta soltanto di una fase di raccordo.»

«Me la saluti la fase di raccordo, Harry!» Di colpo la voce di Rensselaer s'era alzata di tono. Poi, come avesse deciso di dominare la propria irritazione, egli la abbassò di nuovo per aggiungere: «Stiamo parlando di garanzie che andranno avanti sino al 1916. Dieci anni! Un cataclisma di cose potrebbe accadere da adesso ad allora».

«La maggior parte del capitale l'ho già, Mr. Rensselaer.»

«Harry, tu hai bisogno di quasi un milione di sterline, ed è una maledetta montagna di grana se non disponi di garanzie collaterali su cui io possa basarmi.»

Winter capì in quel momento che il suocero aveva deciso di

fargli avere il finanziamento. Sorrise. «È un stupenda opportunità, Mr. Rensselaer. Non se ne pentirà mai.»

«Me ne sto già pentendo. Ho sempre cercato di starmene alla larga da enti governativi di qualsiasi forma e contenuto. In special modo, ho evitato l'Esercito e la Marina. E adesso mi trovo con un milione di sterline investite nell'esercito del Kaiser, un uomo al quale non affiderei nemmeno i miei cavalli. Quel che è peggio, il buon fine del mio investimento dipenderà dalle sue velleità bellicose.»

Rensselaer sapeva che quelle parole avrebbero indignato suo genero, ma era troppo furente e frustrato per la trappola in cui si veniva a trovare. Allorché Winter, saggiamente, non aprì bocca, Cyrus proseguì: «È per amore di Veronica — questo lo sai, per forza — e voglio essere tutelato opportunamente, nero su bianco. Voglio una tua assicurazione sulla vita presso una compagnia degli Stati Uniti, per l'intero importo del prestito».

«È la vita del Kaiser che lei dovrebbe far assicurare» disse Winter. «La mia morte non influenzerebbe affatto l'investimento.»

«Alla salute del Kaiser, allora!» esclamò ironicamente Rensselaer. Sollevò il bicchiere e mandò giù quanto rimaneva del whisky.

Winter sorrise, ma non seguì l'esempio. Date le circostanze, bere alla salute del Kaiser sarebbe sembrato delitto di lesa maestà.

Il piccolo Pauli sgusciò fuori dal nascondiglio e salì lentamente le scale, cercando di capire di che cosa avessero parlato i due adulti. Quando riguadagnò la propria stanza, solo una parte della scena cui aveva assistito gli appariva chiara. Svegliò Peter con uno scossone, e gli disse: «Ho visto il papà e il nonno. Fumavano sigari e parlavano. Papà ha fatto bere il nonno alla salute di Sua Maestà l'Imperatore. Glielo ha fatto fare, Peter».

Peter si era svegliato lentamente. Quand'ebbe ascoltato la storia di Pauli, si dimostrò scettico. Il piccolo Pauli idolatrava suo padre in un modo che Peter non avrebbe mai fatto. «Torna a nanna, Pauli, hai sognato di nuovo.» Si rigirò, affondando la testa nel soffice guanciale.

«Non stavo sognando» protestò Pauli. Voleva che Peter gli credesse; voleva che il fratello maggiore lo trattasse da pari a pari. «Li ho visti!» Ma quando venne mattina, non ne era già più del tutto sicuro.

# 1908

## *«Conquistatore dell'aria — urrà!»*

A Friedrichshafen faceva freddo, maledettamente freddo. C'era pochissimo vento — gli Zeppelin non potevano decollare col vento — ma novembre non è un mese in cui si vada sulle rive del grigio e arcigno Bodensee, a meno che si abbiano affari da concludere. Al di là delle tranquille acque del lago, era visibile la sponda svizzera, e le Alpi scintillavano sotto l'acquoso sole.

Harald Winter aveva persuaso sua moglie a restarsene in macchina, che era l'orgoglio e la gioia di Winter. Una grossa vettura italiana, da sette cavalli e mezzo, del tutto simile a quella che aveva vinto il raid Pechino-Parigi con un vantaggio di ben venti giorni! E, con il suo cambio a quattro marce, sicura e facile da guidare tanto che lo stesso Winter la pilotava, a volte, personalmente. L'aveva parcheggiata sulla riva, sotto gli alberi vicino alla Schlosskirche, di modo che Veronica avesse una buona visuale dell'aeronave e del capannone galleggiante sul lago. Ed ella, bene infagottata, aveva sotto i piedi uno scaldapiedi di rame pieno d'acqua bollente, da sostituire non appena si fosse raffreddata. E se avesse avuto troppo freddo, lo chauffeur l'avrebbe riportata al Kurgarten Hotel a Friedrichshafen, dove la direzione Zeppelin aveva prenotato un confortevole appartamento per la famiglia Winter.

Ma Harald Winter non intendeva affatto allontanarsi dal punto in cui ferveva l'attività. Eccitato, non avrebbe perso quell'occasione per nulla al mondo. Avevano assegnato a lui e ai suoi due figlioli — Peter di dodici e Pauli di otto anni — un posto da cui si poteva vedere tutto. Egli stesso avrebbe volato sullo Zeppelin se non ne fosse stato impedito dalle ferree condizioni imposte dalla polizza d'assicurazione sulla vita, in base alla quale il suocero aveva concesso il prestito.

Avevano visto il capannone galleggiante mentre veniva orientato in modo da evitare qualsiasi vento trasversale che avrebbe ostacolato l'aeronave nel momento in cui fosse emersa dal suo hangar a tenuta stagna. Adesso stavano osservando la candida imbarcazione a motore che prendeva a bordo i privilegiati ospiti per condurli all'LZ3, di cui le recenti modifiche facevano la più superba delle aeronavi. Applausi spontanei si levarono dalla folla che assisteva. Dopo la tragica distruzione dell'LZ4 nell'anno precedente, la generosità non sollecitata dell'intera nazione — in uno slancio che nessuno straniero avrebbe mai potuto capire — aveva donato al conte Zeppelin sei milioni di marchi. Gran parte di quella somma era stata inviata nel giro di poche ore dopo il disastro. Quindi, quegli applausi non erano soltanto diretti all'aeronave in sé. Vi era, in quel giorno, un'atmosfera di magico entusiasmo. Lo Zeppelin aveva fatto presto ad assurgere a simbolo di una nuova, eccitante Germania, di cui le invenzioni scientifiche, la pittura, la musica e, più ancora, la crescente potenza navale avevano fatto una vera nazione sorta da una frammentarietà di staterelli. E non una nazione qualunque, ma una potenza internazionale di prim'ordine.

«Quello è il Kaiser» bisbigliò Winter ai suoi figli. «Se non indossasse quel mantello lungo, potreste vedere tutte le sue medaglie. Vicino a lui, c'è il principe Fürstenberg, e poi l'ammiraglio Müller e il generale von Plessen. Quello magrolino è il principe della Corona.»

«Perché il conte Zeppelin non è con loro?» domandò Peter. I due fratelli vestivano abiti di flanella grigia, fatti espressamente per l'occasione, e grandi berretti di panno che, a parere della loro madre, li facevano sembrare troppo vecchi.

«Sì, che c'è» rispose Winter, il quale indossava un attillato cappotto e il cilindro, formale tenuta di chi sarebbe stato presentato al Kaiser. «È di fronte a Sua Maestà, solo che oggi non porta il suo solito berretto bianco; è vestito per l'occasione.»

Osservarono l'aeronave uscire sulla superficie del lago, e poi vi fu un'attesa interminabile mentre la real comitiva visitava il dirigibile, e un altro indugio per le regolazioni finali del mezzo. Dopo che il principe e la principessa Fürstenberg furono felicemente a bordo, le zavorre vennero scaricate a una a una, finché venne il momento in cui l'enorme macchina argentea parve rabbrividire, e galleggiò libera.

Il rombo dei motori echeggiò lungo la fredda, immobile acqua del Bodensee, e poi il naso puntò all'insù e l'aeronave ascese lenta nel cielo grigio, e, rollando leggermente, puntò al largo. Il suo argenteo involucro scintillava sotto il sole pallido, mentre lo

Zeppelin tornava indietro verso la riva dove nereggiava la folla. Scoppiarono altre entusiastiche acclamazioni quando incrociò sopra l'imbarcazione dalla quale il Kaiser e il suo seguito stavano osservando.

Ma fu quando l'LZ3 tornò a posarsi sull'acqua che i due fratelli Winter furono orgogliosi del proprio padre. Perché Harald Winter era invitato a condurre i due ragazzi sull'hangar galleggiante, per assistere all'allocuzione del Kaiser.

Ogni centimetro dello spazio disponibile fu preso d'assalto. Gloriosi generali con l'elmetto chiodato sul capo e il petto coperto di medaglie, e ammiragli dall'alto colletto inamidato e dalle maniche arabescate d'oro erano stipati spalla a spalla. In piedi, dietro von Zeppelin — il settantaduenne ex capitano di cavalleria, al cui tenace geniale sforzo veniva quel giorno tributato il dovuto riconoscimento — c'era il dottor Hugo Heckener, la cui conversione alla causa degli Zeppelin lo aveva reso ancor più zelante del proprio capo. Più indietro ancora, c'erano Dürr, l'ingegnere, Winter con i due ragazzi, e poi i capo-progettisti e i funzionari di spicco della fabbrica che avevano approntato i motori.

«A mio nome,» esordì all'improvviso il Kaiser, con voce inaspettatamente acuta «e a nome di tutto il nostro popolo tedesco, mi congratulo di gran cuore con Vostra Eccellenza per questo superbo risultato che, con tanta maestria, è stato offerto ai miei occhi. La nostra patria può essere fiera di avere un tale figlio — il più grande tedesco del Ventesimo secolo — che, grazie alla sua invenzione, ci ha portati a una nuova tappa dell'evoluzione della razza umana.» Al che, qualcuno degli ammiragli e dei generali annuì. Uno dei progettisti trovò modo di scostarsi un tantino per permettere al piccolo Pauli di vedere meglio.

Il Kaiser fece scorrere lo sguardo sugli astanti, si eresse in tutta la sua statura, e proseguì: «Non è troppo affermare che oggi abbiamo vissuto uno dei più grandi momenti nell'evoluzione della cultura umana. Assieme a tutti i tedeschi, porgo grazie a Dio che egli abbia ritenuto degno il nostro popolo di aver avuto, tra i suoi figli, voi, uno di noi. A noi tutti sia consentito, come lo è stato a voi, di poter dire con orgoglio, al tramonto della nostra vita, che siamo riusciti a servire la nostra amata patria così felicemente e concretamente. Quale segno della mia ammirata riconoscenza, che senza dubbio tutti i vostri ospiti qui raccolti condividono assieme all'intero popolo tedesco, io conferisco a voi l'alto mio ordine dell'Aquila nera».

Il conte Zeppelin avanzò di un passo. Il Kaiser gli mise al collo la sciarpa dell'onorificenza, lo abbracciò tre volte, e proclamò: «Per Sua Eccellenza il conte Zeppelin, conquistatore dell'aria — urrà!».

Giunse l'eco, dalla folla sulla riva, di applausi e di evviva. Per Winter e i suoi due figli era una giornata che mai avrebbero dimenticato.

Si stava già facendo buio quando Winter e i due ragazzi rientrarono in albergo a Friedrichshafen. Nanny fu spedita a cenare da sola nel ristorante, in modo che i due ragazzi potessero consumare il pasto serale assieme ai genitori, nel salottino dell'alloggio. Harald Winter non poteva essere indifferente agli eventi della giornata, e in quei momenti eccezionali si compiaceva di dedicare ai figli un po' di tempo extra.

Un premuroso cameriere in giacca bianca arrivò col carrello e servì i due ragazzi, portata dopo portata. Il menù comprendeva minestra in brodo di tartaruga e *schnitzel** impanati con patate arrosto, che gli svizzeri, dall'altra parte del lago, facevano così bene. Furtivamente, Peter tolse dal piatto di Pauli forchettate di cavoli — Pauli detestava i cavoli — affinché il fratello minore non venisse sgridato per averli lasciati sul piatto. Dopo di che, il cameriere fece fiammeggiare le *crêpes*. Era la prima volta che loro padre consentiva che i ragazzi avessero un piatto che conteneva alcool, e, nonostante il forte aroma, essi divorarono le dolci frittatine con enorme gioia, rallentando il pasto per prolungare quanto più possibile quella gloriosa giornata.

Dopo che Nanny ebbe prelevato Peter e Pauli per metterli a letto, Harald manifestò la propria contentezza a Veronica. Erano in camera da letto. La cameriera di Veronica se n'era andata. Harry aveva già indossato l'abito da sera, e sua moglie era intenta a scegliere i gioielli più intonati al ballo cui avrebbero presenziato. Aveva già provato, per scartarle, una dopo l'altra, tre diverse spille di diamanti sul suo abito da sera. Che era una nuova creazione di Poiret di Parigi, un semplice modello tubolare, dalla vita alta. Veronica sapeva che il nuovo look parigino

* Costolette di capriolo. [*N.d.T.*]

avrebbe creato sensazione al ballo di quella sera. Ma su un simile modello neoclassico l'accordo dei gioielli era essenziale. Non voleva sbagliare. «Che ne dici, Harry?» Si girò dallo specchio, di quel tanto che bastava perché il marito vedesse la rosa d'oro tempestata di diamanti.

«Sei bellissima, tesoro.»

«Ho trentaquattro anni, Harry e me li sento tutti. Già mi fanno male le scarpe, e la serata non è ancora iniziata.»

«Cambiale» suggerì il marito.

«Quelle di seta rosa farebbero ridere» obiettò lei.

Harald sorrise. Ecco com'erano le donne: le scarpe rosa facevano ridere, quelle bianche facevano male. Non c'era proprio rimedio. Forse alle donne piaceva sempre avere un problema o un altro. Forse era un loro sistema per motivare disappunti e contrarietà. «Hai visto Sua Maestà?»

«M'aveva preso un gran freddo, Harry. Ho resistito finché l'aeronave si è sollevata in volo. Poi sono rientrata per un bel bagno caldo.»

«I ragazzi l'hanno visto. Era superbo. Veramente un grande uomo.»

«Dovrò togliermele sotto al tavolo, quando saremo a cena.»

«L'LZ3 verrà consegnato subito all'Esercito. E quanto prima sarà completato l'LZ5 — che ha già fatto un volo della durata di ventiquattr'ore — perché i militari vogliono anche quello.»

«Lo so. Me lo hai già detto. È magnifico.»

«Ti rendi conto di cosa significa, sì o no?»

«No» gli rispose vagamente. Tutte cose che aveva già sentito. In quel momento non lo stava ascoltando, si stava guardando le scarpe.

«Significa che saremo ricchi, mia cara.»

«Siamo già ricchi, Harry.»

«Intendo ricchi veramente: decine di milioni... forse cento milioni prima che io smetta.» Si mise a sedere, sollevando le code della marsina ben alte, come un uccello che si posi su un ramo. Si potevano capire tantissime cose di un uomo, dal modo con cui si mette a sedere, pensò Veronica. Anche suo padre aveva cura di scostare le falde della giacca, ben attento che non prendessero pieghe.

«Noi siamo felici, Harry. È questa la cosa veramente importante.»

«Di dollari, sto parlando, non di marchi tedeschi.»

«Ma che importanza ha, Harry? Siamo felici, non basta?» Alzò gli occhi su di lui. Ed ecco di nuovo, da un punto profondo del suo essere, insorgere la disperata speranza che lui la abbracciasse e le dicesse che avrebbe piantato quell'altra donna. Ma Veronica sapeva che Harald non lo avrebbe fatto. Delle donne lui aveva bisogno, così come aveva bisogno dei soldi. Voleva essere coccolato, così come il piccolo Pauli aveva bisogno di coccole in ogni momento.

«A te non importa, vero?» esclamò lui, e Veronica fu sorpresa dell'amarezza che traspariva dalla voce. Harald era fatto così; il suo umore poteva cambiare di colpo per la ragione più insignificante. «Tu sei nata ricca. Hai il tuo conto in banca e l'assegno di tuo padre ogni fine anno. Ma adesso avrò tanti quattrini quanti ne ha lui. Non dovrò più lustrarlo in continuazione.»

«Non ho mai notato che tu dimostrassi servile deferenza a papà» disse Veronica, che adesso gli stava riservando tutta la propria attenzione.

Suo marito ignorò il commento. «L'Esercito acquisterà sempre più aeronavi, e anche la Marina vorrà averle. Ho parlato con l'ammiraglio, oggi. Stanno già programmando dove installarne le basi. Nordholz nello Schleswig-Holstein sarà la più grande, poi altre, non lontane di lì. Hangar orientabili su piattaforme girevoli — il Mare del Nord è troppo mosso per gli hangar a fior d'acqua.»

«Schleswig-Holstein? E perché così all'estremo nord? Il tempo lassù non è adatto per le aeronavi. Avevi detto che avevano bisogno, oggi, di tempo calmo.»

«Usa il cervello, Veronica. La Germania dispone dell'unica macchina volante affidabile nel mondo. I piccoli prototipi sperimentali dei fratelli Wright riescono appena a sollevare il peso di un uomo. A che servirebbero quei trappolini per un bombardamento dall'aria?»

«Bombardamento? Per bombardare Londra?»

«È stata questa l'idea del conte Zeppelin fin dall'inizio. Pensavo che lo sapessero tutti. Egli ha concepito queste grandi aeronavi rigide quale arma vincente in caso di guerra.»

«È spaventoso!»

«È così che avanza il progresso. Leonardo da Vinci concepì le sue grandi idee solo per aiutare i suoi padroni a vincere le guerre.»

«Ma bombardare l'Inghilterra, Harry! Per l'amor di Dio, che stai dicendo?»

«Non ti eccitare, Veronica; quanto mai ho tirato in ballo questo argomento!»

«La guerra? La guerra contro l'Inghilterra? Ma, Harry, proprio adesso che il re d'Inghilterra è venuto a Berlino? I ragazzi hanno visto i due monarchi passare per Pariser Platz, insieme sulla carrozza reale. Il Kaiser è nipote di re Edoardo. È impensabile. È una follia!» Le parole le uscivano di getto, accavallandosi. Quasi Veronica pensasse che bastasse persuadere il proprio marito perché tutto quanto andasse a posto.

Non era il momento giusto per ricordarle che il Kaiser Guglielmo non faceva mistero dell'odio che aveva per suo zio, il re d'Inghilterra. Solo l'anno prima, Winter era stato uno dei trecento ospiti di un pranzo, in occasione del quale il Kaiser aveva confessato che re Edoardo era "Satana". Ma era necessario tranquillizzare Veronica. Lei si avvicinò e l'abbracciò stretta. Per Dio, se era bella! Anche a trentaquattro anni offuscava alcune delle donne più giovani che si era portato a letto. Odiava vederla sconvolta. «Non ci sarà nessuna guerra, carissima. Te lo garantisco. L'Inghilterra sarà ragionevole. Quando verrà il momento, l'Inghilterra userà il cervello. Gli inglesi sono il popolo del compromesso.»

«Prego Dio che tu abbia ragione.»

«Dicono che i fabbricanti di senape diventano ricchi grazie agli avanzi di senape che la gente lascia sul piatto. E noi diventeremo ricchi allo stesso modo, tesoro mio. Vendendo ai militari armi che poi non useranno mai.»

# 1910

## *La fine del* Walhalla

Sia Peter sia Pauli erano felici di essere ospiti di Nonnina. Effi, la nonna paterna, ormai vedova, viveva in una confortevole casetta sulla costa, nei pressi di Travemünde. Ci andavano ogni anno, d'estate, con Nanny, la mamma e la sua cameriera personale. Da Berlino prendevano sempre il vagone letto del treno in partenza di notte dalla stazione di Lehrter, che arrivava il mattino dopo a Lubecca. Scendevano dal treno e restavano a guardare i facchini caricare pile di bagagli sulle carrozze. Poi i ragazzi erano condotti a vedere la locomotiva, un grosso mostro sibilante, che puzzava di vapore e di olio e dei corpuscoli di carbone bruciato che fluttuavano nell'aria piena di sole. Nonnina, che non mancava mai di accoglierli alla stazione, questa volta non c'era — c'era solo il taxi. Una grande Benz coperta, da sessanta cavalli, più simile a un furgone che a un'automobile, capace di ospitare sedici passeggeri, sia pure appiccicati l'un all'altro come acciughe. Il conducente era un tipo anziano, bianco di capelli, che rispondeva al nome di Hugo, e che, inerpicatosi laboriosamente sul tettuccio, legò sul portabagagli una dozzina di valigie, dieci cappelliere di Veronica, una sacca da viaggio contenente un assortimento di ombrelli arrotolati e di bastoni da passeggio, e quattro piccoli bauli neri, piccoli ma talmente pesanti da fargli quasi perdere l'equilibrio nel maneggiarli.

La casa in sé era vecchiotta e alquanto malinconica, con le sue tende di pizzo, con cui il sole del nord lottava per riuscire a gettare smorte ombre grigie sui tappeti. Anche nella serra polverosa, che correva lungo la casa, il calore del sole estivo era appena sufficiente a svegliare le vespe dal loro torpore invernale.

Nonnina vestiva sempre di nero. Sempre da quando il nonno era morto, nel 1891. Trascorreva quasi tutto il proprio tempo nella stanza del primo piano: leggeva, cuciva, e, per lo più, coltivava ricordi. La stanza ospitava gli oggetti e i ricordi più preziosi. C'erano due grossi draghi di giada e un'intera zanna d'elefante incisa con scene di caccia. Una grande foto di lei col nonno, il giorno del loro matrimonio. E poi, ritratti di altri membri della famiglia, e uccelli impagliati, dentro vetrinette, e verdi piante che non avevano mai fiori. Nonnina chiamava quella stanza il suo salotto, dove riceveva i visitatori — sebbene i visitatori fossero pochi — e dalla cui finestra lo sguardo arrivava sino alla baia di Lubecca, alla costa e all'acqua che diventava il Mar Baltico.

Peter e Pauli non sarebbero stati tanto ansiosi di stare in casa di Nonnina se non fosse stato per il *Walhalla*. Il *Walhalla* era una piccola imbarcazione a vela, un tempo di proprietà del nonno paterno, il quale nel testamento l'aveva lasciata a un suo vicino. Ma quando i due ragazzi Winter arrivavano, il *Walhalla* era loro. E il vicino nemmeno sapeva che la barca fosse stata ribattezzata con quel nome. Sulla prua era dipinto lo stesso nome di quando nonno Winter l'aveva comprata da un costruttore nautico di Travemünde: *Domino*. Ma per i due ragazzi era stata sempre *Walhalla,* la sala in cui i guerrieri uccisi in battaglia erano accolti da Odino.

Il *Walhalla* dava loro l'opportunità, più unica che rara, di sottrarsi a qualsiasi specie di controllo. Di quella ambìta libertà non è che traessero enormi vantaggi, se non quello di poltrire, e, più importante ancora, di parlare e discutere in quel modo febbrile e curiosamente intimo cui i ragazzi indulgono quando nessun adulto li può sentire.

«Cambierai idea prima di avere quattordici anni» disse Peter al fratello decenne, con tutta la matura autorevolezza dei quattro anni che li dividevano. «Io non andrò all'accademia militare. La odio. Io farò l'esploratore.» Immerse una mano nel filo della corrente. Da circa una mezz'ora, il vento era andato soffiando vivace, tanto che Peter aveva dovuto orientare la vela di continuo. Adesso la barca stava filando veloce tra le acque spumose della baia. Il sole era un disco bianco, visibile a tratti dietro nuvole sfumate. Un sole che riscaldava poco. Non venivano turisti a crogiolarsi al sole su quella costa del nord: era un clima frizzante, per gente attiva e amante dello sport.

I ragazzi indossavano impermeabili gialli e berretti flosci, come i veri marinai che, sulle grandi navi, si spingevano al largo di Kiel. Pauli, il minore dei due, era accucciato a poppa, stringendosi le ginocchia tra le mani. Portava i capelli lunghi, che crescendo si erano fatti più biondi. La gente aveva predetto che gli si sarebbero scuriti con l'andar del tempo, ma gli adulti in quello si erano sbagliati, così come in tantissime cose essenziali che Pauli avrebbe voluto sapere. Disse: «Tu sei bravo in matematica. Si dev'essere forti in matematica per poter fare l'esploratore, è vero?».

«Sì» rispose Peter, il quale da poco aveva riportato i massimi voti in quella materia.

«Io non sono bravo in niente, tranne che negli sport: l'hockey, gioco bene a hockey. Papà dice che l'accademia militare sarà la cosa migliore per me. In matematica resterò sempre una bestia.»

«Infatti» disse Peter.

Pauli lo guardò. Era una semplice constatazione di fatto: Pauli non riusciva in matematica, né adesso né mai. Tutti gli adulti asserivano che era giovane e che presto avrebbe capito i segreti di tale disciplina scolastica. Gli adulti forse ne erano convinti, ma non era la verità, e Pauli preferiva ascoltare il più brutale commento di suo fratello. «E poi, finita la scuola cadetti, sarò un soldato e porterò un'uniforme come Georg.» Georg era un giovane militare che, a Berlino, usciva con una delle cameriere di casa Winter.

«Non come Georg» lo corresse Peter. «Tu sarai un ufficiale, monterai un cavallo e sfilerai in parata nella Unter den Linden, rendendo gli onori al Kaiser quando compie gli anni.»

«Veramente?» chiese Pauli, a cui la prospettiva non sembrava tanto malvagia.

«E partirai per far guerra ai russi» aggiunse Peter.

«Quello non mi piacerebbe troppo» ribatté Pauli. «Vorrebbe dire separarmi da mamma e papà.» Pauli amava i genitori come solo un bambino di dieci anni può fare. Suo padre era la persona che egli invidiava, rispettava e ammirava più di chiunque altro al mondo; e la mamma era colei a cui egli correva quando il papà lo sgridava.

«C'è più vento adesso» constatò Peter. La vela palpitava tambureggiante e le onde erano crestate di schiuma. «Prendi il timone mentre io regolo la vela.»

Grosse nuvole temporalesche avanzavano a coprire il sole impigrito. Il buio scese di colpo, tanto che il cielo divenne quasi nero, con solo uno scintillante bordo dorato, lontanissimo al di sotto delle nuvole estreme, e con un brillìo d'acqua all'orizzonte. «È una tempesta?» domandò Pauli. Due anni prima erano stati sorpresi da uno di quegli improvvisi temporali per cui quelle coste erano famose, ma allora erano a bordo di un'imbarcazione più grossa e governata da un velista esperto.

«Non è niente» lo rassicurò Peter. Ma, mentre lo diceva, ondate più grosse investirono lo scafo, con un impatto sufficiente a provocare sonori rimbombi e a scuotere la piccola barca di traverso.

«Tieni il timone in linea!» gridò Peter.

Il biondino ubbidì con vigore, appoggiandosi tutto alla barra per portare l'imbarcazione perpendicolare alle ondate. «Ma adesso ci stiamo dirigendo al largo. Ci allontaniamo troppo» gridò Pauli. Il mare si ingrossava sempre più, e quando egli si voltò a guardare verso la casa di Nonnina, la costa era tanto distante da perdersi nella foschìa della pioggia. Pauli era spaventato. Guardò suo fratello che stava lottando con la vela. «Vuoi che venga ad aiutarti?»

«Resta al timone!» gridò di rimando Peter. Aveva intuito la nota di paura nella voce del fratello. Mollò per un attimo una cima per fare un cenno di incoraggiamento. Fu allora che una di quelle onde anomale, che il mare tiene in serbo per simili momenti di sbadataggine, si abbatté sulla barca. Il tavolato era scivoloso, e le scarpe bagnate di Peter non fecero presa sul legno verniciato. Un urlo, e Pauli vide il mare avvolgere il fratello in una coperta d'acqua grigio sporca, e trascinarlo via, tra correnti vorticose, come un fagotto.

Peter non era mai stato un forte nuotatore, e sotto l'impatto di mezza tonnellata di acqua marina, gelida e salata, con i polmoni svuotati di aria, aprì la bocca in cerca di ossigeno. Invece dell'ossigeno di cui aveva bisogno, ingoiò acqua salata, e lo stomaco si ribellò. Succhiato verso il basso, in una serie di capriole non volute, annaspò in un mondo di pallido verde, fino a perdere qualsiasi orientamento per risalire in superficie.

«Peter! Peter!» Nulla, se non le ondate lattiginose e la foschìa, e la barca che filava come una freccia sotto la sferza del vento. Pauli balzò in piedi per tirar giù la vela, ma, prima che riuscisse a evitarla, si sentì strappare dalle mani la barra del timone che lo colpì su una gamba, facendolo gridare per il dolore. Non era capace di terzarolare bene la vela, sapeva di non esserne capace: era una manovra di cui si era sempre occupato suo fratello. «Peter! Mio Dio, ti prego, aiuta Peter!»

A qualche distanza dalla barca, Peter riemerse, boccheggiando, sputando, agitando freneticamente le braccia per tenersi a galla. Impacciato dal giallo giubbotto impermeabile, scivolò di nuovo nel perfido abisso verde e gelido. Chiuse la bocca appena in tempo per evitare una seconda sorsata d'acqua, e poi, dopo un languido tentativo di lotta, si abbandonò, lasciando che il mare gli si richiudesse sopra. L'acqua verdastra si fece nera.

Quando Peter vide di nuovo la luce del giorno, le onde erano ancora abbastanza alte da abbattersi sulla sua testa. Come cuscini di piombo, lo colpivano implacabili, sollevando miriadi di piume spumose dal mare altalenante. Peter non riusciva a vedere al di là dell'ondata successiva, né a udire altro se non il rombare del vento e lo scroscio dell'acqua. Gli parevan ore da quando era stato sbalzato in mare — sebbene fossero trascorsi non più di tre minuti — e adesso era fisicamente incapace di salvarsi nuotando. Il suo corpo aveva già perso calore, i suoi piedi erano ormai torpidi, le dita irrigidite. Oltre alla perdita di calore, il suo corpo era escoriato e ammaccato dalle onde, e lo stomaco insisteva in conati di vomito, ribellandosi all'acqua salata che aveva ingurgitato.

Non v'era alcun segno del *Walhalla*, ma, anche se la barca fosse stata vicina, ben difficilmente Peter l'avrebbe vista attraverso le ondate grigio-verdi e la nebbia biancastra della pioggia che vi turbinava sopra.

Nessuno scoprì mai perché il piccolo Pauli saltò giù da poppa del *Walhalla* dentro le acque rabbiose che lo spaventavano tanto. Molti anni più tardi, vennero offerte spiegazioni: secondo sua moglie era stato un disperato impulso di autodistruzione; uno psicologo della prigione lo aveva interpretato come un desiderio battesimale; e Peter — che aveva sentito Pauli parlarne nel sonno — lo aveva definito eroismo bell'e buono, in linea col desiderio di Pauli di fare il militare di carriera. Pauli, personalmente, sosteneva che era stata la paura a fargli abbandonare la relativa sicurezza della barca e zompare in acqua; si sentiva più sicuro in mare con suo fratello che non da solo a bordo. Ma questo era tipico di Pauli, che cercava di buttarla a ridere su tutto.

Il piccolo Pauli era un ottimo nuotatore e, a differenza del fratello, era riuscito a sbarazzarsi dell'impermeabile e a prepararsi al freddo e alla forza delle correnti nelle quali si tuffava. Ma, come il fratello, fu ben presto disorientato, non riuscendo a vedere al di là delle grosse ondate che di continuo dilagavano su di lui. Nuotò — o meglio riuscì a mantenersi a galla — sperando che la costa non fosse poi tanto lontana. Sopra la sua testa le nuvole galoppavano con una velocità che gli faceva venire le vertigini.

E anche la burrasca continuava a trasmigrare. Si allontanava con la stessa rapidità con cui era piombata addosso, puntando verso Bornholm e la costa meridionale della Svezia. Le nuvole si stavano aprendo, lasciando filtrare raggi tremolanti di sole, e fu allora che Pauli avvistò il giallo fagotto che era Peter.

Se Peter fosse stato completamente conscio, sarebbe stato assai improbabile che il fratello di mole più ridotta riuscisse a sostenerlo. Ogni essere animale che stia annegando è colto dal panico: lotta, si dibatte, si aggrappa e spesso trascina nella morte chiunque tenti di salvarlo. Ma Peter era ben oltre quello stadio. Aveva rinunciato a lottare per sopravvivere, e l'acqua fredda aveva provocato già in lui quel torpore sonnolento che è il misericordioso preludio alla fine.

Era stato il giubbotto giallo di Peter a tenerlo a galla. L'aria intrappolata tra schiena e tessuto impermeabile lo aveva spinto alla superficie, quando tutta la volontà di restare emerso era scomparsa. I due fratelli galleggiarono assieme, un braccio di Pauli a circondare il collo di Peter, più la mossa di un aggressore che di un salvatore, l'altro braccio che tentava di remigare. La costa era lontanissima. Di quando in quando Pauli la vedeva, tra un'onda e l'altra. Impossibile arrivare sin là nuotando, anche senza un fratello in stato comatoso da sostenere.

Restarono lì un bel po' a galleggiare prima che qualche cosa apparisse in vista. Un qualche cosa costituito da un ragazzo ai remi di una barca vivacemente colorata. Un ragazzo che stava tentando di raggiungere il *Walhalla*, ma che prima scorse un berretto giallo dondolare sull'acqua, e poi anche i due fratelli. Lo stesso rematore era poco più che adolescente, ma afferrò i due Winter e li issò a bordo con una disinvolta maestria che gli veniva dall'aver fatto lo stesso col grosso cane bastardo di pelo nero, che adesso stava a prua della barca, osservando il salvataggio.

Il giovane salvatore era il tipico ragazzo di villaggio: capelli tagliati a filo di cranio a dissuadere pidocchi e affini; denti ineguali, e guasti, alcuni mancanti; braccia muscolose e spalle possenti; pelle indurita e annerita di chi sta più all'aperto che in casa. Soltanto la statura e il torace ampio lo differenziavano dagli altri coetanei del villaggio. E anche il fatto di saper leggere bene. A qual punto fosse la statura, o la sua cultura, a dargli quell'aria di superiorità, era controverso. Ma c'era in lui una forza, evidente a chiunque, un dinamismo che il prete — in un momento di debolezza — aveva definito "satanico".

Il diciassettenne Fritz Esser studiò i due ragazzi semiannegati e ora afflosciati sul fondo della barca, e — nonostante i penosi conati di vomito di Peter e i tremiti che scuotevano il corpo di Pauli — giudicò che non erano prossimi a tirare le cuoia. Remò sin dove il povero *Walhalla* andava alla deriva, semisommerso, con la vela lacerata a rimorchio e privo di timone. «Non durerà a lungo» disse. «Fa acqua.» Pauli riuscì a sbirciare al di sopra del fianco della barca a remi per vedere che cosa rimaneva dell'adorato *Walhalla*, ma Peter aveva ben altri problemi che non quello di occuparsi di relitti. Esser, assistito dal nero bastardo, che correva su e giù per la barca, abbaiando, tentò di mettere a rimorchio il *Walhalla*, ma la sua corda non era lunga abbastanza, e alla fine decise che era meglio riportare a terra i due sopravvissuti.

Li sistemò in una vecchia rimessa di barche, sulla spiaggia. Un posto buio e puzzolente; l'unico chiarore del giorno veniva dalle fessure delle assi di legno sconnesse. All'interno, c'era spazio per tre barche a remi, ma era evidente che una barca soltanto vi albergava d'abitudine, poiché quasi tutto il pavimento era ingombro degli oggetti più disparati, non tutti nautici. C'erano pelli di animali tese a seccare su mensole. Ma c'erano anche relitti di naufragi: un salvagente con la scritta "Germania — Kiel", pezzi di vele e vecchi sacchi, remi mozzati e gabbie di legno, rotte, e barili di vario formato, disposti come sedili attorno a una panciuta stufetta di ferro.

Esser rincalzò sacchi vuoti attorno e sopra i ragazzi, soffiò dentro la stufa finché le scintille non si animarono, poi vi buttò pezzetti e schegge di legno, e richiuse lo sportello con forza. La necessità di chiudere la stufa risultò evidente quando il fumo della legna umida irruppe fuori dal tubo bucherellato. Solo dopo che il fuoco prese ad ardere decentemente Esser si rivolse ai due giovani Winter. «Siete quelli di Berlino, vero? Abitate nella casa dove il vecchio Schuster va a curare il giardino. La vecchia Frau Winter. Siete i suoi nipoti?» Non attese la risposta. Raramente faceva domande vere. Peter e Pauli lo scoprirono ben presto. «Venite qui con vostra madre, e le serve, e vostro padre vien su anche lui, qualche volta, sempre con una grossa automobile nuova.»

Peter e Pauli erano raggomitolati assieme sotto i sacchi che puzzavano di sale e pesce marcio. Man mano che la stufa riscaldava l'ambiente, il soffoco aumentava. Ma i ragazzi non s'accorgevano del puzzo del pesce e del fetore delle pelli conciate. Si stringevano l'uno contro l'altro, gelati, zuppi e sfiniti. Pauli guardava le fiamme palpitare attraverso la griglia della stufa, ma gli occhi di Peter erano serrati mentre ascoltava la voce secca e rozzamente cadenzata di Fritz Esser.

«I ricchi mi stanno sul gozzo» precisò Esser. «Ma presto spezzeremo le catene della schiavitù.»

«Come ci riuscirete?» domandò Pauli, che si stava riprendendo in fretta dalla brutta avventura. L'argomento pareva interessante, degno di figurare nel suo libro *101 trucchi magici eseguibili da un ragazzo in gamba.*

Esser si concentrò per farsi venire in mente quello che l'oratore del partito socialdemocratico tedesco aveva detto. «Il capitalismo perirà esattamente come perirono i dinosauri, travolto dal peso delle sue stesse contraddizioni. Allora le masse lavoratrici saluteranno l'avvento dell'età del socialismo.»

Per quanto mezzo annegato potesse essere, Pauli riusciva ad afferrare la maestosità di tale dichiarazione. «Fu così che i dinosauri perirono?»

«Puoi anche sfottere» ribatté Esser. «Siamo abituati all'ironia della classe padronale. Ma quando il sangue scorrerà a rivoli, le risate finiranno.»

Pauli non aveva avuto l'intenzione di sfottere, ma rinunciò a farlo presente, visto che il ruolo di sfottitore comportava una evidente cautela nei confronti di Esser.

Il quale continuò: «Abbiamo un milione di membri». Sputò sulla stufa, e la saliva sfrigolò evaporando. «Siamo il più grande partito politico del mondo. Presto cominceremo ad armare i lavoratori e lotteremo per ottenere un adeguato governo marxista.»

«Tutto questo, come lo sai?» chiese Pauli. Pareva una prospettiva terrorizzante, ma lo strano interlocutore non sembrava ostile: solo che navigava in un'atmosfera superiore. Aveva la fossetta sul mento, occhi scuri, profondi e intensi.

«Vado ai raduni con mio padre. Lui è iscritto al PSD da quasi dieci anni. L'anno scorso è venuto qui Karl Liebknecht a tenere un discorso. Liebknecht sa che deve scorrere il sangue. Secondo mio padre Liebknecht è un uomo pericoloso, ma mio zio dice che sarà lui a guidare i lavoratori alla vittoria.»

«È stato tuo padre a dirti dei dinosauri e del sangue per le strade e tutto il resto?»

«No, lui è un moderato» rispose Esser che andò ad attizzare la stufa. «Mio padre crede ancora nell'evoluzione storica. Crede che presto avremo abbastanza deputati al Reichstag da sfidare il potere del Kaiser. Se la Germania avesse un giusto governo parlamentare e democratico, noi già saremmo alla guida del Paese.»

Pauli guardò con rispetto il suo salvatore. Era senz'altro conveniente restare amico di un giovane tanto prossimo a guidare il Paese. Intanto Peter aveva aperto gli occhi. Sino a quel momento non aveva partecipato alla conversazione, ma fu lui che, avendo osservato Fritz Esser, lo riconobbe. «Tu non sei il figlio di quello dei maiali?»

«Sì, e con questo?» rispose Esser accigliandosi.

«Niente» disse Peter. «Ti ho riconosciuto, ecco tutto.» Tossì e fu a un pelo dal dar di stomaco. L'acqua salata gli dava ancora la nausea. Aveva la pelle verdastra e gelata, come constatò Pauli quando strinse a sé il fratello in un gesto protettivo.

Per Pauli e Peter — e per molti altri ragazzi del luogo — l'uomo dei maiali era un personaggio inquietante e chiacchierato. Piccoletto e compatto, arti muscolosi e mani piene di cicatrici, la creatura non era molto dissimile da certe terrorizzanti illustrazioni dei loro libri di cosiddette fiabe per l'infanzia. "L'uomo dei maiali" portava infilati nella cintura lunghi coltelli affilati, e andava di villaggio in villaggio a macellare suini per conto di quei proprietari troppo schizzinosi, o troppo inesperti con un coltellaccio, per uccidere le loro bestie personalmente. A volte lo si poteva vedere giù allo stagno, impegnato nel lungo e laborioso compito di lavare le budella e salarle per farne pelle da insaccati. Così, quello era il figlio dell'uomo dei maiali. Quello era un ragazzo che definiva "moderato" l'uomo dei maiali.

In uno slancio inaspettato e spontaneo, Pauli disse addio a Esser abbracciandolo. E sempre, da allora in poi, Pauli considerò Fritz Esser colui che gli aveva salvato la vita. Ma il commiato di Peter fu più asciutto e le sue effusioni meno espansive. Perché Peter era già arrivato alla conclusione che l'unico suo salvatore era stato il piccolo Pauli. Queste diverse reazioni dei due fratelli alle traumatiche circostanze di quel terribile giorno dovevano in seguito condizionare la loro intera vita. E anche quella di Fritz Esser.

Fu lo stesso uomo dei maiali che portò i ragazzi a casa. Sempre avvolti nei sacchi ammuffiti e puzzolenti, che tanto poco proteggevano dal crudele vento del Baltico, fecero ritorno a casa sul carretto trascinato dal macilento cavallo. Più di sette chilometri lungo la strada costiera, che in realtà era una pista carreggiabile profondamente sconnessa. La puzza combinata di pesce rancido e frattaglie di maiale rivoltava lo stomaco, e ai due fratelli Winter non venne risparmiata alcuna delle buche disseminate in abbondanza lungo il tragitto. Quando arrivarono a casa di Nonnina, l'uomo dei maiali e suo figlio vennero ricompensati con una rilucente moneta d'oro da venti marchi e accomiatati con muti ringraziamenti.

Fu soltanto dopo che gli Esser si erano dileguati, che Peter e Pauli ricevettero rimproveri e rampogne. Chi avrebbe pagato la barca? Come erano caduti in acqua? Non si erano accorti che stava arrivando una tempesta? Perché non erano tornati subito a casa dopo essere stati salvati? Tutte e tre le donne posero più o meno le stesse domande: solo il modo di inquisire fu diverso. Prima, la freddezza militaresca dell'interrogatorio di Nonnina, quindi le interrogazioni convulse ed emotive della mamma, e infine quelle arrabbiate della nanny scozzese, la quale, dopo un bagno caldo e una strigliata con sapone al fenolo, piazzò i due reprobi sotto la doccia fredda e li strofinò con l'asciugamano finché la loro pelle non fu rossa e dolente.

I ragazzi accettarono docilmente il castigo. Sapevano che una tale collera non era altro che uno dei tanti modi con cui gli adulti manifestavano il loro affetto. E già da molto tempo avevano imparato come assumere un aspetto contrito, pur pensando a tutt'altro.

Adesso che non avevano più l'amato *Walhalla*, i due fratelli presero a trascorrere le giornate sulla spiaggia. Ripercorrendo la strada costiera, raggiungevano la rimessa per le barche di Fritz Esser. Costui, sempre la mattina presto, usciva in barca a pescare. Con scarso successo: non disponeva di esche appetitose, né di buone reti, né tanto meno della pazienza e dell'abilità del pescatore fortunato.

I ragazzi arrivavano sempre in tempo per salutarlo al suo ritorno a terra. Ma Fritz non dimostrava mai alcun disappunto quando le sue lunghe ore di lavoro non avevano dato risultati apprezzabili. Riusciva sempre in quel suo sorriso contorto che rivelava una grande bocca affollata di denti. Ogni giorno, naturalmente, i due giovani Winter avevano la speranza di vederlo tornare con il *Walhalla* a rimorchio. E ogni giorno la speranza diminuiva, tanto che, alla fine, da Fritz ci andarono non avendo altro da fare.

Nonostante la differenza d'età, a Fritz Esser non dispiaceva affatto la compagnia dei due ragazzi. Lasciava che lo aiutassero a verniciare e riparare le barche di cui doveva occuparsi a pagamento. Mostrava loro come cucire vele strappate e sigillare le fessure di scafi appartenenti a gente in vacanza e lasciati troppo a lungo in secca. E non perdeva occasione per catechizzarli sui concetti politici che infarcivano i libercoli che leggeva e le conversazioni che amava ascoltare nel bar del Fagiano Dorato, sulla strada per Travemünde, o che si ispiravano alle parole del suo eroe, Karl Liebknecht.

Sul retro del Fagiano Dorato c'era una grande sala, usata per banchetti nuziali e battesimi, nonché per i raduni del PSD. In quel locale, l'anno prima, Fritz aveva ascoltato in estasi il veemente piccolo Karl Liebknecht. Col suo pince-nez, i baffi neri accuratamente regolati, l'abito scuro ben spazzolato e l'alto colletto inamidato, quel trentanovenne membro della Dieta prussiana pareva più un impiegato che un rivoluzionario, ma fin dalle primissime parole il suo discorso aveva palesato le passioni che lo animavano. Aveva accusato l'industria bellica internazionale, "la cricca che coniava oro dalla discordia". Aveva accusato il Kaiser e la Bendlerstrasse, dove i generali "in questo preciso momento stanno programmando la prossima guerra". Aveva inveito contro lo zar e tutti i "parassiti" che costituivano le famiglie reali d'Europa. Se l'era presa con i capitalisti che possedevano le fabbriche, e con la polizia loro lacchè. Aveva incolpato il ricco che sfruttava la propria ricchezza e il povero perché accettava la propria povertà.

Una gran ressa aveva affollato il Fagiano Dorato, quel venerdì sera. I più erano venuti perché Karl era il figlio del grande Wilhelm Liebknecht (amico intimo di Karl Marx e capo della ben presto defunta repubblica rivoluzionaria di Baden), e non perché volessero ascoltare quel piccolo presupponente e poco fascinoso individuo, il cui unico titolo di merito di qualche rilevanza era di aver scontato diciotto mesi di carcere per tentata sedizione.

Karl Liebknecht non aveva alcuna delle qualità che fanno grande un oratore. Il modo in cui si vestiva lo faceva sembrare più uno dei tanti freddi burocrati, che tutti temevano e detestavano, che un uomo che li guidasse alla terra dorata cui essi miravano. Il suo elaborato *Hochdeutsch** e i suoi modi — cittadini se non cortesi — lo estraniavano da quel pubblico di pescatori e braccianti agricoli. Il messaggio di Liebknecht non aveva presa su uomini che si aspettavano un immediato miglioramento delle loro condizioni lavorative, piuttosto che una rivoluzione mondiale più o meno prossima.

Soltanto i giovanissimi avevano tempo sufficiente per quel tipo di promesse che Karl Liebknecht aveva anticipato quella sera ai suoi ascoltatori. E pochi dei giovani locali come Fritz Esser si erano commossi davanti a quel curioso ometto.

Sebbene i due ragazzi Winter avessero soltanto una vaga idea di tutta la questione, qualche cosa dell'entusiasmo dimostrato da Fritz Esser si trasmetteva anche a loro. E Fritz si compiaceva di camminare su e giù, declamando i princìpi del marxismo al rapito pubblico di due persone. Pauli restava incantato dalle parole di Fritz, anche se l'accesa retorica di quell'odio non aveva per lui significato alcuno. Peter ne intuiva la pericolosità latente, ma le impennate di esilarante familiarità di Fritz e il suo fascino rozzo finivano per conquistarlo. E quando Esser disse loro che, quali compagni cospiratori, non dovevano far parola al poliziotto, ai loro di casa o ad alcuno della servitù, o a qualsiasi altro del villaggio — nel caso che lui, Fritz, fosse stato messo in prigione — di quanto egli andava dicendo, i due ragazzi gli assicurarono la più completa dedizione. Quale cosa meravigliosa dividere un segreto con un ragazzo che era quasi uomo. E di quale segreto si trattava!

"Zio Glenn" arrivò durante la loro ultima settimana delle vacanze estive. Fratello minore di Veronica, Glenn Rensselaer aveva l'abitudine di capitare ospite in casa, inaspettato e proveniente da una qualsiasi parte del mondo. Veronica aveva avuto notizia della visita in Europa del fratello per mezzo di un telegramma, spedito da bordo di un piroscafo il cui arrivo ad Amburgo era previsto per il giorno seguente. «Arrivo giovedì non solo. Ba-

* Tedesco colto. [*N.d.T.*]

ci. Glenn.» Ne erano seguiti febbrili preparativi domestici e, per Veronica, un interrogativo. Chi era in compagnia di suo fratello? E non poteva trattarsi della solita mania umoristica di Glenn per anticipare che era venuto in Europa in viaggio di nozze?

L'interrogativo si chiarì quando Glenn arrivò la sera di venerdì, assieme a un inglese, un certo Alan Piper. Si erano conosciuti sulla nave in partenza da New York. «La *Kaiserin Auguste Victoria*, di venticinquemila tonnellate. Il più grande transatlantico del mondo, ed è tedesco.» Era caratteristico di Glenn compiacersi dei primati del Vecchio Mondo quasi quanto di quelli dei suoi compatrioti. Glenn aveva insistito affinché Piper, il quale disponeva ancora di un paio di mesi prima di ripresentarsi al Ministero per le Colonie a Londra, lo accompagnasse nel suo giro in Germania, con inizio a casa Winter a Travemünde.

Alan "Boy" Piper impiegò non poco del suo tempo a scusarsi per il lavoro extra e il disturbo che andava arrecando all'andamento domestico. Se ne scusò così tante volte che alla fine Glenn disse: «Non essere così dannatamente britannico. In questo paese hanno schiavi in abbondanza da far lavorare. E Veronica adora l'opportunità di poter parlare una lingua civilizzata».

E non aveva torto per quanto riguardava sua sorella, la cui suocera non stava bene da qualche giorno e poteva alimentarsi solo di brodo e crostini, confinata nella sua camera da letto al piano di sopra. Quindi Veronica aveva modo di fare la perfetta padrona di casa nei confronti degli ospiti inaspettati, tanto più senza dover ricorrere ad altra lingua se non all'inglese.

Veronica adorava suo fratello, ma non restò nemmeno indifferente al fascino del cerimonioso inglese. Poco più anziano di lei, era un uomo fisicamente attraente — ma non in senso convenzionale — con i suoi corti capelli castani, quasi fulvi, un sottile volto ossuto dai lineamenti curiosamente fanciulleschi che, a suo tempo, gli avevano guadagnato il soprannome di "Boy". Con sincera modestia, insisté sul fatto che la propria vita era sempre stata piatta, in confronto di quella di Glenn. Dal College di Merton a Oxford era andato in Sud Africa, dove era rimasto come funzionario del governo coloniale, sebbene, come precisò Glenn, avesse preso parte ad alcuni dei più sanguinosi scontri della guerra con i boeri.

«È un soldato di fortuna, come me» disse Glenn.

«Niente di così eccitante, temo» protestò con modestia Piper. «Mio padre era funzionario del governo in Africa, e sinora ho semplicemente seguito il suo esempio.» Sorrise. Aveva la faccia di un adolescente – fresca e ottimista – e indenne dai guasti del sole africano.

«Allora, che ci fa in Germania. Mr. Piper?» chiese Veronica, avendo cura di interpellarlo sempre come "Mr. Piper", anche se una certa sfumatura nella sua voce avrebbe potuto far pensare a una civetteria. «È un'altra sua incursione tra gli indigeni?»

«No davvero, Mrs. Winter. Sono in licenza. Questa visita in Germania, per quanto deliziosa come già si sta dimostrando sin d'ora, era del tutto fuori programma. Quando tornai a Londra per iniziare questa aspettativa di un anno, rimasi molto contrariato nell'apprendere che non sarei tornato in Africa. Le due repubbliche boere contro cui combattemmo, e il Capo e Natal, formano adesso la cosiddetta Unione Sudafricana. Mi sarebbe piaciuto essere lì a vedere l'avvenimento.»

«La perdita del Sud Africa torna a vantaggio nostro» asserì Glenn.

«È a tale vantaggio che brindo» disse Veronica.

L'inglese prese il suo bicchiere, fissò Veronica, perdendosi in quegli stupendi occhi grigio fumo, e, dopo un attimo fuggevole, sorrise.

Veronica, bevendo, abbassò lo sguardo, ma sentì su di sé gli occhi dell'inglese, e suo malgrado ebbe un brivido.

«La mia vita non è stata nemmeno lontanamente emozionante come quella di suo fratello, Mrs. Winter. Sono convinto che egli sia uno degli uomini più straordinari che io abbia mai incontrato.»

«Veramente?» Fu felice di poter guardare il fratello e sorridere. «Che hai fatto di notevole, Glenn?»

«È stato ovunque e ha fatto di tutto» rispose Piper invece di Glenn. «Ha persino fatto il cercatore d'oro nel Klondike.»

«Con enorme successo, anche! Alla fine cedetti le mie concessioni per trecento dollari e un po' di provviste.»

«Ha lavorato per Henry Ford e ha rifiutato un lavoro con i reparti dell'esercito degli Stati Uniti che controllano il Canale di Panama. Ha domato cavalli, riparato automobili, e perfino pilotato un aeroplano.»

«Un aeroplano?» Anche Veronica poteva ancora stupirsi delle imprese di Glenn.

«Ma una volta soltanto» precisò Glenn. Allungò un braccio a infilzare dell'altro maiale freddo, senza aspettare che glielo servisse la cameriera, cercando di nascondere il proprio imbarazzo ai commenti elogiativi di Piper. Mandato giù il boccone, bevve un sorso di vino e si asciugò le labbra. «Sulla nave che ci ha portato qui, c'era un tizio, un allevatore di bestiame, con cui avevo lavorato un paio di volte. Ha passato metà del viaggio a riempire la testa a Boy di storie sul mio conto. Sai bene come ai texani piaccia ingigantire le cose.»

«E tu, Glenn, che ci fai di preciso in Germania?» volle sapere Veronica.

«Papà mi ha detto che tuo marito conosce il conte Zeppelin. Speravo riuscisse a fissarmi un appuntamento.»

«Il conte Zeppelin? È tanto famoso da esser giunto all'orecchio dei nostri compatrioti?»

«Di sicuro, tutti hanno sentito parlare delle sue aeronavi» rispose Glenn. «Lo scorso settembre ci fu a Berlino una specie di esposizione dimostrativa...»

«Sì» disse Veronica. «La *Berliner Flugwoche** a Johannisthal. C'era un premio di centocinquantamila marchi. Harald ci portò i ragazzi. Erano là quando un aeroplano volò da Tempelhof sino a Johannisthal: dieci chilometri!»

«C'era Orville Wright a Berlino in quel periodo. E a Francoforte ci fu un raduno espositivo dedicato alle aeronavi: l'*Internationale Luftschiffahrt Ausstellung*». Articolò con fatica le parole in tedesco. «E all'improvviso, ecco che un sacco di gente comincia a interessarsi alle aeronavi: specie quelle grandi di tipo rigido. Ne voglio vedere una, volarci e scoprire come la si pilota.»

«Però, l'avrai certo saputo — proprio la più recente, la *Deutschland*, ha avuto vita brevissima: un paio di settimane. Un fallimento completo. Sui giornali c'erano fotografie stupefacenti.»

«Ah, sì, l'LZ7: lo so. Ma Zeppelin ha ancora l'LZ6 in attività, e un volo a bordo mi farebbe felice.»

«E lei, Mr. Piper,» domandò Veronica rivolgendosi all'inglese «condivide questa passione per le macchine volanti che pare dilagare per il mondo?»

«Fino a un certo punto, Mrs. Winter.»

«Lo dice per educazione» esclamò Glenn. «Ho insistito perché venga con me a vedere gli Zeppelin, dato che lui parla il te-

* Settimana aviatoria. [*N.d.T.*]

desco. Io il tedesco non lo so, e non credo che il conte von Zeppelin mastichi l'inglese.»

«Meglio che ti abitui a non chiamarlo conte von Zeppelin: o von Zeppelin o conte Zeppelin, ma non "von" e "conte" assieme.»

«Davvero?» disse Glenn pensieroso. «So che questi europei si seccano maledettamente se sbagli i loro titoli nobiliari. Una volta ho conosciuto a Mexico City una contessa italiana. Voleva che io...» Si interruppe, non volendo scendere in particolari.

Veronica si mise a ridere, rendendosi conto che le colorite esperienze di Glenn con cavalli, automobili e canali erano state accuratamente espurgate per non scandalizzarla.

«E così lei parla tedesco, Mr. Piper?» domandò, mentre le cameriere cambiavano i piatti.

«Per ragioni di lavoro, ho dovuto imparare un po' di *Cape Dutch,** Mrs. Winter. Pareva sciocco non perseverare col mio tedesco.»

«Lui legge solo quelle squisitezze cerebrali che piacciono a te, Veronica. Gli offrii da leggere la mia copia nuova di zecca di *Lord Jim*, mentre eravamo seduti vicini sul ponte della nave. Mi venga un colpo se non la rifiutò con gesto sprezzante! Disse che non leggeva Conrad perché è uno scrittore che non apre nuovi orizzonti spirituali. È stato così che ci siamo conosciuti. Roba da prenderlo a cazzotti.»

Piper — anche dopo i suoi tre mesi di permanenza in America — non si era ancora assuefatto a quel modo di parlare senza peli sulla lingua.

«Non dissi esattamente così, Glenn...»

«Adesso sta leggendo *Das Stunden-Buch* in tedesco!» aggiunse Glenn Rensselaer. «A me ci è voluta mezz'ora per riuscire a pronunciarne il titolo.» A Veronica non sfuggì il reciproco rispetto dei due uomini: un sentimento che non caratterizzava spesso l'amicizia tra due donne. Per lo meno, non con eguale rapidità e facilità.

«Ho paura che Rilke sia un po' troppo per me» ammise Piper. «Tutte quelle immagini simboliche richiedono una più profonda conoscenza del tedesco e dei tedeschi.»

«Oh, ma è un libro stupendo» esclamò Veronica. «Non si arrenda.»

«Ci ho messo il massimo impegno. Il capitolo che sto leggen-

* Lingua del Sud Africa, derivata dall'olandese. [*N.d.T.*]

do adesso, l'ho letto e riletto quattro volte, dizionario alla mano.»

«Forse se leggessimo qualche pagina insieme...» Veronica si interruppe e si affrettò a versare un po' di crema sulla fetta di pesca. Non aveva voluto implicare... Impose un freno alla propria fantasia che stava partendo in volo. Non aveva mai guardato, nemmeno pensato, in tutti quegli anni del suo matrimonio, a nessun altro uomo che non fosse Harald. Quando, per la prima volta, aveva scoperto che Harry aveva installato quella giovane Martha in un appartamento di Vienna, era andata a pregare nella Votivkirche, e a dare un'occhiata alla via dove abitava l'amante del marito. Eppure, neanche in quelle ore di angoscia, aveva mai conosciuto un uomo che fosse riuscito a farle pensare di tradire Harry. Se ne rendeva conto adesso, di colpo.

«Sarebbe estremamente gentile da parte sua, Mrs. Winter» riconobbe l'inglese. «A volte, si tratta soltanto di capire l'animo dell'autore. Qualche pagina correttamente interpretata basterebbe ad aprirmi un mondo nuovo.»

«Non sono tanto erudita» obiettò Veronica. «Sono una *Hausfrau*, una donna di casa di trentaquattro anni.»

«Non posso permettermi di lasciarmi sfuggire una fortuna del genere» disse Piper. «Né riesco a immaginare alcun'altra persona più adatta a cambiare la mia vita.»

Il giorno in cui arrivò il padre, pioveva ininterrottamente. Non quell'acquerugiola fredda e sottile che non impediva ai ragazzi di andare a fare una passeggiata, o forse il bagno nell'oceano, o, nei giorni felici del *Walhalla*, andare a vela. Una pioggia che veniva giù in implacabili cortine verticali dalle nuvole in pigro movimento dal Mare del Nord per scaricarsi sulla baia.

Mentre fervevano i preparativi per dare il benvenuto ad Harald Winter, Peter e Pauli girellarono per la casa, capitando tra i piedi di tutti e sentendosi depressi. Nei giorni precedenti, zio Glenn o il suo amico inglese li avevano svagati con storie interessanti, giochetti di prestigio e con le carte. Pauli in special modo aveva apprezzato i trucchi eseguiti da Mr. Piper e ne aveva anche imparato qualcuno. Ma quel giorno, i due ospiti di casa erano andati a dare un'occhiata alla stupenda vecchia città di Lubecca, e non sarebbero rientrati prima di sera, quando ormai Harald Winter sarebbe già arrivato.

Alla fine, Pauli trovò qualche cosa da fare, dopo che era stato respinto, e bruscamente, un suo approccio con la nonna, la quale voleva dormire.

Nel frattempo, anche Peter aveva trovato modo d'impiegare il tempo. La cuoca gli aveva permesso di aiutarla a preparare le verdure, in quanto la sguattera era malata e l'altra aiutante di cucina era stata spedita a riordinare le stanze del secondo piano che Harald Winter e signora usavano quand'erano insieme.

Pauli, dunque, andò in cerca di sua madre. La trovò nella stanza della torretta, che dava sul tetto. Una piccola stanza circolare con una vista stupenda della campagna circostante. Era lì che Veronica amava dormire quando il marito era assente. In quel momento, ella stava passando in rassegna gli abiti nel guardaroba, tirandoli fuori a uno a uno e deponendoli sul letto, perché la cameriera li trasferisse nell'altra camera da letto.

Pauli la sbirciò. Non gli sembrava stesse bene. Pallida, aveva gli occhi rossi, come se avesse pianto. «Che vuoi?» gli chiese, con voce irosa.

«Niente. Posso aiutarti, mamma?»

«Credo proprio di no, tesoro.» Poi, vedendo il disappunto di Pauli, aggiunse: «Potresti portar giù il cofanetto dei gioielli. Risparmieresti ad Hanna un viaggio».

Pauli era sempre rimasto affascinato dal cofano dei gioielli di sua madre. Una scatola di uno splendido cuoio azzurro, foderata di morbido velluto dello stesso colore. Internamente era munita di piccoli cassetti, soffici tasche e dita di velluto su cui erano infilati gli anelli. Pauli non riuscì a resistere alla tentazione di esplorare tutti gli anfratti di quella scatola. Era così divertente estrarre ogni cassettino e ammirare le splendenti spille di diamanti e i fili di perle che vi erano dentro. Guardò sua madre, che, però, era del tutto assorbita dagli abiti — scegliendone uno per l'arrivo di papà, pensò Pauli, che andò avanti a giocare con lo scrigno. Metti che fosse una nave di pirati e che ogni cassettino nascondesse un cannone, e che un vascello apparisse inaspettato in vista... Oh, povero me: il contenuto di un cassettino si rovesciò sul tappeto. Che sbadato, era! Adesso una bella sgridata non gliela risparmiava nessuno... a meno che... Quel giorno pareva che niente potesse distogliere l'attenzione di mamma dai suoi vestiti.

Pauli si affrettò a raccogliere gli orecchini d'oro piccoli, quelli più grandi, gli orecchini di perle, gli orecchini di diamanti, quelli che mamma metteva solo con le toilette da sera. Due orecchini per tipo. Li contò di nuovo, poi ne scorse uno d'argento sul tappeto. E l'altro? Di sicuro, era rotolato sotto il letto. Pauli si appiattì sul pavimento alla ricerca. Sì eccolo lì. E... c'era qualche cosa d'altro. Un orologio da polso. Un orologio da polso, grande, d'oro, con la lancetta dei secondi.

«Che stai facendo, Pauli?»

«Ho trovato un orologio, mamma.»

«Che vuoi dire?»

«L'ho trovato sotto al letto, mamma.» Le mostrò con orgoglio l'orologio, un bel modello svizzero, con cinturino di cuoio e le cifre romane come quelle dell'orologio della chiesa.

«Oh, mio Dio» balbettò Veronica.

«Appartiene a Mr. Piper, mamma. Ho visto che ce l'ha su.» La guardò, stupito: mai l'aveva vista tanto sconvolta.

«Sì» rispose Veronica. «Gli avevo chiesto se me lo prestava. Il mio si era fermato ieri sera, mentre eravamo a cena.»

«Devo ridarglielo?»

«No, dallo a me, Pauli. Dirò alla cameriera di metterglielo in camera.»

«Io so dov'è la sua camera.»

«Dallo a me, Pauli. Si potrebbe dispiacere se sa che l'ho lasciato cadere a terra.»

«Ma mica glielo andrò a dire!»

«Meglio fare come dico io, Pauli.» Sua madre strinse tra le mani l'orologio, spasmodicamente, e chiuse gli occhi, come fanno i bambini quando formulano un desiderio.

Tre giorni dopo l'arrivo di papà, ci fu la trasferta globale a Kiel, con pernottamento in albergo. Un viaggio importante. Mamma indossava il suo nuovo spolverino da turista motorizzata e guanti da automobilista. Papà sedeva al volante della macchina, la cui tecnologia non era più nuova, ma egli era innamorato della grossa Itala gialla e le restava fedele, sebbene qualcuno pensasse che avrebbe dovuto servirsi di un'auto tedesca. Era la prima volta che Harald Winter si assumeva l'onere e l'onore di pilotare per un viaggio così lungo, ma sapeva che Glenn Rensselaer era in grado di ovviare a piccoli guasti sul percorso, e comunque lo chauffeur aveva ricevuto ordine di restare vicino al telefono in casa di Nonnina, caso mai l'avaria risultasse seria.

Glenn aveva preso posto di fianco ad Harald; l'inglese e mamma sui sedili posteriori, i due ragazzi sugli strapuntini. Nessun domestico a bordo. La servitù sarebbe andata via in treno. Come aveva detto Harald: «Sarà un'avventura».

Non era esattamente una gita da diporto. Harald Winter non faceva gite: aveva un appuntamento all'Imperial Cantiere Navale. Il giorno seguente, mentre la foschia dal mare incappucciava le banchine e smorzava i rumori del cantiere, egli si incontrò con un giovane capitano di corvetta e due funzionari in borghese della Divisione Approvvigionamenti della Imperial Flotta tedesca. Harald Winter non era stato messo al corrente del motivo della propria convocazione. L'argomento riguardava l'approntamento di un programma per un'aeronave della Marina militare, ed era — come tale — considerato segreto. L'ente interessato era già stato designato: la Divisione Aeronavale della Marina da guerra — ma sino a quel momento consisteva soltanto di una targhetta su una porta e di un piccolo ufficio sull'ala "di servizio" del Ministero. L'anno prima l'apparizione dell'aeronave Z11 al meeting aereo di Francoforte sul Meno aveva fatto sì che il futuro apparisse roseo. Ma nell'anno in corso tutto era andato storto. In aprile, la distruzione della stessa aeronave — una delle due approntate da Zeppelin per l'esercito — in un nubifragio nei pressi di Weilburg an der Lahn era stata seguita, in giugno, dalla perdita della nuova creatura del conte Zeppelin, la *Deutschland*. A peggiorare le cose, un concorrente di Zeppelin aveva costruito un'aeronave semirigida, che non solo aveva battuto di oltre un'ora il primato di volo dello Zeppelin, ma era arrivata alle manovre autunnali dell'esercito completa del suo hangar mobile di tessuto. E adesso tutti gli ammiragli e i burocrati, che avevano dilazionato la decisione di adottare gli Zeppelin, si stavano autocongratulando per la saggezza dimostrata.

Mentre Harald Winter se ne stava seduto di fronte al premuroso giovane ufficiale di marina e ai due funzionari dalla faccia impassibile, sua moglie, i ragazzi e i due ospiti erano sul molo in ammirazione della potenza lì riunita della nuova flotta da guerra tedesca.

«Guardatele» disse Glenn Rensselaer, indicando una dozzina di poderosi fantasmi grigi, appena visibili tra la nebbiolina. «I cantieri navali tedeschi non sono mai stati così indaffarati. Quella è una corazzata, lì, ancorata sulla destra.» Pur servendosi di un binocolo, non riusciva a vedere alcun nome sulla fiancata della nave. «Tre corazzate l'anno scorso, e quattro costruite due anni fa» disse Piper. Quel giorno l'inglese era il tipico esemplare del cittadino in vacanza, con la sua giacchetta a righine e il cappello di paglia. «Il che rende la forza della Flotta tedesca esattamente alla pari di quella inglese.» Accettò il binocolo che Glenn gli porgeva, ma non lo portò agli occhi.

«No» obiettò Glenn. «Voi inglesi disponete già di otto corazzate, e di almeno altre quattro sugli scali di alaggio.» Indossava un completo di flanella color crema, a righine, e aveva in capo una paglietta, inclinata su un lato. L'umida nebbiolina che veniva dal mare era troppo frizzante per quella tenuta estiva, e, lì sul molo, Glenn si era avvolto attorno al collo una lunga sciarpa gialla. Anche Veronica si stava pentendo di non aver indossato qualche cosa di più pesante. Il vestito di cotone bordato di pizzi all'inglese le era stato confezionato appositamente per quella vacanza, ma la sarta non aveva tenuto conto dei possibili attacchi di un clima più fresco.

Piper annuì: «Forse hai ragione tu».

«E cosa sarebbe esattamente una corazzata?» chiese Veronica.

«Oh, mamma!» esclamò Peter, voltandosi a guardarla dalla ringhiera dove si era arrampicato per vedere meglio. «Tutti sanno cos'è una corazzata.» Il piccolo Pauli si inerpicò di fianco al fratello.

«È un nuovo tipo di nave da guerra» spiegò il sempre premuroso Piper.

«A me sembrano tutte eguali» fu il commento di Veronica.

«Forse lo sono,» disse Rensselaer «ma quando gli inglesi costruirono la *H.M.S. Dreadnought* nel 1906, ogni altra nave del genere risultò sorpassata. Motori con turbine a vapore, cannoni più potenti e tutti dello stesso calibro: più veloce e micidiale di qualsiasi altra costruita in precedenza. Oggi, la potenza di una flotta da guerra è data dal numero di corazzate di cui dispone. Al vostro Kaiser ci sono voluti un paio d'anni per cominciare, ma adesso si lascerà scannare piuttosto che permettere che la Marina da guerra britannica lo superi.»

«Scendi di lì, Peter» ammonì Veronica. «Ti concerai i calzoni, e non ne abbiamo portati di ricambio.» L'inglese le sorrise. «È così un problema senza le domestiche» si giustificò lei.

Glenn Rensselaer si riprese il binocolo e studiò la corazzata. «Pensi che l'abbiano portata giù per il canale, o è troppo grossa?» Adesso che il Canale del Nord collegava direttamente la flotta tedesca del Mare del Nord con la flotta del Baltico, il potenziale di manovra della Germania era enormemente aumentato. Senza staccare gli occhi dal binocolo, Glenn rispose alla sua propria domanda: «Troppo grossa, penso. Ecco perché, probabilmente, stanno lavorando come pazzi ad allargare e fare più profondo il canale». Anche a occhio nudo, era possibile scorgere l'equipaggio in divisa bianca estiva affaccendarsi lungo la tolda. A giudicare dalla grandezza di quelle figurine in uniforme era facile accorgersi delle dimensioni dell'enorme nave da guerra. «Accidenti, se è grande,» mormorò Glenn «grande parecchio.»

Veronica, impacciata dalla lunga sottana imposta dalla moda, si era intanto avviata oltre, e Piper si era affrettato a seguirla. Il vestito di cotone increspato, chiuso in alto da un colletto di trine, e il vezzoso cappello nuovo col fiocco di seta e fiori artificiali la rendevano incantevole, e lei ne era consapevole. Quando Piper l'ebbe raggiunta, gli altri erano troppo distanti per poter sentire. Era la prima opportunità che Veronica aveva, da quando era arrivato suo marito, di parlare a tu per tu con l'inglese, ma disse soltanto: «Non avrei voluto che mio fratello parlasse del nostro imperatore con così poco rispetto. Ha un tale cattivo effetto sui ragazzi».

«Lo so, Mrs. Winter, ma suo fratello l'ha detto senza volerlo, ne sono sicuro.» Le sorrise, e Veronica ricambiò il sorriso.

Si sentiva invasa dalla felicità. Davvero, non aveva importanza quel che si potessero dire. Lei amava l'inglese, e ne era ricambiata. Non c'era bisogno di dirlo. Non c'era bisogno di dire assolutamente nulla, davvero.

Avevano sperato che il sole la spuntasse, ma era una di quelle giornate in cui la baia di Kiel rimane avvolta nella nebbia fino a sera. Quando rientrarono in albergo, Harry non era ancora tornato dal suo colloquio. Alan Piper ordinò il tè. Glenn non mancava di prenderlo in giro per quel curioso rito britannico, ma presero posto tutti nell'atrio a vetri, a chiacchierare del più e del meno, finché l'inglese non si prese a rimorchio gli irrequieti ragazzi Winter per dare un'altra occhiata alle navi da guerra.

Adesso che erano soli, Veronica domandò al fratello: «Ma non ci sarà la guerra, vero, Glenn?».

Lui la guardò, e prese tempo prima di rispondere. «Papà è

convinto che ci sarà. A casa vorrebbero che tu tornassi negli Stati Uniti; immagino te l'abbiano detto nelle loro lettere.»

«Sì, infatti.» Si versò una nuova tazza di tè, di cui non aveva voglia, ma era inquieta.

«Quest'anno non sei neanche andata a Londra a vederli.» Glenn si appoggiò allo schienale della sedia, accavallando le gambe. Viso ossuto, zigomi alti, sorriso spontaneo — a volte assomigliava tanto a papà, e tanto anche al piccolo Pauli. Non aveva fatto caso, sino a quel momento, a quanto dei Rensselaer avesse preso suo figlio minore.

«Sarebbe così facile per loro venire qui.» Non aveva voglia di parlare dei genitori. La facevano sentire in colpa, e non le piaceva sentirsi in colpa.

«Papà non è entusiasta dei tedeschi, e lo sai. Sin da quando il re d'Inghilterra è morto all'improvviso, il Kaiser sta facendo di tutto per dimostrarsi il padrone dell'Europa. Papà dice che è un tipo pericoloso, e io sono d'accordo.»

«È del tutto ingiusto dire questo» protestò Veronica. «Tutti criticano il Kaiser, ma lui vuole soltanto rendere la Germania forte come le altre potenze. Che c'è di male in questo?»

«È il modo con cui lo fa. Con quella boria, con i suoi discorsi velleitari e pomposi, con quelle sue divise con l'elmetto chiodato! È un militarismo parossistico che non è troppo gradito a Parigi, a Londra e a New York, dove preferiscono capi di stato che indossino abiti scuri col garofano all'occhiello e facciano discorsi di pace e di prosperità.»

«Harry sostiene che le forze armate degli europei sono adatte soltanto per le guerre coloniali.»

«Può darsi. Ma fanno presto a diventare *equipaggiate* per qualche cosa di più distruttivo. Che dire di quelle aeronavi che possono arrivare direttamente sulle grandi città e gettare bombe sul municipio? Guarda dalla finestra e osserva i cannoni di quella corazzata: una di quelle navi può prendere a cannonate una città costiera, rimanendo fuor di vista e di portata. E che mi dici di queste grandi armate di soldati di leva che la Prussia ha avuto da cento anni a questa parte? Non hai bisogno della coscrizione obbligatoria per fare le guerricciole coloniali. Giusto? Quando sono tornato in patria, ho fatto un giro giù nel Sud. Ho camminato per le strade, anzi, tra le macerie, di Richmond, in Virginia, e basta quello per farti piangere. Lo stesso vale per altre città delle Caroline e della Georgia. E quando è stato — cinquant'anni fa? E non hanno ancora ricostruito nulla di quello che la guerra ha distrutto... È terribile ed è proprio il genere di guerra cui questi dannati europei stanno andando incontro, se le mie previsioni sono esatte.»

«Mi fai paura con questi discorsi, Glenn.»

«Ho promesso a nostro padre che ti avrei parlato seriamente. Non hai mai la nostalgia dei tuoi amici, della nostra gente, della tua famiglia? Come puoi essere felice con tutti questi stranieri sempre tra i piedi?»

«Non voglio dire cose spiacevoli, Glenn, ma questi "stranieri" sono adesso i miei amici e la mia famiglia.» Mai Glenn avrebbe capito quanto Berlino volesse dire per lei. Lei amava quella città: l'opera, i balletti, le orchestre, la vita sociale e il clima intellettuale. Amava quei matti di berlinesi filosofi, privi di remore, e il loro insopprimibile senso dell'umorismo. Amava le amicizie che s'era fatte, e suo marito, e i suoi meravigliosi figlioli. Come poteva aspettarsi Glenn che ella abbandonasse tutto ciò che rendeva la vita degna d'essere vissuta, e che ricominciasse da zero in quel deserto culturale che era New York?

«Ti disturba se accendo la pipa? Senza l'aroma del Virginia non riesco a concentrarmi.» Dalla tasca del doppio petto di flanella Glenn tirò fuori la borsa del tabacco, una scatola di svedesi e una corta pipa di schiuma.

«A me non disturba, ma forse qui è vietato fumare. C'è una sala fumatori qui sul retro del ristorante.»

«Fesserie. La gente fuma dappertutto, oggi. A New York fumano per la strada, anche le donne.»

«Ma è un'indecenza!»

Glenn accese la pipa, già caricata. «Sono state le mosche a farmi cominciare» disse tra una boccata e l'altra. «Lavoravo in un ranch del Texas e il fumo era l'unico modo per impedire che ti venissero sugli occhi e in bocca. Ho veduto gente che diventava matta.»

«Mi piacerebbe rivedere New York» ammise Veronica, quasi con riluttanza. «Solo per una visita, magari.»

«Oggi non la riconosceresti più, sorellina. So che tuo marito è considerato un pezzo grosso quand'è su quella sua automobile. Be', mi ero fermato in Herald Square e l'ho vista intasata di auto a tal punto che nessuna di esse riusciva a muoversi di un metro.» Rise e soffiò via il fumo. La pipa l'aveva sfoggiata la prima volta che era venuto in Germania a trovare la sorella, l'anno dopo che era nato Peter; Glenn aveva allora diciassette anni. Aveva tentato di sembrare un vero uomo, ma il fumo del tabacco l'aveva fatto tossire a più non posso, e Veronica gli aveva portato un po' di frutta, quando lui era andato a letto sentendosi male. In quel momento, Veronica Winter, avvertì una fitta di dolore nostalgico per aver lasciato la casa paterna quando era ancora tanto giovane. I suoi erano cresciuti senza di lei, e lei era cresciuta senza di loro.

«E papà e mamma si trovano bene a New York?»

«Non è che ci trascorrano troppo tempo, ormai. Ma, senz'altro, a papà la città piace. Mentre il tuo Harry puntava sulle aeronavi, papà puntava sulle automobili. Investiva in acciaio, petrolio e gomma, diventando ricco ogni minuto che passava.» Dopo aver aspirato un paio di volte dalla pipa, domandò: «Non ti sei seccata se ho portato Boy con me?».

«No, no, naturalmente, ma se lo avessi saputo con un po' di anticipo, avrei potuto organizzare meglio le cose. Quelle due piccole stanze che avete...»

«Le stanze vanno benissimo, sorellina, e devo chiederti scusa per il modo con cui ti siamo piombati in casa. Non m'ero reso conto di quanto tua suocera stesse poco bene. Dev'essere una bella faticata per te.»

«È così bello averti qui, Glenn. Una vera gioia!»

«Boy stravede per te, questo lo sai, vero?» Glenn lo disse, come spinto da un impulso non più comprimibile. E Veronica ebbe la sensazione che suo fratello avesse cercato il modo di dirglielo fin da quando avevano cominciato a parlare.

«Sì, lo so.»

«Si comincia a conoscere com'è un uomo quando ci bevi assieme. E io, sorellina, sono stato in giro mica male. Ne ho conosciuta di gente da quando ci siamo visti l'ultima volta. Boy è un ragazzo a posto.»

Veronica rimase in silenzio, a lungo. Era suo fratello, e lei sentiva di dover rispondere. «Vuole che vada via con lui.»

«Chi? Boy?» Rimase un attimo interdetto. Poi, convinto che lei si fosse soltanto sentita lusingata, per un naturale compiacimento femminile, si mise a ridere. Comunque, sarebbe stato meglio non aver tirato in ballo l'argomento.

«Non so cosa fare, Glenn. I ragazzi non capirebbero mai. Peter penserebbe che lo tradisco, e Pauli adora suo padre.»

«Calmati, sorellina. Non è niente di cui disperarsi.»

Glenn non poteva consigliarla; Veronica l'aveva saputo ancor prima di confidarsi. Glenn era suo fratello minore: il loro vincolo precludeva qualsiasi possibilità che egli potesse parlare di un tale argomento e mantenere il senso delle proporzioni. «Ti scongiuro, Glenn, non farne parola con alcuno. Sto ancora cercando di raccapezzarmi, di capire me stessa. Boy vuole che porti con me anche i ragazzi.»

Glenn Rensselaer scosse la testa, stupefatto. «Incredibile, Veronica!»

«Io lo amo, Glenn. Non so come sia potuto succedere in così breve tempo. Credevo potesse accadere soltanto nei romanzi e nelle commedie, o tragedie, a teatro. Ma amo anche Harry.» Volse il capo, mentre le lacrime le gonfiavano gli occhi.

«Le donne divorziate non sono gradite al ceto sociale cui apparteniamo.» Doveva metterla in guardia su quel punto. Glenn era buono d'animo. Aveva sempre voluto vederla felice, e adesso si trovava coinvolto nel dilemma morale della sorella, in un problema che gli era impossibile risolvere.

«Non potrei andarmene senza i miei figli, Glenn...»

«È un gran passo.» Quel bastardo di Harry, nonostante tutto quel suo correre dietro le donne, probabilmente le avrebbe negato il divorzio, e poi detestava gli inglesi, Glenn aveva potuto constatarlo. Quindi, sua sorella sarebbe vissuta in peccato, in una società dove i peccatori erano puniti qui sulla terra. L'idea di che cosa le stava succedendo lo angosciava. E tuttavia, Harry era un porco...

«Non potrei portar via i figli ad Harry e dare loro un altro padre. Sarebbe peccato, vero?» Veronica si asciugò le lacrime.

«La vita che abbiamo è una sola. Io non sono un prete.»

«Taci! Eccoli che arrivano» disse lei, vedendo Piper e i due ragazzi venir su per il viale. Quando il portiere aprì la porta, arrivò il suono di una banda della Marina, dal molo. Stavano eseguendo il motivo di Sousa:* quella trascinante musica yankee risultava strana in quell'ambiente così teutonico.

L'abboccamento conclusivo con i rappresentanti della Divisione Approvvigionamenti dell'Imperial Marina da guerra tedesca non aveva lasciato Harald Winter nell'umore migliore. L'in-

* John Philip Sousa, compositore statunitense (1854-1932). [*N.d.T.*]

contro era terminato con un gesto che Winter considerava provocatorio. Uno dei due funzionari civili aveva esibito alcune fotografie della più recente aeronave per l'esercito, la Parseval III, mentre sorvolava Lipsia. Costruita dal brillante rivale di Zeppelin, era una macchina volante di alta efficienza. Grande: il suo involucro conteneva cinquemila metri cubi di gas. Aveva motori da duecento cavalli e trasportava otto passeggeri. Eppure, l'intero complesso, così come concepito e realizzato da August von Parseval, poteva essere sgonfiato e rimosso su un veicolo a trazione animale. Un miracolo reso possibile dall'assenza di qualsiasi intelaiatura rigida di metallo. Ma la prospettiva di aeronavi che facessero a meno dell'armatura rigida aveva ben poche, per non dire nulle, attrattive per Harald Winter. Egli era uscito furente dal colloquio.

Ebbe da ridire col personale dell'albergo, con la servitù giunta da Travemünde. Mentre apriva le sue caraffe per un aperitivo prima di cena, trovò anche modo di prendersela con i figli.

«Stanno diventando troppo indisciplinati» si lamentò.

«Come fai a dire una cosa simile, Harry? Lo vede chiunque che si comportano con assoluta educazione.»

«Gli si permette di scorrazzare per tutto l'albergo. E Pauli è venuto addirittura a disturbarmi mentre lavoravo.»

«E tu lo rimproveri con troppa durezza. Vorrei che tu fossi un po' più paziente col piccolo Pauli. Lui ti adora, e tu lo respingi sempre. Perché?»

«Pauli deve diventare più maturo. È come un cucciolo che viene a leccarti le mani in continuazione. Vuol sempre che ci si dedichi a lui.»

«Vuole affetto.» Harald Winter non aveva mai dimostrato troppo affetto a lei ai figli. Aveva sempre detto che guadagnar quattrini doveva essere prova sufficiente dell'amore di un uomo per la propria famiglia.

«Allora, che vada da Nanny. Che cosa la pago per fare, quella?»

«Harry, come puoi essere così cieco? Pauli vuol bene a te come a nessun'altra persona al mondo. Tu sei la sua vita. Lo ferisci profondamente quando lo scacci con male parole.» Ma era un argomento su cui Veronica non desiderava polemizzare. Cercò di pensare ad altro: avrebbe potuto resistere per tutta la serata con un busto soffocante come quello che portava? Alcune signore avevano abbandonato definitivamente il busto — in ossequio alla nuova moda — ma lei era ancora vecchio stile.

Harald Winter si versò il brandy, aggiungendovi una generosa dose di acqua tonica Apollinaris. Ne sorbì un poco, poi scelse un nuovo bersaglio: le pecche dei loro ospiti.

«Si comportano come due spie» esordì rabbiosamente. «Credi che nessuno li abbia notati mentre erano lì sul lungomare a puntare i loro binocoli e a fare schizzi delle navi da guerra?»

«Spie?» esclamò Veronica. «Stai parlando dei nostri ospiti, uno dei quali è mio fratello!»

Harald Winter si rese conto di avere esagerato. Fece un po' di marcia indietro. «Non parlo di tuo fratello. Mi riferisco all'*Engländer*.»

«Nessuno stava facendo schizzi di alcun genere, Harry, e il binocolo apparteneva a Glenn.»

«Piper è chiaramente una spia» insisté Winter. Gli inglesi non gli erano mai piaciuti, e quel Piper, con la sua educazione e la sua compitezza ridicolmente esagerate, e l'attenzione che riserbava a Veronica, era un esempio lampante della smidollata classe superiore britannica.

«Parli come un personaggio di quegli sciocchi libri che leggono i ragazzi. Se le navi sono segrete, perché stanno lì ancorate dove tutti possono vederle? E se sei convinto che Mr. Piper è una spia, perché portarlo qui?»

«Meglio che sia in un posto dove le autorità possano tenerlo d'occhio.»

«Non avrai per caso riferito questi tuoi sospetti all'Ammiragliato?»

«Ho ritenuto fosse mio dovere.» Winter depose il bicchiere con maggior vigore del necessario.

«Harry, come hai potuto? Mr. Piper è nostro ospite. Segnalarlo come una spia è...»

«Una bassezza?» chiese Harry, con sarcasmo. Nervosamente, si lisciò i capelli, già ben pettinati. Una moglie tedesca avrebbe saputo che su certi argomenti il marito non va contraddetto.

«Un vero signore non l'avrebbe fatto, Harry. Nessun uomo d'onore inglese lo avrebbe fatto, e tanto meno un membro del Corpo Ufficiali prussiano. Gli ufficiali ai quali hai riferito i tuoi sospetti su Mr. Piper non lo considereranno a tuo credito, Harry.» Era la prima volta che lo sfidava con un'accusa tanto diretta. La faccia già pallida di Harry si sbiancò di rabbia.

«Dannazione, Veronica. Costui lo mandano in Sud Africa senza alcun grado militare. Impara l'*afrikaans* e va in giro ovunque ci siano torbidi. Quando le ostilità cessano, e penseresti che le capacità di Piper siano quanto mai richieste, gli inglesi gli danno un anno di aspettativa, e lui decide di andare a vedere gli Zeppelin. Ma prima fa una puntata a Kiel, a studiare le più moderne unità della Marina da guerra del Kaiser, servendosi di un potente binocolo.»

«Voi tedeschi dovete essere sempre così sospettosi?» si stupì Veronica con amarezza. «Sei stato tu a suggerire che lo portassimo qui a Kiel. Sapevi che la Flotta era qui per le esercitazioni estive — me lo dicesti tu stesso. Poi lo vai a denunciare quale spia. Ti ha dato di volta il cervello? O stai cercando di trovare un qualche malvagio sistema per dimostrare a questi papaveri navali quanto riesci a essere patriottico?»

L'accusa fece centro e ottenne effetto. La voce di Harald Winter fu gelida come i suoi occhi. «Se è questo che pensi di noi tedeschi, forse saresti stata più felice tra i tuoi compatrioti. Ti sarebbe convenuto rimanerci.»

«Forse avrei dovuto farlo, Harry. Forse sì.» Suonò il campanello perché le preparassero il bagno. Sarebbe stata contenta di tornare subito a casa della suocera. Gli alberghi non le piacevano.

Quegli ultimi giorni d'estate a Travemünde segnarono un cambiamento nella vita dei due ragazzi Winter. Essi divennero più intimi, e allo stesso tempo più isolati dagli altri. Più intimi, poiché entrambi sapevano che il disperato tuffo in acqua aveva salvato la vita di Peter. Una consapevolezza che li avrebbe accompagnati per tutta la vita e che, sebbene raramente, per non dire mai, esternata, neanche in modo indiretto, doveva influenzare per sempre le loro esistenze.

Divennero anche più riservati, perché quell'estate segnò l'epoca in cui effettivamente la spensierata fanciullezza si concludeva, ed entrambi, sia pure in modo differente, erano posti davanti alla prospettiva di diventare uomini. Pauli, bonaccione e ansioso di compiacere, non era entusiasta di andare all'accademia militare e diventare membro del Corpo Ufficiali prussiano, eppure accettava l'eventualità, così come accettava qualsiasi cosa i suoi genitori proponessero, quale miglior carriera possibile per uno di limitate capacità come lui.

L'ambizione di Peter di fare l'esploratore era, come tante altre sue velleità, un modo per affermare il proprio desiderio di libertà e indipendenza. Peter era forte, e rispettava la forza, e l'esser sfuggito di poco all'annegamento in mare gli aveva fatto capire che la forza non veniva soltanto dall'intelletto e dai muscoli: la forza poteva anche derivare dal trovarsi al posto giusto nel momento giusto. A volte, la forza poteva venire dall'amare abbastanza qualcuno da buttarsi in mare per salvarlo. Peter aveva sempre ritenuto un debole il proprio fratello minore, ma adesso non ne era più tanto sicuro.

Gli ultimi due giorni nella casa vicina a Travemünde furono pieni di promesse e addii: false promesse, ma sinceri addii. Glenn e il suo amico inglese furono i primi a levar le tende. Quando sarebbero andati a trovare Glenn a New York? Presto, molto presto.

Poi Peter e Pauli andarono a cercare Fritz Esser. Lo trovarono nella rimessa delle barche, intento a spaccare legna e a sminuzzarla per la stufa. Disse che gli dispiaceva che il *Walhalla* non fosse più stato ritrovato. Ma forse avrebbe finito col tornare a galla. Dopo le tempeste d'autunno, il mare riportava a riva i rottami dei naufragi. «Arrivederci all'anno venturo» dissero i due ragazzi.

«L'anno venturo non sarò qui. Mi arriverà la cartolina per andare a fare il militare, ma non ci andrò. Mi darò alla macchia.»

«Dove ti nasconderai?» domandò Pauli. I due fratelli erano arrivati ad ammirare quel sorprendente Fritz Esser, ma Pauli ne era addirittura affascinato.

«La gente penserà a nascondermi» rivelò Esser in tutta confidenza. «Liebknecht dice che il partito ci penserà lui.»

In un angolo della vecchia baracca, Peter scorse alcune schegge di un bel levigato scafo bianco, esattamente come quello del *Walhalla*, ma non andò a indagare da vicino. A volte, è meglio non sapere.

Sulla spiaggia incontrarono l'uomo dei maiali, che sogghignò e li salutò agitando un coltello: ricambiarono il saluto e scapparono.

Presero anche congedo da Nonnina. Sentirono loro padre sussurrare alla moglie che l'anno venturo Nonnina poteva anche non esserci più. Ma Peter e Pauli le diedero un bacio e le promisero di tornare l'anno dopo.

Veronica salì nella stanza della torretta e vi rimase, da sola, per qualche minuto. Non avrebbe mai più riveduto l'inglese: adesso lo sapeva. Non sarebbe mai andata via senza i figli, e tuttavia non avrebbe mai avuto la forza di sottrarli a suo marito.

# 1914

## *Guerra con la Russia*

Al contrario di tutte le sue precedenti apprensioni, Pauli non si trovò male alla scuola cadetti. Anzi, scoprì che, sotto certi aspetti, gli piaceva. Ne apprezzava l'invariabile routine e il modo con cui erano accettate le proprie limitazioni scolastiche. Certo che tutto era molto strano. Per la maggioranza, gli altri ragazzi provenivano dalle *Kadettenvoranstalten* — le scuole militari preparatorie — ed erano abituati alle procedure dell'esercito, ai comandi imperiosi, alle esercitazioni in ordine chiuso, alle uniformi che dovevano essere pulite e impeccabili. La pulizia e l'ordine non erano mai stati doti prioritarie di Pauli, ma per sua fortuna un ragazzo di nome Alex Horner, che proveniva dalla scuola militare preparatoria di Potsdam, aiutò il collega quattordicenne in quei difficili primi giorni d'aprile, all'inizio dei corsi.

Assolutamente nulla a Gross-Lichterfelde assomigliava a quello che Pauli aveva immaginato. Egli si aspettava di essere addestrato da soldato, ma la sua routine giornaliera non era molto differente da quella di qualsiasi altra scuola media tedesca, tranne che gli insegnanti erano in uniforme, e che ogni pomeriggio si doveva marciare per squadre e plotoni e fare educazione fisica. Pauli aveva sperato che gli insegnassero a sparare, ma sino a quel momento non aveva visto nemmeno un fucile.

Suo padre gli aveva detto che l'ammissione di ogni singolo candidato a quella unica scuola allievi ufficiali dell'esercito prussiano doveva essere approvata dall'imperatore, e che vi erano ammessi soltanto i figli di aristocratici, di ufficiali e di sottufficiali distintisi per eroismo. La verità era alquanto diversa: per lo più, i cadetti erano, come Pauli, figli di floridi uomini d'affari, o di medici, avvocati, burocrati e perfino di ricchi fattori. Soltanto alcuni degli allievi erano di famiglia nobile e quasi sempre secondo o terzogeniti di proprietari terrieri, le cui sostanze sarebbero andate al primogenito.

Alex Horner era il tipico esempio di questi sacrificati rampolli cadetti. Suo padre possedeva quattro grandi fattorie nella Prussia orientale, e aveva prestato servizio nell'esercito per non più di due anni. Alex doveva la sua ammissione a Lichterfelde ai buoni uffici di uno zio, colonnello al Ministero della Guerra.

Era Alex a tirar giù dalla branda Pauli quando la sveglia suonava alle sei del mattino, e a cacciarlo in lavatoio prima che l'allievo sergente di giornata arrivasse a ispezionare i letti. Una rapida abluzione, e poi i bottoni. Fu Alex che insegnò a Pauli come usare la stecca per lucidare i bottoni di metallo, senza che la pasta lustrante sporcasse la giubba: un cadetto dormiglione in fondo alla camerata aveva cercato una volta di lucidarsi i bottoni come ultima cosa prima di mettersi a nanna, anziché farlo di mattina prima del caffè: non aveva tardato a scoprire con quanta rapidità l'ottone si ossidava, e s'era beccato un giorno di consegna. Grazie ad Alex, Pauli era di solito uno dei primi a mettersi in riga per la regolamentare prima colazione di Lichterfelde: minestra, pane e burro. Ma il motivo principale della nascente amicizia tra i due ragazzi era dovuto al fatto che Alex Horner aveva visto il dirotto pianto notturno di Pauli appena arrivato alla scuola, e che Alex non ne aveva mai fatto parola ad alcuno.

Quel mattino di luglio, marciando lungo il margine del campo di parata della scuola allievi ufficiali di Lichterfelde — o di quella che adesso aveva imparato a chiamare *Zentralanstalt* — Pauli ricordava il primo di aprile, il giorno che era arrivato. Tre mesi prima, e già parevano anni. Suo padre aveva insistito perché mamma non lo accompagnasse, e Pauli trovava saggia, adesso, quella decisione. Era già stato abbastanza vistoso arrivare sulla grossa vettura gialla, di marca italiana, con Hauser al volante. I Winter avevano dovuto rinunciare a due autisti, che erano andati a guidare gli autobus berlinesi, e adesso Hauser, il cameriere personale di Harald Winter, aveva preso la patente, promettendo anche che avrebbe dato lezioni di guida ai ragazzi, non appena fossero stati in grado di arrivare a raggiungere i pedali coi piedi.

Adesso Pauli poteva guardarsi indietro e sorridere, ma quel primissimo giorno a Lichterfelde era stato uno shock. La musica della banda che dava il benvenuto ai nuovi arrivati non aveva smorzato gli emozionanti saluti dei genitori e parenti: madri in lacrime e padri dal viso tirato. I poveri ragazzi sapevano che sarebbero stati sottoposti all'impietoso sarcasmo degli anziani per ogni comportamento particolare dei propri genitori, e per qualsiasi cosa avessero detto o fatto al momento degli addii.

Era estate, adesso, stavano per scoccare le otto, e il sole era basso e rosso in un cielo arancione. Presto avrebbe fatto caldo, ma la mattina era fresca, e l'andare e tornare a passo di marcia alla e dalla mensa era quasi un piacere. Pauli aveva imparato a provare orgoglio per la precisione di quel passo cadenzato. Per gli allievi con anni di esperienza addestrativa era tutto facile, ma Pauli aveva dovuto imparare, e aveva imparato bene al punto di essere autorizzato, in qualche occasione, a impartire i comandi di ordine chiuso alla sua squadra. Alt! Gran battere di tacchi: l'allievo, già con i gradi di sottufficiale, presentava il reparto ai comandanti di plotone, e questi salutavano il direttore dell'accademia. Poi, riga per riga, tutti i duecento cadetti entrarono marciando nella cappella per la messa mattutina.

«È successo qualcosa» bisbigliò Alex. La cappella era semibuia; l'unica luce veniva dalle piccole finestre dai vetri impiombati.

«La guerra?» disse Pauli. L'oscurità e i profondi, vibranti accordi dell'organo davano la possibilità di una conversazione furtiva. Vi fu uno stridore di suole chiodate quando uno degli anziani inciampò nel prender posto in uno dei banchi in fondo. Poi le porte vennero chiuse con un tonfo sonoro.

L'allievo che gli stava di fianco era un anziano — uno degli *Obertertia*, del terzo anno, cioè, che già prevedeva esercitazioni pratiche di tiro. «I serbi hanno risposto all'ultimatum austriaco.»

«Questo lo sanno tutti» sussurrò un altro ragazzo, alle loro spalle «ma quei fessi di austriaci combatteranno poi?»

«Silenzio!» impose uno dei graduati anziani. «Horner e Winter, a rapporto da me dopo la lezione di latino.»

Pauli si irrigidì e abbassò gli occhi sul suo libro degli inni. Era sempre la stessa storia: quelli del primo anno si beccavano le punizioni, e gli anziani la scapolavano. Era perché le loro mancanze non venivano notate, o perché essi erano diventati più esperti nel parlare senza muovere le labbra? Alex assestò una pedata alla caviglia di Pauli, il quale lo sbirciò con una smorfia. Sperava che la punizione non andasse oltre a essere messo a mezza razione a pranzo — gli altri ragazzi aiutavano sempre, e l'ultima volta aveva mangiato meglio da punito che non di solito. Però, se quel giorno si fosse buscato tre ore di consegna pomeridiana, sarebbe arrivato a casa in ritardo, e avrebbe dovuto renderne conto a papà. E Pauli non voleva scontentare suo padre. Peter era sempre bravissimo nel minimizzare gli accesi rimbrotti paterni, ma Pauli ci teneva moltissimo che papà lo ammirasse. Lo voleva più d'ogni altra cosa al mondo. Ed era venerdì: tutto era stato organizzato perché quel fine settimana Alex Horner fosse ospite in casa Winter, e una consegna avrebbe mandato tutto a monte.

«Salmo numero 103» annunciò tetramente il cappellano, ma non più tetramente del solito.

Pauli e Alex se la cavarono con una severa ramanzina. Per fortuna, il loro persecutore, per l'occasione, era non uno dei sergenti della loro squadra, ma un allievo anziano che non voleva perdere la sua lezione di equitazione. Normalmente, alle 4,30 del pomeriggio c'era ordine chiuso sulla spianata della caserma, ma quel giorno fu detto ai ragazzi che erano in libera uscita sino all'ora del pasto serale, e che chi avesse avuto il permesso di fine settimana poteva andare a casa. Altro sintomo che in aria c'era qualche cosa di strano.

E mentre andavano alla stazione di Lichterfelde a prendere il treno, Alex e Pauli notarono che i borghesi dimostravano loro un riguardo che era insolito. «Dopo di voi, prego, giovani ufficiali» disse un signore ben vestito, sulla porta dello scompartimento. C'era, nella sua cortesia, una vena di compiaciuta ironia, che però non era del tutto ironia. Il controllore si toccò il berretto, salutandoli. Cosa mai avvenuta in precedenza.

Durante il viaggio, i due ragazzi non si dedicarono alla lettura. Rimasero a sedere, eretti, consapevoli della loro uniforme di stile esercito prussiano post-1843, anziché del tessuto grigio da campo, da poco adottato. Bustina, guanti bianchi, giubba azzurro scuro, polsini rossi e colletto col doppio filetto in oro che denotava i cadetti di Lichterfelde, e cinturone di vernice, con baionetta vera.

Nell'angolo opposto dello scompartimento, l'uomo che aveva ceduto loro il passo leggeva una copia del quotidiano. Il grosso titolo in nero, in caratteri gotici, diceva "La Russia mobilita".

Dalla stazione di Potsdamer percorsero il centro di Berlino, lungo i grandi costosi negozi di Leipziger Strasse e poi imboccarono la Friedrichstrasse. Ovunque, capannelli di gente, come in attesa di qualche cosa che dovesse accadere. Numerose anche le donne per strada — a fare quattro passi, o a curiosare nei negozi, o a portare a spasso il cane: le sottane più corte di un tempo consentivano alle signore una frequentazione dei luoghi pubblici, impensabile sino a qualche anno prima. La angusta Friedrichstrasse era animatissima come sempre: con i suoi uffici, negozi, caffè e club, non si fermava mai, giorno e notte. Ma quel giorno pareva diversa, e persino l'ampio Unter den Linden era pieno di gente senza una meta precisa. All'intersezione delle due vie — uno dei punti più frequentati di Berlino — i ragazzi furono a destinazione: il Caffè Victoria e i migliori gelati della città.

Presero posto all'aperto, a uno dei tavolini sul marciapiede, a osservare il traffico e il continuo passaggio dei pedoni. Sfilò un autobus della linea 4, sul cui imperiale scoperto erano sistemati una dozzina di soldati. Rossi in faccia, cantavano rumorosamente. L'autobus era diretto verso la stazione ferroviaria di Friedrichstrasse, dove la polizia militare non mancava mai. Alex predisse che quei soldati sarebbero finiti in guardina nel giro di mezz'ora, ed era poco probabile che sbagliasse.

Intorno, tutto brillava luminoso, i tigli in pieno fogliame, e gli uccelli per nulla intimoriti dal fracasso, indifferenti anche al rombo dei nuovi grossi autobus. Fuggirono soltanto al passaggio della banda. Alex disse che era quella del 3° Reggimento Guardie appiedate, che rientrava nella sua caserma di Skalitzer Strasse. I musicanti indossavano pantaloni bianchi da parata, giubbe azzurre ed elmetti scintillanti, e suonavano bene. Li seguiva una compagnia di fanti in uniforme grigia. Fanti che apparivano stanchi e impolverati, come provenissero da una lunga marcia; quando però raggiunsero l'angolo di Friedrichstrasse, qualche applauso si levò dalla gente che vi sostava, e i soldati parvero impettirsi e sorridere.

Il cameriere portò ai ragazzi le grandi coppe di gelato, tanto pregustato in quella giornata torrida, e subito preso d'assalto. Al tavolo vicino, due uomini stavano discutendo se la Russia aveva realmente mobilitato o si trattava di voci o di qualche sistema per incrementare la vendita dei giornali. Ogni ora uscivano nuove edizioni dei quotidiani, e gli strilloni ne proclamavano i titoli con assordante insistenza.

«Manderanno al fronte anche noi?» domandò Pauli all'amico, tra una cucchiaiata e l'altra di gelato. Il periodo trascorso da

Alex alla scuola premilitare e le capacità già dimostrate facevano di lui un'autorità in materia di faccende belliche, e Pauli a lui si rivolgeva sempre.

«Non subito» sentenziò Alex, finendo la parte al cioccolato, e attaccando quella al lampone. «Ma avranno bisogno di ufficiali non appena la guerra comincia. Forse ci daranno i gradi alla svelta.»

«Nessuno potrebbe essere ufficiale prima di compiere i diciassette anni, non è così?»

«Non ne sono sicuro» ammise Alex. «Ma se andiamo contro i russi, verrà buono chiunque possa andarci. I russi hanno un esercito grandissimo. Anche mio padre dovrà presentarsi: è ufficiale di complemento in cavalleria. Lui vuole che anch'io vada in cavalleria, ma io volerò sulle aeronavi dell'esercito.»

«Mio padre ha una fabbrica che produce parti di aeronavi» disse Pauli. Si ripulì il mento da una goccia di gelato. «A mio fratello piacciono le aeronavi, ma a me non andrebbe molto di volarci su. Preferisco i cavalli.» Di fatto, Pauli trovava terrificante la prospettiva di volare su un'aeronave, ma era un terrore che non avrebbe confidato ad anima viva, nemmeno ad Alex.

Finito il gelato, si avviarono lungo l'Unter den Linden, giusto per vedere quel che stava succedendo. Dal Caffè Victoria superarono la cattedrale fin sull' "isola dei musei" per poi tornare verso l'enorme complesso del Palazzo Reale. Fuori dell'edificio, erano state raddoppiate le sentinelle, e una ressa di gente era col naso all'insù a guardare il balcone vuoto, nella speranza che vi apparisse il Kaiser. Ma il Kaiser era al mare con la sua Flotta da guerra. Tra la folla qualcuno prese a cantare *Deutschland über alles*, finché non apparve una dozzina di poliziotti che, dopo un bel po' di ordini imperiosi e di spintoni, sciolse i capannelli.

Erano le quattro allorché i ragazzi arrivarono a casa Winter. La porta venne aperta da Hauser, il quale si stava facendo crescere la barba. I progressi erano lenti, e ogni fine settimana Pauli ne constatava gli sviluppi. «Il signore è in studio con Herr Fischer» comunicò Hauser. «E la signora aveva il mal di testa ed è andata a dormire. Herr Harald ha detto di salire su da Nanny direttamente.»

Pauli guidò l'amico su per le scale. La casa era grande, come rilevò Alex che ci metteva piede per la prima volta. E sapeva di nuovo. Di belle dimore come questa ne avevano costruite parecchie in Ku-damm durante l'ultimo ventennio. C'erano pareti pannellate in legno, ricchi tappeti, mobili stupendi. E sebbene la stessa casa paterna di Alex, nella lontana Königsberg, avesse bei mobili e altrettanti, se non di più, domestici, la dimora dei Winter sfoggiava una perfezione tale da fargli temere di contaminare con un'impronta delle scarpe il tappeto scrupolosamente spazzolato, o di lasciare una ditata sulla lucidissima ringhiera. Ma Alex era abbastanza snob da sapere che queste grandi case in zona Ku-damm erano quelle dei nuovi ricchi. I magnati di più lunga storia avevano ville a Grunewald, e l'aristocrazia allineava i propri palazzi sul Tiergarten.

Pauli trovò l'istitutrice nella sua camera, intenta a fare la valigia. «Me ne vado, torno in Scozia, Pauli» gli disse. Lo fissava come in attesa di una reazione, ma Pauli, non sapendo quali cose fossero da dire, ricambiò lo sguardo con espressione vacua. «Sii buono con tua madre» aggiunse la donna. Aveva gli occhi rossi. Si protese a dargli un rapido bacio in fronte. Poi prese la tazza di tè che beveva invariabilmente alle quattro del pomeriggio, vi versò il latte condensato. Da allora, e per tutta la vita, Pauli non sentì mai l'odore del latte condensato senza ricordarla. «Sembrerà strano dopo quasi sedici anni che sono con voi.» Bevve un sorso di tè e aggiunse: «Tuo padre ritiene sia la cosa migliore, e lui sa tutto». Parlava con voce tesa. Era sul punto di scoppiare in lacrime, ma Pauli non se ne rendeva conto. La guardò mentre lei ripiegava con cura i suoi grembiali e li sistemava nella grande valigia. Pauli non ne aveva mai visto l'interno: i lati esterni erano macchiati, scorticati e coperti di etichette di albergo semi- strappate. Ma l'interno di cuoio era come nuovo. Rispettosamente, i due ragazzi rimasero lì a osservarla mentre riponeva le cose, finché Pauli sbirciò Alex facendo una certa faccia. Subito dopo, incapace di pensare a qualsiasi frase appropriata, disse: «Addio, Nanny» e, baciatala sbrigativamente su una guancia, uscì, assieme ad Alex, dalla "stanza dei giochi", come era stata chiamata sin da quando Nanny era venuta da loro, tanti, tanti anni prima, quando Pauli non era ancora nato.

Mentre i due ragazzi stavano mettendo giù il trenino a molla, da basso, nello studio, Winter stava bevendo brandy con il suo ospite, Erwin "Fuchs" Fischer. La colazione si era protratta non poco, come tendeva a essere quando Winter voleva parlare d'affari, poiché egli non era uomo da affrontare con troppa precipitazione i problemi sul tavolo.

«La perdita di entrambe le aeronavi per la Marina, lo scorso anno, come l'ha presa il conte Zeppelin?» domandò Fischer. Chiedere quale fosse stata la reazione di von Zeppelin ai disastri era solo un modo indiretto per sapere qual era stata la reazione di Winter.

Questi sorrise. Era un uomo scattante, e i suoi capelli, ora con la scriminatura a sinistra e lasciati crescere più lunghi, andavano ingrigendo alle tempie. Ma era un bell'uomo – innegabilmente attraente – anche se alquanto satanico con quel suo mento aguzzo e gli occhi neri e mobilissimi. Ed era sempre ottimista. Come se nulla potesse deprimerlo. «Gli Zeppelin hanno volato, a partire dal 1900, migliaia e migliaia di chilometri. Quei marinai sull'L1 sono stati i primissimi morti di qualsiasi altro viaggio di uno Zeppelin. E il disastro fu dovuto a un uragano: strutturalmente, il mezzo non aveva alcun difetto.»

«Hai sempre saputo vender bene l'articolo, Harry» sogghignò Fischer. Egli aveva adesso ereditato il grande complesso di acciaierie che suo padre aveva messo su in oltre trent'anni di attività. Harry Winter stava cercando di persuadere l'amico che un suo grosso investimento in contanti nella fabbrica d'alluminio Winter sarebbe stato di reciproco vantaggio. Ma Fischer non ne era troppo sicuro. Non ne sapeva molto dello specifico settore industriale e commerciale delle leghe leggere, e aveva paura di un investimento rischioso che poteva mandare in malora tutta l'opera paterna. Le accresciute responsabilità l'avevano fatto invecchiare di colpo. Il folto casco di capelli si era diradato tanto da mettere a nudo il roseo cuoio capelluto, e i suoi occhi erano cerchiati e profondamente infossati.

Disse Winter: «Un incrociatore leggero – il *Köln* – aveva segnalato che c'era in arrivo un uragano, ma... Non sappiamo che cosa sia successo dopo quella segnalazione via radio».

«Tranne che l'L1 precipitò in mare e quattordici uomini morirono.» Fischer si grattò il naso. Non voleva mettersi in affari con Harald Winter. Gli piaceva essergli amico, ma non si fidava dell'arditezza dei suoi giudizi. Winter era troppo impulsivo.

«Le aeronavi sono sicure, Foxy. Ma i capricci climatici sono qualche cosa contro cui nessuno può porre riparo.»

Fischer sorseggiò il brandy. Cibi e bevande erano sempre di prima qualità in casa Winter, doveva ammetterlo. E l'amico viveva in grande stile. Fischer posò lo sguardo sulla stupenda scrivania intagliata, sulle edizioni, rilegate in pelle, di Goethe,

Schiller e Shakespeare che Winter leggeva effettivamente, e sugli squisiti tappeti orientali che Winter non temeva di calpestare. Harald non era famoso per dare grandi ricevimenti o per avere il palco all'Opera, ma nel suo riservato stile di vita se la passava bene, benissimo. «Poi, esattamente cinque settimane più tardi, la Marina perse l'L 2. Si incendiò e finì in mare, giù dal cielo. Questa, il conte come la spiega?»

«La portarono troppo rapidamente in "quota di pressione", e l'idrogeno sfuggì dalle valvole dei contenitori del gas.»

«Tutto questo l'ho letto, Harry. Ma, accidenti! Perché l'idrogeno prese fuoco?»

«La Marina aveva applicato alle navicelle dei grandi schermi antivento per garantire un tantino di protezione contro il flusso d'aria. Il gas di fuoriuscita scese lungo il lato inferiore dell'involucro, combinandosi con l'aria, tanto da formare una miscela altamente esplosiva. Dalla chiglia quei fottuti schermi antivento convogliarono la miscela fino alla navicella e alle parti surriscaldate dei motori.»

Fischer si strofinò nervosamente le labbra. «La Marina dice che von Zeppelin approvò le modifiche» insisté. Se Harald Winter voleva proprio quell'investimento nella sua azienda dell'alluminio, Fischer avrebbe anche potuto mollargli qualche finanziamento simbolico, in onore della loro amicizia, ma niente più di quello che la ditta Fischer potesse permettersi di considerare a fondo perduto. E anche in tal caso, Fischer era deciso a mercanteggiare duramente.

«Non è esatto» rispose Winter. «Mandò semplicemente le sue congratulazioni per la buona estetica dell'aeronave anche dopo le modifiche.»

«Fare quella litigata col Grand'Ammiraglio von Tirpitz ai funerali, non ha certo migliorato la sua posizione.»

«Il conte Zeppelin è vecchio» disse Winter.

«Tutti invecchiamo, Harry, anche tu. Quanti ne hai adesso, quarantaquattro?»

«Sì.»

«E io ne ho sessantadue. Ci conosciamo da un sacco di tempo, Harry. Dovrei già essere pronto per andare in pensione, non essere qui a imparare come mandare avanti questa mia dannata azienda.»

Subito traendo vantaggio dall'apertura che si presentava,

Winter disse: «Ma ha senso: un investimento con me avrebbe ottimo senso, Foxy».

«Alluminio? Il mio istinto è di diversificarmi dai metalli.»

«Esattamente quello che ti sto proponendo. I cinque milioni di marchi che tu investi sarebbero per una società di motori per aviazione e per uno stabilimento di montaggio di telai di volo.»

«Hai detto che era per l'alluminio.»

«No, no, no. Quello è soltanto complementare. Il denaro in più è per la costruzione di aeroplani.»

«Non hai già avuto abbastanza guai con l'aviazione, Harry? Due dirigibili rigidi della Marina, due catastrofi. Chi è adesso che compra il tuo alluminio, me lo dici?»

«La Marina da guerra non può fare marcia indietro col suo programma di aeronavi. Ha già costruito le sue basi sulla costa nord, e altre ne sta costruendo. I fondi sono stati concessi, il personale lo stanno addestrando. Ormai non possono fermarsi. Il volume degli approvvigionamenti si dilaterà sempre più. Idem farà l'Esercito.»

«Immagino tu abbia ragione. E adesso, tocca anche agli aeroplani?»

«Gli aeroplani... Ne avranno bisogno per proteggere le aeronavi, e anche per attaccare le aeronavi nemiche.»

«Quindi, la guerra è certa, Harry? Non sono soltanto balle dei giornali?» Era un po' una provocazione, ma anche una domanda. Winter era a contatto con i comandi delle forze armate; doveva conoscere le opinioni del momento. «La guerra rientra tra le aspettative della tua società?»

«Vendi a quelli della Marina un incrociatore, e te lo usano per venticinque anni. Vendi all'Esercito un cannone che va avanti per dieci, quindici anni.» Sorseggiò il brandy. «Ma i mezzi volanti sono fragili.»

«E la guerra se li ingoia facilmente, mentre le navi da guerra molto meno?»

«Guerra o non guerra, aeronavi e aeroplani subiscono sempre una forte falcidia. Hanno bisogno di personale specializzato, il cui addestramento è lungo, quindi i disastri non sono pochi. Questo lo sanno tutti, compresi i piloti e gli equipaggi. L'Esercito dovrà avere bisogno di un rifornimento costante di queste nuove macchine volanti.»

«E proprio su questo fai conto, Harry, re dei cinici!»

«Le decisioni non le prendo io, Foxy. Mi adeguo soltanto ai fatti.»

«Non posso darti una risposta esatta. Deve essere d'accordo anche mio figlio Richard. Comunque, parteciperemo.»

Harald Winter si rilassò. Aveva ottenuto quello che voleva. Sapeva che Foxy avrebbe cercato di ridurre il suo apporto finanziario da cinque a un milione di marchi, o anche meno. Ma quello di cui Foxy non si rendeva conto era il fatto che Harry voleva soltanto il suo nome. C'erano parecchi finanziatori che avrebbero contribuito al capitale necessario, e prontamente, quando avessero saputo che i Fischer erano della cordata. «Richard, lo hai responsabilizzato, adesso?»

«Non intendo certo lasciar fuori dall'azienda mio figlio, così come ha fatto con me mio padre fino al giorno che è morto. Richard ha trentatré anni, ormai, è socio di minoranza, e ha poteri decisionali per ogni cosa importante. A proposito, i tuoi due ragazzi?»

«Pauli sembra soddisfatto di essere a Lichterfelde. È un bonaccione, sempre allegro. L'Esercito gli farà bene; non ha testa per gli affari, lui.»

«E Peter?»

«L'anno prossimo andrà all'università, e dopo lo prenderò con me. Sto facendo in modo che sia esentato dal servizio militare, e collocato nella riserva. Ce ne sono in abbondanza di giovani per l'Esercito: la popolazione è aumentata a passi da gigante. E le mie fabbriche sono essenziali per la Marina e l'Esercito. Se Peter ce la mette tutta, lo faccio mio socio di minoranza.»

«Ragazzo fortunato. Ed è la carriera che vuole anche lui?»

«Sai come sono i giovani, Foxy. Lui ha quest'idea fissa e assurda di diventare un musicista. Non vuol capire che razza di vita sia quella di un musicista.»

«Ha talento?»

«Mi dicono di sì, ma il talento non è la garanzia per guadagnarsi da vivere in modo decente. Al contrario, più talento artistico uno ha, meno è probabile che se la passi bene.»

«È davvero così?»

«Gli scienziati nella mia fabbrica, i tecnici che progettano i motori e le strutture, talento ne hanno, però non potranno mai contare se non su uno stipendio per tirare avanti. Quasi tutti potrebbero guadagnare molto di più nell'ufficio vendite, ma sono troppo appassionati al loro lavoro per cambiare. Il talento per loro è uno svantaggio. Guarda tutti gli artisti squattrinati che non riescono a vendere il loro prodotto, e quanti musicisti chiedono l'elemosina per la strada.»

«E così, hai proibito a Peter di studiare musica?» domandò Fischer, sempre felice di stuzzicarlo.

Winter sapeva che Fischer se la godeva di quelle piccole provocazioni prive di malignità, ma reagì vivacemente: «Se vuole studiare musica, sta esclusivamente in lui. Ma non può pretendere di fare la bella vita suonando, mentre gli altri sgobbano per foraggiarlo a quattrini».

«Gli taglieresti i viveri a zero?» chiese Fischer con un sorriso. «Sarebbe dura per il ragazzo.»

«Se vuole ereditare il mio giro d'affari, deve lavorarci. Non ho indulgenza, io, con la gente come Frau Wisliceny, la quale trasmette a Peter queste idee senza senso.»

«Frau Wisliceny — la moglie del professor Wisliceny? Ma il suo "salotto" è il più famoso di Berlino. I più noti musicisti del mondo ci vanno a prendere il tè.»

«Sì, avrei dovuto dire Frau *Professor* Doktor Wisliceny... che riceve tutti quegli altri imbonitori di se stessi: psicologi, pittori, romanzieri, poeti, e persino socialisti.»

Fischer ritenne più opportuno non dire che personalmente anch'egli andava regolarmente a prendere il tè in casa Wisliceny, dove chiacchierava per ore con quegli "imbonitori". «Però, se Frau Wisliceny ritiene che Peter ha del talento... Che strumento suona il ragazzo?»

«Il piano. In casa quello strumento non ce lo voglio, così lui va là a esercitarsi. Mia moglie lo incoraggia, purtroppo. In partenza, pensavano che gliene avrei comprato uno, ma io non ho ceduto. Il professor Wisliceny non dev'essere tanto facile da trattare. Com'è che ha fatto i soldi?»

Fischer sorrise. «Ah, questo contraddice alquanto la tua teoria. Il professore è un chimico di prim'ordine... coloranti sintetici.»

«È così che ha fatto i soldi?»

«Questi coloranti all'anilina, rispetto a quelli estratti dalle piante, dai minerali o dagli animali, fanno risparmiare un bel po': tempo, inconvenienti e spese. Lui fa un sacco di soldi vendendo la sua competenza. Dovresti ricordarlo, Harry, quando Peter sarà pronto a decollare.»

Winter non gradì il monito. «Non sto parlando degli scienziati. Un musicista in famiglia non lo voglio.»

«Troppo bohémien?»

«Non stravedo per i Wisliceny. Gente come loro non dovrebbe incoraggiare i fomentatori di disordini.»

«Sono persone come si deve, Harry.» Fischer volle calmare la collera dell'amico. «E le tre ragazze Wisliceny sono le più graziose di tutta Berlino. La più piccola, Lisl, sarebbe un ottimo partito per tuo figlio minore.» Foxy non sapeva resistere alla tentazione di ironizzare un pochino. «È una ragazza dotata; studia il piano al conservatorio.»

«Ancora un dito di brandy?» chiese Winter.

La domanda non doveva ottenere risposta, perché in quell'istante sentirono gli urli di una delle cameriere. Un doppio urlo, e poi la discesa a precipizio — quasi un rotolare — giù dalle scale principali, quelle che la servitù non doveva usare. «È morta! La padrona è morta!»

Harry Winter si precipitò alla porta e uscì dallo studio giusto in tempo per afferrare e bloccare la ragazza in convulsioni. «Basta!» ordinò con tale violenza da farla ammutolire. «Siediti e smettila di urlare.»

«È morta» gemette la ragazza, a voce più bassa ma egualmente vibrante. Era scossa da un tremito incontrollabile.

Winter si precipitò su per le scale, a due gradini per volta. Non più in forma come un tempo, ansimava penosamente quando spalancò la porta della camera di sua moglie.

Veronica, completamente vestita — un elegante abito verde, da pomeriggio — ma con i biondi capelli scompigliati, giaceva di traverso sul letto.

Winter la girò su un fianco e le sollevò con dolcezza una palpebra, per vederle l'occhio.

«Mio Dio!» esclamò Fischer, che aveva seguito l'amico nella stanza. «Che odore di ospedale qui dentro! Che succede?»

«Tutto bene» rispose Winter. Guardò l'amico, e, dopo una breve esitazione, aggiunse: «È il cloroformio. Mia moglie lo prende per dormire».

«Faccio chiamare un medico?»

«No, so come devo fare.» Winter andò alla porta e disse alla cameriera: «Avvertite la cameriera personale di Frau Winter che venga a mettere a letto la signora. E dite ad Hauser che Frau

Winter non si sente bene. Che stia attento che i ragazzi e la servitù non la disturbino».

Fischer si guardò attorno. Quello era il santuario di Veronica: tappezzeria a fiori, trine, e letto a baldacchino. La camera da letto di Harry, più severa nell'arredamento, con mogano e ottone, era attigua.

«È successo altre volte?» domandò Fischer, mentre Winter chiudeva la porta.

«Sì» rispose Winter. Si accostò al letto e guardò sua moglie. Perché gli aveva fatto questo? Winter era troppo egoista per non considerare l'atto della moglie specificamente inteso a creare fastidi a lui.

Fischer lo osservò, con partecipe simpatia. Ecco perché Veronica, in quegli ultimi tempi, non s'era fatta vedere molto in società. Non si prende il cloroformio per combattere l'insonnia: il cloroformio lo usano i giovani incoscienti per eccitarsi, o quelli che non possono più affrontare la sconvolgente realtà del loro mondo. Certo, Veronica era americana: tutto quel parlare di guerra doveva averle logorato il sistema nervoso. «Da quanto tempo va avanti, Harry?»

Non c'era scopo a mentire. «Eravamo andati a Travemünde nell'estate del 1910. C'era con noi anche suo fratello Glenn. Cominciò verso quell'epoca, all'incirca.» Prese il flacone vuoto, il tampone di garza, lo annusò, e grugnì: «Mi venga un colpo se so dove si procura questa roba!».

«È abbastanza facile procurarsela, se proprio la vuoi» disse Fischer che di quelle cose se ne intendeva. «C'è in tutte le farmacie, e gli ospedali lo usano a secchi.» Guardò Harry, che adesso era seduto sul letto e stringeva Veronica tra le braccia. «Va tutto bene tra voi due?» Fischer era uno dei pochi uomini che poteva osare rivolgere una simile domanda a Winter.

«La amo. La amo moltissimo.» Winter sfiorò gli oggetti che erano sul comodino: una Bibbia, un dizionario tedesco-inglese e alcune lettere aperte, che si mise in una tasca della giacca. Voleva vedere chi scriveva a sua moglie. Come tantissimi donnaioli, era eternamente sospettoso.

«Scusa, Harry, la mia domanda era un'altra.»

«Un altro uomo? No, non c'è. Di questo posso giurarci.»

«E allora?» Fischer sentiva imbarazzo nel trovarsi di colpo nel bel mezzo di quel dramma familiare. Ma Harald Winter e Veronica erano vecchi amici.

«Dovrò far venire la Wisliceny. Quella donna è diventata l'amica più intima di Veronica. È stata lei ad assisterla in altre circostanze come questa.» Alzò gli occhi su Fischer. «Non è tra la vita e la morte, Foxy. Veronica ne verrà fuori.»

«Sarà, ma non serve minimizzare. La cosa è maledettamente seria. Devi parlare a tua moglie, Harry. Devi scoprire cos'è che la turba. Forse dovresti chiamare uno di questi psicologi.»

«Assolutamente no!» esclamò Winter. «Non permetterò che un qualche ciarlatano, laureato che sia, le faccia domande su cose che non lo riguardano. Veronica deve tirarsene fuori da sola.»

«A dirsi, è facile, Harry. Veronica è malata.»

Winter si sentiva ancora offeso per il comportamento di sua moglie. Come aveva potuto, lei, combinargli quella sceneggiata, mentre Fischer era suo ospire? «Ha cameriere, ha soldi, figli, un marito. Che altro vuole?»

Amore, pensò Fischer, ma senza dirlo. Harry faceva ancora quelle sue frequenti puntate a Vienna a trovare l'amante ungherese? E quella relazione, quanta parte aveva nel corruccio di Veronica? Da quel che conosceva delle donne americane, esse non si adattavano facilmente a certe situazioni. Ma Fischer anche di questo non disse nulla. Si limitò ad annuire, condividendo, almeno in apparenza, il parere dell'amico.

Winter consultò l'orologio che aveva nel taschino. «E guarda un po' com'è tardi! Doveva proprio scegliere questo momento per le sue crisi? Pauli si è portato dietro un suo amico dalla scuola cadetti, e Peter sarà qui tra poco.»

Ma, per quanto Winter tentasse di assumere un aspetto seccato, a Fischer era chiaro che le condizioni di Veronica lo avevano scosso non poco. Winter si era persino dimenticato del suo programma di investimenti, e del relativo apporto di Fischer. Sei un fottuto egoista, pensò il suo amico, ma anche questa volta tacque.

In quel momento, Peter era in casa di Frau Wisliceny, a un passo da Kant Strasse. Aveva trascorso due ore felici esercitandosi al pianoforte, sotto l'occhio critico ma benevolo della padrona di casa. Adesso era in salotto a bere il caffè, in compagnia della maggiore delle tre ragazze Wisliceny: Inge. Alta, con una bocca generosa che sorrideva con facilità, e capelli neri che scendevano ricciuti a incorniciarle il pallido volto.

«Devi dirglielo, Peter. I tuoi genitori si arrabbieranno molto di più se rimandi ancora a informarli.»

«Mio padre ha già deciso che l'anno prossimo devo andare all'università.»

«A studiare che?»

«Legge e matematica.»

«Sarà orgoglioso che tu abbia deciso di andare in Marina!»

«Gli rovino i progetti che ha fatto: ecco quello che lo farà andare in bestia. Credo che abbia già deciso il giorno esatto in cui dovrei diventare suo socio nell'azienda. Lui ha pianificato tutta la mia vita. Non puoi immaginare come mi sento intrappolato. Tua madre, sì, che mi capisce.»

«Però, arruolarti in Marina è un modo ben drastico per sfuggirgli di mano.»

«Ci sarà la guerra» obiettò Peter.

«Può anche non esserci. Mio padre dice che gli Alti Comandi mettono in giro questa voce quando hanno bisogno di quattrini.»

«Ormai è troppo tardi» ridacchiò Peter. La affascinava con quei suoi capelli ondulati e i suoi sorrisi; era così attraente, e in divisa di ufficiale della Marina sarebbe stato uno schianto. Inge era giovanissima – di soli tre mesi e mezzo minore di Peter – ma già era decisa a conquistare il primogenito dei Winter. Peter, naturalmente, non lo sapeva: lei gli lasciava credere che la loro non era altro che una simpatica amicizia, come ce ne sono tante. Tuttavia, quando non era con lei, Inge lo desiderava con tutta l'anima, e, quando era in programma una sua visita, passava ore davanti allo specchio per farsi bella per lui. Sua sorella minore, Lisl, era l'unica che intuisse il segreto; a volte la canzonava, quando capitava di parlare di quel pianista così serio e quadrato, con conseguenti rossori di Inge.

«Ti hanno preso?»

«Sì. Per il corso degli ufficiali, e poi per assegnarmi all'Imperial Divisione Aeronavale della Marina.»

«È pericoloso» disse Inge, non senza una punta di orgoglio. Era come una gatta, lei. Scosse la testa quel tanto che bastava a mettere in risalto la lucentezza dei suoi capelli, e, quando lo guardò, i suoi meravigliosi occhi d'un verde intenso furono tutti per lui.

«È quello che voglio fare. Imbarcarmi, non mi andrebbe. Una volta, per un pelo non annegavo, e da allora l'acqua non mi è stata più simpatica.»

Inge sorrise. Non era mai riuscita ad abituarsi al modo con cui egli le confidava certi segreti. Quale altro ragazzo diciottenne avrebbe confessato di aver paura del mare? «Questo, alla Marina non lo direi, Peter» gli disse. «Non penso sarebbero entusiasti di dare i gradi a un loro ufficiale che non simpatizza con l'acqua.»

Peter scoppiò in una risata.

Frau Professor Wisliceny, un donnone imponente, veleggiò maestosa facendo il suo ingresso. «Tua mamma non sta bene» annunciò senza preamboli. Andò allo specchio e vi si rimirò un attimo prima di tornare a rivolgersi a Peter. «È meglio che tu venga con me, Peter.»

## 1916

*«Perché quegli idioti insistono nel venire sempre da quella direzione?»*

L'attempato americano e suo figlio se ne stavano seduti nella biblioteca del Travellers Club di Londra a bere whisky. La stanza era tutta per loro. Il club era silenzioso, come sempre a quell'ora serale. I soci che vi avevano cenato erano andati a bersi il caffè al piano di sotto, e i pochi fedeli del teatro, che si sarebbero fatti vedere per il bicchiere della staffa, non erano ancora arrivati. Ormai il rischio delle incursioni dei dirigibili tedeschi induceva quasi tutti a rincasare di buon'ora. Londra — sebbene fosse piena di giovani ufficiali, rumorosi e spendaccioni — non era più la città di prima della guerra.

«Direi che è maledettamente pericoloso» disse Cyrus G. Rensselaer. Aveva sessantacinque anni, ma non li dimostrava. I capelli gli si erano un po' diradati, ingrigendosi sulle tempie, ma gli occhi azzurri erano limpidi, e la vita era rimasta snella. Lui si sentiva in forma come sempre. Solo guardando il figlio trentaseienne sentiva i propri anni.

Glenn Rensselaer appariva stanco. «A volte è pericoloso» convenne. «Per lo più sono ragazzi appena usciti da scuola.» Per un anno aveva lavorato quale istruttore civile di volo per il Centro dell'Aeronautica militare, e ultimamente aveva addestrato i piloti per il volo notturno. Era una nuova specializzazione, e le perdite erano allarmanti. «Ma gli Zeppelin vengono di notte, ed è di notte che gli inglesi devono volare.»

«Ma non hanno la contraerea?»

«Non a sufficienza, e gli Unni pare sappiano dove sono piazzate le batterie. Però gli Zeppelin sono lenti, e gli aeroplani possono attaccarli. Sono bestioni enormi, quei dirigibili, e certe volte riesci a vederli meglio da lassù nello spazio.» Guardò suo padre, e si avvide che, dietro la sua aria vivace, il vecchio era affaticato. «Quando sei rientrato dalla Svizzera, papà?»

«Ieri pomeriggio. Il treno da Parigi era pieno zeppo di ufficiali inglesi, per la maggior parte feriti. Poveracci. Non molti di loro potranno tornare a combattere. Sono andato subito a letto e ho dormito dodici ore filate.»

«Sei in albergo?»

«Al Savoy. Non valeva la pena di aprire la casa solo per poche notti. Se devo dirti la verità, sto pensando di venderla. Se la guerra non avesse fatto scendere così tanto i prezzi degli immobili, l'avrei ceduta l'anno scorso, quando mi dicesti che non volevi usarla.»

«La guerra deve finire presto, papà. Tu hai bisogno di una casa a Londra.» Glenn non era sicuro che suo padre si sarebbe sentito ancora abbastanza giovane per affrontare i disagi di una traversata atlantica, quando questi spietati di europei si fossero stancati di scannarsi a vicenda, ma considerava suo dovere continuare a incoraggiarne speranze e programmi. Mary, la moglie di Cy Rensselaer, era morta repentinamente l'anno prima, e Glenn non voleva che suo padre entrasse in quella fase che la gente definisce di declino.

Ma Glenn non avrebbe avuto motivo di preoccuparsi, poiché suo padre aggiunse: «Be', sta di fatto che voglio parlarti un po' di cose di famiglia, ragazzo mio».

«Sì, papà. Di che si tratta?»

«Mi crederesti rimbecillito se ti dicessi che sto per farmi incastrare di nuovo?»

«Incastrare?» Per un attimo non capì. "Incastrare" non era un verbo che suo padre usasse. Che se ne servisse adesso, denotava il grado di imbarazzo che Rensselaer senior stava provando. «Sposarti, vuoi dire?»

«Sì. Riprender moglie. È troppo presto? So quanto volevi bene a tua madre.»

«Quel che va bene per te, fa contento anche me. Lo sai, papà.»

«Ti ricordi di Dot Turner, la vedova di Bob Turner?»

«L'Immobiliare Turner, Prestiti e Depositi?»

«È rimasta vedova, con tre figlioli. Una donna a posto. L'ho conosciuta a un pranzo, il Natale scorso, e ci troviamo bene assieme. Ti sembro un vecchio pazzo, Glenn?»

«No, papà, no di certo.»

«Sai, certe volte mi sento solo. Tua madre mi manca. Faceva tutto per me... Adesso, è soltanto per avere una compagnia.»

«Capisco, papà, lo so.»

«Lei non prenderebbe il posto di tua madre. Nessuna potrebbe riuscirci.»

«È un'ottima idea, papà» disse Glenn, cercando di abituarsi già da ora alla prospettiva di avere una nuova madre.

«Dot è troppo anziana per... È soltanto per non sentirci così soli, lei e io. Di suo, a quattrini, non le manca niente, e i suoi figli non prenderebbero il nome di Rensselaer. Per te e Veronica non cambierebbe assolutamente nulla.»

«Ma certo, papà, non preoccuparti.» Lo guardò e gli sorrise. Cyrus allungò una mano per toccare il braccio di suo figlio. Era più felice, adesso che s'era tolto il peso dallo stomaco.

«E se vuoi la casa qui a Londra, la intesto a te.»

«Io vivo al campo d'aviazione, che è abbastanza confortevole. Il Centro di addestramento mi ha anche dato un inserviente — "attendente", lo chiamano qui. E a me piace stare con i giovani. Sono pieni di vita e non parlano altro che di volare. Ma raccontami della Svizzera.»

«Sai che volevo prendere il treno e andare dritto a Berlino a vedere la cara Veronica? Però l'ambasciatore me l'ha sconsigliato, direi proibito, nel modo più netto.»

«Devi essere prudente, papà. Troppa gente interpreterebbe male un viaggio per far visita a un socio tedesco.»

«Che intendi dire, Glenn?»

«Harald Winter è tuo socio, e fabbrica aerei e dirigibili per i tedeschi. Gli inglesi sono dentro fino al collo in una guerra tremenda. Un tuo abboccamento con Winter potrebbe essere considerato un tradimento dai tuoi amici inglesi.»

«Quanto mai gli ho prestato i soldi!»

«Ma è stato un buon investimento per te?»

La voce di suo padre si fece rauca ed esitante. «Winter sta andando bene. Si è messo nell'aviazione sin dai primissimi inizi, ed è stato molto astuto. Costruisce soltanto su licenza di altri fabbricanti, di modo che non ha tutte le grane delle progettazioni di nuovi modelli e del dover vendere idee nuove ai militari.»

«E Winter non ha avuto difficoltà a venirti incontro in Svizzera? Gli inglesi dicono che la Germania è virtualmente sotto la legge marziale.»

«La società Zeppelin è a Friedrichshafen sul Bodensee. Da lì, a Winter basta un breve viaggio sul traghetto fino a Romanshorn. E Winter è diventato un elemento importante per l'economia di guerra. È un pezzo grosso, ormai.»

«Posso immaginare come la metta giù dura.»

«Tu non lo hai mai potuto soffrire, vero? Anch'io, del resto, l'ho sempre considerato antipatico, ma questa volta...» Alzò le spalle. «Pare conciato male. Avrei potuto incontrarlo per via senza riconoscerlo. Ed è sinceramente preoccupato per Veronica. Non m'ero mai reso conto di quanto mia figlia significasse per lui.»

«Corre ancora dietro alle donne?»

«Come faccio a saperlo?»

«Vorrei tanto che lei tornasse in America.»

«Tutti ce lo auguriamo, Glenn. Ma è la sua vita. Non possiamo obbligarla a viverne un'altra. E adesso che è malata, devo dire che Harald ha fatto di tutto per lei. L'ha fatta visitare da specialisti, a Berlino e a Vienna, e c'è un'infermiera che l'assiste giorno e notte.»

«Non ho mai capito esattamente cosa ha.»

«A quanto pare, nessuno lo capisce. La guerra le è arrivata come una mazzata, e, ora che Peter è nei dirigibili, Veronica è preoccupata per lui. Ma non è tutto qui. Secondo Harald, Veronica ha perso la voglia di vivere. A certe donne succede. Vedono crescere i figli e si trovano in età di non averne più. E quindi si sentono inutili, in certo qual modo.»

«Specie se il marito passa il suo tempo libero con le amanti.»

«Di questo, non possiamo essere sicuri, Glenn.»

«Gli uomini come lui non cambiano.»

«Tutti cambiamo, Glenn. Alcuni più di altri, ma tutti cambiamo. Le donne hanno bisogno di sentirsi indispensabili, ma forse è un'esigenza che avvertono anche gli uomini. Forse è per questo che abbiamo tutti questo impulso di continuare a lavorare anche quando abbiamo soldi per vivere alla grande.»

«Povera Veronica!»

«Ed è inutile che si angosci per Peter. Certo che quel ragazzo ha una testa tutta sua. Ricordo come si arrabbiò con me perché mi ero permesso di dire qualche piccola verità sul Kaiser. Anche se era ancora un ragazzino, mi avrebbe sbranato. Lì per lì, non so che gli avrei fatto, ma poi, pensandoci, non potevo fare a meno di ammirarlo, quel piccolo demonio. Ci vuole del fegato per sfidare tuo nonno in circostanze come quelle. Sì, è un ragazzo coraggioso. Non mi sorprende che abbia fatto di testa sua e se ne sia andato con le aeronavi della Marina.»

«Il ragazzo ha più probabilità di cavarsela lì che non in un reggimento di fanteria sul fronte occidentale. Hai visto le perdite che hanno subìto gli inglesi sulla Somme, in luglio? Elenchi a non finire di nomi sui giornali. Né da una parte né dall'altra può andare avanti in questo modo. Due anni fa, proprio qui a Londra per le strade, ho visto la folla che inneggiava alla prospettiva di far guerra ai tedeschi, ma adesso sono ben pochi a esserne entusiasti. Persino i piloti che sto addestrando fanno macabre battute su quanto tempo continueranno a vivere.»

«Winter mi ha dato le foto dei suoi due figlioli. Avrei dovuto portarle. Peter è veramente notevole. Nella sua divisa di ufficiale di Marina è un bel giovanotto, alto, bruno, con gli stessi occhi di Veronica. Peter è quello contegnoso, serio e disciplinato. È tedesco al cento per cento, ma della specie migliore, quella che conoscevo prima della guerra: solido, leale e responsabile. Harry è orgogliosissimo dei suoi figli.»

«Vidi Peter a Berlino l'estate in cui cominciò la guerra. Per l'occasione Veronica mi portò in casa di una sua amica, Frau Wisliceny. Conosci i Wisliceny?»

«Solo il professore. L'ho visto qui a Londra, una volta.»

«Frau Wisliceny dava lezioni di musica a Peter che suonò il piano per noi. E molto bene, anche se di musica classica non ne capisco niente. Ebbi l'impressione che, più che altro, Peter si interessasse alle tre ragazze. La più giovane — Lisl, credo si chiami — era chiaramente pazza di lui. Sì, è un bel figliolo.»

«Matematica e musica. Secondo Harry, erano gli unici interessi di Peter» obiettò Cyrus.

«Spesso i padri non sanno a che cosa siano interessati i loro figli» sentenziò Glenn.

«Io pagherei non so che cosa se tu ti interessassi a qualche bella figlia di famiglia, ad esempio.»

«Sono interessato a qualsiasi avvenente signorina, papà. Ma non al punto di volerne sposare una, almeno per ora.»

«Quei due ragazzi di Harald Winter sono gli unici nipoti che ho avuto, Glenn. Tu mi dici che forse non dovrei bazzicarlo per via della guerra, e magari non hai torto. Ma sto diventando vecchio, Glenn, e tu non riveli alcun sintomo di volermi assicurare degli eredi. Non mi rimangono che i due ragazzi Winter.»

«Non m'ero mai accorto che la faccenda ti stesse tanto a cuore, papà.»

«Un tempo neanche ci pensavo. Ma arrivi che hai sessantacinque anni, guardi il lavoro che hai fatto, guardi ai soldi che hai messo da parte, e cominci a domandarti a cosa ti servono.»

«Vedi, papà, io proprio non sono tagliato per gli affari...»

«Ragazzo mio, non ti sto affatto rimproverando. Hai voluto seguire una tua strada, e io rispetto la decisione e la scelta che hai fatto. Raramente mi chiedi qualcosa... A essere sincero, vorrei che tu mi chiedessi di più, e più spesso. Un uomo vuole di tanto in tanto sentire che viene incontro alle necessità di suo figlio...»

«Io ho sempre...»

«Lasciami finire. Sto solo cercando di spiegare perché non sono andato da Winter a vendere le mie quote nella sua azienda e a dirgli di andare al diavolo.»

«Ma non ti ho mai criticato per non averlo fatto.»

«Lo so, ma in questi ultimi mesi mi hai fatto chiaramente intendere che con Harry avresti agito in modo differente. Volevo che tu capissi perché continuo ad andare avanti con quel bastardo.»

«E io lo capisco, papà.» Glenn si stava chiedendo se il fatto di sposare Dot Turner non fosse la scusa per suo padre di adottare i figli Turner. Quell'improvviso interesse per i giovani aveva qualche cosa a che vedere con l'età senile.

Dopo qualche secondo di silenzio, Cyrus riprese, con voce più tranquilla: «Pauli, il minore, è senz'altro un Rensselaer, con quella mascella prepotente dei Rensselaer e la testa piatta. A scuola non è mai andato bene — se l'è sempre cavata per il rotto della cuffia, mi dice Harald — ma è davvero un tipo. Un vero *Yankee Doodle*;* ho sempre detto che era un piccolo yankee fatto e sputato. E ti incanta. Sempre allegro, non prende niente sul serio, né il Kaiser, né l'accademia militare, né suo padre. Adora Veronica, naturalmente, e lei stravede per il piccolo Pauli. Adesso sta terminando l'ultimo anno della scuola cadetti. Presto lo manderanno al fronte. Harry si preoccupa per entrambi i figli. Non ti dico come ci restò quando Peter andò nella Divisione Aeronavale, ma Pauli è sempre stato il cucciolo della famiglia. Dovresti sentire le storie di Harry su Pauli piccolino. Gli vuole un bene dell'anima. L'idea che vada a comandare un plotone di fanteria in un assalto alla baionetta non è mica facile da sopportare. E, come dici tu, sanno tutti quali siano le perdite tra

* Una delle canzoni patriottiche e popolari degli Stati Uniti. [*N.d.T.*]

i giovani sottotenenti di fanteria. Basta questo solo pensiero — più quelli per la salute di Veronica — a logorare Harry.»

In quel momento entrò in biblioteca uno dei camerieri del club. Dopo aver chiuso, con calma, le tende, disse a Cyrus: «Il segretario mi incarica rispettosamente di informarla, Mr. Rensselaer, che c'è allarme aereo».

«Grazie» rispose Cyrus senza scomporsi. Mandò giù un sorso di whisky prima di chiedere a Glenn: «Esattamente cosa significa? Non sei tu l'esperto in materia di incursioni degli Zeppelin?».

«I dirigibili tedeschi partono dalle loro basi dopo colazione. Uno, due, sino a dodici come massimo, sorvolano il Mare del Nord, e poi stazionano là sopra, a pelo dell'orizzonte, dove gli inglesi non possono vederli, e ben fuori portata da qualsiasi aeroplano. Rimangono lì ora dopo ora in attesa che la luce se ne vada. Quando diventa buio, ripartono e vengono a sganciare bombe sugli obiettivi prestabiliti.»

«Come spettri, più o meno.»

«Forse. Affrettarsi e aspettare: è il sistema con cui i militari fanno le cose. Ma la Flotta inglese ha imparato come trarre vantaggio da questo rituale. Ha posti d'ascolto lungo la costa orientale, e intercetta i messaggi radio che gli Zeppelin si scambiano mentre galleggiano in cielo. A volte riesce persino a scoprire quale sarà l'obiettivo.»

«E stasera, l'obiettivo è Londra.»

«Oramai Londra è sempre un obiettivo, e di solito quello principale.»

«E adesso, noi che dovremmo fare?»

«Senz'altro il club avrà attrezzato le sue cantine a rifugio antiaereo, magari con brande per dormirci. Io, di solito, però, salgo sul tetto a osservare i fuochi d'artificio.»

«Allora che aspettiamo?»

«Le notti cominciano a essere fredde, papà. Penso che avremo bisogno dei nostri cappotti e, perché no?, di una bottiglia di scotch.»

Trovarsi seduto sul bordo di un camino, con suo figlio accanto e una bottiglia di whisky sotto mano, in quella notte del 1916, era un qualche cosa che Cyrus Rensselaer avrebbe ricordato vividamente sino alla fine dei suoi giorni. La vita movimentata, i viaggi e il lavoro continuo avevano impedito a Cyrus di vedersi crescere sotto gli occhi il figlio, come è invece concesso ad altri padri più fortunati, che osservano e aiutano i loro rampolli a diventare adulti. Ma, in qualche misura, quella notte compensava quel rapporto fino allora carente. Quella sera, i due erano fisicamente e spiritualmente vicini, non come padre orgoglioso e figlio devoto, ma come due amici, con interessi e valori in comune, che gioivano della reciproca compagnia.

Anche Glenn avrebbe ricordato quella notte, per sempre, non tanto per gli eventi cui avrebbero assistito, ma in quanto costituiva il punto più alto del suo rapporto col padre.

«I miei ragazzi saranno in ebollizione» disse Glenn.

«Andranno su in volo?»

«Non ancora. Probabilmente, saranno lì sulla brace in attesa di un avvistamento.»

«E poi?»

«Poi dovranno decollare al buio, e andare su a tutto gas. Gli Zeppelin adesso riescono ad arrivare a quote maledettamente elevate. Un pilota d'aeroplano deve essere molto in gamba per capitargli addosso prima che sgancino le bombe e salgano. Ma quei ragazzi ci proveranno. Daranno la caccia a quegli Zeppelin fino all'ultima goccia di carburante nel serbatoio. Poi arriva il momento di cui tutti hanno paura, l'atterraggio al buio — è un momentaccio schifoso. Abbiamo perso troppi ragazzi in incidenti. A volte mi chiedo se ne valga la pena.»

«Che vuoi dire con questo?» domandò suo padre, senza reprimere un brivido. Se l'atterraggio al buio era la parte più pericolosa della missione, quali erano le probabilità che Glenn sopravvivesse al compito di insegnare a quei ragazzi come arrivare a terra sani e salvi?

«Forse dovremmo lasciare che i dirigibili volino sopra le nostre teste e ci bombardino. Adesso che i londinesi hanno imparato come oscurare la città, Londra Centro è diventata più difficile da trovare in una notte buia, ed è solo quando la notte è senza luna che gli Zeppelin vengono. E anche quando buttano le bombe, raramente centrano un obiettivo di importanza militare o uccidono più di una mezza dozzina di persone.»

«Mi pare ci sia un bel po' di cinismo in quello che stai dicendo.»

«Qualche settimana fa, gli inglesi, in una sola mattina, hanno perso cinquantamila soldati di fanteria. Sulla Somme.»

Suo padre sospirò. «Forse hai ragione. Ma mi scoccerebbe

molto pensare a quei tedeschi che ti passeggiano sopra la testa indisturbati.»

«È politica, papà. I politici non oserebbero lasciare Londra indifesa, anche se sarebbe la cosa adatta da farsi. Gli elettori non l'accetterebbero mai. E neanche i miei ragazzi...» Ingollò una sorsata dalla bottiglia. «Soprattutto adesso che ci sono ricchi borghesi che offrono ricompense a chiunque abbatta uno Zeppelin.»

«Sì, l'ho letto sui giornali.»

«Tremilacinquecento sterline per il pilota che ci riesce, e c'è sempre qualcuno che è pronto a mettere a disposizione un'altra sacchettata d'oro. Ce n'è abbastanza da mettere a posto per tutta la vita uno dei miei ragazzi.»

«Voli ancora col tuo amico Piper, l'inglese che conoscesti sul piroscafo?»

«Quello che si innamorò di Veronica.»

«Veronica?»

Colpa del whisky, naturalmente. Glenn avrebbe voluto mangiarsi la lingua. «Ma è stato un secolo fa.»

«Veronica. La mia Veronica?»

«Ricordi che fui ospite in casa della vecchia Frau Winter quell'estate che erano tutti là in vacanza? Fu molto tempo prima della guerra... nel 1910, mi pare. Fu all'inizio di quel giro per la Germania assieme a "Boy" Piper che avevo appena conosciuto. E passammo una settimana con i Winter.»

«Salta i particolari, accidenti! Che accadde?»

«Niente *accadde*, che diavolo! Ma Boy voleva che Veronica lo sposasse. Ne era innamorato cotto. Lo è ancora. Non si è mai sposato, e una volta — quando lasciò nel mio armadietto portafogli e oggetti personali, che ai piloti in missione non è permesso portarsi dietro — ne cadde fuori una foto di Veronica. Lui cercò di farmi fesso giurando che era la foto di sua sorella, ma riconobbi benissimo che era Veronica. Poi, dopo tanto tempo, lui la porta sempre in tasca, come portafortuna.»

«Gesù! Harry come reagì alla faccenda?»

«Te l'ho detto, papà. Non c'era niente per cui reagire. Boy era innamorato alla follia di Veronica. E penso che anche lei lo ricambiasse, decidendo comunque che doveva rimanere con Harry per via dei figli.»

«Vuoi dire che hai persino parlato con Veronica della faccenda?» Cyrus era incredulo. «Che lei sapeva che Piper l'amava? Che razza di pasticcio!»

«Eravamo a Kiel, in albergo. Veronica mi disse che Boy le aveva chiesto di andare via con lui. La poverina doveva parlarne con qualcuno, ma non certo con Harald. Amava Boy, non c'erano dubbi. Glielo potevo leggere in faccia.»

«E cosa le dicesti?»

«Avrei voluto dirle che andasse con Boy, che è un uomo raro. Con lui sarebbe stata felice. E che Harald era un pidocchio egoista.»

«Be', sono contento che tu me ne abbia parlato» disse Cyrus, con amarezza. «Mi consola il fatto che tua madre non ne abbia mai saputo nulla.»

«Nessuno lo saprà mai. Anche con Boy non ne ho mai fatto parola.»

«E il tuo amico Piper lavora ancora con te?»

«Il fortunello comanda una squadriglia sul fronte occidentale. Te lo immagini? Ha più di quarant'anni. E prima della guerra, non sapeva nemmeno pilotare un aereo. Come diavolo ci sia riuscito, non lo saprò mai. Non sui caccia, naturalmente, ma comunque...»

«Quelli cosa sono?»

«Riflettori. Ci sarà uno degli Zeppelin. Arrivano sempre da lì, da nord-est. A volte scambiano il fiume Lea per il Tamigi e scaricano lì le bombe, una bella scalogna per chi vive da quelle parti.»

«Altri riflettori.»

«Penso l'abbiano inquadrato. Guarda quelle piccole scintille, come tanti lampi bianco-bluastri. È il fuoco della contraerea. Forse riesci a sentire le esplosioni.»

«Troppo al di sotto dello Zeppelin, però.»

«Noi non disponiamo di sufficienti mitragliere a tiro rapido e a lunga gittata.»

Il padre di Glenn notò quel "noi". Anche se Rensselaer senior nutriva indubbi sentimenti anglofili, egli era, soprattutto, un americano, ben deciso di starsene fuori da quella bega europea. Pur tentando di catechizzare suo figlio a tale riguardo, decise saggiamente che tempo e luogo non erano dei più adatti. «Laggiù ci dev'essere una dozzina di riflettori, come minimo.»

«Le difese si concentrano lì, perché è da lì che vengono i tedeschi.»

«Perché quegli idioti insistono nel venire sempre da quella direzione?»

«Non tanto idioti a seguire quella rotta! L'estuario del Tamigi è ampio. Gli Zeppelin entrano sorvolandone le acque, e possono arrivare molto vicino a Londra prima di dover fare un eventuale atterraggio.»

«Altri riflettori!» Si udivano esplosioni molto più sonore, dall'altra parte, da qualche punto a sud del fiume — Southwark, probabilmente — ma le bombe erano piccole e gli scoppi attutiti. Sulla via sottostante, passò in volata un poliziotto in bicicletta, soffiando a tutto spiano in un fischietto.

«C'è un altro Zeppelin lassù... forse anche tre o quattro. I riflettori stanno cercando di inquadrarli tutti. Vengono così, — tre o quattro insieme — certe volte uno viene scoperto, ma gli altri scivolano oltre.»

«Stanno venendo da questa parte.»

«È Londra Centro che cercano. Guarda la contraerea adesso!»

«I riflettori l'hanno beccato!» Anche se Cyrus era deciso di mantenersi neutrale, l'atavica febbre del cacciatore lo fece scattare in piedi. Glenn sostenne l'anziano genitore perché non scivolasse sul muschio umido che orlava la grondaia. Adesso l'involucro argenteo del dirigibile scintillava mentre i fasci luminosi, sottili come lame di pugnale, lo colpivano. Una mezza dozzina di essi a formare una piramide, al cui vertice era sospesa la sagoma a forma di pesce dell'aeronave. «L'hanno colpito!» Per un attimo, il dirigibile sparì dietro una nuvola di fumo bianco. Quando la nuvola si diradò, il grande pesce d'argento era inclinato, naso all'insù, con una buffa inclinazione. «L'hanno colpito!»

«No. Non è fumo. Sta scaricando l'acqua della zavorra...»

Bum, bum, bum. Come un tuono lontano arrivò l'eco di una potente esplosione, molto più cupa e vibrante del tambureggiare della contraerea. L'edificio tremò.

«... e il suo carico di bombe, anche. Ora che i riflettori l'hanno trovato, salirà di quota a tutta forza per salvarsi.»

«Quello cos'è?» Bagliori di luce colorata tingevano il cielo di rosso.

«I razzi delle pistole Very. Uno dei miei ragazzi sta segnalando alla contraerea di non sparare più mentre ci provano gli aeroplani. Guarda lo Zeppelin che scappa!» Senza il carico di bombe e liberatosi della zavorra, il dirigibile stava salendo di quota a velocità stupefacente, sfuggendo ai riflettori, per sparire nella notte buia.

«L'ha fatta franca?»

«Forse. Lassù, ce ne sono due che giocano a nascondino. A nord c'è una nuvoletta sfrangiata. Se fossi il capitano dello Zeppelin, cercherei di ficcarmici dentro.»

«E se fossi il pilota del caccia, gli andresti dietro.»

Rimasero a guardare in direzione nord-est. «Fa un freddo boia, stanotte» disse Rensselaer senior, e rabbrividì.

Di colpo, si accese in cielo un bagliore rosso. Piccolo, dapprima; poi, come una lanterna cinese di carta, la grande aeronave divenne un corto sigaro rosso, che si allungava man mano che l'idrogeno in fiamme si propagava da un serbatoio all'altro, finché l'intera sagoma sospesa nel cielo assunse una tinta rosso cupo. Poi, in un punto, le fiamme morsero il tessuto dell'involucro in una vampata di vivido arancione. Solo allora, mentre l'alluminio si fondeva, lo Zeppelin interruppe la sua fluida spinta in avanti. Paralizzato, divenne una nube di gas in fiamme attorno a un groviglio di metallo al calore bianco, e poi, lentamente ma acquistando velocità, la grande aeronave cadde dal cielo.

«Oh, mio Dio» gridò Rensselaer senior. Non più odio, adesso, per l'amico o l'avversario. Si ritrasse, coprendosi il volto tra le mani. «È orribile, orribile!» Glenn gli circondò le spalle con un braccio e lo abbracciò, nello stesso modo con cui suo padre tante volte aveva consolato lui, da bambino.

## *«Lei è un bravo, affidabile ufficiale»*

Sulla parete dell'ufficio c'era un calendario che reclamizzava "la margarina che i tedeschi preferiscono". Era lì, perché un previdente tipografo aveva inserito, a fianco di ogni giorno, un piccolo diagramma delle fasi lunari. La settimana prima e la settimana dopo la luna piena erano segnate in inchiostro rosso. Per le missioni degli Zeppelin, sapere quali notti sarebbero state buie e senza luna era questione di vita e di morte.

Il tenente Peter Winter sedeva alla scrivania sotto al calendario. Indossava l'uniforme azzurro scura dell'Imperial Marina da guerra, completa di colletto rigido, che gli premeva sul collo mentre egli era curvo sui fogli che aveva davanti. Dalla finestra, nei rarissimi momenti in cui alzava gli occhi, poteva vedere il forte sole mattutino scintillare sugli hangar, l'impianto per l'idrogeno e il piatto paesaggio, simile a quello che aveva conosciuto da ragazzo a Travemünde, non tanto lontano da lì.

«Riesco a prendere il treno di mezzogiorno, Peter?» Oggi toccava a Hans-Jürgen, berlinese, portare al ministero la valigetta di servizio. Se gli fosse riuscito di prendere quel treno, avrebbe avuto la possibilità di vedersi con la sua ragazza.

«Ancora quindici minuti, non di più» promise Peter, senza sollevare lo sguardo dalla sua fatica. Andando volontario nella Divisione Aeronavale, era ben lontano dal supporre quanto tempo avrebbe trascorso alla scrivania, a riempire moduli e firmare lunghi rapporti su cose di cui capiva sì e no la metà. In confronto con quel compito piatto e noioso, lavorare con suo padre sarebbe stato addirittura eccitante. D'altro canto, collaborare nell'azienda paterna non gli avrebbe assicurato la divisa di ufficiale di Marina, di cui era segretamente così orgoglioso, né gli avrebbe concesso quelle incursioni aeree sull'Inghilterra, paurose e stimolanti al tempo stesso. Stimolanti, perché Peter attraversava quel periodo di sviluppo fisico e mentale in cui l'uomo scopre d'improvviso chi e che cosa è. Ed egli aveva scoperto di essere coraggioso. I voli non lo spaventavano, come accadeva ad alcuni dei suoi camerati.

Firmò il modulo e lo sbatté nella scatola, mentre passava al foglio successivo. Sembrava assurdo che ogni comandante di Zeppelin dovesse compilare sette copie di ciascun giornale di volo. Poi c'erano le carte nautiche e gli infiniti elenchi a indicare l'ora precisa in cui la zavorra era stata espulsa e l'esatta quantità relativa. Le previsioni meteorologiche andavano confrontate con le condizioni reali del tempo: ogni volta occorreva stilare l'elenco — nome, grado, numero di matricola ed età di ciascun componente l'equipaggio — con la postilla sul comportamento dei singoli durante tutta la missione. Senza parlare dei tempi di decollo, di cambiamenti di rotta, di bombardamento e di atterraggio. In allegato non mancavano le registrazioni separate degli ufficiali di rotta, in relazione all'avvistamento di obiettivi nemici e alla descrizione di qualsiasi natante in navigazione. Il tutto firmato, e poi verificato e controfirmato dal comandante. E il tutto presto destinato a essere archiviato e dimenticato in qualche polveroso ufficio di Berlino. A volte, Peter era assalito dalla voglia di mettersi a urlare e scaraventare la montagna di scartoffie nel cestino della carta straccia. Ma continuò a darci dentro con impegno, sbirciando di tanto in tanto l'orologio, in modo da finire tutto in tempo perché l'amico acchiappasse il treno per Berlino.

Non c'era possibilità per Peter di andare a Berlino a fare un salto dalla sua ragazza, Lisl, la minore delle figliole Wisliceny, perché quella sera, secondo il calendario della margarina, la luna sarebbe stata assente. E Peter avrebbe decollato all'1,30 del pomeriggio. Neanche il tempo di andare a mensa,

Eppure, a Berlino doveva andarci presto. A quanto sembrava, Inge Wisliceny s'era messa in testa di essere *lei* la ragazza di Peter. Al quale Inge piaceva, ma soltanto come amica. Era Lisl da cui egli si sentiva seriamente attratto, e questo andava chiarito a Inge. Inge ne avrebbe sofferto, c'era da giurarci. Cedere Peter alla sorella minore sarebbe risultato particolarmente bruciante, poiché Inge si sentiva, e lo dimostrava, superiore alle proprie sorelle. Peter non era ansioso di affrontare la situazione, ma era una cosa che si doveva fare.

Inge era troppo seria, troppo convenzionale, e troppo immedesimata. Sotto certi aspetti era molto simile a Peter, anche se egli non lo avrebbe mai ammesso. Lisl era giovane — certe volte fanciullesca — irriverente, impudente e anche offensiva. Ma lo faceva ridere. Era a Lisl che egli voleva dedicare le proprie fuggevoli e preziose scappate a Berlino.

Il lavoro a tavolino fu completato appena in tempo perché Peter si cambiasse, infilando i pesanti indumenti di volo sopra la combinazione di lana. Quando, accaldato e sudato, arrivò all'aeronave, i motori erano già stati avviati. All'interno dell'hangar metallico, il rumore era assordante. Il secondo componente della missione, un vecchio Zeppelin che risaliva alle prime settimane di guerra e che il suo equipaggio chiamava "il Dragone", era già uscito dall'hangar e si trovava sul campo.

«*Achtung!* Via dalle eliche!» gridò l'ufficiale che guidava gli uomini a terra. I motoristi mollarono la frizione e innestarono la marcia. A uno a uno i grossi motori Maybach assunsero il carico delle eliche di legno, a quattro pale, per poi scendere a un regime più moderato. Dal pavimento dell'hangar si sollevò una nuvola di polvere.

Peter si issò a bordo, urtando quasi gli uomini che stavano caricando le bombe: quattromila libbre di alto esplosivo incendiario. Quando Peter fu su, l'aeronave oscillò, e uno degli addetti alla manovra sganciò dalla parete un contenitore di zavorra, il cui peso si avvicinava a quello di Peter. In tal modo, il dirigibile riassunse il suo stato di equilibrio all'interno dell'hangar.

Peter si inerpicò nella navicella di comando, un cubicolo dalle pareti di vetro, due metri per tre. Gli altri erano già al loro posto, e lo spazio era risicato al massimo. Al di sopra del rombo dei motori giungeva il ticchettìo del telegrafo della sala motori e il ronzìo dei telefoni. Il fracasso si attenuò quando i motoristi ridussero la potenza dei motori sino al minimo. Quando li spensero, cadde un silenzio stranamente innaturale.

Il comandante — un *Kapitänleutnant* — rispose con un cenno del capo al saluto di Peter, ma l'uomo al timone e quello al timone di quota non alzarono gli occhi. Hildmann, l'ufficiale di rotta — un veterano dalla barba caprina — disse immediatamente: «Winter, vada a dare un'altra occhiata alla manica a vento. 'Sto vento maledetto cambia ogni minuto... No, lasci stare. Ci pensa Carl». E poi, rivolto al comandante, aggiunse: «Tutto a posto per lasciare l'hangar». E subito si calò a terra per sorvegliare l'impegnativa operazione di far uscire l'aeronave dal capannone.

Echeggiarono trilli di fischietti, e il comando «Aeronave, avanti, piano», mentre la squadra di terra si attaccava alle funi di traino e faceva presa sulle maniglie della navicella di prua e di poppa per far sfilare il dirigibile attraverso le strette porte dell'hangar. Peter si sporse dalla navicella e osservò ansiosamente. Il mese prima, proprio durante la stessa manovra, una fiancata dell'aeronave aveva strusciato contro lo stipite, riportando un danno sufficiente a impedire il decollo. Per quell'errore, i loro permessi erano stati annullati, e un permesso, in quei giorni, era prezioso per tutti. Quando la poppa fu fuori dal capannone, vi fu un mormorìo di sollievo.

«Sgancia a poppa!» Le funi posteriori vennero mollate. Il dirigibile prese allora a ruotare così velocemente che gli uomini della manovra a terra furono costretti a partire di corsa per tenergli dietro. Poi, con tutta la squadra in tiro, l'aeronave si fermò. Hildmann risalì a bordo, e il capitano, dopo una rapida occhiata circolare, diede l'ordine di riattivare i motori. In risposta al trillo del telegrafo, i motori già caldi presero vita, uno via l'altro. «Su!» La squadra di manovra a terra lasciò libera la navicella di testa, e il grande sigaro argenteo angolò in su il naso.

«Motori di poppa avanti tutta!»

*«Perché quegli idioti insistono nel venire sempre da quella direzione?»*

Adesso gli uomini a terra che impugnavano le maniglie della navicella posteriore dovevano lasciare la presa per non essere sollevati in aria. Di colpo, l'aeronave galleggiò in aria, e tutti quelli a bordo sentirono il pavimento ondeggiare sotto i loro piedi. Lo Zeppelin parve trovare nella tiepida aria pomeridiana il suo elemento naturale. Sarebbero trascorse molte ore prima che il suo equipaggio sentisse di nuovo sotto le suole il terreno solido.

L'ufficiale di macchina salutò il comandante prima di inerpicarsi per la scaletta che portava dalla navicella comando alla chiglia. I suoi stivali foderati di pelo scomparvero attraverso il buio rettangolo nel soffitto. Avrebbe passato il resto del volo assieme alle sue macchine. Gli altri uomini approfittarono subito dello spazio rimasto libero.

Ora che l'aeronave era ben discosta dall'hangar, i motori furono spinti al massimo. Non v'era reale urgenza di raggiungere il punto di rendez-vous nella fredda aria del Mare del Nord, ma quando c'erano così tanti Zeppelin in volo concomitante, diventava sempre una specie di gara a chi arrivava per primo.

L'equipaggio assommava a ventitré uomini, che oramai si conoscevano bene a vicenda. Tranne due dei meccanici di macchina e il velaio — il cui compito era di ricucire le eventuali falle dei contenitori di gas o dell'involucro esterno — erano tutti ben addestrati, prestando servizio a bordo da almeno dieci mesi. Avevano volato fuori di Lipsia, imparando la loro specializzazione aerea sui vecchi Zeppelin civili, incluso il leggendario *Viktoria-Luise*. Giorni felici, quelli. Ma lontanissimi nel tempo. Adesso la guerra appariva come una cupa gara di resistenza.

Il primo tenente Hildmann, l'ufficiale di rotta — che era anche il comandante in seconda — era un veterano di scorza dura che aveva prestato servizio per molti anni nella Flotta del Baltico. Era lui che aveva assegnato Peter alla rilevazione di rotta. In effetti, sarebbe stato un compito per il timoniere, ma la facilità mentale di Peter per le cifre gli dava un notevole vantaggio quando si trattava di elaborare incessanti triangoli di velocità. Era un'abilità preziosa dal momento che i quartieri generali trasmettevano una sfilza di velocità del vento tanto differenti una dall'altra, e quando nelle tenebre della notte tentavano di valutare la loro posizione sopra l'invisibile territorio nemico.

A Peter era stato dato un angolo riparato della gelida navicella di comando — dove il vento s'infiltrava prepotente — per aver modo di distendere le sue carte di navigazione. Adesso era intento a tracciare la rotta dell'aeronave e a calcolarne la velocità presunta, tentando di trovare un punto di riferimento con fuggevoli occhiate in basso, verso la costa della Germania del nord. Sulla mappa, poi, avrebbe tracciato un triangolo da cui avere un'idea di quali venti la notte avrebbe portato.

A nord c'erano una nuvola cumuliforme e una spruzzata di cirri. Le previsioni dicevano che sull'Inghilterra orientale vi sarebbero state in serata nuvole sparse. Era una buona notizia: un cielo nuvoloso offriva la possibilità di nascondersi.

Quando raggiunsero Norderney — un'isoletta del Mare del Nord usata come punto di riferimento al suolo — Peter scorse diversi altri Zeppelin. Il sole brillava sui loro involucri argentei. Uno di essi, ben distaccato dal gruppo, era facilmente riconoscibile: si trattava del Dragone, i cui motori erano stati sfruttati in innumerevoli missioni di guerra, al punto che i motoristi erano costretti a intervenire di continuo per convincerli ad andare avanti. Meno distante era l'L23, con un altro dirigibile nella scia. Un grosso raid, quel giorno. Si diceva comprendesse una dozzina di aeronavi della Flotta, più tre o quattro dell'Esercito. Forse sarebbe stata l'incursione buona per convincere gli inglesi a chiedere l'armistizio. Tutti i giornali sostenevano che gli inglesi vacillavano sotto le incursioni aeree su Londra, e che la temeraria offensiva britannica di luglio sul fiume Somme era stata per il nemico insulare un salasso inimmaginabile.

Per Peter, Londra era soltanto un ricordo sfuocato. Sembrava passato un secolo da quando vi aveva soggiornato l'ultima volta, nella grande casa dei nonni. Ricordava il nonno e le grandi crostate alla frutta che venivano servite col tè delle quattro, ogni giorno. Ricordava le vie piene di traffico della City, dove il nonno aveva l'ufficio, e i giardini silenziosi e i suonatori ambulanti a cui il nonno dava sempre qualche soldo. E, ancor più vivido, tornava il ricordo del suonatore di cornamusa, un Highlander in sottanino e completo costume scozzese, il quale sembrava troppo orgoglioso per chiedere l'obolo, ma si chinava a raccogliere le monetine lanciate dalla finestra della stanza dei giochi. Il suonatore di cornamusa arrivava sempre all'ora del tè, ed era seguito poco dopo dalla piccola banda tedesca. Il capobanda era un omone, dalla faccia paonazza e dai movimenti esagitati del braccio; era rimasto attonito quando Pauli lo aveva salutato in schietto e rude dialetto berlinese.

Adesso quei ricordi londinesi non avevano più alcun significato per Peter. Il suo desiderio infantile di fare l'esploratore era quasi dimenticato. La guerra aveva cambiato Peter. Aveva perduto troppi camerati per entusiasmarsi di quelle missioni di bombardamento. Era fiero del proprio ruolo fattivo e pericoloso, ma, una volta giunta la vittoria, sarebbe stato più che soddisfatto di passare il resto della vita a Berlino.

Risuonò il fischio del tubo portavoce. Peter afferrò l'auricolare. «Pronto?» Era la vedetta che segnalava l'avvistamento di una nave: un cacciatorpediniere tedesco in rotta verso Brema. Peter ne prese nota sul registro, e tornò alle sue mappe. Erano arrivati al rendez-vous. Cominciava adesso la parte più ardua della missione. Ore di attesa, con i motori al minimo, di quel tanto che bastava a mantenere la posizione sospesa nel vuoto. In servizio, una forza ridotta, e il resto dell'equipaggio — anche dodici uomini assieme — a riposare nelle amache sospese lungo i corridoi. Nessuno avrebbe dormito. Nessuno ci riusciva. Te ne restavi coricato, a chiederti che cosa ti avrebbe riservato la notte. Ti venivano in mente le storie di dirigibili disintegrati in aria o precipitati in fiamme giù dal cielo. Ti chiedevi se gli inglesi non avessero potenziato la loro contraerea o perfezionato le pallottole incendiarie dei loro caccia.

Il mare, incappucciato di spuma, tra poco si sarebbe oscurato. Ma le giornate lì su nel cielo erano interminabili. Anche se il sole scendeva sempre più basso all'orizzonte, le aeronavi in attesa restavano bagnate nella sua luce, brillando di quello splendore dorato che tanto somiglia a una fiamma.

«Winter, lasci quello che sta facendo e vada su all'arma numero due. Il telefono non funziona.»

L'ufficiale di rotta non era un cattivo diavolo, ma anch'egli risentiva del nervosismo di quei periodi di attesa. Peter sapeva che non c'era niente di rotto nel telefono. I mitraglieri se ne stavano giù nello scafo, al riparo dagli spifferi gelati, cercando un po' di caldo. Una volta che ti aveva preso il freddo, non riuscivi più a riprenderti: su un dirigibile da guerra non esisteva un punto da cui trarre un po' di calore. E chi poteva dar torto a quei mitraglieri? Era escluso che gli aerei nemici potessero spingersi fin lì, tanto lontano dalla costa inglese.

«*Ja*, Herr Oberleutnant. Immediatamente» rispose Peter, salutando militarmente. Il saluto non era prassi obbligatoria in circostanze del genere, ma Hildmann, come gran parte degli ufficiali effettivi di Marina, non gradiva la "trasandata informalità" della Divisione Aeronavale.

Peter si inerpicò su per la corta scaletta che collegava la navicella di comando alla chiglia. Raggiungere la postazione numero due voleva dire attraversare tutto lo scafo dell'aeronave. Mentre percorreva lo stretto corridoio, Peter sbirciò giù tra le fessure dell'involucro esterno e poté vedere il mare, quasi 1500 metri di sotto. L'acqua era grigia e spumosa, chiazzata dagli ultimi raggi del sole al tramonto, che filtravano dalle nuvole sfrangiate. A meno che non fosse costretto, Peter non guardava mai giù. Il mare era una visione che gli incuteva paura. Da quando aveva rischiato di annegare, l'andare in barca non lo aveva più appagato, e la prospettiva di fare l'ufficiale su una nave di superficie lo riempiva di orrore.

Dall'esterno giungeva un po' di luce, ma l'interno dell'aeronave era quasi buio. Sopra la sua testa, le enormi sacche del gas si muovevano costantemente. Tutto intorno c'erano rumori. Pareva di essere nelle viscere di un mostro smisurato. Oltre al fruscìo delle celle del gas, c'era lo scricchiolìo dell'intelaiatura d'alluminio lungo la quale stava camminando, accompagnato dalle vibrazioni musicali dei tiranti d'acciaio.

Era una scala verticale, paurosamente lunga, quella che lo portò, tra le celle del gas, alla sommità estrema dell'involucro. Alla fine, Peter emerse nella luce diurna, in cima allo Zeppelin. Fu subito colpito dalla luce del sole, ma l'aria era maledettamente fredda, ed egli dovette aggrapparsi forte al corrimano di sicurezza. Un posto singolare, lì sulla parte superiore dello scafo. Il tessuto argenteo declinava da ogni lato, e l'enorme lunghezza dell'aeronave risultava ingigantita. Quale stupefacente conquista umana il costruire una macchina volante grande quanto una cattedrale!

Peter indugiò qualche secondo, osservando. A babordo, erano visibili altri due Zeppelin, a quota alquanto più elevata. Davanti, un barbaglio di luce si rifletteva sull'involucro di un altro dirigibile. Doveva trattarsi del vecchio Dragone che arrancava per guadagnare quota. Avrebbe presto raggiunto l' "armata". Era bello vederlo così vicino; a bordo c'erano amici di Peter. Non erano soli, lassù, sospesi in cielo.

Era tardo pomeriggio, eppure i dirigibili brillavano ancora al sole. Presto essi sarebbero stati ingoiati, uno a uno, dall'oscurità, come luci che si spengono. Poi, quando anche il più alto di quota non fosse che un'ombra nell'ombra, si sarebbero mossi verso l'Inghilterra. Peter rabbrividì: faceva freddo lassù, un freddo feroce.

«Hennig!» chiamò ad alta voce. Sapeva che l'uomo si era nascosto; tutti i mitraglieri scivolavano al riparo dal freddo, ma Hennig li batteva tutti.

«Che c'è, Herr Leutnant?» Hennig emerse alla luce, battendo gli occhi; alle sue spalle c'era il servente del pezzo, un imberbe piccolino che seguiva sempre il mitragliere. Stein si chiamava, ed era un agitatore bolscevico, anche se fino allora si era dimostrato troppo furbo per farsi cogliere a fomentare sedizione tra l'equipaggio. Comunque, la sua scaltrezza non gli aveva evitato qualche solenne scazzottatura da parte di commilitoni che non condividevano le sue opinioni politiche. Hennig non era considerato un attivista rosso, ma i due erano tanto individualisti da rasentare il maniacale, e né l'uno né l'altro erano bene accetti alle squadre degli altri mitraglieri. Essi avevano così formato un'alleanza, un patto di mutua assistenza, per così dire. Erich Hennig spinse da parte il suo servente, senza rudezza. Un gesto a significare che, se c'era qualcuno in colpa, quel qualcuno era lui. «Che c'è, Leutnant?» chiese di nuovo. Hennig era snello e pallido, all'incirca dell'età di Peter. Occhi scuri, coperti da pesanti palpebre, labbra sottili ed esangui.

«Dovresti essere alla tua arma, Hennig.»

«*Ja*, Herr Leutnant.» Hennig sorrise. Un sorriso sfottente e presupponente, quello che un uomo si concede per dimostrare a se stesso e agli altri che non è soggetto ad autorità. Era un sorriso solo per Peter Winter: i due uomini si conoscevano bene. Winter conosceva Hennig da molto tempo prima che entrambi si fossero arruolati volontari in Marina. Erich Hennig viveva a Wedding; suo padre era un esperto bottaio che lavorava nel porto a riparare barili danneggiati. L'appartamento in cui Erich era cresciuto, assieme a una mezza dozzina tra fratelli e sorelle, era soffocante e tetro. A scuola, Hennig si era dimostrato al di sotto della media, ma si guadagnava quattrini suonando il piano nei *Bierwirtschaften* — i bar senza tavolini — e nei club di terz'ordine. Era stato uno dei gestori di quei club che aveva segnalato il talento musicale di Erich Hennig alla straordinaria Frau Wisliceny. E, grazie ai buoni uffici della signora, Hennig aveva fatto tre anni di conservatorio, studiando composizione e teoria. Allo scoppio della guerra, si parlava di lui come di un talento da seguire. Nell'aprile del 1914, aveva tenuto da solista una serie di concerti, per lo più Chopin e Brahms, in una piccola sala vicina all'Eden Hotel. C'era anche stata una recensione sul giornale: "promettente" lo aveva definito il critico musicale.

Peter aveva incontrato spesso Hennig in casa Wisliceny. Una volta avevano anche suonato assieme, ma nessuna amicizia era mai sbocciata tra loro. Hennig era animato da una acida rivalità. Vedeva in Peter Winter un viziato dilettante, privo dell'amore appassionato per la musica che lui, Hennig, aveva. Infatti, aveva sentito Peter discutere con le sorelle Wisliceny se avesse dovuto intraprendere una carriera musicale, studiare matematica superiore, o limitarsi soltanto a unirsi al padre nella gestione dell'azienda. Il che aveva fatto arrabbiare Hennig: era un tradire un talento innato. Come poteva un musicista di talento – e lo stesso Erich Hennig ammetteva a se stesso, se non con altri, che Peter Winter non era meno dotato di lui – parlare di una carriera che non fosse quella artistica?

«Quando il telefono suona, vedi di rispondere» disse Peter.

«Infatti, Herr Leutnant.» Continuava a starsene appoggiato alla mitragliatrice.

«Devi metterti sull'attenti quando ti parla un superiore.»

«Sto pulendo l'arma, Herr Leutnant.»

Il bastardo aveva sempre la risposta pronta. E Peter sapeva che ogni lamentela su Hennig non sarebbe stata bene accolta. Hennig suonava il piano alla mensa ufficiali. Riusciva a essere simpatico, quando voleva, e poteva contare su molti protettori tra gli ufficiali superiori. Quando birra e vino scorrevano generosi e i cori di vecchie canzoni andavano avanti fino alle ore piccole, Hennig diventava una specie di socio non ufficiale del circolo dei gallonati. Sarebbe stato ben sciocco quel giovane tenentino che avesse punito il mitragliere Hennig per niente altro di ciò che poteva apparire gelosia. Perché Peter non sarebbe mai stato capace di suonare il genere di musica che elettrizza una comitiva. Da quel punto di vista ammirava il talento di Hennig e gli invidiava gli anni che quello aveva trascorso pestando i tasti di pianoforti scordati a beneficio di ubriachi clienti di bettole. Hennig trovava sempre sotto le dita le melodie adatte al momento adatto. E se le ricordava. Conosceva il motivo che il Kapitänleutnant aveva ballato la sera in cui aveva conosciuto sua moglie. E quei brani di Strauss che l'ufficiale di rotta poteva canticchiare a bocca chiusa. Sapeva quando il comandante poteva essere indotto a cantare, nella sua inimitabile versione stonata, "*da chez Maxim's allor*", cambiando tonalità per soccorrerlo; e Hennig non ignorava quei motivi corali, le cui parole erano pronunciabili solo dopo che il comandante se n'era andato.

Il talento musicale di Peter Winter era il talento del matematico, e, com'è il caso di molti matematici, Bach veniva per primo. L'amore di Peter per Bach era il riflesso della sua educazione, del suo ceto sociale, dell'epoca e dell'ambiente in cui viveca. Vi era, nella musica di Bach, una calibrata disciplina formale, promessa di una stabilità permanente che moltissimi europei davano per scontata. Suonando Bach, Peter dimostrava una profondità e una devozione che Hennig non avrebbe mai potuto eguagliare. Ma Hennig non suonava mai Bach. E Peter non suonava mai il piano alla mensa ufficiali, dove Bach non era idolatrato.

Peter andò al telefono, ne girò la manovella finché la navicella di comando rispose. «Postazione mitragliera superiore. Controllo linea» disse Peter.

«La sento forte e chiaro, Herr Leutnant» confermò il sottufficiale alle comunicazioni.

Peter riagganciò l'auricolare. «Mi raccomando, Hennig.»

«Senz'altro, Herr Leutnant» disse Hennig. E, mentre iniziava la lunga e traditrice discesa della ripida scaletta, Peter sentì la risatina beffarda del servente al pezzo. Meglio fingere di non aver sentito.

Ritornando verso la chiglia, ripensava allo scambio avuto con Hennig. Sapeva di esserne uscito male, come sempre in circostanze del genere. Non aveva l'indole giusta per sistemare a dovere gli Hennig di questo mondo. Aveva tentato, Dio sa se ci aveva provato. Già durante i loro voli di addestramento su uno dei vecchi Zeppelin Hansa per trasporto passeggeri, una volta aveva parlato con Hennig, suggerendogli di far domanda per il corso allievi ufficiali. Hennig l'aveva presa come una sorta di subdolo insulto, e aveva respinto il consiglio con disprezzo.

Ma nell'anticamera del cervello di Peter restava il fatto che Hennig, in quegli ultimi tempi, si comportava più che amichevolmente con Lisl Wisliceny, che Peter considerava la propria ragazza. Particolarmente inquietante era stata l'ultima lettera di Lisl. Fino a quel momento era stata lei a insistere perché Peter si dichiarasse ufficialmente. Peter, riluttante ad affrontare la prevedibile scenata paterna davanti a un fidanzamento del genere, aveva trovato scuse. Però, nella sua più recente lettera, Lisl aveva scritto di essere ora d'accordo con Peter, che erano entrambi troppo giovani per pensare al matrimonio, e che lei sentiva il bisogno di vedere più gente mentre Peter non c'era. E per "gente" intendeva Hennig, c'era da giurarci. Solo dopo che Peter aveva portato Lisl all'Opera, il giovane Hennig aveva di colpo incominciato a manifestare interesse per la minore delle figlie Wisliceny. Ed Hennig aveva molte più possibilità, che non Peter, di andare a Berlino. Per la truppa e i sottufficiali c'erano due permessi di fine settimana ogni mese, se non erano in lista di preallarme volo o di guardia. Ma alla base aerea gli ufficiali erano sotto organico. E, come ogni giovane ufficiale sa, erano i tenentini a dover lavorare duro per sopperire alla scarsità dei comandi e per evitare troppe fatiche a coloro che avevano tre o più galloni d'oro sulle maniche.

Accidenti a quell'Hennig! Be', Peter gliel'avrebbe fatta vedere. Per quanto poco Hennig se ne rendesse conto, la sua insolenza e l'aver messo gli occhi sulla ragazza di Peter, erano proprio quello che ci voleva perché Peter assurgesse a quella classe internazionale di pianisti, secondo le previsioni di Frau Wisliceny. Da adesso in poi, egli si sarebbe esercitato per tre ore al giorno, anche a costo di alzarsi alle quattro di mattina, il che non era poi un grave sacrificio. In magazzino c'era un vecchio pianoforte, scordato, ma Peter poteva accordare lo strumento, e sul Dragone c'era un carpentiere, un bravo anziano sottufficiale di nome Becker, che lo avrebbe aiutato a rimetterlo in ordine. Becker aveva lavorato come apprendista in una fabbrica di pianoforti, e sapeva tutto al riguardo.

Per la mezz'ora successiva, Peter fu assorbito dalle sue mappe. Avendo saltato la colazione, si sentì abbastanza affamato da prendere qualcosa nel sacchetto delle razioni. Il cibo delle missioni in volo non era troppo stuzzicante. Uova sode e patate fredde, qualche fetta di salsiccia, dura come non mai, e una grossa fetta di pane nero di segale. Anche una tavoletta di cioccolato, che egli accantonò, per il momento. Se fossero andati a quote elevate, dove anche il pane nero diventava un pezzo di ghiaccio da spaccare col martello, il cioccolato sarebbe stato il solo a non gelare. Peter mordicchiò un uovo sodo. Se fosse riuscito a scendere nella navicella motori di poppa, forse ci sarebbe stata la possibilità di un po' di minestra calda di piselli, o di un caffè. L'ufficiale di macchina permetteva che i motoristi si scaldassero qualche cosa sui tubi di scarico. In qualche Zeppelin il caffè caldo non mancava mai, grazie a un fornello elettrico nella navicella comando, ma su questa aeronave il comandante non tollerava l'uso di aggeggi del genere, per il pericolo di incendi.

Ultimati i suoi calcoli, Peter si girò a osservare gli uomini nella navicella comando. Sul davanti c'era un marinaio al timone di direzione. Al suo fianco, colui che governava, per mezzo di una ruota similare, gli impennaggi orizzontali di quota. Si diceva fosse il compito più impegnativo nella navicella comando, anche se Peter non ne aveva mai fatto diretta esperienza. Un buon timoniere degli impennaggi era in grado di anticipare ogni rollata improvvisa o qualsiasi vuoto d'aria, azionando la ruota del timone per neutralizzare colpi di vento subitanei. La navicella di comando era come una piccola serra che ospitasse gli strumenti di guida. La scatola più grande, una specie di armadietto, era la radio, che restava in contatto con la base e gli altri Zeppelin. C'era la bussola principale con un arco per misurare l'angolo all'orizzonte, c'era un variometro per determinare la discesa o la salita. Un termometro elettrico per misurare la temperatura del gas all'interno dell'involucro, e c'erano, di vitale importanza, i comandi zavorra. Sempre davanti, dove il comandante stava vicino al timoniere, il pannello comandi sgancio bombe e una batteria di lampade di segnalazione e di atterraggio.

Il piano operativo di quella sera era semplice: il nucleo principale delle aeronavi avrebbe attaccato Londra, avvicinandosi a sorvolo della costa di Norfolk, mentre due Zeppelin dell'Esercito si sarebbero diretti a nord, per ingannare le difese, effettuando un finto attacco lungo l'Humber. Il piano in sé era abbastanza valido, sebbene la sua mancanza di originalità lasciasse prevedere che gli inglesi non avrebbero abboccato.

E l'attacco iniziò troppo presto. Persino il comandante, uomo a cui lunghi anni di disciplina formale impedivano di criticare l'Alto Comando o i superiori di grado, disse che era un tantino troppo presto, quando la prima delle aeronavi si staccò dal punto del cielo dov'erano rimaste in parcheggio per tre ore. L'intero concetto dell'attesa era quello di usufruire di una totale oscurità quando i dirigibili avrebbero sorvolato la linea costiera inglese. Ma non era buio. Anche la campagna britannica, a circa duemila metri al di sotto, non era del tutto oscurata. Peter non aveva difficoltà nel seguirla sulla mappa. Ne vedeva i fiumi, e i molti villaggi con le luci accese. Il che voleva dire che anche gli inglesi potevano scorgerli. Sarebbero scattati gli allarmi, Londra sarebbe stata oscurata, e i civili sarebbero corsi nei rifugi. Peggio ancora, i caccia si sarebbero tenuti pronti a decollare. L'accoglienza avrebbe avuto un caloroso cerimoniale.

Peter continuò a osservare l'orizzonte; c'era sempre un alone luminoso che si levava da Londra, per quanto i suoi abitanti rispettassero rigorosamente l'oscuramento. Poi la scorse, e, mentre si avvicinavano alla metropoli, poté individuare il tracciato sinuoso del Tamigi. Quello, non c'era modo di renderlo invisibile. D'improvviso, attaccò la contraerea. Dapprima, guizzi di luce mentre i puntatori cercavano di aggiustare il tiro, ma poi le vampate si fecero più vicine. Guardando giù, Peter individuò il Palazzo del Parlamento sulla riva del fiume. E poi ebbe sotto gli occhi la sagoma di Londra, che gli era nota più dallo studio delle mappe che non dal ricordo che la vista facesse riemergere.

«Prepararsi all'azione! Aprire portelli bombe!» Annotò l'ora esatta: le 23,04. Per un attimo, ebbe l'impulso di suggerire lo sgancio sul Palazzo del Parlamento, ma le istruzioni dicevano chiaramente: stazioni ferroviarie. Ce n'erano due proprio sotto: Waterloo e Charing Cross. Peter segnalò, e il comandante ordinò lo sgancio del primo lotto di bombe. Vi fu una serie di vampate all'impatto col suolo, e, sebbene potesse immaginare il terrore e la distruzione che avevano arrecato, Peter non avvertì alcun senso di rimorso o di compassione. Gli inglesi avevano avuto ogni possibilità di starsene fuori dalla guerra, ma avevano deciso di interferire, e ora dovevano affrontarne le conseguenze.

Il secondo quantitativo di bombe esplose in un punto a sud del fiume. Da quel lato del Tamigi c'erano, per lo più, soltanto case d'abitazione di operai. Il comandante avrebbe dovuto aspettare il segnale di Peter, ma in quel momento tutti erano in preda all'eccitazione. Altre esplosioni, non seguite però dalle corrispondenti vampate al suolo. Peter si rese conto che era il fuoco della contraerea inglese. E molto vicino, anche. Per la prima volta in quella missione, egli avvertì un po' di paura.

Per lo meno non c'erano riflettori, lì, nel cuore della città. Gli inglesi li avevano concentrati al nord-est e lungo le direttrici d'approccio. Adesso erano visibili, mentre sciabolavano senza sosta il cielo alla ricerca degli Zeppelin che seguivano quello su cui era Peter. Ecco: adesso si stavano concentrando in un punto. Avevano inquadrato qualcuno. Due altre granate della contraerea esplosero vicinissime. Sulla navicella, Peter sentì il comandante ordinare il lancio di un razzo Very. Era un trucco per far credere agli inglesi che un loro caccia voleva che non sparassero più — ma il "colore della notte" a volte veniva cambiato di ora in ora, e raramente il trucco riusciva. La luce del razzo tracciò un arco nel cielo buio, un rosso fuoco d'artificio che affondava lentamente.

«Sganciare zavorra di prua!» mormorò il comandante, e subito venne trasmesso l'ordine. Peter si aggrappò stretto a un sostegno, sapendo che l'aeronave si sarebbe impennata con un angolo pauroso, non appena avesse cominciato a risalire. Vi fu lo scroscio dell'acqua di zavorra che precipitava fuori dalle chiuse. Ecco, il moto ascensionale dava le vertigini. Gli scoppi della contraerea si persero sotto, come le scintille insistenti di un accendisigaro che rifiutasse di funzionare. Continuarono a guadagnar quota. Lì, più in alto, l'aria era fredda e nera.

Ormai una dozzina di riflettori si erano incollati sullo Zeppelin che seguiva a nord quello di Peter. «Il Dragone!» disse in un sussurro una voce nella navicella comando. Come poteva essere il "Dragone"? Era davanti a loro. Certo, era sempre assai lento. Quei suoi vecchi motori erano sempre stati oggetto di interminabili cupe barzellette. A più riprese erano stati promessi motori nuovi, ma tutti i motori nuovi servivano per le aeronavi nuove.

Squillò il telefono, e fu Hildmann a rispondere. «La mitragliera numero due segnala caccia nemici» disse.

«Spegnere i motori!»

Il silenzio venne come un urto dopo tante ore con le orecchie rintronate dal pulsare delle macchine. Tutti, da cima a fondo dell'aeronave, si mantennero nel massimo silenzio possibile, tendendo l'udito.

Fu Peter, guardando giù verso la sagoma della città, che lo vide, un grosso biplano che saliva in ampio cerchio, tentando di trovare la posizione per attaccare. I caccia preferivano mitragliare gli Zeppelin da poppa a prua, usando le nuove pallottole esplosive e incendiarie. «Un caccia!» E indicò.

Il comandante si morse il labbro, e voltò il capo per consultare gli strumenti. L'aeronave era ancora col naso leggermente in su, fruendo ancora di spinta ascensionale.

Di botto, tutto divenne grigio: il cielo, il suolo, i finestrini. Lo Zeppelin era entrato in un ammasso di nuvole. Senza perdere un secondo, venne "frenato". Il movimento in avanti cessò, e il dirigibile si fermò, a motori spenti, completamente silenzioso, avvolto dall'umida grigia nube. La coltre nebbiosa sottostante si illuminò allorché le lame dei riflettori sciabolarono il bordo inferiore della nuvola, facendo brillare il vapore acqueo.

Adesso, potevano sentire l'aeroplano. Li aveva seguiti dentro la nuvola e passava lungo il lato di tribordo, col motore che perdeva colpi, come se l'umidità della nube influisse sulla carburazione. Girò in cerchio, quasi che il pilota sapesse dove si erano nascosti; poi, dopo un altro cerchio più ampio, il suono del motore dell'aereo divenne più debole.

«Riaccendere i motori!» Le frizioni vennero impegnate di quel tanto che bastava a far girare appena le eliche perché l'aeronave si muovesse piano. Attesero cinque minuti o più, prima di gettare nuova acqua di zavorra e riprendere il movimento ascensionale. Sbucarono di colpo dalla nuvola, ed ebbero le stelle sopra di loro. Erano molto in alto, adesso, e la vista spaziava lontano. Sopra Londra, a nord, grappoli di riflettori si muovevano lentamente a esplorare il cielo, in cerca di aeronavi che stessero tornando indietro da quella parte.

Peter fornì una rotta da seguire, e lentamente — con i motori scesi di rendimento per via dell'aria rarefatta — diressero verso casa. Tutti puntavano gli occhi sull'orizzonte, dove erano concentrate le difese inglesi. A brevi intervalli c'era il guizzo luminoso della contraerea, come lucciole in una notte d'estate. Là, erano le forche caudine che dovevano cercare di evitare.

«Guardate!»

Uno dopo l'altro, i riflettori sciabolarono su un punto del cielo, formando una piramide al cui vertice galleggiava una sagoma argentea. Poi la sagoma argentea si colorò di rosso, dapprima d'un rosso appena più brillante dei raggi del riflettore che l'accarezzavano da sotto. Poi divenne d'un rosso molto più chiaro, come quando la punta di un sigaro acceso si anima sotto una boccata.

«Mio Dio!» Anche il comandante non poté trattenersi dal gridare. Ognuno fissava, impietrito. Disciplina in volo, grado, furono per un attimo dimenticati. Nessuno dell'equipaggio aveva mai visto nulla di simile, se non negli incubi notturni. L'aeronave colpita fiammeggiò vivida come una torcia, in una luce tanto bianca da accecare, da rendere impossibile vedere il sole rosso cupo in cui lo Zeppelin si trasformava prima di precipitare verso il suolo. Poi la massa informe e ardente svanì in una nube, e la nube divenne rosa e ribollì come un'enorme fornace.

Fu nel silenzio che seguì che il telefono squillò. Rispose concisamente Hildmann, che poi girò lo sguardo intorno alla navicella, fermandolo su Peter. Se c'era un imprevisto cui ovviare, allora era Peter quello che poteva essere esentato dal suo compito, lì nella navicella comando. La rotta verso casa era stata tracciata, le mappe già piegate e messe via, le matite restituite al loro astuccio di cuoio sulla mensola.

Così fu Peter a essere spedito a parlare col velaio. Le sacche contenitrici del gas erano rimaste sforacchiate; il comandante doveva sapere quanto il danno fosse serio. Erano le modeste sforacchiature che la mitragliatrice d'un caccia può produrre, o le lacerazioni ben più preoccupanti di schegge di granata? Le falle riguardavano la parte superiore o inferiore delle sacche del gas? Una sacca avariata nella parte alta voleva dire la fuoriuscita di tutto il contenuto. Peter si guardò in giro per trovare una sciarpa addizionale e il paio di guanti foderati di pelo che si era tolti per usare la matita. Avrebbe fatto freddo all'interno dell'involucro, anche più freddo che non nella navicella piena di spifferi. Quando Hildmann gli ripeté l'ordine, era riuscito a trovare solo un guanto. Pazienza: una mano l'avrebbe tenuta in tasca.

Si avventurò di nuovo su per la scaletta. Al buio, era pericoloso farsi strada lungo la chiglia, tra le sacche del gas. Era come camminare lungo la navata di una cattedrale risonante di echi, solo che gli enormi palloni di seta fluttuavano e riempivano tutto lo spazio, dal pavimento al soffitto.

Alcune delle grandi sacche penzolavano flosce e vuote. Era lì che il velaio era già al lavoro, rattoppando le falle. «Herr Leutnant.» Il richiamo giungeva dalle tenebre in alto. Il velaio era attaccato ai tiranti, sopra alla testa di Peter, che si issò con difficoltà. La mancanza di ossigeno gli dava le vertigini.

Fu mentre Peter ispezionava le sacche danneggiate che la batteria contraerea raggiunse il bersaglio. Uno scoppio sonoro che echeggiò lungo tutto il telaio dello Zeppelin. L'aeronave, che si inclinò, rimase per un attimo sbandata su un fianco, trascinando con sé ogni cosa, tanto che le sacche semivuote avvilupparono i due uomini. Peter annaspò per liberarsi dal tessuto setoso, mentre il dirigibile tornava lentamente nella posizione originale. «Che diavolo è stato?» domandò il velaio. Peter non rispose, ma sapeva che erano stati colpiti, e colpiti seriamente. Un miracolo che non fosse scoppiato un incendio. «Resta qui» disse Peter. «Vado a vedere che cosa è successo.»

Quando tornò nella cabina comando, la trovò devastata. La porzione posteriore della navicella non esisteva più, e mancava un largo rettangolo del sottile pavimento di metallo, di modo che, ancora con i piedi sulla scaletta che portava alla chiglia, Peter poté vedere la terra a centinaia di metri sotto di lui. I due timonieri erano scomparsi: l'esplosione li aveva proiettati nel vuoto rarefatto.

Ovunque schegge e frammenti di celluloide dai finestrini infranti. I tiranti d'alluminio contorti come i tralci di una vite esotica. Il corpo del comandante — senza berretto a scoprire un cranio quasi calvo — giaceva sul pavimento, in un angolo, la testa afflosciata sul petto. L'ufficiale di rotta era vivo, naturalmente: Hildmann era un osso duro, il tipo di uomo che sopravvive sempre. Era riuscito a strisciare al di là dei due tiranti superstiti e a raggiungere la parte anteriore della navicella. Stava governando la ruota del timone d'impennaggio orizzontale. Quando scorse Peter attraverso il portello, indicò la ruota che controllava i timoni e riprese il suo compito.

«Danni gravi?» domandò allorché Peter si fu calato dalla scaletta ed ebbe preso posto alla ruota per il rientro a casa.

«Le sacche del gas? Due sono ridotte male, e alcuni degli strappi sono notevoli. Ma il velaio conosce il mestiere, e anche il suo assistente è al lavoro.»

Hildmann grugnì. «Possiamo lasciarla andare bassa, molto più bassa.» Aveva la voce affannosa, mentre cercava di trovar fiato. Non era più giovane, l'uomo. A quella quota, la mancanza d'ossigeno poteva provocare senso di vertigine e mal di testa, e ogni minimo sforzo pareva debilitante. La precipitosa discesa di Peter nella navicella gli causava un fischio alle orecchie e il polso batteva quasi il doppio del normale. Nella navicella macchina e su, nelle postazioni di fuoco, gli uomini sarebbero stati in preda a nausea e conati di vomito. Valeva la pena di volare alti per evitare la contraerea, ma questa volta non l'avevano evitata. «Hanno avuto fortuna» disse Hildmann, quasi avesse letto nel pensiero di Peter.

«Ci saranno altre batterie lungo la costa» avvertì Peter.

«È un rischio che dobbiamo correre. A questa quota il gas sfuggirà alla svelta; presto perderemo quota, che lo vogliamo o no. E i motori renderanno di più se voliamo più bassi.»

Peter non rispose. Hildmann si illudeva, o fingeva di illudersi. All'interno delle sacche del gas, la pressione avrebbe fatto poca differenza. Qualsiasi cosa avessero deciso, l'aeronave avrebbe continuato a scendere, a causa dell'idrogeno sfuggito dai buchi delle sacche del gas. E Peter incominciava ad avere notevoli difficoltà al timone del grande dirigibile. Era la prima volta che stava alla ruota; gli addetti al timone erano accuratamente selezionati e addestrati. Mantenere quel mostro, mentre cercava ostinatamente di seguire la rotta impostagli attraverso il cielo aperto, era un'impresa di gran lunga più difficile di quanto egli avesse immaginato. Provò un nuovo rispetto per gli uomini che aveva visto farlo con tanta sicurezza e facilità. E mentre faceva questa riflessione, si rese conto che adesso non avrebbe più potuto dir loro quanto li ammirasse: entrambi i timonieri avevano già da molto raggiunto il suolo a una velocità tale da farli sprofondare nel terreno.

«Sta tappando i buchi?» chiese Hildmann.

«Il velaio assieme al suo aiutante» confermò Peter. «Non possono fare miracoli, comunque.»

In altre circostanze, Hildmann avrebbe considerato la risposta di Peter al limite dell'insubordinazione, ma adesso parve non rilevare l'evidente mancanza di rispetto.

«Il fatto è che stiamo scendendo ancora» proseguì Hildmann, rendendosi finalmente conto di quanto reale fosse il pericolo. «Faranno bene a lavorare veloci, quei due.» Lo Zeppelin continuava a puntare sempre più in basso, finché l'altimetro — uno strumento inaffidabile governato dalla pressione barometrica — non segnalò che erano a una quota limite per un volo di notte. Allora diventò una battaglia per restare in aria. In altri settori dell'aeronave, gli uomini dell'equipaggio, di loro iniziativa, cominciarono a gettare nel vuoto tutto quanto era possibile. Freneticamente, alleggerirono lo Zeppelin del combustibile di riserva, delle casse di munizioni, poi delle munizioni stesse; infine, mentre sorvolavano la costa nei pressi di Yarmouth, anche le mitragliere seguirono la stessa sorte.

«Ci sa fare con la radio?» domandò Hildmann.

«Posso tentare, Herr Oberleutnant.» La radio sembrava conciata male: i quadranti di vetro in pezzi, e un fresco squarcio argenteo lungo la sua cassetta metallica. C'erano ben poche probabilità, se non nessuna, che funzionasse ancora. L'orologio sopra di essa si era fermato, muta documentazione del momento esatto in cui erano stati colpiti.

«Probabilmente finiremo in acqua. Dobbiamo sapere la posizione della nave più vicina.»

E trovarla, pensò Peter. Non aveva la più pallida idea della loro posizione attuale, e trovare un simile puntino sul Mare del Nord avrebbe richiesto un'abilità da navigatore ben oltre i suoi sommari vettori e calcoli. Ma per il momento tali problemi gli erano risparmiati; neanche parlarne che egli lasciasse il timone finché non si rintracciasse un sostituto, e il collegamento telefonico non fosse stato ripristinato.

«Meglio non guardare in basso» disse Hildmann, con voce che era quasi paterna.

Se n'è accorto anche lui, pensò Peter. Il vuoto che si vedeva attraverso lo squarcio nel pavimento della navicella era la visione più terrificante che egli avesse mai avuto sott'occhio. Dopo quel primo attimo sconvolgente, aveva sempre evitato di fissarlo.

«*Jawohl*, Herr Oberleutnant!»

«Lei è un bravo, affidabile ufficiale, Winter.»

«Grazie, signore» rispose Peter, augurandosi però che l'ufficiale di rotta non lo avesse detto. Somigliava troppo a un epitaffio. Aveva la sensazione che la frase di Hildmann fosse stata pronunciata solo perché le loro probabilità di sopravvivere erano tanto esigue. Sarebbe stato suo compito redigere mentalmente il loro ultimo rapporto prima di presentarsi al Massimo Fattore.

«Chiedo autorizzazione all'Oberleutnant di modificare la rotta di cinque gradi a sud.»

«Perché?» volle sapere Hildmann.

«La bussola si dev'essere guastata. Sta sorgendo l'alba.»

Il suo superiore puntò gli occhi là dove ci sarebbe dovuto essere l'orizzonte se la notte non fosse stata tanto buia. Poi vide quello che Peter stava guardando da cinque minuti: una sfilacciatura cotonosa color rosso cupo sulla serica tenebra notturna. Hildmann sbirciò l'orologio per controllare se il sole era in orario. «Sì, corregga la rotta.»

L'alba venne veloce, tingendo il cielo d'arancione, e poi di un giallo solforoso prima di illuminare il mare grigio. Riverberata di traverso, l'acqua aveva un aspetto tutt'altro che rassicurante.

*«Perché quegli idioti insistono nel venire sempre da quella direzione?»*

«È la costa, quella lì davanti?»
«Sì, Herr Oberleutnant.»
«Adesso, non abbiamo più bisogno della radio.»
«No, Herr Oberleutnant.»
«Tanto meglio. Non credo che funzioni.»
«Penso di no, Herr Oberleutnant.»
«Crede che riusciremo ad atterrare nel posto giusto?»
«Ritengo di sì, Herr Oberleutnant.» Hildmann avrebbe considerato offensiva qualsiasi altra risposta, però sorrise cupamente e annuì. Peter si chiese che età avesse l'uomo; si diceva fosse già nonno.
«Abbiamo perso il Dragone.»
«Sì, Herr Oberleutnant.» Dietro la desolata costa sabbiosa apparvero alberi. Lo Zeppelin stava volando molto basso.
«C'era gente in gamba sul Dragone.»
«Sì, Herr Oberleutnant.»
«Oh, mio Dio!»

Tutto accadde così repentinamente che non ebbero il tempo di evitare la catastrofe. I cavi del timone di impennaggio da ore erano ridotti in trefoli consunti. Hildmann non si era accorto che i movimenti della sua ruota erano affidati a un unico trefolo d'acciaio finché questo si era spezzato, e gli impennaggi s'erano rialzati con violenza, ponendo l'aeronave di colpo in assetto con l'ogiva all'ingiù. Tutto in appena pochi secondi.

Prima, l'improvviso cedimento dei cavi di comando: schiocchi come esplosioni, mentre i tronconi dei cavi d'acciaio partivano come fendenti a squarciare le sacche del gas e a mordere il soffice alluminio. La sbandata impresse alla ruota dell'ufficiale di rotta un vorticoso moto rotatorio e proiettò Hildmann attraverso la navicella, facendolo barcollare e poi rovesciare con metà corpo fuori dello squarcio del pavimento. Poi, lo schianto tremendo dell'aeronave contro le cime degli alberi.

Rami che entravano da ogni parte nella navicella, tra un uragano di foglie, legno e schegge, finché l'abitacolo martoriato non venne ridotto in frantumi dagli alberi. Un urlo, mentre Hildmann spariva nelle tenebre sottostanti, e poi lo Zeppelin che cozzava contro un albero che non voleva piegarsi. Con uno schianto e lo scricchiolìo di metallo torturato, l'enorme struttura si abbatté su Peter, e Peter perse conoscenza.

## *«Il mio povero Harry»*

A Vienna, quella stessa mattina di settembre era limpida e luminosa. Il regime di bassa pressione, che aveva assicurato agli Zeppelin la copertura delle nuvole sul cielo d'Inghilterra, si era rotto. La Germania meridionale e l'Austria avevano cielo azzurro e venti freddi.

Martha Somló — o Frau Winter, come si era fatta stampare sui biglietti da visita — era sveglia. Fin da piccina, si era sempre svegliata di buon'ora, alle cinque di mattina, per preparare il lavoro nel retrobottega di suo padre sarto.

Harald Winter era ancora in pieno sonno. Aveva russato sino a quel momento, e adesso si stava girando su un fianco. «Svegliati, Harry.» Martha aveva in mano un vassoio col caffè e pane fresco.

Egli grugnì.

«Svegliati! Stavi russando!»

Harald si strofinò la faccia per tornare alla realtà. «Russando?»

«Sì. E tanto forte da svegliare tutta la via.» Gli sorrise con indulgente dolcezza.

Lui la scrutò sospettoso. Veronica non aveva mai accennato che egli russasse, né mai lo aveva fatto alcuna delle altre donne che si era goduto, su base più o meno regolare. «È una brutta abitudine russare» disse.

Aprì ben bene gli occhi per vederla meglio. La giovane indossava la stupenda vestaglia di seta che le aveva comprato in uno dei suoi viaggi in Svizzera. Nera e oro, con grandi tigri cinesi che spiccavano balzi. Al momento dell'acquisto aveva pensato quanto Martha somigliasse a quelle tigri pronte ad azzannare. «Non fa niente, tesoro. Non puoi farci nulla» disse lei.

La verità era che Harald Winter non russava affatto, ma prenderlo un po' in giro era una delle poche vendette che lei si prendeva per essere trascurata.

Depose il vassoio sul letto, e scivolò sotto le lenzuola. Era il suo momento preferito: soltanto lei e Harry e la prima colazione. Winter la strinse a sé un attimo e la baciò, prima di prendere un cornetto e in attesa che lei gli versasse il caffè con l'aggiunta dell'esatta dose di panna e zucchero, come piaceva a lui. Dal basso, giungevano lo scalpitìo di cavalli e il cigolar di ruote sul selciato della via. Era un grosso contingente di artiglieria da campagna, in cammino per il fronte. Il rumore continuò a lungo, ma né Martha né Winter andarono alla finestra a guardare. I soldati erano diventati una visione troppo comune per le strade di Vienna per dover interrompere di far colazione.

Sollecitata dal rumore dell'artiglieria a cavallo, Martha disse: «La guerra non sta andando bene per noi, vero, Harry?». Scese dal letto per mettere il vassoio sul tavolino, e tornò sotto le coperte.

«Va su e giù: le guerre fanno sempre così.»

«E tu te ne infischi, sin tanto che vendi le tue aeronavi e i tuoi aeroplani, e fai un sacco di soldi.»

«Mio Dio, ma tu tiri sempre a sfottere?»

L'afferrò per il polso e strinse forte. Faceva male, ma Martha non gli avrebbe dato la soddisfazione di sentirla gemere. Anzi, la forza fisica di Harry la attraeva anche quando le era rivolta contro. Allo stesso modo, quell'incoercibile antagonismo femminile affascinava Winter. Martha era l'unica donna che lo sfidasse apertamente.

«Ho sentito dire che adesso ci sono aeronavi con la struttura di legno,» proseguì lei, implacabile «e più piccole e ripiegabili, migliori di quelle che costruisce il conte Zeppelin.»

Egli sorrise. «Ho convinto la Marina che le aeronavi fatte di legno e colla non sono adatte a volare sul mare col brutto tempo.»

«Tu pensi soltanto ai soldi» accusò lei.

Lui lasciò andare il polso e disse dolcemente: «Come puoi dire questo, puttanella, quando ho due figli che combattono per noi?».

«Perdonami, Harry. Non volevo.»

Le fece scivolare dalle spalle la vestaglia di seta, per poterle vedere il corpo ambrato. «Sei bellissima, mia piccola Martha. Tutto ti si perdona quando si è tra le tue braccia.» Era la maniera frivola e sussiegosa che egli adottava per i loro slanci amorosi. Un modo per evitare qualsiasi discussione impegnativa.

Mentre stava per prenderla, bussarono alla porta della camera da letto. Martha si svincolò e, indossata la vestaglia, andò ad aprire.

Era la sua cameriera. Winter non riuscì a sentire quello che le due donne si stavano dicendo. Nonostante le assicurazioni del suo medico, era convinto di star diventando sordo.

«Che c'è?» le chiese, quando lei ebbe richiuso la porta. «Torna a letto, mia piccola tigre.» Ma la giovane rimase dov'era, piccola, pallida creatura, desolata in volto, con i capelli nerissimi che le scendevano sugli occhi, finché non li scostò con le piccole mani perfette.

«Gli Zeppelin sopra l'Inghilterra, ieri notte... cinque non hanno fatto ritorno. Tuo figlio Peter...» Non riuscì a proseguire. I suoi occhi erano pieni di lacrime.

«Il mio Peter... Cosa?» Saltò giù dal letto, corse verso di lei, l'abbracciò. Martha stava singhiozzando. «Il mio povero Harry» disse.

Era quasi mezzogiorno, il giorno dopo, quando Peter cominciò a riprendere i sensi. Anche prima di aprire gli occhi, avvertì l'odore dell'etere nelle narici. La stanza dell'ospedale era piena di luce dorata: il sole che filtrava da una tendina semiabbassata. Quando mosse un piede — un movimento esplorativo per scoprire se era ancora tutto intero — sentì sulle dita le lenzuola inamidate. Fu solo allora che capì di non essere solo nella stanza dell'ospedale. Due uomini in camice bianco erano in piedi presso la finestra, e consultavano dei fogli fissati a una tavoletta.

«... l'unico superstite di quelli che erano sulla navicella anteriore» disse una voce.

«E del tutto indenne, hai detto?»

«Solo abrasioni, graffi, e il dito.»

«Lo perderà, il dito?»

«No, ha avuto una fortuna del diavolo. Gli ho asportato solo la punta.»

«Ed è anche della mano sinistra; be', non credo che faccia poi molta differenza quanto a capacità manovriera per qualsiasi giovane puledro.»

«A meno che si tratti di un pianista...»

«E il pianista — si chiama Hennig, vero? — era quello con la caviglia fratturata. Dio agisce in modi singolari, l'ho sempre detto.»

«Ma è tutta una guerra strana, non trovi? Il comando degli Zeppelin progetta di bombardare il municipio di Saint-Omer quando tutti gli alti comandanti alleati sono riuniti lì col il re d'Inghilterra e il re del Belgio. E il Kaiser lo proibisce.»

«Tu non sei d'accordo?»

«Dopo una notte trascorsa a occuparmi dei corpi straziati e

mutilati di tanti giovani uomini, dico semplicemente che è una guerra strana.»

Peter sentì uno di loro riattaccare al gancio la tavoletta con i fogli, prima che i due uscissero dalla stanza, ma tenne gli occhi chiusi e finse di dormire.

In Inghilterra, il giorno seguente, andarono in molti a vedere i resti dello Zeppelin abbattuto nei pressi di Londra. Frederick William Wile, un tempo corrispondente da Berlino del *Daily Mail*, scrisse: «... anche coloro i quali si indignano più acerbamente per la ferocia delle incursioni aeree sulle popolazioni inermi non potevano non provare pietà davanti allo spettacolo che si offriva ai loro occhi».

Proseguiva Wile: «È una delle tradizioni degli Hohenzollern che il re di Prussia debba percorrere a cavallo i campi di battaglia dove sono caduti i suoi soldati, e guardi in volto chi è morto per lui. La guerra di trincea e un notevole rispetto per la propria pelle hanno impedito a Guglielmo II di compiere questo macabro rito nella sua guerra. Ma avrei tanto voluto che un Fato crudele avesse preso per mano il Kaiser, ieri mattina, per guidarlo su quel prato zuppo di pioggia, nell'Hertfordshire, e costringerlo a vedere, come ho visto io, i resti carbonizzati di quelli che erano i componenti dell'equipaggio, poche ore prima, di un'imperial aeronave tedesca. E avrei voluto che il conte Zeppelin, l'ideatore del particolare tipo di *Kultur* che ha mandato alla morte gli assassini di innocenti, fosse stato al seguito del Supremo Signore della guerra. Mi sono chiesto, davanti a quel raccapricciante mucchio di crani denudati, di mozziconi di braccia e gambe, di ossa frantumate e carni carbonizzate, se il Kaiser avrebbe ritrattato le parole che ebbe a pronunciare otto anni fa, a Donau-Eschingen nella Foresta Nera, quando battezzò l'inventore di queste spaventose aeronavi "il più grande tedesco del Ventesimo secolo"».

# 1917

*«Non così forte, le voci viaggiano lontano nella notte»*

Per tanto tempo della sua vita Pauli Winter era stato chiamato "piccolo Pauli" che ancora adesso, a diciassette anni, egli si considerava tale. Aveva la faccia del cherubino che rende gli uomini fortunati che la posseggono eternamente giovani e simpatici. Altri lo chiamavano "Fortunello". Quindi, una bella disdetta che un membro del Corpo Ufficiali prussiano in servizio attivo sul fronte occidentale dovesse venire assegnato a quello scalcinato Real Reggimento di fanteria bavarese! Che ci faceva il "piccolo Pauli" seduto in quella profonda trincea del fronte occidentale, ascoltando i tonfi smorzati delle granate nemiche che esplodevano? Il bombardamento mattutino era cominciato nel settore adiacente, ma adesso gli obici piovevano sempre più vicini. Pauli tentò di scacciare la paura e di concentrarsi sullo scrivere una lettera ai genitori. La buca coperta era buia; egli poteva contare soltanto sul chiarore tremolante di una candela. Si servì di un temperino per fare la punta al mozzicone del suo lapis copiativo, e tirò un profondo sospiro.

Ma quella sua introspezione non voleva dire che egli si autocommiserasse. Gli ultimi rimasugli di tale sentimento erano stati eliminati durante gli anni alla scuola cadetti. Pauli accettava la vita così come veniva, giorno per giorno, pur chiedendosi perché la propria esistenza dovesse da ormai molto tempo consistere di cibo spartano, disciplina ferrea e tanto scarso riposo. Un regime al quale di recente si erano aggiunti fango appiccicoso, pericoli mortali e lunghi periodi di noia. Nel profondo dell'anima, Pauli era un tipo spensierato e accomodante, che voleva soltanto vivere e lasciar vivere.

Miei carissimi genitori,

grazie per il pacco, che è arrivato regolarmente. Da parte della cuoca è stato molto gentile confezionarmi i calzini, che però sono troppo grandi, per lo meno di due mi-

> sure. Ma non importa, ne beneficierà qualche altro di quelli che sono con me. La scatoletta di carne l'ho divisa soltanto col mio amico Alex, ma abbiamo fatto un piccolo festino con gli altri per mangiare gli altri viveri del pacco. Non dovete stare in pensiero per me. Sono lontano molti chilometri dal fronte, dove ci sono i combattimenti veri. Quasi sempre sono al Comando e non posso neanche sentire il fuoco dell'artiglieria.

Smise di scrivere. Forse stava esagerando. Anche laggiù a Bruxelles sentivano le cannonate, e i suoi genitori potevano magari saperlo. Aggiunse:

> Tranne quando il vento soffia da ovest. Peter viene oggi a trovarmi. Farò colazione con lui al quartier generale.

Si chiese che altro dovesse scrivere. Più volte, ridotto quasi alla disperazione dal freddo, dalla sporcizia, dal fango e dalla crudele perdita di amici, era stato tentato di inviare una lettera che descrivesse con sincerità com'era la vita lì. Ma ogni volta ci aveva rinunciato, limitandosi a scarabocchiare le solite banalità rassicuranti che tutti mandavano a casa per tenere i familiari in una consolata ignoranza. Quindi, scrisse:

> Qui il tempo è buono, per questa stagione dell'anno, e la guerra sta andando bene per noi. Adesso devo chiudere. È mattina da poco e ho moltissimo da fare.
>
> Vi scriverò ancora – una lettera più lunga – dopo la visita di Peter.
>
> Vostro affezionatissimo figlio.

Firmò con cura e rilesse la lettera prima di metterla in una busta. Prometteva sempre "una lettera più lunga", ma non scriveva mai lettere più lunghe, solo brevi note di ringraziamento. Mentalmente, compilava missive meravigliose, che mai finivano nero su bianco. Si sentiva costantemente in colpa per trascurare così i genitori. Sapeva quanto fossero felici di avere sue notizie e quanto si crucciassero per lui. Era comune a tutti i figli provare lo stesso rimorso per il rapporto con i loro genitori? Più specificamente, lo sentiva anche suo fratello, Peter? Pauli conosceva la risposta prima ancora di formularsi la domanda. Peter non trascurava papà e mamma, a cui scriveva ogni settimana lunghe lettere piene di notizie. Pauli ne aveva visto una pila ben alta sulla scrivania del padre. Lettere che erano lette e rilette, a casa. Eppure, egli sapeva che i loro genitori non si preoccupavano tanto di Peter quanto di lui, specie da quando Peter, dopo l'incidente, era stato esonerato dalle missioni di volo. Fin dal Natale del 1916, Peter era stato assegnato ai compiti di ufficiale di collegamento a Bruxelles, e la sua vita non era più pericolosa di quanto lo sarebbe stata a casa, a Berlino. Lì, sulla linea del fronte, l'esistenza era ben più grama: in cinque settimane, il reggimento aveva perso quattordici ufficiali — cinque morti e nove feriti. Trasse di tasca la cartolina che Peter aveva mandato per concordare l'appuntamento. Per la millesima volta, si assicurò sulla data, l'ora e il luogo. Rimise la cartolina in tasca, assieme alle altre di Peter, che formavavano un malloppo tale da impedirgli di abbottonare il taschino della giubba. Sin dai tempi della scuola cadetti, Peter aveva spedito regolarmente le proprie cartoline: ogni due settimane, al massimo tre. A volte, soltanto una frase — una battuta, un saluto, un ricordo del passato, uno dei frequenti aforismi della loro istitutrice scozzese. Come faceva a sapere Peter quanta importanza avessero per suo fratello quelle cartoline? Pauli non gliel'aveva mai detto, né mai aveva risposto. Peter, Peter, Peter. Quanto ne sentiva la mancanza!

«Portaordini!» Il comando era quello di un ufficiale prussiano. Pauli rimaneva sempre un po' sorpreso che quella voce fosse proprio la sua.

«Herr Leutnant?» L'uomo più che scendere rotolò quasi giù per i gradini della buca coperta. Era il tipico esemplare dei ragazzi di campagna che costituivano il grosso del reggimento. Il rimanente era formato da uomini più anziani, con famiglia, o inadeguatezza fisica che li aveva tenuti lontani dal fronte sino all'anno prima, quando le perdite avevano determinato l'esigenza di rimpiazzi sempre più abbondanti. Il reggimento non avrebbe dovuto presidiare quel settore del fronte: sarebbe dovuto essere in un campo di addestramento, dove quegli uomini potessero imparare a marciare e sparare. Sulle piazzuole di tiro, la metà di essi non riusciva nemmeno a colpire il bersaglio, tanto meno ottenere un punteggio accettabile. Le squadre mitraglieri erano pietosamente lente nello smontare l'arma o nello sbloccarla quando si inceppava. Se la fanteria inglese avesse deciso di attaccare in quel settore, avrebbe fatto una passeggiata. O per lo meno, così poteva apparire a chi non avesse visto le condizioni dei soldati inglesi al di là della terra di nessuno. Ma Pauli aveva parlato con un numero sufficiente di prigionieri britannici per sapere che l'inverno delle incessanti piogge, e le trincee allagate, avevano portato il morale del nemico a un livello tanto basso che alcuni Tommies* erano felici della prospettiva di un campo di prigionia, asciutto e lontano dal fronte.

La teoria cara ai generali dell'Alto Comando dell'Esercito imperiale sosteneva che qualche efficiente sottufficiale e qualche esperto ufficiale prussiano avrebbero operato una miracolosa trasformazione in quella forza combattente, ma naturalmente non era così. Gli "esperti ufficiali prussiani" non erano affatto più esperti dei ragazzi freschi di scuola cadetti, alcuni, poi, anche meno addestrati dello stesso Pauli. Quanto agli efficienti sottufficiali, questi erano troppo dannatamente efficienti. Erano veterani frustrati, molti solo da poco dimessi dall'ospedale, uomini che avevano sperato di trascorrere il resto della guerra in incarichi sicuri con le unità da addestrare. Adesso che li avevano riportati al fronte, invece di essere con i vecchi camerati, dovevano far da balia a questa accozzaglia di paesani, alcuni dei quali nemmeno bavaresi, pivelli dall'incomprensibile parlata austriaca e dagli impronunciabili nomi ungheresi. Non c'era da stupirsi che vi fossero mormorii di malcontento, libercoli marxisti e, di quando in quando, una ferita sospetta, tale da poter essere considerata autolesionismo.

Pauli inserì la lettera in una busta di carta oleata, per proteggerla dal fango, dalla pioggia e dalle mani sporche del portaordini. «Porta questa lettera al Comando di reggimento, e di' al furiere di metterla assieme alla posta degli ufficiali che parte stamattina. Hai capito?» Vi fu uno schianto che fece tremare la candela e staccare qualche pezzo di fango dai teli che coprivano la buca. «Non è stato tanto vicino: dall'altra parte della linea ferroviaria... anche più lontano, forse.» Era una reazione automatica, fatta sempre per rassicurare chiunque fosse nei paraggi. Pauli mise nel taschino il prezioso mozzicone di matita copiativa.

«Sì, Herr Leutnant.» Il ragazzo non ci credeva, naturalmente. I portaordini andavano in giro e sapevano quello che stava

* Soprannome del soldato inglese. [*N.d.T.*]

succedendo. L'artiglieria inglese stava demolendo le trincee di afflusso in modo che i rincalzi nemici non potessero transitarvi quando i Tommies avessero attaccato. Correva voce che l'attacco sarebbe stato sferrato tra due o tre giorni. Un bel po' di pattuglie inglesi s'erano date da fare ultimamente — di solito, era il sintono di un'offensiva imminente. Pauli sapeva tutto al riguardo, essendo l'unico ufficiale del reggimento che parlasse bene l'inglese. Veniva convocato per interrogare i prigionieri o per selezionare gli effetti personali dei caduti inglesi, prima che gli oggetti venissero inviati all'esame del controspionaggio militare. Due o tre giorni, al massimo. Un sergente delle unità confinarie del Galles del sud glielo aveva virtualmente confessato.

Il portaordini prese la busta di carta oleata e inciampò nel calcio del proprio fucile, picchiando con l'elmetto contro il basso stipite della porta, mentre risaliva i gradini per sparire di corsa lungo la trincea. Pauli lo seguì con lo sguardo senza far commenti. Anche Pauli era, per natura, impacciato. Anch'egli inciampava sui gradini, più spesso del dovuto. Perché certe persone erano fatte così, per quanto ce la mettessero tutta. A Pauli sarebbe piaciuto essere disinvolto ed elegante, ma neanche gli riusciva di ballare senza pestare i piedi della dama.

Quando il telo antigas, sull'ingresso, ricadde, il pesante sentore di cordite e il puzzo dei secchi di latrina invasero il rifugio. Oh, be', qualche cosa di diverso dall'odore permanente di corpi non lavati e dal lezzo di putrefazione che erano l'atmosfera normale di quella buca.

«Che ore sono?» Da una delle cuccette di legno ricavate nella parete di fondo, una figura mise fuori le gambe, tastò per terra con i piedi, ed emerse lentamente dalla coperta in cui era avvolta. Alex Horner, l'amico affezionato di Pauli alla scuola cadetti, si era trovato aggregato allo stesso reggimento. Entrambi i ragazzi avevano sperato di essere assegnati a una delle migliori unità prussiane — cavalleria, guardie, dragoni — anziché a quella collezione di coscritti, ma per lo meno erano assieme, ed era questa l'unica consolazione nella miserevole, tormentata esistenza che conducevano.

«La prossima volta che vado ai grandi magazzini Wertheim, ti compro un orologio col quadrante luminoso» promise Pauli sarcasticamente.

«Be', posso aspettare un bel po' allora» commentò Alex. Si fregò il mento per decidere se dovesse farsi la barba per non rischiare un rimbrotto del comandante di compagnia. Arrivò alla conclusione di correre il rischio: il mento di un diciassettenne non poteva avere, da un giorno all'altro, una barba troppo visibile. Il sottotenente Alex Horner stava già acquisendo l'aspetto del vero ufficiale prussiano. Un duello alla scuola cadetti gli aveva lasciato sulla mascella la cicatrice di un colpo di sciabola, e la colonia di pidocchi che proliferava lì in trincea gli imponeva di portare i capelli quasi a zero. Non era ancora, però, l'austera, inflessibile figura del prussiano. Intanto, sorrideva troppo spesso, e il suo naso era impertinente, con la punta rivolta all'insù, il tipo di naso più facilmente visibile sulla faccia delle figlie di un fattore di campagna che non su quella degli ufficiali prussiani.

«Sono le tre e trentadue minuti» disse Pauli.

«Che orario impossibile per essere svegli.»

«Di ispezione tra quindici minuti.» All'alba, le trincee di prima linea dovevano essere presidiate, perché era l'ora migliore per un attacco degli inglesi. Ma, dal momento che le trincee erano piene di fanti, era anche il momento buono perché gli inglesi scatenassero il fuoco di sbarramento con i mortai.

Alex Horner annaspò con le mani per terra alla ricerca delle sigarette. Le trovò, assieme ai fiammiferi, dentro l'elmetto. A differenza di quasi tutti gli altri soldati, Alex Horner non riusciva a dormire con l'elmetto in testa. Quando ebbe acceso la sua sigaretta, si allacciò le stringhe degli scarponi, si abbottonò la maglia di lana, la giubba e il cappotto che aveva tenuto su dormendo. Si muoveva lentamente, come fa un ubriaco. Tensione, mancanza di riposo, cibo indigesto tanto povero di proteine li rendevano tutti un po' robotici.

«Se solo l'esercito non avesse smantellato le sue aeronavi...» attaccò Alex. Spruzzò un po' d'acqua di colonia su un fazzoletto sudicio, con cui si strofinò la faccia.

«Be', l'hanno fatto» ribatté Pauli che aveva sentito la triste storia di Alex più di un centinaio di volte.

«La mia domanda, documentatissima, era già stata accolta. L'esame di attitudine fisica sarebbe stato una pura formalità. Sono idoneo al cento per cento, tu lo sai, Pauli.»

«Lo so.» Pauli non poteva essere troppo scortese con l'amico. Sia l'uno sia l'altro avevano bisogno di qualcuno con cui sfogarsi. In mancanza di altri amici comprensivi, i due si raccontavano a vicenda le stesse storie a non finire.

«A quest'ora, sarei in volo.»

«Forse potresti chiedere il trasferimento alla Divisione Aeronavale.»

«Non me lo concederebbero mai, lo sai bene.»

«Ne parlerò a mio fratello, appena lo vedo. Magari lui riesce a fare qualche cosa.»

«Avevo anche comprato quei libri sulla riparazione e manutenzione dei motori.»

«Le aeronavi sono pericolose. Mio fratello Peter per poco non ci rimetteva la pelle.»

«Tu prova a parlargliene. Forse, se accettassi di andarci come guardiamarina...» Tutti e due sapevano che non esisteva la minima possibilità di quel trasferimento in Marina, ma per tacito accordo ne parlavano spesso.

«Hai cinturone e pistola? La torcia, l'hai presa? È ora di andare, Alex.»

«È la monotonia che mi mette a terra. Staremo lì a gelare per un'ora, e poi dovremo aspettare un'eternità mentre il capitano ispeziona ogni canna di fucile.»

«Non questa mattina: è sabato di Pasqua. Svegliati, Alex! Dobbiamo controllare le sentinelle, e dopo essere alla vecchia linea dei rifornimenti quando rientra la pattuglia tendifili.»

Alex annuì, ma non abbandonò il mugugno. «Poi, quando è ora di mettere qualche cosa sotto i denti, gli inglesi prendono di mira a colpi di mortaio le trincee di raccordo, e quei disgraziati faranno cadere nel fango i nostri viveri, come hanno fatto tre volte la settimana scorsa. Lunedì ho avuto soltanto una pagnotta e mezza gavetta di caffè.»

«Ma tu pensi sempre e soltanto a mangiare e bere, Alex?»

«E che altro ci rimane?» Era il pianto mattutino di Alex. Pauli aveva fatto il callo alla luna storta dell'amico, immancabile subito dopo la sveglia. Tra un'ora, Alex sarebbe tornato dell'umore solito, che prima, però, doveva essere preceduto dalle geremiadi. «Mi sa che gli aerei si faranno vedere da un momento all'altro, ormai.»

«È troppo presto. La settimana scorsa hanno attaccato dopo la ricognizione. I ricognitori inglesi vanno fuori all'alba, e rientrano una mezz'ora dopo. Forse i piloti inglesi resteranno a letto un po' di più per Pasqua.»

«I nostri aerei dove sono?»

«Gli inglesi sono convinti che devono entrare nel nostro spazio aereo ogni mattina. Dicono che gli tiene alto il morale combattivo. Per la stessa ragione mandano sulle nostre trincee le pattuglie di fanteria. Hanno paura che i loro soldati perdano lo spirito guerresco se non sono spediti di frequente a romperci le scatole.»

«È questo che hai scoperto parlando con i prigionieri?»

«Non ne fanno mica un segreto.»

«Questa mattina è di servizio il tenente Brand?» chiese Alex, facendo suonare la domanda quanto più casuale possibile, e tuttavia l'imminente incontro-scontro col temuto tenente Brand era il pensiero predominante che angosciava i due giovani.

«Sì, è lui di servizio.»

«Gesù Cristo!» Alex si strofinò di nuovo il mento, e rimpianse di non essersi rasato, perché il tenente Heinrich Brand era un tiranno, un despota maligno che non perdeva occasione per rendere miseranda la vita dei suoi giovani subalterni. Brand aveva trentadue anni, ed era figlio di un fornaio di un villaggio vicino alla frontiera austriaca. Si era arruolato giovanissimo nella cavalleria bavarese, e nel 1914 aveva raggiunto il grado di Feldwebel. Un grado oltre il quale non sarebbe mai andato se non fosse stato che era scoppiata la guerra. Alla fine del dicembre 1914 era sergente maggiore al deposito reggimentale. Ma era stato sul fronte orientale, nei primi combattimenti del 1915, che egli aveva salvato la vita al suo ufficiale comandante. L'attacco dei cosacchi aveva smembrato il suo reggimento di cavalleria mentre si ritirava attraverso un terreno boscoso, che poi era diventato palude e poi ancora terreno aperto, dando modo alla cavalleria russa di dimostrare la sua superiore abilità e il suo spericolato coraggio. In quell'occasione, Brand si era guadagnato la Croce di ferro e i galloni di sottotenente per l'eroismo dimostrato. Ma gli stessi ufficiali che avevano applaudito il suo ardimento non avevano voluto condividere la loro mensa con quel paesano dal rozzo accento, e Brand si era ben presto trovato tra estranei, e non tra colleghi. E adesso, non era neanche più in cavalleria.

Era buio, faceva freddo, e la pioggia era nell'aria. Il vento fischiava tra i grovigli di filo spinato che coprivano la terra di nessuno. Procedendo a fatica sul tavolato sconnesso che formava il pavimento della profonda trincea, Pauli e Alex stavano entrambi pensando a Brand. Il tenente riservava la propria antipatia particolare per quei due prodotti della più esclusiva scuola cadetti dell'esercito prussiano. Brand li invidiava. Avrebbe dato non so che cosa per avere la classe, lo stile, l'educazione — per non parlare del distinto accento berlinese — dei due ragazzi.

«Lo odio» disse Alex Horner mentre affrontavano l'andamento a zig zag della trincea, con le falde dei cappotti appesantite dal fango che vi si accumulava. Il cielo risplendeva di mille stelle, con una luna che era quasi piena e giallissima. La notte era maledettamente fredda. Sotto i piedi, le tavole di legno si erano gelate assieme al fango, cosicché non si piegavano sotto il peso dei due giovani, come di solito accadeva durante il giorno.

«Non così forte» disse Pauli. «Le voci viaggiano lontano nella notte. Ieri sera sono riuscito a sentire i barellieri che portavano i feriti all'unità medica vicino al Comando di reggimento, che è a una bella distanza da qui.»

«E quell'inglese rimasto abbandonato nella terra di nessuno, la settimana scorsa? Lo hai sentito piangere?»

«L'ho sentito bestemmiare e maledire» rispose Pauli. Adesso stavano sussurrando.

«Quello è stato dopo» precisò Alex. «Quando ormai era la fine. Ti immagini esser là fuori, con una gamba partita? Ci hai mai pensato, Pauli?»

«No, non penso mai a quelle cose» disse Pauli. In effetti, come tutti gli altri, trovava che idee del genere fossero deleterie alla mente e costituissero un ricorrente incubo notturno. Le urla e i gemiti dell'inglese ferito a morte avevano turbato chiunque li aveva sentiti. Anche il tenente Brand aveva imprecato contro l'uomo morente.

Raggiunsero la prima sentinella. L'uomo era in piedi sul gradino di tiro, e scrutava oltre il parapetto. Anche i ragazzi di campagna potevano apparire eroici in quell'atteggiamento, avvolti in una coperta fangosa e immobili come statue. «Nessun segno della squadra tendifili?» domandò Pauli.

«No, Herr Lieutnant» rispose la sentinella senza muovere la testa. Le sentinelle imparavano presto quanto fosse pericoloso compiere qualsiasi accenno di movimento che potesse essere visto da cecchini inglesi. Due volte, la settimana prima, due sentinelle erano state centrate dai cecchini. Ed entrambe le volte le vittime erano occhialute. Si presumeva che la luna — o, in un caso, un barbaglio di luce — si fosse riflessa sul vetro delle lenti. Uno degli ufficiali aveva suggerito che chi portava gli occhiali fosse esentato dal servizio di sentinella, ma in un'unità di seconda categoria come la loro, con così tanti uomini al limite minimo di idoneità fisica, sarebbe stata un'ingiusta penalizzazione per il resto.

«Nessun movimento, da nessuna parte, Herr Leutnant» aggiunse la sentinella.

Lo stesso per la sentinella successiva, lo stesso per l'altra ancora. Ma questo non significava che non vi fosse alcuno, là fuori, nel contorto, intricato groviglio dei reticolati della terra di nessuno. Le pattuglie inglesi sapevano muoversi silenziose e rapide. Usavano pugnali e mazze. Più d'una volta, il mese precedente, una squadra nemica di incursori era arrivata fin sull'orlo delle trincee avanzate germaniche e si era ritirata prima ancora che fosse dato l'allarme. Il loro scopo era di far prigioniero un ufficiale; era quello di solito l'obiettivo: catturare un ufficiale e carte segrete che potessero aiutare il loro servizio informazioni a individuare il luogo dove le armate tedesche si riunivano, essendo quello il punto ideale da attaccare quando avesse avuto luogo la grande offensiva.

«Il tenente Brand non avrebbe mai dovuto mandar fuori una squadra tendifili in una notte come questa» osservò Pauli. «C'è troppa luce.»

«I fili del telefono erano rotti.»

«Sono sempre rotti. È un delitto far uscire degli uomini in una notte come questa.»

Girarono l'angolo e imboccarono la "vecchia linea di rifornimenti". Quelle trincee erano state prese agli inglesi che le avevano attrezzate molto sommariamente, almeno secondo gli standard tedeschi. La fanteria britannica le improvvisava sempre, soltanto con rifugi poco profondi, coperti di lamiera ondulata, senza alcuno di quegli accorgimenti protettivi che erano prassi regolare dei genieri tedeschi. Nessuno era entusiasta di quel settore. A parte la scarsa consistenza costruttiva, il sistema di trincea seguiva uno sviluppo del tutto sbagliato: i vecchi gradini di tiro guardavano a est, e c'erano raccordi sotterranei, postazioni di fuoco e piazzole di mitragliatrice tutti orientati sul lato contrario, risultando così vulnerabili al fuoco nemico. La cosa peggiore, poi, era il fetore. Quello sviluppo di trincee era seminato di vecchi cadaveri che avevano finito con l'integrarsi col terreno.

Il temutissimo tenente Brand stava in piedi su uno dei gradini di tiro, per poter osservare l'infinita distesa fangosa della terra di nessuno. Non si serviva del periscopio o della lastra d'acciaio bucherellato che offriva una qualche protezione. Gli piaceva dimostrare quanto coraggioso fosse; amava essere considerato uomo sprezzante del pericolo, al limite dell'incoscienza. «Heini il Pazzo» lo chiamavano i soldati, e di quel soprannome egli era orgoglioso — sebbene avrebbe severamente punito chi si fosse fatto sentire a pronunciarlo.

Scese dal granito di tiro. «Horner! Winter! Entrambi in ritardo, vi presenterete a rapporto.» Naturalmente, non erano in ritardo — avevano tre minuti di anticipo — ma non ci sarebbe stato nulla da guadagnare mettendosi a discutere con lui. In ogni caso, il maggiore avrebbe creduto, o fatto finta di credere, alla parola di Brand. Il maggiore era una vecchia volpe stanca; sceglieva sempre la via più facile, e discutere con Brand era tutt'altro che agevole. Brand conosceva il regolamento parola per parola — l'aveva imparato a memoria da giovane sottufficiale — e ormai il maggiore aveva imparato che non poteva competere con le puntigliose argomentazioni che la legge militare poneva in bocca a Brand.

«Gli ufficiali inferiori dovrebbero costituire un esempio per gli uomini del reparto» disse Brand. Una frase che ripeteva sempre, identica, ma ogni volta come fosse una nuova, fresca e originale osservazione da registrare accuratamente. «Horner! Lei non si è rasato. Lor signori credono di dettar legge a loro piacimento. Lei ritiene che un reggimento bavarese non sia degno abbastanza per i signori prussiani. Bene, dovrò convincerla del contrario. E se la punizione è l'unico modo per convincerla, ricorreremo alla punizione!» Brand faceva di tutto per parlare come un aristocratico, ma quando si scaldava il suo accento bavarese si aggravava.

Pauli lo stava osservando. La prima volta che aveva sentito parlare di questo sergente maggiore della Baviera, che si era conquistato i gradi di ufficiale sul campo di battaglia, si era aspettato di trovarsi davanti un uomo anzianotto, dal volto purpureo e dal ventre di bevitore di birra, col nasone e tanto di baffi. Ma Brand era più giovane degli altri comandanti di compagnia, aveva fianchi snelli ed era piuttosto bello. Naso sottile e ossuto, fronte alta con sopracciglia ben delineate e occhi mobilissimi e spiritati. Occhi in movimento continuo, come se si aspettasse di essere aggredito da un momento all'altro. Quando si toglieva l'elmetto, per esempio se stava scrutando attraverso il periscopio di trincea, si poteva constatare che i suoi capelli non erano tagliati cortissimi come esigeva lo fossero quelli dei suoi subordinati. La capigliatura di Brand era di media lunghezza e ondulata. In un modo o nell'altro, egli riusciva, anche lì in trincea, a tenerla sempre pulita. Indossava un lungo impermeabile, cedutogli da uno degli ufficiali inglesi fatti prigionieri — "trench" lo chiamavano i britannici — con sotto l'uniforme. Un'uniforme che, con tanto di Croce di ferro appuntata sul taschino, risultava relativamente pulita e asciutta. In mano, Brand era solito portare un frustino da equitazione, con il quale si compiaceva di indicare persone o cose, incitare soldati che meritavano di essere spronati, o semplicemente battersi le cosce con aria meditabonda. Cosa che in quel momento stava facendo.

«Tutti e due, cari signori, avrete da lavorare sodo oggi. Winter andrà al villaggio con una corvée per seppellire i caduti, giù al posto numero tre. È ora che ci liberiamo di quelle salme. C'è troppo fetore qui in giro.» Doppia sferzata sulle falde dell'impermeabile. Brand si rivolse a Horner. «Horner! Il maggiore vuole che qualcuno controlli i lavori di ripristino del rifugio grande, che dovrebbe essere finito già da due giorni. Faccia in modo che si acceleri. Verrò più tardi a vedere come procedono le cose.»

Pauli interloquì: «Oggi devo andare al Comando di divisione, Herr Leutnant. Viene mio fratello. Il maggiore ha dato il permesso».

«Lei farà come le ho detto, Winter. Voglio che quelle salme siano seppellite *tout de suite*.» Brand amava usare frasi francesi: gli ufficiali del suo reggimento di cavalleria lo facevano, tutti.

«Mio fratello viene apposta da Bruxelles. Il maggiore ha interpellato anche il colonnello: è tutto in regola.»

«Anche la guerra ha le sue regole» ribatté Brand. Adesso se la stava godendo. Fissò i due giovani subalterni, con un arcigno sorriso, quasi a invitarli a condividere con lui l'umorismo della situazione. Poi, con un'altra sferzata alle falde del trench, continuò: «Le riunioni di famiglia sono autorizzate dall'ufficiale comandante, ma anche allora sono soggette alle esigenze della situazione militare del momento. Non so se suo fratello è uno smidollato, borioso, buono a nulla come lei, Winter. Probabilmente lo è. Ma, se non è un idiota completo, saprà che l'Esercito ha la precedenza. Giusto, Winter? Capito, ora, Winter?».

Il tenente Brand quella mattina era nervoso in modo particolare, e il motivo risultò evidente quando il sergente venne a riferire che la squadra tendifili non era ancora rientrata. Brand riprese a scrutare la terra di nessuno, servendosi però, questa volta, del periscopio di trincea. Il cielo si era tinto di rosso sangue e andava rischiarandosi di minuto in minuto. Se i dodici uomini tendifili erano ancora vivi in qualche punto, là nel fango, le loro probabilità di sopravvivenza, adesso che era giorno, rimanevano minime. Gli inglesi avrebbero fatto fuoco su qualsiasi elemento insolito, là fuori delle trincee: era normale prassi da entrambi i lati. Qualsiasi cosa potesse essere un nuovo tipo di arma doveva destare allarme, specie dopo l'apparizione, l'anno prima, dei carri armati. E quel giorno, le previsioni del tempo dicevano che il vento veniva da ovest, una leggera brezza, quanto mai opportuna per gli inglesi se avessero deciso di lanciare un altro attacco di gas. In tal caso, che ne sarebbe stato della squadra tendifili, i cui componenti erano usciti con l'equipaggiamento minimo? Alcuni addirittura senza elmetto, e c'era da dubitare che avessero, tra tutti, anche una sola maschera antigas.

«Loro due vadano pure» disse Brand, ricordandosi che Pauli e Alex stavano ancora aspettando eventuali altre disposizioni. «E che non mi accorga che si batte la fiacca. Ricordino quanto ho detto: essere d'esempio agli uomini.»

Il sergente aveva assistito alla scena con faccia inespressiva, ma Brand non era disposto a lasciarlo fuori. Mentre seguiva con lo sguardo i due subalterni affrettarsi lungo la trincea e sparire, sorrise a dimostrare di essere in effetti un buon diavolo, un ex sottufficiale che sapeva quanto i giovani ufficiali potevano essere pigri. Ma l'anziano sergente non contraccambiò il sorriso.

Quando Pauli e Alex furono tornati là dove iniziava il tratto delle trincee di raccordo, Pauli disse: «Con tutto il desiderio che avevo di rivedere mio fratello! Ne sento tanto la mancanza. È quasi un anno dall'ultima volta, e pensare che viene addirittura da Bruxelles!».

«E tu vacci» suggerì Alex. Sapeva quanto l'incontro significasse per l'amico: da due settimane, Pauli non parlava d'altro. «La corvée dei beccamorti non ha bisogno d'essere controllata. Non perderanno tempo nell'orazione: ci puoi giurare. Ce la metteranno tutta per finire in fretta quel lavoro puzzolente.»

«Ma ci dovrà essere un ufficiale per raccogliere le piastrine di riconoscimento delle salme» ribatté Pauli dubbioso.

«Quisquilie!» sentenziò Alex. «Ci penserà il sergente. È Winkel, uno di cui ci si può fidare.»

«Brand lo verrà a sapere.»

«E come? Sarai tu ad andarglielo a dire? O io? Winkel non aprirà bocca.»

«Brand andrà lì a controllare.»

«Non Brand. Non si accosterà al numero tre finché non li hanno seppelliti tutti. A Brand, quel tipo di lavoro non piace: ecco perché incarica sempre noi di farlo. È la cosa più schifosa che gli riesca di pensare come degna di noi.»

«Avevo garantito a Peter...»

«Vai! Vai! Te l'ho detto, vai.»

«Vado fino al villaggio e mi metto d'accordo col sergente della corvée.»

«Te l'ho già detto, è Winkel di servizio. Che cosa gli dirai? Che hai fifa di Brand, ma che comunque gli disobbedisci?»

«Forse hai ragione tu.»

«Non parlare con nessuno. Al villaggio salta sul camion dei viveri e va' al Comando di divisione. È lì che devi incontrare tuo fratello?»

«Sì.»

«Allora muoviti. È un bel pezzo di strada. Qui, penso io a coprirti. Non mi mancheranno le occasioni di allontanarmi dalla squadra che dovrebbe sistemare il rifugio grande. È un lavoro che richiede anni. Sai che è tutto allagato. Solo un fesso come Brand può ostinarsi perché sia messo a posto.» Assestò una pacca sul braccio dell'amico.

«Grazie» disse Pauli. Le sue paure e i suoi dubbi cominciarono a scemare mentre si affrettava lungo le trincee di raccordo, avendo per meta il Comando di divisione. Decise di consultarsi con suo fratello sul come vedersela con Brand. Peter avrebbe saputo dirgli che cosa fare. Peter sapeva tutto. Pauli, più ci pensava, più si rallegrava. La prospettiva di rivedere suo fratello lo riempiva di gioia.

Era una bella sgambata per raggiungere il Comando. Tanto per cominciare c'era un buon mezzo chilometro lungo le trincee per arrivare sulla strada, ma, sotto la pioggerellina di aprile, il tragitto pareva molto più lungo. In certi punti, le pareti della trincea avevano ceduto, e c'era un continuo movimento di uomini che procedevano in senso opposto. Pauli fu costretto a rallentare nei punti dove stavano distribuendo le razioni, ad aspettare che passassero le truppe di rincalzo, così che gli ci volle quasi un'ora prima che le trincee finissero e arrivasse in vista della strada avvallata. Una strada — poco più di una pista in certi punti — che non era visibile nemmeno ai meglio piazzati osservatori dell'artiglieria inglese, e quindi era sicura, a parte la salva occasionale di un pezzo da venticinque che salutava qualsiasi nuvoletta di polvere si levasse dal crocevia. Ma, con quel tempo, polvere non ce n'era.

Al crocevia, stazionavano tre della polizia militare. Due erano acquattati in una buca coperta da una lamiera. Tutti giovani, poco meno di Pauli. Le catenelle al bavero sostenevano le piastrine metalliche simbolo del mestiere, e causa dell'appellativo di "cani alla catena" che i soldati avevano appioppato a quei poco simpatici scagnozzi. Ma il loro era un lavoro poco invidiabile. Essi non solo dovevano controllare i documenti di qualsiasi militare che si allontanasse dal fronte, ma anche regolare il traffico in punti a cui gli artiglieri inglesi erano particolarmente interessati. Un compito da causare perdite maggiori di quelle sofferte dai fanti in prima linea. A Pauli certe volte era di consolazione scoprire che esistevano incarichi più pericolosi dei suoi.

Pauli chiese a uno dei poliziotti delucidazioni sulla strada da seguire. La strada la sapeva, ma si sentiva ancora nervoso per il fatto di disobbedire così deliberatamente agli ordini di Brand: e parlare col milite era in certo qual modo rassicurante. L'uomo della polizia militare — dall'aspetto ben nutrito, pallido e arcigno, con un paio di baffi incolti — parve compiaciuto di poter scambiare quattro parole. Si dimostrò non strafottente, ma nemmeno doverosamente deferente davanti a un superiore di grado. Pauli aveva riscontrato tale atteggiamento da uomo a uomo in alcuni soldati del suo reggimento, specie nei soldati più anziani e padri di famiglia. Era di solito la caratteristica di chi si è rassegnato alla inevitabilità della morte.

«Il generale è andato a scegliersi un bel punto di riferimento» disse il poliziotto, con una nota di derisione nella voce. Qualsiasi caratteristica troppo evidente su quel terreno sconvolto dalla guerra non era molto concupita. «Un castello con due torri puntute... Il mese scorso ero lì di servizio. Appena dentro al villaggio, vedrà le rovine di una chiesa. Dopo c'è il casino per gli ufficiali — vedrà le frecce — e dopo cerchi le sentinelle, sulla destra. Ma da qui c'è ancora un bel pezzo di strada.» Non chiese a Pauli i documenti. Pauli si stava domandando se un ufficiale potesse essere fucilato per una simile disobbedienza. Con Brand solerte nel produrre paragrafi e regolamenti, sembrava altamente probabile. Rimpianse di essere venuto fin lì, ma ormai era troppo tardi.

«Si faccia dare un passaggio sulla carretta dei viveri» suggerì il poliziotto. «Deve passare di qui. Aspetti sotto la tettoia, se vuole.»

«Intanto mi avvio» disse Pauli. Gli altri due colleghi dell'uomo potevano essere meno negligenti sul suo permesso scritto o, anzi, sulla mancanza di qualsiasi permesso.

«Io non sono neanche tedesco» aggiunse l'uomo. «Sono di Vienna.» La precisazione era superflua: parlava con un marcato e nasale accento viennese.

«Anch'io sono nato a Vienna» disse Pauli.

«Veramente? Magari fossimo là adesso, non le pare?»

Fu a quel punto che Pauli ebbe la sensazione che la familiarità del poliziotto stava diventando eccessiva, ma ritenne prudente non indisporlo. «Ci saremo presto» rispose.

«Sì, Herr Leutnant» assentì l'uomo. Avvertendo una nota risentita nella voce del giovane ufficiale, salutò militarmente. La pioggia gli faceva luccicare l'elmetto e gli correva giù per la faccia, come lacrime. Naturalmente, non credeva che Pauli fosse di Vienna. Pauli non aveva mai avuto l'accento viennese, anche se riusciva a imitarlo con notevole bravura. Era cresciuto avendo nelle orecchie le voci di Berlino, e la sua parlata, se non i suoi modi, era quella di un ufficiale prussiano.

Quando riprese il cammino, la pioggia stava scendendo più forte. Oltrepassò le carogne rigonfie e putrescenti di due grossi cavalli. Vicino, una ruota spezzata, quasi a marcarne il sepolcro. Il fetore era tremendo. Pauli si abbottonò il cappotto fin sul collo, e si tolse l'elmetto per asciugarsi testa e faccia. Un po' era sudato per l'andatura sostenuta, ma anche la paura gli metteva i bollori.

A qualche centinaio di metri dal crocevia, ottenne un passaggio sulla carretta di viveri che, vuota, tornava alla sussistenza. Prese posto di fianco al conducente — un tipo taciturno, grazie a Dio — e osservò i cavalli frisoni fradici d'acqua procedere lungo la carreggiata sconnessa. L'andatura era di poco più veloce di quella che egli aveva mantenuto camminando, ma lì, sulla serpa, si stava meglio e non si era costretti a evitare di continuo le buche piene d'acqua e i punti fangosi. Il paesaggio era deprimente, sfumato e monocromo. C'era scarso movimento, solo un tantino di traffico militare sulla strada e qualche contadino che, nonostante tutto, si aggrappava eroicamente alla propria terra.

Erano quasi le 9 allorché raggiunse il Comando di divisione, accantonato, come aveva detto quello della polizia militare, in un palazzo imponente. In un ampio prato cintato, una dozzina di stupendi cavalli stavano pascolando. Guardarono Pauli mentre passava, poi ripresero il loro pasto. Nell'orto c'era un bivacco: certamente furieri sfaccendati, e c'era una cucina da campo sistemata in quella che un tempo doveva essere stata una serra. Pauli non voleva andare alla mensa ufficiali, in caso vi fosse qualcuno del suo reggimento, quindi chiese al sergente di giornata qualche cosa da mettere sotto i denti, e ottenne una scodella di metallo: zuppa di piselli secchi con due miseri pezzi di salsiccia che vi galleggiavano. Sia la minestra sia la salsiccia erano svigorite e scipite, ma lo riscaldavano.

Nel grande atrio dal pavimento di marmo, un sottufficiale che indossava una elegante divisa di un reggimento bavarese di fucilieri troneggiava dietro un tavolo. Attorno a lui, un via vai continuo di portaordini, mentre un gruppo di giovani e rumorosi ufficiali di Stato Maggiore sostava ai piedi della solenne scalinata. Le loro voci non erano simili a quelle che Pauli aveva sentito sullo spiazzo per le esercitazioni a Lichterfelde: erano voci acute ed eccitate di giovani, ricchi aristocratici. Il sottufficiale guardò Pauli con una certa sorpresa. Uomini che venissero direttamente dalla prima linea raramente si spingevano fin lì, e il sergente maggiore, che non aveva mai visto una trincea, non si era mai trovato davanti un ufficiale tanto sporco.

Avute le informazioni, Pauli salì l'imponente scala e trovò Peter in una stanza del primo piano, in conversazione con un azzimato capitano. Il capitano era sulla quarantina e aveva le mostrine di un reggimento di cavalleria pesante. Il distintivo sulla manica sottolineava la sua appartenenza al Corpo Ufficiali di Stato Maggiore. Quando Pauli entrò nell'ufficio e salutò, Peter e il capitano stavano ridendo.

Peter! Ecco il momento per cui egli stava rischiando tanto. Ecco l'incontro che aveva atteso con tanta impazienza. Peter! Avrebbe voluto buttargli le braccia al collo, ma non era cosa da farsi in presenza di un estraneo. Rimase quindi impalato, sorridendo ansiosamente a Peter.

«Allora, è questo il fratellino?» domandò il capitano, e rise di nuovo, imitato da Peter. Pauli aveva sempre invidiato il modo con cui suo fratello riusciva a farsi amici con tanta rapida facilità. Peter era capace di annullare il divario insito nel grado e nell'età. Peter sapeva anche ridere e scherzare con suo padre, mentre Pauli veniva sempre trattato come un bambino, sia dalla famiglia sia dagli estranei. Quando Pauli schivava le conseguenze di qualche malefatta, era sempre grazie alla simpatia che suscitava in tutti, ma Peter parlava agli adulti da pari a pari, ed era questo che Pauli ammirava tanto. Quel suo fratello maggiore, così disinvolto e sofisticato, non avrebbe tollerato le angherie del tenente Brand; avrebbe trovato il modo di paralizzare quel bullo. In che modo, lo sapeva solo Iddio.

Peter si alzò e afferrò la mano che Pauli gli tendeva. «Pauli,» disse «Pauli!»

Senza abbandonarlo con gli occhi neanche un attimo, Pauli prese posto su una dura sedia di legno. Pareva sempre strano sentire sotto di sé una vera sedia, dopo una lunga permanenza in trincea.

«Vi lascio soli» disse il capitano di Stato Maggiore. «Non c'è molto da fare il fine settimana pasquale. Probabile che quasi tutti del Comando siano a Bruxelles, in permesso.»

Il cordiale ufficiale mise a disposizione dei fratelli Winter il piccolo locale adibito a ufficio, e fece anche portare da un attendente caffè e grappa.

«Sei conciato da far paura» rilevò Peter quando furono soli. Stava notando gli occhi cerchiati, il cranio quasi rasato a zero, il cappotto zuppo di pioggia e gli stivali infangati di suo fratello. Quando Pauli si sbottonò e aprì il bavero, Peter ebbe sotto gli occhi anche una maglia che da molto ignorava il bucato. «Ma non potevi trovare il tempo per metterti un'uniforme un po' più decente?» Era la voce di un fratello adulto che rimprovera il cucciolo di casa perché ha il bavaglino macchiato, ma Pauli non era disposto a farsi guastare la gioia dell'incontro da alcun pietismo

Per un attimo tacque. Sapeva, naturalmente, come un borghese non si rendesse conto che la linea del fronte altro non era che una fetida buca da cui il suono della tosse bronchiale poteva essere sentito al di là della terra di nessuno, e dove la polmonite era esiziale quanto le pallottole e le granate. Ma che suo fratello ritenesse che fosse possibile disporre di uniformi lavate e stirate, lo lasciava stupefatto e amareggiato. «Non ne ho avuto il tempo» spiegò Pauli. Se solo avesse potuto portare Peter in trincea e fargli vedere come stavano le cose... Altrimenti, non avrebbe mai capito. Nessuno sarebbe riuscito a visualizzare la realtà. Inutile tentare di spiegare.

«Il primo dovere di un ufficiale è dare l'esempio» ribadì Peter con affettazione. «Alla scuola cadetti te l'hanno insegnato senz'altro.» Oh, Dio, parlava come il tenente Brand! Ma Peter sorrise, di colpo, e l'atmosfera cambiò. «Come ti sei irrobustito, Pauli! Guarda che spalle...» Era un modo educato per dire che Pauli quanto a statura non era cresciuto un gran che? Pauli aveva sempre desiderato di essere alto quanto suo fratello, ma ormai sapeva che non sarebbe mai diventato alto, snello ed elegante; sarebbe sempre rimasto basso, massiccio e goffo.

«Ti hanno promosso» disse Pauli. Forse a Peter il gallone addizionale su quella sua divisa impeccabile e ben stirata aveva dato alla testa.

«I tenenti novelli sono poco più di fattorini a Bruxelles, dove lavoro» rispose Peter. Però, con un gesto compiaciuto, che contraddiceva la sua modestia, si lisciò la manica.

«Ti trovo bene, Peter.» Non fece menzione alla mano mutilata del fratello e cercò di non guardarla. La ferita di Peter lo atterriva, come forse il fronte di guerra non riusciva. Peter era la famiglia: una ferita di Peter era la ferita di Pauli.

«Non c'è motivo per cui non debba tornare a volare. Come primo tenente e con la mia esperienza, probabilmente avrei potuto comandare uno dei nuovi Zeppelin d'alta quota. Ho anche tentato di passare alla Flotta d'alto mare. Ma quei dannati della commissione medica dicono di no. Mi viene il sospetto, a volte, che papà abbia trovato il modo di estraniarmi dal servizio attivo.»

«Lo avrebbe fatto senz'altro se avesse trovato la strada» convenne Pauli. Sapevano entrambi che loro padre aveva fatto di tutto per togliere Pauli dal fronte occidentale, e per Pauli i suoi tentativi, naturalmente, erano falliti.

«Adesso che l'Esercito non usa più le aeronavi, è probabile che papà abbia meno influenza negli ambienti militari. Però la Marina lo ascolta ancora.»

«Quando l'hai visto l'ultima volta?» domandò Pauli. Si grattò. Le pulci erano un dato di fatto in trincea, e anche i pidocchi, ma Pauli notò l'aria inorridita di suo fratello nel rendersi conto di che cosa vi fosse a monte di quella grattata.

«A Natale. Ebbi una licenza di sette giorni. Speravamo tutti che potessi venire a casa anche tu.»

«Addestramento. Per Natale, ho avuto un permesso di ventiquattr'ore. A nessuno venne concesso di lasciare la caserma. Neanche al colonnello.»

«È la fanteria che sta vincendo la guerra» riconobbe Peter.

«Non stiamo vincendo la guerra» obiettò Pauli. «Ci sparano addosso e noi restituiamo la cortesia, tutto qui. Non stiamo vincendo la guerra. La *vinceremo*, naturalmente — nessuno lo mette in dubbio — ma per il momento siamo a un punto morto. Né noi né loro avanziamo più di qualche metro, e gli inglesi lasciano battaglioni di morti sui reticolati.»

«I russi, per lo meno, sono *kaputt*» disse Peter.

«Di come vada laggiù, sappiamo poco, noi.»

«È cominciato in marzo. C'erano stati disordini per la penuria di viveri, a Pietrogrado, e quando è stato fatto intervenire l'Esercito i soldati hanno sparato agli ufficiali e si sono uniti ai rivoltosi.»

«Oh, mio Dio!»

«Non lo sapevi?»

«Solo che lo zar aveva abdicato ed era stato formato un governo provvisorio. Le truppe si sono rivoltate? Ma è vero?»

«Inclusa la Guardia Imperiale. Si dice, anzi, che fu proprio lei a cominciare, ma anche a Bruxelles è difficile ottenere notizie attendibili. Ogni articolo dei giornali contraddice quello precedente. Quel poco che so, me l'ha riferito un tizio del Comando Supremo di Spa.»

«E adesso che accadrà?»

«I russi non possono andare avanti molto a combattere. A Berlino corre voce che il Kaiser ha disposto che ai marxisti rivoluzionari venga concesso il lasciapassare in territorio tedesco perché se ne tornino a casa in Russia.»

«Il Kaiser permetterebbe una cosa del genere? Mai!»

«I rivoluzionari sono sempre stati contrari alla guerra — la fratellanza mondiale, e via dicendo. Quindi, se prendono il potere a Pietrogrado, ordinerebbero immediatamente il cessate il fuoco. Se non abbiamo più nemici da contrastare all'est, tutte le nostre divisioni sarebbero spostate per fronteggiare i francesi e gli inglesi. La guerra potrebbe finire entro un mese.»

«Troppo bello per essere vero.»

Peter annuì. «Che farai, Pauli, quando è finita? Resterai nell'Esercito?»

«Che altro potrei fare? Non ho il cervello per una carriera in banca o negli affari, e anche se l'avessi, non sono sicuro che me la passerei bene con papà, lavorando con lui, fianco a fianco ogni giorno. E tu?»

«Col pianoforte, ho chiuso.» Sollevò la mano guantata. «Andrò all'università. Se papà vuole che studi legge, lo farò. Poi, se con lui non vado d'accordo, posso andare in qualche studio legale a far pratica.»

«Dimmi di nostra madre... Non la vedo da un secolo.»

«Ha sempre quel suo tremendo accento americano, ma il suo tedesco è molto migliorato, adesso. Si è accorta che la gente la guardava storta, prendendola per inglese. Questo le ha fatto migliorare il suo tedesco come mai le era riuscito prima.»

«La gente la guardava storta? Chi poteva pensare di trattarla male?»

«La gente che fa la fila davanti ai negozi alimentari.»

«Mamma fa la coda per comprare da mangiare?»

«Mamma è cambiata, Pauli. Proprio come gli ebrei sono diventati decisi a dimostrare il loro patriottismo, così mamma e qualsiasi cittadino tedesco nato all'estero sentono di dover superare gli altri nei sacrifici per vincere la guerra. Aiuta i soldati feriti a scrivere a casa, confeziona bende, e tiene anche discorsi ai raduni per i prestiti di guerra.»

«Ma era tanto ammalata.»

«Allora è stata la guerra a farla guarire. Quando tornerai a Berlino, non la riconoscerai più, Pauli.»

«E papà?»

«Lavoro, lavoro, lavoro. Sapevi che Hauser si è arruolato?»

«Il vecchio Hauser? Il cameriere personale di papà? Ma deve avere per lo meno quarant'anni!»

«Trentotto. Sono sorpreso che l'abbiano preso, ma si è tagliato quel suo barbone e all'ufficio leva ha dato l'età falsa. Adesso fa l'istruttore di guida in una scuola autisti a Francoforte. E, da quanto dice papà, è diventato un'autorità con tutte le storie che racconta di quando pilotava la vecchia Itala di papà.»

«Come fa papà senza di lui?»

«Ottimamente. Adesso guida lui, quasi sempre.»

«E le donne?»

Peter esitò. Era un argomento tabù, o per lo meno lo era stato fino allora. «Va a Vienna molto spesso» si decise a dire.

«Credevo fosse finita.»

«Anche la povera mamma, penso.»

«Perché papà non si rende conto di quanto risulta ridicolo?» esclamò Pauli. Amava e rispettava suo padre al limite della venerazione, ma adesso aveva raggiunto l'età in cui poteva anche giudicarlo.

«Risulta ridicolo? Moltissimi dei suoi amici sembrano ammirarlo e invidiarlo. Siamo solo noi due a considerarlo ridicolo, solo perché ci dispiace per mamma.»

«Forse sarebbe stata più felice con l'inglese.»

«Quale inglese?»

«Avevi intuito senz'altro che l'inglese, Piper, voleva che lei se ne andasse via con lui.»

«Mamma?»

«Mamma s'era innamorata dell'inglese. A Travemünde, quando facemmo naufragio col *Walhalla*.»

«Sei scemo, Pauli?»

«Mi ci volle un bel po' per capire cosa era successo tra loro. Ma adesso che ci ripenso, mi rendo conto di quanto deve essersi sentita infelice per gli anni che seguirono.»

«L'inglese? La spia?»

«Non era una spia. Era solo quello che sosteneva papà per dargli addosso.»

«E tu dici che mamma ebbe una relazione con l'inglese e che papà lo sapeva?»

«Trovai l'orologio di Piper sotto il letto della mamma...» Ecco, lo aveva detto. Un migliaio di volte, Pauli era stato a un pelo da lasciarsi sfuggire quel segreto, e adesso la lingua lo aveva tradito. E adesso lo rimpiangeva.

Peter chiuse gli occhi. «Incredibile» mormorò poi.

«Incredibile o no, è la verità. Credo che mamma temesse che io venissi fuori a dire qualche cosa che tradisse il suo segreto.»

«Ma tu hai sempre taciuto?»

«Solo anni più tardi capii il significato di quell'orologio sotto il letto. Ma poi, quando mamma prese il cloroformio, nell'estate del 1914, e Frau Wisliceny arrivò per assisterla... Quella sera, quando andai a dare la buona notte a papà, mi accorsi che stava facendo a pezzi una lettera. Doveva essere stata una lettera dell'inglese a mamma.»

«Avrei preferito che non me lo avessi rivelato» disse Peter. «Mi sento come disonorato.»

«Non essere assurdo» rimbeccò Pauli. «La mamma non ha diritto di stare con qualcuno che la ami?»

«Ha papà.»

«E papà ha una mezza dozzina di altre donne. Non ama veramente e profondamente nostra madre. Certe volte mi viene da pensare che l'abbia sposata solo per i quattrini dei Rensselaer.»

Peter si sentì sdegnato. Non riusciva a credere che Pauli fosse cambiato a tal punto. Pauli, che aveva sempre considerato loro padre un dio. «Se tu non fossi mio fratello, saprei ben io come chiederti soddisfazione.»

«Un duello?» Pauli si mise a ridere. «Tu pensi che mi importerebbe molto di perdere la vita in un duello? Dove sto adesso, vedo ogni giorno gente mutilata o che crepa. La settimana scorsa ero di fianco a una sentinella nell'attimo in cui un proiettile la trapassava. Le sue cervella mi sono schizzate in faccia. Ti scandalizzi perché la mia uniforme è sporca. Lo sai di cosa sono le macchie sulla mia giubba? Di sangue. Sangue di ragazzi che si erano dimenticati di abbassare la testa al momento giusto, o che avevano fatto troppo rumore nel riparare i fili del telefono, di notte. E le macchie sui miei calzoni, vuoi sapere che sono? Escrementi! Me la faccio sotto ogni volta che sento il fischio di una bomba di mortaio o di cannone, o sento di notte i topi che si muovono, il che in realtà potrebbe anche essere una pattuglia di incursori inglesi che viene a piantarmi un pugnale in gola. La gola, vedi, è veloce e silenziosa. Impari a tagliare la gola a un uomo, piazzandogli una mano a tenaglia sulla bocca perché non si metta a urlare.»

«E tu lo hai fatto, Pauli?» Peter aveva spalancato gli occhi e s'era fatto pallido in volto. «Hai ucciso con un coltello?»

«Una mezza dozzina di volte. Ho un comandante di compagnia – una carogna patentata – che crede che i giovani usciti da Lichterfelde debbano essere esposti al massimo dei pericoli. Così ci dice. Mi ha anche detto che oggi non dovevo venire qui. Forse anche questo ti scandalizza. Già, oggi sono venuto qui, in questa sporca uniforme che disapprovi tanto, sfidando la proibizione formale di un mio superiore. E farò lo stesso ogni volta che avrò voglia di farlo.»

«Tu sei pazzo, Pauli!»

«No, il pazzo non sono *io*, ma alcune volte penso che pazza debba essere Sua Maestà a voler continuare questa guerra da incoscienti.»

«Pauli, devi farti vedere da un medico. Tu *sei* pazzo.» Peter si guardò intorno, impaurito, stupefatto nel sentire in bocca a suo fratello parole tanto sediziose.

«Forse hai ragione. Allora vieni con me al fronte, Peter, e magari diventi pazzo anche tu. Ma ti garantisco che perderesti ogni paura di crepare, di essere fucilato perché hai tagliato la corda, o di qualsiasi altra cosa che il destino avesse in serbo per noi.» Pauli afferrò il bicchierino della grappa che il capitano aveva fatto mandare, e lo vuotò d'un sorso.

Quando Peter riprese a parlare, la sua voce fu sommessa, il tono più conciliante. «Qualunque possa essere la verità, Pauli, ti scongiuro, per amor tuo e per quello della nostra famiglia, di lasciare inespresse queste tue idee. Sono molto pericolose. La gente potrebbe anche pensare che sei legato a questi folli gruppi radicali che tanto disfattismo professano contro la guerra.»

«Dopo questa guerra, voglio che le cose siano differenti, molto differenti, ma non sono uno spartachista, se è questo cui alludi.»

«Lo so che non lo sei. Quel Liebknecht è un traditore e un porco. È un bene che sia finito in prigione. Ma adesso che lo zar è stato deposto, chiunque dica la minima cosa contro la guerra è classificato come un rivoluzionario. Nella Flotta del Mare del Nord abbiamo avuto già alcuni seri casi di insubordinazione, al limite dell'ammutinamento. L'ammiraglio è intervenuto vigorosamente, grazie a Dio; io fui mandato a Wilhelmshaven con quelli del tribunale militare. Sai chi ci ho visto? Fritz Esser.»

«Fritz? Quel furfante.» E Pauli scoppiò a ridere. «Era lui il capo dei rivoltosi? Con tutta quella sua venerazione per il semidio Karl Liebknecht, mi domando come la Marina lo abbia mai accettato.»

«Se era il capo agitatore, era troppo furbo per farsi pescare. Si è trovato un bel posticino in sussistenza, e adesso è già sottufficiale.»

«Lui? Credevo fosse analfabeta.»

«Esser? No, certo, Pauli. Non ti ricordi tutti quegli opuscoli e libercoli che leggeva sulla rivoluzione inevitabile?»

«Già, è vero.»

«Stravedevi per lui.»

«Tutti e due, se è per questo, però gli ridevamo dietro, anche.»

«Adesso c'è poco da ridere, Pauli. Esser e i suoi simili sono gente pericolosa. Non illudiamoci: la Germania ha molti di questi incolti e fanatici pazzi, pronti a vendere la loro patria appena si presenti l'occasione.»

«Vendere la loro patria? In cambio di che?»

«Non lo so... e neanche loro lo sanno... un ideale sballato di una rivoluzione mondiale e della fratellanza dell'umanità. Vogliono il potere, Pauli. Li ho visti da vicino mentre stavano istruendo la corte marziale a Wilhelmshaven. Molti di loro erano gente qualsiasi — fuochisti, per lo più — ma nelle loro file ci sono sobillatori esperti, ben preparati per sostenere la loro pazza teoria davanti agli avvocati o a chiunque altri.»

«Adesso, è tutto sistemato?»

Peter si guardò attorno, nervosamente. «No, non è sistemato, ho paura. Alcuni tra i più virulenti li abbiamo spediti dietro le sbarre, ma ci sono troppi Esser in circolazione. A casa, i borghesi lavorano dodici ore al giorno, e i viveri sono molto scarsi, grazie al blocco navale degli inglesi. E tanti lavoratori stanchi e affamati sono un terreno fertilissimo per gli attivisti rossi. Se la situazione non migliora e presto, ho una gran paura che vedremo sempre più guai per opera di militari e borghesi.»

«Mai saputo niente di tutto questo, fino ad ora, Peter.»

«Era meglio se non te ne parlavo.»

«Al fronte non sappiamo mai nulla.»

«La rivoluzione in Russia incoraggerà Liebknecht e quella Rosa Luxemburg a rinnovare i loro sforzi. I radicali aspetteranno la loro occasione, e, quando fosse il momento di andare al potere, non esiterebbero a versare il sangue. E non solo il loro!»

I due fratelli rimasero silenziosi per parecchi minuti, guardandosi in faccia e bevendo il delizioso caffè riservato a quei fortunati che combattevano la guerra seduti a tavolino. Poi giunsero dal corridoio voci sonore e concitate, battute ansiose raramente udibili in ambienti tanto discreti. La porta venne spalancata di colpo, il capitano di Stato Maggiore entrò, visibilmente agitato. Limitandosi a un cenno con la testa verso i due ufficiali, afferrò le carte che erano sulla scrivania, e altre ne tirò giù dall'alto di un armadio. «Gli americani ci hanno dichiarato guerra» disse senza voltarsi, mentre selezionava i fogli che aveva in mano.

«Ne è sicuro?» domandò Peter. Era inconcepibile. L'America era distante migliaia di chilometri, e aveva un esercito trascurabile. Anche se lo avesse potenziato, i sottomarini tedeschi avrebbero fatto in modo che gli americani non mettessero mai piede in Europa.

«Il Congresso americano l'ha ratificato ieri. Ma guarda se doveva succedere proprio a Pasqua!» Buttò le carte in uno schedario. «Si rendono conto di che cosa vuol dire?»

«Invieranno truppe in Europa?» domandò Pauli. Già ora le forze tedesche facevano miracoli per tenere il fronte.

Disse il capitano: «Dobbiamo disimpegnarci dai russi e schiacciare i francesi con una sola fulminea massiccia offensiva prima che arrivino gli americani». Pareva stesse ripetendo una cosa che gli avevano detto.

«Sarà possibile un risultato del genere?» Era Pauli a domandarlo.

«Lo sapremo a tempo debito» disse il capitano. Batté di taglio sul tavolo una manciata di fogli per pareggiarli. «Se non avremo vinto la guerra per Natale, sarà la fine della Germania. La fine di tutto quello per cui combattiamo.»

Peter lo guardò, turbato da quella lugubre profezia. Forse sarebbero stati gli americani a fare la differenza. Erano talmente tanti, e le loro risorse erano illimitate.

Mentre il capitano usciva, Pauli riuscì a vedere, in cima alla grande scalinata, il generale comandante la divisione e due aiutanti. Indossavano splendide uniformi: sciabole, *Pickelhauben*, stivaloni lucidissimi e petti costellati di nastrini e decorazioni. Una visione fuggevole, ma che Pauli avrebbe ricordato per tutta la vita, in ogni minimo particolare, anche il modo con cui il generale teneva il bocchino di giada che sosteneva una sigaretta turca.

I due fratelli non avevano ancora ripreso il loro colloquio quando udirono l'esplosione lontana di un obice nemico. Il brontolìo delle artiglierie aveva fatto da sottofondo alla loro conversazione, ma questa volta l'esplosione era stata più vicina, non più di tre miglia. Andarono alla finestra in tempo per vedere il pennacchio di fumo scuro che si levava dal punto di impatto. E subito dopo, una seconda esplosione fece tremare i vetri della finestra. Una pillola un tantino più vicina della precedente.

Peter disse: «È la prima volta che mi trovo dalla parte dove arriva».

«È un grosso calibro» arguì Pauli. «Su per aria ci sono un paio di uomini su un ricognitore che cercano di localizzarci. Non capisco perché gli riesca tanto difficile: un edificio grande come questo, con due torri.»

«Non è tanto facile, quando sei lassù» spiegò Peter. «Con questa luce scarsa, col tempo coperto, tutto quanto sembra grigio. Di sera o di mattina soleggiata, le ombre rendono l'avvistamento più agevole.»

«Allora, perché vengono sempre quando il tempo è così brutto?»

Peter abbozzò un cupo sorriso. Sembrava così semplice e ovvio a quelli che stavano a terra. «Quei poveri diavoli hanno bisogno delle nuvole per nascondercisi se i nostri caccia gli arrivano vicino, o se lo fa la contraerea.» Aveva appena finito di dirlo che piccoli pennacchi di fumo nero della contraerea apparvero nel cielo, verso sud; né Peter né Pauli riuscirono a vedere l'aereo ricognitore.

«I piloti non rimangono su per molto tempo» disse Pauli. «E quei pezzi a lunga gittata possono sparare solo pochi colpi alla volta. Poi le canne si logorano. La guerra è una faccenda maledettamente costosa, come stanno scoprendo i contribuenti.»

«Quando avremo vinto, saranno i francesi a pagarci i danni di guerra, come hanno dovuto fare l'ultima volta.»

«Ah! Quando vinciamo» commentò Pauli.

Rimasero in silenzio, osservando il paesaggio sconvolto. I terreni attorno al castello, diligentemente coltivati durante un paio di secoli, erano adesso ridotti in condizioni pietose dai soldati. L'orto era costituito da non più di tre alberi mozzati, il prato era una distesa incolta, e ovunque si trovava un pantano. Più oltre, il bosco era stato saccheggiato in tre anni di guerra per farne legna da ardere, e le strade di campagna, costruite per carri e carretti, erano sbriciolate dal traffico incessante dei mezzi militari.

«È stato tremendo?» domandò Pauli, sempre guardando fuori dalla finestra. «I voli sugli Zeppelin, le incursioni sopra l'Inghilterra, e lo schianto al suolo; è stato tremendo?»

«Per le incursioni, niente da dire. Non mi ero mai reso conto dei rischi effettivi fin quando, l'ultimo volo, non vidi un'aeronave bruciare su in cielo.» La voce di Peter era diversa, adesso: la voce che Pauli ricordava da quando si erano scambiati confidenze nel buio della stanza dei giochi. «Era tanto orribile, Pauli, che mi tremavano le mani. Era sparita... L'intera aeronave era sparita, in pochi secondi. Tanti amici...»

«E tu precipitasti al suolo.»

«Quello non fu così tremendo, ma mi operarono alla mano tre volte, ed ero convinto che avrei rivissuto le mie paure... che mi sarei messo a gridare o a rivelare la mia vigliaccheria, sotto l'anestetico.»

«E lo facesti?»

«Lo sa Iddio.»

«Da papà seppi che quasi tutti quelli del tuo equipaggio rimasero uccisi.»

«Fummo colpiti sopra la costa inglese, la navicella comando rimase danneggiata e perdemmo qualche ufficiale. Ci trascinammo alla meglio sul Mare del Nord, perdendo quota di continuo. Pensavo che ce l'avremmo fatta ad arrivare a casa, ma non era destino. Fu l'urto contro gli alberi a provocare il numero maggiore di morti. L'ufficiale di rotta, un uomo anziano, si chiamava Hildmann, – me lo ha fatto venire in mente quel capitano proprio adesso – rimase ucciso. Fin tanto che l'avevo avuto davanti, da vivo, neanche gli avevo dedicato un pensiero, ma dopo che fu morto, capii quanto gli dovevo. Mi aveva fatto da balia in tutti i voli di addestramento e nelle nostre prime missioni di guerra. Quando un uomo è morto, non puoi dirgli grazie.»

«E Hennig era con te?»

«Se l'è cavata, quel maiale strafottente.»

«E ha sposato Lisl Wisliceny, a quanto so.»

«Sì, una cerimonia sfarzosa – organizzata da Frau Wisliceny, s'intende – seguita da un grande ricevimento all'Adlon.»

«Mamma mi scrisse una lettera al riguardo.»

«Mamma fu costretta ad andarci: Frau Wisliceny è la sua migliore amica. Sì, mamma ci andò, ma papà era a Friedrichshafen con quelli delle aeronavi.» Peter lo disse compiaciuto, come se fosse contento che suo padre aveva trovato un motivo per non presenziare alle nozze dell'odiato Hennig.

«Ma non volevi sposarla tu?»

«Lisl? Sì, una volta. O almeno pensavo di farlo. Ma dopo, quando mi accorsi del modo con cui giocava con me ed Hennig – mettendoci l'uno contro l'altro – la voglia di farla mia moglie mi passò del tutto.»

«Sono tutte graziose, le ragazze Wisliceny.»

«Un tempo ero molto amico di Inge...» Si interruppe di colpo. «Perdio, mi viene in mente solo adesso! Se l'America ha dichiarato guerra, mamma è una straniera nemica. Potrebbero obbligarci a dare le dimissioni da ufficiale, Pauli.»

«Sei un bell'egoista, Peter! Invece di preoccuparti del tuo grado, dovresti essere in ansia per la povera mamma. Deve sentirsi sconvolta. Preghiamo Dio che non la mandino in un campo di concentramento, come hanno fatto con i civili inglesi.»

«Sì, certo, hai ragione. Avrei dovuto pensare a lei. Ma avrà conseguenze anche per noi, Pauli. Potrebbe rendere le cose molto difficili a te e a me.»

Un leggero tocco, e la porta venne immediatamente aperta. Entrò un uomo, dall'aspetto formidabile, un capitano, sulla quarantina, con freddi occhi grigi e una bocca che sembrava una trappola per i topi. Salutò Peter con un cenno della testa e, senza preliminari, chiese a Pauli di esibire i suoi documenti. E Pauli seppe che era la fine, non appena vide la placchetta metallica che quello portava al collo. Un ufficiale della polizia militare, con tanto di chepì stile bavarese e sciabola con fiocco. «Lei è assente senza permesso, Leutnant Winter. Ha abbandonato il suo posto in servizio attivo. Dalla linea del fronte... È un reato passibile di pena di morte. Suppongo che questo lo sappia.» Un leggero accento bavarese: non erano la voce e i modi di un ufficiale di carriera, ma traspariva quel che di informale, caratteristico dei poliziotti di professione, quando si tratta di arrestare chi abbia infranto il codice. C'era da supporre che l'uomo fosse stato, a suo tempo, un commissario di polizia, a Monaco o in qualche altra città.

Pauli non disse nulla. Sapeva che cosa ci si doveva aspettare da un ufficiale prussiano. Si irrigidì sull'attenti, come aveva fatto per tante ore sul campo di parata di Lichterfelde. Aveva saputo, nel fondo dell'anima, che sarebbe successo, e adesso era successo. Aveva lo stomaco in rivoluzione, ma, stranamente, era un sollievo. Ora, non doveva fare altro che affrontare la punizione. Lui era sempre stato più bravo ad affrontare le conseguenze che non a preoccuparsene.

Ebbe un sacco di tempo per pensare a quello che aveva fatto. Fu trattenuto in cella per due giorni al Comando di divisione prima di presentarsi davanti alla corte marziale. Non fosse stato per il suo colonnello, Pauli probabilmente sarebbe finito davanti a un plotone d'esecuzione. Fu il suo colonnello — un uomo prematuramente invecchiato per dover mandare tanta gioventù allo sbaraglio — che rese luminosa testimonianza del coraggio e dell'attaccamento al dovere di Pauli. Fu il colonnello a porre in efficace risalto l'estrema giovinezza di Pauli, e fu il colonnello che riuscì a non far deporre personalmente il tenente Brand.

Ma la deposizione scritta di Brand parlava chiaro, ed era inconfutabile. Egli aveva dovuto dedicare molte ore alla compilazione del rapporto, che riguardava i più minuti particolari, arrivando persino a rintracciare il poliziotto militare con il quale Pauli aveva parlato al crocevia.

Il verdetto era inevitabile.

La sentenza arrivò come uno schiaffo in piena faccia, ma Pauli non batté ciglio. Sei mesi con un Battaglione di punizione. Nessuno ignorava che un periodo con un Battaglione di punizione era considerato una condanna a morte differita. Unità del genere venivano impiegate solo dove i combattimenti erano più aspri, e chi ne faceva parte era catalogato come carne da macello. Ma una consolazione c'era: il numero della Posta militare non rivelava che cos'era successo, cosicché i genitori di Pauli potevano credere che lo avessero semplicemente trasferito a un altro normale reggimento di fanteria.

E fu così che Pauli affrontò i più micidiali combattimenti di quell'anno di guerra, tanto che, in seguito, alcuni non credettero che egli fosse un veterano di tanti sanguinosi campi di battaglia. Ma il 1917 non lo vide uscire indenne. Anche se la sua pelle era intatta, l'anima gli si era indurita — "dura quanto l'acciaio Krupp", affermava lui stesso dopo qualche bicchierino di troppo. Pauli aveva imparato a soffrire senza lamentarsi, a ferire senza rimorsi e a uccidere senza emozione.

E tuttavia, paradossalmente, alcuni suoi aspetti rimasero immutati. Esternamente rimaneva il Pauli bonaccione, spensierato e goffo. Era troppo ansioso di rendersi bene accetto per diventare davvero sofisticato. E più che mai attaccato ai semplici piaceri della vita. A differenza di suo fratello, Peter, — che era austero, dotto e ambizioso — Pauli scontò la condanna e ritornò in servizio, non chiedendo altro che poter sedere, ogni tanto, davanti a un grosso boccale di birra, fumare le sue venti sigarette quotidiane e restare a letto una mezz'ora di più la domenica mattina.

# 1918

*«La guerra è vinta, no?»*

Il tenente Pauli Winter non si era mai trovato di giorno nella terra di nessuno. Non l'aveva mai conosciuta sotto la luce cruda e nebbiosa del mattino. Come tutti gli altri fanti di prima linea, ci era andato solo di notte, in pattuglia, per riparare la grande giungla di filo spinato e arrugginito, incessantemente danneggiato dal fuoco dei mortai, o per incursioni sulle trincee nemiche.

Fino allora, il suo mondo era consistito di strette trincee e bui ricoveri scavati nel terreno. Il cielo, grigio, azzurro o nero di nuvole di pioggia secondo le stagioni, era stato soltanto uno spiraglio tra gli orli fangosi del parapetto di trincea. Nessuno, sano di mente, sollevava la testa al di sopra del parapetto per guardare là dove gli invisibili inglesi avevano dimora nei loro domini sotterranei.

Impossibile ricordare tutte le storie che aveva sentito raccontare circa la terra di nessuno. Storie di animali feroci che si diceva vivessero lì, furtivi nelle loro tane, da cui sbucavano di notte per banchettare sui morti e sui moribondi. E senz'altro certi rumori che tutti avevano udito incoraggiavano questa credenza. Altre voci parlavano di uomini che vivevano in quel tratto di terreno sconvolto e martoriato: disertori di tutte le nazionalità a costituire una comunità, una banda di deseperados che si nascondeva nei cunicoli abbandonati e rubava soldi, orologi e oggetti personali dai cadaveri che coprivano il suolo, e che si cibava con i viveri saccheggiati nell'una e nell'altra parte del fronte. Erano tutte assurdità, naturalmente, comunque lo star lì abbarbicati al terreno, col fuoco di sbarramento che sibilava sopra la testa, tra il puzzo di cordite, di escrementi e di carne in decomposizione, rendeva quelle fantasie più che verosimili.

Ma quel giorno, 21 marzo 1918, segnava l'inizio della grande offensiva che avrebbe spezzato la linea del fronte tenuta dagli inglesi, e avrebbe posto fine alla guerra con la vittoria del Kaiser. Pauli e due della sua compagnia – il portaordini e un giovane sergente maggiore – erano accovacciati in un cratere di bomba, a circa un centinaio di metri oltre le linee tedesche. Il resto della compagnia se ne stava nascosto nelle immediate vicinanze, più o meno nello stesso modo. Lo stesso facevano altre "compagnie d'assalto" sparpagliate, non visibili, lungo tutto il settore del fronte.

I tre uomini si coprivano le orecchie con le mani per proteggere i timpani dal rombo assordante dei cannoni tedeschi. Il bombardamento preparatorio andava avanti da quasi cinque ore. Adesso, alle 9,30, il fuoco sarebbe cessato e, nella luce perlata, Pauli avrebbe guidato i propri uomini all'assalto.

«Chi avrebbe potuto cavarsela con quest'inferno» gridò il sergente maggiore Lothar Koch, mentre l'intensità del bombardamento andava diminuendo. Koch era giovane – aveva falsificato la propria età per potersi arruolare – un tipo rotondetto, con una quadrata mascella sporgente che si muoveva mentre masticava un pezzo di tabacco. Grazie in parte allo smisurato orgoglio derivante dalla sua promozione, era tuttora ottimista sull'esito finale della guerra. Nel profondo del cuore, il giovane Koch nutriva la speranza di diventare ufficiale, o per lo meno maresciallo capo allorché avesse partecipato alla promessa parata della vittoria attraverso la conquistata Parigi. Guardò, con occhi sconsolati, i due compagni di buca, che lo ricambiarono con uno sguardo vacuo. «Niente potrebbe aver resistito a quest'inferno» ripeté.

Pauli toccò le calze di seta, sotto il colletto: un paio di calze nere, annodato cinque volte attorno al collo a formare una sciarpa. Impediva che il colletto dell'uniforme gli scalfisse il collo, e gli ricordava, anche, le esaltanti poche ore che aveva trascorso a Bruxelles con una ragazza conosciuta in chiesa. Guardò l'orologio che teneva nel taschino – gli orologi da polso non resistevano in quelle condizioni – e poi in alto la nebbia fitta. Per la quale c'era da ringraziare Iddio. Si tirò in piedi. L'uniforme era coperta di fango; il sacchetto di tela pieno di bombe a mano pareva più pesante che mai. «Tromba!» gridò, e da dietro un monticello di fango non lontano il trombettiere emerse lentamente da una crisalide di mota. «Suona l'avanzata.»

Da ogni parte le "truppe d'assalto" tedesche spuntarono fuori dall'incredibile assortimento di rottami che coprivano il terreno. Vennero accolte dal gracidìo metallico di una mitragliatrice leggera Lewis inglese e da qualche discontinuo colpo di fucile dei Tommies, non ancora domati dalla sistematica distruzione dell'artiglieria tedesca. Ma la nebbia era troppo fitta perché gli inglesi potessero vedere quel che stava accadendo, e il fuoco contro gli attaccanti andava a perdersi nella grigia cortina, di modo che furono pochi gli sfortunati tedeschi a cadere al suolo. Pauli sentì richiami rivolti ai portaferiti e gli squilli di una tromba che dava il segnale di avanzare.

«Viene avanti la compagnia?» domandò Pauli al giovane sottufficiale. Aveva del fango in bocca, e lo sputò via, e si asciugò la faccia con un fazzoletto col pizzo. Il fazzoletto della ragazza! Monike, di nome. Parlava quella variante di *Plattdeutsch** che egli riusciva a capire. Una creatura alta, snella e timida, con meravigliosi occhi verdi-grigi, visino a cuore, e tutte le misteriose promesse di un primo amore. Lo aveva portato a casa, e gli aveva dato una minestra in brodo che sua madre le aveva lasciato sul fornello. Una minestra densa, brodo di gallina e fagioli e carote. Pauli si era innamorato di Monike. Pensava a lei ogni giorno. E le scriveva lunghe lettere, che poi strappava regolarmente.

«Sì, Herr Leutnant. La compagnia viene avanti.» Koch non poteva vedere nella nebbia meglio di quanto ci riuscisse il suo comandante di compagnia, ma sapevano entrambi che gli uomini avrebbero fatto come veniva loro ordinato. Erano tedeschi, e la loro prontezza nell'obbedire ai comandi era la misura della loro civiltà e della loro tragedia.

Pauli continuò a correre lungo il terreno disuguale. Nel turbinìo della nebbia biancastra che lo avvolgeva, rischiava di cadere nelle buche, inciampava nelle radici degli alberi, su sacchi di sabbia, cadaveri, viluppi di detriti legnosi e grandi lamiere ondulate che, assieme ad altri oggetti non identificabili, ricoprivano quel vecchio terreno di battaglia.

Il servizio militare d'informazioni diceva che la terra di nessuno, lì in quel punto, era larga duecento metri, ma in quel momento i metri sembravano tanti di più.

Il sergente maggiore Koch, sagoma avvolta nella nebbia, era di qualche passo davanti a Pauli, accelerando quanto più possibile, ma con scarsi progressi, incerto sulla direzione. Mitragliatore penzolante da una spalla e in mano una grossa cesoia ta-

* Dialetto tedesco usato nella Germania del nord. [*N.d.T.*]

gliareticolati. Altri proietti sibilavano sopra la testa, ma ormai il bombardamento tedesco altro non era che qualche sporadica inutile esplosione nelle aree arretrate del nemico.

Fra quanto i cannoni e i mortai inglesi avrebbero cominciato a scodellare le loro bombe sulla terra di nessuno? Senza dubbio, avevano dovuto capire che le cinque ore di bombardamento tedesco erano il preludio di un attacco della fanteria. Oppure gli inglesi stavano arretrando in zone più sicure i loro obici e l'artiglieria da campagna? Era troppo sperare in uno spirito rinunciatario del genere. Eppure...

Adesso Koch aveva cominciato a tranciare il filo spinato. L'artiglieria aveva lavorato bene; interminabili barriere di reticolati, con tanta diligenza predisposti dalle pattuglie notturne, erano adesso a pezzi, un groviglio di tronconi. Koch saggiò i punti meno fitti del groviglio, tagliando un varco attraverso cui i fanti potessero passare. Il fil di ferro saltava via con lo scatto sonoro di un rintocco di campane. Di notte, una simile mancanza di cautela avrebbe comportato raffiche di fuoco e morte quasi certa, ma ora tutto quanto contava era la velocità. Imperterrito, Koch, pancia a terra, andava aprendosi la strada attraverso il sottobosco dei tralci di ferro arrugginito.

Alle spalle di Pauli, il trombettiere stava dando il "serrare sotto!", segnale concordato per indicare il varco aperto nelle difese.

«Koch! Torna indietro, che Dio ti fulmini!»

Non appena al di là dell'ultimo reticolato, Pauli corse avanti a precedere il sottufficiale. Nelle compagnie d'assalto, era punto d'orgoglio che il comandante di compagnia fosse in testa a guidare i propri uomini all'assalto. Altri proiettili stavano arrivando, adesso; più vicini, perché il loro sibilo non passava alto sopra la testa, ma schioccava come la frusta di un direttore di circo equestre. All'altezza del petto. Vicino a lui, due uomini si piegarono in due, prima di cadere e morire, a testa in giù, rantolando e gorgogliando per brevi secondi, mentre il sangue invadeva i loro polmoni. Pauli proseguì nella sua corsa, inciampò e toccò le calze di seta — o, piuttosto, abbozzò il gesto verso la gola —; Monike aveva detto che lei gli avrebbe portato fortuna. Una cosa infantile che può dire una bambina, perché Monike era una bambina, e Pauli ci credeva, poiché anch'egli, con tutte le sue brutali esperienze, era poco più di un bambino. Non era stata lei, naturalmente, a dargli le calze. Non era quel genere di ragazza. Pauli gliele aveva portate vie, prendendole dalla cesta del bucato, in camera da letto.

Altri colpi di fucile e di mitragliatrice. Sulla sinistra — e molto vicino — lo scoppiettìo rantolante di una Vickers pesante, come l'ansimare di un generatore. Ma era troppo tardi per preoccuparsi dei proiettili. Pauli era già arrivato al parapetto della trincea nemica più avanzata. Spiccò il salto. Quasi tre metri. Gravato dalle bombe a mano e dalla mitraglietta, il proprio peso lo portò al centro del tavolato bagnato che costituiva il pavimento della trincea. Il legno marcio cedette con uno schianto sonoro, e Pauli sprofondò nella mota, tanto che dovette chinarsi e liberare gli stivali dalle assi spezzate. Grazie a Dio, quel settore della trincea era deserto.

Riprese a correre per lo stretto budello, sguazzando nel fango acquoso e stagnante. Piombò su un esterrefatto soldato inglese. Pauli premette il grilletto e il giovane fu catapultato all'indietro dall'impatto della scarica, afflosciandosi senza mutare l'espressione del pallido viso.

Pauli proseguì la corsa lungo la trincea di raccordo e poi in quella di rinforzo. Lì le condizioni erano anche peggiori: fango puzzolente alto fino alla caviglia. Anche in quel tratto nessun inglese in vista. Erano andati tutti in superficie per contrastare gli attaccanti, o erano scappati? Un cartello precisava che la trincea di rinforzo era la "Pall-Mall" e altre frecce colorate indicavano la direzione verso il Comando di compagnia e un posto di medicazione.

Le linee di trincea seguivano un andamento a zig zag per ridurre l'effetto delle esplosioni. Alla svolta successiva una mezza dozzina di soldati in kaki era ammucchiata in un angolo dell'ingresso di un rifugio. Uomini con gli occhi dilatati dal terrore. Due di essi erano seduti sul gradino di tiro, e si abbracciavano. Le loro uniformi erano nere di pioggia, e aderivano ai loro corpi come sudari di morte. Pauli li oltrepassò di slancio. Alle sue spalle Koch lasciò partire una raffica dal suo MP 18, e i soldati in kaki si irrigidirono e parvero crescere di statura prima di cadere lunghi distesi, come soldatini di piombo.

Mentre riprendevano a correre, un ufficiale inglese mise fuori la testa dal rifugio a pochi metri da loro e gridò forte qualche cosa. Era un uomo di mezz'età, con un paio di baffetti ben curati. Non era molto dissimile dal padre di Pauli.

Pauli si fermò, indeciso sul da farsi, ma Koch colpì l'ufficiale col calcio della mitraglietta, lanciò due bombe a mano dentro l'entrata del rifugio, e si allontanò di volata. Vi fu un'esplosione terribile e urla soffocate. Pauli si voltò a guardare. Vide l'ufficiale inglese mentre veniva investito dallo scoppio. L'infelice venne polverizzato in una nuvola rosea di sangue. Il corpo mutilato, con una manica e il grado intatti, colpì le pareti della trincea. Attorno al troncone del braccio c'era una banda bianca, sporca di fango, con una croce rossa. Il rifugio nella trincea funzionava, naturalmente, da temporaneo ricovero ai feriti. Troppo tardi, ancora una volta.

Più oltre, altri spari e, sbucati dalla nebbia, altri uomini. «*Wer da?*»* Pauli si arrampicò su per una delle scalette di trincea e si mise a correre sull'orlo del parapetto.

«Non sparate! Non sparate!» Erano tedeschi della compagnia che fiancheggiava quella di Pauli. «*Wer da?*» Altre intimazioni, mentre gli uomini in uniforme grigia emergevano come spettri dalla nebbia che andava diradandosi. Pauli riconobbe i volti di alcuni. La tromba diede di nuovo il segnale di serrare sotto. Pauli scorse il loro ufficiale, un capitano di nome Graf, un ometto esile e nervoso, dal naso rosso, con l'elmetto d'acciaio comicamente troppo grande per la sua faccia da furetto.

«Continui ad avanzare, Winter. Li abbiamo fatti scappare.»

«*Ja*, Herr Hauptmann.» Si girò e gridò ai suoi di affrettarsi. Il Battaglione di punizione aveva cambiato Pauli. Un tempo, egli sarebbe stato terrorizzato da un uomo come il capitano Graf. Adesso, ci voleva molto di più per spaventarlo.

Vi fu alle sue spalle un possente ruggito, e la stretta trincea venne di colpo illuminata da un accecante alone color arancio. Pauli si voltò per vedere i grandi globi di carburante in fiamme che scavavano un buco nella nebbia. I lanciafiamme stavano sistematicamente bruciando i rifugi lungo tutta la trincea di rinforzo. Poveri diavoli, anche una baionetta nel ventre era una morte migliore.

Avanzarono affrettandosi. Al di là delle trincee di rinforzo, il terreno era più solido e anche la nebbia meno fitta. Attraversata la strada infossata, che gli inglesi avevano usata per i rifornimenti e i rinforzi, i tedeschi avanzarono sul terreno aperto. Nessuno adesso stava sparando su di loro. Sulla sinistra, v'era un bosco di alberi mozzati, tronchi mutilati, rotti, nudi come moz-

* Chi va là? [*N.d.T.*]

ziconi di matita. Davanti, le rovine di un villaggio, i pochi muri rimasti non più alti della cintura di un uomo. La chiesa era stata divorata dalla guerra: le sue reliquie e gli oggetti di valore rubati, portali e banchi smembrati per farne legna da ardere, il tetto crollato, le grondaie asportate per farne canali di scolo nelle trincee, il campanile ridotto in macerie dalle cannonate, affinché gli inglesi non se ne servissero come punto d'osservazione.

Dietro al villaggio c'erano venti, trenta soldati in kaki, uomini dei servizi ausiliari, senza nemmeno il fucile, e con essi un ufficiale del Genio e due soldati che trasportavano gabbie di legno. All'apparire dei tedeschi, alzarono le mani in segno di resa. I tedeschi, troppo di fretta anche per spogliarli, indicarono la direzione dalla quale stavano venendo; con riluttanza, gli inglesi ubbidirono avviandosi a est, a passi lenti, nella speranza che un contrattacco arrivasse a liberarli prima di raggiungere le retrovie germaniche.

Nel villaggio distrutto c'era un'unità mobile per le docce. Era stata abbandonata precipitosamente da uomini che si erano lasciati alle spalle parte delle uniformi, asciugamani, cinturoni e anche una rastrelliera di fucili Lee-Enfield. Ma nemmeno la vista di acqua pulita e calda e la meravigliosa fragranza di disinfettante e di sapone fermò la marcia dei tedeschi.

Continuarono, tenaci. Pauli era forte e resistente, ma l'andatura stava rallentando. Annusò l'aria. Erano i gas? Se sì, di che tipo? Non iprite, comunque, che era il più temuto. Ma il piano d'attacco prevedeva che l'artiglieria tedesca avrebbe usato proietti all'iprite solo nelle aree arretrate degli inglesi, sino alle quali i tedeschi non si sarebbero spinti. Quindi, non poteva essere iprite. O forse sì? Pauli si fermò, si chinò a sradicare una zolla di terra, e l'annusò. Un'imprudenza da pazzi, ma faceva parte di quello che ci si aspettava da uomini in forza alle compagnie d'assalto. Riprese a correre, e correndo si fece scivolare sul davanti del cinturone la maschera antigas. Ben presto rallentarono: l'andatura era troppo proibitiva anche per uomini giovani e allenati, e poi non c'era segno di nemici.

Al passo, ora. La ragazza di Bruxelles gli tornò in mente. In casa non c'era nessuno, aveva detto, i genitori erano andati dalla nonna. Si erano baciati, ed erano finiti a letto. La prima volta per Pauli e la prima volta per la ragazza. Che fiasco! Tutte le sue fantasie erotiche in frantumi per due minuti a letto. La ragazza s'era messa a piangere. Sono ancora vergine, aveva detto. Poi, cambiando di umore, aveva riso. Be', per lui non era stato divertente. Era scappato da quella casa con soltanto quel paio di calze su cui avrebbe intessuto storie di cui gloriarsi con i commilitoni. Invece, quando era rientrato alla compagnia, aveva perduto la voglia di parlarne con chicchessia. Non c'era nessuno a cui potesse confidare l'avventura. Era innamorato, desiderava troppo quella ragazza per parlarne in giro. Che stupido era stato! Se solo avesse lasciato che il loro rapporto si sviluppasse secondo un suo passo regolare, non così precipitoso! Così, forse, non avrebbe ricevuto la lettera in cui lei gli diceva di non volerlo mai più vedere. E Pauli non sapeva darsene pace, il colpevole era lui: una ragazza che incontri in chiesa non si aspetta di essere trattata come una puttana.

Per due volte, vennero bloccati da sacche di risoluta resistenza: coraggiosi veterani scozzesi il cui rapido e preciso tiro di fucileria infliggeva severe perdite tra i tedeschi, adesso troppo incauti. Presto sopraggiunsero i mortai da campagna del reggimento, e, dopo un nutrito bombardamento, gli scozzesi vennero fuori, gridando: «*Kamerad!*».

Era ormai pomeriggio inoltrato, e già la luce del giorno andava declinando. Essi non smisero di avanzare, ma molto più cautamente, e stancamente. Sulla sinistra, il trombettiere della compagnia vicina suonò l'adunata. Pauli si fermò, e la sua tromba lanciò lo stesso segnale. Il tempo per ricostituire i ranghi, e un attimo per far riposare i piedi e consentire ai ritardatari di rientrare.

Un portaordini del Comando di battaglione gli disse di consolidare la posizione e di impadronirsi della batteria di pezzi da dodici pollici che gli inglesi avevano abbandonato a parecchie centinaia di metri, verso ovest. La trovarono senza difficoltà. Il capitano Graf era già lì. I suoi uomini stavano drasticamente facendo man bassa di quanto il nemico si era lasciato alle spalle.

La batteria catturata era una rivelazione per le truppe tedesche d'assalto. I tedeschi andavano provandosi i superbi cappotti in pelle di pecora che gli inglesi fornivano alle loro sentinelle, ed erano in molti a disputarsi uno degli splendidi giubbotti di cuoio. Altri si pavoneggiavano calzando stivali da ufficiale inglese, cuciti a mano. Alla mensa ufficiali c'era ogni sorta di prelibatezze dimenticate, inclusi formaggio Stilton, salmone affumicato e una dozzina di casse, intatte, di whisky scozzese.

Pauli si guardò attorno, con interesse e apprensione. Gli uomini delle truppe d'assalto erano elementi selezionati e bene addestrati. Dato l'ordine, avrebbero abbandonato il loro bottino e continuato l'avanzata. Ma i normali coscritti tedeschi che sarebbero seguiti? Che avrebbero fatto quella sera?

Be', comunque era un interrogativo che riguardava, caso mai, i generali. Andò a rapporto dal capitano Graf. «È inconcepibile» disse Graf. Si tolse il pesante elmetto: piccolino, le orecchie a sventola, pareva uno gnomo. Si mormorava fosse anche un omosessuale. Omosessuale o no, Graf era un intrepido soldato, rispettato da chiunque nel reggimento. «Le bombe erano pronte e innescate. Inconcepibile, una vergogna! Do la colpa ai loro ufficiali. Nessun tentativo di disattivare i pezzi; quadranti di puntamento in posizione, culatte in perfetto assetto di tiro. Inconcepibile, vergognoso.»

«Sì» concordò Pauli, divertito che Graf dovesse indignarsi tanto per la scarsa scienza militare del nemico.

«Codardi!»

«Dobbiamo essere avanzati di un cinque chilometri» ipotizzò Pauli. «Non c'è mai stata prima una rottura del settore come questa.»

Graf grugnì. Stava fumando e aveva in mano un barattolo di latta da cinquanta sigarette inglesi. «Ne provi una» suggerì, porgendo la lattina aperta.

Pauli accettò e, dopo aver soffiato via un anello di fumo, disse: «Se l'avanzata è stata la stessa lungo tutto il fronte di battaglia, dobbiamo aver conquistato una bella fetta di terreno».

«Come le trova?» domandò Graf. «Sigarette inglesi: piuttosto buone, direi.»

«Sì» concordò Pauli. Non aveva mai fumato niente di così delizioso. Studiò elogiativamente il biondo tabacco, e concluse che, se fosse diventato ricco, non avrebbe fumato altro che quelle sigarette. Nel rifugio protetto da sacchi di sabbia, proprio alle spalle di Graf, uno dei soldati aveva trovato un grammofono, e adesso lo stava caricando con la manovella. «Lei pensa che proseguiremo dritti sino alla costa, signor capitano?»

«La costa?»

«La guerra è vinta, no?»

«Guardi quel deposito, Winter» rispose Graf, girandosi a osservare i soldati tedeschi che banchettavano con i viveri catturati. «La settimana scorsa ho punito severamente quattro dei miei uomini che avevano macinato la biada dei cavalli per farne farina. Dissero che avevano fame. E fame, ce l'avevano di sicuro. Tutti siamo affamati. Lesiniamo le granate alla nostra artiglieria. Non abbiamo abbastanza gomma per fare maschere antigas.» Inalò e soffiò fuori il fumo. «Ha visto cosa c'è nella baracca della mensa ufficiali, Winter? Cibo per gli ufficiali, e anche per la truppa. Manzo in scatola, marmellata di prugne, buon pane bianco, quel giallo formaggio inglese. Ha visto quanta roba c'è? Non ci dicevano che gli inglesi stavano crepando di fame?» Sbuffò. «No, la guerra è perduta, Winter. Il coraggio dei nostri giovani e le magre risorse di bombe e pallottole non possono avere la meglio su questa abbondanza.»

«La guerra è perduta?» si stupì Pauli. Il capitano Graf era un efficiente ufficiale di carriera di un buon reggimento, non il tipo che si scoraggia facilmente.

«La guerra è perduta» confermò Graf. «Non importa quanto terreno noi si conquisti: non possiamo vincere.» Il grammofono attaccò *Povera Butterfly*. Per un momento i due ufficiali rimasero in ascolto. «Faccia l'elenco delle perdite del suo reparto. La fanteria sarà qui tra poco. Le compagnie d'assalto torneranno indietro, stanotte, più tardi, o prima dell'alba.»

Pauli guardò dove Koch e gli altri erano seduti per terra, troppo stanchi anche per prender parte al saccheggio. Come poteva essere persa la guerra? Non era giusto; non era proprio giusto.

### «*La maledetta guerra* non *è finita*»

«Vorrei tanto che smettessi di dire che la guerra è finita» esclamò Peter rivolto a suo padre. Era seduto in poltrona nel salotto della casa berlinese dei genitori. La sua giubba di ufficiale di Marina era stata ricucita là dove era stata lacerata. La sua gamba sinistra era costretta entro le stecche di legno, il suo viso malamente scorticato. «La maledetta guerra *non* è finita, e forse non lo sarà mai.»

«Hanno firmato l'armistizio quasi due mesi fa» ribatté suo padre in tono mite. Suo figlio era dolorante e frustrato per essere costretto all'immobilità.

«Però la Flotta inglese sta ancora applicando il blocco. Il nostro popolo muore di fame. Sugli alberi delle nostre navi da guerra della Flotta d'alto mare sventolano le bandiere rosse. Per le strade ci sono bande di delinquenti che si sparano a vicenda. Quel traditore di Liebknecht è stato portato in trionfo per le vie, sulle spalle di soldati decorati con la Croce di ferro, e ha tenuto un discorso dal balcone del Palazzo Reale. L'Esercito si è disintegrato. Il Kaiser si è rifugiato in Olanda. Come possiamo negoziare un trattato di pace? Non abbiamo nulla su cui trattare.» Era un grido di dolore. La disfatta pareva aver sconvolto Peter molto più profondamente di qualsiasi altro componente della famiglia Winter. Aggredito per la strada da un gruppo di spartachisti, era stramazzato in ginocchio sotto i randelli e il calcio dei fucili. E molto probabilmente quella piccola accozzaglia di farabutti ubriachi lo avrebbe ucciso, se non fosse stato per l'arrivo di un'altra banda che aveva dato inizio a un pestaggio, durante il quale Peter era riuscito a fuggire. Da allora, era rimasto confinato in casa, senza fare altro che restare davanti alla finestra e rimuginare amaramente sulle conseguenze del caos nelle vie sottostanti.

Pauli Winter si alzò dalla poltrona. Indossava la migliore delle proprie uniformi, ben lontana, comunque, dalle eleganti divise con cui la Prussia aveva mandato in guerra gli ufficiali. Le variopinte macchie che la costellavano non erano sparite nonostante gli energici lavaggi, né la sua forma aveva tratto vantaggio dall'insistita permanenza nelle stufe di spidocchiamento. Gli eleganti stivali di cuoio con i quali era partito per la guerra non esistevano più, sostituiti adesso dai semplici scarponi e dalle mollettiere grigie delle truppe d'assalto. «Devo andare al Comando di battaglione» disse Pauli. «Ci vediamo domani, Peter.» In verità, il permesso che aveva ottenuto era di ventiquattr'ore, ma per Pauli un paio d'ore nella tetra casa vicina al Ku-damm era il massimo della sopportazione. In un negozio della Leipziger Strasse aveva comprato qualche regalo a buon mercato, che collocò diligentemente sotto l'albero di Natale che era nell'angolo del salotto. Uno dei domestici aveva trovato qualche ciocco, e quel giorno, con Natale tanto imminente, il fuoco ardeva nella stufa. Pauli notò, disposte in bell'ordine, su un tavolino, le foto di famiglia, nelle loro scintillanti cornici d'argento. Eccoli lì, i Winter, nel 1913, la più felice delle famiglie felici: due figlioli sorridenti, e papà e mamma in piedi alle loro spalle, fieri e compiaciuti. Quanto sembravano lontani quei giorni! La famiglia: che drammatico mutamento da allora. Adesso, con i disordini nelle strade e con i bolscevichi che avevano occupato le fabbriche Winter, anche un ciocco di legno da ardere doveva essere considerato un tesoro. Harald Winter era come annichilito dal capovolgimento delle sue fortune, e Peter era diventato un invalido intrattabile. Adesso era mamma che li teneva assieme, che si avventurava per le strade, blandiva i bottegai per ottenere qualche cosa da mangiare, e persuadeva la servitù perché continuasse a lavorare.

«Il Comando di battaglione! Al comando di quel piccolo ridicolo capitano Graf» esclamò con disprezzo Peter. «Vai ancora avanti a volerti illudere, non è così? I tuoi battaglioni del Freikorps non sono altro che masnade di delinquenti in divisa, e Graf è nulla più di un brigante.»

«Non è vero» ribatté Pauli. Era perché si conoscevano tanto bene a vicenda che Peter sapeva dove conficcare il coltello. «Il Freikorps è una bella organizzazione che l'Esercito approva in pieno. Siamo migliaia, disciplinati e armati. E non solo a Berlino, si stanno formando in tutta la Germania. Ognuno dei nostri soldati è un volontario con ferma rinnovabile di mese in mese. All'est saranno loro a difendere le nostre frontiere, adesso che l'esercito si sta ritirando. I polacchi, e il resto, sarebbero già qui a saccheggiare Berlino se non ci fossero le unità del Freikorps a sbarrare il passo.»

«E allora perché non marciate a presidiare a est?»

«Perché, come capita a te, siamo temporaneamente immobilizzati. Quando arriveranno i mezzi di trasporto e gli ordini, forse ci andremo.» Il tono di Pauli era accomodante, non solo perché ricordava i bei tempi condivisi col fratello, ma perché temeva che Peter potesse, senza pensarci, parlare della corte marziale e del trasferimento di Pauli a un Battaglione di punizione. Pauli avrebbe fatto quasi l'impossibile affinché i suoi genitori non scoprissero quel precedente.

«Un battaglione sotto organico, comandato da un capitano?» insisté Peter con sarcasmo. «Quattro mitragliatrici, un vetusto carro armato, e due autoblinde? E lo chiami battaglione?»

«Te ne accorgerai la prima volta che i rossi tenteranno di impadronirsi di Berlino» disse Pauli. Si infilò il grigio pastrano militare, si mise in capo l'elmetto, di cui affibbiò il sottogola, prima di prendere cinturone e pistola.

«Cos'è quella croce uncinata dipinta sul tuo elmetto?» domandò suo padre.

«La chiamano svastica. Molte unità del Freikorps la portano per distinguersi dall'esercito regolare.»

«Stai molto attento, Pauli. Ricorda cos'è successo a tuo fratello.»

Pauli non l'aveva dimenticato. Peter era stato aggredito per via delle "insegne imperiali" sulla sua divisa da ufficiale. Molti ufficiali dell'Esercito e della Marina erano stati pestati in quel modo — e parecchi anche uccisi — da teppisti vocianti e fanatici, decisi a imputare alla classe degli ufficiali la guerra e l'esito della guerra.

«Ho un cappotto senza gradi» disse Pauli.

«Ma hai una pistola da ufficiale» obiettò suo padre.

«E la userò, anche» garantì Pauli. «Ben lieto se mi capitasse di pescare qualcuno di quei bastardi che per poco non hanno ucciso Peter.»

«Non andare a salutare tua madre; non farebbe altro che angosciarsi finché non telefoni.»

«Telefonerò, se posso, ma le linee a volte sono interrotte.»

«Abbi cura di te, Pauli» raccomandò Harald Winter. «Quei porci di ammutinati stanno ricattando il Cancelliere... Mio Dio, chi avrebbe potuto immaginare che si arrivasse a tal punto? Il Cancelliere tenuto in ostaggio dai mascalzoni marxisti.» Si abbracciarono, e mentre lo stringeva a sé Pauli fu colpito penosamente dal fragile, esile corpo del padre. Sebbene non ancora cinquantenne, Winter si era fatto vecchio, stanco e apprensivo. Forse era solo transitoria, ma era una ben triste trasformazione in un uomo che da sempre i figli ricordavano dinamico e alquanto terrorizzante.

Harald Winter constatava, con egual corruccio, il cambiamento avvenuto in suo figlio. La guerra aveva fatto di Pauli un violento. Tagliente e scostante, negatore di tutti quei valori che Harald Winter coltivava. Quel nuovo Pauli che era tornato dalla guerra risultava una creatura con cui suo padre trovava difficile la convivenza. Per quanto lo avesse infastidito la dipendenza che Pauli aveva dimostrato da piccolo, egli adesso preferiva quella sottomissione al comportamento del nuovo uomo senza peli sulla lingua che Pauli era diventato. In altre parole, Harald Winter, come molti padri, detestava dover ammettere che suo figlio era cresciuto.

Pauli prese la metropolitana per Alexanderplatz. I treni funzionavano normalmente, ma Pauli, camminando verso il palazzo, teneva gli occhi bene aperti in caso di incontri con bande di facinorosi. Vide una piccola processione di operai – anche donne – diretta su per lo *Schlossbrücke*, il Ponte del castello. Non erano armati, ma portavano bandiere rosse, e scandivano slogan, quindi egli rimase nell'ombra finché non passarono. Tanto valeva essere cauti. Il bello e piccolo edificio del corpo di guardia di Schinkel – stilizzato come un tempio greco – era vividamente illuminato; all'interno erano visibili alcuni soldati, tra cui non mancava chi era sdraiato sul pavimento, avvolto in una coperta. Erano soldati lealisti assegnati in servizio dall'Alto Comando, oppure rinnegati bolscevichi? Non c'era modo di appurarlo. Pauli passò oltre, a passo rapido.

Il Palazzo Reale, o quello comunemente chiamato lo Schloss, era rischiarato soltanto dalla luce proveniente dalla cattedrale sull'altro lato della strada, ma Pauli poté vedere, contro il cielo che andava oscurandosi, la rossa coperta drappeggiatavi dai marinai ammutinati. Da quando il Kaiser aveva abdicato e s'era rifugiato in Olanda, il palazzo non aveva avuto residenti ufficiali. Attualmente era la dimora di circa tremila marinai rivoltosi dell'autonominatasi "Divisione Navale del popolo", gli stessi che adesso tenevano in ostaggio il capo del governo.

Pauli proseguì per l'Unter den Linden. Gli spazzini sembravano essersi eclissati, e in alcuni punti c'era da scavalcare mucchi di neve. Solo i binari del tram venivano sistematicamente tenuti liberi. A dispetto di sporadici colpi di fucile – e, a volte, anche dello scoppio di una granata – i negozi erano aperti, e qualche taxi, autobus e tram circolavano. Ma la penuria di carburante imponeva che per lo più il traffico fosse a cavalli: vetuste Droschken, a rimorchio di cavalli macilenti, arrancavano tra la neve. Pochi i pedoni che s'affrettavano verso casa, sotto l'occhio di venditori ambulanti di decorazioni natalizie, sommariamente confezionate, o di castagne arrosto.

Pauli attraversò la strada per evitare la calca davanti ai cancelli dell'Ambasciata russa. Dall'aprile del 1918, l'Imperial Ambasciata di Russia veniva chiamata Ambasciata sovietica. Al congresso del partito del 1918, Lenin aveva detto ai delegati che «... falliremo senza la rivoluzione in Germania». E, in risposta, il nuovo direttivo, non meno di trecento persone, aveva freneticamente sguinzagliato agitatori bolscevichi, muniti di denaro contante e opuscoli rivoluzionari, per tutto il territorio tedesco. Il nuovo ambasciatore – un ricco filantropo ebreo della Crimea

— aveva issato sulla facciata dell'Ambasciata un'enorme bandiera rossa che invitava: «Lavoratori di tutto il mondo, unitevi!». Poco dopo era stato fatto rientrare in Russia, ma la bandiera era rimasta.

A guardia del Ministero degli Interni c'erano tre uomini col fucile in spalla. Dietro l'angolo un camion con altri uomini armati, identificabili, per le uniformi sommarie e i rossi bracciali, come appartenenti a una banda irregolare reclutata dal nuovo capo della polizia — Emil Eichhorn — un radicale di estrema sinistra. Sull'angolo della Wilhelmstrasse sostavano alcune donne, una delle quali piangeva a dirotto. Provenivano dalla Dorotheen Strasse, dove tuttora erano affissi gli elenchi dei caduti in guerra, con l'aggiunta di sempre nuovi nomi. La guerra era finita, ma si stava ancora procedendo all'identificazione delle salme. Pauli le oltrepassò e tagliò in direzione dell'Hotel Adlon.

Lasciò al guardaroba elmetto, pastrano e cinturone con la pistola. L'anziano inserviente non dimostrò sorpresa alcuna. Mise arma ed elmetto su una rastrelliera già occupata da cappelli di seta, e consegnò a Pauli un piccolo talloncino giallo. Pauli andò al bar, affollato, ma privo di riscaldamento, tanto che alcuni clienti indossavano il cappotto. Aveva appuntamento lì con Alex Horner, e, manco a dirlo, Alex era seduto a un tavolino vicino alla porta, con una bottiglia di vino dentro un secchiello di ghiaccio. C'era anche un secondo bicchiere. Dal ristorante attiguo veniva la musica trascinante e melanconica di un'orchestra zigana.

«Come va nelle alte sfere militari?» domandò Pauli, sedendo, in attesa che il cameriere gli versasse da bere.

«Ottimamente!» rispose Alex. «E a casa tua?» Alex non era in divisa. Indossava un abito, nuovo ed elegante, di flanella grigia, camicia bianca e cravatta scura, ma nessuno nel bar — o a Berlino, tanto per dire — avrebbe potuto scambiarlo per niente altro che un prussiano del Corpo Ufficiali effettivi.

«Peter continua a brontolare. Papà non vuole uscire di casa per via, dice, dell'epidemia di influenza. Mamma è diventata una specie di despota, ma riesce ancora a mettere in tavola la carne, anche a mezzogiorno: oggi arrosto all'agrodolce. Due piatti me ne son mangiati!»

«Tua madre è donna di infinite risorse» riconobbe Alex.

Alex si era conquistato — o meglio, glielo aveva ottenuto un suo parente che contava al Ministero della Guerra — un eccellente lavoro. Dopo il fallimento della grande offensiva germanica del 1918, era stato mandato al supremo quartier generale dell'Esercito, a Spa nel Belgio, e quindi nominato aiutante di campo del generale Schammer, governatore militare di Berlino.

L'attuale governatore militare era un borghese alquanto discutibile, il che non impediva ad Alex di vantarsene con l'amico di sempre, in quanto v'era una bella differenza tra i compiti di un ufficiale addetto al quartier generale dell'Imperial Esercito tedesco e quelli inerenti a chi militava nel Freikorps, un'accolta estemporanea di volontari entusiasti, uomini, quasi tutti, non usufruibili da parte dell'Esercito.

Alex si compiaceva di documentare l'amico con penetranti aneddoti sulla vita a stretto contatto con i generali. Per qualche minuto, Alex intrattenne Pauli con storie riguardanti il nuovo comandante dell'Esercito tedesco. «Il generale Groener è uno in gamba, intelligentissimo e senza un filo di boria.»

«È uno Schwab» disse Pauli, prima di bere un po' di vino. «Stai alla larga da tutti questi dannati prussiani!» Il vino era un Riesling alsaziano, freddo al punto giusto e delizioso al palato. Solo Dio sapeva quando ne avrebbe assaggiato uno come quello, ora che, a termini di armistizio, l'Alsazia era di nuovo appartenente alla Francia.

Alex ghignò. Sebbene Pauli fosse nato a Vienna da madre americana, la sua educazione non era certo meno prussiana di quella del suo amico, ma secondo uno scherzo ricorrente Alex era il prussiano tetragono, vecchio stile, mentre Pauli era il meridionale oppresso. L'amicizia tra i due giovani si basava su una lunga comunanza di vita e una reciproca stima. Comunque, sin da quando si erano conosciuti a Lichterfelde, Pauli era l'ammiratore e ad Alex veniva riconosciuto, per mutuo tacito consenso, un margine di superiore autorevolezza. L'ammirazione sempre dimostrata da Pauli per il proprio fratello maggiore si rifletteva nel suo rispetto per Alex. E, tipicamente, Alex contraccambiava la fiducia di Pauli confidandogli quanto di più riservato e segreto era venuto a sapere. E Alex disse: «Anche se il Cancelliere è tenuto prigioniero nel suo ufficio, esiste una linea telefonica segreta tra la Cancelleria e l'Esercito. Il Cancelliere Ebert ha chiesto all'Esercito di aiutarlo».

«Buon Dio!» esclamò Pauli. Nessuno ignorava che i marinai ammutinatisi avevano tagliato tutte le linee telefoniche della

Cancelleria, e che Ebert — socialista e nuovo capo di governo — era tagliato fuori da qualsiasi mezzo di comunicazione.

«Questo rimanga tra noi» si raccomandò Alex. «È una notizia riservatissima al cento per cento, che nemmeno tuo padre deve sapere.»

«Sta' tranquillo, Alex. Ma questo cambia le cose, no?»

«Sì, e l'Esercito farà quello che deve essere fatto» rispose Alex enigmaticamente. «Quei maiali di ribelli lo scopriranno domani.»

«La vigilia di Natale? Perché?»

«Sei di fretta?» domandò Alex, in tono languido.

«Ho tutto il tempo che ti serve» disse Pauli e sorbì ancora un po' di vino, protendendosi poi in avanti per ascoltare ciò che Alex aveva da raccontargli.

«Tutto cominciò il 9 di novembre» esordì Alex.

«Questo e tante altre cose» ammise Pauli.

Ed era la verità: tutto era cominciato il 9 novembre 1918. I comandanti in capo dell'Esercito, troppo superbi per affrontare le conseguenze della loro disfatta, avevano spedito alcuni sfortunati civili al di là dei reticolati della terra di nessuno per chiedere agli alleati un armistizio, come già avevano fatto i turchi e gli austriaci. Durante quel sabato, l'Imperial Esercito tedesco aveva cessato di esistere come unificata forza combattente. In tutto il Paese sventolavano bandiere rosse, mentre il comando veniva assunto da comitati di soldati. Alex Horner, in una delle sue regolari visite al Comando Supremo di Berlino, aveva visto i rapporti. Sconvolgenti: la struttura gerarchica delle forze armate andava crollando come un castello di carte. «Disordini e rivolte a Magdeburgo»; poi, nelle prime ore del pomeriggio: «Disordini nel Corpo di Riserva della 7ª Armata»; alle ora 17, Halle e Lipsia dichiarate "rosse" e subito dopo anche Düsseldorf, Halstein, Osnabrück e Lauenburg. Lo stesso a Magdeburgo, Stoccarda, Oldenburg, Brunswick e Colonia. Già i soldati del Quartier Generale non salutavano più i superiori, e alcuni degli uffici erano deserti. Alle 19, arrivò la notizia che il generale comandante la 18ª Armata di Riserva a Francoforte era stato "deposto". Era la fine, ovunque. Di prima sera, il Kaiser Guglielmo, imperatore di Germania e "Altissimo Dio della guerra", era seduto nella carrozza ristorante del suo treno privato, in attesa che questo lasciasse il binario di raccordo e iniziasse il viaggio verso l'esilio in Olanda.

A Berlino, il Gabinetto socialista, creato senza alcun trasferimento legale dei poteri, non riusciva a contenere i disordini. Aveva ordinato all'Esercito di divellere tratti delle linee ferroviarie per interrompere l'afflusso di convogli carichi di soldati e marinai ammutinatisi, che stavano riversandosi nella capitale in quantità sempre crescente. Quando era arrivato alla stazione di Lehrter, su un treno che aveva impiegato due giorni e mezzo dal Belgio a Berlino, Alex era rimasto sbalordito nel vedere che squadre di mitraglieri dell'Esercito tenevano sotto tiro ogni marciapiede e l'atrio della stazione. Le officine del gas e dell'elettricità erano occupate dalle truppe, gli edifici del Governo in Wilhelmstrasse erano tutti presidiati, e si trovavano soldati armati anche all'esterno di alcuni tra i più lussuosi ristoranti della città.

Allorché il tenente Horner si era presentato al governatore militare della capitale, la carica era affidata a un socialista, un civile di nome Otto Wels. Avendo l'Imperial Guarnigione di Berlino disertato — e non disponendo che di uno sparuto gruppetto di poliziotti in borghese — Wels aveva messo insieme una forza di ex soldati e di civili armati. I fucili erano stati acquistati per lo più presso i disertori, i quali, affiancati alle venditrici di fiori, facevano brillanti affari sui marciapiedi di Potsdamer Platz, a due marchi per fucile. Anche i camion "dell'Esercito" erano stati acquistati allo stesso modo. Wels aveva dato alla sua forza raccogliticcia il grandioso appellativo di Republikanische Soldaten — l'Armata repubblicana dei soldati — i cui componenti, tuttavia, eterogenei com'erano, risultavano difficilmente distinguibili dalle forze di sicurezza dell'estrema sinistra, che il capo della polizia usava, o da qualsiasi altra banda popolare che, in armi, pattugliava la città in cerca di vittime e di saccheggio. In più, l'esercito di Wels era stato infiltrato da molti spartachisti e indipendenti di estrema sinistra.

Era bastata una sola visita all'ufficio del governatore militare per convincere Alex Horner che la sua divisa militare non era una tenuta consigliabile. In una sartoria di Friedrichstrasse si era comprato un vestito — il primo vestito non su misura della sua vita — ed era tornato al lavoro sentendosi meno a disagio, e in pericolo. Perché aveva notato i mendicanti, accuratamente dislocati, che lo osservavano quando arrivava. Erano pochi gli accattoni per strada in quei giorni nascenti della rivoluzione.

Per la maggior parte, i reduci in uniforme che stazionavano fuori dei grandi magazzini e dei negozi di alimentari, sperando di rimediare qualche soldo, avevano ancora sufficiente dignità per offrire ai passanti lacci da scarpe, fiammiferi o candele. Ma quegli altri tizi non avevano la pretesa di apparire venditori ambulanti, e Alex era convinto che fossero spie. Spie della polizia, bolscevichi, spartachisti e anche stranieri: la città pullulava di spie, di ogni specie e formato e di ogni colorazione politica. Berlino era sempre stata una città di spie e informatori, e probabilmente lo sarebbe sempre stata.

Il problema più serio di Berlino era costituito dai marinai ammutinati, i quali erano venuti giù dalle basi navali del nord e si erano insediati nel Palazzo Reale. Il bubbone di quella Divisione Navale del popolo si era fatto dolente, quando i marinai erano diventati più minacciosi nel pretendere la loro "gratifica natalizia". I marinai erano sotto l'influenza di Karl Liebknecht sin da quando avevano occupato il Palazzo Reale. Ed era intento dichiarato di Karl Liebknecht di rovesciare, mediante l'anarchia e la confusione, il governo socialista di Friedrich Ebert — quarantasettenne ex fabbricante di selle. Il fatto che i marinai domandassero soldo e soprassoldo a tutto andare faceva il gioco di Liebknecht. Se Ebert, per evitare guai peggiori, avesse ceduto e sborsato più quattrini, il governo avrebbe dimostrato la propria debolezza. Se invece si fosse opposto, magari usando la forza, sarebbe stato un sintomo certo che quel governo era traditore, reazionario, nemico delle classi lavoratrici, confermando le accuse di Liebknecht. Nell'una e nell'altra delle alternative, le cose sarebbero state più facili per Liebknecht per impadronirsi del potere e instaurare il suo regime leninista.

Era il 20 dicembre, allorché i marinai dichiararono di aver speso i primi 25.000 marchi che il governo aveva anticipato loro perché presidiassero e proteggessero il Palazzo Reale. Adesso volevano altri soldi.

Alex Horner si trovava nell'anticamera dell'ufficio privato del Cancelliere nel momento in cui Otto Wels ne usciva assieme a Ebert. Era la prima volta che Alex vedeva così da vicino il Cancelliere. Una figura imponente, massiccia e muscolosa, con capelli nerissimi, grossi baffi e barbetta. Il governo aveva accettato di sborsare altri soldi, ma prima il palazzo doveva essere evacuato e l'organico della Divisione Navale del popolo ridotto a seicento uomini. I soldi sarebbero stati consegnati solo dopo che le chiavi del palazzo vuoto fossero state date a Otto Wels.

La mattina del giorno in cui Alex e Pauli si erano incontrati all'Adlon, Alex era sceso di corsa nel vestibolo della Cancelleria, in seguito a una chiamata urgente per telefono di uno dei segretari. Una delegazione di marinai stava per essere portata in uno dei salotti, che si affacciavano sullo splendido atrio della Cancelleria. Uno dei marinai recava una valigetta di cuoio che, diceva lui, conteneva le chiavi del Palazzo Reale. La delegazione pretendeva i soldi.

«Herr Horner è uno degli assistenti del governatore» disse il segretario che stava trattando con i marinai. Era un ometto altezzoso, con quel tratto brusco e indisponente che caratterizza certi burocrati di carriera.

Il portavoce dei marinai, un sottufficiale di alta statura e con denti in disordine, volle che Alex Horner esibisse la sua identità. Fortunatamente, Wels aveva predisposto documenti ad hoc non appena il giovane ufficiale aveva fatto ritorno nella città sconvolta dalla rivoluzione. Condotto in un ufficio del Reichstag, da un incaricato che vestiva ancora la montura del vecchio regime, Alex aveva ricevuto un documento da una impiegata con fascia rossa al braccio. Era un cartoncino rosso, malamente stampato: attestava che Horner era "autorizzato a mantenere ordine e sicurezza nelle vie della città". A corredo, una carta di identità, rilasciata dal "Comitato dei Lavoratori e dei Soldati", formalizzava la sua "affidabilità e facoltà di libero transito". Nessuno dei due documenti faceva menzione del suo grado militare, e l'impiegata, se all'atto del rilascio sapeva che si trattava di un ufficiale dell'Esercito, non ne diede segno alcuno. Da come svolgeva quelle pratiche, sembrava che lo avesse fatto anche prima della rivoluzione. Moltissimi come lei facevano adesso le stesse cose che avevano fatto sotto il regime del Kaiser senza bracciali e vessilli rossi. Per il berlinese, la vita non era altro che barattare tempo in cambio di soldi, e soldi in cambio di cibo. Anche durante le sparatorie, gli autobus circolavano regolari, e la distribuzione di acqua ed elettricità procedeva regolarmente.

Esaminati i documenti di Horner, il sottufficiale mostrò i propri. "Sottufficiale Esser." Era singolare come tanti di quei rivoluzionari avessero tanto cari i gradi, le cariche e i privilegi conseguiti sotto il vecchio regime.

Esser, educatamente ma fermamente, spiegò a Horner e al

segretario che il comitato politico della Divisione Navale del popolo aveva deciso di non trattare con Otto Wels, il quale, sebbene socialista, era "un nemico classista".

«Allora consegnate le chiavi a Herr Barth» suggerì Alex, grato del fatto che il segretario non avesse rivelato che lui, Horner, era un ufficiale dell'Esercito.

«Herr Barth è in riunione e non può essere disturbato.» Il segretario riteneva quindi implicito che gli consegnassero le chiavi e se ne andassero senza ulteriori discussioni. Sebbene portasse all'occhiello un nastrino rosso — accessorio emblematico adottato da molti lavoratori del ceto medio — il segretario non nascondeva la propria impazienza e la propria antipatia per quei rivoluzionari poco puliti.

«Allora, gli chieda di venir fuori un attimo» gli suggerì Alex.

Il segretario scosse la testa a indicare che era fuori discussione interrompere il commissario. Emil Barth era tra i più radicali del comitato, ma quei dannati socialisti si erano subito adeguati alla burocrazia di Wilhelmstrasse: riunioni, riunioni, riunioni. E i burocrati avevano fatto presto ad adeguarsi ai nuovi padroni.

«Impossibile» sentenziò il segretario. Era anziano, portava occhiali senza montatura, esibiva sopracciglia cespugliose e un colletto di celluloide, che andava ingiallendo agli orli, come i documenti tra i quali egli navigava.

«Faccia un tentativo» insisté Alex, e i marinai approvarono vociando.

Seguirono altre discussioni e telefonate. Chiunque potesse placare i marinai era andato a far colazione, e i rivoluzionari stavano diventando sempre più furibondi.

Prima che il problema trovasse una soluzione, un impiegato arrivò di corsa nell'atrio con un'urgente richiesta per Alex Horner. Doveva andare immediatamente nell'ufficio di Herr Otto Wels. Wels era stato rapito.

Non fu difficile ricostruire gli avvenimenti. I più stretti collaboratori di Wels erano in corridoio, e parlavano animatamente: scoppi di voce intercalati dal pianto di alcune impiegate. Riferirono che un altro gruppo di marinai era entrato nell'edificio da un ingresso laterale, aveva infilato le scale, abbordando Wels e reclamando il soprassoldo natalizio. Avevano sentito Wels ribattere che non avrebbero visto un soldo se non dopo che avessero consegnato le chiavi.

Chi fosse stato il primo dei marinai ad aver percosso Wels era irrilevante, dato che subito dopo tutto il gruppo aveva partecipato al pestaggio e trascinato Wels al Palazzo Reale, che, ovviamente, i marinai non avevano intenzione di sgombrare. Secondo un messaggio ricevuto da Alex, sul tardi dello stesso giorno, un informatore prezzolato riferiva che Wels era stato picchiato con il calcio dei fucili e gettato in una cantina infestata di topi.

Quel pomeriggio, una nutrita rappresentanza dei marinai era tornata alla Cancelleria, e di pessimo umore. Aveva occupato il vestibolo, piazzato guardie armate a ogni uscita, messo sotto controllo il centralino telefonico. A nessuno — compreso il Cancelliere — veniva concesso di entrare o uscire dall'edificio. I marinai avevano Wels come ostaggio ed esigevano i loro soldi.

Pauli aveva ascoltato la lunga storia di Alex Horner con intermittente attenzione. Era andato osservando l'altra gente nel bar, con particolare interesse per le donne giovani. Da quando la guerra era cominciata, aveva avuto ben poco tempo libero — tanto meno tra i civili — da non essersi ancora abituato alle sottane più corte e all'esibizione di caviglie femminili. Le donne avevano portato gonne lunghe sin dai tempi dell'antica Grecia: senz'altro, c'era un che di apocalittico nella nuova moda. Se non apocalittico, indubbiamente provocante, in particolare quando alcune delle più giovani indossavano quelle calze color carne!

In due, avevano finito una bottiglia di vino, e stavano per dar fondo anche alla seconda. E Alex era arrivato a un certo punto della narrazione in cui Pauli sentì che un suo proprio contributo era doveroso. «Cosa intendevi quando hai detto che i marinai "lo scopriranno domani"?»

Alex si sbirciò alle spalle per essere certo che nessuno potesse sentire. Dal ristorante adiacente l'orchestra zigana stava eseguendo malinconiche ballate ungheresi. «Il Cancelliere si è servito della linea telefonica segreta per chiedere l'intervento dell'Esercito. Groener sta inviando truppe. Faremo piazza pulita di quei maiali rossi, in un colpo solo e per sempre.»

«Manda le truppe qui? Al Palazzo Reale?»

«Il governo è prigioniero, Pauli. È tenuto in ostaggio da quella gente. Groener ha ordinato a parecchi squadroni dell'Imperial Guardia a cavallo della caserma di Potsdam di muoversi. Saranno qui per mezzanotte.»

«E le truppe regolari apriranno il fuoco contro i marinai?»

«L'hanno voluto loro. Non ho nessuna tenerezza per quei banditi.»

«Quell'Esser che hai menzionato, io lo conosco.»

«Il sottufficiale?» La maschera d'indifferenza cadde dal volto di Alex per lasciar posto alla sorpresa. «Come diavolo hai fatto a conoscere un esemplare del genere? Al Battaglione di punizione?»

Pauli si mise a ridere. «No, le vere canaglie non finiscono nei Battaglioni di punizione, Alex. Quelle autentiche finiscono per fare i generali. Ne sappiamo qualche cosa noi.»

Il commento innervosì Alex, il quale si guardò ancora attorno per sincerarsi che non vi fossero orecchie indiscrete; tuttavia non condivideva il parere dell'amico. «Tu generalizzi troppo» borbottò.

«Vorrei cercare di togliere Esser da questo pasticcio» disse Pauli.

«Toglierlo da questo pasticcio?»

«È un buon diavolaccio.»

«Non c'è, tra quelli, alcun "buon diavolaccio," Pauli. Sono tutti farabutti.»

«Non posso lasciare che ci rimetta la pelle. Era mio amico. È figlio di un paesano, dove vivevano i miei nonni.»

«Sarebbe troppo pericoloso» obiettò Alex.

«Non farmi ridere. Nessuno si sognerà di farmi fuori solo perché mi presento a palazzo per scambiare due parole con Esser.»

«Sei in divisa.»

«Ma non quella dell'esercito regolare.»

«Pauli, quelli sono degli ammutinati. Gli basta un'occhiata e capiscono che sei un ufficiale di carriera. E il Freikorps è nemico dichiarato della rivoluzione.»

«Devo andarci. Hai detto che le truppe arrivano a mezzanotte?»

«Sul tuo onore, Pauli, non devi avvisarli!»

Pauli sorrise. «Stai scherzando, Alex? Nessun segreto rimane segreto per più di mezz'ora in questa città!»

«Allora vengo con te. Forse riesco a persuaderli a rilasciare Wels.»

«Sarebbe una penna in più sul tuo elmetto, Alex.»
Alex annuì, serio. Tracannò quel che restava del Riesling. «Più ci penso, più la cosa mi pare divertente. Andiamo, Pauli.»

Erano solo quattro passi dall'Hotel Adlon al Palazzo Reale. Mentre uscivano dall'albergo, la via era illuminata dal chiarore che proveniva dall'Ambasciata britannica. Si diceva che la Commissione d'armistizio fosse alloggiata lì, ma non c'era segno di soldati inglesi. Dal lato opposto della Pariser Platz, vicino alla Porta di Brandeburgo, udirono gli ottoni di una banda eseguire una carola natalizia. Forse una fanfara militare, ma chi poteva dirlo? Al di là della Porta, il Tiergarten veniva usato quale campo militare, ma nessuno sapeva quale e quanta fedeltà rimanesse insita nei soldati. Forse i soldati vi stazionavano solo per non trovarsi lontani dalle cucine da campo che vi erano state installate. Su Berlino era caduto mezzo metro di neve, e i rumori della città erano smorzati sotto il bianco lenzuolo, cosicché anche la musica della banda risultava distante e attutita. I due amici proseguirono, in precario equilibrio sulla neve indurita dal gelo.

«Sei cambiato, Pauli. Sei cambiato un bel po'.»

«Tutti siamo un poco più vecchi» rispose Pauli, respingendo l'idea. Suo padre parlava sempre di come Pauli fosse cambiato. E Peter non era cambiato anche lui? E mamma? E Harald Winter non era quello che era cambiato più di tutti?

«No, troppo semplice tirare in ballo l'età» insisté Alex. «È il Battaglione di punizione che ti ha cambiato così?» Si erano visti parecchie volte da quando Pauli aveva scontato la condanna, ma sino a quel momento il Battaglione di punizione era stato argomento tabù.

«Cambiato come?»

«Hai più fegato, sei più determinato. Ai vecchi tempi, non eri uno che cercava guai. Avresti lasciato che un tipo come Esser se la sbrigasse da solo.»

«Il Battaglione di punizione non è stato niente. Era un sollievo aver lontane le grinfie di quel porco di Brand. Certe volte ti compiangevo perché dovevi ancora sopportare quell'aguzzino.»

«Però ti hanno mandato dove il rischio era maggiore.»

«Non era poi così tremendo. Ha fatto un uomo di me. Ho imparato come sopravvivere, a sopravvivere quando tutte le probabilità erano contro la sopravvivenza, a sopravvivere quando tutti attorno a me morivano.»

«E dopo, sei andato a finire in uno *Sturmbataillon*. Dimmi: essere tra gli arditi è come essere in un Battaglione di punizione?»

«È una cosa che nemmeno puoi immaginare. Con un numero maggiore di quei reparti avremmo vinto la guerra, Alex!»

«Non è stata la scarsità dei battaglioni d'assalto, Pauli. Sono stati questi maledetti borghesi che ci hanno pugnalato alla schiena. Come ufficiale resto fedele al governo, ma è difficile dimenticare che questi uomini politici, da cui riceviamo gli ordini, sono i vigliacchi e i socialisti che insorgevano contro l'Esercito, per tutta la durata della guerra.» Si interruppe; anche adesso il suo disciplinato riserbo di ufficiale gli vietava di dar sfogo al suo sentimento. «Ma parlami del battaglione d'assalto.»

«Niente fucili: carabine e mitragliette leggere, e piccoli lanciafiamme. Tutto l'equipaggiamento inteso per non appesantire e per la rapidità di movimento. Pistola per tutti, non solo per gli ufficiali. Uniformi speciali, imbottite di cuoio ai gomiti e alle ginocchia. Niente cartucciere. Le munizioni le cacciavamo in tasca. Attorno al collo avevamo i sacchetti delle bombe a mano. Eravamo inarrestabili... e spietati.»

«Ed eri comandante di compagnia.»

«Se ne fregavano che venissi da un Battaglione di punizione, se è questo che vuoi dire. Sì, mi fecero comandante di compagnia. I buchi da tappare erano tanti: gli ufficiali dovevano sempre essere alla testa dei loro uomini all'attacco. Erano accettati solo elementi giovani, scapoli. Quanto all'attitudine fisica, l'esame di accettazione era il più severo che mi sia capitato di vedere.»

«Ti invidio l'esperienza, Pauli. I battaglioni d'assalto sono divenuti leggendari. Ma sei stato fortunato: sei sopravvissuto.»

«Non devi credere a *tutte* le storie che si raccontano, Alex. Le truppe d'assalto erano tenute dietro finché non fosse indispensabile il loro impiego speciale; anche quando ci spostavano era quasi sempre con i camion. E avevamo un sacco di permessi, e il rancio era sempre il migliore possibile.»

«Sembra che tu ne abbia nostalgia.»

«Lascia che ti spieghi una cosa, Alex. Tu sei cresciuto volendo fare l'ufficiale dell'Esercito. Ma io non avevo mai avuto la minima voglia di andare alla scuola cadetti. Era una fissazione paterna. Volevo bene a mio padre — gliene voglio ancora — ma lui non ha rispetto per me; crede che io sia scarso di cervello, e per lui non conta altro che il cervello, in particolar modo quello che è capace di far soldi. Mio fratello se ne frega di nostro padre, ma è lui che è nella manica di papà. Resomi conto che non avevo il cervello di cui mio fratello Peter è dotato, andai alla scuola cadetti, come voleva mio padre. Adesso, fare il soldato è l'unico mestiere che conosco.»

«Be', adesso che i comitati degli operai e dei soldati si stanno impadronendo di tutte le fabbriche di tuo padre, va a finire che la cosa ti lascia più o meno indifferente.»

«Papà troverà il modo di cavarsela. Ci riesce sempre.»

«Però, sembravi essere abbastanza contento di trovarti a Lichterfelde.»

«Sì, aveva finito col piacermi. Sono sempre stato uno che si adatta: i fratelli minori devono sempre adattarsi a quello che chiunque altro vuole. E mi piaceva il rispetto che mi procurava la divisa da ufficiale. Ti ricordi, Alex? Gli appartenenti al Corpo Ufficiali erano dèi. Mi piaceva, sai, Alex, ricevere le scappellate e gli inchini dei borghesi. Mi piaceva come mi salutavano e si scostavano a cedermi il passo per la strada e come venivo servito per primo nei negozi.»

«Penso che piacesse a tutti. E adesso, guarda come ci siamo ridotti: io imboscato in abiti borghesi, e tu mascherato da miliziano.» Pauli squadrò l'amico. Alex aveva in capo una bombetta grigia e indossava un vecchio Inverness — un cappotto grigio, largo e sciolto, con la mantellina. Non era una tenuta troppo stravagante, non più di tante altre che si vedevano circolare in città a quei tempi. Comunque non esattamente appropriata per un ufficiale prussiano.

Pauli annuì. «E volevo bene anche al Kaiser. Ero contento dell'idea che qualcuno sapesse quel che era meglio per la Germania, e che era meglio per l'Esercito e per il Corpo Ufficiali e per me. E quando la guerra si prolungava e ogni sorta di fetenti come Brand riusciva a ottenere i gradi, non mi faceva né caldo né freddo, perché quelli non erano veri ufficiali: il Corpo Ufficiali prussiano era ancora un'élite che escludeva i non addetti ai lavori.» Camminarono in silenzio per qualche istante, mentre Pauli radunava e riordinava i pensieri. «E poi, arrivò il battaglione d'assalto. Un mondo che non avevo mai conosciuto. Che mi permise di essere me stesso. Avrei voluto che tu fossi stato con me, Alex.»

«Me lo scrivesti in una delle tue lettere.»

«Ci davamo del "tu", ufficiali e soldati. Chiamavo i miei uomini col loro nome di battesimo, e spesso sedevamo assieme a chiacchierare, senza preoccuparci della gerarchia. A discutere di politica o a chiederci quale Germania avremmo trovato dopo la guerra.»

«E nessuno di voi immaginava che sarebbe stata come questa?»

E Alex frustò rabbiosamente, col bastone da passeggio, un mucchio di neve.

Pauli grugnì. «Chi avrebbe potuto immaginare che sarebbe finita in questo modo? Nessuno! Chi avrebbe potuto pensare che il Kaiser avrebbe tagliato la corda, in modo che Fritz Esser e il suo compare Liebknecht si insediassero nel Palazzo Reale? O supporre che un'accozzaglia di pseudo intellettuali e di socialisti renitenti alla leva avrebbe guidato una Germania ridotta a una repubblica fatiscente, e che l'Imperial Guardia a cavallo sarebbe corsa ad aiutarli?»

«Mi aspettavo tu stessi per dirmi che il tempo trascorso a contatto con l'uomo della strada ti aveva dato modo di conoscere meglio i socialisti, caro il mio Pauli.»

«I socialisti sono dei sognatori. Il tempo dei sogni è tramontato da molto. La nostra patria sta morendo, e nessuno corre in suo aiuto.» Assestò una pedata al cocuzzolo di una montagnola di neve, che si frantumò in una nuvola bianca.

Arrivati in Friedrichstrasse, dovettero attendere, prima di attraversare, che il traffico si diradasse. Era sorprendente come la vita andasse avanti, in apparenza indifferente al fatto che la città fosse nel pieno di una rivoluzione. Anche mentre si sentiva sparare, la gente si soffermava davanti alle vetrine natalizie e affollava i marciapiedi, e gli autobus continuavano a funzionare. Nell'aria c'era l'odore fumoso delle castagne arrosto, e da uno dei club vicini giungeva il suono di musica jazz americana. Un commesso di negozio e uno chauffeur stavano caricando dozzine di pacchi multicolori su una grossa automobile, mentre una matrona impellicciata teneva il conto degli involti. Difficile credere che i tonfi sordi uditi in precedenza quel giorno erano stati esplosioni di bombe da mortaio, e che proprio in quel momento l'artiglieria fosse per la strada per attaccare il Palazzo Reale.

«I borghesi hanno da badare alle loro faccende» commentò Alex, mentre attraversavano, schivando un taxi.

«Cioè, a fare quattrini?» disse Pauli, con disprezzo.

«Non puoi certo farne a meno per vivere.»

«Ci sono altre cose più importanti del denaro, Alex. È quello che ho imparato nel battaglione d'assalto, ed è quello che molti dei nostri volontari del Freikorps credono.»

«Provengono dalle tue vecchie truppe d'assalto?»

«Nel mio battaglione, una dozzina circa sono vecchi camerati. È una delle ragioni per cui ho aderito. Se il reclutamento continua come in questo momento, avrò la mia compagnia col prossimo mese.»

Alex Horner ridacchiò. «E io che mi stavo convincendo che eri diventato un vecchio cinico, Pauli! Mentre, in realtà, sei lo stesso fervente ottimista e sognatore che ho sempre conosciuto.»

«Prendimi in giro finché vuoi, ma...»

«Non ti sto prendendo in giro. Sono sentimenti che ci accomunano. Chiunque io conosca e rispetti, la pensa più o meno come te. Tutti si sentono frustrati nel constatare come questo dannato governo venga trattato con disprezzo, qui in patria, da ogni farabutto, e come debba ricevere gli sputi di Parigi, Londra e Washington.»

«Ma rimani inerte? O sei soltanto un fatalista?»

«Se la massa vuole essere governata dagli spartachisti, si accomodi. Io sono un soldato professionista. Ubbidirò agli ordini legali del mio esercito come l'esercito russo sta facendo sotto Lenin.»

Pauli scosse la testa. «Sei troppo ingenuo, Alex. Credi davvero che Lenin rappresenti il lavoratore russo? Il partito di Lenin è soltanto un piccolo gruppo, rumoroso e violento, che ha conquistato il potere e ha poi fatto piazza pulita, Dio sa con quali sistemi, di tutta l'opposizione. Attualmente, qui in Germania, i socialisti di Ebert sono in maggioranza, ma gli spartachisti stanno già tentando alcuni dei trucchi di Lenin per impadronirsi del potere. E dopo, il Cielo aiuti gli avversari di Liebknecht. Saranno messi al muro e fucilati senza processo.»

Udirono alle loro spalle il suono cadenzato di uomini in marcia lungo l'Unter den Linden e provenienti dalla direzione del Tiergarten. Nell'oscurità le scarpe chiodate dei soldati sollevavano scintille dall'acciottolato. Erano Guardie degli Ulani. I due giovani ufficiali rimasero a guardare compiaciuti i soldati che imboccavano l'ingresso dell'università. In tutta la Germania, unità così addestrate e disciplinate si potevano contare sulle punte delle dita.

Man mano che si avvicinavano al Palazzo Reale, l'Unter den Linden si faceva più affollata. Come al solito, sostavano agli angoli della via gruppi di uomini in uniformi improvvisate. Molti di essi col fucile appeso alla spalla, a canne all'ingiù, com'era diventato di moda per tutti i rivoluzionari. Ma quegli uomini armati erano in netta minoranza rispetto ai curiosi che affluivano lì, a seguito delle voci che erano dilagate in città. Volevano vedere come l'esercito avrebbe rintuzzato le velleità dei facinorosi marinai. O, addirittura – se altre voci erano attendibili – assistere al modo con cui le forze militari monarchiste avrebbero organizzato una controrivoluzione.

Quando Alex e Pauli raggiunsero l'entrata principale del palazzo, vi stazionavano tre sentinelle. Giovanissime, pallide in viso, con i flosci berretti della Marina e bandoliere incrociate sul petto. Si stavano scaldando le mani a un falò che ardeva sul pavimento. Erano visibili nel fuoco pezzi di mobilio, le cui vernici e dorature sfrigolavano e si gonfiavano tra le fiamme. I due ufficiali chiesero di Esser. Ci volle un bel po' perché lo rintracciassero. Alex e Pauli rimasero vicino al fuoco, tentando di sbirciare nel cortile. Nonostante la limitata visibilità concessa dal punto in cui erano, appariva chiaro che i marinai erano nervosi e impauriti alla prospettiva di un'aspra battaglia con le unità dell'Esercito provenienti da Potsdam.

Dopo circa un quarto d'ora, un marinaio armato li condusse su per le scale. Manco a dirlo, Esser si era accampato negli appartamenti privati dell'imperatrice, e fu lì che Alex e Pauli vennero introdotti. I locali erano stati saccheggiati, naturalmente, ma non pochi degli oggetti personali dei regali abitanti erano ancora in evidenza. Corpetti di trina e lunghi abiti da ballo appesi nei guardaroba dell'imperatrice. La scrivania scassinata, con fogli di carta da lettere e buste sparpagliati sul pavimento, presumibilmente a opera di coloro che, per la strada, erano andati vendendo la regale corrispondenza. Ancora sul pavimento, scatole di cipria, qualche spazzola, pettini e cornici d'argento, da cui erano state strappate le fotografie.

Eppure, l'impressione generale di quel santuario era di una volgarità priva di fascino, un'ostentazione di frivole cianfrusaglie, che forse ci si sarebbe aspettato di trovare in casa di qualche magnate nuovo ricco.

«Il presidente del comitato d'emergenza dei marinai e dei lavoratori verrà fra cinque minuti» annunciò un marinaio barbuto.

«È Fritz Esser?» domandò Pauli.

«Sì, il compagno Esser» confermò il marinaio. «Vi è proibito di toccare qualsiasi cosa o di lasciare questa stanza, pena la morte; avete capito?«

«Sì, abbiamo capito» rispose il tenente Horner, che ormai si era abituato all'ampollosa retorica della rivoluzione.

Per il "presidente" Fritz Esser era stata una giornata ricca di avvenimenti perfino in confronto agli altri convulsi giorni delle ultime settimane. Ma, come era accaduto così spesso da quei primi giorni del novembre 1918, egli era stato frainteso, spiazzato e, in definitiva, zittito.

Il guaio era che Esser non valutava mai i suoi oppositori nel modo dovuto. Era stato così sin da quando aveva avuto inizio l'ammutinamento nella Flotta: di solito, era Fritz Esser il primo a fiutare un'opportunità, ma gli mancavano l'abilità e il cinismo di trarne vantaggio.

Ad esempio, gli spartachisti e i radicali di estrema sinistra tra gli indipendenti si erano sempre aspettati che la rivoluzione, di cui erano andati parlando per anni, sarebbe cominciata tra gli stanchi, impauriti, frustrati soldati della prima linea, anziché tra i marinai e i borghesi. Era stato Fritz Esser quello che aveva persistito nei suoi conciliaboli segreti e nella distribuzione di opuscoli virulenti destinati agli equipaggi delle corazzate e degli incrociatori della Flotta d'alto mare, che avevano trascorso quasi tutta la guerra all'àncora nei porti del nord.

Era stato Esser — con un rapporto segreto a uno degli accoliti di Liebknecht — a sostenere che i combattenti al fronte sarebbero stati gli ultimi ad ammutinarsi. La cosa era evidente nelle basi navali, dove c'era scarso interesse per Karl Marx tra gli equipaggi dei sommergibili o tra coloro che arrischiavano la vita a bordo delle siluranti e dei cacciatorpediniere, scendevano regolarmente in mare a combattere il nemico. Gli uomini che venivano ai suoi raduni erano quelli delle grosse navi da battaglia: coscritti di estrazione cittadina, elementi annoiati e scontenti, insofferenti alle restrizioni imposte dalla vita militare, e che nulla avevano da fare se non sfilare in parata, grattare la ruggine e verniciare le loro torreggianti prigioni d'acciaio. Questi uomini, i quali non avevano mai sentito le cannonate se non durante le manovre, erano quelli che ascoltavano i sogni del domani, predicati da Esser.

Anche nell'estate precedente, dopo che Esser aveva incoraggiato i marinai della corazzata *Prinzregent Luitpold* a scendere a terra, a Wilhelmshaven, sfidando gli ordini che proibivano la franchigia — un reato per cui due dei compagni di Esser erano finiti davanti al plotone d'esecuzione — gli spartachisti non avevano creduto che la Flotta d'alto mare fosse un fertile terreno su cui i loro agitatori potessero spargere il seme della rivoluzione. I rapporti di Esser erano stati ignorati. In settembre, uno dei leader spartachisti aveva detto a Esser che le riforme dell'Alto Comando navale — i "comitati alimentari" eletti dai marinai che d'ora in poi avrebbero distribuito le razioni — avevano annullato la prospettiva di ulteriori rivolte.

Solo quando, di stanza a Kiel, Esser vi aveva dato esca a veri ammutinamenti, i capi spartachisti avevano cominciato ad aprire gli occhi. Ma anche allora con tiepido entusiasmo: secondo loro l'ammutinamento era soltanto la reazione all'ordine di prendere il mare per un'ultima battaglia suicida contro la Flotta inglese. Il comitato politico degli spartachisti a Berlino sembrava offeso dal fatto che i marinai mancassero di motivazione politica. Quell'ammutinamento, secondo Berlino, non sarebbe mai sfociato nella rivoluzione che il comitato centrale voleva.

Esser e i suoi seguaci avevano ignorato il verbo di Berlino. Erano stati i discorsi di uno dei giovani discepoli di Esser che avevano indotto i fuochisti della corazzata *Helgoland* a ficcare le loro pale nelle caldaie, a rovesciare il carbone sulle piastre del pavimento, a spegnere i fuochi con i tubi dell'acqua. Senza il calore sufficiente per alzare la pressione, l'ordine dell'ammiraglio von Hipper di prendere il mare era rimasto lettera morta.

E quando l'U-135 aveva minacciato di silurare la *Thüringen* se i suoi ammutinati non si fossero arresi, era stato uno del clan di Esser a persuadere i cannonieri dell'*Helgoland* a puntare i pezzi sul sommergibile. Che Esser non fosse stato presente a quell'insuccesso, finito con gli ammutinati in prigione, non gli aveva impedito di proclamarsi orgogliosamente l'iniziatore della rivoluzione. Perché, nel giro di qualche giorno, non solo Kiel ma anche dozzine di altri porti e città erano sotto il controllo dei comitati dei lavoratori e dei marinai. L'Esercito, troppo smembrato e decentrato, non aveva fatto nulla per domare la rivolta. Che era ormai dilagante.

E così, quando era arrivato a Berlino con l'avanguardia dei marinai ammutinatisi, che adesso si facevano chiamare Flotta del popolo o Divisione Navale del popolo, Esser si aspettava di essere accolto con lodi e ringraziamenti dalla gerarchia spartachista. Invece, era stato messo da parte, mentre il controllo della rivoluzione veniva assunto dai politici che non gli avevano creduto. Esser era diventato nulla più che un piccolo gerarca di second'ordine, un presidente di un comitato che sino allora nulla aveva dovuto fare oltre che disporre i turni di servizio per la pulizia degli accantonamenti e comporre le risse tra i numerosi ubriachi, i ladri e i piccoli criminali che ben presto si erano uniti ai marinai.

Le decisioni importanti circa la politica spartachista — o la mancanza di esse — erano prese dalle stesse persone che, in passato, avevano dato consigli tanto deteriori a Liebknecht e a Rosa Luxemburg. Profittatori dagli occhi spietati, vestiti di scuro e con inequivocabile accento cittadino, avevano liquidato Esser e i suoi simili come tonti paesani privi di quelle sottigliezze in fatto di politica che erano necessarie per pilotare la rivoluzione nascente; la quale avrebbe spazzato via dal potere il provvisorio governo socialista, per sostituirlo con un regime di inflessibile autoritarismo.

Eppure, gli uomini e le donne che potevano capire soltanto l'accento campagnolo di Esser avrebbero fatto bene a studiarne le conclusioni perché Esser era astuto e intuitivo. Il rapporto di Esser sulle formazioni irregolari dell'esercito — Freiwillige Landesjägerkorps, o Freikorps — che stavano spuntando in tutta la Germania, era un documento che i leader spartachisti avrebbero fatto bene a leggere. Esser era diventato un esperto del malcontento, e riusciva a distinguere il malcontento dei marinai, che egli aveva aiutato ad arrivare allo stadio di ammutinamento, da quella sorta di malcontento che stava fornendo al Freikorps più uomini di quanti quelle milizie volontarie riuscissero a vestire e armare dovutamente.

Pochi marinai della Divisione Navale avevano visto un'azione di guerra. Tipicamente, erano ex operai dell'industria, scapoli, senza fissa dimora. Alcuni di essi si dedicavano regolarmente a imprese di saccheggio, furti con scasso, e persino a elemosinare, o meglio a pretendere soldi, nelle pubbliche vie, mascherando sempre i loro crimini sotto l'etichetta di irreprensibili motivazioni politiche. I marinai si attaccavano al palazzo perché prendevano la paga dal governo — che li temeva — e perché ci faceva più caldo e ci si stava meglio che non per strada, dove diversamente sarebbero stati relegati. Finché Liebknecht e Rosa Luxemburg li incoraggiavano, i marinai avrebbero inneggiato ai discorsi spartachisti.

Gli uomini del Freikorps erano una categoria totalmente diversa, come aveva sottolineato Esser. Le reclute del Freikorps venivano in gran parte da soldati che avevano fatto la guerra al fronte, e per i quali il mondo si divideva tra "il fronte" e "le retrovie". Le retrovie erano i civili che avevano fatto soldi lavorando nelle fabbriche belliche, e i proprietari di dette fabbriche. Le retrovie erano i banchieri e i finanzieri, i pacifisti che avevano concionato contro la guerra, e i "criminali di novembre" che avevano firmato l'armistizio. Sebbene gli ufficiali fossero esclusi dalla Divisione Navale del popolo, il Freikorps non aveva esitato ad accogliere i suoi ufficiali temprati dalla guerra quale parte della sua fraternità specifica.

Era stato forse nel compilare il proprio ignorato rapporto che Fritz Esser aveva cominciato a scoprire qualche cosa di se stesso. Esser non era mai stato in battaglia. Il suo servizio in Marina era trascorso nel relativo comfort e nell'innegabile sicurezza delle caserme della Flotta Imperiale. Anche se non lo avrebbe mai ammesso, egli si sentiva a disagio per il suo ruolo passivo in quella grande "guerra destinata a por fine alle guerre", perché Esser — a dispetto delle sue dichiarazioni rivoluzionarie — aveva per il combattente l'innato rispetto che tanto grava sull'anima germanica.

Le interminabili, vacue e litigiose riunioni del comitato, che si prolungavano sino alle ore piccole senza raggiungere alcuna conclusione, lo avevano logorato e disilluso. E quel lunedì sera, ventitreesimo giorno del dicembre 1918, Esser era arrivato a non poterne più. La prospettiva dell'imminente attacco delle unità lealiste dell'Esercito lo spaventava, ed egli non faceva mistero di tale paura. Anche l'artiglieria leggera che, secondo gli informatori, si stava preparando a Potsdam, sarebbe stata sufficiente a scardinare le porte del Palazzo Reale, e l'effetto delle granate su obiettivi così raccolti non lasciava dubbi.

Eppure, il tentativo di cacciare in testa al suo comitato un fatto così elementare si era dimostrato superiore alle sue capacità. Non uno dei membri del comitato che avesse proposto un'alternativa sensata al suo suggerimento di aprire trattative con Ebert e di liberare gli ostaggi – Otto Wels in particolare – quale gesto di buona volontà. Era stato ridotto al silenzio da urla di «Traditore!» e «Niente resa!» anziché essere sconfitto in una discussione razionale. Alla fine, Esser era esploso di rabbia. Aveva vomitato oscenità contro quei pomposi scribacchini – *Bonzen*, li aveva chiamati – e aveva abbandonato la riunione furibondo. Era stato allora che il marinaio era arrivato a dirgli che due plenipotenziari dell'Esercito lo stavano aspettando da basso. Era il principio della fine. Esser si era spaventato. Adesso, che diavolo avrebbe dovuto fare? Temporeggiare, d'accordo, ma come?

«Sono Esser, presidente di comitato. Che c'è?» esordì fissando i due visitatori con i suoi occhi scuri e penetranti. Pauli riconobbe immediatamente il vecchio amico, divenuto un gigante dal torace a barile, visibile sotto il giubbotto sbottonato, con un fazzoletto rosso al collo e il berretto da marinaio piazzato sulla nuca del cranio quasi rasato.

«Fritz! Ti ricordi di me? Pauli Winter. A Travemünde.»

Esser non lo riconosceva. Girò gli occhi su Alex Horner. Quello lo ricordava, l'aveva visto nell'agitato colloquio alla Cancelleria; era una specie di addetto militare di Otto Wels. C'era da aspettarselo che l'Esercito avrebbe mandato lui a parlamentare circa il rilascio del governatore militare di Berlino. Esser si era opposto all'idea di trattenere come ostaggio l'uomo politico socialista: non era altro che rapimento ed estorsione, una trovata del genere. Tattiche che non avvicinavano la Divisione Navale del popolo alla classe lavoratrice. Esser conosceva la classe lavoratrice: era moralista.

«Usciamo dal palazzo, Fritz. Devo parlarti.»

Fritz andò alla finestra. Fuori era buio, ma egli poteva vedere la via piena di gente. E le luci della cattedrale che brillavano su elmetti di acciaio. Ma gli elmetti non volevano necessariamente significare che fosse arrivato l'Esercito; metà della popolazione berlinese, a quanto pareva, andava in giro calzando l'elmetto e rimorchiandosi armi. Si girò a scrutare i due. Quello che aveva visto alla Cancelleria era senza dubbio un ufficiale prussiano, nonostante la bombetta, il bastone da passeggio e il lungo cappotto. L'altro indossava un malconcio pastrano militare e un elmetto con una svastica verniciata sulla parte anteriore. Non avrebbero dovuto lasciarlo entrare con quella pistola appesa alla cintura, ma era troppo tardi per rimediare.

«Fritz!» ripeté Pauli.

Adesso lo riconosceva: il ragazzino della grande casa a Travemünde, Pauli Winter. Forse le cose si sarebbero messe bene. Afferrò e strinse la mano protesa. «Che diavolo ci fai qui? Ti ha mandato l'Esercito?»

«L'Esercito? No.»

«Buon Dio, Pauli, le guardie ti hanno fatto entrare solo perché credevano che ti avesse mandato l'Esercito per negoziare con noi.»

«Vieni a bere una birra con noi, Fritz.»

Esser si rivolse ad Alex Horner. «Lei non è venuto a chiedere il rilascio di Otto Wels?»

Alex stava per dire che Wels poteva andare senz'altro all'inferno, invece precisò: «Herr Winter è amico mio».

«Allora andiamo a farci questa birra!» esclamò Fritz Esser. Sorrise, scoprendo la dentatura irregolare. «Ti pagherò più birra di quanta tu ne possa bere, giovane Winter!»

«Potrebbe volercene tanta, Fritz.»

«Non è un trucco?» domandò Esser, di colpo rabbuiandosi.

«Ha la mia parola» disse Alex Horner, gravemente, con uno scatto dei talloni.

«Il mio amico è un prussiano verniciato di prussiano, ma sotto la vernice "egli è di cuor buono e leale".»

«Va bene, mi fido» disse Esser. Era un bel po' che aveva smesso di fidarsi di qualcuno, ma adesso voleva accantonare i guai di quella giornata, e dimenticare, dimenticare, dimenticare. Che quei sapientoni del comitato continuassero le loro discussioni senza di lui! Tanto per cadere in piedi, si allacciò pistola e cinturone. Si passò la mano sui capelli irti e cortissimi e se li sentì bagnati di sudore, quindi si sistemò il berretto in testa. «Dove andiamo a bere?»

Pauli aveva già pronta la risposta. «C'è una *Kneipe* dietro lo Spittelmarkt: il locale di Guggenheimer. Lo conosci?»

La scelta tranquillizzò Fritz Esser. Guggenheimer era un ebreo con una mezza dozzina di figli, tutti studenti universitari, con vari gradi di successo. Il suo locale era ritrovo di studenti, con cibo a buon mercato e birra forte, frequentato da ogni sorta di gente strana. Un posto dove un marinaio, un Freikorps e un borghese ben vestito potevano bere assieme senza attirare una attenzione non gradita.

Alex scoccò un'occhiata all'amico. Era stato tutto programmato da Pauli? Pauli sapeva essere tortuoso e scaltro, all'occorrenza: un lato della sua natura che pochi conoscevano. Ma era anche sincero e leale; per questo gli riusciva di incantare Esser.

«La paga è secondaria» affermò Pauli, dopo che erano stati consumati parecchi boccali della miglior birra scura di Guggenheimer. «È il cameratismo, uomini di cui ti puoi fidare per tutta la vita, e ai quali puoi affidare la vita. Ma anche i soldi servono: ogni volontario ha un soldo base di quaranta marchi al giorno, a cui il governo aggiunge adesso cinque marchi. Poi c'è la razione: duecento grammi di carne e settantacinque grammi di burro e un quarto di vino. Anche birra e sigarette in abbondanza.» Sollevò il suo bicchiere di birra. «Nel nostro spaccio, questo non costerebbe quasi nulla. Ma sono tantissimi quelli che si arruolano perché il servizio nel Freikorps conta agli effetti della pensione. Prendiamo te, Fritz» aggiunse, come facendo un esempio a caso. «Entreresti nel Freikorps col tuo attuale grado e paga della Marina — in effetti diverresti il mio sergente maggiore, poiché col mese prossimo avrò la mia compagnia — e il tuo servizio nel Freikorps conterebbe agli effetti della tua pensione. In più, ricomincerebbero subito gli assegni familiari in favore dei tuoi genitori. A proposito, come stanno i tuoi vecchi?»

«Mio padre non troppo bene» rispose Fritz Esser, con la testa altrove.

«Oh, mi dispiace tanto» si dolse Pauli. E fu caratteristico del fascino di Pauli esternare il genuino dispiacere che "l'uomo dei maiali" non stesse bene, per poi continuare immediatamente, senza apparire indifferente, la sua descrizione della vita nel Freikorps. «Quelli che sono difficili da trovare sono i furieri e gli ufficiali pagatori. I battaglioni d'assalto non erano famosi dal lato amministrativo. Ma adesso che possiamo ottenere il soldo, il soprassoldo, le razioni e tutto il resto è essenziale che il lavoro delle pratiche amministrative sia svolto nel dovuto dei modi. Questi socialisti, vedi, sono tutti burocrati; dobbiamo stare al loro gioco.»

«Perché dobbiamo stare al loro gioco?» volle sapere Esser. «Io del governo non ho la minima fiducia.»

Alex annuì, concordando, e si sporse in avanti per non perdere la risposta di Pauli.

«Per il momento» spiegò Pauli. «Al momento opportuno, la Germania avrà chi la possa guidare come merita.»

«Un imperatore?» chiese Alex Horner.

«Forse» ipotizzò Pauli. «Credo, però, che abbiamo visto la fine della dinastia degli Hohenzollern. Il principe ereditario manca delle qualità di un vero re-soldato prussiano, e nessuno che abbia visto da vicino il principe della corona può pensare che valga molto di più.»

«Sono esattamente dello stesso parere» disse Alex Horner, e ruttò. Esser si tolse il giubbotto e lo mise sulla spalliera della sedia. Aveva le braccia coperte di tatuaggi: serpenti, nomi di donna e motti inneggianti alla fedeltà, in elaborati arabeschi.

«Facciamo portare altra birra» propose Pauli.

«Tocca a me» disse subito Fritz Esser. Era il più anziano dei tre, e deciso a contribuire per la sua parte. Si alzò e si avviò verso il bar, barcollando solo un tantino.

Con Esser che non poteva sentirlo, Alex Horner bisbigliò: «Non vorrai reclutare questo sciagurato nel tuo dannato Freikorps di Graf?». Alex non simpatizzava affatto con il capitano Graf, il piccolo omosessuale che guidava il suo esercito privato come un medievale signore della guerra, né, d'altro canto, voleva insistere troppo sull'argomento, visto che Pauli era diventato una specie di apologeta di quello strano individuo.

«Non c'è nessuno lì che possa svolgere le funzioni di sergente maggiore» precisò Pauli.

«Nessuno, dove?»

«Nella compagnia di cui assumerò il comando il mese venturo. Bravi soldati, ottimi combattenti, buoni camerati, ma nessuno di cui possa fidarmi per determinati compiti burocratici.»

«Non ci riuscirai mai, Pauli. L'amico è uno spartachista.»

«Capirà che gli conviene» disse Pauli, compiaciuto. «Fritz non è uno stupido.»

«Sei tutto matto. Tutto questo ce l'avevi in testa fin dall'inizio?»

Prima che Pauli potesse confermare o negare, Fritz fu di ritorno con tre spumeggianti boccali di birra che sbatté sul tavolino. «Beviam, beviam, beviamo» sollecitò. Si guardò intorno per vedere chi era seduto vicino. «E poi, ci sono un paio di cose che devi dirmi circa questa faccenda del Freikorps.»

Corroborato da svariati litri della birra di Guggenheimer, il terzetto si avviò lungo la Leipziger Strasse, visitando altri bar, finché piegò a nord per Friedrichstrasse, dove la vita notturna era ancora più effervescente: finocchi e prostitute mescolati con mendicanti, ubriachi e tagliaborse, e da ogni parte la frenetica musica del nuovo arrivato, il jazz americano.

Fritz Esser non tornò mai al Palazzo Reale. Quando, di primo mattino in quella vigilia di Natale, l'artiglieria dell'Esercito aprì il fuoco sul palazzo, Esser non udì neanche le esplosioni, in quanto si trovava in una camera di un club dietro il Teatro Schiffbauerdamm, addormentato tra le braccia di una entraîneuse del night-club.

Mentre il 1918 si avviava traballando alla fine, Fritz Esser veniva arruolato nel Freikorps. Dall'altro lato della città, Liebknecht faceva confluire il suo Spartakusbund nei socialisti indipendenti e nel sindacato rivoluzionario dei lavoratori, chiamava la sua nuova entità politica il partito comunista di Germania, e iniziava ad armare i suoi seguaci.

Ovunque, a Berlino, la follia continuava: code di gente affamata davanti ai fornai e ai macellai, e a guardare al di là delle vetrate dei ristoranti, dove i profittatori di guerra e le loro donne sfarzosamente abbigliate banchettavano a champagne e caviale. Sul fronte occidentale, le truppe alleate avevano smesso di combattere, ma il blocco navale continuava, e migliaia di tedeschi morivano per non aver da mangiare il minimo indispensabile. In tutta Europa l'epidemia di "spagnola" decimava le popolazioni spossate e affamate: a Berlino, in un solo giorno, erano morte millesettecento persone.

Qualsiasi riserva avesse nutrito Fritz Esser sul fatto di militare sotto il comando del suo giovane amico svanì ben presto, mentre Pauli Winter guidava la propria compagnia attraverso i tetti di Wilhelmstrasse, nonostante i cecchini spartachisti appostati sull'altro lato della via. E Pauli ci aveva messo poco a saldare qualsiasi debito avesse avuto nei confronti di Esser, che gli aveva salvato la vita, tanti anni prima, ripescandolo dal mare. Perché Pauli, a più riprese, aveva evitato al suo sergente maggiore morte e ferite. Una volta, erano state le sue braccia robuste ad abbrancare al volo Esser che stava scivolando dalle tegole bagnate per precipitare nella strada sottostante. Esser aveva seguito Graf e gli altri lungo il colmo di un tetto a schiena di mulo. Ci volevano doti di equilibrio, coraggio e agilità, e Fritz Esser, appesantito dal fucile, dalla bandoliera e da un sacchetto di bombe a mano, non ne possedeva alcuna in modo adeguato. Era scivolato sulle tegole ghiacciate, e il suo fucile era partito per la tangente giù dal tetto, per atterrare sulla via di sotto. Mentre Esser stava cadendo, Pauli lo aveva afferrato per il bavero del pastrano, sostenendolo, come fosse crocefisso, di traverso sul ripido tetto, mentre dal tetto delle case di fronte di Wilhelmstrasse gli sparavano contro. Solo con notevole difficoltà, lo sfortunato peso massimo di Esser era stato tratto in salvo. Pauli ci aveva fatto una bella risata, di tutto l'episodio. Sotto il fuoco, l'impacciato Pauli diventava un altro uomo: non soltanto comandante della "compagnia Winter", era anche il più audace ed esperto combattente di quella unità davvero formidabile, il Freikorps Graf.

Un'altra volta, nel corso degli accaniti combattimenti nel cuore della città, i due avevano incontrato per brevi attimi il tenente Alex Horner. Era stato durante la violenta lotta dell'11 gennaio 1919, quando le unità del Freikorps avevano fatto irruzione con la forza nel Comando di polizia in Alexanderplatz, dove la resistenza spartachista era accanita. Ed era stato una specie di massacro. Il morale dei difensori si stava indebolendo, in quanto si rendevano conto che i comunisti di Liebknecht non si sarebbero impadroniti del potere grazie alle armi. Pauli ed Esser erano stati fra i primi a entrare nel cortile del Comando di polizia. Esser aveva lanciato una bomba a mano dentro una finestra sul cortile, e assieme a Pauli era entrato nell'inferno pieno di fumo; gli altri lo avevano seguito senza esitare. I difensori si erano ritirati stanza dopo stanza, piano dopo piano, ma gli implacabili uomini del Freikorps avevano ucciso chiunque avevano trovato.

Alex Horner aveva protestato per quella carneficina. Aveva sollevato formale protesta con il capitano Graf. Ma quelli del Freikorps non erano disposti ad ascoltare le sottigliezze tecniche di un ufficiale di carriera. Non avevano lasciato vivo un solo uomo.

Anche l'esercito regolare aveva uomini che non davan quartiere. Qualche giorno dopo, un informatore aveva segnalato la presenza di Rosa Luxemburg e di Karl Liebknecht in un appartamento medio-borghese di Wilmersdorf. La coppia, fatta prigioniera, era stata portata all'Hotel Eden, vicino alla chiesa delle Rimembranze, che le guardie a cavallo usavano come loro quartier generale. Dopo un brutale interrogatorio, i due erano stati fucilati, e con la loro morte aveva avuto fine la "settimana di Spartaco".

Durante quella pausa di respiro, il Freikorps si era riarmato e aveva riorganizzato le file, e il tenente Pauli Winter aveva perso il suo sergente maggiore. Fritz Esser, nel corso della sua breve milizia nella compagnia di Pauli, aveva dimostrato soltanto una moderata attitudine alle tattiche della fanteria, e, a meno che Pauli non gli fosse al fianco, non possedeva l'esperienza di combattimento e l'audacia spregiudicata che caratterizzavano la maggior parte degli altri commilitoni. Ma aveva avuto modo di far valere la competenza amministrativa acquisita durante il servizio in Marina. Fritz Esser era stato promosso ad assistente dell'aiutante di battaglione. E, appena due settimane dopo, allorché l'aiutante era finito all'ospedale, Esser era diventato aiutante di battaglione.

Per quanto bizzarro fosse lo stile democratico delle unità del Freikorps, vi erano state vive opposizioni al fatto che Esser diventasse un ufficiale. Quindi egli divenne aiutante, con quello strano grado di compromesso che l'esercito tedesco aveva inventato per risolvere tali dilemmi sociali. Era stato nominato Feldwebel-Leutnant, così da poter svolgere i compiti di ufficiale, con i gradi e le spalline e la paga di ufficiale, senza essere socialmente eguale ai suoi pari. Un compromesso che soddisfaceva tutti gli interessati.

L'uomo al cui fianco si trovava adesso Fritz Esser era il capitano Georg Graf, personalità non facile da trattare. Nonostante l'apparenza, il piccolo ufficiale di carriera, nato a Monaco, dalle grandi orecchie, il naso rosso e le non celate tendenze omosessuali, non era uomo con cui scherzare: e questo lo sapevano tutti coloro che avevano combattuto al suo fianco, ovunque, da Verdun ad Alexanderplatz. Era mutevole, violento, incapace di perdono.

Fritz Esser e il capitano Graf — entrambi uomini difficili e litigiosi per natura — lavoravano assieme amichevolmente. Pauli Winter sfotteva Esser, affermando che Graf si era innamorato di lui, proprio perché un'idea del genere rendeva nervoso l'inequivocabilmente eterosessuale Esser. Il quale, con lodevole stoicismo, ribatteva di ammirare Graf per il coraggio fisico in combattimento, e di apprezzarne le genuine attenzioni verso gli uomini che comandava. Comunque, quale che fosse l'esatta natura del rapporto che legava i due, il reciproco rispetto che Esser e Graf si dimostravano era sincero e durevole. Al punto che il Feldwebel-Leutnant Esser finì col diventare il vice *de facto* del capitano Graf. Quando Graf non era disponibile, era sempre Esser a venire consultato. «Probabilmente che cosa farebbe il capitano Graf?» La domanda era sempre formulata in modo che Esser desse un parere anziché un ordine, ma la sua implicita autorevolezza era fuori discussione, e Graf sanzionava sempre le decisioni del suo aiutante, quali potessero essere i suoi veri sentimenti.

L'assegnazione del Feldwebel-Leutnant Esser al quartier generale non significava che vi fosse un qualche cambiamento nel suo rapporto con Pauli Winter. Erano sempre intimi amici. Esser era grato a Pauli che lo aveva fatto entrare nel battaglione, e sebbene non potesse mai sostituire suo fratello Peter nel ruolo di mentore e protettore, o Alex Horner, quale esempio e voce della coscienza, Fritz Esser era il più prezioso degli amici. Fritz poteva essere clamorosamente divertente e aveva un fiuto infallibile per quella congerie di fandonie di cui il nuovo governo socialista era quotidianamente prodigo. Fritz non era un socialista impegnato, né era comunista o marxista. E, quale che fosse il credo politico che affratellava gli uomini del Freikorps, Fritz Esser non gli dimostrava del pari alcun reale attaccamento. Perché era un anarchico, sia per convinzione sia per natura, e Pauli trovava quell'atteggiamento anarchico verso la vita non solo divertente, ma anche illuminante e istruttivo.

Quando il Freikorps di Graf era emigrato da Berlino a Halle e poi a Monaco, il ruolo di Esser quale ufficiale di alloggio, madre superiora e generale factotum e capo-negriero si era conquistato il rispetto di tutto il battaglione. Durante i trasferimenti c'erano sempre pronti un caldo pasto serale, un posto asciutto in cui dormire, e anche qualche cosa da mettere sotto i denti di prima mattina. Ogni soldato del battaglione aveva scarpe ben riparate e cinquanta pallottole nella bandoliera, in caso di problemi con la popolazione locale, che a volte preferiva i suoi comitati comunisti a quei filibustieri combattenti. E se talora ci si doveva sobbarcare lunghe marce, era perché nemmeno il multiforme Esser poteva tenere tutti i vetusti camion in condizioni abbastanza efficienti per trasportare un battaglione intero. E poi, i soldati erano nati per marciare – chiunque al mondo lo sapeva. Le truppe del Freikorps amavano marciare e sparare e dormire sul duro; ecco perché erano nel Freikorps. La gente che non amava la vita dura e il cameratismo restava in borghese, e tutti i veri componenti del Freikorps disprezzavano i borghesi di qualsiasi credo politico.

## 1922

### *«Berlino è tanto lontana e tu mi manchi tanto»*

La campagna austriaca era livida e fredda, e alle cinque del pomeriggio il cielo già oscuro era striato dalla luce rossa del tramonto. Martha Somló e Harald Winter avevano pattinato ancora a lungo, dopo che gli altri pattinatori — per lo più gente del luogo, ché i viennesi non venivano fin lì a trovare il ghiaccio — se ne erano andati.

Martha amava il sibilo delle lame che mordevano il ghiaccio, e il modo con cui il volto le si coloriva sotto il vento freddo. Amava l'armonia con cui si muovevano assieme, e amava il braccio di Harald che la cingeva alla vita mentre solcavano il ghiaccio con spericolata velocità.

La cena che venne servita nelle stanze private al piano superiore del Cavallo Bianco era formata da semplici cibi campagnoli, ma in una fredda sera d'inverno non c'era nulla di meglio di una bistecca di vitello. Seduti davanti a un fuoco scoppiettante nel camino gustarono lo strudel caldo e la potente grappa della fattoria vicina. I ceppi provenivano dall'orto, il fumo odorava di frutta, e la linfa ancora dentro il legno faceva scoppiettare le fiamme, traendone scintille.

«Devi proprio andartene domani?» chiese lei. Erano stati a letto. Adesso Martha era seduta sul pavimento, ai piedi di Harald, nuda, tranne uno scialle gitano che si era avvolta sul corpo. Lui le aveva fatto togliere tutta la cipria, la crema e il rossetto. Ad Harald la nuova moda non diceva nulla: nel mondo di Harald Winter solo le puttane e le ragazze del varietà si dipingevano la faccia.

«Non sarei nemmeno dovuto restare così tanto.»

«Perché stai vendendo la banca?» Ogni volta che passava davanti alla banca in Ringstrasse, Martha si sentiva orgogliosa di conoscere Harry.

«Solo la mia quota.» Fissò il fuoco, come sperando di vedervi un futuro luminoso.

«Perché?»

«Non farà alcuna differenza per noi, piccola mia. Io continuerò a venire a Vienna.» Le pose una mano sui capelli, e Martha chiuse gli occhi godendo della carezza.

«Ma non così spesso.»

«Non sono più ricco, adesso» sospirò Winter. Era ricco, naturalmente, molto ricco secondo gli standard che la maggior parte del prossimo usa per misurare la ricchezza. Ma egli non poteva assicurare a Martha i lussi — carrozza e servitù — di cui la donna aveva usufruito un tempo, e si sentiva umiliato.

«Non importa» disse lei. Si girò a guardarlo al riverbero della fiamma. Harry appariva stanco e malato, ma lei ormai sapeva che le difficoltà negli affari incidevano su Harry come infermità e malattie incidevano sugli altri uomini. «Io sarò sempre qui ad aspettarti.»

«Sto costituendo per te un fondo fiduciario in Svizzera. Sarà sufficiente per farti vivere confortevolmente qualsiasi cosa accada.»

«Sei un uomo meraviglioso, Harry. Che farei senza di te?»

«Molta gente dice che le cose andranno sempre peggio. Qualche banca potrebbe fallire. È meglio vendere.»

«Berlino è tanto lontana e tu mi manchi tanto, Harry!» Egli si chinò per baciarla. Se solo potesse essere sempre così, pensò. Ma, con la stessa rapidità con cui era venuto, il pensiero si dileguò. Harald Winter avrebbe trovato insopportabile una vita come quella dopo una settimana, ed era abbastanza intelligente da saperlo.

# 1924

## *«Chi sono quegli uomini spaventosi?»*

Il ricevimento dato da Harald e Veronica Winter per festeggiare il ventiquattresimo compleanno del loro secondogenito Pauli era il primo vero festeggiamento di cui lo avessero onorato, sin da quando era piccolo. Tacitamente, comunque, si trattava di un omaggio dei genitori al primo anno universitario di Pauli Winter, al suo ritorno alla vita civile. L'adorabile vecchia casa sfolgorava di luci ed era animata dal brusìo di oltre cinquanta invitati e dalla musica di un'orchestra da ballo di dieci elementi. Con amaro umorismo, prettamente berlinese, gli inviti erano stati stampati su banconote da un miliardo di marchi. Anteguerra, un operaio non specializzato di una delle fabbriche di Harald Winter guadagnava venticinque marchi la settimana, ma l'inflazione galoppante dell'anno precedente aveva visto la carta moneta tedesca affondare in modo tanto abissale che un dollaro USA equivaleva a più di due miliardi e mezzo di marchi. Gli stranieri affluivano dall'Olanda e dalla Cecoslovacchia e compravano terreni e case per poche manciate di valuta forte. Poi, alla fine, lo sconquasso era terminato. La Reichsbank aveva emesso i suoi Rentenmarks, ognuno dei quali corrispondeva a un miliardo della vecchia valuta. Come per celebrare l'avvenimento, Aschingers, il famoso ristorante vicino alla stazione di Friedrichstrasse, offriva un primo, un bicchiere di birra, dessert e pane a volontà al prezzo fisso di un nuovo marco. L'inflazione si era fermata.

Mentre il marasma andava dileguandosi, risultava evidente che chi aveva sofferto di più erano stati i ceti medi; nelle ultime terribili settimane i risparmi di tutta una vita non erano bastati per comprare un francobollo ordinario. Ma qualche tedesco non aveva sofferto. Harald Winter aveva quasi raddoppiato le sue sostanze. Come molti altri industriali, aveva potuto usufruire dei prestiti della Reichsbank, la quale, come la massima parte degli enti governativi, reagiva assai lentamente alle contingenze quotidiane. Quindi, anche quando la Reichsbank applicava il suo massimo tasso di interesse, Harald Winter aveva potuto continuare a ottenere finanziamenti, rimborsandoli a un tasso molto, molto inferiore a quello dell'inflazione. E, col 1924, i cinque milioni di Reichsmark del debito contratto con suo suocero non erano altro che il prezzo di un pasto da Aschingers. Potevano essere rinegoziati, per così dire, a qualsiasi livello Harald Winter avesse deciso.

Ma non tutti i presenti al ricevimento in onore di Pauli, quella sera, erano stati fortunati e astuti come Harald. Molti di loro avevano investito almeno una parte del proprio denaro in buoni del tesoro, e adesso c'era in ballo la legge 8 dicembre 1923. Il governo socialista aveva deciso che i debiti dello Stato dovessero essere rivalutati vantaggiosamente — per esempio, le riparazioni di guerra dovute alla Francia — ma i milioni di possessori di titoli di Stato, ormai privi di valore, non sarebbero stati ricompensati.

«Per Dio!» esclamò Frau Wisliceny, che era venuta con le figlie e, a scorno di Peter Winter, rimorchiandosi anche suo genero Erich Hennig. «Comincio a credere che quell'intrigante di Hitler abbia ragione circa quei filibustieri che ci governano.» Gli anni non avevano addolcito Frau Wisliceny, voluminosa e piacente matrona in una elaborata, ma decisamente superata, toilette di Parigi, che risaliva ai tempi d'anteguerra. Frau Wisliceny rifuggiva dalla nuova moda, in onore della quale le donne sacrificavano le lunghe capigliature e scoprivano le gambe. La voce della Frau era ferma e decisa, perché Frau Wisliceny si vantava di essere informata come pochi altri a Berlino, e di saper parlare d'arte, musica e politica con qualsiasi maschio presente.

«Dico, non vorrebbe per caso essere governata da un farabutto del genere?» protestò Richard Fischer. Il figlio di Foxy Fischer, adesso quarantatreenne e a capo dell'impero familiare dell'acciaio, aveva in quel momento lasciato suo padre per potersi dedicare a corteggiare Inge, finché Frau Wisliceny non era intervenuta. Non che Frau Wisliceny fosse contraria a un matrimonio tra i due o trovasse sconveniente il flirt di Richard. Richard Fischer era il più eleggibile degli scapoli, e Inge, la maggiore delle ragazze Wisliceny, stava raggiungendo un'età in cui l'essere nubile dava nell'occhio. Ma Inge non aveva deposto la speranza di sposare Peter Winter, e, fintanto che questi rimaneva scapolo, gli dedicava anima e sguardi.

«Le conviene abbassare la voce» ammonì Erich Hennig. «Quel piccolo capitano Graf, che ronza qui in giro, è uno dei più noti uomini forti di Hitler, e quel bisonte che è con lui sarebbe il suo cosiddetto aiutante.»

«Non ho paura di esprimere le mie opinioni» disse Fischer. Anch'egli era grande e grosso, con una folta barba, e la sicurezza di modi che gli derivava dall'essere straricco faceva di lui un formidabile avversario in qualsiasi conflitto.

«Hitler finirà comunque in prigione» intervenne Frau Wisliceny, nel tentativo di evitare qualsiasi attrito potesse insorgere tra il proprio genero e Fischer. «Neanche i bavaresi non gliela faranno passare liscia per quel putsch armato contro il loro primo governo legalmente eletto.»

«Ho i miei dubbi al riguardo» disse Peter Winter. Era alto e bello, romanticamente pallido per aver studiato tanto a lungo i suoi testi di legge. Nel suo perfetto abito da sera, era fascinoso come pochi. Si era lasciato crescere i capelli, a disprezzo della corrente moda maschile, tanto che gli sfioravano le orecchie. Inge se lo stava divorando con gli occhi. Peter non era il tipo di uomo che ogni ragazza avrebbe sognato: si diceva fosse uno snob inflessibile, troppo tradizionalista per il permissivismo galoppante della Berlino anni Venti. Ma Inge aveva deciso che non esisteva altro uomo per lei, e adesso che sua sorella Lisl s'era sposata... «La settimana scorsa sono andato a Monaco con quelli del mio corso di giurisprudenza. Abbiamo parlato un po' con il collegio d'accusa, e ci hanno fatto vedere le motivazioni.»

«Ma non c'è niente da provare» obiettò Lisl. «Hitler è colpevole. È stato un tentativo di impadronirsi del potere con la forza delle armi. Si tratta solamente di quantificare la condanna.»

Peter la guardò, prima di rispondere. Il matrimonio con quell'odioso Hennig le aveva giovato, era evidente. Lisl appariva in forma e soddisfatta, anche più sicura di sé di quanto egli la ricordasse. Non pochi avevano predetto che sarebbe rimasta schiacciata dal cocciuto, dogmatico, tiranneggiante Hennig, ma era accaduto l'opposto: era Lisl a prendere tutte le decisioni, e, quando si trattava di opinioni di politica, Hennig si rimetteva al parere della giovane e bella moglie.

Peter disse: «Basta rimanere mezz'ora a Monaco per rendersi conto che non c'è alcun processo criminale, ma piuttosto un plebiscito popolare. Quale giuria manderebbe in prigione un eroe come il generale Ludendorff?».

Lisl replicò: «Non stiamo parlando di Ludendorff, che tutti sanno che è mezzo rimbambito. Stiamo parlando di Hitler, di uno squilibrato».

«Non so con quanta attenzione tu segui i discorsi di Hitler» le disse Peter con la spassionata moderazione che aveva imparato dal suo docente di legge. «Ma io ne ho letto qualcuno, e a fondo. Hitler oggi viene descritto come "il nuovo Messia" ed egli ne fa tesoro. Condanna lo scadimento morale, la corruzione, il vizio, ed è in grado di radunare intorno a sé tanta gente dalle opinioni diversissime: è questa la sua abilità.»

«Le ho sentite tutte quelle panzane moralistiche!» esclamò Fischer. «Ma a dar retta a Hitler, tutti i vizi e la corruzione del mondo sono qui a Berlino!» Si strofinò la barba e guardò Inge per averne l'approvazione. La ragazza gli sorrise, ma poi tornò a coccolarsi Peter con gli occhi.

«Infatti» ammise Peter pacatamente. «Ma sui bavaresi fa effetto. Quei dannati meridionali. A loro piace vedere Berlino come la base del centralismo, la casa e il cuore del militarismo prussiano – che temono e disprezzano – e considerano il protestantesimo dei berlinesi come il maggiore ostacolo al loro scopo di ripristinare un regno bavarese, con tanto di monarchia cattolica. Astutamente, Hitler sfrutta tutti questi sentimenti.»

E Fischer aggiunse: «E quei bavaresi vedono Berlino come un centro dominato dal capitalismo ebreo. Il che fa comodo alla loro natura antisemita».

L'orchestra attaccò un valzer di Lehár. «È un delitto non ballarlo» disse Frau Wisliceny. «Inge, questo ballo lo hai impegnato?»

«No, mamma.»

La matrona guardò significativamente Richard Fischer, che subito invitò Inge.

Peter stava per fare la stessa cosa con Lisl, se non altro per contrariare Hennig, ma costui lo batté in velocità e trascinò sua moglie a volteggiare sulla pista da ballo, con uno stringato cenno del capo diretto al gruppo.

Qualcuno venne a invitare alla danza anche Frau Wisliceny, e, rimasto solo, Peter si girò a osservare due soldati in piedi davanti al bar. Uno di essi era Fritz Esser, ovviamente. Non c'era modo di evitare di riconoscere il debito che gli doveva, ma Peter non sentiva affatto il dovere di approvare le attività dell'amico o quelle del piccolo ripugnante omosessuale che era venuto con lui. E Peter trovava scandaloso che i due si fossero presentati nelle loro uniformi da operetta. Il capitano Graf sfoggiava la divisa modificata di capitano dell'Esercito. Esser ne indossava una di nuovo tipo: camicia bruna, pantaloni a sbuffo, stivali, e cinturone e tracolla di cuoio stile Sam-Browne.* Entrambi facevano parte dell' "esercito" in uniforme che il ben noto capitano Ernst Röhm comandava — sotto denominazioni di continuo varianti — quale braccio militare del partito nazionalsocialista di Hitler. "Truppe d'assalto", si autodefinivano.

Peter Winter odiava i nazisti quasi quanto detestava i comunisti. Diffidava del loro aulico impiego di parole quali "libertà", "onore", "pane" e "sicurezza sociale". Era convinto che soltanto gli idioti potessero credere di porre riparo alle tare e agli opportunismi di questo mondo complesso mediante triti e ritriti slogan suadenti.

Nel profondo dell'anima, Peter aveva sempre sperato, per un qualche miracolo, di svegliarsi e ritrovarsi in un mondo ben ordinato, e guidato dal Palazzo Reale, da quell'autocrate del Kaiser Guglielmo, il quale se ne infischiava di quanto il Reichstag andava decretando. Ma, gradualmente e con riluttanza, era arrivato a ritenere che la nuova costituzione postbellica assicurava un effettivo impianto democratico, grazie al quale la Germania sarebbe di nuovo tornata a essere la più grande nazione del mondo.

Malgrado l'avversione che provava per il socialismo, Peter era, quella sera, uno dei pochissimi tra i presenti in casa Winter — per non dire dell'intera città — a sostenere Ebert, il presidente socialista. La Germania doveva essere governata in base alla legge: ecco perché egli stava studiando per diventare avvocato. La violenza organizzata dei comunisti e dei nazisti era una minaccia alla legge, alla stabilità del ceto medio tedesco, e quindi a tutte le cose che Peter aveva care.

Di conseguenza, gli riuscì difficile nascondere la propria ostilità mentre si dirigeva verso il punto in cui il capitano Graf stava parlando con Fritz Esser. Detestava quei due, non soltanto per quello che erano, ma anche per la loro continua frequentazione con Pauli. Peter aveva una sorta di presentimento che lo

* Generale inglese (1824-1901) inventore del tipo di cinturone. [*N.d.T.*]

spingeva a voler proteggere il fratello minore da quei due indigesti figuri. Per lo meno, era riuscito a convincere Pauli a uscire da quello scalcagnato e aborrito Freikorps. Se fosse rimasto ancora un po' a Monaco con quella gente, Pauli senza dubbio sarebbe diventato un miliziano nazista, anch'egli bardato, stasera, lì, in una di quelle ridicole uniformi.

«Non ballano, i signori?» domandò Peter, in tono provocatorio. Fece cenno al cameriere perché servisse altro champagne agli ospiti. I quali sapevano chi egli era, naturalmente; Graf lo aveva incontrato in precedenza, ed Esser, poi, lo conosceva sin da quando lo aveva ripescato in mare al largo di Travemünde.

«Stiamo parlando di bottega» rispose Graf, che teneva in mano un taccuino, e recava sul naso un paio di occhiali da lettura.

«Ma come? Stiamo festeggiando, no? Bevano! Danzino! Si divertano!»

Nessuno dei due riuscì a decidere come ricambiare le cordiali parole di Peter, che entrambi capivano essere sarcastiche. E mentre Peter guardava da un'altra parte, le lenti di Graf scintillarono al riflesso dei grandi lampadari, e il suo volto si imporporò di rabbia.

Quando il domestico ebbe versato lo champagne, Esser sollevò il bicchiere. «*Prosit*» disse e sorrise ampiamente. Peter abbozzò un inchino e prese congedo.

«Qui è pieno di giudei» esclamò Graf dopo che Peter si fu allontanato. «E la famiglia Winter si è arricchita e ingrassata banchettando sulle salme dei nostri camerati.»

«Verrà la nostra ora» rispose Esser. Agganciò il pollice al cinturone e rimase a guatare i ballerini come un domatore di leoni.

Il capitano Graf stava guardando verso il fondo del salone, dove quattro giovanissime donne, in succinti abiti a lustrini, avevano iniziato a ballare. Il capitano Graf non condivideva l'apprezzamento di Esser per le fanciulle seminude, e distolse gli occhi, con aria di disprezzo. «Ebrei, feccia capitalista!» sibilò.

Esser bofonchiò qualcosa e continuò a osservare le danze. Le ragazze erano state un'idea di Pauli Winter. Erano state prelevate appositamente da un *Revue-Bar*. Esser le conosceva ed esse sapevano chi lui fosse. La faccia di Fritz era popolare ovunque a Berlino vi fosse da bere, dal Kempi di Leipziger Strasse ai piccoli bar di via degli Invalidi dove i ruffiani esercitavano la loro professione. A differenza di Graf, Esser prediligeva le ragazze giovani. Bevve il suo champagne. Aveva imparato da parecchio tempo che tutto ciò che Graf disapprovava era "Ebrei, feccia capitalista". E fino a quel momento non aveva mai osato contraddire il suo capo. Ma l'anno precedente aveva visto un mutamento nella lealtà di Esser, il quale era stato abbastanza vicino alla dirigenza del partito nazista da accorgersi che Röhm — l'eroe e comandante diretto di Graf — non era ciecamente leale verso Hitler. Inevitabile un prossimo confronto tra le militarizzate SA — Sturmabteilung — di Röhm e i visi pallidi dei dirigenti del partito nazista. Ed Esser aveva deciso, che Hitler fosse finito in prigione o meno, che il proprio avvenire era con "Der Chef".

«Ci sanno fare a muovere le gambe» commentò con aria di sfida e applaudì le ragazze del *Revue-Bar*. Il capitano Graf sbuffò indispettito, si ficcò nel taschino della giubba il taccuino, e marciò verso le scale che portavano al bar e al salotto fumatori del piano superiore.

Pauli Winter aveva notato l'evidente stizza di Graf nei confronti di Esser, osservandoli dalla pista da ballo. Pauli si era trasformato. Non più tagliati corti — come quando era entrato alla scuola cadetti, in modo che il suo cranio pareva una rosea palla da biliardo — ora i suoi capelli biondi erano abbastanza lunghi da ricadergli sugli occhi. Il suo nuovo abito da sera — opera del sarto paterno — gli fasciava la figura massiccia e muscolosa, e non pochi occhi femminili lo stavano seguendo con interesse mentre ballava con una delle figlie di Guggenheimer. La vita studentesca aveva rivelato un nuovo aspetto di Pauli, poiché egli era un giovane amabile e socievole, cui piacevano le feste, le ragazze, il buon vino e la danza, molto più delle lezioni e dei testi di legge. Al riguardo, i risultati del suo primo esame erano stati così deludenti che ancora Harald Winter non ne era stato informato. A volte, Pauli si chiedeva perché si fosse lasciato indurre dai genitori a frequentare l'università, ma essi si erano dimostrati oltremodo decisi ad allontanarlo dal Freikorps. Perché erano degli ipocriti. Plaudivano al modo con cui il Freikorps si opponeva ai comunisti, però osteggiavano Graf e gli uomini che conducevano quella lotta.

Non era facile adattarsi di nuovo alle aule scolastiche dopo la vita elettrizzante e rude nel Freikorps. Ma c'era anche Peter alla facoltà di legge, e Peter risolveva ogni problema con quel modo alquanto imperioso con cui faceva ogni cosa. Ma anche Peter non poteva compiere miracoli per migliorare le votazioni di Pauli. Il diritto commerciale e finanziario non entusiasmavano troppo Pauli, ma, come sempre, egli voleva compiacere i suoi genitori: sapeva che era una debolezza stupida, ma preferiva, troppo spesso, concordare su qualsiasi cosa ci si aspettasse da lui, piuttosto che affrontare lunghe e penose discussioni.

Quando il ballo ebbe termine, Pauli applaudì l'orchestra e ringraziò Hetti Guggenheimer. Hetti era una ragazza graziosa — capelli neri e grandi occhi castani, le cui lunghe ciglia troppo prontamente sfarfallavano ai giovanotti — anche lei matricola come Pauli, però a medicina e con ottimi voti. Il prossimo ballo di Hetti era già stato prenotato da qualcun altro, ma la ragazza fece mostra di consultare il suo carnet, prima di scusarsi con Pauli. Il quale non se la prese troppo. C'erano ragazze in abbondanza lì presenti, Pauli era popolare tra le ragazze. Sebbene non avesse la statura di Peter, egli aveva l'aspetto piacevole della famiglia Rensselaer. Gli zigomi alti su una faccia ossuta, grandi occhi luminosi, e sorriso generoso lo facevano assomigliare a quel tipo di attore che Hollywood scrittura per il ruolo di cowboy. E, come l'archetipo del cowboy, parlava con voce piana, era di indole cordiale, e non si lamentava mai. Preso congedo da Hetti, tornò a prendersi la birra dove l'aveva lasciata, e si guardò intorno nel salone. Vide Esser e Graf impegnati in ciò che, ovviamente, era un argomento controverso. Si riordinò i capelli scompostisi nel ballo, e seguì con lo sguardo Graf che affrontava le scale, scuro in volto. Poi si avvicinò ad Esser. «Tutto bene, Fritz?»

«Tutto ottimamente, Pauli.»

«Ho visto il capitano Graf andare di sopra. Pareva nero.»

«Lo conosci, Pauli. La collera gli passa velocemente.»

«Di solito, ci vai d'accordissimo.»

Esser si portò il bicchiere alle labbra, e bevve lo champagne. Pauli capì che l'amico stava pensando alla risposta da dare. Finalmente, Esser si decise: «Le cose sono cambiate rispetto ai vecchi tempi, Pauli. Dopo che te ne sei andato per studiare, il battaglione è diventato diverso». Quasi da un anno Pauli aveva lasciato il Freikorps per intraprendere l'intensivo corso propedeutico prima di sostenere il primo esame. Dieci mesi di vita in famiglia. Sembrava molto di più. Molto, molto di più.

«Diverso, in che senso?»

«Troppi pivelli. Sbarbatelli altezzosi che non sono mai stati in guerra e vogliono dimostrarti quanto sono in gamba. E poi, ho nostalgia di Berlino.»

«E Graf?»

«È diventato culo e camicia con Röhm, e con Röhm non vado d'accordo. È troppo schifosamente ambizioso per essere un soldato. Gioca a fare il politico.» Esser si guardò attorno per assicurarsi che nessuno potesse sentire. «Sono stato dal Führer e gli ho detto quel che sta succedendo.»

«Il Führer? Hitler?»

«Gli ho detto che Röhm sta aspettando l'occasione per spiazzarlo. Con il Führer in prigione, Röhm potrebbe assumere il controllo di tutto.»

«Forse anche Röhm si beccherà un lungo soggiorno in galera.»

«È possibile. Ma può contare su amici e sostenitori importanti: nell'Esercito, nel governo bavarese, e anche in campo giudiziario. Gente che sa come, presto o tardi, i nazisti verranno al potere.»

«Quindi, tu pensi che i nazisti ce la faranno?» domandò Pauli. L'idea che quella piccola, esagitata organizzazione formasse un governo sembrava improbabile.

«Allora, serviranno uomini in gamba, Pauli. Uomini affidabili, come lo sei tu. Quando avrai finito legge, ci sarà un buon lavoro ad aspettarti.»

«Con i nazisti?»

«Tutte le alte gerarchie sono avvocati. Io stesso sto pensando di studiare legge.»

Pauli gli assestò una pacca sulle spalle. «Potresti farcela, Fritz. Ti darei una mano.»

L'altro rise, imbarazzato. «Dovrei togliermi la ruggine. Ho lasciato la scuola quando avevo quattordici anni.»

«Ne riparliamo la settimana prossima, a colazione insieme. Così, tu sei un nazista?»

«Sì, ne sono un membro segreto. Quel furbo bastardo di Röhm tenta di tenere noi camicie brune separate dai nazisti. Röhm ha sempre il sogno di depistare Hitler e ripristinare la monarchia, ma il Führer conosce le sue intenzioni.»

«Spero che *tu* conosca le tue intenzioni, Fritz» ammonì Pauli. Era lusingato che Esser gli avesse confidato una cosa del genere, perché quelli erano giorni in cui la minima slealtà era sufficiente per fare assassinare un uomo.

«Io ho naso di come gira la ruota. Non sono realmente un soldato; sono un individuo politico. Lo sono sempre stato» affermò Esser.

«E adesso che succederà? Il tuo Hitler di sicuro si becca una bella condanna che lo terrà dentro per un po' — o pensi di no?»

«Aspetteremo il nostro momento. È Adolf Hitler l'uomo di cui la Germania ha bisogno: dobbiamo aspettarlo, per quanto lungo sia il tempo.»

«Per l'amor di Dio, sii cauto, Fritz. Hai detto che Röhm è un bastardo senza scrupoli. Se scopre che lo stai tradendo...»

«So come neutralizzarlo. È un finocchio, come Graf. Ce ne sono troppi di omosessuali che gli scodinzolano attorno: è una delle cose che non mi garbano della situazione a Monaco. Li tratto tutti come pisciasotto viziati. Un giorno sarà il Führer a sistemarli. Fino a quel momento, quelle mammolette hanno bisogno di me. Röhm sta facendo incetta di armi — ci sono depositi segreti in tutto il Paese. Più di ventimila fucili, mitragliatrici... perfino artiglieria.» Sogghignò. «Senza il mio archivio non saprebbero mai dove trovare un chiodo.»

«C'è qui Alex Horner, stasera. Dovresti parlare con lui. Un giorno finirà con l'essere capo di Stato Maggiore. Potrebbe esserci un momento in cui un amico influente al Reichswehr farebbe comodo.» Pauli voleva che i suoi amici diventassero amici tra loro. Era un suo pallino, che quasi rasentava l'ossessione.

Fritz Esser bevve quanto rimaneva nel bicchiere. «Ti ringrazio, Pauli, ma non preoccuparti per me. So quel che faccio. Un giorno o l'altro, usciremo assieme, ci sbronzeremo, e ti racconterò qualche cosa riguardo al putsch di Monaco che ti farà rizzare i capelli. Quasi riusciva! Marciavo a fianco del Führer. Ero in Odeonplatz quando la polizia aprì il fuoco. Il Führer era a non più di trenta passi da me. Indossava ancora l'abito da sera sotto l'impermeabile. L'uomo vicino a lui si buscò in pieno una pallottola e trascinò nella caduta anche il Führer. Il capitano Göring restò ferito. Solo Ludendorff non si curò della sparatoria e superò il cordone della polizia. È stata un'esperienza meravigliosa, Pauli!»

«È stato un fiasco» ribatté Pauli, non senza dolcezza.

«Un giorno rimpiangerai di non essere stato con noi. Facemmo la storia.»

«Bevi un altro bicchiere, Fritz. E poi, andiamo a vedere se troviamo Alex. Voglio che diventiate amici.»

In quel momento il vecchio amico di Pauli, tenente Alex Horner, stava fumando un sigaro nello studio di Harald Winter. Stava anche cercando di rispondere ai quesiti del padrone di casa e del vecchio "Foxy" Fischer. Lo studio non era mai stato rinnovato da quando i Winter avevano traslocato in quella casa. Le pareti erano tuttora foderate dagli stessi libri, e il pavimento era coperto dall'identico tappeto orientale dai ricchi colori. La stessa scrivania di mogano intarsiato occupava il solito angolo, e l'unica fonte di luce era costituita dalla lampada da tavolo, schermata di verde. Tutto era pulitissimo e lustro, ma gli appoggiapiedi, così come le poltrone di lucido cuoio, erano graffiati e macchiati di bruciature di sigari, tenuti in mano sbadatamente, e di impronte lasciate da bicchieri. Lo studio, più d'ogni altra stanza della casa, aveva superato indenne gli ultimi terribili anni, e ad Harald piaceva così com'era: persino il ritratto del Kaiser Guglielmo era rimasto sulla parete.

Quella sera, l'aria dello studio era azzurrina per il fumo dei sigari dei tre uomini. La deferente attenzione che Alex riceveva era lusinghiera, ma egli non ne era sorpreso. Perché il tenente Horner aveva potuto vedere, di recente e con i propri occhi, il segreto che la Germania custodiva più gelosamente: le installazioni militari tedesche da poco create nella Russia sovietica. Adesso i suoi due interlocutori volevano un resoconto di prima mano di quel sorprendente sviluppo politico.

«Gli impianti, lei li ha visitati tutti?» domandò Fischer, che aveva settantadue anni, era totalmente calvo e aveva un aspetto fragile, ma che mai avrebbe rinunciato ai sigari e al brandy.

«Proprio tutti, forse no. Ma alcuni dei più importanti li ho visti.» Il viso di Alex aveva assunto un'espressione dura, quei lineamenti indecifrabili che l'esercito tedesco si aspettava dal suo elitario Corpo Ufficiali prussiano. Il naso gli si era ingrandito, e la cicatrice del duello, che da sempre gli solcava la guancia, aveva, con gli anni, acquistato maggior risalto.

«Le fabbriche di aeroplani Junkers, vicino a Mosca e a Kharkov» suggerì Harald Winter, per dimostrare di essere già bene informato. Appariva particolarmente tirato a lucido. Aveva trascorso la prima parte della serata dedicandosi alle danze. Ad Harry piaceva ballare, e quella sera non aveva mancato di far da cavaliere a gran parte delle belle e giovani donne presenti. A cinquantaquattro anni, era tuttora un ballerino migliore di qualsiasi giovincello, ed era più che compiaciuto di poterlo dimostrare.

Alex Horner annuì. «Eravamo in ventitré. Viaggiavamo separatamente. Io, per esempio, non ho visitato la fabbrica dei gas velenosi — che è in una zona remota dell'oblast' di Samara — né nessuna di quelle dove si fabbricano i proiettili d'artiglieria. Lì ci sono andati gli specialisti di balistica, e gli aviatori sono stati indirizzati alle scuole di volo. Io ero stato assegnato a visitare le scuole d'addestramento sui carri armati che mandiamo avanti assieme all'Armata Rossa.»

Fischer schiacciò il sigaro nel portacenere, con una forza non necessaria. «La faccenda non mi piace, proprio per niente. L'idea di insegnare a quegli assassini di bolscevichi come usare carri armati e aeroplani è pura follia! Quei maiali ci attaccheranno alla prima occasione che gli si presenta.»

«Le tue paure sono infondate, Foxy» disse Harald Winter, e sorrise per le vedute espresse con tanto accoramento dall'amico. «Il *Diktat* di Versailles ci vieta di avere aeroplani e carri armati. I sovietici non hanno firmato il Trattato di Versailles, e la loro collaborazione è esattamente quello che ci serve. I russi hanno bisogno della nostra comprovata esperienza, e noi abbiamo bisogno di condurre prove e sperimentazioni segrete.» La genialità con cui veniva aggirato il *Diktat* imposto dai vincitori sembrava deliziarlo.

«Ti lasci trasportare dalle prospettive» obiettò Fischer. «Anch'io voglio che le mie fabbriche tornino a lavorare a pieno ritmo, ma non posso tener segreta una linea di produzione di carri armati.»

Winter esitò, e un nervo guizzò nella sua faccia. Poi ammise: «Ho già fornito all'Esercito aeroplani moderni. Telai completamente metallici. Leghe d'alluminio, costruzioni monoscocca, molto, molto progrediti rispetto ai vecchi evanescenti apparecchi di legno usati in guerra. Avevo la disperata esigenza di sapere come si comportano in Russia in condizioni reali. L'Esercito non mi permette di mandar laggiù i miei tecnici». Guardò Horner, con la mezza speranza che questi si offrisse di aiutarlo a superare l'ostacolo, ma Horner distolse gli occhi.

«Forse sto diventando troppo vecchio» disse Fischer. «Mio figlio Richard la pensa come te. È ossessionato dalla progettazione di questi dannati carri armati, al punto di trascurare i nostri altri clienti. Gli dico che questi bolscevichi sono traditori, e lui mi ride dietro.»

«Abbiamo un nemico comune» sentenziò Horner. Alitò un anello di fumo e lo guardò compiaciuto. Il brandy e l'atmosfera cospiratoria gli erano andati alla testa.

«Noi e i russi? I polacchi, vuol dire?» domandò Fischer. «Non ho mai creduto che la Polonia rappresentasse una seria minaccia per noi.»

Qualcuno bussò leggermente alla porta, e quando Winter gridò «Avanti!» entrò sua moglie. Il tempo era stato gentile con Veronica Winter. Ella aveva perduto ben poco della bellezza che, quando Harald l'aveva conosciuta, aveva fatto voltare tanti uomini. Più magra, adesso, e il viso, la gola e le braccia, rivelate dal vestito da sera in seta a strisce gialle e ocra, erano più pallidi. Ma la serenità che la rendeva adorabile, e il sorriso, così frequente sulle sue labbra, erano scomparsi. Veronica era turbata.»

«Harald!» esclamò, dopo aver fatto cenno agli altri due uomini di non restare in piedi per lei. «Chi sono quegli uomini spaventosi?»

«Uomini spaventosi?» si stupì il marito. «Quali uomini?» Scosse la cenere dal sigaro, con un'irritazione che dimostrava quanto gli seccasse l'interruzione.

Nel tentativo di calmarla, Fischer chiocciò: «Ci sono tanti di quegli uomini spaventosi in casa tua, questa sera, Veronica, che nemmeno tuo marito riesce a individuarli».

«Come fa a dire una cosa simile, Herr Fischer?» replicò lei, fingendo indignazione. Rivolta al marito, precisò: «I due uomini con quella specie di uniforme».

Harald Winter capì subito. «Uno di loro è un tizio che si fa chiamare "capitano" Graf, uno dei ribaldi che portò il suo esercito privato giù a Monaco, per combattere i comunisti.»

«Il comandante di Pauli?» chiese Veronica.

«Sì, fin quando Pauli non ebbe il buon senso di starsene qui e frequentare l'università.»

«E l'altro?»

«Ce n'è un altro?» Harald guardò Fischer, che si strinse nelle spalle, e poi Alex.

Fu Horner a rispondere. «Si chiama Fritz Esser. È un amico di Pauli, signora Winter. Un vecchio amico.»

«Il nome non mi è nuovo» disse Veronica, dubbiosa.

Alex aggiunse: «Prima della guerra abitava a Travemünde. Fu Pauli a farlo entrare nel Freikorps, dove milita tuttora».

«Gli Esser» fece Harald Winter. «Sì, me li ricordo. Vivevano al villaggio, vicino a mamma. È il giovanotto che salvò i nostri ragazzi dall'annegare. Perché volevi saperlo, mia cara?»

«La gente continua a chiedermi chi sono, Harald. È difficile credere che siano nostri amici. E adesso questo capitano Graf è andato su, nelle stanze dei domestici.»

Winter scattò in piedi. «A fare che cosa?» domandò, ma intuì la risposta prima che arrivasse. C'erano in casa due giovanissimi camerieri, e le attività omosessuali del capitano Graf godevano di larga pubblicità. Correva anche voce che il minacciato intervento della polizia nei suoi confronti fosse stata la ragione principale per cui egli aveva trasferito via da Berlino il proprio battaglione.

Veronica arrossì: «Preferirei non dirlo, Harald».

«Adesso, quell'individuo lo caccio fuori a pedate!»

Anche gli altri due uomini si erano alzati. Fischer allungò una mano per posarla sul braccio di Winter. «Meglio che se ne incarichi un altro, Harry. Graf è un tipo pericoloso.»

«Lasci che me ne occupi io» propose Alex Horner, con studiata indifferenza. «Graf è, mi rincresce dirlo, un membro del Corpo Ufficiali. La sua condotta riguarda me direttamente.»

Harald Winter non rispose, né lo fece sua moglie. Fu Fischer ad accogliere il suggerimento di Horner. «Sì, tenente. Sarebbe la cosa più opportuna.»

Aleggiava una certa cupa inevitabilità sulla festa di compleanno di Pauli, che doveva culminare nello spiacevole episodio. L'aver invitato il capitano Graf era stato senz'altro un errore, anche se nessuno si era aspettato che l'invito sarebbe stato accolto. Graf era venuto solo perché ci andava anche Esser.

In casa Winter, Graf aveva bevuto in fretta e con eccessiva ingordigia il suo primo bicchiere di champagne. Champagne francese. Dove Harald Winter se lo procurasse, nessuno lo sapeva, ma, subito dopo aver bevuto il primo bicchiere, Graf lo fece seguire da un altro e da un altro ancora. Poi Esser scoprì il cognac. La compagnia d'assalto di Graf si era impadronita di una distilleria francese durante le offensive del 1918, e il bouquet riportava felici ricordi di quei giorni elettrizzanti, ormai tanto lontani. E Graf era uomo facilmente influenzabile e dalle memorie e dall'alcol. Già quando aveva adocchiato il giovane domestico e lo aveva seguito di sopra, era abbastanza cotto da incespicare sui gradini più di una volta.

In seguito, il capitano Graf sostenne di essere andato in cerca soltanto di un posto dove potersi sdraiare per un'oretta, ma quando Hauser – da sempre cameriere personale di Harald Winter e factotum di casa – aveva impedito a Graf di entrare in una stanza della servitù al secondo piano, il comandante del battaglione Freikorps lo aveva colpito al petto con un coltello da tasca.

Hauser – già un bel po' oltre la quarantina, con in più i postumi dovuti all'aver respirato gas asfissiante in guerra – aveva lanciato un urlo e si era afflosciato a terra, sanguinando copiosamente.

Una delle cameriere aveva sentito il tramestìo e aveva trovato Hauser svenuto in una pozza di sangue. Si era messa a strillare contro Graf, che si era precipitato giù dalle scale sul retro, con ancora in mano il coltello insanguinato.

Era stato il tenente Horner che aveva bloccato Graf. Conosceva la casa per esservi stato parecchie volte, e aveva intuito la via di fuga di Graf.

«Capitano Graf? Credo...» Graf si era gettato, coltello in pugno, su Horner, il quale era riuscito a evitare per un pelo la lama, la cui punta comunque gli aveva lacerato il davanti della giacca.

Ma Alex Horner non era il manichino da sartoria che Graf riteneva fosse. Gli anni al fronte assieme a Pauli e le incursioni sulle trincee malignamente inflittegli a più riprese dal tenente Brand, avevano prodotto riflessi istintivi quanto efficaci.

Horner aveva schivato con uno scarto laterale e, mentre Graf andava a vuoto con la coltellata, aveva assestato un violento pugno in testa all'avversario, facendolo barcollare e indietreggiare. Ma anche Graf era un combattente difficile. Riacquistato l'equilibrio, era ripartito all'attacco tanto da costringere Horner a battere in ritirata lungo il corridoio di servizio, per evitare i fendenti. Graf aveva sogghignato, ma era stato un sogghigno da ubriaco, il che aveva incoraggiato Alex ad approfittare di un attimo favorevole: aveva vibrato un violento calcio contro la mano del capitano Graf, facendogli volar via l'arma. Horner era stato pronto a impossessarsene, e questa volta fu Graf a scappare. Era rotolato giù dalle scale di servizio, superando di slancio la dispensa e poi la porta dei fornitori, che si era chiusa alle spalle con violenza. Il telaio di legno si era gonfiato per l'umidità, e quando Horner era riuscito a spalancare di nuovo l'uscio, ad attraversare il cortile e correre sulla via, di Graf non c'era più segno alcuno, se non le impronte sulla neve caduta da poco.

Alex si era fermato a riprender fiato. Conosceva abbastanza della lotta a corpo a corpo per sapere quand'era il momento di desistere. Aveva scrutato la via illuminata dalla luna; c'erano alcune carrozze in attesa dell'uscita degli invitati, i cocchieri raggomitolati a difendersi dal freddo, i loro volti rischiarati a tratti dalla brace della sigaretta, l'alito dei cavalli a formare nuvolette di vapore bianco. La città era quieta, ma non con il silenzio vuoto della campagna; era la quiete "covante" di una metropoli affollata e dormiente. Da un punto non lontanissimo era giunto il rombo di una motocicletta, e lo stridìo di pneumatici. Graf, senza dubbio, che spesso era visto in giro a cavalcioni della sua grossa motocicletta.

Alex si era acceso una sigaretta, ed era rimasto sulla via a fumare, pensando all'accaduto. Grazie a Dio, Graf aveva bevuto in abbondanza – sobrio, sarebbe stato un avversario formidabile. Meglio dimenticare l'intera faccenda. Graf e il suo accolito avevano amici in alto loco, e al Bendlerblock i burocrati dell'Esercito ora definivano le truppe di Röhm il "Reichswehr Nero", considerandole e trattandole come un'unità segreta di riserva. Deporre contro Graf avrebbe anche potuto ostacolare le prospettive di carriera di Horner. Ogni residua illusione che l'esercito si tenesse fuori dalla politica era sparita da parecchio tempo. Ottenere una promozione in quella singolare armata postbellica era come camminare su un campo minato.

Quando Alex Horner, finita la sigaretta, era tornato nel salone, tutto era come se nulla fosse accaduto. Hauser era stato messo a letto, sotto la supervisione di un medico, il tappeto era stato ripulito dalle macchie di sangue, e gli invitati continuavano a ballare pacificamente. In effetti, molti di loro non si erano nemmeno accorti del trambusto su al secondo piano.

Peter Winter stava danzando con un'affascinante ragazza, il cui elegante abito da sera aveva una qualità raramente visibile in Germania, in quei tempi d'austerità. Era stata la ragazza ad abbordare Peter, audacemente, e a chiedergli quel ballo. «Mi hanno detto che lei è un buon ballerino, Herr Winter. Vuol darmene la prova?»

Il suo tedesco lasciava a desiderare. Grammaticalmente corretto, aveva un accento esotico. Non il ringhio che inaspriva le consonanti dell'ungherese o del cèco, ma la cadenza strana e strascinata che lì per lì Peter non era riuscito a inquadrare.

«Lei è austriaca?» le chiese.

La ragazza scoppiò a ridere, in modo non esattamente o squisitamente femminile. «Adulatore! Sapevo che lei, Peter Winter, era un galante cavaliere, e adesso ho la conferma che è vero. Lei sa che il mio tedesco non è buono abbastanza perché io possa essere austriaca. È questo che dice a ogni ragazza che conosce quando ha una parlata strana e non le riesce di capire di dove sia?»

Peter arrossì. Era esattamente quello che diceva a ogni fanciulla il cui accento lo lasciava incerto. «Certo che no» mormorò.

«Sono californiana, Stati Uniti d'America» disse lei. «Siamo quasi parenti. Sua mamma era compagna di scuola di mia zia.»

«Non è parentela, questa.»

La ragazza rise di nuovo. «Voi tedeschi avete un tal senso dell'umorismo!» Ma Peter non trovava divertente essere la vittima di quello scherzo. «Bene,» proseguì lei, con un gesto del lungo candido braccio proteso «non mi invita per questo ballo?»

Peter, con un sonoro batter di tacchi, si inchinò secondo la migliore delle formali etichette, cosa che provocò un'altra risata. Ed egli si sentì confuso, quasi paralizzato dal panico, una nuova, strana esperienza... Aveva l'impulso di scappare, ma era bloccato. Era spaventato da quella giovane donna, spaventato che lo considerasse uno sciocco. Voleva piacerle, essere ammirato, ed è così, naturalmente, che la prima scintilla dell'amore s'accende nello sprovveduto.

«Sì, lei balla benissimo» constatò lei, quando si abbandonarono alla morbida romantica musica di *Povera Butterfly*. La ragazza si chiamava Lottie Danziger, e suo padre possedeva due alberghi, tre cinematografi e qualche aranceto in California. Lottie indossava l'abito da sera più ammirato, e ammirevole, di qualsiasi altra dama presente. Corto e senza maniche, con il corpino trapunto di perline e perle d'imitazione, di quello stile antico Egitto che furoreggiava da quando Howard Carter aveva fatto le sue stupefacenti scoperte nella Valle dei Re. Il guaio era che il peso di quei motivi ornamentali era considerevole al punto da imporre a Lottie di sedersi di quando in quando.

Lottie non era paragonabile ad alcuna altra donna che Peter Winter avesse mai conosciuta. Non era come le ragazze tedesche che egli frequentava, e nemmeno come alcuna della famiglia Rensselaer. Era bella, con la carnagione pallida e nerissimi capelli, ondulati naturalmente e tagliati corti in uno stile che era nuovo per Berlino, non con quel taglio risicato indispensabile per poter calzare gli aderenti cappellini a campana, ma a zazzera, come quelli di un uomo. E Lottie aveva neri occhi assassini, una bocca forse un tantino troppo grande, e candidi denti perfetti che balenavano quando lei sorrideva. E Lottie sorrideva tanto. Non quei sorrisini contegnosi, a labbra strette, di prammatica per le bene educate fanciulle tedesche, ma risate generose, a bocca spalancata, che erano contagiose. Anche Peter non poteva fare a meno di ridere. Ma, soprattutto, Lottie era "viva", una fonte d'energia che rendeva meravigliosamente unico tutto ciò che faceva, dal ballare alle amenità che raccontava a proposito di giovanotti incontrati sul transatlantico. E Peter era stregato da ogni movimento che lei facesse.

«Ma ho uno chaperon, tesoro. Impossibile uscire assieme senza di lei.» Era una stramba abitudine d'oltreoceano quella di chiamare Peter "tesoro" dal primo istante che lo conosceva, ma l'uso da parte di Lottie di quell'appellativo, pronunciato con cameratesca indifferenza, era affascinante. Ogni tentativo da lui fatto per rivederla veniva rintuzzato da qualche espressivo *Diktat* dello chaperon. Lottie si stava prendendo gioco di lui: lo sapevano entrambi che lei, se l'avesse voluto, poteva benissino incontrarlo da sola, ed era questo che aggiungeva pepe ai loro scambi verbali. Lottie era tanto desiderabile da far dimenticare a Peter ogni altro pensiero o programma.

«Ma tu non sembri un Rensselaer» gli disse, dopo aver per un attimo zittito i tentativi di ottenere un appuntamento. Rovesciò la testa all'indietro per vederlo meglio, e la piegò da un lato, di modo che i suoi neri capelli ondulati brillarono alle luci. «No, non hai proprio nulla dei Rensselaer.»

Continuava a prendersi gioco di lui, naturalmente, ma Peter fu pronto ad adeguarsi. «E cos'è che hanno i Rensselaer?»

«Sono splendidi. Non hai che da guardare tua madre. I Rensselaer sono la più bella famiglia di New York. Guarda, quando tuo zio Glenn tornò a casa dalla guerra, doveva essere prossimo alla quarantina, eppure non c'era una ragazza in città che non sognasse di conquistarselo. I gemiti e il digrignar di denti quando lui si sposò si poteva sentirli da Hoboken a Hollywood. Tuo zio Glenn venne qui subito dopo la guerra, no?»

«Era maggiore dell'Aeronautica, distaccato alla Commissione d'armistizio. Voleva che mamma tornasse a New York, ma papà si oppose.»

«Perché?»

«Disse che sarebbe sembrato controproducente. Per tutta la durata della guerra aveva continuato a dire che mamma era una tedesca, anima e cuore, anche se nata in Paese nemico. Così le aveva evitato di essere internata. Che brutta impressione avrebbe fatto, diceva lui, se, adesso che gli alleati avevano vinto, lei fosse scappata in America?»

«I genitori di tua madre sono troppo anziani per viaggiare, e pagherebbero non so cosa per rivederla.»

«Papà fu adamantino.»

«Tutte le famiglie tedesche ubbidiscono con tanta prontezza al padre?»

«Non lo so» confessò Peter.

«In America tuo padre avrebbe vita più difficile. Avresti dovuto sentire quel che uscì dalla bocca di mio padre quando gli dissi che sarei venuta in Europa.»

«E cioè?»

«Mi tagliò i viveri, tesoro, nemmeno un centesimo» gli rispose con una risata. «Ma alla fine dovette cedere.» Canticchiò il motivo al cui ritmo stavano ballando. «*Povera Butterfly*. Che bella musica, vero? Non posso ascoltarla senza pensare alla guerra: tutte quelle povere farfalle che non sono più tornate.»

«Sì» disse Peter, senza essere sicuro d'aver capito. Sino allora non aveva provato alcuna simpatia per gli americani, o per i Rensselaer, o per il presidente Wilson, o per alcuno di essi. Non era gente facile da capire. Ma costei, con quei capelli alla maschietta e la frangia che le cadeva sugli occhi, era affascinante. Nell'attimo in cui, danzando, passarono vicini a un grande cesto di fiori appena colti, Lottie allungò una mano per sfiorare con la punta delle dita i petali. Un gesto da scolaretta — che doveva dimostrare quanto fosse felice. Forse tutti gli americani erano fatti a quel modo: non sapevano essere riservati, dovevano dimostrare ed esternare i loro sentimenti.

Danzando, passarono rasenti a Inge Wisliceny che era tra le

braccia di Richard Fischer. Inge appariva particolarmente seducente quella sera. Gli abiti lunghi e le scollature profonde le donavano. Lottie staccò la mano da quella di Peter per salutarla. Inge ricambiò con un mesto sorriso, mentre il ritmo del ballo li faceva allontanare. «E dov'è adesso tuo zio Glenn?» domandò Lottie.

«Lo sa il Cielo. In Europa, da qualche parte. Ogni tanto ci manda una cartolina. E di quando in quando viene a trovarci, e ci manda sempre pacchi viveri. Crede che stiamo soffrendo la fame.»

«Molti tedeschi stanno soffrendo la fame» gli ricordò Lottie. «Ma Glenn è sempre stato generoso. È l'uomo che preferisco fra tutti. Avevo diciotto anni quando si sposò. Piansi pensando di averlo perso. Andai sulla Costa Est come damigella della sposa. Bello, competente e coraggioso.»

«E ricco, anche» completò Peter sardonicamente. Stava avendone abbastanza di quell'incensamento di Glenn Rensselaer.

«Non tuo zio Glenn. Per lui i quattrini non contano. Suo padre, sì, lui è ricco.»

«Mio nonno, cioè; sì, ha fatto i soldi con la guerra» disse Peter. «Sembra che uno su dieci camion usati in guerra dall'Esercito americano fosse costruito in una fabbrica Rensselaer.»

«Non sarai mica uno di quei brontoloni che scaricano tutte le colpe della guerra sui profittatori di guerra?»

«Ci ha perso la vita tanta di quella gente che è ripugnante pensare che la guerra ha arricchito certi...»

«Allora, che preferiresti?» ribatté lei. «Che il governo fosse padrone di ogni cosa, facesse ogni cosa, e decidesse quanti soldi ogni cittadino si merita?»

«Potrebbe essere meglio.»

«Ti conviene stare alla larga dalla politica, Peter Winter. Nessuno potrebbe credere che sei tanto *tosto* da volerti consegnare mani e piedi ai politici.»

«Già. Molti, molti anni fa anche mio fratello, Pauli, mi disse più o meno la stessa cosa.»

Vi era un che di commovente in Peter Winter quando ammetteva le proprie manchevolezze. «Sei adorabile» disse lei, e gli sfiorò la guancia con le labbra. Egli colse il sentore del profumo. «Perché mi guardi?» le chiese.

«Ti conosco così bene dalle tue fotografie. Tua nonna ne ha

ovunque nella loro casa di New York. E nella stanza dove mi esercitavo al pianoforte ce n'è una mentre sei seduto davanti alla tastiera. Dovevi avere dieci, dodici anni. Mi hanno detto che ti esercitavi tre ore al giorno. È vero?»

«Ho rinunciato al piano. Non tocco un piano da anni.»

«Ma perché?»

«Per via di questa mano.»

«Cos'ha? Fammi vedere.» Gli alzò la mano, sollevandola all'altezza degli occhi. «Questo? Dài, non è niente. Che importanza può avere per un vero musicista?»

«Non posso suonare Bach con una falange di meno.» Per la prima volta c'era nella sua voce una rabbiosa amarezza, e lei ne fu addolorata.

«Non essere così categorico. Forse ti impedirà di essere un concertista, ma come puoi rinunciare a suonare? La musica, la ami. O no?»

«Amo la musica.»

«Certo che la adori. Allora, domani vieni da me e ti farò ascoltare qualche disco. Ti piace la musica jazz?»

«È musica anche quella, no?»

«Se per te "è musica anche quella", vuol dire che non l'hai mai sentita a dovere. Domani ascolterai alcune delle più belle musiche jazz che siano state incise su disco. Me le sono portate da New York. Verrai? Sono ospite dei Wisliceny.»

«Lo so. Sì, ne sarò onorato.» Ascoltare musica jazz era un ben modesto prezzo da pagare per stare da solo con quella splendida ragazza, e nella stanza di lei!

«L'autentico grande jazz non è quello sui dischi. Dovresti sentirlo ad Harlem. Anche se dovresti andare nei bordelli per i negri a Memphis o New Orleans per ascoltare quello vero.»

Peter Winter voltò la testa perché Lottie non vedesse quanto era imbarazzato. Anche in quella degenerata e permissiva Berlino, non ci si aspettava che signorine di buona famiglia sapessero cos'era un bordello, né tanto meno lo menzionassero parlando con un uomo.

«Stai cercando qualcuno?» domandò lei.

«Mio fratello.» Non era vero, ma un pretesto valeva l'altro.

«L'ha mandato a chiamare tuo padre. Ero lì. Qualche cosa non va?»

«Pauli ha invitato certa gente... strana.»

«E perché non avrebbe dovuto? È la sua festa.»

«Il suo compleanno? Sì, ma a volte qualche amico non armonizza col resto della famiglia!»

«Se ne sentirà dire quattro?»

«Per lui saranno un proforma. Pauli, col suo candore, disarma tutti quanti. Se la cava sempre» disse Peter.

«Devo sentire una nota di invidia?»

«No.» Peter sorrise. Come poteva mai invidiare Pauli, tranne qualche volta per il modo con cui i genitori gli si dimostravano troppo arrendevoli? «Si caccia sempre in situazioni che mettono alla prova, sino al limite estremo, la simpatia che sprigiona. Sa Iddio se mai riuscirà a laurearsi in legge.»

«Non riesco a immaginare tuo fratello che fa l'avvocato.»

«E quanto al sottoscritto?»

«Senz'altro... un penalista, forse. Ne hai lo stile.»

«E Pauli, no?»

Lottie si fece cauta. La prontezza con cui Peter difendeva suo fratello da qualsiasi critica era un dato di fatto del quale le ragazze Wisliceny le avevano già parlato. «Ma è proprio necessario che lui si metta a fare qualche cosa? Non è abbastanza che erediterà metà delle sostanze dei Winter e si dedichi a mandare avanti questa bella casa, mentre tu ti occupi dell'azienda?»

Peter sorrise acidamente. «Papà avrebbe qualche cosa da dire al riguardo. È un uomo dei tempi del Kaiser... Come lo sono anch'io, forse.»

«Sì, lo sei anche tu.»

«E tu non insorgi contro noi, teutoni formalisti e privi di umorismo?»

«Insorgere? Santo Cielo, perché dovrei? Non devo mica sposarmi e mettere le tende qui. Sono una turista di passaggio, io.»

Peter cercò di pensare in fretta a qualche cosa da dire. «Pauli non è uno sciocco. È in gamba, e ha un coraggio da leone.»

«*Povera Butterfly...*» canticchiò lei, mentre ballavano. Conosceva le parole della canzone e la sua voce morbida e sommessa era come una magia.

## «*Tieniti pure i tuoi soldi*»

Pauli amava e temeva suo padre, però adesso era venuto il momento in cui o parlava per quello che era o si faceva schiacciare dalla personalità paterna. Fissò il ritratto del Kaiser appeso alla parete, inspirò a fondo e si rivolse a suo padre. «Tu sostieni che è una festa in mio onore, ma chi sono gli invitati nella tua sontuosa dimora? I tuoi amici ricchi e la gente su cui vuoi far colpo, ecco chi sono. Sai cosa penso dei tuoi amici e del tuo ricevimento...?» Si fermò. Il volto di sua madre era impallidito, e traspariva dai suoi occhi un'angoscia che egli non poteva aggravare ulteriormente. Al di là della porta chiusa, Pauli poteva sentire l'orchestra che stava suonando *Povera Butterfly*. Gli riportava alla memoria il primo giorno dell'offensiva del 1918 — la batteria inglese catturata, il grammofono gracidante.

«Continua» disse Harald Winter, placidamente. Per quanto profondamente ferito dall'impennata del figlio, non poteva reprimere il segreto compiacimento che Veronica fosse presente e constatasse l'avverarsi di quanto le aveva predetto. Perché Harald aveva più di una volta affermato che Pauli era un maledetto ingrato. Naturalmente, per colpa delle terribili esperienze che aveva sopportato in guerra. Harald Winter era sempre stato molto pronto nello spiegare gli errori e le colpe di chi gli era vicino. Pauli era passato per tutti i gironi dell'inferno, e questo aveva lasciato la traccia. Altrimenti, il ragazzo sarebbe stato felice del lusinghiero, splendido ricevimento dato in suo onore. Quanto alle lamentele che quasi tutti gli invitati fossero amici dei suoi genitori piuttosto che suoi amici personali, Pauli avrebbe dovuto avere il buon senso di capire che era la propria occasione per riprendere contatto con la gente che contava. E, comunque, un pranzo di quel livello non era certo qualcosa che i suoi bifolchi del Freikorps o i suoi esagitati e sfaccendati compagni di università avrebbero apprezzato. A giudicare da quello che Harald sentiva dire al suo club, tutto il ricevimento si sarebbe tramutato in orgia, nel giro di dieci minuti.

Harald Winter precisò: «A quanto mi risulta, il capitano Graf è stato invitato su tua espressa insistenza. Come spieghi la sua sciagurata condotta da criminale?».

«Ho lottato fianco a fianco col capitano Graf e con molti altri come lui. Gente che ha combattuto i comunisti, e continua a combatterli, per rendere la Germania sicura, per te e quelli come te. Chi sei tu per erigerti a giudice? Che hai fatto in guerra se non accumulare quattrini?»

«Non mi ero accorto che tu ti facessi scrupolo di spendere una parte degli stessi. Hai un generoso appannaggio mensile, una motocicletta... ti vengono pagate le spese dell'università, i libri, ti servi dal mio sarto a spese mie...» Harald si interruppe, soffocato dalla collera e dall'indignazione.

«Tieniti pure i tuoi soldi...»

«No, Pauli, no! Non dire nulla che domani potresti rimpiangere» implorò sua madre.

«Quale lealtà dimostri ai tuoi amici?» insisté Pauli. «Questa sera, hai invitato tutti i tuoi amici russi, nobili ed esuli: prìncipi, duchi e duchesse, e persino quel vecchio scemo che proclama di essere un nipote dello zar. Sanno che gli aerei costruiti nelle tue fabbriche servono ad addestrare l'Armata Rossa che li ha sbattuti fuori a pedate dalle loro grandi tenute?»

«L'Esercito non chiede il mio parere su dove destinare e usare la sua aviazione» ribatté glaciale Harald.

«Non posso continuare a vivere in questa casa» continuò Pauli. «Non sarei mai dovuto tornarci. È opprimente, soffocante, come una prigione, come un museo.» Rivolto a sua madre, aggiunse con dolcezza: «È meglio che me ne vada, mămma: viviamo in mondi troppo diversi. Voi odiate i miei amici, e io sono arrivato a detestare i valori in cui credete».

«Cioè, rispetto e decenza? Di che razza di valori vai parlando?» chiese Harald Winter. «Il povero Hauser è stato accoltellato da quel pazzo. Il tuo amico Esser si è ubriacato al punto da vomitare sul tappeto e da frantumare un intero servizio di porcellana. Come osi dirmi che odii i miei amici e i miei valori morali?»

Pauli si strinse nelle spalle. Era sempre così quando si lasciava trascinare in una polemica; si ritrovava a perorare argomenti nei quali non credeva. Voleva bene ad Hauser e disprezzava Graf, ma questo non cambiava il fatto che il mondo di suo padre fosse un mondo antiquato ed estraneo a cui doveva sottrarsi. «Mi dispiace, papà. Perdonami, ma è meglio se me ne vado. Andrò ad Amburgo o a Monaco o in qualche posto dove possa ricominciare da capo. D'altra parte, non sarei mai riuscito a laurearmi. Sono troppo stupido per studiare legge. Ma ti rimane Peter che realizzerà le tue speranze e attese.»

«Pauli...» pregò Veronica.

«Lascia che se ne vada» esclamò Harald Winter. «Tornerà qui quando avrà finito i quattrini. È un ritornello che ho già sentito. Lascia che scopra che vuol dire essere uno straccione senza un centesimo, di questi tempi di chiari di luna. Prima che finisca il mese, sarà qui a bussare alla porta.»

Veronica non disse nulla. Non credeva che Pauli sarebbe tornato a mendicare l'aiuto del padre. Né, tanto meno, ne era convinto lo stesso Harald Winter.

Nella circostanza, Pauli se ne andò di casa, con i suoi effetti personali, ma non per raggiungere Amburgo o Monaco. Si trasferì in una stanza nel vicino distretto di Wedding, in una pensione gestita da una vedova di guerra, intima amica di Fritz Esser. Pauli rifiutò di accettare qualsiasi ulteriore somma di denaro paterno, ma non interruppe i suoi studi di legge.

Fu Peter a dedicare ore nel perorare la causa di suo fratello. Fu Peter a ricordare a suo padre il periodo tremendo che la guerra aveva riservato a Pauli, e fu Peter a cospirare con sua madre in modo che gli approcci con Harald coincidessero con i momenti di buona luna.

Anche se Pauli non prendeva più un soldo dal padre, fu Peter a depositare ogni mese del denaro sul conto bancario del fratello. Pauli era soddifatto con la propria coscienza in quanto non accettava soldi dal padre, mentre Harald era felice di sapere che, di fatto, suo figlio non moriva di fame. Perché, come ebbe modo di far notare a Veronica, non voleva che Pauli fosse spinto dal bisogno a un punto tale da dover vendere quella casa nell'Obersalzberg.

Ancora più importante, Pauli ottenne il permesso dall'università di passare, con l'anno successivo, dalla specializzazione in diritto privato a quella di diritto penale. Una materia che Pauli trovò subito interessante e significativa. Con sorpresa di chiunque, non ultimo lo stesso Pauli, ben presto egli si portò alla pari con i compagni di corso, risultando quinto agli esami.

Assistere Fritz Esser in una similare impresa, aveva dato risultati meno brillanti; sebbene, a prezzo di eroici sforzi, Fritz avesse superato gli esami di ammissione, aveva poi deciso di abbandonare gli studi. Un giorno, aveva promesso Fritz, sarebbe tornato all'arrembaggio e avrebbe conseguito la laurea in legge; nel frattempo, però, era diventato funzionario a tempo pieno, e retribuito, del partito nazista, interamente assorbito dalla politica.

Ben presto, dopo l'abbandono di Pauli della casa paterna, suo zio Glenn Rensselaer scoprì lo sgangherato alloggio del nipote. Glenn stava lavorando per una certa ditta americana di macchine per ufficio, che aveva l'agenzia principale a Lipsia. Veniva spesso a Berlino, sempre portando regali a Pauli. A questi, Glenn piaceva; gli piaceva il modo con cui si arrampicava su fino a quella stanzetta all'ultimo piano e non indugiava a osservare il linoleum screpolato, i fogli di giornale incollati sui vetri della finestra per garantire un minimo di intimità, il vaso da notte sotto il letto, o la lampadina elettrica non schermata. Glenn sembrava perfettamente a proprio agio in quell'edificio infestato da topi. Il suo arrivo era solitamente caratterizzato dall'omaggio di bottiglie di grappa all'affittacamere e a certi altri pensionanti. Glenn sosteneva che quelle bottiglie le comprava con lo sconto, ma Pauli sapeva che le acquistava a prezzo pieno nel negozio girato l'angolo. Glenn era fatto in quel modo.

Quando Pauli superò gli esami conclusivi, fu Glenn che convinse Harald ad assistere alla cerimonia, e fu ancora Glenn che organizzò una cena per ventiquattro da Medvedj, un elegante ristorante in Bayreuther Strasse, e firmò il conto che includeva *bliny* e caviale, *bortsch* e *kulibiac,** un trio zigano, e tutte le spese complementari in quel ristorante alla moda dove amavano andare, quando lo potevano, gli esuli russi di Berlino. E allorché Glenn chiese a Pauli, del tutto casualmente, che cosa avrebbe fatto dopo la laurea, e dopo che Pauli ebbe fornito una lunga e involuta spiegazione circa un'azienda la quale gli aveva offerto un ufficio e un'assistenza di segreteria a condizione che egli effettuasse alcuni lavori legali, le congratulazioni di Glenn erano state calde e sincere. Glenn Rensselaer, però, non era uno sciocco, e aveva prontamente capito, assieme ad Harald e a Peter Winter, che l'*azienda*, così generosamente disposta a fare da madrina a Pauli, era il partito nazista, e che Pauli avrebbe fatto da avvocato difensore di qualche delinquente coinvolto nelle risse sulla pubblica via, nelle aggressioni a mano armata e negli assassinî divenuti regolare componente della scena politica tedesca.

Quando, nell'ottobre successivo, Peter parlò di fidanzarsi con Lottie Danziger, Glenn Rensselaer regalò a Lottie una spilla di giada con le iniziali di Peter incise sulla montatura in oro, e a Peter diede un orologio con incisa la data della loro festa di fi-

* *Bliny*: frittelle calde di grano saraceno, con contorno di burro fuso, panna e caviale. *Bortsch*: minestra di barbabietole. *Kulibiac*: tortine di cipolle, con salmone, riso, uova sode, aneto e funghi. [*N.d.T.*]

danzamento. «Adesso,» aveva detto Glenn alla coppia «sta a voi il procedere.» E ci fu infatti un altro grande ricevimento, questa volta in casa Wisliceny. I genitori di Lottie non vi parteciparono. Già da parecchio tempo avevano deciso che Lottie avrebbe sposato il figlio maggiore di un magnate del petrolio della Costa Occidentale, e l'idea che la loro figlia fosse impalmata da Peter Winter, un tedesco, era tutt'altro che gradita. «Non quanto è sgradita a me» aveva dichiarato Harald Winter alla moglie, la sera in cui avevano appreso la notizia. «Non so cosa mi spaventi di più, se il pensiero di saperlo sposato a un'americana o a un'ebrea.»

Veronica non la prese come offesa personale. Durante la guerra, si era abituata a sentire i propri compatrioti insultati e denigrati. Con calma, rispose: «Come puoi dire una cosa del genere, quando i Fischer sono amici così intimi?».

«I Fischer sono diversi.»

«E Peter e Lottie hanno in programma di vivere in Germania. Pensa ai poveri genitori di lei — lontani seimila miglia — che la perdono per sempre!» Era l'espressione del senso di colpa di Veronica. Adesso che suo padre andava invecchiando, lei lo pensava con sempre maggior frequenza.

Harald Winter grugnì. Non si sentiva affatto grato al destino o alla ragazza. *Certo* che sarebbero rimasti in Germania! Peter non aveva perso del tutto il buon senso, grazie a Dio.

## 1925

### *«Non è necessario essere un matematico»*

«Spiegarlo?» disse Glenn Rensselaer. «Non posso spiegarlo meglio di quanto risulti dal mio rapporto scritto.» Il giovane e calvo americano dietro la scrivania lo guardò con espressione vacua. Glenn Rensselaer continuò: «Immagino lei intenda descrivere il fenomeno in termini di un suo equivalente americano. Be', anche così, mi è impossibile. Questi gruppi del Freikorps non sono altro che bande armate che indossano una divisa improvvisata. Di solito, i loro comandanti sono capitani o maggiori, a volte un colonnello, ed, eccezionalmente, un sergente. Prendono gli ordini da chi li paga, e magari non ubbidiscono nemmeno agli ordini dei loro finanziatori. Alcuni degli ufficiali si comportano come gangster; non pochi della truppa sono delinquenti di professione. Ma alcuni di quegli uomini sono veri patrioti e idealisti. È impossibile generalizzare sul Freikorps, tranne che dire — grazie a Dio — che non vi è nulla negli Stati Uniti che io possa paragonare a loro».

L'uomo dietro la scrivania continuò a tacere. Glenn girò gli occhi sul piccolo tetro locale di K Street a Washington. Alle pareti, un'antiquata tappezzeria a fiori; una vecchia scrivania, qualche ammaccato schedario metalicco, un logoro tappeto, e, in un angolo, una grande sputacchiera di ottone, risplendente di lucidatura. Così, era quello il concetto che il Dipartimento di Stato americano aveva di un ufficio adatto per la sua "Sottosezione ricerche e informazioni riservate". Era segretezza, parsimonia o disinteresse?

«D'altro canto» riprese Glenn Rensselaer, più per rompere il silenzio che perché avvertisse un fattivo interesse da parte di chi gli stava di fronte «per tantissime persone la Germania di oggi è il posto dove succede di tutto. Cinema, teatri di prosa, l'opera, la musica leggera, l'operetta, la musica orchestrale, la scienza — dalla fisica atomica alla psicologia — l'architettura, il design industriale, la pittura... d'ogni erba un fascio.» Schiacciò nel portacenere il mozzicone della sigaretta, e aggiunse: «La sto annoiando? Ho l'impressione che ci siano altre cose a cui lei preferirebbe dedicarsi».

«Per nulla affatto» protestò il giovane e calvo ufficiale. «Trovo affascinante tutto quello che mi sta dicendo. Ma probabilmente io sarò l'unica persona di tutto il Dipartimento di Stato che leggerà attentamente la sua relazione.»

«Ah, è così?»

«Gli Stati Uniti hanno perso interesse per l'Europa, tranne che tenere il conto di quante corazzate gli inglesi stanno costruendo in base ai termini del nuovo trattato.»

«Lei mi parla per enigmi.»

«Voglia perdonarmi: non mi sono espresso bene. Avrei dovuto premettere che nessuno, oggi come oggi, ha voglia di parlare di niente che non sia la potenza navale del Giappone. Lei dev'essere al corrente dei termini della conferenza del 1922 — un rapporto di cinque corazzate inglesi e tre giapponesi rispetto a cinque delle nostre. Non è necessario che lei sia un matematico per vedere che, in base alle clausole di quel trattato, la forza navale combinata dei giapponesi e degli inglesi ci estrometterebbe da entrambi gli oceani.»

«Non è necessario essere un matematico» concordò Glenn. «Basta essere idioti.»

Di nuovo, lo sguardo impenetrabile. Nessuna risposta. Forse Glenn non avrebbe dovuto presentarsi con la sua vecchia giacchetta sportiva, i pantaloni di flanella, la vivace cravatta a farfalla e il pullover di maglia. L'uomo dietro la scrivania indossava un completo inappuntabile, con tanto di colletto rigido. Glenn aveva dimenticato che a Washington usava così.

Volle fare un ultimo tentativo. «Non vorrà pensare sul serio che possa esistere la probabilità di un nostro scontro con gli inglesi?»

«Il nostro lavoro è di prendere in considerazione anche la più improbabile delle eventualità, Mr. Rensselaer.»

«Allora, siete via col cervello, ragazzi miei. Se dovessimo accapigliarci con i giapponesi, i britannici sarebbero al nostro fianco.» Si alzò, imitato dall'interlocutore.

«Sono d'accordo con lei, Mr. Rensselaer» disse l'altro con voce che non tradiva nulla dei suoi pensieri. «Comunque, apprezziamo il fatto che lei sia venuto. Attualmente, non riceviamo molte notizie di prima mano.»

Glenn Rensselaer era felice di tornare dai suoi genitori a New York. Per lui era come essere a casa sua, in quanto i suoi viaggi all'estero rendevano comodo e confortevole per sua moglie alloggiare nella grande dimora di Cyrus. E sua moglie andava molto d'accordo con la seconda consorte di Cy Rensselaer, Dot, e adesso che i tre figli di Dot erano diventati adulti e abitavano per conto loro, era di compagnia alla più anziana donna.

Tornato che fu dal suo viaggio a Washington, Glenn dovette affrontare le domande paterne sui colloqui al Dipartimento di Stato, ma le sue risposte furono evasive. Se avesse spiegato l'accoglienza avuta nell'ufficio "segreto" dei burocrati, suo padre, probabilmente, avrebbe confutato il resoconto. Il partito repubblicano controllava saldamente Congresso e Senato. Calvin Coolidge era alla Casa Bianca. Il vecchio Cyrus preferiva credere che gli uomini di Washington sapessero quello che andavano facendo. Era un punto di vista difficile da sostenere dopo una puntata nella capitale, ed era forse per questo che il padre non ci andava mai.

Quindi, Glenn parlò a Cyrus della Germania. «Da quando è finita la guerra, vedi per le vie questo grande proletariato senza radici, per lo più proveniente dall'est: polacchi, cèchi, russi, ungheresi, rumeni, zingari, piccoli proprietari terrieri e contadini espropriati della terra, operai dell'industria, e Dio sa chi altri. Per poter addossare a tutti questi "invasori" malvestiti e dalla lingua incomprensibile, ogni e qualsiasi stortura della società, dal piccolo crimine alla chiusura delle fabbriche e alla disoccupazione, bisognava trovar loro un nome. Così i tedeschi hanno deciso di chiamarli "ebrei".

«Non fare dell'ironia sugli ebrei, figliolo. È una cosa che non sopporto e non ho mai sopportato.»

«Non sto facendo dell'ironia. L'antisemitismo è dovunque. Lo senti nell'aria.»

«Questo non solo in Europa, Glenn.»

«D'accordo, ma in Francia, in Inghilterra e anche qui negli Stati Uniti, l'antisemitismo è una forma di invidia. Diretta più che altro verso il ricco, il furbo e il fortunato. L'antisemita caratterizza l'ebreo come un uomo con la spilla di diamanti sulla cravatta, che viaggia a bordo di una grande automobile, fumando il sigaro, e viene a incassare gli utili della sua fabbrica. Anche in Germania hanno quell'invidia antiebraica. Lì è particolarmente forte perché l'ebreo gioca un ruolo essenziale nella vita culturale tedesca. Il cinema, il teatro, il mondo editoriale e artistico sono largamente dominati dagli ebrei. Ma esiste anche un'altra sorta di antisemitismo.»

«Ma dobbiamo proprio parlarne?»

Il disagio di Cyrus Rensselaer era evidente, ma Glenn continuò: «È un antisemitismo più viscerale e suscettibile. Mi riferisco alla paura verso qualsiasi itinerante squattrinato e dall'aspetto straniero o strano. Aggiungici l'invidia, ed ecco che hai una miscela esplosiva. Per questo, la Germania è inconfondibile. Questo doppio antisemitismo deriva dalla posizione geografica della Germania: ecco perché è diverso da qualsiasi altro che trovi in altre nazioni. Lascia che ti dica che ci sono molti uomini politici tedeschi che sanno esattamente come portare a ebollizione tale miscela».

«È dei nazisti che stai parlando? Solo la settimana scorsa c'erano le foto su uno dei settimanali.»

«Ce ne sono altri, ma i nazisti sono i più fanatici e pericolosi. Da quando è stato in prigione, quell'Hitler ha visto crescere i consensi. Politicamente, è stata la miglior cosa che poteva succedergli. È una sorta di romantico, e capisce che quella combinazione di sentimentalismo e crudeltà è prerogativa unicamente germanica. Sa come sfruttare le varie e tante forme di malcontento dei bavaresi. Vuoi instaurare di nuovo la monarchia? Hitler è il tuo uomo. Sei convinto che i bravi cattolici di Baviera sono trattati male dai cattivi protestanti di Prussia? Hitler. Vuoi sentirti confermare che sono i burocrati di Berlino la causa dei guai bavaresi? Vuoi sentirti dire che gli uomini del Comando Supremo — tutti protestanti — hanno perduto la guerra? Hai perso il tuo lavoro? Te l'ha portato via un ebreo, facendoci un affare. La fabbrica in cui lavoravi è fallita? Un padrone ebreo l'ha fatta fallire e ci ha fatto un affare. I socialisti organizzano uno sciopero che a te non piace? I comunisti combattono per la strada? Lo sa chiunque che Mosca è guidata dagli ebrei. Dici che non è così? Allora o ti lasci fregare oppure sei un ebreo e fai parte della cricca.»

«Tutto questo potrebbe solleticare i votanti bavaresi, ma non porterà il signor Hitler molto lontano se vuole entrare nel governo nazionale. A quanto sento in giro, Hitler è praticamente sconosciuto fuori di Baviera, e secondo me resterà tale.»

«Tu non conosci l'amico. Non pensare che abbia alcuna specie di copione programmatico scritto, in base al quale tu possa cogliero in castagna. Lui è ogni cosa per ogni uomo. Specula sulle emozioni, non sui fatti. Quando punterà al Reichstag, avrà pronte risposte assortite. Quell'uomo è dinamite. Avevamo un ufficio a Monaco. L'ho sentito concionare ai suoi raduni. Riesce a stregare la gente. È pieno di disprezzo, trabocca odio e maledizioni. In quello che dice non c'è nulla di costruttivo: solo minacce di quello che farà a quella categoria di gente che egli incolpa di tutte le disgrazie.»

«Tutti i politici sono negativi» obiettò il padre. «La promessa di punire il fortunato e di castigare il ricco è sempre buona per ottenere qualche voto.»

«Ma in Germania troppa gente è pronta a credere nella soluzione rapida e facile.»

«Passerà tutto quanto» disse suo padre. Era avvertibile nella sua voce una nota di stanchezza. Cyrus era ancora tanto dinamico e pieno d'energia da rendere difficile credere che avesse già settantaquattro anni, tranne, di tanto in tanto, quando, cadeva la maschera. «È l'eredità della guerra — la sconfitta, il disappunto, la fame. Passerà.»

«Vorrei poterti credere, papà. Resta il fatto che questo veleno è più diffuso tra gli studenti che in altri strati della popolazione. Gli studenti — per lo più universitari —, che erano troppo giovani per fare la guerra, sono più amareggiati per la sconfitta che non i soldati che hanno combattuto. I veterani sanno in cuor loro che la Germania la guerra l'ha persa sul campo di battaglia; i ragazzi che non c'erano preferiscono credere a tutte quelle balle della "pugnalata alla schiena". E sono i ragazzi che diventano violenti. Pieni di energia e di odio. Cercano una causa, e Hitler gliela fornisce.»

«Per carità, Glenn, non dire niente di tutto questo ai Danziger. Il padre di Lottie già sta male all'idea che la figlia rimanga a Berlino. Ogni volta che viene in città mi telefona, e di solito facciamo colazione assieme, al club. Un idiota suo amico gli ha spedito alcuni ritagli di giornali tedeschi. Danziger se li è fatti tradurre in ufficio. Non so che dicessero, però lui è molto angosciato. Quindi, acqua in bocca, intesi?»

«Al club? Il signor Danziger è socio del club, adesso?»

Suo padre parve imbarazzato. «Be', no: quelli hanno ancora quella stupida discriminazione... ma portarci un ebreo come ospite, è ammesso.»

A Glenn non venne in mente nulla da dire. Padre e figlio rimasero silenziosi per un po'. Dalla strada giungeva il rumore incessante delle automobili; era difficile credere che, quando Glenn era piccolo, la casa fosse stata silenziosa.

«Adesso ha concesso a una piccola casa cinematografica di costruire attrezzature e capannoni sui suoi aranceti.»

«Danziger?» si stupì Glenn.

«Solo per una manciata di contanti e il venticinque per cento della casa cinematografica.»

«È un buon affare?»

«Se vuoi saperlo, per me gli si è rammollito il cervello. Il venticinque per cento di niente è niente. Esattamente come il novantanove per cento di zero è zero. E quanto può avere di patrimonio una casa cinematografica, a parte beni immobili?»

«Glielo hai detto questo, a Danziger?»

«Contratti, dice lui. Contratti con gli attori. Puoi immaginare come li iscrive a bilancio? E che diranno i revisori dei conti?»

«I film stanno rendendo bene, però.»

«Sai quanto gli ci vorrà prima che su quel terreno tornino a crescere aranci in piena regola?»

«Danziger si può permettere qualche cantonata» disse Glenn.

«Non ne sono sicuro» replicò suo padre. «I Danziger non sono ricchi.»

Glenn sorrise.

«Dico sul serio.»

«Lo so che dici sul serio, papà, però ricordo anche che mi dicesti che il patrimonio di Danziger si aggirava complessivamente sui cinque milioni di dollari. Come puoi sostenere che non è ricco?»

Il vecchio per un attimo tacque. Non trovava nulla di divertente nella faccenda. Ma Glenn Rensselaer aveva notato che quell'ossessione per i soldi, la spietata misura del potere che i soldi rappresentavano, era una della poche manifestazioni che lasciavano trasparire la senilità di suo padre. «Per dirtela francamente, non mi andava che sua figlia dovesse entrare in famiglia grazie a un matrimonio. Lottie è una cara ragazza, certo, ma non adatta per il piccolo Peter.»

«Il tuo "piccolo Peter" è ora un competente avvocato e socio nella holding di Winter.»

Suo padre parve non aver sentito. «Naturalmente, questo non potrei dirlo a Danziger.»

«Naturalmente no» confermò Glenn. In effetti, l'opinione di Cyrus Rensselaer sulla adeguatezza di Lottie Danziger non era stata sollecitata da Harald Winter, da Veronica Winter o da Peter Winter. E il vecchio ne era rimasto offeso.

«Mi manca» disse Cyrus, all'improvviso.

«Veronica? Ma è quasi una vita, ormai.»

«Non avrei mai dovuto acconsentire che andasse in Europa. Avevo uno strano presentimento.»

«Sul serio?»

«Ma lei era decisa ad andarci, e volevo renderla felice.» C'era in lui una passione che Glenn non aveva mai avvertito. L'assenza della figlia diletta era quindi un'angoscia che aveva tormentato Cyrus da sempre.

«Ma è stato più di trent'anni fa, papà.»

«Aspetta che i tuoi figli se ne vadano da casa, e scoprirai che vuol dire!»

«E io? Ti sono mancato?»

«Certo che mi sei mancato. Ma era di Veronica che mi preoccupavo. Era una bimba tanto dolce. Così indifesa, così ingenua... Odio quel bastardo. Questo lo sai, vero?»

«Harry?»

«Ma gliela farò pagare.» Per la prima volta suo padre sorrise. Il sorriso saputo che solo i vecchi conoscono. «Soffrirà quello che ho sofferto io. Allora capirà il male che mi ha fatto.»

«Non devi dare la colpa ad Harry. Era un uomo con un suo fascino: potente e spregiudicato in un modo che Veronica trovava avvincente...» Glenn si interruppe.

«Avvincente in me? È questo che stavi per dire?»

Pur con riluttanza, Glenn lo ammise. «Sì, Harry è spregiudicato allo stesso modo.»

«E tu non ammiravi tale prerogativa?»

«Non è il mio stile, papà. E comunque, non avrebbe fatto differenza — avremmo litigato.»

«Hai ragione, Glenn. Non mi hai mai contrastato. Sei stato un bravo figliolo. Te l'ho mai detto?»

«No, mai.»

«Leale. E io amo la lealtà. Così come ricambio il tradimento. Vuoi sapere che ho combinato ad Harry?»

«Preferirei di no.»

«Ho fatto in modo che a Peter sia offerta una sistemazione che vale una vita. E Harald stravede per Peter, il primogenito.»

«Una sistemazione?»

«In una banca di Los Angeles. Della quale, di recente, ho comprato un pacchetto azionario. Offrirà a Peter una vicepresidenza. E Peter verrà e vivrà in America.»

«Una banca di Los Angeles?»

«Già ci lavorano due dei figli di Dot, e se la stanno cavando bene.» Glenn annuì. Aveva saputo che suo padre s'era dato molto da fare per i figliastri. I quali, in cambio, avevano assunto il nome di Rensselaer. «E Peter, anche lui, riuscirà bene.»

«Fossi in te, papà, non lo farei. Non puoi metterti tra padre e figlio!»

«E lui non si mise tra padre e figlia?» esclamò il vecchio con voce stridula. «Ecco quello che ha fatto, quel porco di Harald Winter!»

«Fu una cosa naturale. Si era innamorato. Non lo fece certo per mettere in croce te, papà.»

«Si era innamorato dei soldi dei Rensselaer, ecco di cosa si era innamorato.»

«Se la cavava benissimo anche senza quelli.»

«Era sull'orlo del fallimento. L'ho salvato non una ma due volte, e lui ha avuto il coraggio di rimborsarmi con coriandoli.»

«Lascialo perdere. Veronica ti vuole bene; verrà a trovarti. Abbi pazienza.»

«Troppo tardi, ormai. Si accorgerà che vuol dire. Se ne accorgerà, e io mi farò quattro risate alle sue spalle.»

«Non prendertela, papà.»

«Si accorgerà che significa perdere il figlio prediletto!»

Glenn annuì, ma non replicò. Aveva sempre saputo di non essere il prediletto del proprio padre, ma sentirglielo dire bruciava, bruciava maledettamente.

### *«Non c'è proprio niente da piangere»*

Veronica Winter lo seppe prima di suo marito, e fu Lottie Winter a dirglielo. Le due donne erano diventate molto intime da quando Lottie aveva sposato Peter. All'inizio era stata soltanto la gioia di una voce americana, ma col passare dei mesi il rapporto era divenuto, più che altro, quello tra madre e figlia. Ad Harald Winter la cosa non piaceva, manco a dirlo — Lottie non gli era mai stata gradita al punto da ottenere il benvenuto in famiglia quale nuora – ma egli era abbastanza furbo da capire, fino da subito, che non poteva fare nulla per influenzare quel rapporto. Quindi Veronica e Lottie prendevano il tè assieme, regolarmente. Una consuetudine che entrambe pregustavano con infinito piacere.

Fu due settimane prima di Natale che Lottie portò l'eccitante notizia del lavoro offerto a Peter. Un vicepresidente della banca – nato in Italia – era venuto espressamente da Milano (dove era stato per negoziare un grosso prestito e per far visita a certi suoi parenti) allo scopo di sottoporre la proposta a Peter in persona.

«Ma sarebbe meraviglioso, Lottie. Sarai di nuovo con i tuoi.»

«Sì.»

«E allora, perché quell'aria mogia?» chiese Veronica. Mai aveva visto la nuora così abbattuta.

«Mi sento tanto a casa mia, adesso. È stato così bello metter su casa per Peter che ora non sopporto l'idea di perdere tutto quanto, e ricominciare da capo.»

«Ma pensa al sole della California e ai tuoi genitori!»

«Lo so, continuo a ripetermelo. Ma qui, sono una persona, sono qualcuno. A casa i miei mi trattano come una bambina.»

«Non adesso che sei sposata, Lottie, mia cara. Tua madre sarà felice di averti lì con lei.»

«Non è la mia vera mamma. La mia mamma morì in un incidente stradale quando avevo cinque anni.»

«Scusami, Lottie. L'avevo dimenticato.»

«E la mia matrigna non sarà tanto entusiasta di dover cedere una parte di papà.»

«Sono sicura che ti sbagli» disse Veronica.

«No, la conosco troppo bene. Mi ama e io l'amo, ma in ogni lettera che scrive mi dice quanto sia contenta che io mi sia sistemata qui.»

«E tuo padre?»

«Mi piacerebbe andare e vederlo, ma una visita sarebbe abbastanza. Magari in gennaio, febbraio, o marzo, quando qui a Berlino il tempo è orribile.»

«E quanto a Peter?»

«Non voglio influenzarlo né per il sì né per il no. È la sua vita, la sua carriera. Tanto più quando entrano in gioco interessi di famiglia.»

«Non pensare che suo padre vorrebbe diseredarlo, Lottie.»

«Ora, signora Winter, non mi fraintenda. I soldi non c'entrano, ma io mi rendo conto che una moglie, se ha buon senso, non dà al marito consigli sulla sua carriera. Perché, se poi le cose vanno male, tutta la colpa se la prende lei. Gli uomini sono fatti così; almeno immagino lo siano.»

«Ho paura siano proprio così, Lottie.»

Entrò la cameriera. Di recente Veronica aveva cambiato tutte le divise dei domestici, in modo che le cameriere non avessero più la sottana lunga sino alle caviglie. La ragazza che era entrata indossava un elegante abitino nero, con uno splendido grembiulino di pizzo e cuffietta. Lottie aveva già deciso che anche le sue domestiche si sarebbero modernizzate in egual modo.

Era un servizio da tè, completo e in argento. Anche se le due donne sapevano che né l'uno né l'altro dei loro mariti sarebbero arrivati a far loro compagnia, piatti, tazze e posate erano disposti per quattro persone, come sempre. Assieme alla tradizionale torta alle prugne cara ai tedeschi c'erano i pasticcini al cioccolato e mandorle. Sin dalla prima volta che avevano preso il tè assieme, Veronica aveva sempre cercato di far servire qualche dolce americano per Lottie. Era divenuta un'attenzione gentile che entrambe pregustavano, un calcolato tocco nostalgico.

Dopo che la cameriera ebbe versato il tè, servito le sottili fette di pane e burro, e se ne fu andata con una riverenza, Veronica si rivolse alla nuora e domandò: «Cosa c'è, Lottie? Ho l'impressione ci sia qualche cosa d'altro che ti preoccupa. Va tutto bene tra te e Peter? Ti darebbe sollievo parlarne?».

«Oh, signora Winter!»

«Vorrei che tu mi dessi del tu, che mi chiamassi Veronica, semplicemente.»

«Oh, Veronica» gemette Lottie, mentre gli occhi le si riempivano di lacrime. «Sei tanto cara...»

«Lottie, tesoro, cosa c'è?»

«Sono incinta.»

«Ne sei sicura?»

«Sicurissima.»

«Lo hai detto a Peter?»

«Sei la prima persona a saperlo.»

«Non c'è proprio niente da piangere, Lottie, piccola mia. C'è da festeggiare!» Lottie continuava a piangere: lacrimoni che le rotolavano giù per le gote e che lei non tentava nemmeno di asciugare. Veronica cercò qualche altra cosa da dire. «E Peter sarà pazzo di gioia. Di sicuro non accetterà quel lavoro in California, date le circostanze, adesso. Sarebbe troppo per te... a meno che non siano disposti a rimandare di un anno.»

«Non vorranno aspettare» disse Lottie, asciugandosi gli occhi con un fazzolettino di trina. «Il posto dev'essere occupato per la fine di gennaio; è una condizione su cui hanno insistito in modo particolare.»

«Peter da solo non ci andrebbe. Non ti lascerebbe qui. Ne sono sicura, né d'altra parte lo permetterei io.»

Lottie riprese a singhiozzare finché non si ridusse boccheggiante. Veronica l'abbracciò, confortandola. «Lottie, tesoro, devi farti forza. Siediti. Soffiati il naso, e bevi un po' di tè.»

«Rifiuterà l'offerta« disse Lottie dopo che si fu ripresa un po'. «Peter rinuncerà a quel posto, per via del bambino. Poi me ne darà la colpa per sempre.»

«Via, sciocchina! Non ti darà nessuna colpa. Sarà l'uomo più felice del mondo.»

«Lo credi davvero?»

«Senz'altro, e sarà un papà meraviglioso. Devi dargli la notizia appena arriva — vi lascerò soli per un po' — e dobbiamo mandare un cablo a tuo padre, e anche al mio. Saranno tutti felici ed emozionati per la bella notizia.»

# 1927

## *«È tutto quello che chiedono in cambio»*

Si era verso fine maggio, un'epoca in cui tutta Berlino è piena del profumo dei fiori di tiglio. Il sole andava e veniva dietro nuvole sfilacciate, ma non faceva caldo. Pauli se ne stava seduto a un tavolino all'aperto, a bere il suo tè e a dedicare qualche minuto osservando la gente che passava.

La faccia di Pauli era nota in tutti i caffè più rinomati di Berlino: il Monopol, lo Josty, lo Schiller, il Café des Westens. Ma il suo preferito era quello di fronte alla chiesa delle Rimembranze: il Caffè Rumeno. Qualcuno diceva che fosse il più famoso di tutta la Germania; altri che fosse il più famoso di tutto il mondo. Eppure, un posto a sedere lo si trovava sempre, perché il caffè poteva ospitare oltre mille avventori. Era aperto giorno e notte e sempre affollato; un locale dove venivano gli intellettuali a discutere di filosofia, dove venivano coppiette a parlare d'amore, altri per polemizzare di politica, scrivere lettere o memorie, recensire lavori teatrali o comporre poemi. Volti famosi gli davano lustro. Su nella balconata, dove amavano sedere i giocatori di scacchi, era spesso presente Emanuel Lasker, che per quasi trent'anni era stato campione del mondo.

Alcuni dei clienti erano scandalosi; per lo meno lo sarebbero stati se a Berlino fosse rimasto ancora qualcuno che si scandalizzasse allo spettacolo di crani rasati, capelli tinti o indumenti sfacciati. Era più facile, fuori in strada, rimanere scandalizzati dalla vista di reduci di guerra, storpi, che chiedevano l'elemosina, dei volti dipinti degli omosessuali, o delle pallide facce contratte di prostitute bambine.

All'interno del caffè non mancavano mai i venditori ambulanti a far la spola da un tavolino all'altro: lacci da scarpe, fiammiferi, il *Literarische Welt*, la *Rote Fahne*, una copia del *Times* di Londra, vecchia di quattro giorni. Un giovanotto dall'aria truce offriva disegni a matita. Truci anche i disegni: torvi soldati deformi, oscene matrone in reggicalze e calze nere, ufficiali stracarichi di medaglie, dalla faccia porcina e privi di pantaloni. L'artista s'era fermato a mostrare i disegni a una coppia ben vestita di turisti svedesi, che li esaminarono, solennemente e coscienziosamente, ma non vollero comprare. Era raro che i turisti lo facessero. Forse si vergognavano di dover poi mostrare alla dogana che sorta di articoli li avesse attratti. Il giovanotto diminuì il prezzo. Lo svedese rifiutò, scuotendo la testa, sua moglie si mise a ridere. I disegni tornarono sotto il braccio dell'offerente. Alcuni dicevano che il giovanotto fosse semplicemente l'incaricato alle vendite; secondo altri, era l'artista in persona. Ma nessuno sapeva la verità, esattamente come nessuno sapeva niente di niente in tutta Berlino. Era meglio ignorare.

Vicino all'ingresso c'erano i giornali fissati a bastoni di legno. Pauli non prese l'organo nazionalsocialista, il cui stato immacolato lasciava supporre che nessun altro lo avesse sfogliato. Scelse il *Berliner Zeitung am Mittag*, un tabloid di corrente moderata, e tornò a sedersi. La sua solita cameriera gli portò tè al limone e grappa. Pauli veniva sempre lì, dopo la colazione a base di panini imbottiti che consumava alla scrivania. Di solito, restava seduto per una mezz'ora, prima di tornare in ufficio. Era l'unico sistema per godersi una sosta sul lavoro. In ufficio, per tutto il giorno era un viavai di gente, che metteva la testa nello spiraglio della porta: «Non vorrei interromperti, Pauli, ma...».

E in ufficio non andava certo meglio da quando il nuovo Gauleiter* nazista, Joseph Goebbels, aveva preso in mano l'organizzazione di Berlino. Era un uomo troppo maledettamente entusiasta, e la truppa e i graduati non gradivano il contributo di tre marchi al mese che egli esigeva da loro. Gli adepti a Berlino del partito nazista non arrivavano al migliaio: non era quello il sistema per attirare nuove reclute, e l'accento renano, che alle orecchie dei berlinesi suona buffo, non aveva aiutato Goebbels. Strasser, il Capo della Regione, si opponeva a quasi tutti i suggerimenti di Goebbels, e il leader delle SA, Kurt Daluege, con il suo esercito di camicie brune, non collaborava con nessuno dei due. Con tre padroni a gestire l'ufficio di Berlino, c'era ben poco da combinare, però non c'era verso che qualcuno ascoltasse i consigli di Pauli Winter. Specie dal momento — come Goebbels

* Capo amministrativo della circoscrizione politico-amministrativa (*Gau*) nella Germania nazionalsocialista. [*N.d.T.*]

non mancava di fargli presente — che egli non si era nemmeno preso il disturbo di iscriversi al partito.

In precedenza, aveva dedicato il pomeriggio ai suoi clienti privati, riservando la mattina per il disbrigo delle pratiche del partito, ma adesso era già più di un mese che Pauli non svolgeva alcun lavoro per suo conto e interesse. Molti clienti non gradivano la vicinanza con l'ufficio del partito, o il modo con cui uomini in uniforme delle SA arrivavano e uscivano dal suo studio, sbattendo la porta e senza uno straccio di «chiedo permesso». E quelli che si infischiavano delle sue affiliazioni politiche si stancavano di essere regolarmente sacrificati nella priorità degli impegni di Pauli. Non che Pauli battesse la fiacca: per due volte, il mese prima, si era addormentato in tribunale, perché esigeva troppo da se stesso. Né le lunghe ore di lavoro erano compensate da significativi introiti finanziari. Gli onorari riconosciutigli dal partito nazionalsocialista erano tutt'altro che lauti, e ogni parcella di Pauli suscitava discussioni.

«Lei è Herr Paul Winter, non è vero?» Egli alzò gli occhi per trovarsi di fronte una donna sulla sessantina, e forse più, che indossava un soprabito di buon taglio ma vecchio, col bavero di astrakan. Il grande cappello nero, con un velo color malva a circondarne la cupola, era fissato da spilloni fantasia. Un abbigliamento tutto fuori moda, da molti anni: tipo quello adottato da nonna Winter, a Travemünde.

«Sì» rispose; goffamente depose il giornale e si alzò.

«Lei non sa chi sono, vero?»

Sapeva esattamente chi fosse, e un tempo lo avrebbe senz'altro detto, ma non era cosa che si addicesse a un avvocato. «Non credo di saperlo.»

«Sono Frau Guggenheimer.»

«Non vuole accomodarsi?»

«Non voglio trattenerla» disse lei, ma appoggiò l'involto che aveva in mano, un grosso pacco accuratamente legato da parecchio spago, e sedette sulla sedia che Pauli le aveva accostata. Era la moglie di Guggenheimer, il proprietario di un bar frequentato da studenti. Hetti Guggenheimer, la ragazza del cuore di tanti anni prima, era la figlia della signora Guggenheimer.

Pauli attese che la donna gli dicesse che voleva, ma, adesso che aveva chiamato a raccolta il coraggio di avvicinarlo, la signora pareva aver perso la lingua. Fu quindi Pauli a rompere il ghiaccio. «Come va suo marito?»

Lei fu grata per l'opportunità offertale. «La clientela degli studenti non è sufficiente, non lo è mai stata. E quella zona della città non è più così frequentata, adesso che il Palazzo Reale è vuoto. Anche Friedrichstrasse non è più quella di prima. Il centro della città si è spostato. Tutta la vita è qui in Ku-damm, ormai.»

«È vero. Mi dispiace.»

«E i nazisti non vogliono darci alcun commercio, naturalmente, a noi che siamo ebrei.»

«Forse suo marito dovrebbe ritirarsi. Vendere il bar.»

«Non ha i soldi, Herr Winter. Tutti i nostri risparmi se l'è ingoiati l'inflazione. Il bar non è neanche nostro. Sì, forse viviamo decentemente, ma alla giornata.»

«C'è qualche cosa che posso fare per lei, Frau Guggenheimer?»

«I nazisti avevano preso l'abitudine di venire al bar e scatenare risse. Risse terribili. Venivano le sere in cui avevamo più gente e si mettevano a dire sconcezze su Karl Marx o Lenin. C'era sempre qualcuno che si ribellava contro di loro. Tra quei giovanotti c'era sempre chi era pronto a fare a cazzotti e anche peggio, senza aver paura di restar feriti. Roba che spaccavano i mobili e adoperavano le gambe rotte delle sedie o le bottiglie rotte...»

«Lei ha detto che avevano l'abitudine di farlo. Hanno smesso?»

«Adesso mio marito paga loro una somma ogni settimana, un contributo ai fondi del partito nazista. Ma non possiamo permettercelo, Herr Winter. Ci chiedono troppo, e gli affari non vanno troppo bene in questo periodo dell'anno.»

«So, purtroppo, che queste cose succedono.»

«Lei è con i nazisti, Herr Winter. Non potrebbe dire qualche cosa a uno dei loro capi? Davvero, non possiamo permettercelo, e mio marito è molto, molto preoccupato. Passa le notti senza dormire, a pensare dove sbattere la testa. Stiamo facendo debiti, cosa che non abbiamo mai fatto in vita nostra.»

«In tutta franchezza, Frau Guggenheimer, sono questioni da cui sono tagliato completamente fuori. Sono soltanto un avvocato che essi pagano per avere pareri legali.»

«Frau Weiss, che ha il banco dei fiori, mi ha detto che lei l'ha aiutata quando quei ragazzi comunisti le rubavano i soldi dalla cassetta.»

«Ha fatto male a dirglielo» la interruppe subito Pauli.

«Mi ha detto che lei mandò qualcuno dei suoi nazisti a dare una lezione ai quei ladruncoli.»

«Le assicuro che non ho mai fatto una cosa del genere.»

«E la Weiss mi ha anche detto che da allora in poi non ha più avuto nessun guaio.»

«Suo marito sa che lei è venuta a parlarmi?»

«No, naturalmente.»

«Allora, per piacere, non gli dica nulla. Anzi, non apra bocca con nessuno. Me lo promette?»

«Tutto quello che vuole, Herr Winter.»

«Tenterò, ma non le posso assicurare niente.»

Lei si alzò. «La ricordo che era appena tornato dalla guerra, ed è stato un bel po' di tempo fa, non è vero?»

«Tanto, tanto tempo fa.»

«La mia Hetti venne alla festa del suo compleanno, qualche anno fa. Mi disse che fu meravigliosa.»

«Come sta Hetti?» chiese Pauli, gentilmente.

«Sta bene.»

«Ne sono contento.»

«Non può andare avanti così, Herr Winter — tutti questi pestaggi e questi ferimenti e i prezzi che vanno alle stelle. Ma si può?»

«No, non può continuare, Frau Guggenheimer; qualche cosa succederà.»

Finì il suo tè e la grappa e tornò in ufficio. Che, come al solito, era pieno di gente. Membri del partito, disoccupati, erano seduti in anticamera, leggendo, fumando, e raccontandosi per l'ennesima volta le stesse storie, Pauli salì nell'ufficio del Capo della Regione. Strasser era assente, ma Fritz Esser era lì. «Ah, bene, Fritz. Proprio di te avevo bisogno. Dove sono quei due gorilla che furono arrestati nella rissa di Pharus Hall?»

Fritz Esser sollevò lo sguardo dal piatto di salsicce a fettine e pane di segale che si spolverava ogni giorno. «Aspettano giù da basso» rispose, con la bocca piena.

«Mandagli a dire che salgano subito, Fritz.»

Pharus Hall era una vasta, squallida sala in Müllerstrasse, a Berlino-Wedding. Veniva affittata per riunioni e manifestazioni. Non esisteva quartiere di Berlino più solidamente comunista di Wedding, e alcun luogo di raduni più regolarmente usato dai comunisti di Pharus Hall. Ecco perché il nuovo Gauleiter lo aveva scelto per un ben pubblicizzato discorso. Ovvio, quindi, che i comunisti avessero aspettato al varco l'arrivo dei nazisti, e la conseguente battaglia era stata lunga e sanguinosa. Joseph Goebbels aveva annunciato la propria intenzione di ottenere più pubblicità per il piccolo partito nazista di Berlino, e c'era riuscito. Solo la presenza di un grosso contingente di polizia aveva ristabilito l'ordine ed evitato un massacro. Adesso, era diventato di moda chiamarla la "battaglia di Pharus Hall", e quei due energumeni, arrestati per aver preso a calci un agente fino a fargli perdere i sensi, erano ancora in attesa di essere processati.

Sebbene differentissimi l'uno dall'altro, i due erano i tipici esponenti degli uomini che militavano tra le file delle SA. Uno, sulla trentina avanzata, era un reduce dal grigio viso segnato, occhi profondamente incassati, baffi grigi. La camicia bruna della sua divisa era pulita e stirata, con un diligente rammendo sul colletto. I suoi trascorsi militari erano esemplari. Due vólte ferito e vittima dei gas durante tre anni in fanteria al fronte occidentale. Quasi dodici mesi in ospedale militare. Tutto risultante dalla sua pratica. Pauli aveva bisogno di tali particolari se voleva evitare all'amico di finire in prigione. In genere, i tribunali erano più indulgenti verso le fazioni politiche di destra che non verso i comunisti, ma quando la vittima era un poliziotto tale sottile distinzione non contava niente.

L'altro non era certo un veterano: diciannove anni, quasi venti, volto pallido e foruncoloso, grande di telaio, ma senza la robustezza di base che è assicurata da un'alimentazione idonea. Aveva lasciato la scuola che aveva quattordici anni, dopo di che non aveva mai avuto un lavoro come si deve. Capelli sporchi, faccia lavata assai sommariamente. Uniforme macchiata e in disordine. Probabile che dormisse sul pavimento, in qualche angolo, o magari in strada. Il viso era troppo facile a rilassarsi in quel sorriso insolente che è la maschera dell'insicuro e dell'ignorante. Pauli lo notò subito: un solo sorriso indisponente come quello, e il processo era perduto immediatamente.

«Ora, non so chi si diverta ad andare nel bar di Guggenheimer a spillar quattrini al proprietario. E se lo chiedo in giro, suppongo che non c'è nessuno disposto a dirmelo.» I due si scambiarono un fuggevole sogghigno. «Ma adesso voi due andate dai Guggenheimer e li informate che non devono più dar quattrini ad alcuna camicia bruna o membro del partito che sia; non più. E assicuratevi che chiunque si stia dedicando a questa forma di capitalismo privato cancelli dal suo elenco i Guggenheimer. Afferrato il concetto?»

«È prassi ufficiale, adesso, che gli ebrei...»

«Chiudi il becco, e ascolta me. Non voglio sapere nessun particolare. L'unica cosa che ci interessa, qui in questa stanza, è quello che vi succede quando vi presentate in tribunale. Giusto?»

«Sì, Herr Doktor. Giusto» disse il più anziano dei due.

«E se i Guggenheimer vengono tartassati ancora, ecco che di colpo voi due vi trovate senza adeguata difesa legale.»

«Questo sa tanto di ricatto» obiettò il più giovane.

«Oh, veramente?» ammise Pauli. «Bene, perché è esattamente così.»

L'uomo con i baffi grigi fu più capzioso. Disse: «Potrebbe essere un tantino difficile spiegare perché questi maledetti ebrei non debbano dare un contributo ai nostri fondi».

Pauli si alzò, si protese sulla scrivania e diede una pacca sul petto dell'uomo. «Be', amico mio, a chiunque ti fa domande un tantino "difficili" tu rispondi che è perché l'ho detto io. Passa parola!»

«Sì, Herr Doktor.» Era un ex militare, gli piaceva ricevere ordini. Quelli delle SA erano tutti a quel modo; ecco perché amavano esibirsi nelle loro camicie brune, berretti con la visiera e stivaloni. Avevano bisogno di qualcuno che governasse le loro vite e impartisse ordini.

«Adesso sparite. Chiederò che il processo venga aggiornato di qualche settimana. Tornate da me il primo del mese venturo.»

«Heil Hitler!» dissero entrambi all'unisono.

«E va bene» acconsentì Pauli. «Heil Hitler!»

«Tuo fratello è un tipo a posto» disse a Pauli Fritz Esser, che, naturalmente, era giunto a quella conclusione solo da poco. Scosse il sigaro per depositare nel portacenere la cenere, che però finì sulla tovaglia. Fritz era ubriaco.

«È un formalista inamidato, ma sempre pronto a darti una mano se sei nei guai» riconobbe Pauli. Il proprio affetto per il fratello lo imbarazzava. Non voleva che la gente pensasse a una sua qualsiasi dipendenza da Peter.

La stanza, rischiarata soltanto dalla luce verdastra di due becchi a gas sibilanti e scoppiettanti, era foderata di pannelli di legno scuro, la cui origine botanica era resa dubbia da un secolo di fumo di tabacco e di vecchia vernice. Alle pareti, fotografie incorniciate di un club ciclistico, in posa con le biciclette dopo le gare annuali al Friedenauer Volkspark. I due amici erano seduti a un lungo tavolo da pranzo; la cena era finita, e gli invitati se n'erano andati tutti. La tavola era seminata di portacenere, piatti, bicchieri e bottiglie. La tovaglia di lino color crema era costellata di macchie di vino.

«Che gli è venuto in mente a quello scemo di sposare un'ebrea?»

«Loro due sono felicissimi d'aver messo su famiglia» obiettò Pauli.

«Come no? Lei è bella, in gamba, spiritosa e ricca, ma è ebrea. Chi è ebreo deve sposare un ebreo.»

Pauli lo guardò. «Parli come uno di quelli che scrivono i discorsi a Goebbels. Non crederai a tutte queste balle propagandistiche?»

Fritz lo prese per una manica. «Tu mi hai salvato, Pauli. Non tanto perché mi hai salvato la pelle in quei maledetti combattimenti per le vie, nel 1919, anche se per quello te ne sarò eternamente grato, ma, se tu non fossi venuto a Palazzo Reale e non mi avessi salvato, mi sarei ridotto a vendere fiammiferi per la strada, dove spesso vedo alcuni di quegli stupidi bastardi della Divisione Navale del popolo. Ma, dopo di te, io devo tutto quanto al partito. Loro mi hanno dato tutto. Non avevo istruzione, né soldi, né amici influenti, né famiglia. Niente di niente avevo. Ma il partito mi ha accolto e mi ha dato ogni cosa che possiedo. E tutto quello che mi chiedono in cambio è di odiare gli ebrei. È qualche cosa che devo contestare?» Lasciò andare la manica di Pauli, e bevve un po' di grappa.

«Non sono io che l'ho sposata; è stato mio fratello.»

«Così, fosti tu a salvargli la vita?» disse Fritz. Si rovesciò un po' di liquido sulla camicia, vuotò il bicchiere, se ne versò un altro. «Non lo sapevo questo, il giorno che vi ripescai dal mare. Quindi, zompasti in acqua per salvarlo?»

«Non so come successe» rispose Pauli. Era imbarazzato, esattamente come lo era stato in precedenza, a cena, quando Peter aveva levato in alto il bicchiere, proponendo un brindisi alla salute del fratello che gli aveva salvato la vita a rischio della propria. «E neanche lui lo sa. Eravamo due bambini, sì o no? Ma lui insiste nel dire che andò così, e io mi accodo.»

Fritz strizzò gli occhi contro il fumo del sigaro e sorrise. Era un "cliente" tosto e, in certo qual modo, un solitario. Anche per quella serata celebrativa, non aveva portato nessuna compagna. Nonostante le sue storielle sboccate e le sue battute a sfondo sessuale, raramente lo si vedeva con donne. Lui diceva che era perché tutte le sue amanti erano già sposate, ma a volte Pauli dubitava che fosse la verità. La cena era stata fatta per festeggiare la partenza di Fritz Esser per Monaco. Nessuno sapeva con esattezza quale fosse il suo nuovo lavoro, ma non c'era dubbio che si trattava di una promozione. Sembrava ormai che Esser, come il capitano Graf e altre stelle nascenti, fosse destinato a significativi incarichi nell'organizzazione del partito nazista.

Pauli aveva organizzato la cena d'addio in una sala privata di Leipziger Strasse. Cibo e bevande tutti forniti dai Guggenheimer, il cui esercizio non era molto lontano. E Pauli trovava umoristico che tutti quei fanatici nazisti avessero mangiato le squisite vivande di Frau Guggenheimer. Alcune portate erano quelle tradizionali ebree, ma i commensali non erano certo in grado di distinguere tra i piatti caratteristici della cucina tedesca e quelli della cucina ebraica. Erano pochi i tedeschi che vi riuscissero.

Pauli sapeva che il solo fatto di avere il menù preparato dai Guggenheimer era sufficiente a persuadere Peter e Lottie a partecipare alla cena, ed era stato quello il motivo principale di averla attuata. Il Dr. Jofeph Goebbels aveva elogiato il cibo ed era rimasto abbastanza a lungo per tenere una breve allocuzione di congratulazioni, da cui era sparita ogni traccia del suo accento renano. Era stata quella forbita esibizione — e il fatto che egli fosse l'unico dei gerarchi nazisti dal pronto e vivace senso dell'umorismo — a fargli guadagnare uno scroscio di applausi da parte di tutti i presenti. Più tardi, Fritz aveva detto a Pauli che un uomo capace di cambiare il proprio accento d'origine poteva cambiare tutto e tutti.

Adesso, alle due del mattino, gli invitati non c'erano più. Rimanevano soltanto Pauli e Fritz, entrambi decisamente brilli. Fritz pescò dal cesto, ancora lontano dall'essere vuoto, una bottiglia di buon brandy di mele, ne spezzò il sigillo, tolse il turacciolo col cavatappi, e versò una dose per entrambi.

Tutti gli ospiti di sesso maschile erano riusciti, incluso Pauli, a procurarsi l'abito da sera. Alcuni, poi — e tra essi Peter Winter e il Dr. Goebbels —, si erano presentati secondo i dettami dell'ultima moda: spalle imbottite e pantaloni larghi. Solo Fritz era venuto in normale abito da passeggio, camicia floscia e cravatta fantasia. Era menefreghismo o calcolata esibizione delle sue vedute egualitariste? Pauli non aveva saputo decidere. «Non vorrei avere il lavoro di Goebbels per nulla al mondo» disse Fritz Esser. «L'hanno mandato qui con un incarico o la va o la spacca.»

«Pare di sì» concordò Pauli, e offrì una sigaretta a Fritz che l'accettò.

«Grazie. Sì, Strasser sta diventando troppo grosso per le scarpe che ha — tutte quelle menate sul governo che deve avere la proprietà di qualsiasi cosa, e sulle alleanze col proletariato russo — e neanche se la cava troppo bene: a Berlino, le iscrizioni al partito sono deludenti. Al contrario, Daluege "il Filone" sta lavorando a meraviglia: le SA stanno aumentando a vista d'occhio. Quante siano, nessuno lo sa con precisione, ma, secondo me, le SA surclassano in numero gli iscritti al partito. Se questo può accadere a Berlino, può accadere ovunque. Se accade in tutta la Germania, Hitler sarà spiazzato da Röhm, e le camicie brune assumeranno il controllo.»

«E la coda farà scodinzolare il cane» aggiunse Pauli. Già da tempo, Fritz aveva puntato ogni sua carta su Hitler e il partito. Se Röhm e le camicie brune avessero prevalso, tutti i calcoli di Fritz si sarebbero sgonfiati miseramente. «Ma non accadrà» sentenziò Pauli.

«Perché no?» domandò Esser che sentiva il bisogno di essere rassicurato.

«Il partito non andrà al potere per mezzo di un putsch. Anche Hitler deve rendersene conto a quest'ora.»

«Allora, come ci va?»

«Dovrà guadagnarsi i voti, il che vuol dire che sarà sempre il partito ad avere il controllo della situazione. Vuol dire anche che il partito dovrà presto spostare tutto a Berlino.»

«Lo credi?»

«Supponiamo che il putsch a Monaco fosse andato in porto. Immagini che Hitler sarebbe riuscito a formare una base di potere in Baviera grazie a un colpo di mano armato? Sicuramente no; il governo di Berlino avrebbe ordinato all'Esercito di marciare su di lui, e l'Esercito lo avrebbe fatto. Hitler non sarebbe durato un mese.»

Fritz si tirò in piedi traballando e girò le chiavette dei becchi a gas. La luce aumentò in un bianco verdastro. Come se Fritz avesse ritenuto che una maggiore luminosità avrebbe illuminato anche le sue idee. «Ma se il governo di Berlino non avesse fatto niente?»

«L'Esercito si sarebbe mosso ugualmente contro Hitler. Se, poi, nessuno si fosse preso l'iniziativa, la Francia si sarebbe servita del putsch di Hitler quale pretesto per occupare tutta la Baviera, come ha già fatto con la Renania.»

«Mi sa che hai ragione» ammise Fritz con un sospiro. Comunque, lui preferiva un colpo di mano, armi in pugno. Meno complicato e più rapido che non convincere gli elettori, e molto più in linea col suo modo di pensare. «Si vede che ha mandato qui Goebbels perché Berlino è così importante.»

«E per te, Fritz, che c'è in programma?»

«Un giorno, avrò un incarico al vertice, Pauli, e tu sarai con me.»

«Dovresti tentare di convincere il partito a proporti candidato al Reichstag.»

«Mi piacerebbe. Pensa che direbbe mio padre.» Ci pensò su e annuì. «Il Führer sa ricompensare chi gli è fedele, e io sono importante per lui.»

«Non restare via troppo a lungo da Berlino, Fritz. Monaco diventerà acqua stagnante.»

«Io e te ci conosciamo da tanto tempo. Giusto?» Parlava con voce impastata, ma con sufficiente sincerità. «Tu sei il mio migliore amico, lo sai questo?» E mise un braccio attorno alle spalle di Pauli.

«Certo, certo» disse Pauli, sebbene l'idea gli risultasse del tutto sorprendente. Fritz Esser aveva un sacco di amici, e più saliva nella gerarchia del partito, più amici si faceva.

«Figli di puttana, quasi tutti» disse Fritz, quasi avesse letto nel pensiero di Pauli. «Tu sei l'unico che non mi ha mai chiesto un favore. Lo sapevi questo?»

«No.»

Fritz lo guardò. Pauli non aveva mai cercato di eclissarlo, né di prevalere, né di metterlo in disparte. Secondo Fritz, Pauli era il solo uomo che provasse sincero piacere per i successi dei suoi amici. «E tu, hai bisogno anche tu di qualche amico, vecchia lenza!» Gli assestò una manata sulla schiena da fargli andare di traverso ciò che stava bevendo. «Solo l'altro ieri mi hanno domandato perché hai fatto in modo che Guggenheimer non paghino più il loro contributo.»

«Ah, già.»

«E il partito ha bisogno di fondi. Un estremo bisogno.»

«Così, che hai risposto?»

Un colpo di tosse e una risata. «Che ho risposto? Ho risposto che stavi proteggendo un informatore.»

«"Proteggendo un informatore". Sono contento che tu abbia detto cosa stavo facendo.»

«L'ho imparato da te, mio piccolo e furbo porcello. Tutto quello che so, me l'hai insegnato tu.»

Pauli sorrise. Fritz aggiunse: «Che altro sai che io non so?». Versò altro brandy di mele.

«Tieniti buono il capitano Göring» disse Pauli. «Se Hitler arriverà al potere sarà per merito degli sforzi di Göring. Göring è ben visto dal ceto medio. Per un sacco di ragioni, Göring sarà al centro del potere. Hitler ha bisogno di lui. Tutti gli altri saranno satelliti.»

«Tu sai, vero, chi stava addosso ai Guggenheimer?»

«No» rispose Pauli, ma con un'improvvisa contrazione alla bocca dello stomaco, semplicemente perché aveva intuito chi era.

«Il tuo amico Brand. L'uomo appena nominato Sturmbannführer, agli ordini di Victor Lutze, a Elberfeld. Si dà da fare, il tuo vecchio camerata Brand.»

«Sapevo che era con le SA nella Ruhr.»

«E ti odia, Pauli. Ti odia veramene. Che gli hai fatto?»

«Niente. Solo che lui vive per odiare il prossimo.»

«Stacci attento, Pauli. Qualsiasi cosa dovesse succedere, farò quel che posso. Questo lo sai, vero?»

«Certo, Fritz. Ti ringrazio.»

«È sul sentiero di guerra, vuole il tuo scalpo.» Fritz ingollò l'ultima goccia del suo brandy, e poi scagliò il bicchiere vuoto contro la parete. Era un bicchiere spesso e robusto, di quelli fatti apposta per gli alberghi e i ristoranti, ma la violenza di Fritz era stata tale da farlo sbriciolare in minutissimi frammenti.

Quando cercò di alzarsi, Fritz ondeggiò pericolosamente e

rovesciò la sedia. Pauli scoppiò a ridere. Fritz doveva essere ben cotto, diversamente non avrebbe detto certe cose.

«Non avrai paura, eh?» domandò Fritz col suo solito modo diretto e deciso.

«Paura di che?» disse Pauli. Pur malfermo sulle gambe anche lui, aiutò l'amico a riprendere l'equilibrio.

«Così va bene» approvò Fritz. Ma sapevano entrambi che Pauli aveva paura. Gli sarebbe mancato Fritz nell'ufficio berlinese del partito, gli sarebbe mancata la sua protezione contro le inimicizie, le gelosie, i dispetti meschini e le croniche vendette che erano diventati caratteristica del modo di lavorare del partito nazista. L'alta dirigenza era convinta che la legge della giungla assicurasse al partito la sua forza naturale.

Come avrebbe fatto Pauli a sopravvivere? Senza Fritz, egli non aveva nessuno a proteggergli le spalle.

# 1929

## *«Non c'è nulla di più sicuro di uno Zeppelin»*

Quanto a tappezzeria e rivestimenti, ne era rimasto ben poco; ecco il motivo per cui il suono del pianoforte echeggiava dagli angeli dorati incrostati di sudiciume nel soffitto a cupola, per propagarsi in basso, lungo lo spazio vuoto, sul retro della prima galleria, dove un tempo figuravano un bel banco di quercia e un elegante bar a specchi.

Era stato un grande teatro, in passato. Adesso non era nemmeno più tale, nel senso con cui il termine viene usato a Londra, Parigi o New York. Rivoltosi e ladri non lo avevano certo risparmiato. Nel 1920, un'unità del Freikorps lo aveva usato come caserma, e in seguito il Reichswehr vi aveva immagazzinato munizioni, che i generali avevano voluto nascondere alla Commissione alleata d'armistizio. Uno dei più dotati direttori-produttori d'avanguardia lo aveva preso in affitto per un anno, e, quando il contratto era giunto alla scadenza, aveva divelto infissi, arredi e rivestimenti del pavimento, vendendoli per pagare il debito. Adesso, quindi, era un guscio freddo, pieno di spifferi e scomodo. E puzzava dei gatti che avevano fatto delle cantine il loro dominio. Ma anche in quell'inverno del 1929, il più freddo a memoria d'uomo, la gente sarebbe stata disposta tuttora a frequentarlo se lo spettacolo fosse stato meritevole.

Era quasi mezzanotte; le prove e qualche audizione dell'ultimo momento erano terminate. Se n'erano andati quasi tutti. Il palcoscenico e la sala erano al buio completo; solo una debole lampadina, appesa bassa su un lato del palcoscenico, illuminava il pianoforte. Il teatro era deserto, tranne che per la presenza dell'uomo che sedeva allo strumento e della donna, china su di lui per decifrare il testo scarabocchiato e le note che il pianista stava eseguendo.

«Mi incanta» disse Lottie, accennando e seguendo a bocca chiusa il motivo che il marito stava suonando.

«Sì, è stupendo.» Peter indossava un vestito da passeggio, e una bombetta spinta indietro sulla nuca. Non era il modo con cui normalmente avrebbe portato un cappello, ma Peter aveva visto un americano che lo calzava in quel modo, e qualche volta, adesso, amava imitarlo.

«E le parole?» Lottie indossava un'enorme pelliccia dalle sfumature dorate. Faceva troppo freddo lì dentro per togliersela.

«Brecht lo conosci: il testo delle canzoni viene sempre per primo. Poi Kurt scrive la musica.» Peter cantò le parole; la sua voce era intonata, ma sommessa e tremolante: «"Oh, che bei denti ha il pescecane, mia cara, e per tagliarti come un coltello..."».

«Oh, smettila! Perché deve sempre scrivere delle cose tanto stupide?»

«È un poeta.»

«Lo incensate troppo, tutti quanti.»

«Non direi. Dovresti vederlo quando dirige gli attori, Lottie. Qualsiasi oca di ragazza diventa una stella quando lui le parla.»

«A me piace tanto vederti suonare; sei così felice!»

«Merito tuo, Lottie. Io avevo abbandonato ogni idea di suonare di nuovo. Ora, però, certe volte penso mi sarebbe piaciuto lasciare papà e dedicarmi al mondo dello spettacolo.» Inserì nella musica esperti e stravaganti arpeggi.

«Spero tu non stia parlando sul serio, Peter, tesoro mio. Questa gente sbarca il lunario con i denti. E tu hai una moglie e una figlia da mantenere.»

«Lo so, Lottie. Scherzavo. Se lavorassi in teatro a tempo pieno, forse non lo troverei così interessante ed eccitante. Ma è un privilegio lavorare con grandi nomi: Piscator, Brecht, Kurt, e tutti gli altri: Reinhardt, Jannings, Peter Lorre...» Cambiò per suonare qualche battuta di *Luna d'Alabama*, facendone qualche cosa di grande. Poi smise d'improvviso. «Non avrei mai potuto accettare quel lavoro in California e rinunciare a tutto questo. Te ne rendi conto, vero?»

«Me ne rendo conto adesso, ma a suo tempo non sapevo che lavorare con Brecht significasse tanto per te. Stai diventando famoso.»

«No, non sto diventando famoso, tranne che come il pianista con mezzo dito di meno.» Riordinò le pagine che aveva davanti, si tolse gli occhiali, alzò lo sguardo sulla moglie, e sorrise. Lottie non si era ancora abituata a vederlo con gli occhiali da lettura, e nemmeno Peter ci si era assuefatto. Si strofinò un attimo le impronte rosse che gli erano rimaste ai lati del naso. «Gli faccio comodo, perché gli costo poco: anzi, niente.»

«Questo non è vero. È straordinario il modo con cui leggi a prima vista tutte quelle note scarabocchiate e come il suono del pianoforte sembri quello di un'intera orchestra...»

«Va abbastanza bene per le audizioni e le prime prove, ed è la parte più elettrizzante. Una volta che lo spettacolo è in piedi, il mio interesse è minore.»

«Ma come fai a restare così sereno di fronte a tutta questa propaganda comunista? Ricordo un tempo in cui ti saresti messo sotto i piedi motivi come quelli di *Mahagonny*. Che non sono solo comunisti, ma addirittura antiamericani.»

«Ne rimani male?» Peter appariva sinceramente dispiaciuto, e Lottie ne fu commossa.

«Sì» confermò. «A volte, mi viene voglia di ribellarmi. Brecht è un maiale, e la sua ignoranza dell'America è abissale. Perché deve sempre scrivere su cose di cui non sa nulla?»

«Non è un politico, tesoro. È un poeta. Non mi preoccupo molto dei testi delle canzoni, e credo che anche il pubblico faccia lo stesso. La gente viene per divertirsi. Per dimenticare, per un paio d'ore, la miseria della vita. Brecht fa della sua "Amerika" un luogo di fantasia.»

«Sei troppo accomodante, Peter, troppo buono.» Lottie si rialzò ben stretto sul collo il bavero della pelliccia.

«L'averti sposata mi ha migliorato. Questo accidenti di piano comincia di nuovo a essere scordato. Senti qui...» Martellò un tasto sordo.

«Ti amo.»

Peter alzò gli occhi, sporse le labbra a mimare un bacio e continuò a suonare.

Lottie andò a prendergli cappotto, guanti e bastone, sulla sedia dove egli li aveva accuratamente sistemati. Se non l'avesse trascinato via, lei sapeva che sarebbe rimasto lì, con le mani sulla tastiera, per un'altra ora, e anche più.

Peter Winter avrebbe potuto facilmente suonare il piano nella propria confortevole casa — Lottie gli aveva regalato per il suo trentatreesimo compleanno uno stupendo Bechstein a coda — ma il marito pareva trovare un particolare piacere nel far cantare quel vecchio negletto strumento, non fosse stato altro perché era sul palcoscenico di un famoso teatro altrettanto vecchio. Se lei glielo avesse detto, Peter avrebbe negato recisamente la cosa, però era innegabilmente affetto da "febbre del teatro". Lottie aveva già avuto un'esperienza del genere. La sua matrigna aveva speso anni frenetici nella danza, smaniosa di entrare come professionista nel giro degli spettacoli. La casa in California era tuttora piena di fotografie che le ritraevano in costume da scena. E Lottie aveva sempre sospettato che fosse stata la matrigna a ossessionare suo padre perché consentisse ai cinematografari di costruire orrendi capannoni sui loro splendidi aranceti.

Raddrizzò la bombetta in testa a Peter, e gli mise il cappotto sulle spalle. «Andiamocene, tesoro, altrimenti dovrò pensare che non hai voglia di tornare a casa.»

Peter la baciò. «È una casa meravigliosa, e non c'è altro posto al mondo dove vorrei stare con te e la piccola Helena. E presto ci saranno i tuoi genitori a constatare quale bellissima moglie e mamma sei tu.»

«Vorrei che non venissero con quella maledetta aeronave. Ne ho gli incubi.»

«Non essere sciocca, amor mio. Non c'è nulla di più sicuro di uno Zeppelin. Volano ormai da ventinove anni, e mai un passeggero ha avuto danni. Cosa che non puoi dire dei treni o dei piroscafi.»

«E tutta quella povera gente che c'è rimasta uccisa in guerra? E tu, e la tua mano ferita?»

Egli si incupì. «Quello era diverso. Non erano passeggeri: erano soldati e marinai, e gli sparavano contro. Nessuno si sogna di sparare al *Graf Zeppelin*.»

«Metti che i miei si sentano male. Mamma non riesce nemmeno a star bene su un transatlantico!»

«Questo volo attorno al mondo riempirà le prime pagine dei giornali, ovunque, e darà fama e gloria alla società Zeppelin. Già il volo in Palestina era sui giornali inglesi e americani; pensa che diranno, adesso, di questo periplo mondiale, con fermate soltanto a Tokyo, Los Angeles e Lakehurst nel New Jersey.»

«Papà e mamma non sono più giovani, Peter.»

«Andranno da Los Angeles a Friedrichshafen in una settimana, col fine settimana a New York. È un miracolo, Lottie. Il *Graf Zeppelin* avrà a bordo solo venti passeggeri; mio padre ha avuto un da fare del diavolo per ottenere due biglietti per i tuoi genitori. Quasi tutti i posti sono riservati a importanti funzionari governativi o a giornalisti.»

«Non voglio sembrare ingrata, mio caro. È stata una magnifica idea, e papà ne è felicissimo. Dice che lo rende l'uomo più invidiato della California.»

## *«Investa con me questi cinque dollari»*

Il *Graf Zeppelin* brillava sotto i raggi del sole. Quella stupefacente macchina volante era nata poco meno di un anno prima. Dopo il volo inaugurale nel settembre del 1928, aveva attirato l'attenzione del mondo intero. Ma nessuno dei suoi precedenti voli era stato spettacolare come questo. Era la tappa conclusiva di un viaggio che aveva portato il grande dirigibile a fare il giro del mondo. Quasi silenziosamente, aveva sorvolato un migliaio di miglia delle distese russe, l'inquieto Oceano Pacifico, le pallide praterie americane, e le grigie acque dell'Atlantico. Nelle affollate vie di New York e di Tokyo, così come nelle silenti tundre e nelle terre delle paludi, la gente aveva guardato in su, applaudendo il grande pesce d'argento che solcava lo spazio a ottantacinque miglia all'ora, imponente e inarrestabile. Adesso, prima del buio, il dirigibile sarebbe stato di nuovo a casa.

A bordo, la prima colazione si era conclusa, e non restava altro da fare che guardar giù la campagna tedesca e immagazzinare appetito per il pranzo. Lo chef era stato scelto tra tutti i cuochi della Linea Hamburg-Amerika, e i vini erano a livello dei piatti squisiti che venivano dalla piccola ma ben attrezzata cucina elettrica.

Il *Graf Zeppelin* procedeva a cinquecento metri di quota, la sua ombra saettava su foreste e campi coltivati. Era tarda estate, il cielo era azzurro, l'aria limpida: in basso, alberi, fattorie e animali parevano giocattoli.

«Non vorrei proprio che il volo finisse» disse Mrs. Danziger, mentre il dirigibile attraversava la Germania, puntando verso il Bodensee e la base della società Zeppelin a Friedrichshafen.

Suo marito ridacchiò. «Non te l'avevo detto?» Mr. Simon Danziger era un ometto, bianco di capelli, rotondo, un po' simile a un cherubino, con un vestito di un pallido color pesca, inequivocabilmente californiano.

«Se qualcuno mi avesse detto che sarebbe stato così piacevole e liscio...» La frase restò incompiuta, come molte delle sue frasi e idee. «E i motori così silenziosi.»

Man mano che l'argentea aeronave era andata approssimandosi alla meta, la signora Danziger aveva cominciato a preoccuparsi per la propria acconciatura. A casa, andava dal parrucchiere tre volte la settimana. Detestava, adesso, l'idea di presentarsi a sua figlia e a suo genero — e forse ad altri componenti della famiglia di Peter — con i capelli non dovutamente acconciati da qualcuno di cui potesse fidarsi.

Girò lo sguardo lungo la cabina, che non era più grande del salone da ricevimento di casa loro — che comunque preferivano chiamare la "fattoria" — nella contea di Ventura. Però, aveva ospitato per l'intero volo ben venti passeggeri. Lì dentro avevano servito tre pasti al giorno, ed era stato l'unico posto ove potersi sedere evitando le veramente sacrificate cabine a due letti. Naturalmente, la signora Danziger non aveva rinunciato a esplorare il dirigibile da poppa a prua — tutti i passeggeri lo avevano fatto, se non altro per rompere la monotonia di contemplare, ora dopo ora, il sottostante oceano verde-grigio. Ma un giro dello Zeppelin le era stato sufficiente. Dopo di che, aveva trascorso quasi tutto il tempo seduta nella grande cabina, chiacchierando con gli altri compagni di viaggio o con gli ufficiali del dirigibile.

Era stata una gradevolissima sorpresa scoprire che uno dei passeggeri, saliti a bordo a Lakehurst, era il figlio di un vecchio amico, nonché lo zio del marito di Lottie: il maggiore Glenn Rensselaer. Il quale, di solito, non faceva sfoggio del suo grado militare, che però si era dimostrato utile quando si era trattato di muovere le acque per ottenere un biglietto per quel volo da primato mondiale. Come Glenn aveva spiegato in tutta modestia, e senza accennare ai rischi e alla competenza del proprio lavoro con i piloti inglesi, egli aveva trascorso la maggior parte del periodo bellico da civile. Ma negli ultimi mesi del 1918, era stato ufficialmente annoverato tra i ranghi dell'Esercito degli Stati Uniti, affinché la sua conoscenza dell'industria aeronautica tedesca fosse di ausilio alla Commissione d'armistizio. Adesso, lui faceva parte della Riserva.

Glenn Rensselaer, atletico e muscoloso nonostante si avvicinasse al cinquantesimo compleanno, era infantilmente eccitato per quel volo, non meno di chiunque altro passeggero a bordo. Aveva ancora folti capelli, e gli azzurri "occhi dei Rensselaer" erano grandi e sinceri. Sotto molti punti di vista era come suo padre Cyrus, tranne che nessuno avrebbe scambiato Glenn per un pittore famoso, come era avvenuto quando suo padre era sulla cinquantina. Glenn aveva l'aspetto abbronzato di chi vive all'aria aperta. Vestiva un abito grigio a righine, e nemmeno di primissima qualità o di taglio irreprensibile, che non concedeva nulla alla moda ben affermata delle spalle squadrate e dei pantaloni a sacco "alla Oxford". Uno di quegli abiti che si comprano già fatti in un magazzino, tipo Wertheim a Berlino, dove appunto egli lo aveva acquistato.

Glenn Rensselaer era un uomo socievole, e aveva conversato a lungo con ogni compagno di viaggio in quell'ultimo giorno di volo. Quasi tutti i passeggeri avevano un qualche specifico interesse in aviazione — come specialisti, funzionari governativi o giornalisti — e Glenn era ben lieto di ascoltarne le opinioni sullo Zeppelin. I Danziger erano forse gli unici a bordo che non fossero professionalmente interessati al funzionamento e alle caratteristiche del dirigibile, e con loro la conversazione di Glenn aveva riguardato la famiglia nella quale Lottie, sposandosi, era entrata, e la nipotina che con tanta ansia i Danziger aspettavano di conoscere. Il figlio di Glenn Rensselaer, Cyrus come il nonno, era un bel bambino di otto anni, e il tavolo era pieno di sue istantanee.

La maggior parte del tempo, comunque, Glenn l'aveva passata a far girare i pollici, a bere caffè forte e a giocherellare con le posate. Come molti altri passeggeri, trovava snervante l'assoluto divieto di fumare. Ma, con qualche milione di metri cubi di idrogeno altamente infiammabile sopra la testa, non poteva covare proteste contro quella proibizione.

«Mio marito, Simon, la pensa come lei» spiegò la signora Danziger. «Fuma sigari, lui. Da quando l'ho conosciuto, il suo grosso Avana dopo colazione se lo fuma sempre. E un altro dopo cena. Non ricordo una sola volta che l'abbia saltato, tranne quando è malato — altrimenti, mai.»

«Nita,» le disse Danziger «guarda che tra un'ora devi aver pronta tutta la nostra posta, diversamente l'addetto qui a bordo non te l'accetta più.»

«Non è straordinario?» riprese sua moglie, rivolta a Glenn. «Quando Simon seppe che da bordo si potevano spedire lettere, fece preparare in ufficio buste con l'indirizzo di tutti i nostri amici e dei suoi soci d'affari. Più di cento lettere!»

«Due per ognuno» confermò Danziger, con orgoglio. «Una lettera per ciascuna tratta del volo. La corrispondenza spedita durante la tratta Los Angeles — Lakehurst aveva francobolli diversi da quelli della tratta transatlantica. Direi che per parecchia gente un souvenir come questo risulterà prezioso. Chissà, col tempo potrebbe avere un valore filatelico.»

«Simon fa collezione di francobolli tedeschi» disse la signora Danziger. «Quelli dei primi voli del dirigibile, effettuati l'anno scorso, hanno già un notevole valore.»

«Non proprio notevole» obiettò Simon Danziger.

«Valgono già il doppio» insisté sua moglie. «Magari il resto dei nostri investimenti rendesse altrettanto!»

«Be', mia cara, resteresti sorpresa che parecchi dei nostri investimenti sembrano promettere molto meglio di tanto, e prima che finisca l'anno. Di recente la Borsa di New York sta andando come un razzo.»

«Simon a questo genere di cose ci sta dietro» accennò vagamente la signora Danziger. «Io per i numeri sono negata.» Si mise a ridere. «Sempre stata negata.»

«Però, c'è gente» disse Glenn Rensselaer «che si sta preoccupando un po' per il mercato. Molte azioni stanno raggiungendo vertiginosamente livelli ben oltre il loro effettivo valore: e questo è un sintomo pericoloso.»

«Non la seguo» lo interruppe Danziger.

Glenn esitò. Non gli piaceva troppo parlare di quattrini. Continuò: «Io seguo una regola elementare: un'azione dovrebbe valere dieci volte il suo dividendo. Ora, vedo gente che la paga cinquanta volte il dividendo annuale! La Radio Corporation d'America è passata da ottantacinque a quattrocentoventi punti — e la RCA non ha mai pagato l'ombra di un dividendo!».

Danziger sorrise: «Non è sufficiente che i prezzi delle azioni salgono?».

«No, se le azioni hanno un prezzo che non corrisponde al vero valore di beni e di investimenti della emittente.»

«Le azioni hanno il prezzo in base alla domanda che se ne fa» sentenziò Danziger. «Il governo si attacca alla politica del denaro a buon mercato perché va bene per gli affari. Bene, accidenti, va bene di sicuro per gli affari, e la gente compra azioni il più velocemente possibile. È questo il sistema americano, ed è in questo che io credo.»

«Io non ho un gran che da investire,» disse Glenn «ma un paio di mesi fa mio padre mi disse di investire tutto quanto in buoni del tesoro, e così ho fatto.»

«Come lei sa, suo padre e io siamo amici di vecchia data.

Non vado mai a New York senza farci colazione assieme. E Nita le può dire quanto io ammiri il suo senso pratico di uomo d'affari. Ma gli uomini d'affari diventano cauti. Io direi che suo padre, Glenn, si è fatto troppo prudente. Segua il mio consiglio, amico mio. Prenda i soldi che ha, e si metta in tasca un po' di liquidi finché esiste l'occasione. Un bel giorno, il governo deciderà di lasciare che i tassi d'interesse vadano su, ma nel frattempo è Wall Street il posto dove investire i quattrini, non nei buoni del tesoro.»

«Senz'altro, lei ha ragione» disse Glenn e sorrise. Ovviamente, non era affatto convinto.

La sua espressione cortese ma dubbiosa spronò Danziger a perfezionare il concetto. Chiese a Glenn una banconota da cinque dollari, che depose sul piano del tavolino e lisciò col taglio della mano. «Adesso, voglio che lei investa con me questi cinque dollari. Ho fatto la stessa cosa con mio nipote, il Natale scorso. È una lezione pratica: in sei mesi le restituirò i cinque dollari, più quelli che ha realizzato in Borsa.»

«Molto cortese da parte sua, veramente, ma...»

Simon Danziger se la stava godendo. Ridacchiò per ammettere che era forse un gioco infantile. «Scriva il suo nome, qui, sulla banconota, e un indirizzo dove io possa raggiungerla tra sei mesi; ci metta anche la data... Vedrà il suo utile e ne resterà sorpreso.»

«Be', come vuole, Mr. Danziger.» Glenn identificava in Simon Danziger lo zelo del nuovo adepto.

Nita Danziger, più percettiva, si era accorta dell'imbarazzo di Glenn. «Vado a raggruppare le nostre lettere,» disse «e lascio voi uomini a discutere di finanza.» Si alzò. «Lei ha qualche lettera da affidare all'addetto della posta, Mr. Rensselaer?»

«No, grazie. Non sono troppo portato a scrivere, temo. Mai stato un uomo di penna.»

«Rensselaer, lei la famiglia Winter la conosce bene» riprese Simon Danziger quando furono soli. «Devo ammettere che la prospettiva di farne la conoscenza mi intimorisce parecchio. Lei non ha qualche informazione... riservata da darmi?» Quantunque cercasse di risultare scherzoso, la nota di serietà nella sua voce era più che evidente.

«Sono sicuro che suo genero le piacerà, Mr. Danziger. Peter Winter è un giovane molto quadrato e schietto.»

«E anche un bell'uomo, stando alle foto che ho visto.» Ripose con cura nel portafogli la banconota da cinque dollari di Glenn.

«È vero. E sua madre è veramente una donna squisita.»

«Non ne dubito: ogni lettera di mia figlia canta gli elogi di sua suocera. Direi che, senza la signora Winter, Lottie avrebbe trovato molto più difficile ambientarsi a Berlino.»

Glenn si fece cauto: era un complimento a doppio taglio. «Immagino che sua moglie, Mr. Danziger, avrebbe preferito che Lottie, sposandosi, fosse rimasta con voi.»

«Certo. Entrambi l'avremmo voluto. Ma una moglie deve organizzare la propria vita dove il marito svolge la propria attività lavorativa. Di questo, Nita se ne rende conto, come chiunque altro. No, Nita apprezza molto il modo con cui la signora Veronica è tanto buona e premurosa con la nostra Lottie. È stata una consolazione per me e per lei.»

«I Winter sono una famiglia facoltosa. Naturalmente, Harald — il padre di Peter — è molto conosciuto in tutta la Germania.»

«Un uomo che si è fatto da sé, a quanto mi risulta. Ha cominciato con quattro soldi e li ha trasformati in una fortuna.»

«Come sempre, certe leggende sono esagerate» precisò Glenn. «Harald Winter non era povero quando cominciò...»

«... e adesso non naviga nell'oro» completò la frase Danziger. «È questo che stava per dire?»

«L'industria tedesca ha avuto tempi duri» rispose Glenn, scegliendo accuratamente le parole. «La società di Winter fece soldi a palate durante la guerra, ma, con la sconfitta della Germania, l'indebitamento era notevole. C'erano due stabilimenti in Alsazia, e così, quando l'Alsazia divenne parte della Francia, quel patrimonio andò perduto. Dopo la guerra, gli scioperi, i disordini, la rivoluzione incisero radicalmente sulla situazione tedesca in generale, e solo di recente Winter si è rimesso in piedi.»

«A quanto so, Harald Winter trasse enormi vantaggi dalla grande inflazione del 1923.»

«È esatto, ma nel 1924, dopo l'introduzione della nuova moneta, il governo pretese il conguaglio sugli affari che avevano tratto troppo profitto dai prestiti governativi. Harald Winter fu costretto a rimborsare il plusvalore di alcune delle vecchie transazioni.»

«Non mi dica! Da noi non si è saputo mai niente di questa faccenda!»

«Non vorrei essere frainteso, Mr. Danziger. Harald Winter è uomo d'affari facoltosissimo e assai abile, ma ha i suoi alti e bassi. Di recente, ha dovuto fronteggiare molte critiche da parte del suo consiglio d'amministrazione. A rischio di essere estromesso. Tutto questo lo sto dicendo perché lei si renda conto che Harald ha bisogno che suo figlio Peter si dedichi ad alcuni dei problemi che egli ha davanti.»

«Apprezzo molto la sua sincerità, Mr. Rensselaer. Forse lei sa che alcuni anni fa a Peter fu offerta la vicepresidenza di una banca di Los Angeles. Mia moglie e io restammo molto delusi e dispiaciuti che Peter e Lottie non venissero a stabilirsi in California.»

«Posso bene immaginarlo.»

«Ma adesso, per la prima volta vedo il rifiuto sotto altra luce. Il ragazzo intendeva essere leale verso suo padre, e tanto di più lo rispetto, proprio per questo.»

«Sono pienamente d'accordo.»

«Però mia figlia mi scrisse che lei, Glenn, consigliò Peter a non accettare quell'offerta.»

Glenn rimase sconcertato. Prese una delle foto di suo figlio, la sovrappose a un'altra, come uno che si concentrasse su un gioco di pazienza. Non aveva previsto che Peter l'avrebbe detto alla moglie, e che questa ne avrebbe informato i genitori. «Be'... a quell'epoca stavano aspettando il bebè.»

«Come la vedo io, lei aveva notizie riservate su quella banca, e andò appositamente da Peter per dirgli che un lavoro con quella gente poteva dimostrarsi deludente.»

Glenn si morse le labbra. Quello era un nuovo aspetto di Simon Danziger: l'amico poteva essere un osso duro. «È vero. Il mio consiglio fu che rimanesse con suo padre.»

«E lui seguì il consiglio, ma la banca sta andando a gonfie vele, a quanto mi risulta.»

«Anche questo è vero. Fui eccessivamente cauto, suppongo.»

«Esattamente come con i suoi buoni del tesoro?» Danziger si girò a guardare la campagna che scorreva sotto di loro. Ricca terra, fertile e lucente di verde, tanto diversa dal paesaggio californiano. Quella terra tedesca era irreggimentata in piccoli appezzamenti rettangolari che poco variavano quanto a dimensioni e formato.

«Esattamente» assentì Glenn.

«Desumo che la cautela scorra nel sangue dei Rensselaer» concluse Danziger.

Glenn sorrise e rimase in silenzio, non riuscendo a decidere quanto di ostile vi fosse nel commento. Forse nulla. Forse Danziger lo si doveva accettare al valore nominale, proprio come una banconota da cinque dollari.

### «*Non puoi certo farli sparire*»

Simon Danziger era variamente descritto quale uomo di sostanziale buon senso e di ottimo giudizio e quale furbo fannullone parassita. Il discordante parere era provocato dal modo con cui Simon Danziger viveva esclusivamente degli utili e dell'interesse dei suoi investimenti. Un tempo aveva tentato di assumere il controllo personale delle società in cui investiva, ma aveva trovato la cosa complicata e noiosa allo stesso tempo. Di quando in quando, aveva comprato anche piccole imprese, tra cui tre alberghi, in modo da poter prendere le decisioni direttive. Anche se l'iniziativa gli era sembrata più interessante, raramente era riuscito a contribuire con qualsiasi idea fruttifera in utili e prestigio. Ormai, lasciava che gli altri si premurassero di impinguargli le casse, e non interferiva.

Comunque, le ore non trascorrevano mai lente per Simon Danziger: era raro si annoiasse. Amava le lunghe passeggiate in campagna, essere l'anfitrione di pranzi organizzati con cura, la buona conversazione a tavola, ordinare e riordinare, catalogare e arricchire la collezione di francobolli tedeschi, ereditata dal padre, curare il suo piccolo ma attrezzato giardino, scrivere lunghe lettere (molte delle quali ad altri appassionati filatelici) e, soprattutto, leggere.

Danziger era un lettore avido e onnivoro. Un libraio di Santa Barbara era arrivato a conoscere tanto bene i Danziger da scegliere di sua iniziativa, e spedir loro, una dozzina o più di libri alla volta. Nel senso più ampio, erano per lo più libri d'arte, biografie o libri di storia, che aiutavano i Danziger a "restare in contatto con la cultura" ai confini del mondo, senza muoversi da casa.

Di conseguenza, i Danziger non venivano in Europa impreparati. Una visita con loro alle collezioni greche ed egiziane al nuovo museo lasciò esausto Peter Winter. I suoi suoceri erano passati di sala in sala a passo di lumaca, commentando ampiamente ogni singolo oggetto esposto.

«Te l'avevo detto di non andarci!» fece presente Lottie a suo marito, mettendosi a ridere mentre egli si abbandonava su una poltrona con un profondo sospiro. Stavano aspettando nel salotto del grande e lussuoso appartamento che i genitori di lei avevano prenotato all'Adlon. «Mio padre ha il pallino patologico della cultura: è una malattia endemica di certe regioni della California.»

«Non erano mai stanchi!»

«Lo sai quanto ci vuole in treno da Los Angeles a Chicago? E poi, sei solo a Chicago. I miei genitori sono affamati di cultura: affamati!» Lottie stava alla finestra a osservare il traffico di Pariser Platz. Aveva piovuto, e le foglie cadute aderivano piatte e lucenti sul lastricato, come monetine d'oro appena coniate. Lottie amava quella vista; per lei riassumeva Berlino. In fondo alla piazza c'era la Porta di Brandeburgo, e poi il lungo, lungo viale che attraversava il Tiergarten. «Mi piacerebbe tanto abitare in questa zona; e a te, tesoro?»

«Solo l'altro giorno stavi dicendo a tua madre che tutti i ristoranti migliori e i negozi più eleganti sono in Ku-damm.»

«Non ho detto che non ci siano, Peter. Ma questa parte vecchia della città è la Berlino vera. L'Unter den Linden, il palazzo, il Reichstag, sono questi i posti che rendono unica Berlino.»

Peter si stropicciò la faccia. «Come farò a stare sveglio per tutto il concerto, non lo so davvero.»

«È Bruckner, tesoro — imprevedibile, sonoro e discordante. Bruckner scriveva musica per chi potesse essere tentato di dormire.»

«Vorrei che tu avessi potuto vedere tuo padre non appena si è trovato davanti al busto della regina Nefertiti. Io lo stavo guardando. Ha spalancato gli occhi, che quasi gli uscivano dalle orbite! Ha gridato, ma forte, "Perdio!", proprio così: "Perdio!"».

«Anch'io mi sono sentita che dicevo la stessa cosa, la prima volta che l'ho visto.»

«E lui sa tutto quello che c'è da sapere sulle anfore greche. Molto, molto di più di quanto fossi disposto ad ascoltare.»

Lottie rise di nuovo. «Povero caro!»

«Come se non bastasse, tuo padre mi ha anche corretto su certe cose che ho detto riguardo la casa reale degli Hohenzollern. Anche la storia di Germania, la conosce meglio di me!»

«Be', tu non ne sai molto della storia di Germania... Perché ti meravigli tanto? Ancor prima che venissero, te l'avevo ben detto come sono fanatici i miei genitori.»

«Sì, me l'avevi detto, Lottie mia. Solo, non ti avevo creduto. E vedi di ricordarmi di parlare al maître giù in sala da pranzo, prima che ci mettiamo a tavola. Questa sera, i tuoi sono miei ospiti. Sarebbe un bel guaio se la cena di questa sera andasse sul conto di tuo padre! Se zio Glenn arriva in tempo da Amburgo, saremo in diciotto, una tavolata non male. Che andrà avanti fino a tardi, e domani devo essere in ufficio... ho già saltato parecchi giorni da quando i tuoi sono qui, e domani c'è un'importante riunione.» Si fermò. Meglio non dire a Lottie delle acide controversie in sala consiglio, dove un agguerrito gruppo di consiglieri lottava per assumere il controllo della finanziaria. Non era questione di quattrini. Papà disponeva di un numero di azioni sufficiente ad assicurargli una comoda rendita, ma il colpo all'orgoglio di Harald Winter sarebbe stato troppo forte. Peter pregava che una cosa del genere non accadesse.

Lottie mormorò un assenso, sempre intenta a guardare dalla finestra. «Spero che mamma sia pronta in tempo. Devo ancora fare il bagno e cambiarmi. Poi farmi sistemare i capelli.» Vide un gruppo di SA attraversare la Pariser Platz. Camicia bruna e stivaloni, marciavano dietro una bandiera con la svastica. Si girò e guardò l'orologio che aveva al polso. «Tuo fratello non verrà in uniforme, vero?»

«In uniforme? Pauli? È ingrassato troppo, adesso, per poterci entrare.»

«Non avevi detto che era diventato una camicia bruna, anche lui?»

«No, tesoro. Ho detto che si è iscritto al partito nazista.»

«E non è la stessa cosa?»

«No, le SA con la loro camicia bruna sono tutt'altra cosa. Sono la plebaglia che quel maledetto capitano Röhm ha reclutato tra i disperati del Freikorps e i disoccupati cronici. C'è un patto di stretta alleanza tra loro e il partito nazista di Hitler, ma anche un bel po' di attrito fra i due.»

«Non è una distinzione molto sottile?»

«No: il partito nazista è un partito politico, come i socialisti, i comunisti, il partito di centro, e via dicendo. Non hanno l'uniforme, magari soltanto una piccola svastica all'occhiello.»

«Vorrei che tuo fratello avesse fatto a meno di iscriversi.»

Peter si strinse nelle spalle. «Ormai Pauli lo conosci, Lottie. Non è certo un fanatico. Pauli si interessa di politica anche meno di me. Si è iscritto al partito perché, oggi come oggi, quasi tutto il suo reddito gli viene dal partito. Si è convinto che non sarebbe stato conveniente se avesse continuato a dire che non voleva iscriversi. Come avvocato, capisci, è a conoscenza di molti segreti del partito.»

«Sarebbe stato meglio se si fosse trovato un'altra attività. È un caro ragazzo, e gli voglio bene.»

«Lo so. Ho detto a mio padre che dovremmo farlo entrare in azienda con noi, ma le cose sono difficili, oggi, e il suo lavoro con i nazisti l'ha voluto lui. Quando prese la laurea in legge, non ero neanche sicuro che sarebbe riuscito in qualche modo a campare. Invece, adesso sta diventando un personaggio di molto influente nella vita politica di Berlino.»

«Pauli?»

«Oh, non voglio dire che sarà mai un politico, ma i capi del partito, qui a Berlino, lo considerano parecchio e lo ascoltano. Chiunque voglia un favore da Goebbels o da Strasser o dal capo delle SA, Daluege, va da Pauli Winter. Che sta diventando l'anello di congiunzione tra i nazisti e parecchia gente di spicco.»

«È la propaganda antiebraica che è tanto feroce!»

«A quella non presto alcuna attenzione.»

«Stai dimenticando, Peter, che tua figlia, Helena, è per metà israelita?»

«Ma è soltanto la loro strategia. Pauli la conosce bene quella gente, e dice che è soltanto per guadagnar voti. Sanno tutti che questa incongruenza dell'antisemitismo verrà abbandonata qualora riescano ad avvicinarsi alla maggioranza nel Reichstag. L'anno venturo cominceranno a eliminarla dal loro programma.»

«Quale programma? Non hanno alcun programma, se non quello di odiare gli ebrei.»

«Non accadrà nulla agli ebrei, Lottie. Non devi angosciarti al riguardo. Guardati attorno: l'economia tedesca crollerebbe senza gli ebrei.»

«Ma i nazisti se ne rendono conto?»

Peter la guardò, preoccupato. Non si era accorto di quanto la propaganda nazista turbasse sua moglie. Naturalmente, era dovuto alla presenza a Berlino dei suoi genitori. Adesso, e d'improvviso, Lottie doveva spiegar loro cose alle quali non aveva mai voluto pensare. «Be', a ogni modo» disse Peter nel tentativo di tranquillizzarla e porre fine a quelle paure infantili «come potrebbero disfarsi degli ebrei? Gli ebrei sono tedeschi, no? Vivono qui. Non puoi certo farli sparire.»

### «*Agli ordini del colonnello Horner*»

Il raccolto era stato ultimato, ed era il periodo dell'anno in cui, dagli inizi della storia umana, il guerriero riposava sugli allori. L'acqua dell'ampio fiume scorreva pigra attraverso il paesaggio ondulato, lambendo le rive erbose che salivano dolcemente verso le scarpate rivestite d'alberi, dove le lucenti betulle erano già coperte di foglie. Un triplice colpo di fischietto, e, prima che l'eco finale si dileguasse, tre soldati corsero in avanti, sparendo nella nube di fumo, per poi riapparire quando un colpo di vento inaspettato spinse via il fumo a mettere in vista un plotone di genieri sul bordo dell'acqua. Da quel punto giungeva il rumore di un generatore con cui i soldati stavano gonfiando i gommoni di un ponte di barche per improvvisarne una zattera.

Una grossa berlina verniciata di grigio, col motore già scaldato in precedenza, partì al primo giro di manovella, e, con questa ancora stretta in mano, un ufficiale con l'elmetto piazzò il piede calzato dello stivale sul predellino dell'auto, che già andava accelerando, si issò sul sedile di fianco all'autista, e richiuse la portiera.

La vettura slittò sull'erba bagnata, prima che i suoi pesanti pneumatici facessero presa sul terreno. Quando l'auto ebbe raggiunto il bordo dell'acqua, i genieri avevano già sistemato le rampe. Il veicolo montò sulla zattera, facendo, col suo peso, salire l'acqua al di sopra dei gommoni. A poppa della zattera, un soldato del genio avviò un motore fuoribordo.

Mentre la berlina veniva assicurata sulla zattera, comparve una seconda auto grigia, che attraversò il prato, seguita da una terza. Erano rimaste nascoste dietro le casette, vicino al pontile di legno, rotto e semisommerso, un tempo attracco del traghetto.

Gli uomini nella postazione comando osservavano attenti ogni fase dell'azione. «Il primo carro armato è pronto a partire» disse il sottotenente. Si chiamava Rudolf von Kleindorf, imberbe secondogenito di un nobile generale della prima guerra mondiale. Von Kleindorf non era uscito dalla scuola cadetti in tempo per partecipare alle operazioni belliche, e ora dimostrava un esagerato rispetto per coloro che, come Horner, avevano fatto la guerra.

«Non c'è abbastanza fumo» disse il primo tenente Alex Horner, il quale era, ai fini dell'esercitazione, un colonnello comandante un battaglione carristi. «Dove sono quelli dei fumogeni?»

«Quello è tutto il fumo che abbiamo» rispose von Kleindorf, suo "Capo di Stato Maggiore".

«Cristo Gesù» proruppe Horner. «Che diano fuoco a quelle maledette baracche di legno. Che la sezione trasporti si muova e porti del carburante – petrolio in quantità. Ci serve del fumo bello nero. Se il nemico vede quelle zattere capirà che questo è lo *Schwerpunkt** e che i nostri tentativi a monte del fiume sono una finta!»

«C'è gente che ci vive, in quelle baracche» obiettò il suo "aiutante in prima".

«Non se ne può fare a meno: quel fumo ci serve.»

Von Kleindorf girò energicamente la manovella del telefono da campo, e impartì l'ordine di bruciare le casupole. Ma all'altro capo del filo, l'ufficiale dichiarò che era impossibile. Tutti i suoi trasporti motorizzati erano, in quel momento, utilizzati quali "carri armati". Poteva mandare uomini in bicicletta, ma ci sarebbe voluto tempo per riempire le taniche di combustibile, taniche che poi sarebbe stata un'impresa trasportare in bicicletta.

E Alex Horner imprecò di nuovo quando sentì la risposta.

«Sono Arbeitskommandos» disse von Kleindorf per spiegare le carenze della sezione trasporti. Gli AK erano una riserva segreta dell'Esercito, costituita dai resti del Freikorps. Già fatti passare come associazioni di lavoro e società sportive, adesso portavano una divisa stile militare, ed erano sotto il comando del tenente colonnello von Bock, Capo di Stato Maggiore della 3ª Divisione dell'Esercito. Ufficialmente, gli AK erano operai civili assegnati a coadiuvare l'Esercito di centomila uomini che il trattato di pace concedeva, ma quando non c'erano occhi indiscreti essi divenivano soldati in piena regola.

«Che si muovano i carri armati» ordinò Horner. Ormai il fumo si stava diradando ancora di più, e, attraverso il binocolo,

* Punto critico (dell'attacco). [*N.d.T.*]

Alex poteva vedere i difensori sulla riva di fronte. E se poteva vederli lui, dalla postazione comando sulla collina, era ragionevole supporre che quelli potessero scorgere le zattere. Fuori di vista, a monte del fiume, ben presto avrebbero dislocato le sei carriole che avevano in dotazione a simbolizzare pezzi anticarro a tiro rapido.

«Dannazione! Dannazione! Dannazione!» disse Horner, il quale di solito non esternava le proprie emozioni.

Nel giro di tre ore la battaglia era decisa, l'attraversamento del fiume era stato respinto, i difensori avevano trionfato.

«L'idea era buona» commentò von Kleindorf, nel tentativo di consolare il proprio comandante. «Nessuno avrebbe mai pensato di trasformare i galleggianti del ponte di barche in zattere. Se la sezione trasporti avesse incendiato le casette...»

La faccia di Alex Horner era tornata impassibile. «Chi è il comandante di quegli AK laggiù?»

Von Kleindorf consultò il suo taccuino. «Brand. Secondo l'ordine del giorno, è uno Sturmbannführer. Uno Sturmbann è un battaglione di camicie brune. Il grado equivalente nell'Esercito sarebbe quello di maggiore» aggiunse per far presente a Horner che l'ufficiale degli AK gli era superiore gerarchicamente.

Horner non fece commenti.

Brand. Un cognome abbastanza comune, ma l'ufficiale che arrivò, dopo un certo intervallo, era lo stesso aguzzino che Alex Horner conosceva troppo bene e non aveva mai dimenticato.

«Mi ha mandato a chiamare, tenente?» chiese formalmente lo Sturmbannführer Heinrich Brand. Non era cambiato molto, lo stesso "Heini il Pazzo", dalle sopracciglia a cespuglio, e dagli occhietti sempre in movimento, troppo vicini ai lati del naso. Aspetto impeccabile: Croce di ferro di prima classe appuntata al taschino e frustino in mano. Le uniche note false erano le dita macchiate di nicotina e, più evidenti, i baffi grigi con gli orli inferiori sporchi di giallo per le sigarette che egli fumava di continuo.

«Dov'era la sezione trasporti, Brand?» inquisì von Kleindorf. Brand squadrò colui che lo interrogava. Brand era oltre i quaranta, e ufficiale superiore degli AK, ma quei due giovincelli — ufficiali inferiori, entrambi non ancora trentenni — lo trattavano come una pezza da piedi. Aveva riconosciuto Horner, naturalmente, e sapeva che Horner aveva riconosciuto lui. Era tipico di quei fetenti maiali prussiani che Horner, il cosiddetto comandante, dovesse restarsene assente e silenzioso, come fosse stato un eccelso generale uscito dai libri di storia.

«Non disponibile, tenente» rispose Brand. Non sorrise, ma fece capire che non intendeva giustificarsi. "Tenente", aveva detto secondo lo stile delle camicie brune. Non "Signor tenente" — quella maledetta fesseria gerarchica era finita.

«Gli ordini scritti del comandante erano che almeno un veicolo a motore fosse riservato per la sezione trasporti.»

«Era in servizio altrove.»

«Per quale scopo?»

«Stavo ispezionando l'unità pontieri.»

«Perché?»

«Per accertarmi di come procedevano i lavori. Per la stragrande maggioranza sono miei uomini.»

«I suoi AK sono tutti camicie brune, Brand?»

«Sì, tenente, e tutti della Baviera.» Non era esattamente vero — quasi la metà di quegli uomini erano della Ruhr — ma Brand sapeva che la risposta avrebbe fatto saltare la mosca al naso a quei due ufficiali, prussiani per giunta. Né egli vedeva motivo di dover stare sull'attenti. Quale maggiore degli AK, aveva diritto a un maggior rispetto. Si batté il frustino contro la coscia. «Adesso le SA hanno un organico superiore a quello dell'Esercito» aggiunse, come spiegazione non richiesta.

Von Kleindorf non disse nulla. Il viso di Horner pareva scolpito nel granito.

«Quando saremo al potere,» rincarò la dose Brand «le Sturmabteilung saranno le uniche in tutta la nazione a portare la armi. Saremo una nuova sorta di esercito.»

«Che disubbidirà agli ordini, come lei ha fatto oggi?» chiese von Kleindorf, pentendosene immediatamente quando vide la faccia di Brand illuminarsi di soddisfazione.

Brand non diede risposta, e con rabbia mal celata von Kleindorf lo congedò. Brand salutò militarmente, in modo tanto elaborato da risultare sfottente. Non aveva rimorsi, lui. Se ne infischiava se l'aver deliberatamente ignorato gli ordini aveva causato l'insuccesso della traversata del fiume. Il sole sarebbe tramontato presto per gli stereotipi prussiani, del genere Horner e von Kleindorf. Stava spuntando l'alba di un ordine nazionalsocialista. Brand era immerso nel caldo alone del credente, e i credenti hanno di sé una fiducia incrollabile.

Ci volle fino a sera perché il campo di battaglia fosse riaffidato ai contadini che su di esso vivevano. Non sapendo di quanto poco le loro case avessero evitato la distruzione tra le fiamme, gli abitanti delle villette vicine all'abbandonato traghetto offrirono agli esausti soldati pezzi di dura salsiccia fatta in casa e vecchio pane nero.

Il primo tenente Alex Horner andò a rapporto dal "comandante di divisione" — il capitano Niemann, uomo dall'aspetto severo che aveva finito la guerra col grado di colonnello degli ussari, e aveva accettato la retrocessione gerarchica per restare nell'Esercito del tempo di pace. Poi ebbe inizio la marcia notturna per il rientro in caserma. Un tragitto tutt'altro che breve. Presto, gli uomini adottarono quel passo cadenzato che la fanteria bene allenata può mantere per ore. La cadenza delle scarpe chiodate sulla strada sterrata di campagna produceva un ritmo che cullava la mente, e addormentava i dolori e la stanchezza comuni a una andatura meno disciplinata.

Il fante di coda recava la lanterna a olio che i regolamenti prescrivevano quale doverosa precauzione contro incidenti di traffico, ma la luna assicurava luce sufficiente perché Horner e von Kleindorf vedessero tutta la colonna, mentre attraversavano villaggi, dove l'abbaiare dei cani li accoglieva come indesiderabili. Horner e von Kleindorf erano in sella a due cavalli — grossi e begli animali che sbuffavano e nitrivano e caracollavano, ignorando che il loro ruolo in guerra era ormai soltanto simbolico e coreografico.

«Lo conoscevi già quel *Kerl*?» domandò von Kleindorf, abbandonando, per la prima volta dall'inizio dell'esercitazione, il ruolo di "aiutante in prima".

«Ero con lui durante la guerra.»

«Ai tuoi ordini? Un ufficiale?» disse von Kleindorf, incredulo. I modi volgari e il rozzo accento di Brand mal si conciliavano con la mensa ufficiali di un brillante reggimento.

«No, io sotto i suoi» rispose Horner.

«Ah, sì, le Riserve di Baviera di cui mi parlasti.»

«Esattamente.»

«Che iella! Credi sul serio che questi bastardi delle SA finiranno con l'entrare nell'organico dell'Esercito?»

«No, fin tanto che ci sono io» disse Horner. Continuava a pensare al prossimo futuro: inchieste, riesumazioni, rapporti e conferenze. Il mancato attraversamento del fiume da parte di

Alex Horner lasciava prevedere esiti infelici per la sua carriera a venire.

«Che battaglione è questo?» Era la voce del capitano Niemann, che, invisibile nell'oscurità, stava risalendo la colonna per portarsi in testa alla sua "divisione".

«Primo Battaglione corazzato» gridò di rimando Horner, attenendosi alla terminologia della manovra. «Agli ordini del colonnello Horner.» Era una barzelletta, naturalmente. La sua colonna in marcia raggiungeva sì e no l'organico di una compagnia. Con un esercito di solo centomila uomini sarebbe stato difficile — dopo aver trovato unità di rincalzo e di collegamento — mettere insieme un paio di divisioni di fanteria, senza parlare di reparti corazzati, fanteria autotrasportata e tutto il resto che l'esercitazione prevedeva. Ma se il capitano Niemann era deciso a tenere in piedi, sino all'ultimo istante, la sua fantomatica divisione, chi poteva biasimarlo veramente?

## *«Il suo consulente finanziario si dimette»*

Veronica Winter aveva tenuto la propria casa fedele all'opulento stile *fin de siècle*. Con gli anni, erano arrivati nuovi mobili, arredi e tappeti, ma lo stile era rimasto immutato. Ora, con l'approssimarsi degli anni Trenta, ella era consapevole che il severo salotto, di cui era sempre stata tanto orgogliosa, si presentava, agli occhi del fratello, come una sala da museo.

Le finestre erano pesantemente drappeggiate di seta gialla con nappe color cioccolato, di modo che la luce del giorno potesse solo accarezzare i tappeti orientali. La tappezzeria di carta era a malapena visibile poiché stampe, quadri e foto di famiglia, intercalati a piatti ornamentali e ventagli, ricoprivano le pareti. Piccoli oggetti di porcellana e ammennicoli d'avorio e d'argento affollavano la grande mensola del caminetto, riflessi nello specchio retrostante. Altri erano disposti con cura su tavolini e in vetrinette, tanto che Glenn Rensselaer aveva l'incubo continuo di rovesciarne qualcuno.

«Harald dovrebbe mettersi in pensione» disse Veronica a suo fratello.

«Ha solo cinquantanove anni; non è mica malato, per caso?»

«È stanco, nauseato, e anche apprensivo.»

«Riguardo agli affari?»

«Riguardo al mondo, alla Germania, alle cose che stanno succedendo qui. Fuma pure, Glenn. Vedo che stai morendo dalla voglia.»

«Non sono sicuro di capirti, sorellina» disse Glenn Rensselaer. «Sì, una pipata me la farei volentieri, se non ti disturba.» Si frugò nella tasca dell'abito, comprato espressamente per quel viaggio. Aveva voluto apparire elegante agli occhi di sua sorella, e quel quadrettato in vetrina gli era sembrato senz'altro adatto. Però, adesso che l'aveva addosso, era già cascante e spiegazzato. Glenn stava tirando fuori pipa e borsa del tabacco quando bussarono alla porta. Una cameriera, con tanto di cuffietta e grembiule inamidati, entrò per controllare la stufa, in cui introdusse un po' di carbone, e di cui raccolse abilmente la cenere su una paletta che si portò dietro, uscendo.

Solo dopo che la domestica se ne fu andata, Veronica rispose. «La disoccupazione è di nuovo in aumento.»

«Tutti dicono che la Germania sta avendo una ripresa formidabile.»

«È già finita, Glenn. Secondo Harald ci saranno tre milioni di disoccupati per il prossimo inverno, e di solito lui queste previsioni le azzecca. Teme che questo aumento dei senza lavoro rafforzerà enormemente i comunisti e i nazisti.»

«È probabile.»

«E i nazisti stanno chiedendo soldi ad Harald. Finora, lui ha resistito, ma tantissime altre grosse società stanno già pagando un loro contributo al partito di Hitler.»

«Perché?»

«Non essere così ingenuo, Glenn! Perché non vogliono che i comunisti vadano al potere e gli portino via le loro fabbriche. Ma per Harald c'è un ulteriore problema: deve tener conto di Peter e di Lottie.»

«Be', non è che le aiuterà, né Lottie, né la piccola Helena, finanziando i nazisti e portandoli al potere.»

«I nazisti includeranno le aziende di Harald tra quelle a "conduzione ebrea" se Harald non versa loro una somma cospicua. Il che potrebbe significare boicottaggi, disordini... e anche scioperi, forse.»

«Peter lo sa?»

«Peter insiste perché Harald resista, ma la maggior parte degli altri consiglieri vuole che si paghi. Probabilmente si potrebbe fare in modo che questi pagamenti siano deducibili dalla dichiarazione delle tasse, quindi la ditta non ne avrebbe alcun aggravio.»

«Povero Harald.»

«Finora ha resistito alle richieste dei nazisti, i quali, però, si stanno facendo sempre più potenti ogni settimana che passa. Un inverno rigido e la disoccupazione in aumento potrebbero cambiare in peggio ancora tutto quanto.»

«Harald ha parlato a Pauli della faccenda?»

«Per amor di Dio, Glenn! Devi promettermelo, non dire niente. Harald preferirebbe morire piuttosto che chiedere a Pauli qualsiasi sorta di favore. La lite che ebbero la sera del ricevimento per il compleanno di Pauli non è mai stata digerita del tutto.»

«Io sono sicuro che Pauli non porta alcun rancore a suo padre» disse Glenn. «L'altra sera, alla cena in onore dei Danziger, lui e Harald sembravano in ottimi rapporti.»

«Pauli dimentica facilmente le cose spiacevoli che dice, ma suo padre no.»

Glenn tirò boccate di fumo dalla pipa. «Da noi, pensano che a lungo andare i tedeschi arriveranno a capire i vantaggi della democrazia parlamentare.»

«Ce ne vorrà del tempo! La singola voce di un forte imperatore ha sempre incontrato i gusti dei tedeschi. I tedeschi trovano le polemiche e i conflitti della politica anglosassone e di quella americana confusionari e indisponenti. Non amano i dibattiti in Parlamento; vogliono decisioni.»

«Ormai dovresti conoscerli bene, sorellina. È da parecchio tempo che vivi da queste parti.»

«Troppo tempo, forse» rispose lei.

«Veramente?»

«Sapessi quante volte ho pensato di venire in America, Glenn...»

«A casa ne sarebbero entusiasti. Papà ne compie settantotto, quest'anno; credo abbia abbandonato ogni speranza di rivederti.»

«Dimmi di papà.»

«È Dot che se ne prende cura.»

«Com'è lei?»

«Non lo so. A volte, penso che sia una calcolatrice. Adesso i suoi tre figli hanno preso il nome dei Rensselaer, e papà ha messo un sacco di quattrini in quella banca per sistemarceli al vertice. Il bambino del figlio maggiore sta in casa nostra, e papà sembra più interessato a lui che al mio piccolo Cyrus.» Si alzò e sorrise. Glenn non era tipo da esternare alcun rammarico. «Sì, dovresti andare a casa.»

«Forse ho avuto torto ad aspettare tanto, ma in precedenti occasioni non vedevo proprio il modo con cui...»

«Con cui avresti potuto andar là, magari per una visita anche breve?»

«Non lo so, Glenn. Voglio bene ad Harald e ai due ragazzi. E Lottie è diventata per me come una figlia. Mi mancherebbero tanto. Eppure...»

«Che c'è, sorellina?»

«Non voglio morire qui, Glenn.»

«Morire? Ma di che vai parlando? Hai soltanto» aggrottò le sopracciglia mentre sommava cinque anni alla propria età — «cinquantaquattro anni. Ancora metà della tua vita davanti.»

«Lo so. Non ho paura della morte, né ho alcuna premonizione. Solo che mi sarebbe piaciuto trascorrere in America la mia vecchiaia. Ti sembra assurdo?»

«No, sorellina. Ti capisco, e come! Conosco molte persone che la pensano esattamente allo stesso modo, dopo aver vissuto da questa parte dell'Atlantico. Ne hai parlato con Harald?»

«Ne resterebbe profondamente ferito, Glenn.»

«Però, tu sei infelice.»

«Sì, lo sono.»

«E Harald verrebbe anche lui?»

«Non per un soggiorno prolungato. In America, sarebbe come un pesce fuor d'acqua. Il suo inglese lascia molto a desiderare, e lui rimane il più tedesco dei tedeschi che abbia mai conosciuto.»

Non era la prima volta che Veronica aveva discusso con Glenn l'idea di tornare in America. Ogni volta, sotto un'angolazione nuova; e ogni volta Glenn le aveva creduto. Ma, come in precedenti occasioni del genere, Glenn adesso finiva col dubitarne. Perché, in conclusione, aveva capito che sua sorella in America non ci sarebbe tornata più. Le mancavano la volontà e l'energia necessarie perché lei potesse distaccarsi, sia pure per breve tempo, dalla propria vita lì a Berlino.

Comunque, Glenn capiva quanto la sorella avesse bisogno di quella curiosa fantasia di tornare a casa, ed era pronto a perdonarla, nonostante gli arzigogoli, le piccole bugie — anche a se stessa —, le scappatoie che Veronica inventava per temporeggiare. Era senz'altro il caso, si disse Glenn, che sua sorella, alla prossima occasione, fosse messa di fronte alle sue contraddizioni e si decidesse.

Ma la successiva conversazione tra Glenn Rensselaer e Veronica avvenne in circostanze assai differenti. Ebbe luogo il pomeriggio di venerdì 25 ottobre. Rensselaer era arrivato al reparto chirurgia dell'Ospedale della Carità a seguito di una telefonata del direttore dell'Hotel Adlon. Un poliziotto aveva avvertito l'albergo che uno dei clienti — Herr Simon Danziger — era rimasto ferito in un incidente stradale.

Si diceva, da parte di chi era competente in materia, che Potsdamer Platz era diventata il punto di incrocio più congestionato di tutta Europa. Automobili, furgoni, autocarri pesanti entravano nella piazza da una dozzina di direzioni differenti. A inserirsi in quel vortice pazzo di automezzi e carretti a cavalli sopraggiungevano i tram scampanellanti, e dappertutto spericolati ciclisti e ancor più saettanti pedoni si infilavano nella corrente del traffico.

Era stato lì — all'intersezione con la via di recente ribattezzata Friedrich Ebert Strasse — che, alle undici e trenta di quel venerdì mattina, Herr Simon Danziger era finito sotto le ruote di un furgone carico di ventisei barili di birra scura provenienti dalla birreria di Neukölln.

Ancora in sé e in preda a lancinanti sofferenze, era stato trasportato al Carità con lo stesso taxi da cui era appena sceso. Preparato d'urgenza, era stato avviato in sala operatoria, all'ultimo piano, per un tentativo in extremis di salvargli la vita.

Gli edifici del Carità si diramano nella Berlino Centro. Quelle tetre vecchie costruzioni formano un cuneo, come una fortezza di grigia pietra, tra le lente acque oleose del fiume Sprea e il canale. Non c'era sala d'aspetto, e Glenn Rensselaer passò la prima mezz'ora in piedi, e spaesato, tra i pazienti esterni, in un freddo corridoio pieno di spifferi. Da lì poteva bearsi della vista di un cortile pavimentato a ciottoli, dove due meccanici stavano frugando tra le viscere di un'ambulanza Magirus.

Glenn Rensselaer si sentiva troppo vistoso nel suo lungo cappotto foderato di pelo, la lobbia e i guanti grigi, e in più il bastone dal pomolo d'argento. La gente poveramente vestita, e ingobbita sulle panche a difendersi dal freddo, era lì ad aspettare con i suoi dolori e i suoi neri pensieri. Lo guardava con distaccata curiosità, così come guardava i sanitari che passavano in fretta, o le lettighe a rotelle, coperte da teli bianchi, che transitavano cigolando, spinte da uomini in camici pure bianchi, ma macchiati, e lucidi grembiuli di gomma. Solo due poliziotti in divisa parevano a loro agio, rilassati e pacifici. In piedi vicino alla porta, fumavano sigarette che tenevano nascoste nell'incavo della mano, e il cui fumo dirigevano verso il soffitto.

La prima persona ad arrivare fu Veronica. Indossava una stupenda pelliccia di zibellino, punteggiata, come il cappello, dai fiocchi di neve appena caduta. Era scortata da un funzionario dell'amministrazione dell'ospedale, un ometto nervoso e ossequioso, che aveva addosso una redingote e recava un fascio di carte. Che, inoltre, si rivolgeva a Veronica chiamandola Frau Doktor Winter, con ripetuti inchini della testa a rivelare la zona di calvizie sulla nuca.

Veronica chiamò suo fratello e, insieme, vennero fatti accomodare in un ufficio riscaldato, dove c'erano la riservatezza e le comodità che l'ometto ossequioso riteneva dovute alla stimabilissima Frau Doktor.

«Il signore e la signora sono familiari di Herr Danziger?» chiese l'ometto.

«No, non esattamente» disse Glenn.

«No, no, naturalmente» si affrettò a concordare l'altro, decisamente agitato per averlo supposto.

Veronica fu pregata di aspettare, occupando la soffice poltrona dei visitatori di riguardo, e Glenn prese posto sulla sedia girevole dietro la scrivania, mentre l'ometto andava a prendere e tornava con la prognosi del chirurgo di turno. Dopo una lunga descrizione delle mortali ferite di Danziger – una litania quasi incomprensibile per Glenn, e alla quale Veronica si tappò le orecchie, inorridita – l'ometto concluse che non v'erano speranze che Herr Simon Danziger potesse sopravvivere. Sarebbe spirato, predisse l'informatore e, guardando mestamente le carte che aveva in mano, nel giro di un'ora.

«Povero diavolo!» esclamò Glenn quando l'altro se ne fu andato.

«Un uomo così pieno di vita» sospirò sua sorella.

«Stavo pensando al conducente del furgone della birra.»

«Sì, anche lui» ammise Veronica.

Seguì un lungo silenzio. «Danziger era rovinato» riprese Glenn. «I primi telegrammi arrivarono la sera di sabato scorso, chiedendo la copertura. Danziger aveva investito sino all'ultimo centesimo nelle azioni alla Borsa di New York. Me ne aveva parlato sul dirigibile.»

«Il "crollo di Borsa" — l'avevo visto sui giornali, ma senza capire realmente...»

«Gli sprovveduti continuavano a comprare: e su e su e su, la corsa agli acquisti andava sempre più in su. Doveva sgonfiarsi di colpo e totalmente, e, venerdì scorso, il crollo.»

«E non sapevano che stava per succedere?»

«In Borsa, chiunque non fosse stato idiota del tutto lo sapeva certo. Ma la Borsa guadagna sempre su ogni transazione. Gli agenti di Borsa verranno fuori dalla catastrofe più ricchi che mai.»

«Vuoi farmi intendere che Mr. Danziger si sia messo deliberatamente davanti a quel... No, Glenn, no. È troppo orribile» esclamò Veronica.

«Non vado certo a dirlo a Lottie o alla signora Danziger, ma scommetto un milione di dollari contro un bottone che è andata così.»

«Era fallito?»

«Praticamente sì, direi. Mi disse che aveva racimolato fino all'ultimo realizzo per poter giocare in Borsa. Papà mi aveva mandato un lungo telegramma dopo che la Borsa aveva chiuso lunedì. Mi diceva cosa stava succedendo dietro le quinte. La differenza di fuso orario mi fece avere il telegramma subito dopo mezzanotte.»

«Informasti Mr. Danziger?»

«Gli telefonai all'Adlon e gli lessi il telegramma di papà, tralasciando i nomi dei magnati di Wall Street che si erano suicidati dopo che la bomba era scoppiata. Era circa l'una del mattino di martedì. Dovevo averlo svegliato. Si limitò a grugnire un ringraziamento. Immagino lo avesse già saputo dal suo agente di Borsa. Ormai era troppo tardi per fare qualche cosa. È stata l'ultima volta che ho parlato con lui. Lo lasciai dicendogli che mi telefonasse se aveva bisogno di aiuto, ma non l'ha mai fatto.»

«È agghiacciante» mormorò Veronica. «Come farà a tirare avanti la signora Danziger?»

«Non lo so. Tutto quello che ha sono alcune azioni in una società cinematografica, non facili da realizzare» rispose Glenn.

Stava pensando a suo nipote Peter. Se non esistevano prospettive che Lottie ereditasse, Peter sarebbe restato legato al padre, e al comodo e ben retribuito lavoro nell'azienda paterna.

«Mi chiedo se avrà abbastanza con sé da pagare il conto dell'albergo. Sarà bene che le offra ospitalità in quelle due stanze che abbiamo al terzo piano. Credi che vorrà fare il funerale qui a Berlino?»

«Non penso abbia molta scelta.»

La signora Danziger avrebbe preferito riportare la salma del marito in America, e Lottie voleva che suo padre fosse tumulato, con un'appropriata cerimonia, nel vecchio cimitero ebreo di Grosse Hamburger Strasse, dietro la Rote Rathaus, dov'era sepolto il grande Mendelssohn, ma entrambe le idee si rivelarono inattuabili. Il funerale, invece, ebbe luogo nel grande cimitero ebraico a Weissensee.

Qualcuno aveva insinuato che Pauli aveva troppo a cuore il suo lavoro con i nazisti per farsi vedere a un funerale ebreo, ma si sbagliava. Pauli vi partecipò, correttamente vestito di scuro — l'abito che metteva quando doveva andare in tribunale. Non solo: Pauli trovò anche modo, durante la cerimonia funebre, di fare un favore a suo padre. Disse ad Harald, in via del tutto riservata, che i nazisti sarebbero stati più che soddisfatti di un quarto della somma che andavano chiedendo alla Leghe Metalliche Winter.

La signora Danziger fu lieta di accettare l'ospitalità offertale da Veronica, e Glenn Rensselaer le regolò il conto all'Adlon. E la signora rimase fin dopo Natale, non volendo affrontare da sola in California le festività.

Fu qualche giorno dopo Natale che Nita Danziger ebbe una lettera della compagnia d'assicurazione presso cui Simon Danziger aveva stipulato una polizza sulla vita. La lettera diceva che avrebbero pagato. Glenn Rensselaer tirò un sospiro di sollievo e azionò lo sciacquone del bagno sulla banconota da cinque dollari che Mr. Danziger gli aveva mandato appena prima di morire. Se i liquidatori della polizza avessero visto l'enigmatico biglietto che la accompagnava — "Caro Glenn, il suo consulente finanziario si dimette, a far data da oggi. La prego di porgere le mie scuse a tutti coloro che fossero coinvolti nei risultati. Ho fatto il meglio che m'era possibile. Simon Danziger" — forse non sarebbero stati così disposti a classificare il decesso come accidentale.

Allorché la signora Danziger prese il treno per Brema per salire a bordo del transatlantico *Albert Ballin* diretto a New York, alcune delle pessimistiche anticipazioni di Harald Winter stavano avverandosi. E gli effetti del "crollo" di Wall Street dilagavano nei Paesi europei, sconvolgendo nell'uragano le loro già instabili economie.

Solo nel mese di gennaio del 1930, il numero dei disoccupati tedeschi era salito da un milione e mezzo a quasi due e mezzo. A Berlino, le fabbriche andavano licenziando gli operai a un ritmo tale da rendere le vie in molte parti della città affollate di disoccupati: gruppi di infelici, fermi a guardarsi attorno con occhi vacui, non sapendo come affrontare la loro miseria. Le fattorie limitrofe alla città, per quante ancora ve ne fossero, avevano uomini armati a guardia dei raccolti.

Il governo di coalizione dichiarò che non v'erano fondi sufficienti a pagare il normale sussidio di disoccupazione senza incorrere in un deficit di circa cento milioni di dollari. Questa crisi finanziaria e politica si aprì subito dopo il decimo anniversario dell'introduzione in Germania di un governo democratico e parlamentare. Non era facile dar torto a coloro che dicevano che i comunisti o i nazisti avrebbero fatto meglio.

Quasi tre anni prima, nel 1927, nel centenario della morte di Ludwig van Beethoven, Artur Schnabel aveva destato sensazione a Berlino eseguendo tutte le sonate per pianoforte del compositore. C'erano voluti sette concerti in altrettanti sabati pomeriggio, e Schnabel li aveva tenuti al Volksbühne, un club-teatro creato con i fondi dei sindacati e di regola frequentato da aderenti alla sinistra radicale.

L'enorme successo di Schnabel non poteva lasciare indifferente l'ambiente musicale di Berlino. E cambiò la vita di Erich Hennig. Nel febbraio del 1930, più che altro in seguito alle continue pressioni di sua moglie, Lisl, Erich Hennig eseguì sonate per piano di Mozart davanti a un pubblico di invitati.

In un certo senso, era un errore. Erich Hennig non aveva il lirismo penetrante e disciplinato che Mozart richiede. Il meglio di sé, Hennig lo dava aderendo alle più poderose esigenze dei concerti per piano di Beethoven. Comunque, i due concerti di Hennig non furono affatto un insuccesso. Gli inviti erano stati diramati da sua suocera, e Frau Wisliceny era tuttora un nome di cui tener conto nella lotta accesa e bizantina che aveva sempre caratterizzato la vita culturale di Berlino.

Chi avrebbe potuto osare una condanna all'interpretazione mozartiana di Hennig non era presente ai concerti, e qualsiasi critica negativa venne tacciata di preconcetto. Il Mozart di Hennig era reso con competenza e con grazia tali da schiudere nuovi orizzonti alla carriera dell'interprete. Sino a quel momento, egli aveva lavorato per un editore di musica, ma adesso disponeva di un agente personale. Con tre allievi e la promessa di altri introiti concertistici, Hennig lasciò il malinconico ufficio ove faceva l'impiegato e divenne un musicista di professione.

E, col mutamento di carriera, anche il suo credo politico prese un nuovo indirizzo. Fino allora, egli era stato un radicale di sinistra, regolare frequentatore dei raduni del partito comunista. Ma, a partire dai suoi concerti mozartiani, le attività politiche di Hennig si fecero meno evidenti. Il distintivo con falce e martello non figurava più all'occhiello dell'abito nero che egli indossava sedendo alla tastiera, e la cravatta rossa era sostituita da un'altra, più sobria e anonima, scelta dalla suocera.

Altri e ben più significativi mutamenti coincisero con i concerti mozartiani di Hennig del febbraio 1930. Fu la presenza di Pauli nell'auditorio nei pressi di Ku-damm che indusse Frau Wisliceny a invitare regolarmente a casa propria il minore dei fratelli Winter. Non sempre nel suo "salotto", perché Pauli non era, né pretendeva di essere, un intellettuale. «Mozart è più o meno il massimo cui posso arrivare» aveva detto a Frau Wisliceny e a chiunque altro tentasse di discutere di musica con lui.

Era ormai il benvenuto in molti posti, perché Pauli Winter non era più il piccolo Pauli che era partito per la guerra. Intanto, adesso i suoi spostamenti avvenivano a bordo di un'elegante nera Horch decappottabile. Nei giorni feriali, in servizio, l'auto era guidata da un giovanotto dal viso arcigno, munito di lucidi stivaloni, cinturone e camicia bruna con bracciale e svastica.

Pauli Winter frequentava molto volentieri casa Wisliceny. Frau Wisliceny selezionava accuratamente i suoi ospiti, quindi c'era sempre gente che reagiva con favore alle piacevolezze e alla conversazione di Pauli. Di solito, dopo il tè, la padrona di casa riusciva a fargli eseguire qualche trucco con un mazzo di carte. Pauli si fingeva riluttante, ma ella sapeva che il giovane si divertiva, tanto più perché riusciva sempre ad averne qualcuno di nuovo. E non erano mai trucchi silenziosi. Quattro re inseriti in un mazzo diventavano "quattro mercanti turchi di tappeti, che arrivavano nel loro magazzino". C'era sempre una storia buffa, e la conclusione del trucco provocava non solo esclamazioni di sorpresa, ma anche scoppi di ilarità contagiosa.

Pauli aveva l'invidiabile dote di entrare in una stanza piena di estranei con la sicurezza che si sarebbe conquistato nuovi amici, e quasi sempre ci riusciva. Pauli era capace di pelar via la buccia di uno sconosciuto e mettergli a nudo una sorprendente personalità vincolata a una reputazione esteriore. Nessuno, se non Pauli, sarebbe riuscito a convincere il solenne e compunto Erich Hennig a suonare un motivetto scanzonato tipo *Sì, non ho più banane!* e a indurre un attore rinomato come Emil Jannings a cantarne le assurde parole.

I nemici di Pauli sostenevano che egli cercava la lode facile e la simpatia a buon mercato. Suo padre in più d'una occasione lo aveva ammonito con il classico aforisma "L'applauso è lo sprone delle menti nobili, e il fine di quelle deboli", ma Pauli non si era commosso più di tanto. Pauli era Pauli, e la sua indole non cambiava tanto facilmente.

Come è insito in moltissimi uomini di spettacolo, la sua disarmante noncuranza nascondeva l'enorme attenzione con cui egli sondava il proprio pubblico. Sapeva quale dei presenti si concedeva agli scherzi, ai trucchi e alle storielle, e quale altro rifiutava di farsi incantare. Sapeva quindi che era Inge che si divertiva, in primo luogo, e parecchio.

E Frau Wislicenhy era tutt'altro che scontenta nel vedere Inge ridere. Se almeno Lottie non avesse dato il ricevimento di nozze lì, in casa Wisliceny! Ma era loro ospite, a quell'epoca, e non c'era stato modo di evitarlo, però i preparativi del matrimonio avevan rigirato il coltello nella piaga che c'era nel cuore di Inge. Sua madre aveva pianto per lei, cominciando a dubitare se mai Inge sarebbe stata di nuovo felice. C'erano volute settimane prima che Inge volesse uscire di casa, e Frau Wisliceny aveva sofferto con lei. Un'agonia tanto più dolorosa in quanto nessuna delle due era disposta ad ammettere che esisteva. A volte Frau Wisliceny si chiedeva se Peter Winter fosse consapevole della divorante adorazione che Inge aveva per lui. Forse sì, poiché egli sembrava far di tutto per evitare di incontrarsi con la giovane a pranzi o ricevimenti o altre riunioni mondane.

Quindi Frau Wisliceny era felice nel vedere che Pauli era quanto mai soddisfatto nell'intrattenere Inge con certi suoi trucchi che parevano preparati apposta per lei. E quando Inge aveva cominciato, per parecchie volte la settimana, a unirsi a Pauli nelle sue frugali colazioni, o anche quando le colazioni erano divenute meno frugali e più prolungate, nessuno ci aveva fatto caso più di tanto. Frau Wisliceny era rimasta sollevata nel constatare che sua figlia andava interessandosi di nuovo al mondo esterno. Intuiva — a ragione — che molte di quelle conversazioni iniziali erano dedicate esclusivamente a Peter.

Certo, l'argomento contribuiva. Pauli sapeva ascoltare, ed era molto più facile per Inge spiegargli il proprio amore per Peter, in quanto Pauli nutriva un affetto profondo per il fratello. Né l'una né l'altro considerava possibile qualsiasi sviluppo romantico dei loro incontri, anche quando l'argomento Peter era andato via via riducendosi a zero. I due giovani si trovavano bene assieme, e tutti sapevano che Pauli aveva un sacco di amichette: rumorose, graziose, arrendevoli, nessuna di esse come la seria, bella e intellettuale Inge. Comunque Pauli non era cieco alla bellezza di Inge, i cui verdi occhi luminosi avevano una profondità e una malinconia indicibili. Il lungo collo armonioso, le snelle pallide braccia, l'incarnato puro quanto una preziosa porcellana, rendevano Inge una donna al fianco della quale ogni uomo sarebbe stato orgoglioso di comparire. E Inge andava scoprendo in Pauli un uomo prima ignorato, un uomo che era in grado di farle dimenticare per un attimo il dolore per l'irraggiungibile Peter.

Fu la bionda cameriera del Caffè Rumeno, quella che generalmente serviva Pauli, a dare alla situazione una svolta imprevista e improvvisa. La ragazza era solita scambiare battute salaci con i clienti maschi. Un giorno accolse Pauli e Inge con un tipico detto berlinese, che alludeva a quello che i due avrebbero fatto nel pomeriggio, dopo la colazione con dodici ostriche a testa e una bottiglia di Sekt.

Pauli rimase imbarazzato, ma, con sua sorpresa, Inge fu pronta a replicare, in pretto idioma berlinese, che stava esattamente pregustando, e con impazienza, la conclusione implicita nelle parole della cameriera. Subito, ebbe inizio un nuovo tipo di rapporto. Il giorno seguente erano andati dai Fratelli Friedländer a scegliere un anello. E poi al tè danzante nel giardino pensile dell'Hotel Eden. Pauli, quando voleva, sapeva ballare bene, e in quel momento lo voleva. Nel giro di due settimane,

Inge e Pauli si fidanzarono ufficialmente, e il loro matrimonio seguì in maggio.

Non vi fu alcuna opposizione da parte delle famiglie. Qualsiasi riserva che i Wisliceny avessero nutrito circa i gusti terra terra o le affiliazioni politiche di Pauli era interamente annullata dall'evidente felicità di Inge. E la famiglia Winter concordava sul fatto che Inge era una conquista ben superiore a quella che Pauli potesse ragionevolmente pretendere.

La moglie di Peter, Lottie, era decisa a restare amica di Inge, e nonostante le riserve dapprima formulate da Inge, fu Lottie, molto più di Frau Wisliceny, ad aiutare l'amica nel programmare le nozze.

E il matrimonio fu un evento spettacolare. L'amico di Pauli, Alex Horner, si diede da fare a Bendlerstrasse e riuscì a far annoverare Pauli quale Primo tenente della Riserva, in modo da fargli avere una guardia d'onore alla cerimonia. Ogni giovane ufficiale era accoppiato a una bella e ornata damigella, secondo il tradizionale stile tedesco. I due sposi scesero i gradini della chiesa sotto un arco di spade sguainate. L'idea era stata di Lottie: dal momento che, come ella aveva sottolineato, la cerimonia esigeva che Pauli indossasse l'uniforme dell'Esercito, egli non poteva certo sposarsi con la camicia bruna e la svastica delle SA, nelle cui file aveva di recente avuto un grado onorario. Neanche il Dr. Goebbels, leader del partito a Berlino, poteva contestare vi fosse alcunché di più patriottico per un tedesco che lo sposarsi in uniforme di ufficiale dell'Esercito. E Pauli, con i suoi stupendi capelli biondi, era l'archetipo dell' "ariano" che la mitologia nazista tanto ammirava.

Lottie e Inge avevano lavorato duro sulla lista degli invitati affinché il ricevimento non fosse solo per i parenti ma anche un convegno di vecchi amici di Pauli. Ed erano presenti uomini già cadetti con lui a Lichterfelde, una mezza dozzina di quelli della compagnia d'assalto del 1918, nonché amici intimi, come Fritz Esser.

I regali furono in linea con la fastosità della cerimonia. Richard Fischer consegnò agli sposi un antico servizio da tavola per ventiquattro di Meissen, cimelio di famiglia da parecchie generazioni. Inge aveva declinato la proposta di matrimonio di Richard, e adesso si domandò se il dono non fosse un modo per dichiararle che lui non avrebbe sposato alcuna altra donna in vita sua.

Harald e Veronica Winter regalarono una grossa Mercedes da turismo, e anche l'ampliamento e il riattamento della casa nell'Obersalzberg, in vista della luna di miele che i due vi avrebbero trascorso. Fino allora, non era stata nulla più di un padiglione da caccia, con pesanti mobili rustici e tessuti stampati a buon mercato. Ma adesso si era trasformata in una residenza di campagna, con una vasta sala da pranzo, un immenso salotto e non meno di cinque piccole ma confortevoli camere da letto. E, meraviglia delle meraviglie, Veronica, usando l'assegno inviato dai suoi genitori, aveva insistito su un esempio di prodigalità americana: ogni camera da letto aveva la sua stanza da bagno! Tale significativa stravaganza faceva della casa una delle meraviglie dell'Obersalzberg. Pauli fu quanto mai fiero di mostrare la propria casa alla sposa, e, con grande suo sollievo, e compiacimento di Veronica, Inge se ne innamorò subito. Data la vicinanza con la dimora estiva che Hitler usava, fece promettere a Pauli che l'avrebbe portata lì regolarmente in inverno, e anche in estate.

# 1930

## *Un Natale in famiglia*

Tra le alte montagne dell'Obersalzberg, il rombo del motore di una motocicletta lo si sente quando ancora il veicolo è molto lontano. Lottie Winter fu la prima a udirlo — il suo udito era quasi super-umano — e individuò quando andò alla finestra e ne scostò le tende, il faro del centauro a molti chilometri da loro, in basso, sulla strada di Berchtesgaden. Inge, Pauli e Peter la videro farsi paraocchi con le mani per poter distinguere meglio nell'oscurità.

«State aspettando visite?» domandò Lottie senza voltarsi.

La domanda restò senza risposta per un attimo, poi Inge disse: «Magari è qualcuno che va alla pensione, all'Hotel Türken o a una delle fattorie».

«Sta venendo qui» replicò Lottie. Ebbe un brivido. Aveva la premonizione che fosse un latore di brutte notizie.

«Non so proprio chi potrebbe essere» commentò Inge, ormai convinta che il motociclista stava venendo da loro. Spense la luce e tirò indietro la tendina di seta rossa. Dalle finestre adesso si vedevano le cime delle montagne e la neve illuminata dalla luna calante. Nell'aria aleggiavano fiocchi di neve. Per gran parte dell'anno era così: il vento soffiava via dalle montagne la neve, di modo che l'aria non era mai del tutto libera da cristalli turbinanti.

Per il Natale di quell'anno 1930, Pauli e Inge avevano portato Lottie e Peter su all'Obersalzberg, e in quel periodo il più famoso dei loro vicini soggiornava nei pressi. A partire dal 1923, Adolf Hitler era divenuto regolare frequentatore di quella piccola comunità di montagna, all'ombra dello Hohe Göll dalle parti di Berchtesgaden. Vi si era rifugiato dopo il putsch di Monaco; dopo il rilascio dalla prigione di Landsberg vi era venuto per finire di scrivere il suo *Mein Kampf*. Adesso aveva deciso di avere lì una residenza sempre disponibile, e aveva preso in affitto dalla sorellastra un modesto chalet.

All'improvviso, Adolf Hitler era diventato un importante leader politico. Alle elezioni di settembre aveva conquistato sei milioni e mezzo di voti. Il che aveva portato i dodici seggi del partito nazista al Reichstag addirittura a 107. Dopo i socialdemocratici, i nazisti erano la più potente forza politica della Germania. Dopo l'esito elettorale, piccoli gruppi di visitatori — colà giunti espressamente — a volte sostavano sulla curva della strada sotto all'Hotel Türken, nella speranza di cogliere una visione dell'uomo che si autodefiniva il Führer.

La stampa mondiale non aveva certo ignorato l'ascesa di Hitler. In Inghilterra, il *Times*, il *Sunday Express* e il *Daily Mail* avevano subito pubblicato sue interviste. Hitler si proclamava un baluardo contro il bolscevismo, e ammoniva gli inglesi sul pericolo che essi avrebbero corso militarmente a opera dell'Unione Sovietica, qualora la Germania fosse caduta in mano dei comunisti.

Dopo il fallito putsch di Monaco, Hitler aveva sempre capito quanto gli sarebbe stato indispensabile il sostegno dell'Esercito se mai egli avesse conquistato il potere. Quindi, a pochi giorni dalle elezioni di settembre, Hitler aveva assicurato che, sotto il regime nazista, l'Esercito sarebbe stato potenziato, valorizzato e dotato di mezzi e organizzazione mai visti in precedenza. Come sempre, nelle sue promesse c'era qualche cosa per tutti, tranne che per gli ebrei e i comunisti.

La casa di montagna di Pauli e Inge era situata più in alto del Berghof di Hitler, e di solito Inge vedeva il Führer compiere la sua regolare sgambata tra la neve alta e scricchiolante, ogni pomeriggio prima dell'ora del tè. Una volta, pur sentendosi sciocca e matta, aveva sventolato un cenno di saluto. Che lo avesse visto o meno, egli non aveva dato segno di gradire l'omaggio.

Era sabato. Peter e Lottie Winter erano arrivati il giorno prima. Sapendo che Lottie seguiva con molto impegno i dettami della moda, Inge indossava uno dei modelli in voga: un abito di chiffon grigio, tagliato di sbieco, che aderiva strettamente al busto e alle anche. Ormai, il terribile bisogno di Inge dell'amore di Peter si era acquietato, ed era divenuto rimpianto, un'eco attutita, con cui poter vivere. Ed ella aveva deciso, per l'occasione, di fare in modo che Lottie e Peter si sentissero di casa. Quella sera, terminata una buona cena a base di capretto arrosto, crocchette di patate e torta di mele, e dopo che la cuoca e la domestica se ne furono andate, le due coppie erano rimaste vicino al caminetto acceso, a bere caffè e brandy e ad ascoltare le storielle di Peter su Bertolt Brecht, il commediografo divenuto uno dei più coloriti personaggi anarchici di Berlino. In ottobre, Brecht aveva intrapreso un'azione legale contro la Nero Film, che stava traendo un film dalla sua *Opera da tre soldi*. Le udienze della causa si erano ben presto trasformate in riunioni mondane e molto più affollate di personalità di spicco di quante Brecht ne avesse mai attirate a teatro. Attori, attrici, scrittori, poeti e tanti altri esemplari meno famosi, ma in cerca di pubblicità, si facevano un punto d'onore di essere visti in aula, e i giornali ne seguivano ogni mossa.

«Brecht è un mostro» disse Peter che aveva patrocinato Brecht per tutta quella commedia giudiziaria. «Un mostro geniale, divertente, ma pur sempre un mostro. Quando gli dissi che non poteva vincere, e gli consigliai di accettare la transazione di venticinquemila marchi che la parte avversa gli offriva, mi chiamò lacchè dei capitalisti, saltò in piedi e abbandonò l'aula.»

«Ma perché non poteva vincere?» domandò Pauli, da avvocato ad avvocato.

«La Nero Film aveva introdotto testimoni a deporre in aula come se Brecht non avesse in pratica messo mano al copione del film, e Brecht non mi aveva fornito nulla per controbattere.»

«La solita iella» commentò Pauli. Conosceva bene il problema: c'erano state certe settimane in cui tutti i clienti che il partito nazista gli affidava erano colpevoli al punto che nulla avrebbe potuto salvarli. E alcuni di quei clienti non volevano far nulla, essi stessi, per facilitare il compito di chi li difendeva.

«Oh, ma Brecht ne è uscito benissimo. Convinsi la Nero Film a pagargli sedicimila marchi perché rinunciasse all'azione legale. Sapevo che la produzione voleva sistemare la faccenda in fretta e in modo definitivo, per poter iniziare le riprese.»

«E non lo chiami un furbacchione, costui?» disse Lottie che, seduta di fianco a suo marito sul divano, accarezzava il viso di Peter. Inge sorrise.

«In questi ultimi anni, ho imparato un sacco di cose sul mondo del cinema e del teatro» ammise Peter.

«Senza trarne, comunque, molti quattrini» obiettò Pauli.

«Ecco, diglielo tu che dovrebbe stilare parcelle più adeguate!» disse Lottie a Pauli.

«È più divertente del lavoro che faccio con papà» replicò Peter. «E quando a Lipsia ci fu la prima di *Mahagonny*, mi dettero i posti migliori a teatro.»

«Rimpiango di esserci andata» si lamentò Lottie. «È stato orribile. Fuori, c'erano centinaia di militanti nazisti che agitavano cartelli di protesta e bandiere con la svastica. Riuscimmo a entrare, ma dentro c'erano altre dimostrazioni. Risse in platea e qualcuno rimase ferito. Arrivò la polizia, in massa. Orribile, vi dico.»

«Non saresti dovuta andarci» concordò Pauli. «Brecht è un comunista. Lui, quei disordini li va a cercare: gli assicurano la pubblicità che gli piace.»

«È un genio» insisté Peter.

«Forse è un genio» disse suo fratello. «Ma perché non usa il suo talento per dire qualche cosa di buono sulla sua stessa patria? Se Brecht avesse mano libera, avrebbe già consegnato la Germania ai suoi amici di Mosca.»

«Lui cerca di rimestare nella pentola dei nostri sentimenti» sentenziò Peter. «Gli piace essere un provocatore.»

«Che vada a fare il provocatore in Russia, e poi s'accorgerà che gli succede! Stalin sta facendo fuori i suoi oppositori a centinaia di migliaia. Perché il tuo amico Brecht non ci scrive una commedia al riguardo?»

«A volte Brecht si spinge troppo oltre» concordò Lottie.

«Forse esagera» ammise Peter.

Era stato allora che Lottie aveva sentito il rombo della motocicletta ed era andata alla finestra. Il visitatore era Fritz Esser, che arrivava inaspettato, come faceva sempre. Come molti dei gerarchi nazisti, aveva preso in affitto una casa in Baviera, ma allo scopo di dedicarsi alla propria eterna passione di andare a vela, aveva scelto l'Ammersee, a sud-ovest di Monaco. Con la sua moto BMW c'era un'ora di strada per arrivare sino da loro. E, nonostante il cappotto di cuoio fino alle caviglie e il casco foderato di pelo, gli ci vollero parecchi minuti vicino al caminetto e svariati bicchieri di roba forte per tornare in condizioni accettabili.

Esser aveva la stazza di un orso: grosso, onnivoro, irsuto e unghiuto. E, come un orso, poteva essere simpatico, invitante, fulmineo nei movimenti e maligno. Guardò il quartetto: i due fratelli in abito da sera, le loro due mogli in costose toilette all'ultima moda. Se Esser avesse avuto bisogno di ricordare che i suoi amici appartenevano a un altro mondo — un mondo remoto, con un suo linguaggio, con sue abitudini e con suoi comportamenti — quel momento era un promemoria perfetto.

Pauli presentò Fritz Esser a Lottie. I due si strinsero la mano con una certa cautela. O era diffidenza? «Deputato al Reichstag!» ripeté Pauli. «È fantastico, Fritz!» Gli versò il caffè, affiancandolo con la bottiglia del rum, la panna e lo zucchero. Fritz preferiva il rum al brandy.

«Neanche il Führer credeva fosse possibile» ammise Fritz con orgoglio. «Vorrei che mio padre fosse ancora vivo per vedermi.»

«Ne sarebbe stato fiero» mormorò Peter, doverosamente, anche se gli riusciva difficile immaginare che "l'uomo dei maiali", socialista per tutta la vita, sarebbe stato orgoglioso di quel suo figlio nazista, pur essendo tale figlio un membro del Reichstag.

«Sono rimasti tutti a bocca aperta.» Fritz alzò gli occhi a incontrare quelli di Pauli. Sapevano entrambi che Pauli aveva suggerito che l'amico si presentasse candidato, e che era stato Pauli a lavorare indefessamente dietro le quinte per convincere i nazisti ad appoggiarlo. «A parte quello che hanno detto dopo, li ho fregati tutti quanti. Prima delle elezioni speravano in trenta seggi... cinquanta come massimo assoluto.»

«Ed è tutto quello che avreste ottenuto in base al sistema americano o inglese del primo-eletto-dopo-il-ballottaggio» rilevò Lottie. «È stata la proporzionale che ha gonfiato i vostri guadagni.»

«Non siamo in America» disse seccamente Pauli, come a mettere in guardia Fritz dalla lingua tagliente di sua cognata.

Ma il deputato Fritz Esser era troppo giulivo per offendersi per quel commento. «Non ci credevano assolutamente che ce l'avrei fatta» proseguì. «Dicono che è stato Göring ad aiutare il Capo nell'assegnazione dei seggi. A me avevano dato quello dello Schleswig-Holstein, non perché io fossi nato in quella parte del mondo, ma perché non avevano la minima speranza che uno di noi potesse vincerlo. Lo Schleswig-Holstein! Dio buono! Che ci poteva essere di più impossibile per il partito? Laggiù hanno sempre votato liberale, a memoria d'uomo. Quando sono usciti i risultati, tutti sono rimasti sbalorditi.»

Girò lo sguardo sugli altri, e sorrise. A dispetto degli abiti vecchi e trasandati, del corpo pesante e degli occhi scuri e minacciosi, Fritz sprigionava un'energia e una forza di volontà che lo rendevano attraente a uomini e donne. Chiunque avesse ascoltato i suoi discorsi intuiva le qualità seducenti che ai suoi amici erano chiare. Eppure Fritz non aveva mai avuto alcuna relazione durevole con le donne, a quanto era stato possibile vedere. Spesso si presentava con qualche vistosa ragazza sotto braccio, ma nessuna durava a lungo. A volte Pauli si chiedeva se non vi fosse in lui qualcosa di strano, una qualche pecca nella personalità che Friz non riuscisse a superare.

«Ma come è successo?» domandò Pauli.

«Nessuno lo sa: ci hanno rimesso tutti i partiti di centro. I voti sono andati ai comunisti e a noi. La disoccupazione dev'essere stato il motivo principale, ma il Capo dice che la maggioranza di quelli che votano per la prima volta hanno dato la preferenza a noi, e di neovotanti in queste elezioni ce n'erano un sacco.»

«Hitler si atterrà al sistema parlamentare?» chiese Lottie.

«Forse» rispose Esser, e versò nel suo caffè una generosa dose di rum, aggiungendovi anche zucchero e panna.

«Il sistema che vi siete impegnati a distruggere?» insisté Lottie.

«Con noi la Germania tornerà grande» assicurò Fritz. Non voleva mettersi a discutere con quell'intellettuale ebreo-americana, che era la sintesi di tutto quanto egli disprezzava. La stava trattando con cortesia, solo perché Pauli era un amico, il migliore, un consigliere e un confidente.

«Allora, perché quella pagliacciata al Reichstag?» Lottie non era disposta a cedere.

«Un momento! Quella è stata un'idea di Pauli» protestò Esser. Guardò l'amico e sorrise.

Pauli si imporporò. «Non fu idea mia» obiettò seccato.

«Sei troppo modesto.» Esser si divertiva a prenderlo in giro. «La sera che alla radio comunicarono i risultati delle elezioni, dissi a Pauli che il Führer era furente perché la Prussia aveva proibito che indossassimo le nostre uniformi. Gli sarebbe piaciuto vedere i nostri deputati occupare i loro seggi con la loro brava divisa. Proprio questo mi aveva detto il Führer, personalmente: che riteneva impossibile aggirare il divieto, ma il nostro bravo Pauli trovò il modo. Lui, un modo lo trova sempre. Pauli è il tipo più in gamba che abbiamo nel partito.»

«E quale fu l'idea di Pauli?» volle sapere Peter.

«Portarci dietro le nostre uniformi e indossarle andando al gabinetto.»

«Qualcuno vuole spiegarmi la faccenda?» pregò Lottie.

«Una volta dentro l'edificio,» chiarì Pauli senza enfasi «i delegati godono dell'immunità parlamentare. Nessuno poteva impedirgli di indossare le loro uniformi naziste, indipendentemente da quanto la legge dica al riguardo.»

«Fu una vera pantomima» proseguì Esser, compiaciuto. «Noi, lì a urlare e cantare le vecchie canzoni e a dire quello che pensavamo di loro. E loro che tentavano di mandare avanti l'assemblea, ma eravamo in troppi, e la vista delle nostre camicie brune li faceva imbestialire.» E rise.

«Che stupido comportamento!» sbottò, rabbiosamente, Lottie.

Esser rise di nuovo a quella collera, e anche Pauli rise. Come due scolaretti in vena di prodezze. Lottie trovava impossibile discutere con quei due. «Non è affatto divertente» esclamò. Ma tanto più cresceva la sua irritazione, tanto più loro ridevano.

Quando l'ilarità si quietò, e dopo che ebbe riempito i bicchieri di ognuno, Pauli domandò: «Sei venuto per vedere il Führer, Fritz?».

«Domani sarò ricevuto da lui» annunciò orgogliosamente Fritz. Inutile dire di chi stesse parlando; quando Fritz si riferiva al suo "Capo" — il Führer — c'era una speciale nota di rispetto nella sua voce. «E anche Pauli e Inge gli verranno presentati. Me lo ha chiesto lui. Vuole conoscere tutti i suoi vicini e, naturalmente, sa del lavoro di Pauli nell'ufficio del Gauleiter di Berlino.» Vuotò la seconda tazza di caffè col rum: questa volta era quasi tutto rum.

«Sul serio?» domandò Inge. Non si era mai interessata di politica, ma adesso che aveva sposato Pauli era sostenitrice dei nazisti, per i quali suo marito lavorava. E, come ogni leale e devota moglie, voleva che i meriti del consorte trovassero la dovuta ricompensa.

«Sappiamo tutti che anno maledettamente difficile è stato questo» disse Fritz Esser, fregandosi le mani prima di accostarle di nuovo al fuoco nel caminetto.

Inge non lo sapeva. Di rado Pauli le parlava del proprio lavoro. Rientrava a casa ogni sera con l'aria di chi non ha problemi al mondo.

«In primo luogo, appena dopo che vi eravate sposati, quando il Führer ebbe quella grande litigata con Strasser. Eravamo tutti preoccupati, parola mia!»

«Litigata a proposito di che?» domandò Inge. Guardava

Fritz con enorme interesse. Inge era un'ottima padrona di casa: sapeva far parlare gli ospiti.

Fritz sapeva che lei lo stava tirando dalla sua, ma gli era indifferente che fosse sincera o no: Inge era bella ed era la moglie di uno dei suoi migliori amici. E il rum stava facendo effetto. «Ero lì, all'Hotel Sanssouci, quando accadde. Per poco non vennero alle mani. Strasser vuole un programma di nazionalizzazione delle industrie e tutto un sacco di cose che vogliono i comunisti. Il Capo diede del "rosso" a Strasser, e disse che, se avesse nazionalizzato la Krupp, i burocrati del governo l'avrebbero portata al fallimento nel giro di qualche settimana. Una gara a chi urlava di più. Poi, un paio di giorni dopo, le SA di Berlino si misero in sciopero per un aumento della paga...» Alzò le spalle.

«Come andrà a finire con le SA? Sono così contenta che Pauli non si fosse messo la camicia bruna quando ci sposammo. Ci sono sempre guai con quella gente.» Inge guardò Pauli, che sorrise, ma senza fare commenti.

«I guai non sono ancora finiti. Il Führer ha chiesto a Ernst Röhm di riassumere il comando delle SA.»

«Credevo che Röhm se ne fosse andato in Sud America.»

«Sì, speravamo tutti di esserci liberati di quel maiale lardoso, ma adesso è tornato.»

«Pauli lo detesta.»

«Tutti lo detestiamo. È un finocchio astuto e imbroglione. E adesso vorrà garantirsi che tutti i suoi amichetti omosessuali siano riammessi ai posti di comando nelle SA. Renderà la vita difficile ai suoi nemici, e io sono uno dei suoi nemici.»

«Ma perché il Führer deve servirsi di un uomo del genere?»

«Dalle elezioni in poi, la gente corre a iscriversi al partito e alle camicie brune in quantità tali che non siamo in grado di farvi fronte. Col partito, non c'è un problema vero e proprio: scriviamo nome e indirizzo in un registro, e quelli cominciano a pagarci il loro contributo. Ma le SA devono essere vestite in uniforme, istruite e organizzate. Röhm sa tutto in proposito, quindi Röhm è la soluzione più sbrigativa di un problema urgente.»

«Röhm viene qui domani?»

«Prego Dio di no. Domani devo parlare a quattr'occhi col Führer. Mi chiedevo...»

«Un letto per stanotte? Ma certo, Fritz. Ti faccio portare il tuo bagaglio su, nella camera d'angolo, quella col balcone: so che è quella che preferisci.»

«Grazie, Inge. Non ci sta troppo bagaglio su una moto: solo lo zaino che ho lasciato in anticamera.» Esser finì la terza tazza di caffè, e si frugò nelle tasche del frusto giubbotto — chiuso sul davanti da una cerniera lampo — per prendere sigarette e fiammiferi. Pauli — sempre premuroso anfitrione — gli offrì i sigari da un vaso umidificatore, ma Fritz preferiva le puzzolenti sigarette a buon mercato che fumava sempre.

«Quando gli verremo presentati?» chiese Inge.

«Domani, per il tè. Lui si è preso in casa la sorellastra come massaia. Lei faceva la cuoca pasticciera, e fa le torte alla crema più squisite che io abbia mai viste; il Capo è goloso di torte alla crema.»

«Sì, sapevamo che la sorella vedova vive qui. Si chiama Angela, no? Non c'è anche un fratello?»

Fritz si alzò dallo sgabello del caminetto, dove si era piazzato per scaldarsi, e uscì in una mezza risata, che era quasi cinica. «Il fratello del Führer, Alois, è argomento alquanto delicato, Inge. È stato un assiduo cliente delle patrie galere — per piccoli furti e poi per bigamia — e, in base alle ultime notizie, ha tagliato la corda per andare a vivere in Inghilterra.»

«Il fratello del Führer vive in Inghilterra? Straordinario!»

Fritz guardò Inge dritto negli occhi. «Be', sì, ma non è una cosa cui sia stata data ampia pubblicità, e ti sarò grato se la terrai per te.»

Lei gli sfiorò un braccio, per rassicurarlo. «Naturalmente, Fritz.»

«Sono stato molto vicino al Capo in questi ultimi anni, Inge. Gli sono stato leale, ed egli è uomo che apprezza la lealtà. Il Capo ha tante brave persone attorno a sé: adesso più che mai, è logico. Ma quando ha un problema, il Führer, e lo dico con orgoglio, spesso si rivolge a Fritz Esser. E Fritz non lo lascia mai a terra.»

«E Fritz Esser a chi ricorre?» completò Inge. «Lui ricorre a Pauli Winter.»

«Esattamente» ammise Esser.

Pauli sorrise, tutto soddisfatto. Pur sapendo che era un'idea fanciullesca, egli si lasciava andare a fantasticare quanto sarebbe stato perfetto se tutti quanti loro avessero coabitato in una casa come quella. Stare con Inge, Fritz, e Peter e Lottie in continuazione era il concetto che Pauli aveva del paradiso.

Più tardi, quella stessa sera, le due cognate stavano riordinando il salotto. Non c'erano domestici fissi, e le due ragazze locali che cucinavano e facevano le pulizie di casa non sarebbero arrivate che alle sette e mezzo della mattina dopo. L'indomani era domenica, sarebbero venute dopo la Messa.

«Non vorrai andarci sul serio, Inge?»

Inge stava sprimacciando i cuscini del divano. Smise l'operazione per chiedere: «A conoscere il Führer?».

«Quell'uomo è un mostro.»

«Come lo è Brecht. Anche Peter ha detto così.»

«La cosa è differente. Brecht non inveisce contro gli ebrei e non minaccia gli oppositori!»

«Ma lo fa, Lottie. Brecht odia visceralmente tutto quello che io amo. Disprezza i soldati che hanno fatto la guerra per noi. Dice cose orribili degli ufficiali, e Pauli e Peter erano entrambi ufficiali. Odia la patria. Odia la Chiesa. Odia noi!»

«Non sarei dovuta venire!» disse Lottie. Era stato uno sbaglio. Inge era una delle più intelligenti donne tedesche mai conosciute, ma...

«Non essere sciocca, Lottie, mia cara.»

«Non sono affatto sciocca!» ribatté Lottie, con una nuova rabbia soffocata nella voce.

Inge la guardò, non sapendo come prenderla. Mai prima di quel momento aveva visto la cognata tanto vicina a scoppiare in lacrime. Mai aveva immaginato potessero esservi in lei emozioni così vibranti.

«Hai letto i discorsi che Hitler ha fatto di recente a Offenburg e all'università di Erlangen?» proseguì Lottie. «Ognuno lotta per l'espansione, ha detto, e ogni popolo mira a dominare il mondo. Dominare il mondo? È un pazzo, credi a me!»

«Non devi prendere tutto quanto così sul serio, Lottie» insisté Inge, scoprendo con sollievo che, a sconvolgere la cognata, era soltanto la retorica hitleriana. «Sono le cose che i tedeschi amano sentirsi dire. Sono tedesca anch'io, e lo capisco. Ti prego, non essere preoccupata!»

«Forse è meglio che torniamo a Berlino.»

«No, per favore!» esclamò Inge. «È così bello vedere Peter e Pauli assieme. E poi è Natale.»

«Che Natale è per me?» rispose sconsolata Lottie. «Sono ebrea, io. O l'hai dimenticato?»

## «*Quest'odio ossessivo per il Führer*»

La suocera di Inge, Veronica Winter, aveva conosciuto Adolf Hitler quasi due anni prima. Sempre nella casa di lui all'Obersalzberg e in circostanze similari. Veronica ne aveva riportato un'impressione del tutto negativa. Un uomo che sorrideva troppo ed era troppo complimentoso e che si comportava come gli uomini che lei aveva conosciuto a Vienna, pronti al baciamano e a veleggiare attorno alle frange del mondo dell'arte e a essere bene accetti da parte di vecchie signore danarose.

Ma Inge e Pauli furono presentati a un Hitler di gran lunga più sicuro di sé. Anche se il successo elettorale non lo aveva portato al potere, gli aveva dato la promessa del potere. Non c'erano più tanti baciamani, adesso. Davanti a loro, c'era un uomo di mezza età, dotato di un'energia e di una determinatezza inequivocabili. Per nulla impacciato provinciale, egli esibiva un tratto cittadino, uno spirito naturalmente pronto: lo si sarebbe potuto prendere per un caposquadra semispecializzato di una delle fabbriche metallurgiche di Harald Winter. I suoi capelli, dalla scriminatura centrale, erano neri, d'un nero quasi innaturale, gli occhi erano vivi e attenti; solo il colorito appariva grigiastro e malsano. Indossava un doppio petto scuro, col distintivo del partito nazista all'occhiello dell'ampio risvolto della giacca. Compiva di continuo piccoli movimenti ansiosi: la mano sul fianco, poi in tasca, poi sollevata a pugno, l'indice teso a indicare, mani strette assieme.

A differenza dei violenti e incendiari discorsi tenuti nel periodo elettorale, e quelli più recenti a Offenburg ed Erlagen, Hitler adesso aveva assunto il tono di un rispettabile uomo di Stato.

Per un pubblico di lavoratori e di studenti, Hitler si concentrava su ciò che quelle categorie sociali volevano sentire. Prometteva che ognuno doveva essere obbligato a lavorare, e che qualsiasi reddito proveniente dagli investimenti sarebbe stato abolito. I lavoratori non sarebbero stati mai più soggetti alla "schiavitù" degli interessi passivi. Tutte le grandi società anonime sarebbero state nazionalizzate, e i grandi magazzini affidati a singoli operatori. La terra sarebbe stata ridistribuita ai contadini.

Ma quel giorno, a beneficio dei suoi ricchi vicini, egli parlò dell'ingiustizia del Trattato di Versailles, della collaborazione tra lavoratori e padronato che avrebbe reso più prospera la Germania. Parlò del suo amore per la montagna, della sua gioventù in povertà, della sua ambizione di vedere Germania e Austria unite.

Udendo che Pauli Winter era nato a Vienna, il leader nazista si lanciò in un lungo, sconnesso resoconto dei giorni difficili che aveva trascorso in quella città. Solo una luce aveva illuminato la tenebra di quel periodo: la carriera ispiratrice di Karl Lueger, un uomo che Hitler ammirava incondizionatamente. Dopo che ebbe completato quel discorso elogiativo, aiutanti in uniforme gli avevano aperto un varco tra la ressa degli ospiti, ed egli si era allontanato, senza attendere reazioni di sorta.

Inge si sentiva elettrizzata ed estasiata. Era tornata una giovane ragazza, col volto animato di rapito entusiasmo. Febbrilmente, si portava una mano alla guancia, per poi farla risalire ai corti capelli, trattenendovela quasi tentasse di svegliarsi da un sogno.

Era tanta la gente nella piccola casa dalle tendine di chinz, piena di oggetti di legno fatti col traforo, di fiori secchi e stoffe di percalle. Troppe persone nelle stanze soffocate, anche dopo che sedie e tavoli erano stati rimossi per guadagnare spazio. In un angolo, c'era un pianoforte – regalo dei vicini, la famiglia Bechstein – che Hitler a volte suonava. Oltre ai collaboratori diretti, agli amici di sempre, alle guardie del corpo, ai segretari, ai leccapiedi, c'era la ressa degli ospiti a invito. Sei dei quali erano i deputati di fresca nomina, e tra essi Fritz Esser. Inge era curiosa, tra l'altro, di poter dare un'occhiata alla sorellastra di Hitler, Frau Angela Raubal. Una vispa matrona che, a giudizio di Inge, non aveva abbandonato l'idea di risposarsi. Era presente anche la figlia Geli, e, se Inge avesse avuto il dono di leggere nel futuro, avrebbe dedicato maggiore attenzione a quella paffuta bionda ventiduenne che andava in giro portando torte alla crema. Prima che fosse trascorso un anno, Geli Raubal sarebbe stata trovata uccisa da un colpo d'arma da fuoco nell'appartamento di Hitler a Monaco, con al fianco la pistola personale di Hitler – una Walther da 6,35 millimetri – così da costituire il centro delle voci circa le attività amorose di "Zio Alf".

Per Pauli, comunque, la sorellastra e la nipote di Hitler, tutti gli altri residenti locali, i nazisti d'alto rango, risultavano di ben scarso interesse in confronto della presenza, tra gli ospiti del Führer, di Heinrich Brand. Pauli ne era rimasto inorridito. Aveva saputo, da quanto gli aveva detto Esser e dai resoconti della stampa nazista, della notevole carriera di Brand quale ufficiale delle camicie brune. E Alex Horner non aveva mancato di dirgli dell'incontro durante l'esercitazione militare. Ma trovarsi di nuovo, faccia a faccia, con Brand, era tutt'altra cosa.

Adesso, era un ufficiale superiore delle SA, un Obersturmbannführer — un tenente colonnello — tutto in tiro, pantaloni alla cavallerizza, di taglio impeccabile, camicia bruna, fatta su misura, con appuntata al taschino la Croce di ferro di prima classe, esattamente come quella del Führer! Fosse stato preparato all'incontro, Pauli avrebbe sopportato meglio l'impatto, ma la vista improvvisa e imprevista del vecchio aguzzino gli aveva dato i crampi allo stomaco.

Pauli e Brand si strinsero la mano. Solo il guizzo di un sorriso di Brand rivelò l'odio che egli voleva rendere evidente al subalterno di un tempo. L'Obersturmbannführer Brand, spiegò Esser, stava organizzando il quartier generale per il ritorno di Ernst Röhm, testé nominato leader delle camicie brune.

"Heini il Pazzo" aveva adesso quarantacinque anni e, come il Führer, era diventato sempre meno pazzo a ogni gradino del successo. Era invecchiato come invecchia la maggior parte degli uomini. I capelli erano grigi, come grigi erano i baffi, però gli occhi erano rimasti gli stessi, quelli che avevano angosciato tante notti da incubo di Pauli. Non tanto perché fossero collocati piuttosto vicini al sottile naso ossuto: erano occhi duri, simili al vetro, sempre in movimento, e ammiccanti come quelli di una bambola di lusso.

Pauli formulò educati commenti circa il nuovo incarico di Brand, e sottolineò il piacere di prossimi eventuali incontri a Berlino. Brand si accarezzò i baffi, e fissò Pauli, ricambiandone la cortesia con niente più di un grugnito. Pauli divenne nervoso; avvertì l'impellente desiderio di accendersi una sigaretta, ma tutti i presenti erano stati avvertiti che il Führer non permetteva si fumasse.

Fritz Esser fu subito al suo fianco, e persuase Pauli a ripetere un gioco che finiva con una lunga tirata in dialetto austriaco, che Pauli sapeva imitare alla perfezione. Era già a metà dell'esibizione prima che gli venisse in mente che anche la parlata di Hitler aveva un forte accento dialettale. Girò lo sguardo sulla stanza spiacevolmente affollata. Faceva maledettamente caldo lì dentro, col fuoco che ardeva nel caminetto e tutta quella gente. Hitler era alla finestra, circondato da sicofanti annuenti e sorridenti. Non poteva aver sentito, ma Pauli ebbe la sensazione che quello scherzo sfortunato sarebbe giunto, in un modo o nell'altro, all'orecchio del Führer. E il disprezzo di Hitler per gli avvocati era ben noto.

Quando tornarono a casa era buio. Faceva buio presto in montagna; ed era la parte spiacevole dello starci d'inverno. Inge salì a cambiarsi. Pauli si versò un bicchiere di cognac, e lo bevve troppo in fretta. Lo shock per aver rivisto Brand l'aveva scombussolato. Doveva parlarne con qualcuno, ma non con Fritz Esser, a cui non voleva rivelare l'intensità dei propri timori. Esser ammirava e rispettava Pauli, e Pauli voleva che quei sentimenti restassero immutati. Si guardò le mani: tremavano al punto che parte del cognac era traboccata dal bicchiere. Forse avrebbe dovuto interpellare uno di quei dannati psicologi, ora tanto di moda.

Ma prima ne avrebbe parlato con suo fratello. Peter lo capiva meglio di chiunque altro. Peter non avrebbe riso delle sue paure. Lo avrebbe rassicurato e consigliato, in modo intelligente e logico, non come gli ipocriti sermoni che papà era solito propinare, richiesto o no. Doveva essere stato il destino a far trovare lì Peter, in questo momento di bisogno. Pauli salì alla grande camera da letto degli ospiti, quella col balcone che consentiva la vista del leggendario Untersberg. Dopo che ebbe bussato alla porta senza ottenere risposta, abbassò la maniglia. La porta si aprì, ma Peter non era nella stanza, e nemmeno Lottie. Né v'era traccia di loro indumenti o oggetti personali. Sul tavolino, una busta. L'aprì.

Due cortesi righe, a ringraziare Inge e Pauli dell'ospitalità e scusarsi del disturbo arrecato. Non mancava un'appropriata mancia per le due domestiche. Ma, avevano scritto Peter e Lottie, erano costretti a rientrare a Berlino a causa di un urgente imprevisto.

Pauli lesse il biglietto una seconda volta, poi una terza. Sentiva l'acqua che scorreva nel bagno di Inge: inutile andare da lei. La amava, e tanto, ma Inge non avrebbe capito. Era di Peter che lui aveva bisogno. Sentì il desiderio di mettersi a urlare, o per lo meno scoppiare in singhiozzi. Ma per Pauli i giorni delle lacrime erano finiti da quando frequentava la scuola cadetti di Lichterfelde, le sere in cui, bocconi sulla branda, piangeva calde lacrime, che poi il sonno asciugava.

Scese in salotto, si fece un altro cognac. Ci voleva sempre parecchio tempo perché Inge facesse il bagno, si cambiasse e si mettesse a posto i capelli. A lei piaceva fare le cose con calma. Quando Inge tornò da basso, il fuoco nel caminetto era quasi spento, e Pauli si era addormentato sul divano. Lo scosse, ma la caraffa del cognac era vuota, e Pauli ubriaco fradicio.

«Hai fame, Pauli? C'è del pollo, e prosciutto.» Gli toccò un braccio. «Non ti sei cambiato... Pauli!» Accese la lampada da tavolo. «Pauli!»

«Peter è andato a casa» biascicò lui.

«Sì, lo so.»

«Io voglio bene a Peter» aggiunse Pauli con la lingua impastata.

«Sì, vuoi bene a tuo padre e vuoi bene a Peter. Ma non capisci che è proprio in questo modo che ammetti quanto dipendi da loro?»

«Io dipendo da loro.»

«E allora, smetti di farlo! Ragiona, Pauli! Sii uomo. Comincia a vivere la tua vita e a pensare col tuo cervello. Mi ripugna vedere come ti fai condizionare da Peter. Sei in gamba quanto lui. Anzi meglio di lui.»

«Perché è andato via?»

«Non gli andava giù la nostra visita al Führer» chiarì Inge. «L'ho sentito che telefonava per far venire un'auto a noleggio. È stata Lottie, naturalmente. È lei che ha quest'odio ossessivo per il Führer.»

«Avresti dovuto dirmelo» protestò Pauli. «Non ci sarei andato se avessi saputo che per loro era tanto importante.»

«Sì, sì, sì» replicò Inge. «Avresti rifiutato l'invito, e poi che ci sarebbe successo?» Si inginocchiò sul tappeto, di fianco a lui, che strinse a sé e baciò. Amava quel suo confuso e sciocco Pauli, il quale non le mandava mai dei fiori, non si ricordava di quando lei compiva gli anni, che dava per scontato l'amore che gli dava, così come quello che riceveva. Gli voleva bene perché lui aveva bisogno di Inge, che lo accudisse come una mamma. La Germania contava milioni di disoccupati, molti dei quali avvocati. Perché Pauli non si rendeva conto di quanto fosse fortunato di avere un lavoro ben pagato e un'ottima entratura con i nazisti? Per Lottie andava bene spifferare le proprie opinioni su quello che sarebbe stato giusto fare, ma il marito di Lottie, Peter, aveva alle spalle la sicurezza dell'azienda Winter. Non poche volte c'era da odiare il modo con cui Pauli era stato trattato dalla famiglia. «Pauli, tesoro, ti amo. Ti amo.»

# 1932

## *«Che cosa sono queste altre urla per la strada?»*

A Berlino-Schöneberg, la sera di domenica 10 aprile 1932 era proibitiva. Per tutta la giornata il cielo era stato imbronciato, aveva fatto buio presto, e la pioggia incessante aveva persuaso molta gente a non andare a votare per la seconda tornata delle elezioni presidenziali. L'intera città era tappezzata di manifesti elettorali. Sotto la luce dei lampioni, innumerevoli Hitler e sfilate di svastiche brillavano, lustri di pioggia. Ben poche persone erano in giro, tranne piccole squadre di uomini delle SA in uniforme, i cui stivaloni chiodati echeggiavano sul lastricato, con lo sporadico accompagnamento di voci stridule che intonavano vecchie canzoni: gli uomini delle SA erano a caccia di ebrei da bastonare o di comunisti con cui ingaggiar battaglia.

Nell'elegante Haberlandstrasse, a pochi isolati dall'appartamento ove Albert Einstein — il più famoso scienziato del mondo — aveva abitato, i Volkmann si stavano preparando, in attesa che arrivassero gli amici che avevano invitato a cena. L'anfitrione, il Dr. Isaac Volkmann, era un trentaseienne, prematuramente calvo, che sarebbe stato veramente un bell'uomo, se non avesse avuto il naso rotto in conseguenza di un match di pugilato dei tempi di scuola. Forse per quello, col suo naso rincagnato e una cicatrice sulla guancia, aveva l'aria di un pugile leggermente sovrappeso, che certe persone, inclusa sua moglie, trovavano seducente. Ma Volkmann non era un pugile professionista, bensì un dentista alla moda, la cui clientela comprendeva molte delle più famose stelle, femminili e maschili, del cinema e del teatro berlinesi. Le sue particolari abilità odontoiatriche includevano l'applicazione di corone leggiadramente fatte e la generale capacità, grazie a ogni sorta di magici rappezzi, di trasformare una bocca di denti storti, gialli e trascurati, in una splendida chiostra candida e uniforme.

Frau Volkmann — un donnino dalle sopracciglia accuratamente depilate e una bocca sensuale troppo spesso imbronciata

— aveva dodici anni meno del marito, e trovava tuttora il ruolo di padrona di casa alquanto stressante. Per tale motivo, i Volkmann solevano spesso portare i loro ospiti al ristorante. Ultimamente avevano dato la preferenza al Traube, da poco rimesso a nuovo, in Leipziger Strasse, con i suoi giardini tropicali e i tavoli disposti in cerchio attorno a una fontana con i gigli. Oppure l'attiguo Café Berlin, dove l'orchestra era diretta da Emil Schugalté, il quale, prima della rivoluzione, era stato uno dei più brillanti allievi di violino del conservatorio di Pietroburgo.

Quella sera, però i Volkmann ricevevano in casa, nel loro appartamento, dove la superba raccolta di stampe e dipinti di Isaac riempiva le pareti: Feininger, Nolde, Grosz, e ogni sorta di bizzarro esempio di dadaismo. La magnifica collezione, si sussurrava, era la ragione per cui molti degli artisti berlinesi avevano dentature notevolmente belle.

Ma Isaac Volkmann non aveva invitato i suoi amici perché ammirassero la sua galleria d'arte. Si stava impegnando in un machiavellico esercizio di "ingegneria" sociale: tentare di ristabilire l'antico affettuoso rapporto tra i fratelli Winter. I quali, dopo la visita di Peter all'Obersalzberg nel Natale del 1930, non si erano più seduti assieme alla stessa tavola. Se il trucco fosse fallito, se i suoi due amici non avessero gradito il forzato incontro — né l'uno né l'altro ne erano al corrente — e se ne fosse nato un altro litigio, meglio allora che questo avesse luogo in casa Volkmann anziché in un ristorante, sotto gli occhi di tutti.

La spiegazione non aveva certo dissipato i timori della signora Lily Volkmann. Dal momento che ella era già angosciata per la cottura dei cibi, per la disposizione dei posti a tavola, e per il fatto che, alle sei del pomeriggio, il pesce della seconda portata non era ancora arrivato, l'ultima cosa che ella desiderava fronteggiare era l'eventualità di una scenata tra gli invitati.

«Oh, Lily, dimenticavo di dirti che ho invitato anche quel mio giovane cliente inglese.»

«Mio Dio, Izzy! Come hai potuto!» Rabbiosamente, Lily pestò un piede sul pavimento.

«È un giovanotto simpatico. Ho pensato che a Lottie potrebbe far piacere fare due chiacchiere in inglese, una volta tanto.»

«La tavola è già apparecchiata da ore!»

«È solo un altro piatto, Lily, tesoruccio.»

«È un uomo, e spaiato. Peggio che aver invitato altre due persone. Non saprei come sistemarlo, Izzy!»

«Via, mia cara! Basta togliere quei fiori.»

«Izzy, ci ho impiegato tutta la mattinata a disporre quei fiori.»

«Staranno benissimo anche su questo tavolino.»

«Mi sono organizzata solo per sei persone. Il cibo non basterà.»

«Basta e ne avanza. Ne ordini sempre il doppio che sarebbe necessario per la gente che abbiamo a tavola. Certe volte, penso che devi aver sofferto un'infanzia di stenti.»

«Izzy, come hai potuto farmi una cosa del genere? Mi odii a tal punto?»

«Amor mio, non dire certe enormità!»

«Avresti potuto preavvisarmi, e io non avrei detto certe enormità!»

«È venuto in studio una settimana fa. Soffriva da maledetto. Una fessura impercettibile in un canino superiore. Ho capito subito che era il canale della radice.»

«Izzy, non ho tempo per le tue lezioni sulla moderna odontoiatria.»

«È inglese. Ventitré anni. Figlio di povera gente...»

«Come fai a saperlo? Glielo hai chiesto?»

«Ha i denti conciati male. Genitori poveri, non c'è dubbio. Lavora alla Dornier. Un ragazzo in gamba, intelligentissimo e spiritoso. È venuto oggi per un controllo finale. Un cliente aveva annullato l'appuntamento, così ho potuto fare quattro chiacchiere col giovanotto. E l'ho invitato, così, d'impulso. Sii carina con lui, Lily.»

«E non sono sempre carina? Troppo gentile, ecco il mio guaio. E come mi ritrovo? Sposata con un bruto che vuol farmi diventare i capelli grigi prima del tempo. Perché non telefonarmi che c'era un uomo extra? Avrei potuto invitare Lisl Hennig. Suo marito è a Breslavia per dare un concerto, e non torna che a fine settimana.»

«Ah, la porta. Qualcuno che arriva in anticipo.»

«Izzy, non è divertente farmi diventare più nervosa di quanto già non sia. È il pesce.»

«Lo so» disse Isaac. «Hai ancora delle ore a disposizione.»

«Non ho nemmeno deciso cosa mettere.»

«Sei adorabile come sei vestita adesso, tesoro.» Le circondò la vita con un braccio.

«Izzy! Smettila. Può entrare una delle domestiche.»

L' "esperimento" del Dr. Isaac Volkmann parve funzionare a dovere. Volkmann non era uomo da arrischiare cose del genere senza esser fiducioso del loro esito. Più o meno coetaneo di Pauli, era stato suo commilitone nello stesso battaglione d'assalto durante le settimane conclusive della guerra. Si erano rivisti dopo la guerra, e Pauli era stato uno dei suoi primissimi clienti; Peter Winter era venuto subito dopo. I contatti di Peter col mondo del teatro avevano portato nello studio di Isaac alcuni dei primi pazienti famosi. E Isaac Volkmann si sentiva in obbligo verso i due fratelli, e l'iniziativa che si era assunta quella sera per una loro riconciliazione dava la misura dei suoi sentimenti nei riguardi di entrambi.

I due fratelli, e le loro rispettive mogli, Lottie e Inge, erano lì a tavola, a parlare e ridere assieme, come non vi fosse mai stata alcuna divergenza di opinioni in merito alla visita nella residenza privata di Adolf Hitler. Lottie, trent'anni appena compiuti, aveva eliminato la frangetta che da tanto tempo la caratterizzava, e aveva lasciato che i capelli neri, scintillanti e ondulati, crescessero fino a coprirle le orecchie. Indossava per l'occasione un abito di seta georgette color giallo mostarda, con applicazioni metalliche dorate, un colore audace che solo l'esuberante Lottie poteva portare con stile. E, mai da meno, Inge, che aveva conservato la capigliatura corta alla maschietta sin da quando era venuta di moda, indossava un classico abito nero, senza maniche, impreziosito da un doppio giro di perle autentiche. Peter s'era fatto più snello, e l'aspetto ascetico gli donava non poco. I suoi lineamenti erano diventati più incisivi, con gli anni, un viso affilato, decisamente tedesco. Risultava – Inge non aveva mancato di notarlo – più bello che mai. I due fratelli erano in abito da sera, come il loro anfitrione, ma l'inglese era arrivato, profondendosi in scuse, con un vestito da pomeriggio, l'indumento più formale che possedesse.

In concomitanza con gli asparagi, la conversazione si aggirò essenzialmente sul nuovo film su Federico il Grande. Otto Gebühr, che aveva interpretato Federico il Grande nel film UFA *Alle soglie dell'Impero*, avrebbe ricoperto lo stesso ruolo nel più serio film *Il corale di Leuthen*. Come diceva Peter Winter, poteva anche non essere l'esatto sosia di quel monarca del XVIII secolo, però era esattamente quello che ogni tedesco voleva credere che Federico fosse stato. Pauli, provocatore come sempre, sosteneva che Richard Tauber, il cantante del Teatro Metropolitano, sarebbe stato molto migliore nel ruolo di Federico il Grande. Fu Lottie, naturalmente, a rilevare con sarcasmo che, secondo lei, c'era qualcuno che avrebbe potuto ricoprire la parte di Federico il Grande meglio di entrambi gli attori in questione. Il commento fu accolto da moderata ilarità. Non c'era bisogno che Lottie precisasse a chi stesse alludendo. Quello era il giorno delle elezioni, e anche quando il nome di Hitler non veniva pronunciato, egli era presente nei pensieri di tutti.

«Non vincerà» asserì Pauli. «È ovvio persino al Führer stesso. Ma egli dimostrerà al mondo che moltissimi tedeschi vogliono lui come leader.» Passò a Lottie il burro fuso, senza prenderne per sé. Stava ingrassando, e quella sera aveva avuto problemi nell'entrare nei calzoni del suo abito da sera.

«Su cosa scommetti?» domandò Peter. «Un terzo dei voti?» Peter poteva servirsi del burro fuso, e di tutte le altre cose buone della vita, e rimanere sempre snello. Perché certe persone devono ingrassare con tanta facilità? Peter era magro, aveva i capelli lunghi e sembrava un "artista": morbido cravattino a farfalla e fazzoletto color zafferano nel taschino della giacca. Un fazzolettino esattamente in tinta con l'abito della moglie. Era davvero troppo. Peter cercava di sembrare un esponente della turba dei teatranti con la quale passava gran parte del suo tempo. Suo nonno americano era come lui: gli piaceva essere scambiato per un pittore.

«Sì, e fino al cinquanta per cento per Hindenburg. Il resto ai comunisti» disse Pauli con voce piatta e indifferente.

«Mi fa venire i brividi» disse Volkmann. «L'idea dei tuoi nazisti che conquistino il potere.»

«Tu non hai niente da temere, Isaac» obiettò Pauli.

«Vuoi scherzare, Pauli?» esclamò il dentista. «Fuori dai negozi, vedo le tue camicie brune che portano cartelli con la scritta "Non comprate dagli ebrei". Quanto ci vorrà prima che sulla porta dello studio mi si piazzi una camicia bruna che imponga "Non fatevi rifare i denti da un ebreo"?»

«Sono soltanto cartelli» disse Pauli. Però era imbarazzato.

«Non sono soltanto cartelli, Pauli. La settimana scorsa, mentre passavo davanti a Wertheims, ho visto un paio di clienti presi a pugni da giovani bulli delle camicie brune, solo perché i due insistevano nel voler entrare.» La faccia di Volkmann s'era fatta paonazza: gli accadeva sempre quando si scaldava.

«Allora, sarebbero dovuti andare alla polizia» insisté Pauli. «Non pretendiamo certo di essere al di sopra della legge.»

«Quando aprirai gli occhi, Pauli?» Isaac aveva smesso di mangiare, coltello e forchetta a mezz'aria, gli occhi spalancati a fissare il suo vecchio compagno d'armi. Al quale voleva far capire la fondatezza delle proprie paure. «C'erano lì due poliziotti a osservare quella che stava accadendo. Non hanno fatto una piega. I tedeschi non possono più fare affidamento sulla loro polizia. È tragico!»

Nessuno aprì bocca. Volkmann, tornato più calmo, masticò una punta d'asparago. «Lei che ne pensa di tutto questo, Mr. Samson?» chiese, rivolto all'ospite inglese. Brian Samson era un bel giovanotto, con ondulati capelli castano chiari e quel tipo di baffetti radi e sghembi cui a volte la gioventù maschile indulge. E sarebbe stato anche più attraente non fosse stato per quel colorito rubicondo che tanto spesso affligge gli inglesi. Aveva un vestito grigio di lana pettinata, di stile inglese. Un vestito di ottimo tessuto, giudicò Volkmann, che, però, avrebbe voluto poter dire al giovanotto che un colletto di celluloide — sia pure nuovo e d'un bianco immacolato — rovinava l'aspetto generale. Comunque, Volkmann conosceva il mondo abbastanza da sapere che la cravatta celeste a tinta unita di Samson spiegava molte cose sul suo proprietario. Isaac aveva conosciuto un sufficiente numero di inglesi importanti per sapere come gli uomini che in Inghilterra prendevano le decisioni indossavano cravatte a strisce o fantasia: "vecchie cravatte di scuola", le chiamavano. E le mani di Samson erano mani di lavoratore: ruvide e callose, col nero e il grasso che sembravano essere penetrati sotto la pelle, tanto che nessun uso diligente di sapone e spazzolino poteva farle sembrare le mani di un gentleman.

«Non saprei cosa pensare, Herr Doktor...»

«Isaac. Isaac, per te, come mi chiamano i miei amici.»

«Io sono un tecnico meccanico. Progettare, calcolare il costo e collaudare prototipi è più o meno il massimo che il mio cervello può affrontare. A me piacciono le cose che posso misurare su un micrometro e calcolare con il regolo. Non ho mai avuto il tempo, e tanto meno la disposizione, per interessarmi di politica.»

Seguì un attimo di confusione quando tre o quattro dei commensali presero a replicare tutti assieme, per poi fermarsi, tra l'ilarità generale.

«Vedi, tutti abbiamo una soluzione» riprese Isaac, rivolgendosi a Samson «solo che tutti ne abbiamo una diversa. Questo è il guaio della Germania d'oggi.»

«Non sono mai stato molto religioso» disse Samson. «Mia madre era cattolica romana, e mio padre protestante della Chiesa inglese, quindi arrivarono a un compromesso nell'allevarmi come agnostico...» Scoppiò in una breve risata, come se, forse, si rammaricasse di quanto avevano fatto i suoi genitori. «Di conseguenza, non riesco a concepire la persecuzione religiosa di Hitler contro gli ebrei. Non vedo cosa i nazisti possano sperare di guadagnarci.»

«Non è persecuzione *religiosa*,» puntualizzò Lottie «è razziale.»

«Vuole spiegarmene la differenza?» pregò Samson.

«Per secoli, in Europa, ci sono state persecuzioni contro gli ebrei» disse Lottie. «Ma nei tempi antichi, se un ebreo si convertiva alla fede cristiana, la persecuzione cessava. Hitler non offre questa possibilità. Hitler odia gli ebrei perché sono di razza ebraica, non per qualche sottile distinzione nelle loro fedi in Dio.» Lottie si fermò, ma era evidente che aveva molte altre cose da dire. Sbirciò Peter. Aveva sempre il timore di causargli imbarazzo. Era difficile capire quand'egli fosse inquieto, e Lottie aveva ancora il rimorso di averlo fatto venir via così precipitosamente dalla casa all'Obersalzberg, quel famoso Natale. Peter le sorrise. Aveva capito che sua moglie si serviva della presenza dell'ospite inglese per dar sfogo alle proprie paure e alla rabbia, ma era meglio le esternasse lì anziché altrove.

«Adesso non può non continuare così» la sollecitò Samson. «Approfondisca il concetto, la prego.» Samson era un osservatore allenato e attento, quindi aveva notato come Lottie non abbandonasse mai Peter con lo sguardo. Non c'era nulla di ovvio in questo, ma Samson era sicuro di non aver mai visto una donna tanto innamorata, il che gli dava un'irrazionale fitta di gelosia verso quel fortunato Peter Winter. Si chiese se l'interessato si rendesse conto, della fortuna che aveva.

Lottie riprese: «Il nazismo di Hitler, come il fascismo di Mussolini, è una società in guerra. Ai suoi membri viene richiesto di fare sacrifici, di obbedire agli ordini e di adattarsi a ogni genere di ingiustizie e di privazioni perché la società è in guerra». Abbracciò la tavolata con un rapido sguardo, per vedere come gli altri assorbivano il concetto. Tutti avevano gli occhi su di lei, tranne Inge. Inge era concentrata sul proprio piatto. «Nietzsche deificava il guerriero. Diceva che il solo ruolo dell'uomo è il combattimento, e che il solo ruolo della donna è di partorire guerrieri. Per poter digerire tutto questo pattume, devi convincerti che sei in guerra, minacciato da un nemico astuto e spietato. Hitler ha fornito questo nemico. La Germania di Hitler, se mai sarà di Hitler, sarebbe in guerra permanente contro gli ebrei.»

«Spero tanto che lei si sbagli» disse Samson.

Pauli si mise a ridere. Non poteva prendere sul serio quella sorta di analisi imbarazzante. Disse: «Mi auguro che non vogliate, tutti quanti, leggere tra le righe quello che non c'è. Voi non state certo a credere parola per parola al programma del partito comunista. Così come non prendete sul serio ogni promessa e ogni minaccia dei discorsi dei socialdemocratici. È solo Hitler che considerate un orco cattivo. Ma Hitler è furbo, come politico, non meno degli altri. Sa come trattare le masse, e dir loro quello che loro vogliono sentirsi dire. Una volta al potere, farà ciò che fanno tutti i politici dopo che hanno concretato le loro ambizioni: lascerà cadere tutte queste minacce prive di senso. Sarà un buon Cancelliere, l'unico uomo abbastanza forte da rappresentare la Germania di fronte al resto del mondo».

«Non capisco perché ci debba essere qualcuno che rappresenti e difenda la Germania. Il mondo sta trattando la Germania generosamente, se è per questo» ribatté Lottie.

«Vieni giù dalle montagne, Lottie» intervenne Isaac Volkmann, ridacchiando. «Guarda il Trattato di Versailles, e ti accorgerai quanto "generosamente" il mondo ci sta trattando.» Guardò gli altri per trovare conferma. Perfino Samson annuì.

«E tu hai dimenticato i termini che la Germania inflisse alla Francia dopo aver vinto la guerra franco-prussiana» rimbeccò Lottie.

«Sì, anche peggiori, però erano altri tempi, ben lontani dai nostri» precisò Lily Volkmann, i cui ricordi scolastici erano più freschi di quelli di quasi tutti i presenti.

Lottie sorrise. Era proprio quello che aspettava le dicessero. «Allora, guardiamo le condizioni che la Germania ha imposto ai russi quando questi smisero di combattere, nel 1917. Che mi dite delle enormi aree della Russia che l'esercito tedesco occupò? In confronto di quel trattato, i termini voluti dagli alleati furono misericordiosi.»

«Tutto questo fa parte della storia, ormai» commentò il Dr. Volkmann, minimizzando. «Non è rilevante.»

«Lo è, e come!» lo contraddisse con enfasi Lottie. «Sono le scuole tedesche la radice di tutti i problemi. Agli scolari è stato sempre insegnato che i tedeschi sono di una razza superiore, destinata a dominare l'Europa. Non appena finita la guerra, il governo di Weimar incoraggiò le scuole a dire che erano state l'Inghilterra, la Francia e la Russia a costringere la Germania a fare la guerra. Il Kaiser Guglielmo II è dipinto nelle aule come un apostolo della pace nel mondo. Da fanfaluche come queste all'antisemitismo, il passo è breve.»

«Esageri, Lottie» disse con dolcezza Inge.

«Sai bene che non esagero!» E Lottie le sorrise con amarezza.

Frau Volkmann premette un cicalino nascosto perché le domestiche venissero a sostituire i piatti con la portata successiva.

Per diradare la tensione subentrata a causa di quelle argomentazioni di politica, Isaac Volkmann pensò bene di porre all'ospite inglese qualche domanda illuminante. Brian Samson parlò della propria infanzia trascorsa, quale figlio unico di una coppia di servitori, in una tenuta baronale nelle Midlands inglesi. Quando il padrone di suo padre aveva acquistato una Rolls-Royce, Samson senior era stato mandato alla fabbrica automobilistica di Derby per seguire un corso di guida e manutenzione. A quei tempi, tali corsi di addestramento per il domestico di chi aveva comprato l'automobile erano inclusi nel prezzo della macchina. Samson adolescente era rimasto estasiato dalla fortuna del padre, e aveva incominciato a interessarsi allo stupendo veicolo a motore, tanto che, lasciando la scuola a quattordici anni, egli era già abbastanza esperto da essere assunto nell'officina-garage del posto. Da allora, aveva studiato alle serali, superando l'esame intermedio di meccanica motoristica. Ma l'occasione di ottenere un posto nel reparto progettazioni della fabbrica di motori diesel che la Dornier aveva sul Bodensee lo aveva convinto a rimandare di un paio d'anni gli esami finali. Adesso parlava un ottimo tedesco (e se la cavava bene anche in francese, grazie ai suoi viaggi in Francia) e si stava chiedendo se fosse proprio il caso di tornare in Inghilterra.

«Se è stanco delle sue attuali mansioni, Samson, venga a trovarmi» suggerì Peter Winter. «Abbiamo bisogno di specializzati nello stabilimento che la ditta di mio padre sta costruendo a Brema. Potremmo garantirle buone prospettive.»

«Per che tipo di produzione, Herr Winter?»

Peter continuò a togliere la lisca dalla sua sogliola alla griglia. Poi, rassicurato dalla precedente affermazione di Samson di non interessarsi di politica: «Motori per aviazione. Di altissima potenza, raffreddati ad acqua, cilindri in linea... a iniezione, ma a benzina, non diesel».

Samson dimostrò immediato interesse. «Per aerei da caccia dell'aeronautica militare?»

Senza alzare gli occhi dal piatto, Peter rispose: «Non esiste aeronautica militare; il Trattato di Versailles lo proibisce. I nostri motori sono destinati all'esportazione in Svezia e in altri Paesi».

«Non ho obiezioni a contribuire alla produzione tedesca di motori per aviazione destinati all'esportazione o a qualsiasi altro scopo, Herr Winter. I motori che lei mi descrive sono esattamente del tipo di quelli in cui sono specializzato. Le sarò grato di qualsiasi appoggio lei possa assicurarmi per una mia collaborazione.»

Peter Winter gli allungò un suo biglietto da visita. «Venga a trovarmi. Mi telefoni la settimana prossima, e il mio segretario le fisserà un appuntamento. Faremo colazione assieme, se lei è libero.»

«Perfetto, la ringrazio» disse Samson. Non si faceva illusioni né sulla colazione, né sul lavoro che gli veniva prospettato. Le aziende Winter erano entrate solo di recente nella progettazione di motori d'aviazione. Un ex dipendente della Dornier avrebbe fornito loro ogni sorta di informazioni, incluse quelle sull'attività di una concorrente. Peter Winter avrebbe cercato di farlo cantare durante quella colazione di lavoro. Così andavano le cose nell'industria: era spionaggio.

«Bene» concluse Peter.

Fino a quel momento, non c'era stato nulla che indicasse che era un giorno di elezioni. Ma adesso, dalla strada sottostante, venivano rumori di passi di marcia cadenzata, e poi delle urla. La Bayerischer Platz, girato l'angolo, era il luogo preferito di raduno per le parate e i comizi nazisti.

«È possibile che si conoscano già i risultati?» domandò Lily Volkmann, rivolgendosi al marito, che sembrava sempre saper tutto.

«No, troppo presto» rispose il Dr. Volkmann.

Altri urli. Nessuno si alzò dal tavolo. Disse Peter Winter: «Domani mi iscrivo al partito socialdemocratico».

«Abbiamo avuto i socialdemocratici sin da quando è finita la guerra,» sottolineò Pauli «e che ci abbiamo guadagnato se non milioni di disoccupati, e vie dove è pericoloso camminare?»

«Che cosa sono queste urla per la strada?» chiese ansiosamente Lily Volkmann.

«Erano più che altro implorazioni» disse Brian Samson.

Il Dr. Volkmann versò altro vino a tutti. Nessuno parlò, nessuno si alzò per andare a vedere dalla finestra.

## *«Ne conosco il nome?»*

Per Pauli la cena dai Volkmann assieme a suo fratello fu senz'altro un ritorno ai bei tempi. E l'indomani Peter gli telefonò invitandolo a colazione nel lussuoso ristorante-liquoreria che Lutter e Wegener (i cui ristoranti al Gendarmenmarkt erano stati famosi sin dal XVIII secolo) avevano da poco aperto nel distretto ovest della città.

La loro colazione fu abbastanza frugale, innaffiata da non più di una bottiglia di vino del Reno e da un po' di brandy francese, ma Pauli fu felice dell'occasione di poter parlare esaurientemente con il fratello. Gli disse dei propri problemi sul lavoro. Dalla sede del partito lo avevano trasferito in un piccolo e buio ufficio nei pressi della stazione di Tempelhof. Dalla sua casa a Pankow era un bel tratto di strada, e adesso, che non disponeva più dell'auto e dell'autista, gli ci volevano ogni giorno ore di treno. E neanche un segretario gli avevano lasciato. Tutto questo, si diceva, faceva parte di un programma di riduzione di spese, ma Pauli aveva visto l'ordine di servizio che precisava in modo specifico il nome di Paul Winter quale componente della dirigenza cui non era necessario un segretario, né un assistente. C'erano stati molti mugugni. Molti asserivano che le economie erano un pallino del Dr. Joseph Goebbels, ma Pauli non ci credeva. Era farina del sacco di Brand, naturalmente, il quale stava tentando di spiazzarlo, o per lo meno sperava che Pauli si lamentasse o facesse qualche cosa di sconsiderato per rendergli pan per focaccia.

«Allora, per amor di Dio, lasciali» lo sollecitò suo fratello. «Possiamo sempre trovarti un lavoro da noi, in ditta!»

«Un altro avvocato! Già vi vengono fuori dalle orecchie. Proprio tu lo hai detto una volta.»

«Be', ne manderemo via qualcuno» ribatté Peter, che in cose del genere non si era mai fatto scrupolo. Non la vedeva come una questione morale, ma puramente amministrativa.

«Ne avrei rimorso, Peter. Grazie lo stesso.»

«Allora che intendi fare?»

Pauli rigirò tra le mani il bicchiere, prima di rispondere. «Stavo pensando a tutta la gente che ho avuto modo di conoscere in alto loco.»

«Sì, va' e parla col Führer!»

«Non potrei...»

«Certo, Pauli, stavo scherzando.»

«Sì, certo.»

«Ma quanto ancora andrà avanti, Pauli? Questi scandali spiazzeranno Hitler. Avrai ben visto quelle lettere di Röhm che il *Münchner Post* ha pubblicato in marzo. Non vorrai dirmi che erano dei falsi?»

«No, Röhm è un omosessuale dichiarato. Non ne fa gran segreto.»

«E adesso il *Vorwärts* pubblica una storia su un complotto per assassinare Röhm. Sembra di essere in una gabbia di matti. Sembra che le SA siano comandate da assassini, schizofrenici e omosessuali. Tu non fai parte di quella gente.»

«Non devi credere a tutto quello che leggi sui giornali, Peter.»

«Ripeto: che hai intenzione di fare?»

«Be', conosco un vecchio soldato a Monaco, il quale, dicono, ha parecchia influenza su Röhm e su altri pezzi grossi delle SA. Lo conosco bene. Domani prendo il treno e vado a parlargli.»

«Ne conosco il nome?»

«No» rispose Pauli, e si sentì in colpa, perché Peter ne conosceva il nome fin troppo bene.

## *«Lui e molti altri come lui»*

Pauli Winter aveva ritrovato le tracce del capitano Graf quando alla sede del partito a Berlino era arrivata una lettera, corredata da un elenco di libri da spedirsi appunto a Graf, al suo indirizzo di Monaco. Il funzionario che autorizzava il pagamento di invii del genere, prima di evadere la richiesta, aveva voluto sentire il parere dei superiori, in quanto i libri erano ben differenti dalle solite documentazioni ufficiali destinate ai membri del partito o alle unità delle SA. Il capitano Graf voleva vecchi testi che risalivano al tempo dell'esercito del Kaiser. L'elenco includeva manuali come: *Foraggiamento e alloggio per cavalli da sella e animali da tiro in condizioni di impiego campale*, *Approntamento e manutenzione di latrine da campo*, *Comandi in ordine chiuso per Ufficiali di fanteria*, e *Operazioni a livello divisionale: Modalità di accertamento per Ufficiali di Stato Maggiore sotto addestramento*.

Notizie riguardanti il singolare capitano Graf — vecchio compagno d'armi e comandante di Freikorps — erano sempre interessanti per Pauli Winter. Ed egli non aveva potuto non notare che i dubbi del funzionario erano stati chiariti da una lettera ufficiale del Capo di Stato Maggiore delle SA. La lettera diceva che il capitano Graf era impegnato in un lavoro di grande importanza, e che gli si doveva fornire qualsiasi testo o documentazione egli richiedesse. Ancor più significativo, la lettera era firmata non solo dal segretario di Röhm: anche il Capo di Stato Maggiore vi aveva apposto il suo visto di autorizzazione.

Pauli si era annotato l'indirizzo e, dicendo a Inge soltanto che doveva andare a Monaco per "affari", prese il treno col vagone letto che arrivava alla stazione centrale di Monaco alle otto del mattino.

Pauli non era un ansioso, ma la tensione cui era stato sottoposto negli ultimi mesi aveva aggiunto circa sei chili al suo peso. Egli era uno di quegli individui che mangiucchiano tra un pasto e l'altro, e che mangiano sempre di più quando sono sotto stress. Era stato quell'apporto di grasso in più che l'aveva fatto decidere di indossare, per l'occasione, il suo *Tracht*: brache di loden verde e giacchetta arabescata, che gli erano sempre andate larghe.

Il *Tracht* era la tenuta ideale per quella sua puntata in Baviera. Un uomo con addosso quel costume locale era sicuro di essere ben accolto ovunque nel Sud. Era la tenuta adatta a ogni circostanza, sul lavoro e a un matrimonio. E Pauli — nato a Vienna — aveva l'incontestabile diritto di indossarla.

Quando uscì dalla stazione di Monaco, il mattino era limpido e luminoso, con quel vento freddo dalle Alpi che rendeva tanto imprevedibile il clima della capitale bavarese. Di regola,

Pauli avrebbe dovuto informare del suo viaggio la Casa Bruna — l'ex Palazzo Barlow ora adibito a quartier generale del partito — ma la cosa sarebbe arrivata alle orecchie di Brand. E Pauli, questo non lo desiderava affatto. La sua doveva essere una visita privata; nemmeno Inge sapeva dove fosse diretto. Prese un taxi, dando l'indirizzo del capitano Graf. Era nel distretto di Giesing, uno degli antichi villaggi che costituivano la città. In fondo alla strada c'erano un ponticello, un corso d'acqua e un paio di vecchie fattorie, adesso immiserite da grandi isolati residenziali costruiti nel XIX secolo. Pauli aprì la porta che dava sulla strada di uno di quei malinconici edifici, ed entrò in un andito oscuro, dalle pareti piastrellate di mattonelle verdi e sbocconcellate. Evitò una dozzina o più di biciclette appoggiate al muro, un groviglio in apparenza saldato assieme inestricabilmente, e aprì l'uscio che dava su una scala male illuminata.

Trovò il nome di Graf su una delle due dozzine di cassette per la posta, e poi salì. Arrivò all'ultimo piano, senza fiato, ben lontano dalla forma dei tempi da militare, quando gli riusciva di coprire di corsa cinque chilometri, senza aver fatto colazione, godendone ogni minuto. Suonò il campanello, e attese. Dall'altra parte dell'uscio provenivano voci. E l'attesa si prolungava. Pauli sbirciò fuori dalla finestra delle scale. Da dove si trovava, era visibile il cortile: una fila di bidoni strapieni di spazzatura, e un cane irrequieto.

«Sì?» Un bel giovanetto biondo aveva aperto la porta in risposta alla scampanellata. «Il suo nome, prego?» Il ragazzo indossava calzoncini di pelle scamosciata e camicia stile bavarese. L'uniforme delle SA era adesso messa al bando.

«Winter. Tenente Winter. Avevo telefonato.» Si rese conto, in ritardo, che sarebbe stato forse meglio usare il proprio grado onorario nelle SA, ma Pauli era ancora abbastanza snob da preferire, istintivamente, il proprio grado di ufficiale dell'Esercito.

«Il capitano la sta aspettando. Terza porta a destra. S'accomodi.»

Pauli aveva sempre ricordato il capitano Graf come uomo d'azione, con il quale aveva marciato assieme e combattuto fianco a fianco, un comandante inflessibile, duro e crudele, che si faceva obbedire con la paura e si batteva indomitamente. Non si era aspettato di trovarlo in un ambiente e con un compito del genere.

La grande stanza era foderata di libri: centinaia, forse migliaia, che riempivano scaffali fatti alla meno peggio, ed erano accatastati sul pavimento. Graf era seduto a una scrivania vecchio stile, coperta di altri volumi. Alcuni aperti, altri con le pagine segnate da listerelle di carta. Davanti a Graf, c'era, spalancato, un grande registro a fogli mobili, su cui egli stava scrivendo. Dalla stanza attigua giungeva il ticchettìo di una macchina per scrivere.

Graf guardò accigliato Winter, prima di salutarlo. Il *Tracht* che Pauli aveva deciso di mettersi era significativo. In quei giorni era indossato da uomini e donne che credevano in un destino autonomo della Germania del Sud. Il costume era divenuto il simbolo di patriottismo e di tradizionale vita campagnola, e dei nazisti, i quali enfatizzavano con tanta diligenza quei valori.

«Winter! Si segga. Tolga quei libri dalla sedia! Mi fa piacere rivederla. Caffè o grappa?» Graf era sempre lo stesso piccolotto dal viso da furetto, ma adesso grinzoso. Era anche incurvato. Si tolse gli occhiali montati in oro e li depose sulla scrivania. Calzava luccicanti stivaloni di cuoio marrone e sfoggiava una giubba molto aderente. Dopo una vita trascorsa in uniforme, ogni altro indumento l'avrebbe messo a disagio.

«L'uno e l'altra» rispose Pauli.

«Hans!» vociò Graf. «Caffè e la mia bottiglia.» Guardò Pauli liberare la sedia dai pesanti volumi. «Lei è grasso come un maiale, Winter. Esercizio. Lei ha bisogno di esercizio. Troppo floscio. Tutti sono maledettamente flosci oggigiorno!»

«Ha ragione, signor capitano.»

«Trenta minuti ogni mattina. Vede che muscoli?» Si batté su un bicipite e poi guardò di nuovo Pauli. «Mio Dio, uomo, lei è una polentina! È una vergogna.»

«Sì, signor capitano. Ho bisogno di un suo consiglio. So che è molto occupato.»

«Lo sa? "Molto occupato". Che altro sa?»

«Il Capo di Stato Maggiore ha dato istruzioni che le deve essere mandato tutto ciò di cui fa richiesta.»

«Sì, lo so. Gli ho parlato per telefono. Non permetto che un impiegatuccio di merda discuta le mie istruzioni. Gli ha dato un calcio nel sedere?»

«Non lavora per me» precisò Pauli. «Io sono alla sezione legale.»

«Ah! È vero. Ho parlato direttamente col Capo. Röhm lo conosco da quando era un ragazzino. Gli appioppai dieci giorni di rigore. Era un cadetto a quei tempi. Sto parlando di parecchi anni fa, naturalmente.»

Caffè e grappa arrivarono, su un vassoio di tek, corredati di coprivassoio di lino, lucidi cucchiaini d'argento e ciotola con la panna. Il ragazzo che lo portava sembrava un tipo apprensivo e teneva gli occhi bassi.

«Zucchero, panna... Grappa bella fredda? Sì» disse Graf, mentre controllava con stile militaresco quello che c'era sul vassoio. «Vai.» Il ragazzo uscì, senza aver detto una parola.

Pauli era nervoso. Era adesso o mai. «Conosce un ufficiale di nome Heinrich Brand? Un tenente colonnello.»

«Se lo conosco? Certo che lo conosco. Uno strafottente figlio di puttana. Ha cominciato come sergente di cavalleria... Poi qualche maledetto fesso l'ha fatto diventare ufficiale. Viene dalla gavetta. Il sangue non mente, Winter, l'ho sempre detto.»

«Me lo ricordo.»

«Brand. Un bifolco ambizioso. Certo che lo conosco!»

«Mi sta rendendo la vita difficile, capitano Graf.»

«Un bifolco! Chi l'ha promosso ufficiale? Me lo sa dire?»

«Adesso è tenente colonnello delle SA.»

«Il grado non conta un sasso. È solo questione di appoggi.»

«Brand se la fa molto col Capo di Stato Maggiore.»

«Ah, davvero?» Graf si agitò. «Chi gliel'ha detto? Sa cosa sto facendo qui, Winter? Lasci che le mostri.» Andò a un armadio e ne tirò fuori un foglio di carta arrotolato, che agitò verso Pauli. «Non appena andiamo al potere, le SA saranno incorporate nell'Esercito. Ognuno dei nostri uomini diverrà un soldato. Il Capo di Stato Maggiore ha affidato a me la stesura dei piani per il gran giorno.» Srotolò il grande foglio, lo allargò sulla scrivania, fermandolo agli angoli con dei libri. Era un complicato diagramma che indicava le unità dell'Esercito tedesco, fino a livello di compagnia, e la loro attuale dislocazione regionale, distretto per distretto.

Sul diagramma, in inchiostri colorati apparivano i nomi delle unità SA: le quali erano state sempre contrassegnate da un numero che corrispondeva ai reggimenti del vecchio Esercito imperiale. Adesso il diagramma di Graf mostrava come ogni reggimento dell'Esercito avrebbe avuto una grossa componente di camicie brune per garantirne la lealtà al regime nazista.

Graf si piazzò gli occhiali sulle orecchie, che aveva a sventola, e piantò orgogliosamente l'indice sul diagramma. «Le Forze armate di terra saranno potenziate in modo tale che ogni reggimento avrà un battaglione regolamentare – *allgemeines Bataillon* – e un battaglione di camicie brune.» Mosse il dito sul foglio. «L'organico degli ufficiali sarà alquanto più complesso. In un secondo tempo gli ufficiali delle camicie brune saranno rappresentati in ogni arma, ma per il momento le unità tecniche – genio, artiglieria, corazzati – dovranno restare monopolio degli ufficiali specialisti dell'Esercito.»

«Il Führer ha sanzionato tutto questo? Credevo avesse promesso ai generali che sarebbero stati loro gli unici "portatori d'armi".»

«Il Führer? Stia ai fatti, ragazzo! Si svegli! Le SA superano di oltre quattro volte l'organico dell'Esercito, quasi mezzo milione di uomini. Non dobbiamo lustrare le scarpe ai militari o al Führer. Siamo il nuovo esercito del nazionalsocialismo. Quando il piccolo austriaco salirà al potere, sarà perché ce lo abbiamo portato noi.»

Pauli represse un brivido. Aveva già sentito altre volte idee del genere, e anche se Ernst Röhm era un intrepido soldato e un capace ufficiale superiore, l'ipotesi che il lardoso omosessuale, con le sue cicatrici sulla faccia e dai modi rozzi, assumesse il comando delle Forze armate tedesche era inconcepibile. «È Röhm che dice questo?»

«Non sarà per caso una maledetta spia, lei, Winter?»

«No, no di certo, capitano Graf. Ma la cosa è un'enorme sorpresa per me.»

«E sarà un'enorme sorpresa anche per qualcuno degli altri amici di Berlino, eh?» Graf strizzò un occhio.

«E Brand?»

L'altro lo guardò un attimo, prima di decidere se poteva fidarsi di lui. «Brand sarà cucinato a dovere. Non si preoccupi del nostro amico Brand. Il suo nome è nell'elenco.»

«L'elenco?»

«L'elenco dei nemici, ragazzo mio. Non puoi fare una frittata senza rompere le uova. Mai sentito questa espressione? Sì, Brand è uno di quelli. Il Capo di Stato Maggiore se lo tiene vicino per tenerlo d'occhio. Sappiamo che Brand riferisce al suo dannato Führer tutto quello che vede e sente.» Graf, pur parlando, continuava a osservare compiaciuto il suo diagramma.

«Eliminato? Sarà ucciso?»

Graf sollevò lo sguardo. «Non c'è alternativa. È stato deciso, ad alto livello. Lui e molti altri come lui.»

«Quando?»

«Quando?»

«Quando accadrà?» domandò Pauli.

«Quando assumeremo il potere» rispose Graf, togliendo i libri che fermavano il foglio che poi arrotolò di nuovo.

«Quest'anno?»

Graf si strinse nelle spalle. «Non sono un politico, io. Farà meglio a chiederlo a Esser, al suo amico Esser. Che è uno degli alti papaveri, adesso.»

«Lei vede Fritz?» chiese Pauli. La domanda in realtà voleva dire: Fritz Esser è al corrente dei piani di Röhm di impadronirsi dell'Esercito, indipendentemente da ciò che qualsiasi altra persona dica o faccia?

«Esser? Non lo vedo da anni.» Graf si grattò la testa, pensoso. «Mi deve un paio di favori. Spero se ne ricorderà.»

«Fritz non dimentica mai un amico.»

«Non sono un amico» ribatté Graf con pedantesco puntiglio. «Però mi deve dei favori.»

«Brand mi sta rendendo la vita intollerabile» ripeté Pauli.

«Potrei parlarne con Röhm, ma lui detesta lamentele di questo genere.»

«No, non parli con nessuno. È il suo consiglio che volevo.»

«Tenga duro. Ecco il mio consiglio. Brand e tutti i suoi soci usciranno dalla sua vita, e per sempre, entro un mese da quando conquisteremo il potere. Tenga duro fino a quel momento, ragazzo.»

«Sì» concordò Pauli. Avrebbe fatto così. Il consiglio di Graf era da seguire. Pauli aveva bisogno di qualcuno a cui ricorrere: alla scuola cadetti, quando Peter non c'era, si era affidato ad Alex Horner. Nelle faccende del partito, c'era Fritz Esser a sostenerlo. In questo caso, dove Esser non poteva far nulla, Pauli era andato da Graf. Ammirava gli uomini sicuri di sé e decisionali. Anch'egli avrebbe desiderato esserlo, ma prendere decisioni era così logorante, e poi gli uomini decisi si facevano troppi nemici. La vita era troppo breve per essere presa sul serio. Com'era quella battuta che i suoi soldati andavano ripetendo durante i terribili combattimenti del 1818? "Se prendi la vita sul serio, non ne esci vivo." Pauli sapeva perché i soldati rifiutavano le promozioni. Era più facile essere soldato semplice, prendere ogni giorno così come veniva, stare agli ordini e non avere tutti i problemi che derivavano dal dover prendere decisioni. Sì, accidenti, avrebbe tenuto duro.

«Beva il suo caffè, Winter.»

«Ma lei ha da fare, capitano Graf.»

«Mai troppo per quattro chiacchiere con un vecchio camerata. Beva il suo caffè.»

Rimasero per qualche minuto in silenzio; poi il capitano Graf disse: «Quel tale che quella sera rimase ferito...?».

«Hauser. Il cameriere di mio padre.»

«Sta bene?»

«Benissimo. Lavora ancora per mio padre.»

«Avevo bevuto troppo, Winter.»

«È tutto dimenticato, capitano Graf.»

«Grazie a lei, tutta la faccenda finì in niente, penso.»

«È tutto dimenticato» confermò Pauli, imbarazzato per la riesumazione, dopo tanto tempo, dello spiacevole episodio alla festa del proprio compleanno. Finì di bere il caffè, ingollò la sua grappa, e si alzò per prendere congedo.

Quando Pauli fu sulla porta, Graf aggiunse: «Non dimentico mai un favore, Winter. Brand, lo lasci a me. Parlerò io al Capo di Stato Maggiore».

«La ringrazio, capitano Graf.»

Era ancora presto, e Monaco era una delle più belle città medievali d'Europa. Pauli si avviò a piedi, attraversando il fiume, diretto verso il centro città. Dietro Marienplatz stava radunandosi una dimostrazione di nazisti. Grandi cartelli, slogan, e dozzine di bandiere con la svastica. Su un lato della piazza, le camicie brune, con tanto di banda musicale, andavano ammassandosi in formazione; alle loro spalle dozzine di uomini e donne nei caratteristici costumi dell'Alta Baviera. Era prassi dei nazisti di miscelare il loro nuovo credo autoritario con la dimostrazione sentimentale del loro amore per le cose naturali, tradizionali e rurali.

Pauli girò al largo, caso mai vi fosse sul posto qualcuno che potesse riconoscerlo. Un passo dopo l'altro, arrivò al Viktualienmarkt; gli era sempre piaciuto l'odore della frutta fresca e della verdura, e lì c'erano luoghi di ristoro all'aperto che vendevano birra e un assortimento completo di appetitose salsicce. Era quasi ora di colazione, e c'era sole sufficiente perché l'aria fosse tiepida. Sedette a un tavolino di ferro e ordinò *Maibock* — la birra scura di Monaco che viene fatta in maggio —, salsicciotti bianchi alla bavarese, pane di segale.

Stava mangiando di gusto, non senza osservare pigramente le ragazze tra i banchi del mercato, quando una voce alle sue spalle disse: «A Monaco, le salsicce bianche si sbucciano prima di mangiarle! Winter, vecchio camerata!».

«Koch!» esclamò Pauli. Era Lothar Koch, il suo sergente maggiore nella compagnia d'assalto, adesso paludato in un elegante lungo cappotto di pelle nera, con in testa un cappello alla tirolese completo di nastro di cuoio e piuma. Non era più il giovincello paffuto di un tempo; era un uomo di poco oltre la trentina, dall'aspetto lugubre, un grosso naso a forma di bulbo, nere e cespugliose sopracciglia, scuri calamari sotto gli occhi.

I due si strinsero la mano, e il viso di Koch si illuminò d'un sorriso che rivelava un molare d'oro tra la chiostra candida e regolare dei denti. «Che ci fai a Monaco? Credevo tu vivessi a Berlino.»

«Un viaggio d'affari. Riprendo il treno del pomeriggio. E tu?»

«Vivo qui da cinque anni ormai. Lavoro per il partito» rispose Koch, evitando l'aggettivo "nazista", come già molti facevano. Sedette senza aspettare l'invito. Koch non era uno stretto osservante dell'etichetta.

«Anche io ci lavoro» disse Pauli, sollevato di non dover superare una barriera che a volte rendeva difficile i rapporti.

«Lo so. Ho sentito parlare di te. Io sono col "Sicherheitsdienst Reichsführer delle SS".» Sorrise, come se quello fosse un lavoro non adatto a lui. L'SD era la denominazione ufficiale del servizio segreto per la sicurezza del partito nazista.

«Esattamente che ci fai, Lothar?» Arrivò la cameriera, e Pauli ordinò per l'amico birra e salsicce.

«Lavoro per un giovane campione di scherma che di nome fa Reinhard Heydrich. Lo conosci? Troppo giovane per aver fatto la guerra... Uno di questi giovani fanatici che ritiene di aver perso un'occasione fantastica. Devi conoscere il tipo — la Germania ne è piena.»

«E adesso?» chiese Pauli. Arrivarono le salsicce bianche, assieme alla birra, al pane e alla dolce, scura mostarda di contorno.

«Il mio capo dipende dal Reichsführer Himmler. Qui a Monaco abbiamo un ufficetto al 23 di Türkenstrasse. Ufficialmente, da quando il governo ha vietato organizzazioni naziste, siamo chiamati *Servizio stampa e informazioni.*»

«E non ufficialmente? Voglio dire, quali sono i tuoi compiti, Lothar?»

«Il mio ineffabile "Reini" ha persuaso il Reichsführer che tutta la fottuta organizzazione è impestata di spie della polizia e dei comunisti. Scoviamo gli elementi antipartito dentro il partito. Sorvegliamo i comunisti e schediamo chiunque riteniamo lo sia.» Rise e infilzò una salsiccia estraendola dal recipiente dov'era al caldo. Messala sul piatto, la sbucciò abilmente e cominciò a masticare. Lothar era sempre stato un mangione: strano non fosse ingrassato. Forse era un tipo ansioso, pensò Pauli, ma l'amico non sembrava affatto ossessionato da troppi angosciosi problemi. Malinconico, forse, non ansioso.

«E ci sono così tante spie nel partito?» domandò Pauli.

«Se Reini Heydrich le vuole, io gliele fornisco.»

«Sii serio, Lothar!»

«Sono serissimo. Mio Dio, Pauli. L'amico Heydrich si iscrive al partito — ed ecco che in un batter d'occhio te lo ritrovi culo e camicia col Reichsführer. Da allora, non riesco nemmeno a tener dietro alle sue promozioni. Ieri sera è arrivato un teleprint a dire che, dal 19 luglio, sarà formalmente nominato a capo dell'SD, col grado di Standartenführer con effetto dieci giorni dopo. Ti immagini quanta grana si becca? E in questo momento, per coronare la faccenda, è in viaggio a ispezionare tutti gli uffici SD in Germania.»

«Quanti uffici avete in Germania?»

«Solo una manciata di informatori, qua e là.» Si cacciò in bocca un pezzo di pane, senza smettere di parlare. «È soltanto una scusa di Reini per farsi una scampagnata: farsi le sue donne, alloggiare in alberghi di lusso, e farsi pagare il conto dei ristoranti dal partito.» Masticò un pezzo di salsiccia.

«Può permetterselo?»

Lothar aveva la bocca piena, ma riuscì a sogghignare. «Chi è che va a impedirglielo? Tu? C'è qualche ufficiale pagatore del partito che si arrischi a fargli le bucce? No! Sappiamo come funzionano le cose nel partito, vero, Pauli? Chiunque si metta in mente di rompere le scatole a questo rullo compressore si trova "schedato", prima, e poi a nuotare in acqua calda, anzi in acqua bollente.»

«Che genere di acqua calda?»

«Non mi riferisco a una vasca da bagno colma d'acqua ai sali profumati! Reini sa come condire i suoi avversari, se per questo.» Sul tavolino non c'era traccia di tovaglioli. Koch si frugò in tasca, e ne trasse un fazzoletto con cui si pulì le labbra dalla mostarda.

«Mi fa venire la pelle d'oca» disse Pauli.

«È tutto un gioco» sentenziò Lothar. «Un grande schifoso gioco che conosco da quando quel fesso di Woermann si fece sparare nelle chiappe nella terra di nessuno; te lo ricordi?»

«Sì.» Pauli se lo ricordava. Se lo ricordava assieme a mille altri incubi, ma non aveva mai trovato nulla di umoristico nel ricordo.

Da Marienplatz giunse il suono degli ottoni delle camicie brune, che avevano attaccato un'elettrizzante vecchia marcia bavarese dei tempi della monarchia. Un motivo che avrebbe fatto accorrere gente, giovani e vecchi. Solo più tardi avrebbero intonato i solenni inni nazisti e, come finale, brani sentimentali, per creare l'atmosfera più consona ai discorsi dal palco. Appendice conclusiva, sarebbero arrivati i motivi allegri e spensierati per la raccolta delle offerte. Tutto programmato nei minimi particolari.

«Accidenti, Pauli, rilassati! Se la legge delle probabilità fosse esatta, non saremmo qui adesso. Saremmo concime sotto qualche campo francese da coltivare. Se quegli idioti bastardi vogliono spiarsi a vicenda, a me sta benissimo. E la paga è buona.»

«Lo è?»

«Direi!» Lothar rise di nuovo e agitò un dito davanti al naso di Pauli. «È ben più del doppio di quella che prenderei se fossi rimasto all'ufficio centrale della polizia urbana di Monaco, e, guarda, ero investigatore di prima classe.» Quindi era un poliziotto. Il che spiegava il modo con cui mangiava così avidamente; i piedipiatti si rifocillavano "in transito volante" dove e quando le loro mosse li portavano. «Tu sei avvocato, vero?»

«Sì.»

«Il mio Reini ne sta cercando uno. Me l'ha detto, giusto la settimana scorsa. E tra non molto avremo a Berlino un ufficio decente. Se ti riuscisse di giocar bene le tue carte, lì troveresti un posto di rilievo.»

«Non sono sicuro di esserne adatto.»

«Non dire coglionate! Nessuno sarebbe più adatto di te. Tu hai esperienza di polizia giudiziaria, non sei uno di quei legulei da tavolino, conosci bene come navigarci, in quegli ambienti.»

Pauli annuì, chiedendosi come Lothar Koch sapesse tante cose su di lui.

Quasi gli avesse letto nel pensiero, Koch aggiunse: «Ti ho visto più di una volta in tribunale quando mi mandavano a Berlino per le incriminazioni. Sei in gamba, Pauli. Ti ho visto in azione, e sei maledettamente dritto».

«Che lavoro ci farei?»

«Te lo dico io cosa ci faresti: praticamente niente. Il mio Reini è nervoso e ha paura di farsi fregare da uno di questi avvocati liberalizzanti a cui piace intorbidare le acque, oggi come oggi, a proposito di tutto. Lui vuole che tutto sia legale, il mio Reini. Attualmente, noi sottoponiamo le nostre risultanze d'indagine ai legali della Casa Bruna. Be', così la sicurezza va a farsi fottere. Abbiamo bisogno di un nostro avvocato che supervisioni i nostri programmi e dia loro il suo benestare. Tu saresti il nostro avvocato di casa.»

«La prospettiva è allettante.»

«È facile come sbucciare le salsicce bianche, vecchio camerata. Posso fare il tuo nome al mio Reini quando torna, esausto, dalle sue Olimpiadi puttanesche?»

«Sì, Lothar, ti ringrazio.»

«Con noi, ti sentirai più a casa, Pauli. Più allegria e più libertà. Tu non sei nato per lavorare con quei balordi in camicia bruna o con quelle caccole boriose del partito.»

Indugiarono lì, seduti, a bere un'altra birra e a parlare dei vecchi tempi. Delle trincee del 1918 e dei vecchi amici che ci erano rimasti.

«Adesso devo andare, altrimenti perdo il treno» disse Pauli, guardando l'orologio.

«Ti accompagno fino al posteggio dei taxi.»

Attraversarono la piazza del mercato. Quando fu il momento dei saluti, Lothar Koch disse: «Non rimpiangerai di essere con noi, vecchio mio. Sei della nostra razza, tu». La musica della banda in Marienplatz tacque di colpo. Vi fu un breve intervallo di silenzio prima che iniziasse il primo discorso. Il comizio usava amplificatori e altoparlanti, di modo che la voce, così da lontano, arrivava distorta in un'incomprensibile sequenza di suoni, cui solo qualche isolata parola era riconoscibile.

«Lothar,» domandò Pauli, come se soltanto in quel momento glielo avesse suggerito l'istinto «sapevi che venivo a Monaco? Oggi mi hai seguito passo passo? Dalla stazione, per vedere dove andavo? E poi, ancora fino al Viktualienmarkt, prima di abbordarmi?»

Lothar scoppiò a ridere — e adesso i denti d'oro erano diventati due. «Lo vedi, Pauli, vecchia lenza? Te l'ho detto che con noi sarai di casa!»

# 1933

*«Pensiamo che senz'altro qualcosa bolle in pentola, laggiù»*

«Certe volte penso che ho sprecato la mia vita» disse Alan Piper. Anche adesso, a sessant'anni, aveva la stessa faccia rosea e gli stessi occhi innocenti che a Oxford gli avevano guadagnato il soprannome di Boy. Indossava un abito verde di tweed, un genere di abbigliamento informe che gli inglesi adottavano nelle loro tenute di campagna anziché lì, negli uffici governativi di Londra S.W.1. Piper offrì un sigaro al suo giovane visitatore. Lo ripeté: «Sprecato la mia vita». Parole un po' trascicate, l'avvertimento che gli inglesi come Piper davano quando non volevano essere presi troppo sul serio.

Brian Samson accettò, apprezzandolo, il sigaro. Sapeva che pochi degli agenti in servizio sul settore operativo erano ammessi a un colloquio diretto con il controllore della rete europea, tanto meno venire ricevuti nel suo ufficio all'ultimo piano, a scambiare quattro chiacchiere e gustare un buon sigaro. Era una stanza piacevole, però scura e piena d'ombra, e ammobiliata in uno stile che faceva venire in mente lo studio di un medico edoardiano. «Sprecato, signore?» Piper gli lanciò i fiammiferi e il trinciasigari. Samson spuntò il sigaro e lo mise tra le labbra.

«Perché i politici non concedono nessuna attenzione alle informazioni che gli forniamo, Samson. Pensano che io me ne stia seduto qui e mi inventi tutto quanto.»

Samson ebbe una risatina nervosa. Mio Dio, l'affermazione rasentava il massimo dell'ammutinamento che l'alta dirigenza dell'M.I.6 potesse concepire. «Sono sicuro che non lo pensano affatto» disse Samson, profondamente a disagio.

«No, ne sono convintissimi, Samson.» Adesso la voce era più decisa. «Ecco perché ci ignorano. Dico bene, Glenn?» Guardò l'uomo che, seduto in un angolo, fumava una pipa ricurva.

«Dici bene» confermò l'uomo. E sorrise. Quindi "Mr. Rensselaer" era americano, pensò Samson. Non ne aveva notato l'accento quando erano stati presentati così asciuttamente. Adesso non c'erano dubbi: il classico allevatore di bestiame, mezz'età, faccia cotta dal sole, lento sorriso. Più giovane di Piper: volto largo, ossuto, una massa di capelli neri che cominciavano a farsi grigi sulle tempie.

«E così, Hitler ce l'ha fatta: Hitler Cancelliere» considerò Piper. «Suppongo fosse inevitabile.»

Samson era riuscito ad accendere il sigaro come si doveva. «Sì. Governa la Germania, per sempre. Non se ne libereranno più. Ma era inevitabile» precisò Samson. «Lui sa come far leva sui tedeschi del ceto medio: agricoltori, insegnanti, medici e via dicendo. Votanti come quelli erano irraggiungibili per i comunisti.»

«Allora, forse lei riesce a spiegarmelo,» intervenne Rensselaer cupamente «perché a me riesce inconcepibile.»

Samson si girò per vederlo meglio, e rispose: «La violenza nelle strade. Bande di facinorosi — comunisti, nazisti, agitatori — imperversavano per le vie di ogni città per fare a botte, o peggio. Nessuno era al sicuro. Ai ceti medi — e a tantissimi altri tedeschi anche — non interessava altro che poter circolare tranquilli per le strade, e pareva che solo un governo nazista avrebbe potuto riportare l'ordine e la legge».

«E ordine e legge sono tornati?» domandò Piper.

«Sì e no. A Berlino, migliaia di membri del partito sono stati nominati come agenti di polizia ausiliari. Certo, i comunisti sono stati eliminati. Ma grandissima parte dell'attuale anarchia è dovuta ai milioni di camicie brune su cui Hitler può contare. Hanno istituito carceri improvvisate nelle fabbriche vuote, nei magazzini e nelle cantine. Vi hanno chiuso dentro chiunque non vada loro a genio. Molti sono stati torturati a morte. Le camicie brune si sono fatte una legge tutta per loro, e ubbidiscono soltanto al loro comandante in capo, Röhm.»

«E allora, Hitler come affronterà la situazione?»

«Lei vuole la mia opinione o i fatti?» chiese Samson.

«I fatti li conosco dalla sua relazione, Samson» disse Piper. «Ho voluto vederla proprio per avere la sua personale opinione.»

Samson aspirò dal sigaro. «Da quando è salito al potere, Hitler è stato attivo quanto un vagone pieno di scimmie. I decreti d'emergenza gli hanno consentito di mettere al bando raduni in pubblico, di imbavagliare giornali, di mettere telefoni sotto controllo, intercettare la posta, perquisire a domicilio e così via. Ma una fonte attendibile mi ha detto che Hitler sta lentamente assumendo il controllo della polizia politica di ogni Stato della Germania, riunendola sotto il comando di un uomo solo. E questo sarebbe un grosso passo verso un controllo totale. Sottolineo: controllo *totale*.»

«La mia conoscenza della costituzione tedesca è arrugginita,» disse Piper «ma penso che sarebbe illegale.»

«È illegale» ribadì Samson. «Ecco perché tutto è fatto in segreto. Anche Frick, il Ministro dagli Interni, sembra non rendersi conto di quanto sta succedendo.»

«Chi, invece, se ne rende conto?»

«Himmler. Finirà lui per diventare il capo della polizia politica in tutta la Germania.»

Samson sbirciò fuori dalla finestra. Al di là della strada, e dietro le cime degli alberi di Green Park. Era inverno, quasi Natale, e gli alberi erano spogli. Ci sarebbero state feste, cappellini di carta, petardi, tacchino e pudding al rum alla fiamma. Lo colse un'improvvisa nostalgia. Un sogno, poter tornare a vivere in Inghilterra. Ne aveva fin sopra i capelli di pensioni, alberghi mediocri e voci straniere in continuazione.

Glenn Rensselaer disse: «Forse Himmler lo sta già facendo per conto suo».

«Non credo, Mr. Rensselaer» rispose il giovane. «In ogni Stato sarà il Gauleiter a dover approvare un simile mutamento nelle forze di polizia della sua giurisdizione. I Gauleiter sono nazisti della prima ora, molto suscettibili, molto gelosi del loro potere. Soltanto Hitler potrebbe persuadere i Gauleiter ad accettare tali cambiamenti.»

«Sì, e in definitiva anche Göring dovrà dare la sua approvazione, se sarà Himmler ad assumere il comando della Polizia politica prussiana» commentò Rensselaer, riflettendo. «Sì, la mediazione di Hitler appare indispensabile.»

«Ma attenzione, signore. Potrebbe spuntarla Röhm. Le prime teste a cadere potrebbero essere quelle di Hitler, Goebbels, Göring e Himmler. Röhm non dorme e ha milioni di uomini pronti ad appoggiarlo contro Hitler.»

«Ci dica come è riuscito a farsi assumere dalle aziende dei Winter» sollecitò Piper, che ormai sapeva tutto quello che voleva sapere circa le ambizioni di Röhm.

«Francamente, è stato un colpo di fortuna. Un dentista, un brav'uomo in ogni senso, mi invitò a cena a casa sua. Uno degli ospiti era Peter Winter. Era presente anche suo fratello, un avvocato che lavora per il partito nazista. Pauli, lo chiamano. Tra l'altro, venne fuori con un paio di commenti che confermavano quanto dettomi dall'altra mia fonte. Peter Winter mi chiese del mio lavoro. Bastò che gli parlassi appena di quello che facevo alla Dornier, e lui abboccò immediatamente. Fu facilissimo.»

«Che ne pensa di Peter Winter?» domandò Glenn Rensselaer.

Samson rifletté un attimo. «Fondamentalmente tedesco. Ne ha anche l'aspetto. Autoritario, molto a posto... e leale, dovrei dire. Non il tipo che cerca di darti fregature...»

Boy Piper annuì. La descrizione di Samson riguardo Peter poteva passare per la descrizione dello stesso Samson. Era sempre così: gli uomini avevano l'occhio acuto per chi possedeva i loro stessi attributi. Ma Glenn voleva saperne di più. «Prosegua» disse.

E Samson proseguì. «Sofisticato. Mentalità rettilinea, forse unilaterale, in un certo senso. Parla inglese in modo perfetto: sua moglie è americana, si capisce.»

«Tendenze artistiche?»

Brian Samson esitò. Non era un giudice in materia. «Se suona il piano, e cose del genere? Sì, ho saputo che va matto per il teatro, e che suona musica jazz al pianoforte. Ma, dopo quella sera a cena, l'ho rivisto solo in rapporto ad argomenti di lavoro in fabbrica.»

«E sua moglie?» Era Glenn Rensselaer che aveva assunto l'interrogatorio.

«L'americana? Be', è...»

«Ebrea. Sì, lo è.»

«Fu molto spiritosa, quella sera. Una donna intelligentissima. Attraente, anche. E sembra conoscere molto bene la storia. Non troverei igienico mettermi a discutere con lei di politica. Quanto ai nazisti, non ha peli sulla lingua. Ne parla male, e sin troppo, direi. È evidente l'imbarazzo del marito per certe cose che le escono di bocca.» Samson guardò gli altri due, chiedendosi che altro volessero da lui sull'argomento. Non riusciva a capire perché le domande fossero diventate così personali.

Piper ritenne opportuno spiegare. «La vita per loro diventerà difficile sotto i nazisti, non è così, Samson?»

«Intollerabile, signore.»

«Vede, ci stavamo chiedendo se fare un approccio con Peter

Winter. Potrebbe esserci utile. È a conoscenza di un sacco di cose che ci piacerebbe sapere meglio.»

«Offrendogli un lavoro in Inghilterra?» chiese Samson.

«O in America. In America ha dei parenti.»

«Ah, sì. È vero, sua madre è americana.»

Piper non confermò né negò. Disse: «Lei pensa che sia già il momento di tentare? Lei ha lavorato con lui; che cosa ne pensa?».

Samson si dedicò al sigaro, per qualche attimo, prima di rispondere. «È molto leale verso suo padre, signore. Potrebbe avere l'impressione di tradirlo, lasciandolo. D'altra parte, il regime potrebbe cominciare a mettergli sotto pressione la moglie. Lei lo ama — è fin troppo ovvio — ma lui fino a che punto ama sua moglie?»

«Capisco» disse Piper. Samson s'avvide che l'americano si stava mordicchiando le labbra.

Samson aggiunse: «Ma c'è anche un rapporto molto stretto fra i fratelli, insolitamente stretto. Peter tratta il fratello minore con un affetto che direi esagerato. Qualsiasi cosa si possa programmare, dovrebbe tener conto di Pauli Winter».

«Ci è stato utilissimo, Samson. Bene, la ringraziamo.» Il colloquio era finito. Samson si chiese che dovesse fare dello splendido sigaro. Prima di alzarsi, lo depose diligentemente nel grande portacenere di cristallo molato, poi strinse la mano dei due uomini. «I genitori, li ha mai conosciuti, Samson?» domandò Piper mentre il giovane era già sulla porta. Non era riuscito a resistere alla tentazione di chiedere.

«Solo una volta, signore. Vennero alla fabbrica di Brema. L'anziano signor Harald consegnò, in quell'occasione, gli attestati ai giovani operai che avevano terminato l'apprendistato.»

«Che ne pensa di loro? Ha visto la moglie americana?»

«Una distinta coppia anziana, signore.» Samson girò lo sguardo da uno all'altro dei due interlocutori. Piper appariva leggermente turbato, e l'americano aveva sulle labbra quel suo lento sorriso.

«Grazie, Samson. Faccia un salto qui martedì mattina. Vorrei vederla ancora prima che lei rientri là.» Samson sbirciò il sigaro, ma decise di non riprenderselo.

Quando il giovane ebbe lasciato la stanza, Glenn Rensselaer sogghignò cordialmente: «Una distinta coppia anziana. Ti sta bene, Boy. Per quel giovanotto, noi due siamo vecchi fossili».

Piper ignorò il commento. «Che te ne pare?»

«È un ragazzo a posto, in gamba.»

«Un ragazzo così sarebbe dovuto andare all'università. Lasciò la scuola che aveva quattordici anni, e si è fatto una cultura nelle biblioteche pubbliche e alle scuole serali. Con una decente istruzione scolastica, sarebbe potuto finire col prendere il mio posto. È una vergogna lampante. Così com'è adesso, se non succede qualcosa di imprevisto, sarà fortunato se conclude la carriera giù nel seminterrato, all'ufficio archivio.»

«Sarà già fortunato se riesce a portare indietro la pelle» sottolineò Glenn Rensselaer. «I nazisti renderanno le cose sempre più difficili. Per lui sarà sempre più rischioso. Hai sentito che andava dicendo della polizia politica? Era un grido dell'anima, Boy!»

«Lo so, ma non posso tirarcelo via, per il momento. È uno degli uomini migliori che abbiamo. È un tecnico meccanico di grossa esperienza, capisci. Può ottenere un lavoro dove altri non ci riescono.»

«È stato un bene che tu mi abbia lasciato assistere al colloquio.»

«So che vai a Berlino la settimana ventura. Ci tenevo in modo particolare che tu fossi al corrente di questa faccenda della polizia politica che sta passado sotto il comando di una persona sola.»

«Non è esattamente il mio settore, Boy.»

«Penso di sì, invece, Glenn, perché, se le mie fonti mi hanno riferito giusto, tuo nipote Pauli Winter è uno degli avvocati delle SS che lavora proprio in quel settore.»

«Veramente?»

«Quindi, se vieni a sapere qualche cosa che si possa usare...»

«Certo, Boy, certo.» Non era forse tipicamente inglese? Gli inglesi non mollavano mai nulla se non gli davi in cambio l'equipollente. A volte Glenn rimpiangeva d'avere iniziato quegli scambi informali di notizie. Se quelli del Dipartimento di Stato l'avessero saputo, lo avrebbero arrostito a fuoco lento.

«Pensiamo che senz'altro qualcosa bolle in pentola, laggiù, qualcosa di grosso. Sappiamo per certo che Röhm adesso dispone di un milione di camicie brune, stipendiate e in servizio attivo, con non meno di tre milioni e mezzo di uomini della riserva. Vale a dire, cinque volte l'organico dell'Esercito regolare tedesco. Dobbiamo sapere tutto ciò che c'è da sapere di questa nuova organizzazione delle SS sotto Himmler. Da che parte si schiererà quello quando arriverà la crisi?»

«D'accordo, okay, okay. Se scopro che cosa bolle in pentola, vedrò di fartelo sapere, stai tranquillo.»

«Te ne sarei grato davvero, vecchio mio.»

*«È bello essere di nuovo a Berlino, sorellina»*

Glenn girò gli occhi sul nuovo arredamento del salotto di casa Winter a Berlino. Tutti i vecchi mobili erano spariti, tutto quanto brillava di nuovo. Sospirò. Malgrado il suo entusiasmo per il progresso, c'erano cose che preferiva immutate.

Natale era vicino. La montagna di regali che Glenn aveva portato per tutta la famiglia oscurava quasi l'albero natalizio eretto in un angolo. Dalla via arrivava la musica di una banda che eseguiva carole. Si udiva anche il tintinnìo delle monete che cadevano nelle cassettine delle offerte.

«Sembri più giovane e più bella che mai, sorellina» disse.

«Quand'è che ti decidi a portarci qui tua moglie e il piccolo Cyrus? Le loro fotografie non hanno che aumentato la mia voglia di vederli e abbracciarli, Glenn.»

«Avevamo la pazza idea di venir con il *Graf Zeppelin* quando fosse tornato dall'Esposizione del secolo di Chicago, ma per i biglietti c'era una lista d'attesa lunga circa quattro miglia. La ragazza delle prenotazioni ci aveva comunque messi in lista, ma sapevo che non c'era probabilità alcuna.»

«Avresti dovuto scrivere, Glenn. Harald è ancora in rapporti con la società Zeppelin. Avrebbe potuto fare qualche cosa.»

«Vi avrei scritto, ma quando seppi che non stava bene, ritenni che era meglio non disturbarlo. La faremo un'altra volta, la nostra visita collettiva. Hai sentito che stanno programmando un nuovo dirigibile per voli regolari intercontinentali? Pensaci un po', sorellina. Ci vedremo un sacco di volte!»

«Sarebbe fantastico, Glenn. Dimmi ancora di papà.»

«Ti ho già detto tutto quanto c'è da dire. Quella sera lo portarono all'ospedale e gli fecero ogni sorta di esami. Il medico dice che è forte come un cavallo. Potrebbe vivere con facilità altri dieci anni: questo è quello che ha detto. Naturalmente deve andarci piano — niente fumo e niente alcol — ma per il resto papà sta benone, sorellina.»

«E deve essere deliziato di avere un nipotino da viziare.»

«Certo, e Cyrus ne ha compiuti dodici, quest'anno. Papà se lo è portato a colazione fuori, per il suo genetliaco — il suo "piccolo Cy" — e papà sostiene che viziare i nipoti è l'unica vendetta che ha un padre.»

«Caro, piccolo Cy. Sono così contenta che abbia lo stesso nome di papà. È stato gentile da parte tua.»

«Già. Papà ne fu compiaciuto.»

«E Bret, il nipote di Dot, deve avere sette anni, la stessa età della figlia di Peter, Helena.»

«Pensa che bello radunare tutta la parentela in un colpo solo. E quanto spazio ci vorrebbe!»

«Non riesco a immaginare Harry che attraversi l'Atlantico, nemmeno a bordo di un dirigibile.»

«Dimmi di Harry. Che c'è che non va?»

«È cominciato tutto con i Fischer. L'anno scorso, dopo la seconda elezione presidenziale, e la grossa percentuale di voti ottenuti da Hitler, Richard Fischer decise che dovevano liquidare tutto quanto.»

«E lasciare la Germania?»

«Sì, e andarsene a Parigi.»

«Ma, la loro casa... e tutto il resto...»

«Sì, Foxy non se la sentiva proprio. Ha ottantadue anni, quasi l'età di papà. Era deciso a restare.»

«Ma perché andare via?»

«Il regime» spiegò Veronica. Da qualche tempo, era il modo di chiarire ogni orrore che capitava.

«I Fischer, però, sono cattolico-romani. Fin da prima che nascesse il vecchio Foxy.»

«I nazisti sono di parere diverso. Se i tuoi antenati erano ebrei, tu sei ebreo.»

«Che successe?»

«Non andarono. Richard fu arrestato in agosto. "Fuchs" per poco non morì di crepacuore, e Harry si precipitò a destra e a sinistra, rivolgendosi a tutti quelli che conosce.»

«Di cosa era accusato Richard?»

«Nessuno riuscì a saperlo. Dicono che l'abbiano interrogato per quattro giorni.»

«Ma venne rilasciato?»

«Firmò la cessione di tutte le sostanze Fischer ai nazisti.»
«Dovevano valere milioni.»
«I nazisti si presero anche i grandi magazzini Wertheims. Le proprietà degli ebrei se le stanno prendendo ovunque.»
«Ma Richard è in salvo, adesso?»
«Non lo so. Fu arrestato di nuovo in settembre. Dicono che l'accusa fosse d'aver cambiato marchi tedeschi in franchi svizzeri. Può essere tutta un'invenzione. A volte lo fanno: inventano un reato, e sei tu che devi provare che sei innocente.»
«Allora, com'è adesso la situazione?»
«Il povero Fuchs sta presso parenti, in campaga, e Richard è scomparso. La polizia non dice se lo tiene dentro o no. Potrebbe essere andato all'estero. In Inghilterra ha dei cugini.»
«Pauli non è riuscito a sapere nulla?»
«No. Qui in Prussia, è Göring a capo della polizia. Himmler, per il quale lavora Pauli, è al comando di quella bavarese. Peter è andato al Comando di polizia in Alexanderplatz per assumere la difesa di Richard Fischer e poter parlare con lui, ma è stato un buco nell'acqua. Ero preoccupata che Peter si cacciasse nei guai anche lui.»
«Grazie a Dio, Lottie ha conservato il suo passaporto americano. E la piccola Helena? Ha il passaporto tedesco?»
«Ha solo sette anni, Glenn, quindi per un po' ancora non dobbiamo angosciarci per lei.»
«Questa gente è pazza» asserì Glenn.
«Ma sono in tantissimi ad appoggiare i nazisti» disse Veronica. «Almeno, così mi dicono.» Arrossì, frustrata di fronte a una simile irrefrenabile ostilità al nuovo regime. I nazisti non erano come altri partiti politici giunti al potere. Erano vendicativi, sprezzanti e molto, molto violenti. Anche i berlinesi, i più irriverenti di tutti i tedeschi, avevano imparato presto a tenere a freno la lingua. Ormai, solo stranieri di passaggio, come Glenn, e qualche temerario avversario dei nazisti osavano esternare le proprie opinioni.
«Non capisco perché Harry si sia ammalato.»
«Era così frustrato, Glenn. Un tempo, gli era sempre riuscito di rivolgersi alle persone giuste, o procurarsi avvocati, o scoprire i fatti. Ma i nazisti prosperano nella segretezza. Si ammalò, e il medico gli disse che, se non si fosse preso un periodo di completo riposo, non si sentiva responsabile della sua salute.»
«Ma adesso è tornato al lavoro?»

«Hauser lo porta in macchina in ufficio verso le dieci e mezza. Lui dà un'occhiata in giro, e se ne torna a casa verso le tre del pomeriggio. Ma così finisce che è Peter a dover sgobbare fin troppo.»

«Le aziende hanno i loro direttori, che possono provvedere. Non è ora che Peter si prenda una vacanza? Mi hai detto che sono anni che non si muove.»

«Povero Peter! Detesta tanto lavorare in ditta. Ai vecchi tempi, Harry aveva il controllo assoluto, ma adesso i direttori vogliono dire la loro su qualsiasi cosa. Anche se Peter fa di tutto perché i desideri di Harry siano rispettati, certe volte persino Peter e Harry sono in disaccordo tra loro. Peter è tanto più felice quando suona il piano. Ma in settembre, Goebbels, ministro alla propaganda, ha creato la "Camera della cultura", le cui sezioni controllano il teatro, la radio, la stampa, l'industria cinematografica e così via. Peter — avendo sposato un'ebrea, essendo associato con Brecht, e avendo frequentato altri marxisti ora rifugiatisi in America — troverà probabilmente difficile continuare il suo lavoro nell'ambiente teatrale.» Veronica sospirò. «Il giovane Hennig sta avendo successo con i suoi concerti di piano, e molte persone ritenevano che Peter avesse molto più talento. Vorrei che tu gli parlassi, Glenn. Vedere se riesci a persuaderli, lui e lei, a prendersi una vacanza — solo una vacanza — in America, da papà. Per nostro padre sarebbe meraviglioso. E anche per Peter. Certe volte penso che abbia dimenticato di essere per metà americano.»

«Sposato a Lottie, direi che sarebbe difficile scordarlo.»

Veronica sorrise. «Sì, è vero. Cara Lottie!»

«E Pauli? Non abbiamo parlato di Pauli.»

«Pauli. Che posso dirti di lui? È sempre lo stesso: non cambierà mai. Il cucciolo di casa. Il matrimonio ha fatto miracoli. Grazie al Cielo, c'è Inge che si prende cura di lui.»

«Però vive a Monaco?»

«L'anno prossimo rientrerà a Berlino. Con i nazisti al potere, tutti gli uffici di Monaco saranno trasferiti a Berlino.»

«Ma hai detto che è Göring a comandare la polizia, qui a Berlino.»

«Sì, Glenn, ma sta cambiando tutto. Con l'estate prossima, la sezione di Pauli coordinerà il funzionamento di tutti gli uffici di polizia politica della Germania, e lui lavorerà a Berlino. Lui e

Inge mi hanno anche chiesto di interessarmi per trovar loro un appartamento. Sarà bello averli di nuovo qui.»

«La settimana prossima sarò a Friedrichshafen. Stanno sottoponendo il *Graf Zeppelin* a una revisione completa, da *Spitze* a poppa. Strada facendo, avevo già in mente di fermarmi loro.»

«Sì, vai a trovarli. Pauli ne sarà felicissimo. Ti è molto affezionato. È un vero Rensselaer, e ho spesso pensato che tu lo capisca meglio di qualsiasi altro.»

«Anch'io gli voglio bene, e parecchio.» Glenn tornò ad abbracciare la stanza con gli occhi. Tutti i vecchi mobili Biedermeier erano spariti, cedendo il passo a pezzi moderni. Tessuti moderni su basse sedie profilate, cromo e specchi ovunque, e un tappeto bianchissimo, su cui egli aveva il continuo terrore di far cadere la cenere o il caffè. Probabile che il nuovo arredamento fosse stato idea di Harry. Harald Winter era orgoglioso dei propri gusti in fatto di arte moderna. Il locale risultava più alleggerito, certamente, ma per Glenn quella non era Berlino, assomigliava molto di più a uno dei nuovi "motel" sull'autostrada del New Jersey.

«Se soltanto potessero avere un figlio. Prego per loro. Trasformerebbe Inge e farebbe di Pauli il più meraviglioso papà che un bimbo possa sognare, non credi?»

Glenn annuì, e si alzò. Sì, era abbastanza vero. Pauli, con i suoi trucchi, i suoi scherzi, la sua contagiosa ilarità, avrebbe reso felice qualsiasi bebè. Anche a Glenn sarebbe piaciuto poter dedicare più tempo ai propri due nipoti. Adesso era troppo tardi. Erano uomini, ormai, con la loro vita da gestire: uno zio sarebbe servito a poco, pur se intenzionato al meglio. Più volte aveva pensato di portare la moglie in Germania, per una vacanza, ma adesso non più. A Glenn non piaceva come stavano andando le cose in Germania.

Andò alla finestra a guardare la strada affollata. Era quasi Natale, e, tranne i passaggi spalati sui marciapiedi e le carreggiate, c'era neve ovunque. Gli acquirenti natalizi parevano abbastanza soddisfatti, bei caldi, ben vestiti e indaffarati. In una vetrina di fronte faceva bella mostra un presepe, con tanto di asinello che ciondolava la testa. L'unica nota stridente era costituita da una camicia bruna, dall'aria scocciata, sull'angolo fuori della *Konditorei* di Schachtmeister. L'uomo recava un grande cartello con la scritta: "Il vero tedesco non compra da un ebreo".

Ma Berlino non apparteneva a Hitler. I berlinesi avevano visto troppi impostori e troppi ciarlatani per farsi incantare facilmente. E le promesse di Hitler — la terra riaffidata ai contadini — lasciavano indifferenti quegli operai delle fabbriche che da così poco tempo erano sfuggiti alla schiavitù ancor peggiore del bracciantato agricolo non meccanizzato. Né seducevano i berlinesi i programmi nazisti di nazionalizzare l'industria. I berlinesi potevano vedere con i loro occhi, nella loro città, il catastrofico risultato di imprese gestite dai burocrati. Caso mai, se Berlino era pronta a inchinarsi alle promesse fantasiose dei politici, sarebbe stato per quelle provenienti da sinistra, perché Berlino era "Berlino la Rossa", e lo sarebbe sempre stata.

«È bello essere di nuovo a Berlino, sorellina» disse Glenn.

## 1934

### «*Gesundheit!*»

Pauli si era buscato quella stizzosa influenza. Secondo Inge, tutta colpa sua che non si copriva a dovere; fosse come fosse, egli non riusciva a sbarazzarsene. Con due giorni di febbre, sarebbe dovuto restarsene a letto, e lo avrebbe fatto, se Lothar Koch non avesse fatto quel po' po' di confusione. In ogni caso, l'ultimo posto in cui sarebbe dovuto trovarsi, alle 4,30 del mattino di sabato 30 giugno, 1934, era lì, di fronte all'atrio partenze e arrivi del silenzioso, deserto e ghiacciato Oberwiesenfeld, l'aeroporto di Monaco.

L'alito dei due uomini si condensava nell'aria notturna. «È partito da Bonn alle due» disse Lothar Koch. Dietro gli edifici dell'aeroporto era parcheggiata una fila di automobili. Gli autisti avevano dormicchiato al volante. Ma adesso che qualcuno li aveva svegliati, stavano togliendo la condensa dai cristalli delle macchine, e scaldando i motori per tenerli pronti a partire.

Pauli si soffiò il naso, e non fece commenti. Per Koch, trovarsi lì andava benissimo. Era abituato alle soste all'aperto, e aveva la sua brava combinazione di lana che lo copriva dai polsi alle caviglie, e il suo nuovo tre quarti pesante, di cuoio nero. Il cuoio era l'unico materiale che difendesse da quel vento freddo, e Pauli decise di comprarsene uno, nello stesso negozio dove Koch si era rivolto. L'indumento era fornito di una fodera di lana, asportabile, orrendamente pacchiana nella sua imitazione di un vero tartan. L'istitutrice scozzese aveva insegnato a Pauli a disprezzare quelle imitazioni, ed egli si era convinto a non effettuare l'acquisto; quella mattina, però, l'aspetto della fodera lo avrebbe turbato ben poco. Qualsiasi cosa avrebbe tenuto più caldo dell'impermeabile che indossava.

«Sei sicuro che a bordo ci sia il Führer in persona?» domandò Pauli, mentre si rincattucciava dietro un generatore mobile, che però dava ben scarsa protezione contro il vento pungente. «Perché dovrebbe arrivare così presto? Dev'essere a Bad Wiessee non prima delle undici.»

«C'è in ballo qualcosa di speciale. Le telescriventi hanno funzionato tutta la notte» rispose Koch. «Ero alla Casa Bruna ieri sera, subito dopo l'arrivo di Sepp Dietrich assieme a due ufficiali della polizia criminale di Berlino. Veniva direttamente da un colloquio col Führer. Disse che da Berlino stanno venendo due compagnie della Leibstandarte. Da Berlino-Lichterfelde. Ti fa venire in mente felici ricordi?»

Pauli annuì e si soffiò di nuovo il naso. La caserma di Lichterfelde. Faceva un certo effetto pensare che la vecchia accademia militare di Prussia fosse occupata adesso dalle nere uniformi della LAH, Leibstandarte Adolf Hitler — le SS guardie del corpo del Führer. Millenovecentoquattordici: ne era passata di acqua sotto i ponti! Allora, era ancora poco più d'un ragazzino, e il mondo era bello e innocente. Se solo avesse saputo che cosa gli riserbava il futuro...

«Oh, certo» proseguì Koch. «Quelli della Leibstandarte stanno venendo giù in treno a Kaufering, vicino a Landesberg am Lech. Sepp Dietrich li va a prendere lì, con i trasporti che li porteranno a Bad Wiessee.»

«Non ci vedo alcun significato speciale» ribatté Pauli. «Le compagnie Leibstandarte dovranno svolgere i loro normali compiti di sicurezza per l'incontro del Führer con Röhm.»

«Con Röhm *e* con tutti gli Obergruppenfüher e i Gruppenführer e gli ispettori delle SA. Tutti gli alti papaveri delle SA saranno lì» spiegò Koch. «Il mio amico della Kripo* ha visto il Führer ieri sera. Dice che era di pessimo umore.»

Pauli annuì e starnutì nel fazzoletto.

Koch aggiunse: «Ma la cosa più significativa di tutte, amico mio, accadde lunedì scorso. L'Associazione tedesca degli Ufficiali ha espulso il capitano Ernst Röhm. Lo ha espulso! Perché l'Esercito prende le distanze da lui? Penso che quei bastardi sappiano qualche cosa che noi ignoriamo».

«Ma che verremo a sapere presto» disse Pauli, e si soffiò il naso. Con quel vento freddo, anche gli occhi gli lacrimavano. Si sentiva distrutto. Qualsiasi cosa dovesse accadere, lui sperava ardentemente che accadesse presto, per lasciarlo rincasare e cacciarsi a letto.

* Polizia criminale. [*N.d.T.*]

Dall'edificio alle loro spalle si sentì il rumore di una porta spalancata con violenza: un rettangolo di luce gialla illuminò l'oscurità. Un uomo in tuta blu e giaccone di cuoio uscì dall'uscio contrassegnato "Ufficio Meteorologico" per informarli che l'aereo sarebbe atterrato entro dieci minuti. Subito dopo, le luci della pista si accesero, rivelando uno strato di nebbiolina tra cui esse brillavano come palle piumose di soffioni. Poi vennero in vita i grossi fari che illuminavano la piazzola di sbarco passeggeri.

Adesso, un gruppo di gente usciva dagli edifici dell'aeroporto, col naso in aria a scrutare il cielo verso nord-ovest. Tutti in silenzio, immobili come statue. Quelli del comitato di ricevimento erano facilmente riconoscibili. Per lo più funzionari degli uffici di Monaco: personaggi che avevano parecchie schede a loro dedicate nell'archivio dell'SD costantemente aggiornato da Lothar Koch. V'erano un paio di ufficiali dell'Esercito, e alti ufficiali delle SA, delle SS e del partito nazista. Gli unici in abito civile erano due funzionari dell'aeroporto, che continuavano a consultare i propri orologi.

Pauli fu il primo a scorgere l'aereo nel cielo striato di porpora. Era il grosso trimotore Junkers, che la Lufthansa aveva rimesso a nuovo espressamente per Hitler. Atterrò morbidamente e rullò sin dove era stata piazzata la scaletta di sbarco. Lothar Koch e Pauli Winter si tennero accuratamente in disparte dal comitato d'onore. Gli ordini per loro sarebbero arrivati dall'ufficio del Reichsführer delle SS, Himmler: sintomo di quanto importante fosse la faccenda. Intanto, Koch andava scrivendo sul suo minuscolo taccuino i nomi di tutti i presenti. Koch teneva nota scritta di qualsiasi cosa; era divenuta quasi un'ossessione per lui.

Il portello dell'aereo si aprì e, mentre ne emergevano i primi passeggeri, il comitato d'onore si schierò su una linea, annaspando, come reclute che si mettessero in riga, preoccupandosi dell'allineamento. Il terzo uomo — incappottato di cuoio — a scendere i gradini di ferro indugiò a guardarsi attorno, come un attore che facesse il primo ingresso in un teatro di posa sconosciuto. Era il Führer, non esisteva possibilità di dubbi, perfino da quella distanza — il suo malumore risultava evidente. Lo seguiva Joseph Goebbels, claudicante e guardingo sugli scalini, poi Otto Dietrich, capo dell'ufficio stampa di Hitler, e subito dietro, con una cartella ben stretta sotto l'ascella, e tenendosi in disparte dagli altri, seguiva Viktor Lutze, il leader delle SA di Hannover.

Lo Junkers spense i motori, uno per uno e, nel silenzio che seguì, Pauli udì Hitler dire agli ufficiali del Reichsheer: «Questo è il giorno più nero della mia vita. Ma andrò a Bad Wiessee e giudicherò severamente. Ditelo al generale Adam».

Koch sbirciò Pauli, e sorrise sardonicamente. Adesso, pian piano, la faccenda stava facendosi chiara. Entrambi sapevano che il tenente generale Wilhelm Adam, comandante della 7ª Divisione di Monaco, era uno dei loro regolari informatori circa le attività delle SA. Se erano Röhm e i suoi uomini il bersaglio di una qualche azione punitiva, il generale Adam sarebbe stato felicissimo di fornire la collaborazione dell'Esercito. Non v'era dubbio che era lì dove Dietrich, il comandante della LAH, avrebbe portato i suoi autocarri.

Un uomo alto, dal lungo cappotto nero, e il berretto a visiera delle Allgemeine SS, si staccò dal gruppo di Hitler e si diresse verso Koch e Pauli. «Chi di loro è l'avvocato?» chiese. Recava i polsini del quartier generale, che lo identificavano quale uno degli aiutanti di cui gli uffici di Himmler pullulavano.

«Io» disse Pauli.

«Loro due faranno bene a muoversi, adesso» proseguì l'altro. «Gli uomini di guardia al Comando di Röhm potrebbero organizzare dei blocchi stradali. E tenersi pronti a qualsiasi eventualità in caso fossero fermati.»

«Ho documenti falsi» assicurò Koch. Anch'egli deferente di fronte a un alto personaggio della corte di Himmler.

«E non parcheggino vicino alla Pensione Hanslbauer. Non vogliamo che si allarmino.»

«È tutto organizzato» disse Koch. «Ho già scelto il posto.»

«Molto efficiente» commentò l'uomo alto, con voce che poteva e non poteva risultare sarcastica. «Sono armati, loro due?»

«Sì» confermò Koch.

«E lei, avvocato?» Chiedendolo, l'aiutante guardò per vedere dove il gruppo di Hitler si stava dirigendo.

«Ho una pistola» rispose Pauli.

«E sa come usarla?» insistette l'altro. Era troppo giovane per aver fatto la guerra. Era tipico di fanatici come lui che egli portasse la sciabola dell'Esercito anziché la spada delle SS, come prescritto dai regolamenti.

«Sì» ribatté Pauli. «La so usare.» Il suo tono non era affatto rispettoso come quello di Koch. E aggiunse: «Il Führer sta andando a Bad Wiessee?».

L'aiutante lo guardò sprezzante. «Vedano di avviarsi» ordinò e girò loro le spalle per raggiungere il gruppo di Hitler, che stava salendo sulle automobili.

«Mai far domande» ammonì Koch, dopo che furono in strada diretti a sud. La luce diurna aumentava di minuto in minuto, e il cielo nuvoloso andava cambiando da rosso in rosato, coagulandosi come una scodella di panna acida. «È una delle regole fondamentali.»

«È una regola maledettamente cretina.»

«Forse lo è,» rispose Koch, il saggio «comunque è una regola. Se ci tenevi tanto a sapere dove va il Führer, dovevi chiederlo a me.»

«Perché? Tu lo sai dove sta andando?»

«Sono diretti al Ministero degli Interni, a Monaco. Il Führer dirà quattro paroline al ministro Wagner. Dopo di che, verranno a Bad Wiessee.»

«Come fai a saperlo?»

«Ho chiesto a uno degli autisti. Quel fesso a cui lo hai domandato non aveva idea di dove stessero andando. Ecco perché si è incazzato quando glielo hai chiesto.»

Pauli scoppiò in una risata, pur a terra come si sentiva. Koch gli andava a genio. Koch aveva sempre l'esatto approccio pragmatico; ecco perché aveva falsificato la propria età per potersi arruolare nell'Esercito, ed ecco perché era diventato sergente maggiore in età assurdamente giovane.

«E i blocchi stradali sono una fregnaccia» proseguì Koch. «La Guardia del quartier generale di Röhm è a Monaco. Cosa crede quel fesso? Che non abbiamo sorvegliato di continuo i loro movimenti?»

Bad Wiessee era una piccola località termale vicino alla frontiera austriaca, dove i pensionati anziani andavano a soggiornare e i malati a fare i bagni iodati. Le strade erano vuote, quando Pauli e Koch arrivarono sulla loro auto. Nella luce sanguigna del primo mattino, le tranquille acque del lago riflettevano le montagne circostanti e l'alta cima del Wallberg, priva di neve, in quelle poche e brevi settimane estive.

Parcheggiarono nella stradetta dietro alla Locanda della

Croce d'Oro. Da lì potevano vedere la strada, pur restando praticamente fuori di vista. Bad Wiessee è a soli cinquanta chilometri da Monaco, ma è alta tra le montagne, e nell'auto non riscaldata Pauli rabbrividiva di freddo.

Inge li aveva forniti di un po' di carne fredda, panini, e una piccola fiasca di minestra calda, che avrebbe dato qualche sollievo a Pauli. Le minestre fatte in casa da Inge servivano sempre allo scopo. Per l'occasione, la quantità non era abbondante, e i due uomini si divisero la minestra, travasandola in due bicchierini da picnic.

Rimasero in silenzio per un po', masticando, ma senza mai perdere d'occhio la strada.

«Eccoli che arrivano» esclamò Koch. Erano le 6,30. Aprì la portiera per vuotare a terra il contenuto del suo bicchierino ancora intatto. Per questo Pauli lo avrebbe ucciso volentieri.

Pauli aguzzò lo sguardo lungo la strada, senza vedere nulla. «Dove?»

«Vengono avanti a luci spente» disse Koch. «Là!»

Adesso Pauli riusciva a vederli, tre veicoli che procedevano lentamente lungo l'ultimo tratto di strada.

«Dov'è Dietrich con i suoi uomini?» si chiese Koch, con voce ansiosa. «Mio Dio! Dov'è? Come diavolo possiamo proteggere il Führer se adesso va dentro?»

Le tre automobili si fermarono esattamente davanti alla porta di ingresso della Pensione Hanslbauer. Qualcuno doveva essere stato lì in attesa dei visitatori, perché la porta si aprì all'istante. I nuovi venuti scesero a terra precipitosamente. Assieme al Führer e ai suoi stretti collaboratori, c'erano sei uomini, larghi e potenti di spalle, elementi fidati della sezione di polizia politica di Monaco.

«Andiamo!» disse Koch. «Tocca a noi.»

Pauli ingoiò il resto della zuppa, anche se era bollente, e scese dalla macchina, nell'aria ancor più fredda che spirava dal lago. Koch in testa e Pauli che arrancava dietro, attraversarono in volata il cortile, ed entrarono nella locanda assieme a Hitler e agli altri.

I padroni — marito e moglie — erano alzati e vestiti. Forse stavano preparando la prima colazione per i clienti, grazie ai quali l'albergo era al completo. La donna si tolse in fretta il grembiule, facendosi avanti per dare il benvenuto al Führer. Aveva in mano anche il registro degli ospiti, aperto per la firma.

Qualcuno la spinse da parte senza complimenti, Lutze si impadronì del registro, e tutti corsero su per la scala. E tutti con la pistola in pugno, compreso Hitler.

Gran fracasso di porte prese a pugni o a calci; era Röhm che stavano cercando. Urla, vociare, richiami. «No, non di lì!» Altre grida. «Non è neanche qui!» Poi un tonfo, come se qualcuno fosse stato scaraventato sul pavimento. Molti dei leader delle SA erano a letto con giovani maschi. Lutze urlò il numero della camera di Röhm – l'aveva trovato sul registro che aveva strappato di mano alla padrona. Ora, il ruolo di Lutze era chiaro: Lutze era Giuda.

Qualcuno bussò all'uscio di Röhm, gridando che aveva una comunicazione urgente. Un indugio, e la porta venne spalancata. Röhm, in pigiama, era lì, sullo stipite, intontito di sonno e battendo gli occhi alla luce. Hitler lo chiamò traditore, e Röhm negò, gridando. E Hitler: «Vestiti! Sei agli arresti!» – con voce stridula per l'emozione. Röhm era il suo più vecchio amico, un alleato e un sostenitore sin dagli inizi, e tuttora l'unico uomo, quasi, che desse del *tu* al Führer.

Röhm, col viso imporporato di collera, fissò Hitler finché questi gli volse le spalle e andò a bussare alla porta di fronte a quella di Röhm. L'Obergruppenführer Edmund Heines aprì; alle sue spalle, un giovane nudo, gli occhi dilatati dal terrore, era seduto sul letto, annaspando alla ricerca di qualche cosa con cui coprirsi. Lutze ricacciò Heines dentro la stanza. Aprì i cassetti, l'armadio, il guardaroba, in cerca di armi. Non ve n'erano. Qualsiasi cosa stessero facendo i leader delle SA, non c'era traccia di una rivolta armata.

In assenza di commenti da parte di Hitler, era Goebbels – il portavoce di Hitler – che dall'altra estremità del corridoio gridava: «Nauseante! Che schifo!». Pauli restava immobile, osservando. Otto Dietrich, capo ufficio stampa, ne incontrò lo sguardo, e si strinse nelle spalle. I due uomini avevano qualcosa in comune. A Pauli Winter sarebbe stato richiesto di giustificare tutta quella pazza faccenda in base a termini legali, e l'addetto stampa avrebbe dovuto plasmarla in qualche cosa che il pubblico potesse ingoiare. Hitler gracchiò: «Portatelo fuori e fucilatelo», ma nessuno fu certo di chi dovesse essere fucilato.

Heines, però, sentì l'ordine. Si girò verso Lutze. «Lutze, non ho fatto niente. Non puoi aiutarmi?» Lutze, ancora intento a frugare nel guardaroba, rispose: «Non posso far niente. Non posso far niente».

Koch si fece strada lungo il corridoio. «Vieni, Pauli.» Sembrava sapere dove andare. Spalancò con un calcio una porta, che non era chiusa a chiave, ed entrò. Pauli lo seguì, pistola in pugno. Non c'era nessun uomo delle SA nella stanza, solo un ragazzo, sul letto: ossuto, giovanissimo, poco più di un fanciullo. Koch gli strappò via le lenzuola dal corpo ignudo, e il ragazzo arretrò di scatto, coprendosi la faccia con le mani, come aspettandosi una percossa. Koch si girò e spalancò il guardaroba. A prima vista, pareva che contenesse solo indumenti, penzolanti dagli appendiabiti. Poi Koch gridò: «Fuori! Esci di lì, bastardo!», e una piccola figura ingobbita emerse tra gli abiti appesi.

Un ometto, completamente nudo. Un corpo pallido e grinzoso, che contrastava curiosamente con le mani e il cranio abbronzati dal sole. Era Graf. Senza gli occhiali, dovette strizzare gli occhi per vedere più chiaramente Pauli e Koch. «Winter» disse con voce sommessa. «Immaginavo potesse trattarsi di lei.»

Pauli non aprì bocca. Per un attimo, i due si fissarono. Non vi sarebbero state suppliche da parte di Graf. Anche in quel momento, umiliato e sconfitto, non avrebbe implorato aiuti. «Meglio che si vesta» disse Pauli. Porse al vecchio gli occhiali cerchiati in oro.

Koch seguiva la scena con interesse. Aveva sempre saputo tutto quanto, naturalmente. E Lothar Koch non era capace di resistere dal rivelare che sapeva. In un poliziotto era una pecca, l'unica, forse, di Koch quale poliziotto.

Fuori, in corridoio, qualcuno stava dicendo: «Chiudeteli nelle cantine. Li porteremo a Stadelheim». Non era chiaro chi avesse parlato. Hitler era sopraffatto dall'emozione, e pareva quasi incapace di articolare parola. Forse era stato Goebbels.

Pauli Winter e Lothar Koch si accodarono al camion che portava gli arrestati alla prigione di Stadelheim. Seguirono la strada più lunga, che costeggiava tutta l'estremità sud del lago, attraverso Rottach-Egern e Tegernsee, avendo saputo che gli uomini della Guardia di Röhm aspettavano sull'altra strada a monte, quella diretta, nella speranza di recuperare i loro capi.

Quando raggiunsero Monaco, la città era sveglia e già al lavoro. Il quartier generale del partito nazista di Briennerstrasse era completamente presidiato – non da uomini delle camicie brune e delle SS, ma da soldati armati dell'Esercito regolare. E c'erano soldati anche alla stazione, e poliziotti in borghese i quali erano in attesa di ogni treno in arrivo per arrestare i leader delle SA che confluivano a Monaco per la prevista conferenza di Hitler alle ore 11 di quel mattino.

Alla prigione, Pauli riconobbe moltissimi dei gerarchi delle camicie brune lì trattenuti. Quel giorno, nei registri del carcere vennero elencati alcuni dei nomi più famosi della Germania, perché le SA avevano trovato sostenitori in alto loco. Ritter von Krausser, Manfred von Killinger, Hans-Peter von Heydebreck, Hans Heyn, Georg von Detten, Hans Joachim von Falkenhausen... La città era percorsa da voci incontrollabili, la confusione e l'incertezza dilagavano, la paura traluceva dagli occhi di tutti.

Nell'ufficio delle SD, a Pauli Winter venne consegnato un elenco di nomi e di indirizzi. Suo compito: notificare il mandato di arresto — nulla più di un foglietto dattiloscritto — mentre Koch avrebbe proceduto all'arresto. Non erano disponibili auto della polizia, e quindi i due furono costretti a servirsi di un taxi. Prima di prender fiato e poter fare colazione, avevano già rintracciato e arrestato sei ricercati. La grande birreria di fronte alla prigione era piena di agenti di polizia, quasi tutti impegnati nella stessa operazione di Pauli e Koch. Ormai la prigione di Stadelheim di Monaco centro era al completo. Gli arrestati venivano condotti là dove la vecchia fabbrica bavarese di esplosivi veniva adesso usata quale campo per i "nemici dello Stato". Campo di concentramento di Dachau era chiamato. Koch imprecò a lungo e di cuore alla sfortuna: Dachau era a diciassette chilometri di distanza, e la spola fin là comportava un bel po' di lavoro addizionale.

Pauli si lasciò andare su una sedia, esausto. L'influenza l'aveva indebolito al punto che la minima attività risultava spossante. Trangugiò la sua "minesra ai tuorli d'uovo" nella speranza di riacquistare un tantino le forze. Non era come quelle che faceva Inge. Le minestre fatte in casa da Inge erano perfette, come tutto quanto era opera di Inge. Pauli voleva un gran bene a Inge, aveva bisogno di lei, soprattutto quando non stava bene. Era fortunato ad avere una moglie bella e meravigliosa. Lei a volte si lamentava, ma faceva sempre tutto quanto come a Pauli piaceva.

Koch, che sembrava godere dell'elettricità e della confusione di quella giornata, sedeva al tavolo vicino, scambiando storie con gli agenti in borghese della polizia politica. C'era chi diceva che Viktor Lutze era stato nominato nuovo Capo di Stato Maggiore delle SA, e che quindi le cose si mettevano male per Röhm. Circolava anche la voce che le autorità della prigione di Stadelheim avevano messo Röhm nella stessa cella che lo aveva ospitato quando lo avevano arrestato per aver marciato a fianco di Hitler nel fallito putsch del 1923. Se vero, era un ben triste scherzo della sorte, ma rientrava in quella specie di truce umorismo che i poliziotti prediligono. E, all'idea, Koche i suoi colleghi chiocciavano grasse risate.

Altra storiella, ancor più divertente, riferiva che la squadra mandata ad arrestare il Dr. Ludwig Schmitt, alleato con Strasser, il vecchio nemico di Hitler, era tornata con il Dr. Wilhelm Eduard Schmid, il ben noto critico musicale del *Muenchener Neueste Nachrichten*. «E,» diceva il poliziotto che raccontava la storiella «una volta a Dachau, il povero vecchio frescone è stato giustiziato, così adesso è troppo tardi per rimediare.» Gli altri poliziotti ascoltarono, bevvero la loro birra e si scambiarono sorrisi imbarazzati. Era poi vera la storia? Ce n'erano talmente tante in giro! E non solo a Monaco. Esecuzioni sommarie — assassinî legalmente sanzionati — avevano luogo ovunque. Notizie appena arrivate dicevano che a Berlino il Dr. Erich Klausener — uno dei direttori del Mistero dei Trasporti e già a capo della sezione di polizia del Ministero degli Interni prussiano — era stato ucciso a revolverate nel suo ufficio da uomini in uniforme delle SS.

Pauli chiuse gli occhi, mentre ascoltava i discorsi di Koch e soci, e tentò di liberare il povero naso otturato. Si sentiva in condizioni pietose. Koch lo incitò a mangiare, ma Pauli aveva, per di più, lo stomaco chiuso. Quando furono di nuovo in macchina, Koch guardò l'elenco che aveva in mano: «Il prossimo sulla lista è l'Obersturmbannführer Heinrich Brand!».

Pauli sussultò come sotto una scarica elettrica. «Cosa? Brand?»

«È solo uno scherzo, Pauli, amico mio! No, il tuo Brand è troppo furbo per farsi pescare in questo casino. Da quel che ho saputo, Brand farà parte dello Stato Maggiore di Lutze.»

Guardò gli occhi lacrimosi, il naso rosso dell'amico, e sorrise. Koch sapeva della corte marziale di Pauli, e del periodo nel Battaglione di punizione. Koch aveva una spia nell'ufficio matricola dell'Esercito che controllava tutto ciò che gli interessava. Koch, comunque, non aveva mai rivelato a Pauli di esserne al corrente, e aveva manipolato gli archivi dell'SD in modo che il curriculum militare di Pauli fosse irreprensibile. Koch considerava tali piccoli favori come attenzioni che qualsiasi vecchio commilitone aveva il diritto di pretendere.

Quel pomeriggio arrestarono altri quattro leader delle SA. Anziane camicie brune che non opposero resistenza, e li seguirono con moderate rimostranze. Era il viaggio fino a Dachau che risultava spossante. Alle 18, i due fecero il loro rapporto all'ufficio dell'SD, al numero 4 di Zuccalistrasse. Pauli si afflosciò sulla sedia dietro la propria scrivania, mentre Koch pescava dallo schedario la bottiglia di grappa. «Che giornata!» gemette Pauli, ma nel momento in cui stava per andarsene, arrivò un impiegato a dirgli che alla prigione di Stadelheim c'era bisogno di un avvocato. Pauli doveva presentarsi al Gruppenführer delle SS, Sepp Dietrich.

Trovò il ben noto comandante del Leibstandarte nel cortile della vecchia prigione. Un cortile selciato, già semibuio, col sole calante che pennellava d'oro la sommità dei tetti. Dietrich, quarantadue anni, spalle poderose, era stato, per gran parte della vita, un manovale: bracciante agricolo, inserviente a una pompa di benzina, doganiere, operaio in fabbrica. Hitler lo aveva scelto come guardia del corpo ancora ai tempi in cui nei comizi gli era necessaria una protezione fisica. Adesso Dietrich era un generale delle SS, ma non aveva perduto l'antica scorza. In quel momento, stava fumando una sigaretta e chiacchierando in dialetto bavarese con sei dei suoi militi in divisa nera, e un subalterno, giovane e di alta statura, i cui galloni scintillavano a denotare la loro fresca data.

«Salve, Pauli» disse Dietrich, sempre col suo pesante accento di Baviera. Si compiaceva della propria informalità. «Sembra che siamo pronti.» Buttò per terra la sigaretta e la schiacciò col tacco dello stivalone lucidissimo. Il plotone di esecuzione prese i fucili. «Voglio che tutto sia strettamente in regola» proseguì Dietrich. Circondò con un braccio le spalle di Pauli, e lo pilotò in disparte. «Sì, Gruppenführer» rispose Pauli.

«Tu sei l'esperto di legge. Voglio che tutto sia in regola con la legge.» Lo fissò negli occhi lacrimosi, e, per sincerarsi di essere stato ben capito, disse: «Questa gente delle SA, noi la stiamo giustiziando. Meno Röhm: lui resta in carcere finché il Führer non decide che farne. Qual è la procedura normale?».

«Un processo e una sentenza.»

Dietrich era un uomo semplice, e sorrise come se Pauli avesse piacevolmente scherzato. «Il Führer li ha già processati e ritenuti colpevoli» replicò.

Pauli si pulì il naso e si asciugò gli occhi. Dietrich lo stava guardando come se si aspettasse di vederlo scoppiare in lacrime. Pauli si sentì uno scemo. «Quali sono le disposizioni?»

«Non voglio che il Pubblico Ministero mi salti addosso» spiegò Dietrich abbassando la voce. Con notevole coraggio, il Pubblico Ministero di Monaco aveva convinto il Ministero della Giustizia ad aprire una serie di inchieste per "incitamento al delitto" a carico del comandante e di due funzionari del campo di Dachau.

«Non si preoccupi» disse Pauli. «Il Ministro degli Interni ha detto al Gabinetto che qualsiasi inchiesta su Dachau dev'essere archiviata per ragioni di Stato. Anche questa seguirà la stessa sorte.»

«Però il comandante del campo è stato silurato» obiettò Dietrich, accigliandosi. Non voleva rischiare la stessa fine.

«Andrà tutto liscio» garantì Pauli, che non vedeva l'ora di tornare a casa e mettersi a letto. «Ma, per motivi legali, il suo ufficiale è bene che legga la sentenza a ognuno dei condannati, prima che l'esecuzione abbia luogo.» Sentì arrivare uno starnuto e prese in mano il fazzoletto per essere pronto. Starnutì con fragore.

«*Gesundheit!*»* disse Dietrich, educatamente, e fece cenno al suo ufficiale di avvicinarsi. «Istruiscilo su cosa deve dire» aggiunse, rivolto a Pauli.

Raccogliendo in fretta le idee, Pauli disse: «Qualche cosa del genere come "Siete stato condannato a morte dal Führer"». Si soffiò il naso.

«Tutto qui?» domandò Dietrich, dubbioso.

«È sufficiente che gli venga notificata la condanna. È la legge.»

«"Heil Hitler" come chiusura» aggiunse Dietrich. «"Siete stato condannato a morte dal Führer. La sentenza da eseguirsi qui sul posto. Heil Hitler". Chiaro?»

* «Salute!» [*N.d.T.*]

«Sì, Gruppenführer» rispose il subalterno.

Le scariche dei fucili si ingigantivano nello stretto cortile che moliplicava l'eco. Le finestrelle con l'inferriata erano buie e silenziose, tra le macchie arancioni di ruggine che punteggiavano i mattoni grigi. Eppure Pauli non riuscì a vincere la sensazione di essere osservato da molti occhi.

Avanti il prossimo! Il prossimo! Affrettarsi! Più in fretta! Uscendo gelati e bagnati dalla doccia fredda, i gerarchi delle SA arrivavano a uno a uno, atterriti e intontiti, sulla porta che dava sul cortile. Il viso del giovane ufficiale delle SS era impassibile, ma egli andava leggendo le sentenze troppo in fretta, spesso inceppandosi sulle parole.

Più d'uno tra i prigionieri rimaneva eretto e accoglieva la fucilazione col saluto nazista e il grido "Heil Hitler", tuttora convinto di essere, assieme agli altri condannati e allo stesso Führer, vittima di un colpo di mano delle SS.

A Pauli venne da dar di stomaco quando Edmund Heines si afflosciò sotto le pallottole. Oltre essere Obergruppenführer delle SA, Heines ricopriva la carica di Presidente della polizia di Breslavia. E anche i nervi d'acciaio di Dietrich parvero cedere allorché un altro Obergruppenführer delle SA, Schneidhuber, fu portato davanti al plotone di esecuzione. Schneidhuber era il Presidente della polizia di Monaco.

Ma le esecuzioni non si fermavano. Pauli vi assisteva spassionatamente. Uomini migliori di questi erano morti in guerra a un passo da lui, ricordava a se stesso. Se si fosse conosciuta la verità, erano più da compiangere alcuni degli inglesi e dei francesi che egli stesso aveva ucciso. Solo quando entrò nel cortile il capitano Graf, Pauli ebbe l'impulso di distogliere gli occhi. Ma non lo fece. Osservò Graf addossarsi al muro, ormai bucherellato e scheggiato dai proiettili. La polvere dei mattoni spezzati gravava nell'aria come un fumo, e si mescolava con la cordite, a esalare un odore che Pauli non aveva mai dimenticato.

Graf, ben eretto, rifiutò la benda sugli occhi. Fino all'ultimo attimo non staccò lo sguardo da Pauli. E Pauli non abbassò il proprio. Graf non gridò "Heil Hitler" né protese il braccio nel saluto nazista. Non era mai stato un grande ammiratore di Hitler o degli uomini che lo circondavano. Graf era un soldato al cento per cento: il Freikorps e le SA erano stati soltanto un modo per rimanere fedele a un genere di vita in armi. Quando la scarica arrivò, egli sembrò spezzarsi in due, e il sangue sgorgò come da una fontana. La sua morte parve più sanguinosa di quella degli altri. Forse perché una pallottola aveva spezzato un'arteria — o forse perché Pauli aveva quell'impressione di pena che gli altri non gli avevano dato. Graf era stato un camerata, un bravo camerata; e un uomo non perde con leggerezza un amico. Ma Graf era un soldato; era un modo abbastanza bello per un soldato di andarsene.

*«Lasciare la presidenza vacante, che splendida idea!»*

Non stava risultando molto brillante la cena a inviti che Inge aveva programmato, ed ella si sentiva infelice. Era la prima volta che avevano ospiti a tavola in quel nuovo appartamento di Berlino, rimesso in efficienza e arredato secondo i loro gusti; in più si era fatta fare un abito espressamente per l'occasione. Un lungo, sinuoso modello in sbieco, di satin dorato, che le fasciava il corpo. Senza maniche, e con la scollatura generosa, sottolineava la splendida carnagione di Inge. La quale aveva invitato sua sorella Lisl e relativo consorte, Erich Hennig. L'ospite d'onore sarebbe dovuto essere Fritz Esser, adesso Ministro del Reich e uno dei massimi esponenti del partito, nonché membro del Gabinetto e uno dei delfini di Hitler. Ma Fritz Esser aveva mandato un enorme mazzo di fiori e un biglietto in cui spiegava che, per via di certi impegni alla Cancelleria del Reich, avrebbe ritardato e non sarebbe arrivato che dopo la cena.

«È perché il presidente è così ammalato» spiegò Inge a Erich, suo cognato, come fosse ben informata circa lo stato di salute del presidente Hindenburg. «Sono tanto preoccupata per il Führer. Sembra davvero stanco.» Le due sorelle parlavano sempre di Hitler così come due adoranti scolarette avrebbero potuto parlare di un idolatrato campione di hockey. Era una gara tra le due, una competizione alla quale partecipava una fetta, curiosamente significativa, della popolazione femminile di Germania.

«Lo so» disse Lisl. «Noi si spera che Erich possa suonare in presenza del Führer, l'anno prossimo al Festival di Bach, a Lipsia.»

Lisl batteva in continuazione su questo tasto: che suo marito avrebbe suonato in uno dei concerti che Hitler onorava della sua presenza. Quanto bastava perché Erich Hennig si ponesse ben al di sopra dei suoi concorrenti pianisti. Ma Adolf Hitler non era assiduo frequentatore di avvenimenti musicali, e, per il momento, la carriera di Erich ristagnava. I concerti di Hennig, e le sue occasionali esecuzioni accompagnate da grandi orchestre, sembravano relegati in remote province tedesche, mentre gli auditori di Berlino erano monopolizzati da più famosi concertisti di una precedente generazione.

Nell'intento di compiacere l'ospite pianista, Pauli disse: «Fritz Esser era con il Führer a Bayreuth, la settimana scorsa. Hanno visto *L'Oro del Reno*. Fritz ha detto che è stata la migliore esecuzione in assoluto».

La reazione di Hennig non risultò affatto compiaciuta. «Fritz Esser!» esclamò il cognato sprezzantemente. «E quante altre edizioni de *L'Oro del Reno* ha mai visto lui?»

Pauli sorrise e gli riempì il bicchiere. Inge aveva sempre sostenuto che gli Hennig erano invidiosi della tenace amicizia di Pauli con l'influentissimo Fritz Esser. Per non parlare, poi, dei regolari incontri di Pauli con Heydrich, Himmler e Jofeph Goebbels. Forse Inge aveva ragione.

Era una calda sera d'estate, afosa addirittura, e le finestre dell'appartamento dei Winter erano spalancate nel tentativo di afferrare qualche filo d'aria. La nuova cuoca, intenzionata a dimostrare la propria maestria al famoso ospite, aveva preparato una cena squisita: minestra di pomodori freschi, trota, roastbeef, e, come giusta conclusione, la torta al cioccolato prediletta da Pauli.

Ma l'ospite famoso non era arrivato, e l'assenza di Fritz era una delusione per tutti. Dava però modo alle due sorelle di parlare di affari di famiglia. Gli Hennig avevano un figlio di quattro anni, e il loro attuale appartamento risultava troppo piccolo. Inoltre, Frau Wisliceny era morta il mese prima, e, adesso che lo shock iniziale era stato superato, c'era la possibilità di discutere problemi di indole pratica.

«Papà non tira certo la cinghia» ricordò Lisl Hennig. «Ha la sua pensione, e poi gli investimenti.»

«Ma non sufficienti a mandare avanti quella casa così grande» aggiunse subito Erich Hennig. I due dovevano averne parlato prima di venire a cena, dedusse Pauli. Erich era un furbacchione. A Pauli, il cognato era sempre stato odioso, naturalmente, ed era comprensibile che anche Peter lo trovasse antipatico. Politica, affari, o la sorte della casa del suocero, Erich Hennig sarebbe sempre riuscito a ricavarne il proprio utile.

«Mi diceva che gli sarebbe piaciuto andare in uno di quei nuovi residences che hanno costruito sulla Prenzlauer Promenade» ricordò Pauli, candidamente.

Lo divertì notare come la frase avesse l'effetto che si era proposto. «Una camera da letto, un bagno, un salotto e un cucinino!» esclamò Erich sdegnato. «Diventerebbe pazzo, in un buco del genere!»

Tanto per tenerlo in tensione, Pauli aggiunse: «Mi diceva che il più delle volte sarebbe andato a mangiare al ristorante che c'è da basso».

«Assurdo!» contestò Erich Hennig. «Lo dice adesso, ma aspetta che ci abbia provato per qualche mese!»

Un vero spasso fare imbufalire Erich, e Pauli si ripropose di mandare tutto a memoria, parola per parola: Peter se ne sarebbe divertito molto. «Ma già adesso mangia al ristorante» insistette Pauli. «I ristoranti gli piacciono. Anche prima che vostra mamma morisse, andavano spessissimo al ristorante.»

Ovviamente, Inge aveva capito la manovra di Pauli, e fece intendere al marito che stava esagerando. «Sentiamo che ne pensa Lisl» suggerì.

«Stavamo pensando» disse Lisl «di traslocare e andare a stare da papà. Lui ha bisogno di qualcuno che gli stia dietro. Abitando assieme, mangerebbe con noi, gli laveremmo noi la biancheria, e tutto il resto. La donna che abbiamo fa il bucato in modo fantastico. Stira perfino le camicie di Erich per quando lui deve suonare.»

«Sarebbe un bel po' di lavoro in più per te» osservò Inge. «È una casa talmente grande!»

Replicò Lisl: «Nessun lavoro in più. Terremmo le due ragazze che papà ha già, e con la nostra avremmo tre donne di servizio».

«Non potrebbe essere tuo padre a trasferirsi da voi?» domandò Pauli.

«Siamo già troppo stretti adesso!» protestò Erich.

«So quello che stai pensando» intervenne Lisl. «La casa di papà è in parte di Inge, questo è pacifico.»

«Il professor Wisliceny ha i suoi anni. Purtroppo, non può durare ancora molto» fece presente Erich.

«Quando papà muore,» si affrettò a dire Lisl «non pretendiamo certo di tenerci la casa, Inge.»

Ma Erich non era disposto a partecipare a simili assicurazioni avventate e disinteressate. «D'altra parte, occuparsi di vostro padre sarà una bella faticaccia per Lisl.»

«Ma se Lisl ha appena detto che non ne avrebbe alcun sovraccarico di lavoro!» fu il diabolico commento di Pauli.

«Sta' buono, Pauli» ammonì Inge. Aveva già considerato quanto concedere, e dove investire il resto dei proventi della quota che le spettava della grande casa paterna. Abitazioni del genere vicinissime a Kant Strasse spuntavano ottimi prezzi al momento. La zona del Ku-damm si era valorizzata sempre più. Qualche speculatore avrebbe acquistato la casa per trasformarla in appartamenti o magari in un albergo.

«Abbiamo bisogno di una stanza per il bambino, ed altre due per l'istitutrice» disse Lisl. «Ed Erich avrebbe anche modo di prepararsi per il suo concerto.»

«Quale concerto?» chiese Inge.

«Erich ha questa meravigliosa occasione di suonare a Breslavia il quintetto per piano e fiati di Mozart» informò Lisl. «Ma i nuovi inquilini che abitano sotto di noi si sono lamentati perché il piano di Erich li disturba.»

«Se pensate di fare le prove dei quintetti a fiato in casa di vostro padre, i vicini del professor Wisliceny si lamenteranno anche loro» fu la successiva frecciata di Pauli.

«È il Köchel 452» spiegò Erich Hennig, scandendo le parole con lenta pazienza. «Pianoforte e strumenti a fiato. A casa, studierei solo la parte pianistica. Per le prove d'insieme abbiamo sale apposite.» Sorrise come può sorridere un fotografo per bambini alle prese con un piccolo cliente particolarmente bizzoso.

«In casa di papà i muri sono parecchio più spessi» disse Lisl, risoluta. «Pensate a tutti i trattenimenti musicali che mamma ci teneva.»

«Se papà è d'accordo, dovete andare a stare da lui, senz'altro» disse Inge, all'improvviso. «I locali in più vi servono.»

Pauli la guardò, alquanto sorpreso, ma Inge la dava sempre vinta alla sorella minore, o almeno così sembrava a lui. Si chiese se fosse così che gli altri vedessero il rapporto tra lui e Peter.

«Grazie, Inge» disse Lisl.

«E beviamoci su» propose Inge, prendendo la bottiglia del vino. In certo qual modo la decisione le era di sollievo. Per lo meno, garantiva che papà sarebbe stato assistito a dovere. La preoccupava l'idea che il vecchio vivesse da solo. «Al momento opportuno, venderemo e divideremo il ricavato.» Gli Hennig bevvero il vino, ma Pauli notò che non confermavano l'idea di dividere, in definitiva, i soldi.

Dopo che gli Hennig se ne furono andati, Inge parve rimpiangere la propria generosità estemporanea. Le succedeva spesso: dava via le cose che più le erano care, e quindi si mordeva le dita, sfogando la collera conseguente non su se stessa ma sulla persona beneficiaria del regalo. Pauli le versò il bicchiere della staffa, e andarono entrambi nello studio, dove lui prese a consultare qualche sua carta.

«Quelli non se ne andranno mai» disse Inge cupamente. «Non vedremo mai un pfennig della bella casa di papà.» Stava anche pensando allo spazio in più di cui avrebbero avuto bisogno, se lei stessa avesse messo al mondo dei figli. Questo, però, non lo disse.

«Non credo che se la potranno permettere, quando tuo padre morirà. È una casa che di sola manutenzione deve costare parecchio» la consolò Pauli. «Ricordo che tuo padre si lamentava della cifra enorme che dovette sborsare per il tetto nuovo, un paio d'anni fa.»

«Be', almeno per il tetto non avranno da preoccuparsi» brontolò Inge.

Pauli si mise a ridere. Sua moglie era decisa a vedere nero.

«Vado a letto, Pauli. Non far tardi.» Gli sorrise e lo baciò. Altri mariti avrebbero potuto rimproverare le proprie mogli per aver così stupidamente rinunciato a una grossa fetta di un'eredità, ma Pauli non era il tipo. Non si era mai curato molto dei soldi, a parte quelli necessari a un'esistenza fondamentalmente confortevole. Certe volte, gli veniva da pensare che non avrebbe neanche fatto drammi se avesse dovuto perdere Inge.

Mezzanotte era passata da trenta minuti quando Fritz Esser suonò alla porta. Inge era letto e dormiva. Pauli era seduto nel piccolo studio, e stava leggendo una pila di regolamenti ed emendamenti che ormai affluivano sempre più numerosi sulla sua scrivania.

Fritz Esser indugiò in anticamera, con un sorrisetto ebete sulle labbra. Lì per lì Pauli pensò fosse ubriaco, ma nessuno usciva ubriaco da un colloquio con il Führer, se non ubriaco di felicità.

«Mi sono pisciato addosso dal ridere» gridò Esser, mentre Pauli lo faceva accomodare in studio e tirava fuori una bottiglia di cognac francese. L'ultimo compleanno di Esser era stato il quarantesimo della serie. A parte i suoi occhi scuri e la stupefacente chiostra di denti guasti, rotti e irregolari, quell'uomo era scarsamente identificabile come l'adolescente che aveva ripescato dalle acque del Baltico i ragazzi Winter, tanti anni prima. Esser aveva messo su peso al punto da dover ricorrere ad abiti fatti su misura. Tutti dovuti a uno dei migliori sarti di Berlino. Il peso di Pauli oscillava in su e in giù, ma era Inge che lo obbligava a mettersi a dieta quando era necessario. Esser era scapolo e non doveva sottostare a simili restrizioni. Però lui era alto, e forte di ossatura: poteva metter su chili, come in quel periodo, senza apparire ridicolo.

«Che è successo?» domandò Pauli.

«Non quello che è successo,» rispose Esser «quello che succederà domani. La Cancelleria è un manicomio: generali, ammiragli, Gauleiter, e tutti i papaveri della stampa e propaganda.»

«Hindenburg? È morto?» Hindenburg era morente; lo sapevano tutti che era solo questione di ore.

«Quei figli di puttana dell'Esercito!» Esser ingollò un po' di cognac e scoppiò di nuovo a ridere. La risata di Fritz Esser, bambino carogna, con dentro una dose di cinismo. «Quei generali sono troppo idioti per sapere perfino quando si mette a piovere. Chi tra quegli scemi poteva scegliere domani come giorno per la grande parata celebrativa? È da oltre cinquant'anni che non vincono una guerra. Siccome non possono di certo celebrare l'anniversario della vittoria nella guerra — che hanno perduto — decidono di festeggiare il ventennale del giorno in cui il Kaiser ordinò la mobilitazione generale...» E giù un'altra risata fragorosa, prorompente, in linea col suo corpaccio. Afferrò la bottiglia e si versò ancora da bere. I due si conoscevano bene, i grandi amiconi. In casa di Pauli Winter, Fritz non doveva chiedere quello che voleva: si serviva da solo. «Ti ricordi il giorno della mobilitazione, nel 1914?»

«Lo ricordo.» Quel fatale giorno del 1914 era scolpito a fondo nella memoria di Pauli. Alla scuola cadetti di Lichterfelde c'era stata una speciale parata militare. Vi avevano assistito i suoi genitori; mamma aveva pianto.

«Così, adesso, tutti i generali di piombo vengono tirati fuori dalle loro scatole, lustrati ben bene, pronti a marciare avanti e indietro alla musica delle bande dei loro soldatini di piombo. I generali hanno indossato le loro uniformi più belle e strigliato i loro cavallini a dondolo... E che ti succede? Che quel vecchio indelicato bastardo guastafeste di Paul Ludwig Hans von Beneckendorff *und* von Hindenburg sta tirando le cuoia... e ti manda a monte tutto lo spettacolo. Ah, ah, ah! È la più bella risata che mi faccio da quando hanno fucilato quel bastardo di Röhm, il mese scorso.»

«Sei sicuro di Hindenburg?»

«Ero col Führer quando hanno emesso l'ultimo bollettino medico. Ti figuri l'Esercito? Blomberg, il nostro meraviglioso Ministro della Guerra, è al Bendlerblock a mandare teleprint a ogni unità dell'Esercito in Germania, per annullare la celebrazione e disporre, invece, che preparino le cerimonie funebri.»

«Il Führer che ha detto?»

«Oh, logicamente, il Führer era molto turbato» disse Esser con voce che denotava come il Führer non fosse affatto turbato. «Adesso, il Führer diventerà presidente, e probabilmente ci aggiungerà la carica di Cancelliere.»

«Il che sarebbe illegale» obiettò Pauli.

«Ne sei sicuro?» Fritz smise di bere, depose il bicchiere e si forbì le labbra.

«Dovresti saperlo, Fritz. Eri deputato nel 1932, quando il Reichstag approvò l'emendamento. In base al quale, in caso di morte del presidente, le prerogative presidenziali passano al presidente dell'Alta Corte di giustizia fin quando non si tenga un'altra elezione.»

«I poteri non passano automaticamente al Cancelliere?»

«No, neanche per idea.»

«Il presidente dell'Alta Corte di giustizia? Stai dicendo sul serio?»

«Puoi giurarci.»

«Stai dimenticando "la Legge dei pieni poteri"» disse Fritz. «Che gli concede ampia facoltà di fare tutto ciò che vuole.»

«Tranne che interferire con le prerogative presidenziali. Il che era specificamente escluso.»

«O Cristo Gesù! Un'elezione? Potrebbe rovinare tutto. Meglio che torni indietro ad accertarmi che il Führer lo sappia.»

«Siediti e rilassati un attimo, Fritz.» Esser sorbì guardingo il suo cognac e sedette pensieroso.

«Meglio non diventare presidente» proseguì Pauli, con disinvoltura. «Se Adolf Hitler diventa presidente, dovrà giurare di mantenere e difendere la Costituzione. Questo limiterebbe i suoi poteri.»

«Come potrebbe evitarlo?»

«Potrebbe lasciare la presidenza vacante e creare un nuovo ufficio.»

«Per esempio?»

«Per esempio, facendosi chiamare semplicemente il Führer.»

«Führer. Sì, splendido. Cancelliere e Führer — queste due cariche potrebbe combinarsele assieme. Manda a chiamare i capi servizio. Li fa giurare fedeltà.»

«Ci sarebbe un modo per aggirare la cosa.»

«Aggirare che cosa?»

«Di regola, l'Esercito giura fedeltà alla presidenza, e, a garanzia, il presidente presta giuramento di rispettare la Costituzione. È così che il sistema funziona.»

«Vuoi dire fare in modo che l'Esercito giuri fedeltà al Führer, poi lasciare la presidenza vacante, di modo che lui non debba giurare il rispetto alla Costituzione? È maledettamente ingegnoso, Pauli. Al Führer piacerà!»

Riprese in mano il bicchiere, poi, ricordando che Hitler era astemio, lo depose di nuovo. «Meglio che vada, adesso. Ci sarà un putiferio di cose da fare. Meno male che non ho mandato via il mio autista, come faccio di solito quando vengo da te.»

«Se proprio devi andare, Fritz...»

«Pauli, sei troppo in gamba per quel lavoro che fai con la Gestapo. Devo trovarti qualche cosa di meglio.»

«Sto bene dove sono, Fritz. È un lavoro interessante e me la cavo.»

«Lasciare la presidenza vacante, che splendida idea!»

# 1936

## *«Sciacqua e sputa»*

«Sciacqua e sputa» disse il Dr. Volkmann. «Per un paio d'ore evita di masticare da questo lato. Dovrò vederti ancora una volta.»

«Grazie» disse Peter Winter. Si sciacquò la bocca e si asciugò le labbra.

«Puoi andare, Ursula» fece Volkmann, rivolto all'infermiera.

«Grazie, Herr Doktor.»

Quando udirono la porta esterna chiudersi dietro la ragazza, Isaac Volkmann aggiunse: «Sua madre è malata, e per questo pomeriggio non ho più visite».

Peter guardò l'orologio. Erano soltanto le tre e un quarto.

«Ho perso un bel po' di clienti in questi ultimi sei mesi» si lagnò Volkmann. «Sto pensando seriamente a sbaraccare dalla zona del Ku-damm.»

«Ma il tuo tipo di clientela si aspetta di venire qui, in un quartiere elegante.»

«La gente della radio, del cinema e del teatro, vuoi dire? Ho paura che l'ho persa quasi tutta, quella.»

«Mi dispiace» disse Peter.

«Non posso biasimarla del tutto. Per vivere dipendono dai nazisti, e Goebbels è uno dei peggiori antisemiti della banda. E adesso, la giovane Ursula si è licenziata. È con me da oltre tre anni, ma suo padre non vuole che lei lavori per un ebreo.»

«Ma dovrebbe considerarsi fortunata d'aver trovato un lavoro!»

«Ne troverà un altro, come e quando vuole. I nazisti hanno diminuito la disoccupazione, Peter, questo dobbiamo riconoscerglielo.»

«E con quali sistemi?» disse Peter. «Col reclutamento obbligatorio di gente a lavorare la terra o a costruire le autostrade. O assumendola negli uffici del partito nazista locale per mansioni mal pagate o non pagate del tutto.»

«Devo ringraziare il Cielo se non sono nell'Esercito o impiegato governativo,» aggiunse il dentista «altrimenti sarei un disoccupato. Per lo meno mi consentono di lavorare.»

«Questa gente è pazza» insistette Peter.

Volkmann sorrise malinconicamente. «Il buffo è che, sotto molti punti di vista, mi trovo d'accordo col nostro amico Hitler. Sono fiero di essere cittadino tedesco, mi ribello fino all'ultima clausola di quel maledetto Trattato di Versailles. E odio i comunisti, disprezzo gli pseudointellettuali e la loro società marxista da salotto. Sono parecchie le cose che sento di condividere con Hitler: perché lui deve accanirsi in questa folle vendetta contro di noi?»

«Non lo so» confessò Peter.

«E vuoi sapere una cosa, Peter, amico mio? Sabato scorso, quando ho acceso la radio e ho sentito che i nostri soldati sono entrati in Renania, ho esultato. Lui aveva ragione nel voler riprendere ai francesi il nostro sacro territorio tedesco.»

«Lo credo anch'io.» Peter rimaneva sempre imbarazzato quando Isaac si scaldava, come spesso accadeva quando entrava in ballo l'argomento della patria.

«E in ditta, come va? Avete lavoro?»

Peter annuì. «Speriamo di ottenere qualche contratto per i sottoprodotti del carbone. Vorrebbe dire molto alla prossima assemblea degli azionisti.»

«Che tipo di sottoprodotti? Petrolio?»

«Sì. La I.G. Farben ha anche scoperto come produrre dell'ottima gomma sintetica.»

«A basso costo?»

«No, grazie a Dio» rispose Peter e rise. «È maledetttamente cara.»

«Allora, perché non compriamo gomma e petrolio sul mercato internazionale?»

«La Germania ha un sacco di carbone, Isaac. Lavoro assicurato per i nostri minatori.»

«Non è questa la ragione, amico mio, e lo sai benissimo. Il nostro Hitler è deciso a fare la guerra.»

«Dobbiamo essere pronti a difenderci, Isaac. Dei russi e dei polacchi non possiamo fidarci.»

«Voglia il Cielo che io mi sbagli» fece Volkmann. «Oh, quasi me ne dimenticavo. Devo restituire il passaporto di Lottie.»

«Il passaporto di Lottie?»

Volkmann aveva già tirato fuori il documento dall'armadietto dei medicinali dove era nascosto, prima di sollevare gli occhi e accorgersi della sorpresa di Peter. «O Signore! Non lo sapevi?»

«Cosa? Cosa è questa faccenda, Isaac?»

Volkmann rimase lì, incerto se consegnargli il pacchetto. «Avrei rimorso per tutta la vita, Peter, per essere stato la causa di disaccordo tra voi due. Voi siete i nostri amici più cari e leali.»

«Che ci fai con il passaporto americano di Lottie, Isaac?»

Di nuovo il dentista esitò, ma decise di non aver altra scelta se non quella di dirgli la verità. «Tua moglie ha prestato il suo passaporto a un mio amico. Noi ci siamo occupati dei visti che ci sono su.»

«Non parlarmi per enigmi, Isaac. Vuoi dire che avete copiato i visti per contraffarli?»

«Sì, è questo che voglio dire, Peter. Credevo che tu lo sapessi. Immagino sia un brutto colpo per te, adesso che sei venuto a conoscere...»

«E avete contraffatto anche passaporti americani?»

«Alcuni della mia gente sono in una situazione disperata, Peter. In questo nostro Paese stanno succedendo cose terribili.»

«Non avevi il diritto di mettere in pericolo mia moglie!»

«Non sono stato io a metterla in pericolo. È lei che ha insistito che usassimo il suo passaporto. Quale ebrea è suo diritto di prendere certe decisioni al riguardo.»

«È mia moglie, e abbiamo una figlia piccolina. Che accadrebbe se...»

«Lo so, lo so...»

«Non avresti dovuto incoraggiarla.»

«Ho fatto di tutto per dissuaderla, Peter. Di tutto! Lo giuro. Credevo ne avesse discusso con te.»

«E tu non dovresti farti coinvolgere in faccende del genere, Isaac. Un'attività criminale, e tu ne sei complice!»

«Non venirmi a parlare di legge, amico mio, quando la giustizia giace sanguinante ai miei piedi!»

«Per reati del genere, si va in prigione per tutta la vita, Isaac.»

«Per il reato di essere nata ebrea, la mia gente è condannata a morte. Dovrei sottrarmi al mio dovere di ebreo per servire un regime che sta assassindo la mia gente?»

Peter prese il passaporto e se lo mise in tasca. «Ti prego, Isaac. Basta così. Lottie è ebrea, ma è anche mia moglie.»

Isaac Volkmann non diede a Peter Winter l'assicurazione che gli veniva richiesta. «Diciamo martedì prossimo, alle due e mezza del pomeriggio? Ti permetterà di far colazione con comodo. Rimane poco da fare, tranne togliere un po' di tartaro, ma vorrei vederti un'altra volta.»

«Per me va benissimo» disse Peter. Dall'appendiabiti in anticamera riprese cappello e guanti. Volkmann lo accompagnò sulla porta.

«Tua moglie è una donna molto decisa, Peter.»

«La settimana ventura allora» disse Peter. Salutò Volkmann con un lieve cenno della testa, e se ne andò. Di solito, si stringevano la mano e si dicevano arrivederci. Quel giorno non vi furono strette di mano e neanche parole di commiato.

## 1937

*«Sai bene come sono fatti questi vecchi sbirri»*

La Geheime Staatspolizei* — la Gestapa, o Gestapo, come la chiamavano comunemente — si era insediata nel grande istituto di belle arti in Prinz-Albrecht Strasse, e a Pauli Winter era stato assegnato un ufficio al terzo piano, con vista sui magnifici giardini su cui si affacciava anche la palazzina dove Heydrich aveva allogato il suo SD.

Adesso che i nazisti avevano consolidato il loro controllo politico sulla nazione, l'apparato di polizia risultava radicalmente cambiato. Pauli Winter, con la collaborazione di sei impiegati e due giovani avvocati ai suoi ordini, aveva trascorso lunghe settimane di lavoro, per molti mesi, a stilare il programma organizzativo per la polizia di sicurezza (Sipo). In precedenza tale ente aveva incluso tutto l'organico di polizia, da quella stradale alla *Gendarmerie*. Ma ora che tutte le forze di polizia tedesche erano finite sotto il comando unico di Himmler, Reichsführer delle SS, si stava costituendo un nuovo tipo di Sipo, estrapolato appunto dalle unità più potenti — la polizia criminale (Kripo) e la polizia politica.

La neonata Sipo, sotto la direzione del capo della Polizia di sicurezza, agiva a livello di autorità ministeriale, dipendendo direttamente dal Ministero degli Interni.

Potenzialmente, ciò rendeva la Sipo uno dei più potenti strumenti di repressione mai visti nella società moderna. Ma era la relazione di Pauli Winter, basata sui provvedimenti di sicurezza del Paragrafo 42 del Codice penale del Reich, che consentiva ai poliziotti di Himmler di essere, a loro arbitrio, giudici e giurati.

Il Paragrafo 42 autorizzava i tribunali di tutta la Germania a disporre l' "arresto preventivo" di criminali abituali e di altri potenziali elementi pericolosi. Ma era il lavoro legale del Dr. Pauli Winter a fornire la nozione che, in base al concetto *volkish* (po-

* Polizia di stato segreta. [*N.d.T.*]

polare) della legge tedesca, popolazione e polizia dovevano lavorare assieme per mantenere l'ordine e la legge. Quindi, arguiva la lunga e accuratamente redatta relazione di Winter, in caso di arresto preventivo, la Sipo rappresentava la polizia, e la persona arrestata la "popolazione". Di conseguenza era legale per il capo della polizia di sicurezza ordinare arresti preventivi senza doversi rivolgere ai tribunali. Un trionfo per Himmler, un trionfo della burocrazia.

Per evitare molte discussioni circa colpevolezza o innocenza, le persone arrestate erano di solito classificate quali *Volksschädling* (delinquenti antisociali), definizione che includeva prostitute, mendicanti, omosessuali, contravventori al codice della strada, psicopatici, mormoratori, propalatori di barzellette antinaziste, e chiunque rifiutasse, senza fondati motivi, e per due volte, il lavoro offertogli dallo Stato.

L'ostacolo che sarebbe sorto nel consegnare gli arrestati alle prigioni in assenza dei richiesti documenti del tribunale era aggirato affidando i fermati ai campi di concentramento, anch'essi sotto la giurisdizione di Himmler. Le obiezioni, formulate al riguardo dal Ministero di Giustizia, erano state a suo tempo ignorate.

Così, per il 1937, nella Germania nazista, o Terzo Reich, come la macchina propagandistica di Goebbels preferiva chiamarla, i tribunali e l'intero sistema legale erano in corto circuito. Le facoltà di arrestare, giudicare e punire — punizioni tremende, torture e morte — potevano essere esercitate istantaneamente contro chiunque non fosse gradito ai nazisti.

Il 9 marzo 1937, tali facoltà trovarono attuazione per la prima volta. Il quartier generale della polizia in Alexanderplatz di Berlino impartì disposizioni agli ufficiali della Kripo in tutta la Germania di prendere in arresto preventivo duemila persone sospettate di poter commettere reati, recar offesa alla pubblica morale, o in qualche modo agire contro il regime nazista. Gli arrestati furono consegnati dalla polizia al più vicino campo di concentramento.

Per Pauli Winter, il marzo del 1937 segnò la fine di un tedioso lavoro amministrativo, per di più privo di alcun riconoscimento. Su al terzo piano gli era mancato lo stimolo eccitante del vero lavoro di polizia, ed erano anni ormai che non si misurava contro qualche avvocato negli scontri animati e rudi nei tribunali locali.

E sentiva anche la mancanza di Lothar Koch. Lothar avrebbe avuto la possibilità di ascendere lì dove le decisioni venivano prese e la paga era migliore. Ma Lothar era una vecchia volpe. Preferiva restare a piano terra ed essere in quotidiano contatto con la gente, non dove, in un corridoio pieno zeppo di uffici, burocrati presupponenti confezionavano lunghi documenti destinati ai poliziotti, i quali avrebbero lavorato meglio senza quel mucchio di scartoffie.

«Pauli?» Era la fine di una lunga giornata, e Pauli stava riponendo nella cartella alcune cose, prima di tornare a casa per la cena. Gli uffici, frettolosamente adattati per sfruttare al massimo lo spazio, erano piccoli e mal illuminati, e il visitatore restava in ombra, fuori del raggio della lampada sulla scrivania.

«Lothar, che ci fai da queste parti? Bevi un caffè?» Era sempre un piacere vedere Lothar, e più Lothar appariva malinconico, con i suoi grandi occhi tristi e le sopracciglia irsute, più Pauli aveva voglia di ridere. «Entra. Accomodati.»

«Dovevo vederti. È urgente.»

«Che succede? Chi ti sei rimorchiato?» Pauli aguzzò gli occhi. Tutti gli uffici erano a pannelli di vetro: chiunque sostasse o transitasse per il corridoio era allo scoperto.

«Posso farlo entrare? È uno dei miei uomini.»

«Se vuoi» disse Pauli, rincresciuto di non poter scambiare quattro chiacchiere piacevoli con l'amico.

Il poliziotto entrò, con aria deferente. Tutti conoscevano Pauli Winter per reputazione. Pauli era una celebrità, sia pure non a massimo livello; Pauli era l'uomo che conosceva Fritz Esser; Pauli aveva sviscerato il Paragrafo 42; Pauli era l'uomo che faceva colazione con Heydrich; Pauli aveva una casa nell'Obersalzberg.

Il poliziotto si chiamava Theodor Steiner, un veterano dal ventre del classico bevitore di birra, arrivato, dopo anni di pattugliamento per la strada, al rango di investigatore in borghese. Un uomo dalla faccia paonazza, dal grosso naso non meno paonazzo, e rotondi occhiali montati in osso, cui ricorreva per leggere.

«Steiner si sta occupando di quella banda di falsari che fabbrica documenti di viaggio. Ne sei al corrente?»

«No» rispose Pauli. «Dovrei esserlo?» Indicò due piccole sedie di giunco, ma i due visitatori rimasero in piedi.

«È da mesi che i rapporti ne parlano. Ci hanno fatto ballare un bel po'.»

«Documenti di viaggio?» chiese Pauli, stranito.

«Anche passaporti americani. Il primo l'ha beccato uno dei nostri agenti travestiti da impiegati della Linea Hamburg-Amerika. Per caso; non che avesse sospetti. Aveva soltanto cominciato a parlare con quell' "americano" e aveva scoperto che non sapeva una parola di inglese.»

«Uno che voleva espatriare clandestinamente?»

«Puoi giurarci. Un lavoro pulito, no? Con un passaporto USA non aveva bisogno di alcun visto americano o di una lettera di invito laggiù o di alcun documento che lo autorizzasse all'esportazione di gioielli, valuta o altri oggetti di valore. Ne afferri la perfezione?»

«Sì, riesco ad afferrarla.»

«Bene, Steiner li ha scovati. Ha trovato la tipografia. Un tipografo di nome Geschke — nemmeno ebreo — in Dietrich-Eckart Strasse, vicino alla stazione di Wittenau. In questo momento, sono lì che lavorano a tutto spiano: fuori ci sono i nostri uomini. Sarà un bel colpo, Pauli. Il nostro Steiner, è la volta che si becca una promozione.»

«Congratulazioni, Steiner. Come ce l'hai fatta?»

«Ci avevo infiltrato un informatore: un ebreo, naturalmente.»

«L'unico sistema, probabilmente» disse Pauli.

«L'unico, con quella gente» confermò Steiner. Steiner aveva una voce sottile, squittente, che non ci si sarebbe aspettata da un uomo della sua mole. «Sono prudentissimi, e ci sanno fare.» Porse a Pauli un passaporto e altri fogli.

«Questo è uno di quelli che hanno falsificato?»

«Quello di cui si servono per fare quelli falsi, sì.»

«Da' un'occhiata» disse Koch, e Pauli tolse la sua borsa dalla scrivania per allargare le carte sotto la luce della lampada schermata di verde. Un passaporto degli Stati Uniti — in bianco —, un foglio di nitidi timbri di gomma fotografati, fotografie di un passaporto autentico, pagina per pagina.

«Che ne pensi?» chiese Koch.

Pauli alzò lo sguardo su di lui. Il viso di Koch era atteggiato in un sogghigno imperscrutabile: lo stesso viso di quando Koch raccontava una delle sue barzellette. Un viso che, adesso più vicino alla lampada sulla scrivania, risaltava in tutte le sue caratteristiche. Che strano! Mentre i capelli di Lothar andavano diventando sempre più brizzolati, le grandi sopracciglia rimanevano sempre nerissime.

Pauli abbassò di nuovo gli occhi. Era Lottie Winter che lo guardava dalla foto del passaporto autentico. E c'era anche il suo nome: Charlotte Sarah Winter. Nata nel 1902. Los Angeles, California. «Dove sono, adesso?» domandò Pauli. «Nella tipografia?»

«Sì» confermò Koch. «Il titolare, Geschke, suo figlio, altri quattro uomini, e questa donna.» Indicò la foto di Lottie.

«Che ha a che fare la donna con la faccenda?» La domanda di Pauli era rivolta a Steiner.

«È una di loro. È lei, anche, che insegna a quelli che usano i passaporti come fingere di essere americani.»

«Questo, come lo sai?» domandò seccamente Pauli.

«L'uomo che ci ho messo dentro...» spiegò Steiner.

«Il tuo informatore, già, naturalmente.»

«Steiner ha un ordine di arresto preventivo. Stava andando sul posto per notificarlo, quando l'ho incontrato. Gli ho detto che magari tu volevi parlargli, prima di procedere» intervenne Koch.

«Non voglio che questo sia fatto in base a un ordine di arresto preventivo» disse Pauli. «Queste persone sono nemici dello Stato. Devono essere arrestati dalla Kripo, che informerò immediatamente.»

«Non penso si debba seguire quella prassi» obiettò Steiner. Gerarchicamente, l'uomo era zero, ma parlava con la sicurezza di chi ha passato tutta la vita a catturare delinquenti. «Se ci si mette di mezzo la Kripo, tutto il merito se lo prende lei. E il caso andrebbe a finire in tribunale.»

«Perché non dovrebbe finirci? Ci trovi qualcosa di male?» volle sapere Pauli.

La più piccola traccia di sorriso sfiorò il colorito, imperscrutabile faccione di Steiner. «Niente, tranne che i miei uomini dovranno battere a macchina tutti i rapporti e buttar via un sacco di tempo in tribunale per deporre e motivare le accuse.»

«Questa è cittadina americana» replicò Pauli. Batté l'indice sul passaporto.

«Con residenza in Germania» si ostinò Steiner. «Non è una

turista, è residente tedesca. Quando un residente compie un reato, non ha importanza il colore del suo passaporto.»

«Tecnicamente,» intervenne Koch «tecnicamente l'agente investigatore Steiner ha il diritto di decidere.»

«E il 26 febbraio di quest'anno,» insistette tetragono Steiner «il Gruppenführer delle SS Heydrich ha emanato una disposizione che vietava l'uso ulteriore dell'arresto di polizia "in modo da evitare la necessità di conseguente esame da parte del tribunale delle misure adottate dalla polizia".»

«Sì, lo so» ribatté Pauli, che aveva trascorso troppo tempo sui testi di legge per farsi catechizzare da un semplice piedipiatti. «Ma il decreto del Ministro degli Interni in data 12 aprile 1934 diceva che "l'arresto preventivo non deve essere usato in caso di incriminazioni per gravi reati criminali". Questo è un grave reato criminale, in cui è coinvolta una cittadina straniera. Ricade quindi sotto una procedura appropriata.»

Seguì un prolungato silenzio. Nessuno ignorava che, sebbene la tesi di Pauli fosse teoricamente corretta, e sebbene la Sipo fosse agli ordini diretti del Dr. Wilhelm Frick, ministro degli Interni, l'autorità di Frick era presa sottogamba e il suo decreto del 1934 restava lettera morta.

Pauli fissò Steiner, e Steiner, come molti altri prima di lui, rimase allarmato nel riconoscere in Pauli un uomo del tutto privo delle limitazioni che la paura di solito impone anche agli uomini più coraggiosi. Il poliziotto guardò gli occhi freddi e minacciosi di Pauli, e si sentì a disagio. Alla fine, disse: «Benissimo. Andrò giù alla Kripo. Mi daranno loro il mandato, o devo passare per la trafila di ottenere una firma autorizzata?».

«È urgente» rispose Pauli. «Telefono io e sistemerò ogni cosa.»

Steiner sospirò, prese le foto, e uscì.

«Farà come gli ho detto?» chiese Pauli a Koch, dopo che l'arcigno poliziotto fu uscito.

«Lui sa che è tua cognata. Te ne rendi conto, vero?»

«Lo sa? Winter è un cognome abbastanza comune.»

«Steiner non è uno scemo. È nella polizia berlinese da più di trent'anni. Sa tutto quanto c'è in giro.»

«Ma farà come gli ho detto?»

«Oh, farà sì a modo tuo. Lo conosco abbastanza per esserne certo. Non vuole farsi un nemico, qui su nelle alte sfere. Ma se lo segnerà come un qualche cosa che gli devi. Al momento opportuno verrà a reclamare un paio di favori, a conguaglio. Sai bene come sono fatti questi vecchi sbirri.»

«No. Come sono fatti?»

«Sono fatti come sei fatto tu» rispose Koch e scoppiò a ridere.

Pauli Winter telefonò a Inge per dirle che avrebbe tardato, e poi andò da suo fratello Peter. Dargli la notizia dell'arresto di Lottie era uno dei momenti più penosi della sua vita. Peter poteva pensare che Pauli avrebbe potuto far di più. Impossibile far capire a Peter che nessuno avrebbe potuto fare di più.

Quando venne ad aprire la porta, Peter indossava una veste da camera di seta azzurra, con un foulard scarlatto al collo. Sembrava un attore di successo. Pauli trovava sorprendente che uno si preoccupasse tanto del proprio aspetto, quando era da solo in casa, ma Peter era sempre stato così.

«Peter, devo parlarti.»

Peter lo fece entrare, dicendo: «Volevo farmi un caffè. Non riesco a trovarlo da nessuna parte, e Lottie è da mamma».

«Non è da mamma. È di Lottie che devo parlarti.»

«Allora sa Dio dov'è. Vorrei tanto che mi dicesse che sta facendo. La donna di servizio non è in casa, e l'omelette che mi sono fatto è uno schifo totale.» La radio stava trasmettendo *The way you look tonight*.

«Lottie è stata arrestata, Peter.»

«Oh, mio Dio! Ne sei sicuro?» Peter gli girò le spalle per nascondere il suo turbamento. Gli tremavano le mani mentre spegneva la radio.

«Non ci sei immischiato anche tu, per caso?»

«Di cosa è accusata?» replicò Peter, mettendosi le mani nelle tasche della vestaglia.

«Le accuse non sono state ancora formalizzate.»

«Ha qualcosa a che vedere con i passaporti?»

«Meglio che tu ti sieda, Peter.» Peter era diventato pallidissimo.

«Sì, è meglio.» Sedette e prese una sigaretta da una scatola sul tavolo.

«Sì, falsificazione di passaporti.» Pauli gli accese la sigaretta.

«Devo andare da lei.»

«Stasera non te la lasceranno vedere. La stanno interrogando.»

«Credevo fosse da mamma.»

Pauli restò in silenzio. Non aveva mai visto suo fratello tanto sconvolto, e ne provava una pena enorme.

«Sei sicuro che non me la lascino vedere stasera? Povera, cara Lottie.»

«Mentre è in carcere in attesa di istruttoria? Sai bene com'è. Certo, non te la lasciano vedere.»

«Nemmeno se sono il suo avvocato difensore?»

«Peter, cerca di capire.»

«Non riesco a pensare lucidamente.»

«Lo sapevi che stava facendo quell'accidenti di roba?» Ma prima che Peter potesse rispondere, sollevò una mano per farlo tacere, e aggiunse: «No, non voglio sapere la risposta. Dimentica la domanda».

«Penserà che l'ho abbandonata. Solo ieri sera, l'ho rimproverata per i conti di casa. Se solo avessi saputo quel che sarebbe successo!»

«Per amor di Dio, Peter, cerca di riprenderti» ammonì Paul con asprezza.

«Hai ragione. Devo. Per amore di Lottie, lo devo.»

«Ho insistito perché la arrestasse la polizia criminale in base a un mandato del tribunale. Ciò vuol dire che avrà un processo equo, Peter. E che la terranno in prigione in attesa di rinvio a giudizio. Se avessero usato un ordine di custodia cautelativa e l'avessero portata in un campo di concentramento, probabilmente non l'avresti rivista mai più.»

«Le daranno il carcere a vita.»

«Non sappiamo quale sentenza emetteranno; tu e io sappiamo quanto siano imprevedibili i tribunali. Ma almeno siamo sicuri che sconterà la pena in un carcere civilizzato e come si deve» disse Pauli. Sembrava gli fosse impossibile far capire a Peter quanto Lottie era fortunata, date le circostanze.

«A chi posso rivolgermi perché ne assuma la difesa?»

«Lottie è colpevole, Peter. Non riesci a rendertene conto?»

Peter annuì.

«Non c'è avvocato al mondo che possa farla assolvere.»

«Dobbiamo trovarle il migliore.»

«Troveremo qualcuno. Ma non molti avvocati se la sentono di difendere i "nemici dello Stato". Potrebbe essere difficile.»

«Tu non devi farti coinvolgere, Pauli. So quanto difficile te lo rende il lavoro che fai.»

«Sono affezionato a Lottie: le ho sempre voluto bene.»

Peter lo guardò. «Però, pensi che, come straniera, e come ebrea, lei si sarebbe dovuta tener fuori dalla politica tedesca?»

«Non ho detto questo, Peter: sei tu che lo dici.»

«Ma è quello che pensi, no?»

«Non so quello che penso.»

«Come puoi lavorare con quei nazisti?» proruppe Peter, e si pentì subito d'averlo detto. Stava sfogando la propria collera e la propria impotente disperazione sul fratello. Era stupido e ingiusto.

Pauli sussultò, ma non reagì allo scoppio d'ira di Peter. Con pacatezza, rispose: «Devi ammettere, Peter, che noi non stiamo ponendo restrizioni all'espatrio degli ebrei. L'SD ha un ufficio che fa di tutto per favorire l'emigrazione. Il problema è che nessun Paese li vuole. La vera ragione per cui questa gente falsificava passaporti americani era perché un israelita non può ottenere un visto d'entrata su un passaporto tedesco.»

«Inge sa cos'è successo?»

«No. Devo andarci piano.»

«Grazie, Pauli.»

«Hai mai pensato di andare a vivere all'estero?»

«È il tuo consiglio, Pauli?»

«Stavo pensando ad Helena... alla scuola e via dicendo.»

«Dovrò vedere cosa ne sarà di Lottie.»

«Se tu ci andassi adesso, probabilmente sarebbe più facile. Ma, se e quando Lottie fosse in carcere, potrebbe essere impossibile ottenere il permesso di lasciare la Germania, anche se solo da turista.»

«In questo momento, non posso pensare a cose del genere.»

«Ci saranno problemi anche sotto altri punti di vista, Peter. Devi tenerne conto.»

«Che vuoi dire esattamente?»

«Non mancherà la pubblicità, e non migliorerà certo le cose. La ditta potrebbe dover affrontare le rimostranze degli azionisti. Ho già visto casi del genere. Una faccenda come questa è come un sasso gettato in uno stagno: un cerchio via l'altro, sempre più grande.»

«Mi terrò pronto.»

«Se posso essere d'aiuto...»

«Grazie, Pauli. Hai già fatto tanto.»

«E, Peter, ogni tanto hai modo di vederti con Isaac Volkmann, vero?»

«Sono uno dei suoi pazienti» rispose Peter, sulla difensiva.

«So che sta cercando un buco dove traslocare.»

«Sì, povero Isaac. Il padrone di casa li ha sfrattati con solo un mese di preavviso.»

«Mi domando se non ha mai pensato di abitare in una bottega chiusa al pubblico.»

«Perché?»

«I proprietari di un laboratorio non devono notificare gli occupanti alla polizia, come è obbligatorio per chi dà in affitto appartamenti o case.»

«Vivere in un laboratorio artigianale? Come un evaso? È davvero necessario?»

«No, è prudente. La pressione sugli ebrei aumenterà sempre più. La vita potrebbe risultare insostenibile per loro.»

«È una direttiva, questa che mi dai?» domandò Peter, scegliendo accuratamente le parole. «O una semplice informazione?»

«È un consiglio» rispose Pauli senza esitazioni.

«Trasmetterò il tuo messaggio.»

«Meglio non precisare che viene da me, Peter.»

«Non posso credere che i Volkmann andranno a vivere in una bottega.»

«Non si può mai sapere.»

«Lottie è così testarda» disse Peter. «Mai una volta che mi avesse dato retta.»

Quando, finalmente, tornò a casa, Pauli era sfinito. Aprì la porta con la sua chiave ed entrò in salotto. La stanza era al buio, tranne una pozza di luce sul divano, su cui era adagiata Inge. Vicino, le sedeva Fritz Esser. I due stavano ridendo, ridendo in un modo come Pauli non aveva mai sentito dall'una o dall'altro. Quando alzarono gli occhi e lo videro lì, l'ilarità smise di colpo. Le loro facce si irrigidirono nel cerchio di luce gialla delle lampade da tavolo, fasciate di pergamena. Pauli si sentì un estraneo, un intruso, quasi.

«Pauli, tesoro» disse Inge, rialzandosi in fretta e sistemandosi la sottana. «Abbiamo saputo di Lottie.»

«Ero da Peter» spiegò Pauli.

«Hai mangiato?»

«Non voglio niente.» Tutto quello che desiderava era qualcosa di forte da bere. Su un tavolino, c'era una sfilata di bottiglie, ma egli esitò. Aveva bevuto sin troppo ultimamente. Meglio un caffè.

«Come l'ha presa Peter?» chiese Inge.

«È un colpo per lui.»

«È un colpo per tutti noi» disse Fritz Esser. Si alzò, malfermo sulle gambe, mezzo brillo.

«Mi volevi, Fritz?» domandò Pauli.

«Fritz era venuto per vedere se poteva essere d'aiuto» fu pronta a spiegare Inge.

«Molto gentile da parte tua, Fritz.» Pauli guardò la caraffa del brandy, e decise di meritarsi una bevuta come si doveva. Dopo una giornata come quella, un uomo aveva il diritto di sbronzarsi un tantino.

## 1938

*«Essere innocente non basta»*

Galoppare su un buon cavallo attraverso la campagna tedesca coperta di neve era una delle cose più piacevoli della vita. Tutto era bianco, senza una sola abitazione umana in vista, tanto che era difficile credere che una plaga così solitaria esistesse vicinissima al cuore di Berlino.

Un attento osservatore avrebbe riconosciuto, nonostante il giubbotto con la cerniera lampo e il foulard scarlatto, che i pantaloni da equitazione e gli alti stivali dell'uomo a cavallo appartenevano a una uniforme da ufficiale. Il cavaliere veniva sempre lì in divisa, uscendo da messa. Faceva parte di una prassi da lungo tempo seguita.

Il colonnello Alex Horner trascorreva troppe ore ormai al Ministero della Guerra. L'introduzione del servizio militare obbligatorio aveva ingrossato l'esercito tedesco a livelli quasi impossibili da gestire, e le relative scartoffie avevano raggiunto proporzioni soffocanti. Il Bendlerblock era diventato una gabbia di matti. Alcuni ufficiali suoi colleghi d'ufficio, specie i più anziani, amavano essere al centro delle cose, si compiacevano delle meschine polemiche ministeriali, e si godevano i sofisticati piaceri della vita della capitale. Ma quel lavoro a tavolino era troppo noioso per qualsiasi attivo e giovane ufficiale, ed era troppo opprimente per l'energico e volitivo Horner.

A peggiorare la situazione, la guerra civile spagnola stava durando ormai da più di un anno, e l'esercito tedesco andava usando quel terreno di battaglia all'estero per collaudare i propri soldati, i comandanti, le tattiche e l'equipaggiamento. E adesso, quando sembrava che Horner fosse riuscito a farsi trasferire in Spagna, sua moglie Chrisi gli aveva annunciato d'essere incinta. La cosa non avrebbe modificato la decisione che egli andasse laggiù — che la sua carriera venisse per prima, era stato concordato già al tempo del loro matrimonio — ma Chrisi non aveva alcun parente a Berlino, e lasciarla sola appariva troppo egoistico.

A queste cose stava pensando mentre, in sella a Pola, una stupenda cavalla roana, tornava verso le stalle di Bernau, alla periferia di Berlino. Horner aveva care quelle uscite mattutine domenicali. Amava sua moglie, ma gli era difficile rinunciare all'opportunità di starsene da solo, di quando in quando. È quelle cavalcate dopo la messa erano la sola occasione che avesse per sfuggire alla quotidiana insopportabile routine.

Le stalle erano gestite dall'ex sergente maggiore Winkel, un commilitone di guerra. Era buffo ricordare come Winkel fosse tornato a Berlino dal fronte in condizioni tanto gravi per i gas asfissianti da far diagnosticare ai medici una fine ormai prossima. Sei mesi, avevano detto, un anno al massimo, sempre che egli si fosse sottratto ai micidiali fumi di carbone che le fabbriche e le centrali berlinesi depositavano sulla città come una cupa coperta.

Allora Winkel si era preso la sua pensione di invalidità al cento per cento — tale era stata giudicata l'invalidità — e la giovane e belloccia figlia di un fattore, nonché i due buoni cavalli che la sposa portava in dote, e aveva messo su le sue scuderie per gli appassionati di equitazione, lì dove c'era aperta campagna. E adesso, venti anni dopo la fine della guerra, Winkel godeva come non mai di ottima salute, e rastrellava quattrini da quegli ufficiali che, come Horner, volevano un cavallo decente anziché quelli che l'Esercito metteva a disposizione per tale esercito sportivo-militare.

Si era in gennaio, e l'aria era fredda. Horner aveva spinto la roana in una bella galoppata, e ora, per l'ultimo chilometro, la lasciava seguire un'andatura blanda, che la raffreddasse. Pola conosceva la strada di casa molto meglio di lui. Un'andatura che consentiva ad Alex di pensare ai casi propri, alla Spagna, alle tattiche mutate, alla Legione tedesca — la Condor — e ai coetanei che in terra spagnola si stavano costruendo una reputazione. Presto — troppo presto — i bianchi cancelli della scuderia apparvero alla vista, e un'altra evasione domenicale era giunta al termine.

Lasciò che fosse la cavalla a scegliere l'andatura quando gli zoccoli incontrarono l'incerta superficie acciottolata. I competenti sostenevano che ai cavalli piace il fondo selciato, ma Pola pareva costituire un'eccezione. Mentre entrava nel cortile, Horner vide Winkel e il suo figlio decenne che stavano cercando d'individuare un buco in una camera d'aria da bicicletta, tenendola immersa in una bacinella piena d'acqua.

«Lasci che faccia io» disse Horner, declinando l'assistenza di Winkel. Winkel faceva sempre in modo che Horner avesse la sua prediletta, Pola, e a Horner piaceva accudire personalmente alla cavalla. Gli piacevano le stalle, l'odore di sudore e di letame e dei vecchi finimenti. E gli piaceva anche vedere Winkel. La confortevole esistenza di Winkel confermava ad Alex Horner che l'Esercito non abbandonava le sue creature. Bernau era esterna alla cerchia della Grande Berlino, mezz'ora di treno dalla stazione di Stettiner, eppure era frequentata da un numero di ufficiali sufficiente a rendere sicura la vita dell'ex sergente maggiore.

Adesso che suo padre era morto e suo fratello maggiore — il quale aveva ereditato la tenuta nella Prussia orientale — gli scriveva solo una volta all'anno, era questa sensazione dello stretto cameratismo militare che rendeva la vita degna di essere vissuta: così almeno la pensava Alex Horner. Una volta, molti anni prima, durante i giorni terribili in cui l'Esercito si stava smembrando sotto la spinta dei bolscevichi e dei rivoluzionari, un intrepido colonnello d'artiglieria aveva chiesto ad Alex se sarebbe stato disposto a morire per la propria patria. Era stata la domanda che soltanto un vecchio, che aveva trascorso gli anni della guerra in un comando di Divisione a venti miglia dalla prima linea, poteva porre a un giovanissimo subalterno di fanteria come Horner, che di prima linea aveva fatto già tanta esperienza. Horner — semplice tenentino a quell'epoca — aveva risposto affermativamente, ma una più sincera risposta avrebbe potuto esprimere la sua disponibilità a morire per l'Esercito. Egli amava l'Esercito; ed era forse un significativo riflesso sui rapporti avuti col padre che il ricordo più orgoglioso che avesse conservato fosse l'elogio paterno, dopo che Alex, terminati i corsi a Lichterfelde, era tornato a casa con la sua uniforme reggimentale.

Mentre faceva entrare Pola nelle stalle, e i suoi occhi non erano ancora assuefatti alla semioscurità, egli non vide in un primo momento la figura in piedi vicino alla scaletta che portava al fienile.

«Ciao, Alex.»

Un uomo, di circa la sua età. Un uomo con in testa un feltro grigio e che indossava un tre quarti di cuoio nero, e portava al collo una grande sciarpa di lana, con quello stile noncurante, spesso caro agli studenti.

«Pauli?»

Pauli afferrò la roana per la cavezza, senza rispondere, ma ormai Alex aveva riconosciuto il vecchio amico.

«Come hai fatto a trovarmi quaggiù, Pauli?» Scese di sella. Si strinsero la mano, scambiandosi saluti festosi. Poi Alex Horner tornò a occuparsi di Pola. Sfibbiò il sottopancia, sganciò la sella.

Pauli gliela tolse di mano e la appese alla mezza porta. «Così Winkel non molla il suo vecchio posto» disse Pauli. Anch'egli conosceva il sergente maggiore Winkel dai tempi della guerra. Molto tempo prima, Pauli aveva cavalcato assieme ad Alex per qualcuna di quelle galoppate della domenica mattina. Ma Inge si era sentita trascurata, ed egli aveva smesso.

Pauli si sbarazzò del cappello e del tre quarti di cuoio, e prese a dare una mano. Con una manciata di paglia cominciò a strofinare Pola. Alex ne seguì l'esempio dall'altro fianco dell'animale. Per qualche minuto lavorarono in silenzio; poi Alex, trovandolo imbarazzante, lo ruppe, dicendo: «Lasciami indovinare che cosa sei venuto a dirmi. Sei qui per darmi i retroscena segreti della caduta del nostro amato Ministro della Guerra?».

«Quella è un'altra faccenda» rispose Pauli. «Il Feldmaresciallo von Blomberg è *kaputt*; non c'è santo che possa aiutarlo. Dovrà dare le dimissioni.»

«Blomberg avrebbe dovuto capire prima di sposarla che lei era una puttana, non lo pensi anche tu?»

«Non sono un esperto di donne, né di come funziona il cervello degli ufficiali di carriera.»

Alex si concesse un breve sorriso. «Tuttavia... Senz'altro doveva aver...» Si interruppe, aspettando.

«Di solito, gli uomini, prima di prender moglie, non vanno a controllare gli schedati presso la Kripo» disse Pauli.

«È soltanto per un colpo di sfortuna che qualcuno avesse visto le prestazioni di lei su vecchie foto pornografiche e poi la riconoscesse nella foto di gruppo del matrimonio?»

«Non ci fu alcuna foto di gruppo, a quanto ne so. Fu una cerimonia strettamente privata.»

«Strettamente privata,» ripeté Alex sarcasticamente «col Führer e il generale Göring come testimoni.» Attese che Pauli sorridesse all'idea di Göring come generale. «Allora come ha fatto la polizia a scoprirlo?»

«Il modulo del cambio di indirizzo» precisò Pauli.

«Be', Blomberg è abbastanza grande e navigato per badare a se stesso» proseguì Alex. «Che dia pure le dimissioni. Ce ne sono tanti di uomini che possono prendere il suo posto. Non voglio che la gente indichi il Ministro della Guerra e dica: "Quello è il feldmaresciallo Werner von Blomberg, il vecchio scemo che ha sposato la troia". Metterebbe in ridicolo l'Esercito!»

«La Frau feldmaresciallo non è mai stata una troia, secondo le risultanze dell'archivio di polizia» replicò pacifico Pauli. «Ha posato semplicemente per fotografie porno.»

«Allora dev'essere stata una modella ben strana» commentò Alex.

«Dopo che lavori per la Gestapo, cominci a renderti conto di quante creature strane ci sono in giro» sentenziò Pauli.

«Non approvo questa società cosiddetta tollerante.» Alex buttò via la sua manciata di paglia, e si diresse alla porta.

«Tu sei un puritano inamidato, Alex; lo sei sempre stato.»

«Questo lo dici di tutti. Lo dicevi anche di tuo fratello.» Alex aveva alzato la voce per farsi sentire, mentre entrava nello spogliatoio.

«E continuo a dirglielo» confermò Pauli.

«Bevi un goccio.» Alex Horner riemerse con la giubba militare sul braccio e una fiaschetta in mano.

«Ho smesso di bere; ho smesso per davvero.»

«Un sorso di grappa non ti farà male. Sempre meglio di quelle sigarette che fumi di continuo.» Alex svitò accuratamente il tappo a bicchiere della fiaschetta e vi versò una dose. Dopo averlo offerto di nuovo a Pauli, lo vuotò d'un sorso solo. Anche quello faceva parte della sua routine domenicale.

«Le sigarette non influenzano il mio modo di giudicare, Alex.»

«Un modo di giudicare occasionalmente influenzato sarebbe poi tanto rovinoso? Non sei su un campo di battaglia.»

«Oh, ma lo sono, Alex.» Pauli osservò il colonnello Alex Horner infilare la sua giubba militare dal taglio perfetto. E avvertì una fitta di invidia. Non fosse stato per un isolato erroneo giudizio, più la sprezzante ufficiosità di quel porco di Brand, Pauli avrebbe potuto, adesso, portare la stessa uniforme di colonnello, e lavorare fianco a fianco al suo amico. Ma Pauli non si dannava l'anima per quanto era accaduto; non era disposto a sprecare troppo tempo nell'autocommiserazione. Era cresciuto all'ombra di un fratello accademicamente brillante. Considerate le sue scarse risorse, Pauli era soddisfatto della propria fortuna. Comunque, il colonnello Horner aveva una consistenza dannatamente piacevole, anche se era costretto a esibire quelle ridicole mostrine con la svastica. Malgrado la sua stessa affiliazione al partito nazista, Pauli riteneva che von Blomberg non avrebbe mai dovuto accettare che l'Esercito tedesco fosse caratterizzato da emblemi di un partito politico: era ben poco dignitoso!

«Non vuoi venire a casa e far colazione con noi? Chrisi ha preparato minestra e un po' di würstel. Ce n'è per tutti.»

«Devo tornare in ufficio, Alex. Ti ringrazio.»

«Chrisi non vede l'ora che tu e Inge veniate a cena da noi.»

«Il mese prossimo le cose saranno più facili, avrò meno da lavorare.»

«Ma è domenica! Dio buono, lavorate forte, voi. È la Gestapo, adesso?»

«Sto anche cercando di non restare indietro con le pratiche dell'SD. Ne ho fin sopra i capelli, di lavoro.»

«Allora, ti conviene accelerare. Sentiamo cosa hai da dirmi.»

«Di quanto sei nella manica di von Fritsch?»

«Nessuno è nella manica di von Fritsch» rispose Alex senza la minima incertezza. Il generale Werner nobiluomo von Fritsch, comandante in capo dell'Esercito tedesco, era personaggio inaccessibile.

«È un omosessuale?»

«No. Fritsch, omosessuale? È fuori discussione.»

«Non è sposato» osservò Pauli.

«Cos'è? Un'indagine ufficiale?»

«Sto solo cercando di dare una mano.»

«Be', Fritsch non è un omosessuale. Sono pronto a scommetterci qualsiasi cosa. E adesso che altro vuoi sapere?» Era uno di quei rari momenti in cui Alex Horner palesava una punta di irritazione.

«Non è ufficiale, Alex. Siamo vecchi amici, tu e io. Volevo solo parlare con te.»

«Riguardo il C in C?»*

«La polizia ferroviaria di Wannsee ha pescato un delinquen-

* Comandante in capo. [*N.d.T.*]

tello, di nome Otto Schmidt, che ronza intorno alla stazione. Si guadagna da vivere ricattando i finocchi. Durante l'interrogatorio, ha cominciato a far nomi. Uno dei quali era Fritsch.»

Alex Horner esternò sollievo ed esasperazione. «Buon Dio, Pauli, non vorrai certo prenderlo sul serio! Quello voleva soltanto far credere di essere qualcuno. Che altri nomi ha spifferato?»

«Un sacco di altri nomi: il presidente della polizia di Potsdam e il Ministro all'Economia.»

«Lo vedi!» Alex versò un'altra dose di grappa, poi offrì il piccolo bicchiere a Pauli, che però scosse la testa, rifiutandolo di nuovo. Alex bevve. Di solito, la domenica si fermava dopo il primo bicchierino, ma oggi era differente.

«Non direi» replicò Pauli. «La polizia l'ha portato all'ufficio della Gestapo che si occupa della repressione dell'omosessualità...»

«C'è un ufficio del genere?» Alex si asciugò le labbra col dorso della mano.

«Pensiamo a tutto, noi» disse Pauli ironicamente. Osservava Alex con attenzione. Pauli era diventato un esperto osservatore. Nel box attiguo, un cavallo irrequieto si appoggiò con tutto il peso contro il divisorio di legno che scricchiolò. «E gli ha fatto vedere delle foto. Lui ha indicato la foto del C in C.»

«Una prova che dà ben poco affidamento.»

Sempre studiando la faccia dell'amico, Pauli aggiunse: «Lui è disposto a testimoniare d'aver visto Fritsch avere un rapporto sessuale con un giovincello che aveva raccattato alla stazione di Wannsee».

«Oh» fece Alex, pur restando impassibile. «Che succederà adesso?»

«Un bel po' di cose sono già successe. È stata aperta una pratica, inoltrata al Führer. È stato Himmler in persona che gliel'ha portata, per questo abbiamo mantenuto il massimo segreto.»

«E?»

«E il Führer ha detto: "Bruciate questa porcheria".»

«Buon per lui. È stata bruciata?»

«Noi non bruciamo mai niente.»

Alex sospirò. «Dai, Pauli, amico mio. Qualche cosa il Terzo Reich la brucia. Non ho forse visto con i miei occhi pile di libri di autori ebrei che venivano bruciate in Unter den Linden, non molto tempo fa? Sulla piazza dell'Opera. Mi fermai a vedere.

Un grande falò. C'erano libri che amavo parecchio. Freud, Gide, Proust, Zola, Wells, Zweig, Mann...»

«Vorrei che tu mi credessi, Alex.»

«E, secondo te, che dovrei fare?»

Non era facile aiutare la gente: Pauli lo aveva riscontrato a più riprese. Si comportavano tutti come se Pauli stesse parlando una incomprensibile lingua straniera. «Metti in guardia il generale Fritsch.»

«Tu ti aspetti che io vada nel suo ufficio a dirgli che Hitler lo sospetta di accoppiamenti omosessuali? Alla stazione di Wannsee?»

Alex non riusciva ancora a metterselo in testa. Tutti quegli anni nell'Esercito sembravano averlo reso incapace di capire i semplici fatti della vita politica tedesca. Pauli cercò di spiegare il più pedestremente possibile. «Adesso, sembra che, se von Blomberg deve andarsene, Göring convincerà Himmler a sottoporre di nuovo al Führer la faccenda Fritsch.»

«Ma perché?»

«Non essere ingenuo, Alex. Göring vuole il ministero di Blomberg, e il primo candidato adesso è Fritsch.»

«E che vantaggio ne avrebbe Himmler?»

«Se liquidano Fritsch, anche Himmler avrebbe modo di estendere i suoi poteri.»

«Himmler, estendere i suoi poteri? Mio Dio, l'amico ha già il comando di tutte le forze di polizia di Germania. E adesso ha portato il suo esercito di SS a tre reggimenti, più una compagnia di genieri da combattimento e un reparto comunicazioni e trasmissioni.»

«Dieci e lode al servizio informazioni dell'Esercito, Alex. Ti tiene bene aggiornato.» Tirò fuori una sigaretta, l'accese, ne soffiò il fumo. «E anche i campi di concentramento. Le Teste di morto che fanno la guardia ai campi, sono anche loro alle dipendenze dirette di Himmler.»

«E anche tu?»

«Sì, anch'io.»

«Allora, perché sei qui?»

«Non lo sai, Alex?»

Alex esitò. «Per l'Esercito? Ti sta ancora tanto a cuore?»

«Non lo so, Alex. Forse voglio soltanto provare che, a volte, posso essere padrone di me stesso. Inge continua a dirmi che dovrei esserlo.» Si alzò, prese dal gancio il suo tre quarti.

Alex rimase a osservare l'amico che si infilava il pesante indumento di cuoio. Pauli si muoveva come un vecchio malato. Chissà che stava facendo in quei giorni, ma sembrava esausto per un lavoro troppo sfibrante. Persino il Bendlerblock concedeva ai propri schiavi di passare la domenica a casa. «Nemmeno tu ci credi, vero?»

«Di Fritsch? No, è tutta una balla. L'uomo che si è fatto ricattare da quel topo di fogna di Schmidt è tutt'altra persona; un capitano a riposo di nome von Frisch.»

«Come lo avete scoperto?»

«Il suo indirizzo risultava dalla deposizione originale di Schmidt. Andai a quell'indirizzo. Dopo un po' di resistenza, lui lo ha ammesso, e ci siamo procurati il suo estratto conto bancario che comprova i pagamenti fatti al ricattatore.»

«Allora, andrà tutto a posto» concluse Alex. Pauli accarezzò il collo della roana, che protese il muso ad annusarlo amichevolmente. Pauli amava i cavalli. Li aveva sempre amati.

«No, non andrà tutto a posto. Qualcuno deve informare Fritsch.»

«Informarlo di cosa? È innocente. L'hai appena detto.»

«Informarlo che essere innocente non basta.» Pauli sorrise, si abbottonò il tre quarti, deciso a non dire altro. Aveva già detto troppo.

Alex annuì, e bevve di nuovo. Il mondo era diventato pazzo.

## *Il Caso Otto*

La sera del venerdì 11 marzo del 1938, l'avvenimento mondano più fastoso di tutta Berlino era senz'altro lo splendido ricevimento dato da Hermann Göring nella ribattezzata e rimodernata Casa dell'Aviatore — il vecchio edificio della Dieta prussiana in Prinz-Albrecht-Strasse.

Göring, quarantacinquenne, comandante in capo della neonata Luftwaffe e anche di tutta l'aviazione civile, era stato da poco nominato feldmaresciallo. La promozione era intesa a ricompensarlo per la delusione di non essere subentrato a von Blomberg quale Ministro della Guerra (carica che si era assunta lo stesso Hitler). Quella sera era arrivato al suo galà, roseo in volto ed eccitato, indossando la nuova uniforme di feldmaresciallo, completa di una sfilza di medaglie. Al collo, cingeva l'Ordine al Merito, la più alta ricompensa al valore, che Göring si era guadagnata quale pilota di caccia durante la guerra. Di bassa statura, come lo sono molti piloti di caccia, e abbondantemente sovrappeso, Göring quella sera era tutto miele e sorrisi.

Era un ricevimento sfarzoso, con oltre un migliaio di invitati, tra cui diplomatici e ufficiali d'alto rango, ed era allietato da un'orchestra, da cantanti e da un balletto, tutti del Teatro dell'Opera di Berlino. Il programma comprendeva, tra l'altro, una sonata per piano di Beethoven, per l'interpretazione di Erich Hennig.

Da quando aveva suonato in presenza del Führer al Festival bachiano, a Lipsia, nel giugno del 1935, Erich Hennig era divenuto una celebrità del Terzo Reich. Una volta ammirato da Hitler, la sua fama di interprete di Bach, così come di Beethoven e di Mozart, si era consolidata, ed Hennig suonava adesso regolarmente alla radio. Fisicamente attraente, esile e alquanto sparuto, con i baffi ben curati e gli intensi occhi neri, Hennig aveva fatto leva sull'aspetto e sui modi che il pubblico attribuiva a un concertista di pianoforte. Ed era il suo aspetto — assieme a certi manierismi, quali il sistemarsi le code della marsina e sgranchirsi fuggevolmente le dita prima di appoggiarle sulla tastiera —, così come il suo talento, che gli aveva assicurato la regolare presenza nel nuovo medium dello spettacolo: la televisione. Il 22 marzo 1935, la Germania aveva dato il via al primo sistema pubblico televisivo di Stato. A dispetto dei pochi televisori esistenti, esecutori come Hennig stavano diventando "personalità" famose.

E così, quando Hennig sedette al piano quella sera, l'applauso di benvenuto superava quello tributato a qualsiasi altro esecutore.

«Erich avrebbe potuto procurarvi gli inviti» disse Lisl Hennig a sua sorella Inge, dopo averle mostrato qualche istantanea di Hennig junior, di otto anni.

«Gli inviti li avevamo già» rispose Inge altezzosamente. «Pauli li riceve per qualsiasi grande avvenimento.»

«Hai visto che amore?» aggiunse Lisl, mentre rimetteva nella borsetta le fotografie del figlio. A volte Inge amava fingere di preferire la libertà di essere senza figli, ma il suo viso, mentre aveva sbirciato le immagini del nipotino, aveva reso evidente quanto invece li desiderasse. E Pauli — a differenza di Erich — con i bambini era meraviglioso. «Scusa se continuo a tenere gli occhi sul palcoscenico, ma Erich probabilmente sarà presentato al feldmaresciallo Göring, e mi vorrà con lui.»

«Papà, come sta?» domandò Inge per cambiare argomento.

«Sente terribilmente la mancanza di mamma. Anche se non ne parla quasi mai, non è più lo stesso senza di lei. È facile dimenticare quanto sia avanti con gli anni, ma la sua memoria sta svanendo. La settimana scorsa, accennai che ti avevo visto mentre compravi il pesce al Ka-De-We, e lui disse: "Inge non sta per sposare il giovane Peter Winter? È un ragazzo a posto, quello". Io risposi: "Inge ha sposato il fratello, Pauli Winter". E papà: "Oh, ma è legale?". Ci mettemmo a ridere. Stavamo cenando in quel momento. Erich si mise a ridere così forte che quasi si strozzava. Sì, a volte papà dice cose strane.» Lisl ridacchiò.

Inge non rise. Disse: «Pauli non è potuto venire. Aveva da fare le valigie per andare a Vienna». A ben pensarci, non avrebbe dovuto dirlo — Pauli le aveva fatto giurare di mantenere il segreto — ma ne aveva abbastanza della sorella e delle sue malignità.

«A Vienna? Allora è l'*Anschluss*?»

«Domattina all'alba, le nostre truppe varcano la frontiera. Prego Dio che gli austriaci non si mettano a sparare.»

«A sparare? Non dirai sul serio, Inge! Gli austriaci saranno felici di diventare parte del Reich.» Scrutò la sorella. «Perché Pauli ci va?»

«Deve legalizzare l'arresto dei dissidenti, dei marxisti e degli agitatori. Là si sono nascosti parecchi di quei criminali.»

«E di ebrei» aggiunse Lisl.

«Sì. La Gestapo ha quasi centomila nomi con indirizzi di Vienna.»

«Quindi Pauli si fermerà a Vienna parecchio tempo.»

«No, grazie a Dio. Il Reichsführer delle SS ha garantito che Vienna sarà già ripulita per la visita del Führer di martedì prossimo. Non sopporterei l'assenza di Pauli per tutta una settimana. Mi manca terribilmente, e lui ha bisogno di me, Lisl. Se non ci sono io, il mio povero sprovveduto non si ricorda neanche di cambiarsi la biancheria, e quando è via da casa non mangia mai come si deve.»

Alle dieci e trenta di quella sera, i privilegiati musicisti e i componenti del corpo di ballo e del corpo diplomatico, che erano stati preavvisati della luminosa prospettiva di stringere la mano al feldmaresciallo Göring, vennero informati che quelle formali presentazioni erano annullate.

Anche se la ragione non era precisata, era perché Göring — il quale s'era assunto un ruolo essenziale nel pianificare l'annessione dell'Austria — si era isolato per un colloquio a quattr'occhi con uno dei suoi ospiti. Göring era deciso a persuadere il Dr. Mastny, l'ambasciatore cecoslovacco, che l'aggressione tedesca non preludeva affatto a un simile destino per la Cecoslovacchia. L'*Anschluss* era essenzialmente e solamente un "affare di famiglia", stava dicendo Göring — gli austriaci erano infatti tedeschi — e la Germania era decisa nell'avere eccellenti rapporti con la Cecoslovacchia. Egli confidava, pertanto, che non ci fosse motivo che la Cecoslovacchia mobilitasse a fronte di questa faccenda esclusivamente tedesca.

Il Dr. Mastny non ne era del tutto persuaso.

«Hai un abito adorabile, Inge» disse Lisl, e non c'era da dubitare della sua sincerità. Era un modello, lungo sino ai piedi, di grigia seta rigida che luccicava alla luce dei lampadari. Il corpetto era abbottonato sino al collo, in uno stile deliberatamente basato su qualcuno dei vecchi costumi rurali tedeschi. Un modello creato per lei in esclusiva, che Inge aveva commissionato in una delle più lussuose sartorie di Ku-damm. Si riproponeva di portarselo dietro per il loro prossimo soggiorno all'Obersalzberg. Sapeva che era il tipo di abito che il Führer avrebbe visto di buon occhio. «Deve costarti una fortuna.»

«Be', ho detto a Pauli che, adesso che lui è un uomo importante nell'ambito legale-amministrativo, dovevo vestirmi all'altezza.»

«Sei fortunata, tu» commentò Lisl. «Erich è tremendamente tirchio quando si tratta del mio guardaroba.»

«Devi farti sentire» consigliò Inge. «Tu frequenti ogni sorta di artisti di rilievo. E se devi partecipare a ricevimenti come questo, dove ci sono molti stranieri, è importante che tu faccia la tua brava figura. I tedeschi devono dimostrare che hanno un nuovo posto nel mondo, ormai.»

«Argomenti che vanno benissimo con Pauli, ma prova a farli entrare in testa a Erich. Se gli dicessi che non ho niente di decente da mettermi, lui non farebbe una piega e mi lascerebbe a casa.»

Il colonnello Alex Horner ebbe la notizia ufficiale solo il giovedì 10 marzo. Tutto cominciò appena prima delle 9 del mattino, quando arrivò il generale Wilhelm Keitel. Sebbene Keitel fosse ufficialmente a capo del Comando delle forze armate (l'OKW, un ufficio che Hitler aveva creato a sostituire il Ministero della Guerra di Blomberg), tutti sapevano che Keitel era niente più che il fattorino di Hitler.

Però, come Alex Horner poteva constatare, il "fattorino di Hitler" poteva di certo movimentare il Bendlerblock. Quando si era liberato di Fritsch e di Blomberg, Hitler aveva anche fatto un'inesorabile piazza pulita di generali; c'erano stati cinquanta fra trasferimenti e pensionamenti forzati. Adesso, quando Keitel entrava senza preannuncio nell'edificio, l'ansietà serpeggiava palpabile nei corridoi.

Gli austriaci stavano organizzando, per domenica, un plebiscito, un modo per appellarsi all'opinione mondiale e contrastare l'ultimatum tedesco. Quale contromossa, il Führer aveva deciso che l'Esercito dovesse occupare l'Austria entro sabato. E si era già a metà mattina di giovedì. Il diretto superiore di Horner — un elegante e colto vecchio generale, inaffidabile se non disprezzabile, secondo Horner — lo mandò a chiamare con urgenza.

«Notizie sull'Austria, colonnello Horner?»

«Nessuna che riguardi i piani militari, Herr General.»

«Nessun piano contingente contro gli austriaci? Neanche l'ombra?» L'uomo stava cercando di esibire la sua solita aria presupponente e arrogante, ma Horner non si lasciò incantare. Il suo superiore era inquieto.

«Nulla, Herr General.»

«Via, colonnello Horner. Il generale Jodl dice che qualche cosa c'è.»

«Ha precisato cos'era, Herr General?»

«A quanto mi risulta, è un piano abbastanza inattuabile preparato quando correva voce che gli austriaci stavano programmando di porre di nuovo sul trono Otto d'Asburgo.»

«Non lo ricordo, Herr General.»

«Jodl pensa lo chiamassero il Caso Otto. Forse è giù a prender polvere in uno degli archivi dello scantinato. Mandi qualche ufficiale affidabile a riesumare gli schedari.»

«Immediatamente, Herr General.»

«E, colonnello Horner, ho deciso di respingere la sua domanda di trasferimento in Spagna.»

«Come desidera il generale.»

«Oh, so che deve sentirsi deluso, ma con sua moglie incinta per la prima volta, e con la decisione dell'Alto Comando di ridurre le nostre forze in Spagna...»

«Capisco, Herr General.» Il suo generale non era tipo da tener conto dei sentimenti di mogli in stato interessante, aveva semplicemente un altro raccomandato in lista per la destinazione Spagna.

«Che ne direbbe, invece, di un fine settimana a Vienna? Sembra che l'Esercito sia diretto proprio là.»

«Vienna, Herr General?»

«Prepari lei stesso la disposizione che la aggreghino a una delle unità in ordine di combattimento. Io sceglierei un reparto corazzato, a meno che le piaccia marciare a piedi.»

«Il signor generale è molto gentile.»

«La Spagna non scappa, Horner. Quel giovane generale Franco non batterà molto presto i rossi, a giudicare dal modo con cui i russi si sono impegnati nella lotta.»

«Sì, Herr General.»

«E poi, colonnello Horner, non abbia fretta di andare in Spagna. È piena di mosche e di mendicanti. Anche il vitto è orribile: olio d'oliva e riso con intrugli vari. Vada a Vienna: si mangia meglio, la musica è mica male, e le donne sono molto più potabili.»

«Faccio iniziare subito le ricerche per il piano del Caso Otto, Herr General.»

«Non ci si danni l'anima, colonnello. Se quei piani ci fossero, li avrei visti. E non li ricordo affatto.»

«Credevo che il generale Jodl...»

«Il generale Jodl sta diventando vecchio, colonnello. Lei vada a spolverarsi le scarpette da ballo, per Vienna. Mandi in cantina un paio di subalterni, poi vada a prepararsi le disposizioni di aggregazione, e me le porti per la firma finché sono di buona luna.»

«Sì, Herr General. Grazie.»

Nel frattempo, Keitel aveva lasciato il ministero per raggiungere in volata la Cancelleria del Reich, dove, alle dieci e trenta, Hitler lo avrebbe ricevuto. E Keitel tirò un sospiro di sollievo, apprendendo che Hitler si sarebbe accontentato del Caso Otto, quale eventuale piano d'emergenza. Ma quando rientrò in Bendlerstrasse, nessuno era riuscito a trovare l'incartamento, che, a dispetto di ulteriori febbrili ricerche, restò latitante.

«È una delle classiche balle di Bendlerstrasse» disse Alex Horner ai due giovani ufficiali, emersi dagli archivi sotterranei, con le mani e la faccia annerite dalla sporcizia e dalla polvere accumulatesi in tanti anni sulle montagne di vecchi documenti.

Keitel andò immediatamente a conferire col generale Beck, Capo di Stato Maggiore Supremo. Quando Beck venne convocato dal Führer, ebbe la fortuna di acchiappare al volo il generale Erich von Manstein — il più capace generale dell'Esercito — e di rimorchiarselo.

Si supponeva che Manstein stesse per andarsene da Bendlerstrasse, dove, fino alla purga imposta da Hitler, era vicecapo di Stato Maggiore. Ormai, sarebbe dovuto essere sul treno per Liegnitz, per assumere l'umiliante incarico di comandare la 18ª Divisione di fanteria.

A Manstein ci vollero cinque ore per redarre i piani, che, per mascherare la scomparsa di quelli originali, vennero chiamati "Caso Otto". Alle sei e trenta del pomeriggio, gli ordini erano sulle telescriventi per la mobilitazione di tre corpi d'armata e delle necessarie unità aeree di appoggio.

Alex Horner aveva trovato una scusa per entrare nella stanza dove il chiacchierato generale Manstein era al lavoro. Manstein era un uomo dall'aria bellicosa, capelli grigi, folte sopracciglia, grande naso a becco. Ma la bellicosità di Manstein non aveva bersagli selezionati. Tutti ricordavano che era stata la sua l'unica voce sfavorevole all'ordine che, nel 1934, aveva allontanato gli ebrei dall'Esercito. E Manstein non aveva avuto paura di mettere la sua protesta nero su bianco e inviarla all'Alto Comando. Era insorto contro l'imposizione di un tale trattamento nei confronti di uomini, che, arruolandosi volontariamente, avevano comprovato di essere pronti a dare la vita per la Germania, e aveva aggiunto che l'Esercito si era dimostrato ben codardo nell'arrendersi ai voleri del partito nazista in quella circostanza. La coraggiosa protesta di Manstein aveva messo in allarme quei generali che temevano qualsiasi scossa della barca su cui vegetavano. Il Ministro della Guerra Blomberg aveva dato fuori di matto e aveva ordinato al generale Werner von Fritsch (il C in C dell'Esercito) di intraprendere sanzioni disciplinari contro Manstein, ma l'animoso Fritsch aveva risposto che la faccenda non era di competenza del Ministro della Guerra.

Adesso Blomberg era sparito, e anche Fritsch era sparito, e

Manstein stava perfezionando i piani di Hitler per l'invasione dell'Austria.

STRETTAMENTE CONFIDENZIALE

> Se altre misure si rivelano insufficienti, intendo invadere l'Austria con forze armate per stabilirvi condizioni costituzionali e per impedire ulteriori offese contro le popolazioni pro-germaniche.
>
> Le forze di terra e d'aviazione distaccate per l'adempimento di questa operazione devono essere pronte per l'invasione il 12 marzo 1938, entro e non oltre le ore 12.

Tutto quanto sembrava già lontano nel tempo, pensò il colonnello Horner mentre se ne stava seduto sul bordo della strada, inerpicato su un carro armato in avaria.

Al suo fianco, sedeva il suo vecchio amico capitano von Kleindorf che indossava la nera uniforme dei carristi. «Questi non si sognano nemmeno di essere dei carri armati» si lamentò von Kleindorf, percuotendo col pugno l'esile acciaio del PzKw IA. «Lunghi cinque metri e armati con niente di meglio che un paio di mitragliatrici. Il maledetto coso pesa soltanto sei tonnellate. Guardalo!»

Alex non aveva voglia di guardare: odiava quella macchina e tutte le altre scatolette d'acciaio sue sorelle. «Allora, perché ce li hanno dati?»

«Chiedilo ai tuoi amici del Bendlerblock» rispose von Kleindorf. «Per le parate davanti alle macchine da ripresa del cinegiornale, immagino. Ne abbiamo millecinquecento di queste inutili baracche biposto, e centinaia di esse ancora con quello scassato motore a quattro cilindri della Krupp, come questa.»

«Lo so» disse Alex. Non lo sapeva con precisione, ma ne aveva visti talmente tanti di carri armati in panne lungo le strade della Germania del sud da non restare sorpreso da quella cifra.

Una compagnia di fanteria li raggiunse e li oltrepassò, strascinando i piedi. I fanti erano già pronti a sfottere e fischiare agli uomini del carro armato rotto, ma, riconoscendo le uniformi dei due ufficiali, il sergente comandò l'attenti a destr.

«E quei fetenti delle SS viaggiano tutti sugli autocarri» disse amaramente von Kleindorf. «E con la stessa uniforme grigia dell'Esercito!»

«Guderian non avrebbe dovuto accettare che le unità delle SS facessero parte del nostro organico» concordò Alex.

«E che altro poteva fare? I carri hanno bisogno dell'appoggio della fanteria motorizzata, e solo Himmler sembra sapere dove mettere le mani sui camion. I nostri poveri diavoli devono andare a piedi.» Non era del tutto esatto — gran parte dei reparti di fanteria che transitavano si servivano di veicoli trainati da cavalli — ma Alex era stato alzato tutta la notte, era stanco e non aveva voglia di discutere.

«Loro due ufficiali! Presto!» Due grosse auto scoperte si erano fermate. La seconda era slittata su una pozza fangosa e per poco non aveva tamponato quella che la precedeva. Balzarono giù dalle macchine alcuni ufficiali di Stato Maggiore, con la solerzia che gli ufficiali addetti al comando vogliono dimostrare al loro capo.

«Quello vuole noi» disse von Kleindorf.

«*Ja!*» gridò Alex Horner, e saltò a terra.

«Vengano qui!»

Corsero da lui. Era un luogotenente generale, con il colletto slacciato a esibire i risvolti scarlatti, prerogativa del grado di generale. Era in piedi sulla Mercedes scoperta, con un braccio sulla cornice del parabrezza, mentre con l'altra mano scuoteva con impazienza un paio di costosi guanti di capretto. Il suo viso, come l'uniforme, era schizzato di fango.

Con voce autoritaria, il generale disse: «Un colonnello ha autorizzato i comandanti dei carri a rompere i lucchetti delle pompe di carburante lungo la strada e a rubare benzina dalle stazioni di servizio. Un colonnello con un elmetto verniciato di verde scuro, mi dicono. È stato uno di loro due ufficiali?».

L'elmetto di Alex Horner era verniciato di verde scuro, come lo era stato per le manovre autunnali dell'anno precedente. Gli uomini di ogni altro reparto in transito calzavano elmetti d'un grigio brunastro. «Sì, Herr General, ho dato io l'autorizzazione.»

«Da pompe di servizio non militari?»

«Non c'è convoglio di carburanti, Herr General.»

«È furto in piena regola!»

«Sì, Herr General.»

«Il suo nome?»

«Colonnello Alex Horner, Herr General.»

«Chi è il suo comandante?»

«Dipendo da Berlino, Herr General. Ufficio operativo dell'OKW.»

«Ah, è in gita di piacere, colonnello? È qui soltanto per assaggiare gli *schnitzel*, immagino. Bene, le sue dannate attività criminali le riserbi al Bendlerblock. Forse è lì che vengono fatte certe cose. Ma nel frattempo, quando una commissione d'inchiesta si incaricherà del rimborso alle stazioni di servizio, stia certo che sarà la sua testa a ricevere la mannaia. Sono stato chiaro, colonnello Horner?»

«Sì, Herr General.» Alle spalle del truculento generale, uno degli aiutanti di campo sogghignò all'aria desolata di Alex.

«Che stanno aspettando qui?»

«Il reparto manutenzioni. Si è rotto un cingolo, e non abbiamo catene di riserva, Herr General.»

«Non avranno bisogno di loro due per sistemare il guasto. Salgano in macchina con me, li porterò al loro comando di Divisione, se riusciamo a trovarlo. Hanno bagaglio?»

«No, Herr General.»

«Vai, autista!»

Ancora prima che le portiere venissero richiuse, l'autista mollò la frizione, e l'autò balzò in avanti. Dallo specchietto retrovisore, Alex vide la seconda macchina accodarsi di slancio.

«E il suo nome, capitano?» gridò il generale, mentre la Mercedes sobbalzava e slittava sulla strada tutt'altro che larga.

«Capitano von Kleindorf, Herr General.»

«Kleindorf? Suo padre è il generale von Kleindorf? Eravamo insieme nel 1918. Sta bene?»

«Sì, Herr General.»

«Gli porti i miei saluti, la prima volta che lo vede.»

«Sì, Herr General.»

«Guarda un po' quegli incoscienti. Ferma, autista!» La macchina frenò di colpo, slittando, e di nuovo l'altra che seguiva riuscì a non tamponarla. «Dov'è il tuo comandante, sergente? Fallo venire qui immediatamente. Perché vi siete fermati? Finito il carburante? Buon Dio, uomo, perché non vi rifornite strada facendo? Prelevate il carburante da una di queste stazioni di servizio civili. Se non vogliono darvelo dietro ricevuta, prendetevelo puntando le armi! Capito? Bene. Vai, autista!» E l'auto ripartì.

«Frena, autista! Vieni qui, sergente. Non sai che tutti i veicoli devono essere festonati con fiori, o con bandierine o, in mancanza, con foglie? Non ti è stato detto che tutti i reparti devono avere un aspetto festoso? Procurati rami e foglie verdi, e provvedi subito. Sorridi, sergente! Mi hai sentito? Sorridere! Così, ecco. Adesso tenetevi quel sorriso sulla faccia finché non siete a Vienna. Vogliamo che quei fottuti mangiapolpette festeggino il nostro arrivo. È meglio che doverli pestare. Esegui, sergente. Vai, autista!»

Fu così per tutto il tragitto, col generale impegnato a movimentare e vivificare le colonne in marcia. Ma molte delle avarie erano dovute a cause meccaniche troppo profonde per essere sanate dalla lingua imperiosa del generale. Quel giorno, Alex Horner vide carri armati e autocarri in panne lungo tutta la strada per Vienna.

«E chi è quel borghese, capitano? Un meccanico austriaco che sta riparando il suo camion? Perché, da soli non ci riuscite? Lei non fa onore alla divisa che indossa, capitano! No, lasci che vada avanti. Se quell'incapace del suo autista non sa come riparare il guasto, che lo facciano gli austriaci! Ma non conti su egual tipo di collaborazione da parte dei polacchi, quando invadiamo la Polonia, capitano.»

«La Polonia, generale?»

«Non faccia quel viso preoccupato, capitano. È solo uno scherzo. Per lo meno, è solo uno scherzo finché il Führer non decida che non è uno scherzo. Vai, autista!»

Con la testa che gli sobbalzava contro lo schienale di pelle, il generale fece una domanda al suo passeggero. «Allora, colonnello Horner, che ne pensa del nostro nuovo grande esercito di coscritti, adesso che li ha visti in azione?»

«Problemi ce ne sono, Herr General.»

«Ah! Anche un uomo del Bendlerblock riesce ad accorgersene! È già qualcosa, comunque. Sì, ci sono problemi, colonnello. Da quanto posso vedere, circa il cinquanta per cento della nostra forza motorizzata e corazzata ha sofferto avarie. I mezzi sono di seconda categoria, la manutenzione è insufficiente, e l'Esercito deve promuovere competenti soldati semplici per farne incompetenti sottufficiali, e competenti giovani subalterni per farne incompetenti capitani. Ecco cosa ha procurato all'Esercito la coscrizione obbligatoria. Il giovane ufficiale medio non ha l'iniziativa sufficiente neanche per soffiarsi il naso.»

«Il generale è forse troppo pessimista» azzardò coraggiosamente Alex.

«Balle! Guardi lei stesso. Ha visto quel sergente, poco fa? Avrà sì e no diciannove anni, ed è responsabile di trenta uomini. Che può sapere un ragazzo come quello di come si comandano i soldati?»

«Magari ha fatto il suo tirocinio con la Gioventù Hitleriana.»

«Non mi venga a parlare della Gioventù Hitleriana» insorse il generale. «Non faccio altro che ascoltare lamentele per il modo con cui quei piccoli maiali fanno la spia sul comportamento dei loro sottufficiali, e dei loro ufficiali, anche! Sono delle merde, quelli. Glielo dico io — e me ne frego se lei è nazista o no —, sono delle merde. Mi rifiuto di avere tra i piedi quei piccoli bastardi appena reclutati che fanno i ruffiani ai danni dei miei uomini addestrati.»

«Giustissimo, Herr General.»

«Né concederò rapide promozioni a quei piccoli presuntuosi nazistelli.»

«No di certo, Herr General.»

«Ah, lei è d'accordo, Horner. Allora? È questo l'atteggiamento ufficiale del Bendlerblock? La posso considerare la reazione ufficiale dell'OKW?»

«No, Herr General. Non ho idea di quale sia l'atteggiamento ufficiale su tali questioni.»

«Nemmeno io, Horner. Ecco il mio dilemma, capisce? Potremmo dire che è il dilemma dell'Esercito. Portiamo sulla divisa queste piccole graziose aquile e svastiche d'argento dei nazisti, e non siamo più noi stessi. Mi segue, Horner?»

«Sì, Herr General. La seguo.»

## *«Non lavori troppo duramente, Pauli Winter»*

Maledetti turisti tedeschi! Erano dappertutto. Dovevano aver tallonato da vicino i soldati che attraversavano la frontiera. O forse i più furbi erano riusciti a trovarsi a Vienna anche prima. Eccoli lì: a mangiare, mangiare, mangiare, come fossero morti di fame. Certo, il cibo era migliore di quello del Reich, ma solo relativamente. Naturale, il tasso di cambio era favorevole, quindi il Reichsmark comprava di più. Tuttavia, Pauli Winter disapprovava il modo con cui ristoranti e negozi erano affollati di tedeschi. Era ben poco dignitoso, e sconfortante, come lo spettacolo dei profittatori a Berlino, in quei terribili giorni del 1919.

Né gli piaceva il modo con il quale molti uomini d'affari tedeschi di sua conoscenza sollecitavano il suo aiuto per rilevare aziende ebree a prezzi stracciati. Ne aveva sconcertati alcuni con un netto rifiuto. Li aveva spediti via con le orecchie ronzanti di certe verità poco lusinghiere sul loro conto. Sorrideva tra sé, ripensandoci. Senza dubbio, si era fatto qualche nemico in più, ma innocuo, almeno lo sperava. Era una consolazione — una delle pochissime — nel suo piuttosto tetro lavoro: nessun uomo sano di mente se la sentiva di prendere di petto un alto esponente della Gestapo.

Pauli Winter si stava godendo quella visita alla città ove era nato. La ricordava abbastanza bene, anche se vi mancava da quasi cinque anni. Al di là del Teatro dell'Opera, imboccò la Ringstrasse. Un barbuto violinista zigano, fermo sull'angolo, suonava una struggente melodia. Lo avrebbero dovuto arrestare quale ambulante, ma Pauli depose qualche moneta nel piattino. Anche se la giornata era fredda, il sole scintillava, e v'era nell'aria una sensazione eccitante. La gioia di Pauli era comunque in parte guastata dalla visione di vecchi ebrei in ginocchio a strofinare i marciapiedi, controllati da nazisti austriaci in uniforme, mentre i passanti si fermavano a osservare e, a volte, a sghignazzare.

Quegli ebrei erano quasi tutti innocui. Era sadico che scegliessero, per spazzare le strade e pulire i gabinetti pubblici, professori universitari e liberi professionisti, perché il loro aspetto rispettabile li faceva risultare ancor più ridicoli. Pauli sapeva che erano innocui: chiunque avesse precedenti anche della minima parola o azione antinazista era stato rastrellato e messo sotto chiave a poche ore dall'arrivo di Pauli. Tra non molto — quando il nuovo campo di concentramento di Mauthausen, sul Danubio, nei pressi di Enns, fosse stato pronto — tutto sarebbe diventato molto più semplice. Non ci sarebbero più stati i lunghi viaggi in treno, per portare i prigionieri nei campi in Germania. Inoltre, i prigionieri avrebbero potuto lavorare nelle cave di pietra di Mauthausen. Il che si poteva dire fosse stata un'idea di Pauli Winter. La lunga analisi da lui effettuata delle relazioni sui campi di concentramento si era conclusa con il suggerimento che tutti i campi finissero, in definitiva, per autofinanziarsi. In un'appendice complementare, Pauli aveva elencato il tipo di imprese a conduzione intensiva che le SS potevano ottenere — forse mediante confisca ai proprietari ebrei — allo scopo di usare mano d'opera gratuita, quella dei campi di concentramento, per un maggior profitto. Particolarmente appetibili, le cave, ogni tipo di cava, e aziende come le Porcellane Meissen. Il Reichsführer delle SS aveva inviato una lettera a denotare interesse e a formulare apprezzamento, ed Heydrich aveva suggerito che Pauli abbandonasse il suo lavoro con la Gestapo, e si dedicasse esclusivamente alla sua Sicherheitsdienst, ma Pauli aveva graziosamente rifiutato, facendo presente che il suo lavoro con la Gestapo (organismo statale) comportava il diritto alla totale pensione governativa spettante ai dipendenti pubblici, mentre l'SD (organismo del partito nazista) non prevedeva tali benefici a lungo termine. Il che era ingiusto, in special modo adesso che le guardie dei campi di concentramento — marmaglia per lo più non altrimenti occupabile — erano riconosciute dipendenti statali a tutti gli effetti, con tutti i diritti e i privilegi di quella eletta compagnia.

Per Pauli, l'operazione viennese era filata via liscia. Quello stesso pomeriggio, gli uomini avrebbero finito di sbaraccare argenteria, quadri, mobili e tappeti dal palazzo Rothschild di Prinz-Eugen-Strasse, di modo che l'edificio potesse ospitare gli uffici della Sipo e dell'SD. Pauli si chiedeva che sarebbe successo di tutte quelle cose di inestimabile valore che aveva visto caricare dalle SS sui camion. A giudicare dalla precauzione con cui le maneggiavano, le antichità erano già prenotate da qualche leader del partito nazista. Un bottino anche più ghiotto stava finendo nelle mani di quei tedeschi che conoscevano le persone giuste. La ditta tedesca I.G. Farben stava assorbendo l'industria chimica Skodawerke Wetzler AG in cambio della promessa di sostituire tutti i dirigenti ebrei e di inserire quegli enormi stabilimenti di polveri da sparo nel piano quadriennale dei nazisti. I laminatoi Rothschild in Cecoslovacchia erano stati promessi al feldmaresciallo Göring. Il prezzo per la libertà del barone de Rothschild.

A un certo punto, Pauli fu costretto a fermarsi e chiedere la direzione. Kärntnerstrasse. Sapeva che era vicina al viale, ma era da molto che non andava da quelle parti. La donna che gliela indicò aveva un forte accento viennese. Gli chiese se era tedesco. «Siamo tutti tedeschi ormai» rispose Pauli.

«A sinistra,» disse la donna «appena cinquanta metri lungo la via.»

Egli salì al quarto piano. Il nome sulla targhetta sopra il campanello era stato cancellato. Dall'appartamento del piano superiore giungeva musica da ballo americana. *Grazie del ricordo* era il motivo. Pauli suonò, e dopo un'attesa piuttosto lunga la porta venne aperta da un giovane, in camicia bianca, cravatta a tinta unita e quel genere di abito di serge scura che di solito i padroni riservavano ai domestici.

«Sì?»

«Mi chiamo Winter» disse Pauli con voluta cortesia. Porse all'uomo il biglietto da visita, che portava soltanto il suo nome — Dr.iur. Paul Winter — e il suo indirizzo berlinese. Il datore di lavoro — la Gestapo — e l'indirizzo d'ufficio erano discretamente omessi.

«Attenda, la prego» disse il giovane.

«Voglia scusarmi» furono le prime parole della donna che, alla fine, comparve da dietro una tenda di perline in fondo all'anticamera. A metà strada tra i cinquanta e i sessant'anni, era molto piccola, snella e tuttora bella, anche se con troppo rossetto, forse, sulle gote e sulle labbra. Capelli luminosi, ma troppo neri, troppo ondulati e troppo aderenti alla nuca. Indossava una stupenda vecchia vestaglia di seta, ornata da ruggenti tigri cinesi. «Raccomando sempre a Boris di guardare dallo spioncino prima di aprire la porta.» Il suo accento ungherese non era scomparso; per alcuni è difficile perderlo.

«Saggia precauzione» riconobbe Pauli.

«Andiamo in salotto» invitò la donna. Guardò il biglietto da visita di Pauli, passandovi sopra le dita come fosse stato in caratteri Braille. «Prenderemo il tè e parleremo.» Poi scrutò Pauli, come a cercarne la somiglianza col padre.

Pauli era mezzo preparato alla stanza. Una volta suo padre, in uno degli insoliti momenti di espansività, gli aveva confidato qualche cosa degli oggetti meravigliosi che aveva comperato in gioventù. Ma Pauli non si era aspettato d'avere sotto gli occhi quello spettacolo. «È magnifico!» esclamò.

Era un museo, ma di gran lunga migliore di quanto possa essere un museo: perché quel perfetto esempio di *art nouveau* viennese, completo di due piccoli murali di Klimt, alcuni squisiti disegni di Schiele, e mobili di Josef Hoffmann, non aveva mai dovuto sopportare l'incessante afflusso di visitatori non invitati.

Dopo poco, apparve Boris, con vassoio d'argento e servizio da tè. Pauli aveva modo adesso di osservarlo meglio. Trentacinque anni, forse meno. Capelli scuri. Non bello o attraente in modo particolare. Un tipo alquanto piatto e mediocre. Se era il suo amante, nulla lo lasciava supporre. La donna lo guardava appena. Perché aveva paura di far capire la vera natura del loro rapporto? Oppure egli lavorava per lei da tanto tempo da passare inosservato?

«Limone?» Martha Somló aderiva perfettamente allo schema. Seduta sulla sua sedia preferita, versava il tè, infilzava le fette di limone sulla forchetta d'argento e disponeva accuratamente sui piatti *art nouveau* i piccoli pezzi di torta.

«Sì, limone.»

«Harry — suo padre — si compiaceva dell'arredamento. Ai vecchi tempi, invitavamo a cena. Venivano artisti. Li conoscevo tutti. La sala da pranzo è un esempio unico, dice Harry. E, guardi, la gente diceva che era matto quando lui comprava tutta questa roba. Anch'io, del resto. Non glielo dicevo, ma al principio non la potevo soffrire. Ma dopo quasi quarant'anni... L'ha mandata lui, qui? Le ha detto Harry di venire?»

«Era preoccupato.»

«Per me? Mi sorprende.» Lo disse senza rancore.

«Viene ancora?»

«A trovarmi? Certo. Ma non spesso. Lo amo, capisce. A volte, penso perfino che mi ami anche lui.»

Pauli prese tempo, strizzando il limone nella sua tazza di tè, per evitare di rispondere.

«La cosa la indigna, Herr Pauli Winter?»

Quindi lei sapeva che lo chiamavano Pauli. Egli si chiese quanto le avesse detto suo padre dei propri figli. Tantissimo, forse. E si chiese anche se suo padre sapesse della presenza del domestico. «No, per niente. Perché mai? No, assolutamente.»

«Mi ha mai vista prima d'ora?»

«No, non credo.»

«Sa perché glielo chiedo? Tanto tempo fa, prima che lei fosse nato, sua madre era solita mettersi lì sul viale e guardare su verso la finestra. Era incinta, immagino, e mi sentivo dispiaciuta per lei. Penso volesse vedere che tipo ero. Un giorno, scesi, attraversai la strada e le passai vicino. La guardai, e lei guardò me. Non vidi alcun odio nei suoi occhi. Credo che provassimo compassione l'una per l'altra, in quel modo assurdo con cui le donne riescono a convincere se stesse di possedere la parte migliore dell'uomo che se le divide. Dopo quella volta, lei non tornò mai più.» Prese in mano la sua tazza col tè, che rimescolò per far depositare sul fondo le foglioline. Fissò, prima di bere, il liquido dorato. Pauli ebbe l'impressione che cercasse di leggervi la fortuna.

«Io lavoro per la polizia tedesca» disse Pauli, un po' incerto.

«Bene, un lavoro che la terrà occupato parecchio» commentò Martha. Alzò lo sguardo su di lui, pianamente. Non v'era traccia di paura sul suo viso, anche se Pauli sapeva che, in qualche modo, era spaventata. Aveva visto troppa gente spaventata per non riconoscere il terrore in ogni sua sfumatura.

«Mio padre mi ha chiesto di offrirle la mia protezione. Gli ho promesso che l'avrei fatto.»

«Che cosa fa lei nella polizia tedesca per potermi proteggere?»

«Sono dirigente amministrativo del Governo in forza alla Gestapo. Ricopro anche la carica di Standartenführer delle SS per il mio lavoro con l'SD.»

«Che paroloni! Veramente autorevoli.»

Lo stava prendendo in giro, ma Pauli non ci badò. Lo trovava attraente, quel donnino dai grandi occhi che lo sfidavano e cercavano di leggergli dentro. Sino a quel momento, egli non si era reso conto che suo padre aveva bisogno di una donna come quella, una personalità forte e provocante che ti faceva comprendere che avrebbe lottato e reagito. E tuttavia l'ostentazione di qualsiasi assenza di paura che traspariva da lei era stranamente sconcertante. «Potrebbe tornarle utile, Frau Somló.»

«Mi faccio chiamare Frau Winter.»

«Frau Winter. D'accordo. Sì, ho capito. Potrei procurarle documenti del tutto nuovi.»

«Avrebbe l'intenzione di trasformarmi in non ebrea?»

«Tenterò. Ci vede qualche difficoltà?»

«Difficoltà?»

«Sì» confermò Pauli. Santo Dio, come poteva essere stupida la gente quando si trattava di cose importanti nella vita. «È registrata o inclusa in qualche elenco come di razza ebraica? Frequenta la sinagoga? Associazioni israelitiche? I suoi vicini di casa sanno che lei è ebrea?»

«La sinagoga: no. Associazioni: mai. I vicini... I Berger, del piano di sopra, lo sanno. Ne parlammo una sera. Anni fa.»

Pauli estrasse il suo taccuino e accavallò le gambe per tenerlo in equilibrio sulle ginocchia. «Berger? Al quinto piano? Al numero otto? Qual è il nome di battesimo del capofamiglia?»

Per un attimo, Martha Somló lo fissò con i suoi occhioni. Con voce calma e sommessa, gli disse: «No, no, no, signor dirigente amministrativo in forza-alla-Gestapo Pauli Winter. Non voglio che accada nulla di spiacevole ai miei amici del piano di sopra».

«Dovranno semplicemente traslocare» obiettò Pauli. «Nessun pericolo per nessuno.»

Martha stava pescando dalla tazza vuota una fettina di limone, a cui pareva dedicare tutta l'attenzione. «Ho detto di no.»

Pauli depose la sua sottile matita placcata oro sul taccuino aperto. «Frau Somló — cioè, Frau Winter — sono venuto qui per aiutarla.»

Lei lo fissò di nuovo, e, con un gesto teatrale, sfiorò le labbra con l'orlo della fettina di limone, per assaggiarne l'afrore. Sorrise e disse: «Lei è venuto qui perché suo padre le ha chiesto di venire».

«Esatto.»

«Allora, non si atteggi a benefattore altruista.»

Con pedanteria, egli ripeté: «Sono venuto qui ad aiutarla perché mio padre me lo ha chiesto».

«Non sulla pelle dei miei vicini, Pauli Winter. Lei pensa che io potrei starmene qui seduta, ad aspettare dei passi sulle scale? Sapendo che sono stata io a mandarli?»

«Non a far loro del male.»

«No, ripeto. Lei se ne vada e mi lasci per conto mio.»

Pauli si sentì umiliato. Impallidì e si alzò per prendere congedo. «Lei mi ha frainteso.»

«Può darsi.» Lo guardò. Quindi, era lui che era tornato tanto cambiato dalla guerra. Da chi della famiglia aveva preso quei bellissimi capelli biondi? Lo facevano sembrare perennemente giovane. Eppure, era il figlio di Harry. In lui poteva vedere Harry Winter — il modo con cui si muoveva, come parlava, e aveva anche la permalosità di Harry — ma era un Harry Winter senza l'egoistica spietata determinazione.

«Le darò il mio biglietto da visita d'ufficio...» Pauli ne tirò fuori uno dal taschino del panciotto. Il piccolo rettangolo portava la qualifica e l'indirizzo della Gestapo. Sul retro, con la sua minuta grafia, egli scrisse: «Frau Winter/Somló è sotto la mia protezione. Contattare questo ufficio, tassativamente, prima di agire». Firmò e porse il biglietto alla donna.

Lei lo prese, senza ringraziare, e lo mise in borsetta. «Sua mamma sta bene?» Non suonò per Boris, precedette il visitatore in anticamera per dargli cappello e soprabito.

Pauli si infilò l'indumento, sempre aspettandosi che la donna cambiasse idea. La gente lo faceva spesso.

«Sta bene, grazie.» Prese il severo cappello a lobbia che Inge gli aveva comprato perché lo faceva "sembrare importante". Quando gli venne aperta la porta, prese con gentilezza la mano di Martha Somló. «Addio, Frau Winter.» Dal piano superiore veniva ancora la voce che cantava *Grazie del ricordo*. Era un disco di grammofono.

«Addio, giovane Pauli. Non lavori troppo duramente» gli disse.

Era un'altra delle sue battute, naturalmente. Martha sapeva che cosa Pauli era stato mandato a fare a Vienna.

Una volta che egli se ne fu andato, Martha Somló si incupì. Tornò in salotto e si versò un'altra tazza di tè. Boris venne fuori dalla cucina, con una tazza vuota in mano. Ella gliela riempì. «È freddo. Metto a bollire dell'altra acqua» propose lui.

«Ecco, bravo.»

«Così, è venuto?»

«Sì, è venuto.» La donna sospirò, lasciandosi andare sulla sedia. Si avvolse sulle ginocchia i lembi della vestaglia di seta, su cui le tigri sorridevano sprezzanti.

«Non avresti dovuto arrabbiarti, mamma. Non serve mai a nulla.»

«Lo so.»

«Voleva essere d'aiuto.»

«Come posso esserne sicura?»

«È papà che gli ha chiesto di venire.» Le si sedette vicino, volendo esserle di conforto, ma senza sapere in che modo riuscirvi.

«Avrei dovuto dirgli chi sei.»

«Forse è meglio che non lo sappia» disse Boris.

Gli mise un braccio attorno alla vita e lo baciò su un orecchio. «Il mio Boris meraviglioso. Non ti lamenti mai della tua stupida vecchia mamma.»

Suo figlio sorrise e si mise a bere il suo tè.

«Harry, lui avrebbe dovuto dirglielo. Anche a Peter. Certe volte mi domando come Harry continui a mantenere il segreto dopo tutto questo tempo.»

## 1939

### *«Mosca?» ripeté Pauli*

«Bene, dissi che ce l'avremmo fatta, e ce l'abbiamo fatta» disse Fritz Esser, fregandosi le mani, tutto pimpante. Quel giorno, indossava un altro dei suoi apparentemente infiniti abiti nuovi e di ottimo taglio, però i suoi capelli andavano diradandosi al punto da renderlo quasi calvo dalla nuca alla fronte.

Pauli Winter gli sedeva di fronte, al di là dell'enorme scrivania nel Ministero degli Interni, e versò due bicchieri di grappa. Beveva raramente, ormai, ma quel giorno c'era da festeggiare. «Al futuro Ministro degli Interni» fu il brindisi di Pauli.

Fritz Esser sollevò alto il proprio bicchiere. Il sole d'agosto colse il calice intagliato e ne trasse barbagli di luce. «Al futuro Ministro degli Interni, pur che sia io» corresse Fritz.

Entrambi risero e bevvero. Era una stanza bella e spaziosa del ministero. Una stanza d'angolo in una delle migliori posizioni della città. Da una delle due grandi finestre si aveva la vista del traffico lungo l'Unter den Linden, e dall'altra si poteva scorgere Pariser Platz e la Porta di Brandeburgo. Fin dal cinquantesimo compleanno di Hitler, in aprile, quando lo spettacolare viale Est-Ovest era stato inaugurato con una parata militare durata quattro ore per passare attraverso quella porta, questo era diventato il centro di una nuova, vigorosa Germania imperiale. Ma dentro al ministero tutto sembrava come doveva essere rimasto per molte generazioni, le pareti rivestite di pannelli di legno, ricchi tappeti, e comode sedie. Solo il ritratto ufficiale di Adolf Hitler, troneggiante dalla parete, sembrava nuovo.

«Il ministro non durerà ancora molto,» commentò Pauli «e il Führer vuole te su quella poltrona.»

«Così disse.»

«Allora, il posto è tuo.»

Esser girò lo sguardo attorno alla stanza. «Non sempre si può essere sicuri che il Führer dica esattamente ciò che intende» ribatté Esser, guardingo. «Gli piace mettere uno contro l'altro.

Non posso avere la sicurezza che egli non abbia promesso il posto a qualcun altro... a Heini o a Reini, ad esempio.»

«Quei due hanno già il piatto bello pieno» disse Pauli. Si era abituato alla mania che aveva Esser di chiamare la gente col nome di battesimo, e sapeva che l'amico si riferiva a Heinrich Himmler e a Reinhard Heydrich, rispettivamente. Certe volte, Fritz Esser voleva che ogni cosa fosse formale: chiunque doveva essere designato secondo il grado e la carica. Certi giorni, in presenza di visitatori, Pauli veniva da lui interpellato come Dottor Winter o soltanto Winter. Altre volte, succedeva esattamente il contrario, e Fritz si riferiva al Führer come Dolfo. «E adesso che finalmente lavoreremo assieme, faremo vedere in giro cosa siamo capaci di fare qui dentro» concluse Pauli.

«Ho paura che farai avanti e indietro da Prinz-Albrecht-Strasse» argomentò Fritz. «Volevano che tu dessi le dimissioni ufficiali per essere assegnato all'SD di Heydrich e darti un ufficio là in Wilhelmstrasse, ma io ho detto che preferivi restare dov'eri.»

«Con quelli ne ho già parlato fino alla nausea» disse Pauli. «L'SD è tuttora un'organizzazione del partito. Heydrich dipende ancora dai fondi del partito. Non me la sentirei proprio di avere il mio futuro così insicuro. Rimarrò con la Gestapo per aver diritto alla pensione sociale e all'assistenza medica.»

«Certo» approvò Fritz.

«Ho quasi quarant'anni. Devo essere pratico.» E poi aggiunse, per cambiare argomento: «Com'è andata la riunione?».

«Vuoi sapere una cosa che mi stupisce di continuo?» domandò Esser, versandosi ancora da bere e proseguendo senza aspettare la risposta. «Il fatto che chiunque incontro abbia il segreto desiderio di poter far parte dell'Alto Comando dell'Esercito.»

«Veramente?» si stupì Pauli, il quale, nei suoi sogni segreti, nutriva l'identica aspirazione.

«Sono lì tutti a inchinarsi e a lustrare i generali: roba che mi fa venir voglia di vomitare.»

«Non il Reichsführer delle SS?» eccepì Pauli. Esser era reduce da un abboccamento con Himmler.

«Lui ci smania quanto gli altri. Trattano tutti i militari come fossero piccole divinità di stagno. E la più recente ossessione di Heini è di avere i suoi personali soldatini.»

«Ma li ha già adesso.»

«Vuole un fottuto corpo d'armata tutto suo. Dopo di che, dice, dovranno farlo membro dell'Alto Comando. "Perché diavolo vuoi far parte del maledetto Comando Supremo?" gli ho domandato.» Assunse un'espressione lugubre e imitò la vocetta acuta di Himmler. «"Non puoi capirlo, Esser: tu non sei un soldato."» Fritz scoppiò a ridere. «Vecchio caprone rimbambito! Stavo per dirgli che neanche lui è mai stato un soldato, tranne che qualche settimana alla scuola cadetti alla fine della guerra.»

«Ha dato ai suoi uomini la divisa grigia regolamentare: l'Esercito ne è furibondo» ricordò Pauli.

«"Waffen SS" dice che le chiamerà. SS da combattimento. Ma sarà il massimo che otterrà: un nome. L'Esercito ha già fatto in modo che quella idea cretina si concluda in niente.»

«In che modo?»

«Be', Heini non può certo arruolare uomini, no? La coscrizione obbligatoria ha silurato qualsiasi idea di un esercito di SS. Come dice lo stesso Heini, appena i suoi ragazzi sono indottrinati e addestrati, l'Esercito glieli frega, e lui rimane con un pugno di mosche.»

«Possono sempre aggregarsi alle SS dopo che hanno finito la ferma.»

Fritz Esser lo guardò ironicamente. «*Quando* l'Esercito li congeda. *Se* l'Esercito li congeda. Heini non vuole gli avanzi dell'Esercito; lui vuole un esercito suo, vero e proprio. Ne ha la fissazione. Sai come gli vengono queste idee maniacali, che poi non lo lasciano vivere!»

«Non dovrebbe essere difficile aggirare il problema» osservò Pauli.

«E come?» Fritz Esser sbuffò. «La Procura militare insiste nell'affermare, che, legalmente, solo l'Esercito ha il diritto esclusivo di arruolare. Ed Heini si danna l'anima con i suoi avvocati alla ricerca di una scappatoia.»

«I suoi avvocati?» ribatté sprezzante Pauli. «Quelle pezze da piedi dell'ufficio legale delle SS?»

«Comunque, è l'Esercito che ha il diritto esclusivo di reclutare uomini» insisté Esser, con l'ostinazione di chi spera disperatamente di essere contraddetto.

«Sì» ammise Pauli. «L'Esercito ha il diritto di chiamare alle armi i giovani di leva idonei, ma alcuni sono esenti.»

«Solo i riformati» precisò Esser. «Himmler quelli non li vuole.»

«No, non solo i riformati» insisté Pauli. «Gli agenti di polizia sono esentati dal servizio militare.»

«Non puoi governare un Paese senza una forza di polizia!»

Pauli sorrise. «Giusto. Ma Himmler è il capo di tutte le forze di polizia della Germania. Potrebbe arruolare i suoi poliziotti nell'esercito che vuol metter su in proprio, e poi reclutare altri poliziotti per colmare il vuoto.»

Fritz lo guardò con aria perplessa. «Sarebbe legale?»

«Più o meno» rispose Pauli, con la mente che già lavorava sulle ipotesi relative. «E potrebbe fare lo stesso con le sue guardie dei campi di concentramento. Non firmano per dodici anni? Potrebbe farne cinque reggimenti di Teste di morto, e formare una divisione attorno al nucleo. Poi potrebbe reclutare altre guardie per i campi.»

«Il che gli darebbe un grosso battaglione di Teste di morto delle SS più una *Polizeidivision*?» argomentò Esser. «Avrebbe quasi l'unità di SS di cui va parlando.» Era ancora dubbioso. «Tu dici che è legale un'operazione del genere?»

«Sì.»

«Heini ti copre di baci se hai ragione.»

«Allora, digli che l'idea è tua» mise avanti le mani Pauli.

«Così disporrebbe di quasi due divisioni.»

«Adesso che la Cecoslovacchia non esiste più, Himmler potrebbe reclutare nel Protettorato del Reich, e forse anche nella Repubblica Slovacca. Inoltre, con gli allogeni di lingua tedesca che vivono là, ne avrebbe sicuramente abbastanza per due divisioni.»

«Allogeni di lingua tedesca. Con quelli sarebbe legale, no?» Esser si palpò il cranio, là dove le poche ciocche residue di capelli erano accuratamente disposte.

«Sì. L'Esercito troverebbe difficile obiettare. L'Esercito è autorizzato a reclutare esclusivamente nell'ambito dei confini della Germania; non ha il diritto di arruolare tedeschi che vivono in altri Paesi.»

Un malizioso sorriso aveva illuminato il faccione da luna piena di Fritz, mentre egli immaginava se stesso che riferiva all'ambizioso Himmler tutta la faccenda. «È fantastico, Pauli!»

«Lo è davvero? Non sono sicuro se dovremmo incoraggiare il Reichsführer delle SS a invadere le competenze dell'Esercito.»

«Balle!» esclamò Esser, giocondamente. «Diamogli un esercito da organizzare; lui ha bisogno di avere qualche cosa da fare.

Potresti far battere a macchina queste tue idee sotto forma di una breve relazione, con un'appendice che illustri i necessari riferimenti legali? E sigillare il tutto in una busta, da mettere nella mia cassaforte privata? Non voglio che qualche ficcanaso ci metta su le mani.»

«Se è questo che vuoi, Fritz, la detterò oggi nel pomeriggio.»

«Per fine settimana basterà. Vado all'Obersalzberg per un incontro col Führer, e poi, appena torno, vado a Mosca in aereo, con von Ribbentrop e la sua banda.»

«Mosca?» ripeté Pauli.

Fritz Esser ammiccò.

Pauli sorrise, convinto fosse uno degli scherzi di Fritz, una di quelle cose che l'amico era solito dire quando stava per sparire per qualche giorno con una nuova femmina consenziente.

«Se non torno per il compleanno di Inge, dàlle un bacione per me, e dille che non me ne scorderò.» Per Pauli era sempre stato un po' un mistero che Inge e Fritz quagliassero insieme a meraviglia. Inge sembrava veramente simpatizzare con Esser, a dispetto del frasario rozzo, le maniere rudi e le barzellette oscene che lo caratterizzavano. Vorrei averti conosciuta prima del nostro Pauli, le diceva spesso Fritz, con una perfida strizzatina d'occhio, e assestandole una manata sul sedere. «Augurale buon compleanno.»

Una ricorrenza che spesso Pauli dimenticava, così adesso aveva combinato che il fiorista le mandasse fiori a profusione e un biglietto augurale ogni anno alla data stabilita. A volte, l'accorgimento si era rivelato inappropriato — per esempio, quando loro due erano in Italia, e tornando avevano trovato l'appartamento pieno di fiori appassiti. E in quell'altra circostanza, quando i fiori erano arrivati mentre Inge e Pauli erano nel bel mezzo di una furibonda litigata.

Ma di solito la cosa funzionava bene. Questa volta, egli era rincasato e aveva trovato fiori accuratamente disposti in ogni stanza, e Inge di umore assai malleabile. Andarono a cambiarsi per cenare fuori. Inge, in sottoveste, era seduta davanti allo specchio, e si stava truccando. Si era lasciata crescere i capelli folti sulle orecchie e sulla nuca, in uno stile più femminile che imponeva visite più frequenti dal parrucchiere, ma le loro finanze adesso lo permettevano.

Attorno allo specchio della toilette erano disposti i biglietti d'auguri dei parenti sia di lei sia di Pauli. I Winter mandavano sempre in dono qualche oggetto prezioso: quest'anno un orologio. Il professor Wisliceny, un prezioso vaso antico, colmo di fiori. Pauli aveva pagato la fattura del vestito nuovo della moglie, e Fritz s'era fatto vivo con un barattolo da 1 kg di caviale russo. E c'erano auguri di tutti: anche gli Horner se n'erano ricordati, come pure Peter, e Lisl ed Erich.

Inge aveva deposto sul letto l'abito da sera del marito, assieme alla camicia dallo sparato inamidato e alle calze di seta nera. Pauli stava frugando nei cassetti per trovare tutti gli accessori: cravatta, bottoni di perla per la camicia, gemelli d'oro, e l'orologio da tasca, che aveva comprato dopo che Inge gli aveva detto che solo i camerieri portavano orologi da polso con l'abito da sera.

Inge era, dunque, in sottoveste — di seta nera, con merletti, e salata di prezzo — davanti allo specchio, intenta a rendere perfetto l'arco delle sopracciglia. Si muoveva come una gatta, e talora Pauli si chiedeva se quegli atteggiamenti felini non fossero voluti. Su un ometto vicino alla porta era appeso l'abito nuovo di Inge. Invece degli aderenti modelli in sbieco che lei adottava di solito, questo seguiva l'ultima moda: doppia gonna a balze, corpetto arricciato, scollatura dritta e profonda, sostenuta da un collarino. Quel pomeriggio, Inge aveva trascorso due ore a provare vari bolerini per decidere quale fosse il più adatto. Adesso, sembrava più che contenta della scelta. Pauli approfittò di quella felice disposizione d'animo per chiedere un favore. «Per fine settimana, mi piacerebbe invitare mio fratello a cena.»

«Ma certo, Pauli, se questo ti fa piacere.»

«Potrebbe essere l'ultima volta che abbiamo la possibilità di stare un po' assieme, per qualche tempo. Ha prenotato la sua cabina: va in America.»

«Quando?»

«La settimana ventura. Il nonno gli ha mandato i biglietti. Prima classe, ponte passeggeri. Il *Bremen*, credo sia.»

«È per via di Lottie?» domandò Inge. Non poteva che essere così. Peter non si era mai rassegnato al fatto che Lottie fosse in prigione. Inge si alzò e si lisciò la sottoveste sui fianchi. Aveva quarantadue anni, e rimpiangeva che le sue preghiere d'avere un figlio non fossero state esaudite, ma per lo meno aveva conservato una bella figura, migliore di quella della sorella minore,

Lisl, la quale stava facendosi pienotta. «In America. Be', sì, ha messo in croce mezza Germania per Lottie.» Era un commento da carogna, ed ella se ne sentì imbarazzata non appena l'ebbe pronunciato. Ma in verità, Inge non aveva mai perdonato a Peter di averle preferito Lottie. Anche se aveva superato l'amore che l'aveva divorata, quel sentimento di orgoglio ferito e di rancore sussisteva tuttora.

Pauli proseguì: «Ne abbiamo parlato io e lui, la settimana scorsa. Nonno compie ottantanove anni quest'anno. Ma è tuttora lucidissimo di mente. Era amico personale di Herbert Hoover. Peter spera di poter provocare da parte del Dipartimento di Stato la richiesta del rilascio di Lottie, con condizione che lei torni a vivere in America». Si contorse per indossare la camicia inamidata, e incominciò a infilarne i bottoni nelle asole. Non era impresa facile.

«E Peter andrebbe a vivere laggiù?» Inge non era mai riuscita a cavarsela con le lingue straniere, e l'idea di vivere in qualsiasi posto che non fosse la Germania le riusciva inconcepibile.

«Se ci fosse anche Lottie, senz'altro. L'ho incoraggiato: ha migliori possibilità di pilotare la faccenda a livello di corpo diplomatico. Far uscire qualcuno di prigione tramite canali regolari è impossibile. Il Ministero della Giustizia non collaborerà mai con noi. Ho detto a Peter che neanche il Reichsführer delle SS può ottenere la liberazione dei prigionieri. Lo so, ho visto quando ci ha provato.»

«Chi era quello che il Reichsführer voleva fosse liberato?» domandò Inge, sempre curiosa dell'ultimo pettegolezzo.

Pauli era riuscito ad abbottonarsi camicia e polsini. Iniziava l'altra battaglia; far combaciare l'asola del colletto inamidato con il gancio posteriore. Uno sforzo, con le braccia piegate dietro la nuca, che lo faceva sbuffare. Era tremendamente fuori forma. Doveva decidersi a fare maggior esercizio, a cominciare dal prossimo lunedì. «Liberato? Nessuno in particolare. Mi riferivo a quando tentammo di tirar fuori di prigione la gente per mandarla nei campi di concentramento. Gente che le SS hanno sullo stomaco in maniera particolare.»

Inge annuì gravemente, prima di sollevarsi il vestito sopra la testa e farlo scivolare su di lei, attenta a non sciuparsi la pettinatura e il trucco. «Porta con sé Helena?»

«Sì, ho già procurato i documenti di viaggio.»

Inge, riemergendo con la testa dal vestito, osservò: «La bambina ha soltanto dodici anni; tredici a settembre».

«La madre di Lottie e tutti gli altri vogliono conoscerla. E il viaggio per mare le farà bene. Ultimamente, ha avuto qualche problema di salute. Non si è mai ripresa del tutto da quando le hanno portato via la mamma.»

«Povera piccola» disse Inge. «Come ha potuto Lottie essere tanto irresponsabile? E il modo con cui Peter se ne sta lì di continuo a fare quella faccia desolata, non migliora certo la situazione.»

«Peter lavora duro» obiettò Pauli.

«Ma se sta sempre chiuso in casa, a suonare il piano fino alle ore piccole? Mangia per modo di dire, e trascura il lavoro in ditta. Gli altri dirigenti lo tengono nel consiglio d'amministrazione solo perché il fondatore dell'azienda è vostro padre.»

Pauli la corresse: «Lo tengono nel consiglio d'amministrazione perché Peter ne sa più di tutti loro messi assieme di come si manda avanti la baracca».

«È già fortunato che non lo costrinsero a dare le dimissioni quando sposò Lottie.»

Pauli si mise a ridere. A volte, sua moglie straparlava. «Difficilmente avrebbero potuto farlo, mia cara. Era molto prima che Hitler salisse al potere.»

«Non ha paura che potrebbe esserci la guerra?» insisté Inge. «Resterebbe bloccato in America.»

«Non ci sarà alcuna guerra» ribatté Pauli. «Peter lo sa: e lo sanno tutti.»

«I polacchi non cederanno mai per il corridoio» disse Inge. «Io so come sono fatti i polacchi.»

«Lascia fare al Führer. Gli austriaci mollarono. I cèchi lo stesso. Occupammo Memel. Chi aiuterà i polacchi se ci attaccano?»

«Gli inglesi.»

Per la quarta volta, egli tentò di annodarsi la cravatta a farfalla, e di nuovo il nodo riuscì di sghimbescio. Tornò a disfarlo. «Non essere assurda, Inge. Che possono mai fare gli inglesi? Guarda la carta geografica e constata tu stessa.»

«E la Francia. I francesi potrebbero attaccarci sul fronte occidentale, come hanno fatto l'ultima volta. Guardala tu, la carta geografica» replicò lei in tono sgarbato. Non le andava di essere trattata come se l'opinione di una donna non contasse nulla.

«Vieni qui, Inge, e ti confiderò un segreto. Un segreto vero, questa volta.» Andò alla porta per sincerarsi che la stanza della domestica fosse deserta. Era sera di libera uscita per la ragazza, ma le precauzioni non erano mai troppe. «Fritz è appena tornato da Mosca. Quale plenipotenziario speciale di Hitler, ci era stato mandato per tener d'occhio quel fessacchiotto di Ribbentrop. Sarà firmato un patto: Stalin è d'accordo su tutto. La Polonia verrà spaccata in due: una metà alla Russia e l'altra metà a noi.»

«Un patto con Stalin?» Per poco Inge non si lasciò sfuggire di mano l'orecchino.

«Sei sorpresa, eh? E pensa come saranno sorpresi i francesi e gli inglesi. Il Führer lo annuncerà appena prima che le nostre truppe muovano per attraversare la frontiera. Le potenze occidentali ne saranno tutte troppo terrorizzate per prendere qualsiasi iniziativa. Sono vermi! Lo ha detto proprio il Führer stesso. "I nostri oppositori sono dei vermiciattoli" ha detto ai generali. "Chiudete i vostri cuori alla pietà. Siate inesorabili."»

«Che ha voluto dire?» chiese Inge.

«Non lo so, ma lui sa come parlare ai generali. Qualcuno deve ben metter loro un po' di fuoco nelle vene.» Rinunciò ad annodarsi la cravatta e prese il calzante per infilarsi le scarpe di vernice. Era un'impresa vestirsi in pompa magna, ma Inge ci sguazzava.

«Con Stalin? Un patto?» si stupì Inge. L'idea le riusciva del tutto inimmaginabile. Tutti sapevano che i russi erano più bestie che uomini, e che Stalin era il diavolo incarnato.

«Fritz ha raccontato che a Mosca sono stati accolti a braccia aperte. Non solo con la solita prassi diplomatica, ma con festeggiamenti cui non riusciva a credere. Vodka, caviale, cibi squisiti. Ricevimenti che andavano avanti sino al mattino, e i russi che abbracciavano i nostri come fratelli ritrovati. Stalin che brindava alla salute del Führer. Fritz dice che i russi sono stati fantastici: era come essere con vecchi camerati del partito nazista!»

«Tutto questo non lo hai detto a Peter?»

«Fritz è rientrato solo ieri sera.» Allentò i lacci e si infilò le scarpe.

«Hai chiesto a Fritz delle ferie in settembre?»

«Le nostre vacanze all'Obersalzberg?» Pauli si alzò, picchiando per terra prima un piede, poi l'altro.

«Se rimandiamo, il Führer non sarà lì. È tanto più eccitante quando c'è anche lui.»

Voleva dire, naturalmente, che pregustava un altro di quegli inviti ai tè offerti da Hitler. Di solito, era Bormann a fare in modo che i Winter fossero inclusi tra gli ospiti; l'anno prima, però, Bormann aveva preso in disparte Pauli, chiedendogli se fosse disposto a vendere la casa. Aveva detto che il Führer intendeva acquisire l'intera falda della montagna, che adesso veniva chiamata Führergebiet, vale a dire "monopolio del Führer". Una prassi che andava avanti sin dal 1933. Bormann non andava per il sottile: alcune case erano state ottenute con la minaccia, altre requisite senza troppi complimenti. Inge era terrorizzata all'idea di perdere la loro casa delle vacanze. Aveva deciso di trovarsi a quattr'occhi col Führer e parlargliene, e Pauli rabbrividiva solo a pensarci. Inge, a volte, si spingeva troppo oltre, tanto più che, per quanto concerneva la loro casa di campagna — e la sua vicinanza con il "nido d'aquila" del Führer — sua moglie stravedeva. Come avrebbe potuto dire a Lisl che non possedevano più quel meraviglioso *status symbol*?

«Non vedo proprio come riuscirò a liquidare tutte le scartoffie che invadono la mia scrivania, tesoro. Il Führer ha mandato quell'accidenti di promemoria sull'eutanasia a Philip Bouhler — capo della Cancelleria — e il tutto è finito sulla mia scrivania.»

«Perché la tua scrivania?» Sua moglie si sollevò ben alta la sottana per sistemarsi il reggicalze. Pauli si concentrò sulla visione. Lei se ne accorse e sorrise.

«Fritz era con Himmler, e si è offerto di incaricarsi della faccenda. E quando Fritz si assume qualche lavoro, è il sottoscritto che entra in ballo.»

«Che barba!» Inge fece scorrere la mano sulle calze di seta, raddrizzandone la cucitura.

«Non c'è nessuno che mi dia una mano.»

«Non ti ci vorrà tutto un mese, Pauli. Se potessimo partire per sabato 9 settembre...» Lasciò ricadere il vestito nuovo, controllandone l'effetto allo specchio.

Parlando all'immagine di Inge riflessa nello specchio, Pauli proseguì: «Sii ragionevole, tesoro. Il Führer ha ordinato che tutti gli alienati e malati incurabili di Germania debbano essere messi a morte. Il che dev'essere fatto dai medici delle SS. Ti immagini che razza di lavoro mi aspetta?».

«Non per un intero mese.» Si avvicinò a lui e lo baciò sulla punta del naso — anzi, accennò soltanto il bacio, per non sporcarlo di rossetto. Poi, con estrema facilità, gli annodò la cravatta.

Pauli era offeso. Sua moglie sembrava non rendersi conto di quanto egli lavorasse duramente. Si infilò la giacca. «Ed è solo l'inizio: dovrò escogitare qualche definizione legale di ciò che è incurabile e di ciò che è alienazione mentale.»

«Be', la cosa dovrebbe senz'altro essere ovvia» ribatté con petulanza la consorte.

«Sì, e io vado a dire ai medici che è ovvia!» esclamò Pauli. Diede una tiratina ai polsini della camicia perché sporgessero dalle maniche della giacca, poi si impettì per rimirarsi nello specchio. Con un abito da sera un po' meno sacrificato, avrebbe ancora fatto la sua figura. «Vogliono che io metta giù, nero su bianco, una definizione inequivocabile. E come ci riesco? Non sono un esperto di medicina.»

«Questo, non lo direi» disse Inge.

«Be', non esattamente» concordò Pauli, un po' addolcito. «La gente parla di queste cose senza rendersi conto di ciò che comporta da un punto di vista tecnico-amministrativo. Incurabile — cosa significa? Uno può avere un dolore al deretano che è incurabile: il che significa che io faccia firmare a Fritz un ordine perché l'uomo crepi? Solo perché i medici dicono che non possono guarirlo? E poi, c'è la faccenda di mettere in piedi i centri di eutanasia. Il primo è previsto a Schloss Hartheim, vicino a Linz, ma uno non è sufficiente. Sarà un lavoro del diavolo trovare gli edifici adatti e attrezzarli. Ci sarà un bel po' da viaggiare. Spero solo che non tocchi a me. Poi, dovremo spiegare tutto quanto per bene ai medici delle SS, perché non comincino a piantar grane. Quei fottuti di medici fanno presto a coalizzarsi. Metti che tutti quanti dichiarino che non vogliono farlo?»

«Povero caro» gorgheggiò Inge, passandogli un braccio attorno alla vita e stringendolo a sé. «I medici non avranno scrupoli di farlo, se è quello che il Führer vuole sia fatto.» Aveva notato quanto suo marito fosse preoccupato: meglio riprendere dopo cena l'argomento delle ferie annuali. Magari, quando erano a letto. L'umore di Pauli sarebbe stato migliore. Pauli grugnì, e continuò il suo esame allo specchio.

«Allora, quanto tempo starà via Peter?» domandò Inge per cambiare discorso.

«Dovrà andare in California a vedere la madre di Lottie. E mamma gli ha fatto promettere di fare il giro di tutti i parenti Rensselaer. Lei si sente in colpa per non andar là di persona, suppongo. Papà insiste perché Peter si prenda un lungo periodo di riposo, dato che non ha un attimo di respiro da un bel po' di tempo. Non credo sarà di ritorno molto prima di Natale.»

«Pensi che riuscirà davvero a tirarla fuori di prigione?»

«In principio, non ci credevo. Ma sai quanto è tenace Peter: ha continuato a scrivere al nonno e a zio Glenn. Zio Glenn ha buone entrature al Dipartimento di Stato. Sembra che abbiano entrambi buone speranze, ma dicono di non poter far nulla senza ulteriori particolari. Insistono perché Peter vada su di persona: secondo loro, un approccio personale con la gente giusta di Washington vuol dire tantissimo.»

«Tanto più che Peter parla inglese in modo perfetto.»

«Oh, sì, al riguardo non c'è problema. Il suo inglese è ottimo, molto meglio del mio.» Sorrise, ricordando qualche cosa. «In passato, il nonno ce l'aveva su con Peter. Ricordo che Peter lo trattò male, quando eravamo piccini. Ma adesso il vecchio ha deciso che è Peter il suo preferito. Io sono il nazista cattivo.» Ridacchiò, ripensandoci. «Il nazista cattivo. Ha detto proprio così: "il nazista cattivo".»

«Te l'ha riferito Peter?»

«La corrispondenza di Peter passa il controllo della censura, mia cara Inge. Ogni lettera viene aperta. Chiunque abbia la moglie in prigione per crimini contro lo Stato non può scrivere all'estero senza che noi si veda quello che scrive.»

«Sei tu che hai disposto in conseguenza?» Inge considerò pensosa guardando gli orecchini, poi la collana d'oro che teneva in mano. O gli uni o l'altra. Tutti e due insieme non andavano.

«No, un balordo di nome Steiner, un vecchio poliziotto, ha fatto in modo che vedessi le intercettazioni. È quello che ha arrestato Lottie. Ogni tanto mi fa un favore, sempre che, per ognuno dei suoi, io lo ricambi con due o tre dei miei. Credevo di essermelo tolto dai piedi entrando nella nuova sezione con Fritz, invece viene ancora a rompermi le tasche.»

Inge decise per la collana. L'oro andava sempre bene: era "ricco" ma in modo discreto. «Che genere di favori?» Guardò Pauli. Anch'egli sembrava pronto per uscire. Per una volta tanto sarebbero arrivati in orario al ristorante. Al Medvedj, quello che lei preferiva. Il ristorante russo: sembrava una scelta appropriata dopo le strabilianti novità datele da Pauli.

«Niente più di quisquilie che mi portino via troppo tempo. Non dovrei lamentarmene, immagino. Firme su ordini di custodia preventiva, e cose del genere, che lui non potrebbe ottenere dai suoi superiori. Aspetta il momento opportuno e le porta su da me.» Si strinse nelle spalle. «Sistemano così le vecchie pendenze. La gente che non gli va a genio, sparisce.»

«Dovresti metterlo alle calcagna di Brand» consigliò Inge, con poco tatto. Roteò su se stessa perché Pauli ammirasse l'adorabile vestito nuovo che le aveva regalato.

«Sì,» ammise suo marito «dovrei fargli annusare le orme di Brand.»

# 1940

## *I teatri di posa insonorizzati*

«La gente qui dei paraggi diceva che ero via col cervello...» ricordò la signora Nita Danziger, lasciando incompiuta la frase. Naturalmente, non era stata via di cervello, inutile dirlo. Stava rifacendo la storia del proprio ritorno, da sola e in miseria, in California, provenendo da Berlino dopo che il crollo di Wall Street aveva provocato la fine e di suo marito e delle loro sostanze. «L'agente di borsa di Simon mi consigliò esattamente di fare il contrario. Disse che dovevo vendere le mie azioni nella società cinematografica e di non mollare la casa. I miei avvocati erano dello stesso parere. Ma, in quel momento, dei loro consigli ne avevo abbastanza. D'ora in avanti, le cose le faccio a modo mio, dissi a tutti quanti, e...»

«E così ha fatto» concluse Glenn Rensselaer. Come tanta altra gente che si trovasse a conversare con Nita Danziger, egli sentiva la necessità di concludere per lei le frasi lasciate a mezz'aria. «Però, lei vive ancora nella stessa casa di un tempo» osservò. Mosse le spalle per far circolare un po' d'aria sul proprio corpo: l'abito estivo gli si appiccicava addosso. Glenn non era mai riuscito ad adattarsi a quel clima. La "casa-fattoria" della signora Danziger era su una collina, ma nei giorni senza vento, come quello, il termometro bolliva.

Lei sorrise, e si alzò per chiudere le zanzariere alle finestre e socchiudere la porta per fare un po' di corrente. C'erano in funzione due grandi ventilatori elettrici, ma il visitatore era evidentemente a disagio. Si era in settembre, le prime forti piogge venute dall'Oceano Pacifico erano passate via, lasciando cieli limpidi e sole robusto. Nita Danziger sembrava indifferente alla calura. Indossava una camicetta marrone e una giacca di maglia, con un filo di perle al collo. I suoi capelli erano perfettamente a posto, quasi fosse appena uscita dal parrucchiere. «Ci sarebbe mancato altro che non ricomprassi la vecchia casa. La pagai quasi il doppio, ma ne valeva la pena. Questa casa racchiude un milione di ricordi per me. Ricordi come quello...»

Tacque, e il silenzio si prolungò per parecchi attimi. Si conoscevano da molto tempo, loro due. Il defunto marito di Nita — Simon Danziger — era stato amico di lunga data col padre di Glenn, ma una barriera insormontabile li aveva separati per anni e anni. I Danziger avevano fermamente programmato che Lottie sposasse un giovanotto ebreo. Si erano quindi risentiti con Glenn che aveva incoraggiato il matrimonio con Peter Winter. E tuttora Nita, pur essendo soltanto la matrigna di Lottie e volendo bene a Peter, provava profonda amarezza per il dramma che da quella unione era derivato. Forse per quel motivo, insisteva nel dare a Glenn del "signore". "Mr. Rensselaer", non Glenn semplicemente.

«Il suo intuito era giusto» disse Glenn.

«Il cinema mi ha sempre affascinato, Mr. Rensselaer. E quei ragazzi degli studios facevano proprio il tipo di film che mi piace. Il mio avvocato li chiamava "robetta" e forse aveva ragione, ma la gente ha il diritto di vedere film leggeri, se sono di suo gusto, come lo sono per me.»

«Quindi lei vendette la casa e acquistò altre azioni cinematografiche.»

«Erano così a buon mercato! Uno dei soci s'era preso la mazzata a Wall Street, come tantissimi di noi. Preferì vendere a me le sue azioni...»

«Lei fece tutto a puntino, Mrs. Danziger.»

«C'erano da prendere decisioni non indifferenti. Ricorda quel viaggio sul *Graf Zeppelin*? Il giorno che eravamo lì a bordo a chiacchierare? Sono felice che non avessi saputo in quel momento quel che avrei passato.» Fece per versargli altro caffè, ma la caraffa era vuota. «Ancora caffè?»

«No, grazie, Mrs. Danziger.»

«Immagino che non sia venuto da me per ascoltare tutta questa vecchia storia di famiglia. Lei è qui per incontrare Peter.»

«È un piacere averla rivista» disse Glenn. Era voluto andare da lei prima di trovarsi con Peter. C'era qualche cosa che voleva scoprire.

«Come le ho accennato per telefono, Peter si è sistemato davvero bene adesso, ma non gli è stato facile.»

«Ormai, è un anno che ha lasciato Berlino.»

«Chi poteva immaginare che la piccola Helena non sarebbe stata bene?»

«La guerra ha significato molto per lui?» chiese Glenn.

«La guerra con l'Inghilterra? Direi di sì. È stato un colpo per noi tutti! Ma, ora che la Francia si è arresa, dicono che presto si potrà arrivare in Germania via Portogallo.»

«C'è il blocco effettuato dalla Flotta inglese.»

«Già, e Peter ne ha discusso a lungo col console tedesco, il quale sostiene che non è assolutamente una cosa da tentare con una bambina ammalata.»

«Mi pare che abbia ragione» commentò Glenn.

«Secondo il console, Peter dovrebbe aspettare che si arrendano anche gli inglesi.»

Glenn si rifiutò di farsi trascinare in argomenti del genere. Disse: «Spero che Peter continui a fermarsi qui. Ha idea dei suoi programmi?».

«Si è rassegnato all'idea di restare fin dopo Natale. Il medico dice che Helena non sarà in grado di mettersi in viaggio prima di allora.»

«Vede,» riprese Glenn, deciso ad assicurarsi l'aiuto di Mrs. Danziger «spero che resti in America anche oltre tale data. Lottie uscirà di prigione nel 1942, e all'ambasciatore americano a Berlino è stato detto — in via non ufficiale — che sarà sicuramente deportata. E allora, Peter a che punto si troverebbe? Lui è cittadino tedesco: impensabile suppore che lo lascino andare con la moglie. Potrebbero addirittura fargli prestare servizio in Marina; è tuttora ufficiale della riserva, credo.»

«Peter si sta tormentando per Lottie. È in perenne stato di angoscia.»

«Deve rimanere in America» affermò Glenn. «Anche se tornasse a Berlino, non potrebbe mai stare con sua moglie.»

«Facile a dirsi, Mr. Rensselaer. Ma è più che naturale che egli voglia essere vicino a lei. L'ama alla follia. Certe volte, piange il cuore nel vedere in che stato è. Solo il lavoro lo ha aiutato a tirare avanti in questi ultimi mesi.»

«Ho bisogno di sapere se esprime qualche sua opinione sui nazisti. Non creda che voglia ficcare il naso nei suoi affari. Ma se devo aiutarlo, mi è indispensabile conoscere che atteggiamento mentale ha al riguardo. Peter ritiene di dover tornare in Germania per combattere contro gli inglesi? Ecco quel che ho bisogno di sapere.»

«Che Hitler e i nazisti non gli vadano a genio, lo posso dire con sicurezza.»

«Ne è davvero sicura, Mrs. Danziger?»

«Sicurissima.» Il tono era di assoluta convinzione. Si alzò per regolare il ventilatore. «Io sono ebrea, Mr. Rensselaer. Farò tutto quello che lei suggerisce e che valga a impedire che la mia piccola Helena ritorni nella Germania nazista.»

Glenn consultò l'orologio. «Peter mi ha promesso di farmi fare il giro degli studios, quindi bisogna che scappi.»

«Peter Winter è un giovane a posto, Mr. Rensselaer.»

«Lo so.» Indicò il pacco che aveva portato con sé. «Un regalino per Helena. Probabilmente, di bambole ne ha già abbastanza, ma...»

«Nessuna bambina ha mai bambole a sufficienza» rispose Mrs. Danziger. «Vado a chiamarla.»

Mentre Nita Danziger andava a prendere Helena, Glenn girò lo sguardo sulla stanza. Che non era mai cambiata. Dopo aver ricomprato la casa, la signora Danzinger l'aveva rifatta esattamente com'era prima. Con una dedizione alquanto assurda, perché la dimora non era mai stata arredata con gusto, né tantomeno era mai risultata confortevole. Era un posto malinconico, costruito per una diva del cinema muto, quando qualsiasi stella di Hollywood che vivesse in quella zona appartata della contea di Ventura veniva considerata un'eccentrica reclusa. L'edificio aveva una sua impronta western: alti sgabelli di cuoio per il bar, simili a selle, allineati lungo un banco che, si diceva, proveniva da un autentico saloon di Deadwood City o da qualche altra remota località cui il cinema aveva dato un significato mitologico. Sulle pareti figuravano dipinti a rievocare il vecchio West, e una mezza dozzina di polverose teste imbalsamate di manzi dalle lunghe corna. Sembrava fissassero miopemente il vuoto, come risentiti della prospettiva di venire castrati e trasformati in bistecche.

«Ti ricordi, vero, di tuo zio Glenn?» si affrettò a dire Mrs. Danziger. Helena, a quasi quattordici anni, era una ragazzetta timida con gli occhi di Peter — del pallido azzurro luminoso dei Rensselaer — e i nerissimi capelli ondulati della madre. «Certo che me lo ricordo» affermò con sicurezza Helena, avvicinandoglisi e baciandolo con limitato trasporto.

«Ti ho portato una bambola. Giochi ancora con le bambole?»

«Qualche volta.»

«Ho saputo che sei stata ammalata.»

«Adesso sono tornata di nuovo a scuola» gli rispose. Aveva la voce dogmatica, quasi priva di inflessioni, di chi studia lingue, e le sue frasi sembravano uscire pari pari dal frasario degli adulti tra cui era cresciuta.

«Be', ma è un'ottima cosa!» esclamò Glenn, affettando entusiasmo.

«Solo tre volte la settimana, e di mattina» precisò Nita Danziger. «Forse, il mese prossimo, comincerà a prendere lezioni di danza.»

«Ti piace la danza?» si informò Glenn.

«Voglio fare la ballerina» dichiarò Helena.

Glenn sorrise. Nita Danziger era stata una ballerina negli anni verdi. C'era da sospettare che la motivazione provenisse da lei. Consegnò a Helena la bambola. Come regalo, non era un gran che: una ballerina che egli aveva comprato all'ultimo momento in un grande magazzino in centro. Ed era ovvio che Helena si considerava troppo "anziana" per giocare con le bambole.

«È bellissima» disse Helena, compitamente, e strinse a sé la pupattola.

«Il tuo inglese è perfetto» si complimentò con lei Glenn.

«La pronuncia è passabile, ma devo migliorare in grammatica.»

«E la studia con impegno» commentò, soddisfatta, Nita Danziger.

«Sei stato in Europa ultimamente?» domandò Helena.

«Sì, sì.»

«Hai visto la mia mammina?»

«Forse quest'altra volta» rispose Glenn, a disagio.

«Sta scontando una condanna in prigione» aggiunse Helena. «In conseguenza di un certo equivoco, comunque.»

«È una vittima dei nazisti» precisò la ragazzina. «Così ho detto alle mie compagne di scuola.»

«E loro cosa hanno detto?»

«Che era una spia.»

«Tu che hai risposto?»

«Ho risposto di sì, che era una spia» confermò Helena, e poi aggiunse, con un ripensamento esplicativo: «È stato meglio dire in quel modo: le mie compagne hanno pensato che era più eccitante».

«Bene» concluse Glenn, consultando di nuovo l'orologio. «Adesso devo andare a vedere tuo padre. Tu continua a perfezionare il tuo inglese.»

«Grazie per la bambola, zio Glenn. Sei stato molto gentile.» Gli dedicò un piccolo inchino formale.

«Sì, certo.»

Per chiunque non avesse mai visto prima uno studio cinematografico, tutto risultava sorprendente. Nel bel mezzo della Valle di San Fernando, tra aranceti che parevano estendersi fino alle montagne di San Gabriel, c'erano quei tre grandi edifici, ognuno alto come un isolato cittadino e grande quasi altrettanto. Erano i teatri di posa del sonoro, costo unitario mezzo milione di dollari. Alle loro spalle, quasi cento acri di terreno: stagni, colline, una strada del Far West, e la derelitta parte poppiera di un gigantesco galeone spagnolo, con tanto di velatura ormai a brandelli. In quel settore, le riprese erano state interrotte per la pioggia, ma ora avevano ripreso a girare, e un gruppo di pistoleros stava percorrendo al galoppo la strada, inquadrata dalla cinepresa del muto.

Le grandi luci rosse sulla parete si spensero, e i due uomini uscirono dall'edificio contrassegnato dalla scritta, in grosse lettere: «Studio Due». Pur provenendo dal set illuminato da potenti lampade ad arco, Glenn e Peter strizzarono gli occhi all'impatto con la luce solare ancor più vivida. Se il progredire dell'età non aveva cambiato di molto Glenn Rensselaer, suo nipote Peter risultava completamente trasformato da un anno trascorso negli Stati Uniti. Egli aveva passato due settimane in casa di Cy Rensselaer e Dot, ma era stato il suo soggiorno in California che lo aveva fatto come rinascere. A quarantaquattro anni, ne dimostrava dieci di meno. Capelli tagliati corti a spazzola, com'era di moda tra gli studenti dell'epoca, una camiciola bianca, dalle maniche corte e aperta sul collo, pantaloni a righine bianche e azzurre, scarpe di tela. Viso e braccia abbronzati, Peter sembrava aver dimenticato anche il piccolo handicap della mano priva di una falange.

«Non posso che ringraziarti tantissimo di avermi fatto visitare gli studios, Peter. Non avevo mai visto girare un film.»

«Questo sarà il nostro primo musical in technicolor» spiegò Peter. «È un grosso investimento, e non vogliamo che troppa gente dell'industria cinematografica sappia esattamente quello che stiamo facendo.» Sbirciò suo zio. Immaginava che Glenn gli portasse notizie di Lottie, ma non voleva fargli premura. Glenn aveva quella sua strana esigenza di prepararsi a una conversazione importante, e Peter lo sapeva.

«Parli già come un produttore» disse Glenn.

«È più o meno quello che sono. Grazie a mio suocero. Vorrei aver conosciuto Simon Danziger un po' meglio. Doveva avere avuto un bel cervello per gli affari. Quanta gente aveva intuito i profitti sostanziosi che sarebbero derivati dal produrre film? Quando ancora si era al cinema muto! Che fiuto! Mrs. Danziger è ricchissima, adesso.»

Glenn lo guardò: non c'era nulla da guadagnare dicendo a Peter che il suocero era stato ridotto in miseria e al suicidio a causa della propria sconsiderata condotta finanziaria; che le quote azionarie nella società cinematografica erano dovute unicamente alla mancanza di liquidi da parte di un eventuale compratore. «Già» disse Glenn. «Per lei è andata benissimo.»

Un piccolo trattore elettrico li sfiorò ronzando, trascinando un rimorchio carico di costumi del XVIII secolo: crinoline, uniformi della Marina, e altri indumenti di dubbia accuratezza storica. «Alcuni degli studios si vanno attrezzando per i film di guerra,» continuò Peter «ma noi restiamo fedeli al genere che qui chiamano di "evasione".» Rise alla strana parola.

«Infatti.»

«Quando mi chiesero di diventare vicepresidente, sapevo che era soltanto a causa del pacchetto azionario di Mrs. Danziger. Ma da allora li ho salvati da alcuni grossi errori. Stavano per vendere il vecchio studio di Culver City, ma io li convinsi a noleggiarlo a una società che vi costruirà un complesso di uffici. E fu una transazione felice. Sono convinto che il valore degli immobili nella regione di Los Angeles è destinato a salire vertiginosamente. E poi volli vederci un po' chiaro nell'ufficio contratti, e scoprii che nessuno che ci lavorava conosceva uno straccio di lingua straniera. Non uno! Allora, controllai i contratti della distribuzione in Europa. Ci credi che, quando cominciò la guerra, parlavano di ridurre le perdite e di ritirarsi dal mercato europeo? Mentre, naturalmente, la guerra ha voluto dire una sempre maggior affluenza di pubblico nelle sale cinematografiche! Soldati, operai, esuli e rifugiati — i film sono l'unico modo per evadere qualche ora alla brutta realtà del momento. E i fratelli

Rensselaer sono stati meravigliosi. Avere l'appoggio della banca, mi ha reso indispensabile.» Peter sorrise.

«E adesso scrivi anche le musiche.»

«Chi te l'ha detto?»

«Nita Danziger. Mi ha fatto vedere la pubblicità che riporta il tuo nome.»

Peter sorrise, questa volta con modestia. «Mi lasciarono provare una volta che avevano bisogno urgente della musica. Un paio di motivi hanno avuto successo.»

Guardarono in su, al rombo di motori d'aerei. In cielo, quattro biplani dai vividi colori, appartenenti alla Marina, sfrecciavano in formazione un po' sghemba. «Volo con istruttori a bordo» giudicò Glenn.

«Ecco il motivo per cui furono costruiti teatri di posa insonorizzati» spiegò Peter. «Gli aerei non davano fastidio all'epoca del cinema muto.»

«L'avevo detto che saresti diventato un americano» commentò Glenn.

Suo nipote rispose alla lettera, come faceva sempre. «Sto preparando i documenti necessari. Helena va a scuola. Prende lezioni private di inglese e sa la cava benissimo. C'è voluto un bel po' per farle capire che l'inglese ha così poche regole grammaticali. Uno dei Rensselaer ha un figlio quasi della stessa età di Helena, e i due ragazzi sembrano andare molto d'accordo. Quando Lottie potrà lasciare la Germania, verremo a vivere qui. Non l'ho detto a nessuno se non a te, Glenn. Ma la mia decisione è questa.» Era logico che egli confidasse a Glenn, primo fra tutti, quel segreto. Nel periodo che avevano trascorso a Washington, erano diventati molto amici. Peter era rimasto commosso nello scoprire quanto duramente e lungamente suo zio avesse lavorato nel tentativo di ottenere la libertà di Lottie.

«Ma sei felice?»

«Se Lottie fosse con me, mi sentirei in Paradiso.» Guardò Glenn. Adesso, di sicuro gli avrebbe detto che cosa stava succedendo riguardo al rilascio di Lottie.

«Te lo chiedo, Peter, perché vorrei che tu venissi a Washington.»

«Quali sono le ultime notizie riguardo Lottie?»

«Non si tratta esattamente di Lottie. Tranne che riguarda migliaia di altre Lottie.»

«Che vuoi dire?»

«Hai visto i cinegiornali delle truppe tedesche che sfilano vittoriose per le vie di Parigi. Le notizie d'agenzia dicono che una forza tedesca di invasione si sta concentrando sulle coste della Manica. A Washington c'è gente, tantissima gente, che sostiene, e ne è convinta, che gli inglesi non potranno resistere ancora molto.»

«Lo so.»

«E tu come ti senti davanti a questa prospettiva?»

«Hitler dev'essere fermato. È pazzo.»

«Fermato o sconfitto?»

«Come sarebbe a dire, Glenn?»

«Tutti noi vogliamo vederlo bloccato, ma a questo punto sembra che l'unico modo per fermarlo è sconfiggerlo. Il che equivale a sconfiggere la Germania: a cannonate, con i bombardamenti aerei, affondando navi e uccidendo tedeschi. Quello che ti chiedo è: fino a che punto arriveresti pur di fermare Hitler?»

«Ho già pensato tanto a una domanda come la tua. Voglio che Hitler sia fermato. Tu dici che il solo modo è di sconfiggerlo con le armi. Penso tu abbia ragione. La mia povera patria dovrà soffrire di nuovo una sconfitta. E piango per i miei fratelli tedeschi.»

«A Washington, ci sono anche persone che ritengono che gli Stati Uniti dovranno entrare in guerra. Presto, forse.» Si spostarono per evitare un autocarro che trasportava grossi tronchi d'albero per le prossime sequenze di un film western che si stava girando dietro gli studios.

«In guerra contro la Germania?»

«Sì, contro la Germania. Il nostro servizio di raccolta informazioni è più o meno inutile. Della Germania non sappiamo nulla, tranne quanto l'ambasciata ci segnala, che non è molto. Il presidente ha adesso autorizzato la formazione di un nuovo servizio segreto. Neanche il Congresso sa della nostra esistenza. In questo momento, il nostro stato di disinformazione è tale che solo usando elementi come te, venuti di recente dalla Germania, potremmo essere in grado di addestrare le nostre reclute.»

«E tu vuoi che mi aggreghi anch'io a questo servizio segreto?»

Erano arrivati all'auto di Glenn, una grossa Cadillac 8-V, con l'aria condizionata e tutti gli extra che solo le Cadillac offrono.

«A quattrini non c'è da scialare. Niente uniformi, gradi o

medaglie. È però probabile che potremmo farti ottenere più alla svelta la cittadinanza — anche se non posso garantirtelo — e lo stipendio di maggiore dell'Esercito degli Stati Uniti. Ma siamo un gruppo di combattenti piuttosto informale. Se tu volessi sostenere gli esami per l'abilitazione ad esercitare l'avvocatura qui da noi, potrei riuscire ad assicurarti la frequenza indispensabile e i relativi permessi. Ogni tanto potrei farti tornare qui per brevi periodi a occuparti delle tue faccende di cinema. E ti daremmo il rimborso delle spese di viaggio: in aereo, non su treni lumaca.»

«Voi americani siete strana gente, Glenn.»

«Sì, così ho sentito dire.» Salì in macchina e abbassò il cristallo del finestrino per poter continuare a parlare. Adesso gli avrebbe detto di Lottie. Era questa la prassi che zio Glenn seguiva per affrontare certi argomenti delicati.

Peter si curvò verso Glenn. «E io sono tedesco al cento per cento. Il fatto di essere ufficiale di un Esercito gestito in modo tale che i suoi ufficiali siano borghesi quando lo preferiscono, supera la mia comprensione.»

«Allora che decidi?»

«Ci proverò» disse Peter.

Glenn mollò la frizione, e la macchina incominciò a muoversi. Fu solo allora che Peter capì che non c'erano ancora novità circa Lottie. La delusione gli diede un malessere fisico.

## 1941

### *«L'hanno detto alla radio»*

Lottie aveva combattuto il sistema. Non con l'insolenza o la disobbedienza: aveva reagito alla routine del carcere, non permettendo di esserne oppressa. Aveva forzato se stessa a essere amichevole e a dare una mano alle compagne di prigionia. Aveva riso e scherzato. E sorriso, così come suo padre le aveva detto: «Non perdere il sorriso davanti alla maleducazione e all'ostilità». Ma ormai era in prigione da molto tempo e cominciava a sentirsi stanca. E quel giorno faceva un caldo insopportabile. Una giornata per andare in barca a vela, nuotare e crogiolarsi al sole sugli splendidi laghi di Berlino.

«Ci farai il callo. È questo il guaio» disse la donna grassa.

«Non si parla!» L'urlaccio della guardia carceraria echeggiò lungo il cortile selciato che le recluse stavano attraversando, a passo accelerato e scattante — come imponeva il regolamento — dirette alla cucina. Tutto risultava faticoso lì dentro.

Quando furono prese in consegna dalla responsabile della cucina, e la porta venne sprangata alle loro spalle, la disciplina si allentò. La grande cucina era un posto come nessun altro nel carcere. Lì soltanto c'era in abbondanza la luce diurna; il sole, irrompendo dal lucernario, faceva brillare tutti i tavoli di legno scrupolosamente puliti e traeva riflessi dai pentoloni fumanti. Ma anche col lucernario spalancato, l'aria era più calda e umida che in ogni altro locale del carcere.

«Che vuoi dire?» chiese Lottie alla donna pettoruta che era stata rimproverata in cortile.

«La prigione. Finisce che dipendi da lei. Non hai mai da pensare col tuo cervello: obbedisci agli ordini, e basta.»

«E non è esattamente come sei costretta a fare fuori di qui?»

L'altra non sorrise: era una fervente nazista, e ai nazisti non serbava rancore per essere stata messa in carcere perché assidua praticante di tecniche abortive clandestine. Il fatto che la sua ultima paziente fosse morta d'infezione, era stato un tiro della malasorte. Qualche cosa di cui incolpare il fato o Iddio o l'incauto soldatino — niente che avesse a che fare con la polizia, o il tribunale o i nazisti.

«Chi di voi due ha fatto il gulash, ieri?» La domanda proveniva da una ausiliaria della polizia femminile, una creatura nevrotica e agitata, quanto mai orgogliosa dell'elegante uniforme verde della polizia, con la bustina vezzosamente inclinata su un'orecchia.

«Io» rispose Lottie.

«Vieni con me.» Sulla quarantina, viso severo, l'ausiliaria non era comunque cattiva. Il giorno prima aveva detto a Lottie che suo marito era carrista in una divisione dislocata nella Polonia occupata, ben lontano dalla guerra in corso contro gli inglesi. Del che, lei ringraziava Dio.

La donna si tolse la giubba dell'uniforme, che sistemò su un ometto prima di annodarsi alla vita un grembiule bianco. Poi condusse Lottie nella dispensa del pane, e cominciò a farle pesare gli ingredienti per 1.220 *Leberknödel.** «La metà delle ragazze qui dentro non sa né leggere né scrivere» si lamentò.

Lottie sorrise, senza far commenti. L'ausiliaria aveva gli occhi rossi, come se avesse pianto.

«Non posso fidarmi a far loro pesare gli ingredienti.» Osservò Lottie che metteva le croste di pane in una scatola per pesarle sulla bilancia. Di fegato ce n'era ben poco negli gnocchi "alla Bavarese"; pane e aglio, sì, con qualche pezzetto di grasso, così com'era sempre stato dal 1939, quando era cominciata la guerra.

«È tutto benissimo di casa, per lei?» domandò Lottie, nel suo tedesco spedito ma imperfetto.

La donna corresse la grammatica di Lottie, con voce piatta e automatica, senza quasi accorgersi di farlo. «Sì, tutto a posto» confermò.

Lottie andò avanti, in silenzio, con la pesatura. Poi, la donna guardò furtivamente in giro per il locale, e disse: «Abbiamo invaso la Russia!».

«Cosa?» esclamò Lottie.

«Ci hanno raccomandato di non dirlo alle recluse.» L'ausiliaria prese un misurino e cominciò a prelevare le croste di pane.

* Grossi gnocchi di fegato tritato, farina, pan grattato, rossi d'uovo ed erbe aromatiche. [*N. d. T.*]

«Ne è sicura?» insisté Lottie, incerta di aver capito bene. Spesso la lingua tedesca la lasciava confusa.

«L'hanno detto alla radio. Marce militari ogni pochi minuti. Il Dr. Goebbels ha letto il proclama del Führer, questa mattina, su tutte le stazioni. È la più grande offensiva della storia mondiale.» Non ne poteva più di raccontarlo a qualcuno: c'era da giurarci, da come l'aveva detto.

«La Russia!» ripeté Lottie, cercando di capire la portata dell'avvenimento.

«Questa mattina, all'alba. Il mio Karl ci sarà dentro fino al collo. È sempre così quando sei nei carri armati.» La sua angoscia era venata d'orgoglio. Sin dalle vittorie in Francia dell'anno precedente, il servizio stampa e propaganda non aveva mancato di elogiare in modo particolare le divisioni dei Panzer.

«Sono sicura che gli andrà tutto bene» disse Lottie.

«Abbiamo quattro figli piccoli» fece presente l'altra. Aveva la fronte imperlata di sudore. «Quattro, sette, dieci e tredici anni. Non potrei tirare avanti senza Karl.» Andava avanti a prelevare le croste di pane, lavorando veloce, come a dare il buon esempio a Lottie.

«Gruppo d'Armata centrale» disse la donna meccanicamente. «Secondo Gruppo corazzato. Dicono che per Natale saranno a Mosca.»

Lottie abbassò gli occhi e vide che l'ausiliaria, sconvolta, aveva rovesciato sul pavimento un bel po' di croste di pane.

### *«Sì, Heil Hitler, colonnello Weizsäcker»*

Era dicembre. La piccola fattoria isolata era mezza sepolta sotto alti cumuli di neve, e altra neve stava cadendo. Dentro la casetta non illuminata, un piccolo gruppo di ufficiali di Stato Maggiore se ne stava attorno a un tavolo di cucina, battendo i piedi e dandosi manate sugli avambracci e sulle cosce per riscaldarsi, in attesa che arrivasse il comandante di divisione.

Era l'alba, ma le finestre erano state oscurate con assi di legno, nel tentativo di escludere i crudeli venti di Russia. La conversazione si accentrava sulla 258ª Divisione di fanteria, un battaglione della quale si era spinto, in ricognizione, sino a Khimki, nei sobborghi di Mosca.

«Uno dei soldati è arrivato alla fermata del tram e ha raccolto un biglietto. Lo ha fatto vedere a tutti» riferì il capitano della compagnia segnalatori, a voce alta per superare il rumore del vento.

«Di biglietti del tram ce ne sarà per tutti quando arriveremo là» brontolò il colonnello Weizsäcker, che, dopo le recenti perdite, aveva assunto il comando di quel "gruppo d'assalto" distaccato.

«Non ci sono rimasti molto» sottolineò un capitano del reggimento carristi, con sadico compiacimento per la propria specializzazione. «I carri russi li hanno respinti subito.» Si toccò il naso. Gli si stava congelando. Doveva scovare un ufficiale medico non appena il rapporto si fosse concluso. Sperava di non rimetterci il naso, così come era successo a qualcuno dei soldati che aveva perso anche le dita dei piedi e delle mani. Non c'era molto di eroico nel tornare a casa avendo lasciato in Russia il proprio naso per colpa del congelamento.

«Quella è Mosca» disse Weizsäcker. «Combatteranno ancora più dannatamente per difendere Mosca. Lo sappiamo benissimo.»

Sentirono la sentinella all'esterno scattare sull'attenti, in mezzo alla neve. Poi irruppe un rettangolo di luce quando la porta si aprì e apparve il generale, come il re dei demoni in una pantomima per bambini.

Gli ufficiali si irrigidirono sull'attenti, salutando. Avevano tutti un po' paura del generale Alexander Horner. Alto e asciutto, aspetto autoritario, viso ossuto, cicatrice su una guancia — ricordo di un duello giovanile — era il prototipo dell'ufficiale prussiano immortalato dalle caricature quando ancora quel genere di satira politica era permesso.

Il generale era stato in giro sul suo veicolo semicingolato. Solo Dio sapeva dove andasse in quelle scorribande, perché egli non si portava dietro nessuno, e chiederlo al suo autista era tempo perso. Il giovane Winkel era figlio di uno dei compagni d'arme del generale al tempo della prima guerra mondiale, e considerava un segreto qualsiasi cosa il suo generale facesse.

«Buongiorno, signori. Già arrivati i rapporti sulla situazione?» Si tolse l'elmetto, e si scrollò via dalle spalle del cappotto la neve.

«La radio è kaputt, Herr General» disse il giovane soldatino, accucciato in un angolo, alzando gli occhi sul comandante, come terrorizzato per essere responsabile del guasto.

«Hai provato a cambiare i cristalli?» Horner fu costretto a gridare: il vento era cresciuto d'intensità, ululando adesso come mille spiriti trapassati, e c'era anche il tonfare sonoro del generatore. La luce era scarsa, comunque sufficiente per rendere leggibile la mappa, e vedere il generatore e i cavi che lo collegavano alle lampadine e alla radio. Sufficiente anche per scorgere le chiazze e le macchie sulla parete dove erano stati impastoiati gli animali da stalla, e il pavimento lurido, che, se non avesse fatto così freddo, avrebbe impregnato l'aria di fetori. Era difficile credere che esseri umani fossero vissuti in quello squallore, assieme alle loro bestie, ma a riprova si ergeva contro una parete un rozzo castello di legno a sei posti, altrettanti giacigli per i contadini russi.

«Li ho provati quasi tutti, Herr General.»

Horner sbirciò il blocco di carta su cui trascrivere i messaggi. Il primo foglio era immacolato. C'era su soltanto la data, 6 dicembre 1941. Non esistevano ormai molte possibilità di concretare quel brindisi — Natale a Mosca — che l'illuso Weizsäcker aveva proposto nel mese di giugno, quando le armate tedesche si erano mosse. «Continua a provare.»

Il generale Alex Horner tornò a rivolgersi agli ufficiali che facevano corona intorno al tavolo. Erano tutti infagottati in ogni capo di vestiario che possedevano. Alcuni avevano anche trovato, comprato o rubato indumenti civili — sciarpe, guanti di lana e maglioni. Un vero spettacolo, erano, più simili a un branco di rifugiati che a ufficiali tedeschi! Horner chinò gli occhi sulla mappa, soffermandovisi a lungo. Poi si riscosse. Quella mappa lo stava ipnotizzando, era come un'ossessione. Aveva visto la stessa cosa durante la prima guerra mondiale: comandanti imbambolati a fissare una mappa, irrigiditi come un autista o un pilota resta paralizzato sul cruscotto, incapace di formulare un coerente pensiero o impartire un ordine. Scostò rabbiosamente il foglio. In assenza di adatti rapporti dal suo quartier generale e in mancanza di qualsiasi contatto con le posizioni sulla linea del fronte, la mappa era inutile.

«Ha mandato qualche portaordini che sappia dov'è il quartier generale, colonnello?»

«Sì, Herr General.» Naturale che li aveva mandati — non era un cretino totale.

«Arretreremo sino al fiume.»

«Tutti, Herr General?»

«No, non tutti. Rimarrà una retroguardia. Sarà sufficiente uno dei suoi reggimenti fucilieri.»

«Sì, Herr General.» Il colonnello Weizsäcker era troppo inesperto. Era stato convinto che, in quel momento, sarebbero stati sul punto di entrare nel Cremlino, così come — da capitano — Weizsäcker aveva attraversato Parigi, alla testa della propria compagnia, sorridendo alle avvenenti fanciulle, e tenendo gli occhi aperti a localizzare un buon ristorante ove cenare la sera. Be', questa volta era un po' diverso.

Horner andò alla finestra e trovò una stretta fessura attraverso cui sbirciare all'esterno. Il fuoco d'artiglieria proseguiva incessante, e il chiarore tremolante degli scoppi illuminava all'orizzonte il cielo cupo. Il giorno precedente, il termometro era sceso a 32 gradi sotto zero, ma oggi era anche peggio. E lì dentro non ci si vedeva un accidente! Riuscì a leggere l'ora sul quadrante del suo orologio; possibile che fossero già le undici del mattino? Tutto il paesaggio era grigio di neve. Non la neve che aveva conosciuto da bambino, nella Prussia orientale, o quella che aveva cacciato giù nel collo di Pauli Winter, a Lichterfelde, il giorno in cui avevano superato il corso e ricevuto le loro baionette. E nemmeno la neve su cui aveva spinto al galoppo Pola, a Bernau, alla periferia di Berlino. Questa neve era grigia: bastava chiederlo alle migliaia di soldati tedeschi che erano là a gelare a morte sotto quel lenzuolo. Se ne poteva avere la riprova dalla sentinella dal viso contratto e irrigidito dal freddo, lì di guardia sulla porta di quella baracca, con i piedi avvolti in fasci di paglia, nella speranza che le dita dei piedi non venissero via assieme agli stivali. Oppure bastava interpellare uno qualsiasi degli uomini tremanti di freddo, perché indossavano ancora la divisa estiva — quella invernale chissà quando sarebbe arrivata —, o i più fortunati, più vicini ai magazzini vestiario, per scoprire che gli indumenti invernali approvvigionati dall'Esercito tedesco non erano affatto adatti a quelle temperature artiche.

Horner tornò al tavolo, tentando di vedere la mappa con nuovi occhi. Il feldmaresciallo Walther von Brauchitsch aveva sofferto di un attacco cardiaco e chiesto di essere sollevato dalla carica. Be', era facile capire il perché. Le armate attorno a Mosca erano in una situazione maledettamente pericolosa, e i soldati tedeschi non erano addestrati o equipaggiati per combattere, o quanto meno esistere, in quelle condizioni: tutto lì.

«I rifornimenti per primi, Herr General?»

«No» rispose Horner. Si interruppe perché in quell'istante il motore alternato del generatore aveva perso un paio di colpi, e la lampadina era diventata giallo scuro, poi arancione, poi rossa, prima di spegnersi del tutto. Per un istante fu buio, la stanza rischiarata soltanto dalle lame di luce che filtravano tra le fessure delle assi alle finestre. Poi il motore tornò al ritmo normale, e la lampadina riprese a vivere. «Dobbiamo presumere che avremo da combattere per aprirci la strada» proseguì Horner.

«Combattere contro attacchi alla nostra retroguardia, Herr General?»

«Guardi con i suoi occhi» rispose con voce piatta. «Nessuna notizia via radio dal secondo reggimento corazzato o dai genieri. Poi ammutolisce anche il comando del reggimento fucilieri. Che ne conclude, colonnello?» Tutto collimava, in senso negativo, ma collimava. Horner aveva sentito il fronte restringersi in quegli ultimi giorni. Tutte le pattuglie e le unità in ricognizione erano state respinte con insolita prontezza: avrebbe dovuto prevedere quanto stava per succedere, e magari sarebbe corso ai ripari, se il servizio informazioni della Quarta Armata non avesse continuato a insistere che l'esercito russo non aveva più niente per contrastare la spinta tedesca. Più niente!

«Maledette queste radio» esclamò il colonnello Weizsäcker. Non riusciva a capire. Che i russi usassero qualche arma segreta per rendere inutilizzabili le radio nemiche, o era colpa di quel clima impossibile?

«Ma non si rende conto?» disse Horner. «Guardi. Guardi qui!» Sollevò un braccio e l'abbassò lentamente sulla mappa, coprendo tutte le posizioni ammutolite. Ammutolite, perché tutti i reparti, inclusi quelli dei quartier generali, erano in movimento. Qualsiasi altra spiegazione alternativa era troppo orribile da concepire.

«Mio Dio» biascicò il colonnello. Gli altri ufficiali non aprirono bocca. Erano alle prime armi, a eccezione di un paio di anziani che venivano dalla riserva. Forse non afferravano tutta la portata del dramma. Ma Weizsäcker aveva capito: era stato in Francia nel 1940. Quando Guderian aveva fatto lo stesso con i francesi.

Per eliminare qualsiasi possibilità di essere frainteso, Horner precisò: «I russi hanno sferrato un attacco e hanno tagliato in due il nostro fronte».

«Con questo tempo? È impossibile!»

«È probabile che si servano di slitte: fanteria trasportata su slitte, artiglieria montata su slitte, e reparti con gli sci a rinforzo delle divisioni cosacche.» Weizsäcker era ammutolito. «Obiettivo immediato: il fiume» aggiunse Horner. Non aveva prove palpabili a conferma della propria affermazione, sapeva, però, di essere nel giusto.

«Gesù Cristo! Chiedo scusa al generale.»

«L'Onnipotente in questo momento è troppo occupato» rispose Horner amaramente. «Dobbiamo mettere in salvo il salvabile e tentare di attestarci in riva al fiume, qui.» Non avrebbe dovuto usare il verbo "tentare". Era necessario mostrarsi positivo, convincente, fiducioso. «Arrestarci lì, combattere e morire per mantenere lo schieramento.»

Il colonnello Weizsäcker scoccò un'occhiata al suo generale, stupito da quella prosa stile melodramma. «I ponti sono qui... e qui» disse, indicando un altro tratto del fiume.

Horner annuì. «Sì, e manderemo la polizia militare a presidiare i ponti.» Tacque. Non aveva polizia militare. Era sfinito per la stanchezza. Per un attimo, aveva dimenticato che non era con von Kleindorf al quartier generale della divisione, era con questi idioti al comando del suo "gruppo di combattimento", che sulla carta comprendeva un reggimento fucilieri, un reggimento corazzato, più genieri, qualche nucleo segnalatori e un battaglione d'artiglieria. In realtà, era una miscellanea di fondi di magazzino: uomini stremati dalla fatica, sotto shock, semicongelati; motori scassati, carburante gelato nelle taniche, il tutto sparpagliato su un fronte troppo esteso, con le radio troppo spesso in avaria. «Organizzeremo una compagnia di fanteria per bloccare l'accesso ai ponti. Nessuno dovrà attraversarli. Nessuno, quale ne sia il grado, l'autorizzazione scritta o verbale, che sia ferito o meno. Nessuno! Chiunque si spinga a meno di cento metri dalla riva del fiume, sulla sponda nostra, sarà fucilato. Provveda immediatamente. Mandi qualcuno su cui si possa fare affidamento.» Si fermò di nuovo. «Ne mandi due, di compagnie. Qualche pazzo potrebbe aver perso la testa abbastanza da arrischiarsi sui lastroni di ghiaccio.»

«Ho l'uomo adatto, Herr General.»

Horner si rivolse agli altri ufficiali. «Per prima, la fanteria, naturalmente. Se non ci sono semicingolati a sufficienza, il resto deve andare a piedi. I carri seguiranno la strada, muovendo dal punto in cui si trovano attualmente. Mantenere contatto visivo.

Anche von Kleindorf comincerà a retrocedere, non appena si accorgerà di quanto sta succedendo. Avvertire i comandanti di reparto che i movimenti verso nord-est potrebbero essere dei nostri. Anche se, con questo tempo schifoso, Dio sa quanto occorra essere vicini per vedere qualcosa con chiarezza!» Consultò l'orologio. «La fanteria deve muoversi alle ore 13 in punto.» Guardò Weizsäcker. «A lei il comando dell'operazione di ripiegamento.»

«E il generale?» Il colonnello Weizsäcker si umettò le labbra con la saliva.

«Io tenterò la sorte puntando a nord.»

«Agli ordini, generale,» disse Weizsäcker «ma quella direzione la porterà sicuramente nel bel mezzo dell'avanzata russa.» L'uomo era nervoso, pensò Horner. Non voleva portare il gruppo di combattimento sulla linea del fiume. Non voleva portare alcuno in alcun posto. Perché non aveva fiducia nel piano di Horner, perché non credeva alla diagnosi di Horner, o perché se la stava facendo sotto dalla paura.

Horner fissò l'uomo a cui doveva affidare il gruppo di combattimento, cercando di decidere. Doveva esonerarlo? La cosa peggiore che potesse capitare a un ufficiale. La carriera militare di Weizsäcker sarebbe finita in quel momento e per sempre. E chi degli altri avrebbe potuto far meglio? Li scrutò in faccia: uomini giovani, volonterosi, con sorprendenti riserve di energia ed entusiasmo. Ma stralunati, adesso. Non ancora demoralizzati, ma stralunati, incerti. Nessuno di loro era mai stato di fronte a questo genere di guerra, né aveva mai sognato potesse esistere. Nemmeno Horner, del resto. Nessuno poteva averne avuto l'idea, tranne i russi. «Non credo, colonnello. Nei panni del comandante russo, avrei lasciato debole il centro e concentrato tutta la mia forza sui fianchi, per arrivare dritto al fiume. Non vuole ricacciare indietro il nostro centro o cercare di catturare il nostro comando di divisione. A quest'ora von Kleindorf dovrebbe aver iniziato a ripiegare. E questo vuol dire che lui porterà il comando di divisione sfilando lungo quei crocevia dove abbiamo perduto tutti quegli anticarro che adesso ci sarebbero così utili. Non ha altre strade da seguire.»

«Tranne che tagliare per i campi» disse il colonnello.

«C'è da pregare Dio che non lo faccia, con i mezzi di trasporto che deve portarsi dietro. Lei si tenga da questa parte del fiume, colonnello Weizsäcker. Quando trovo il comando di divisione, i loro mezzi di comunicazione mi consentiranno di riorganizzare e rinforzare la sua posizione. Che io ci riesca o meno, il suo compito resta identico. È chiaro?» Fissò il colonnello e gli altri. «Nessun uomo di questa divisione deve ritirarsi al di là del fiume, sotto pena di morte.»

«Heil Hitler!» disse Weizsäcker nervosamente. Sollevò il braccio nel saluto nazista. Nessuno contraccambiò.

Stava dando i numeri, quell'uomo? Horner uscì in uno dei suoi rari sorrisi. «Sì, Heil Hitler, colonnello Weizsäcker. E che Dio l'aiuti.»

### *«Stavamo semplicemente discutendo di strategia»*

Fu l'intraprendente Winkel a scovare il posto per il successivo quartier generale di divisione del generale Horner. Winkel era stato arruolato con la convinzione di poter mettere a profitto la competenza ippica acquisita nelle scuderie paterne. Manco a dirlo, l'Esercito lo aveva spedito in una divisione corazzata, e da allora egli non aveva fatto altro che pilotare il semicingolato del generale Horner.

Il posto che aveva trovato era una grandissima dimora di campagna. Facile immaginare quanto splendida fosse stata all'epoca zarista: però, abbandonata dai proprietari durante la rivoluzione, era andata man mano deteriorandosi. A concludere l'opera, i recenti bombardamenti avevano raso al suolo quasi tutti gli edifici principali. Ma Winkel aveva scoperto le cantine: enormi, labirintiche e relativamente asciutte, esse fornivano lo spazio per accogliere e far sparire l'intero comando di divisione. L'unico problema era di cancellare le eloquenti impronte sulla neve, per evitare che fossero avvistate dalla ricognizione aerea dei russi, sempre pronta a sbucar fuori non appena la cappa di nuvole aprisse un varco.

Miracolo su miracolo, i genieri avevano demolito un muro sotterraneo e portato alla luce una cantina di vini. La falsa parete doveva essere stata eretta ancora nel 1917, per sottrarre ai rossi avanzanti le bottiglie delle annate migliori.

Era Natale, e il sobrio generale Horner aveva dato ordine che il vino fosse distribuito a tutti i reparti, per progressivo consumo in moderate dosi. Non che dosi abbondanti potessero fare differenza in un clima come quello. Un ubriaco non aveva che da sollevare la testa a livello del suolo per tornare lucido di colpo sotto il bacio dei venti subartici.

«Buon Natale, Herr General.»

«Buon Natale, von Kleindorf.» I due alti ufficiali erano in una lunga e stretta cantina, tappezzata di ragnatele, assisi su due fragili sedie che qualcuno aveva scovato nel granaio. Fronteggiavano un tavolo sul quale von Kleindorf aveva allineato una dozzina di bottiglie delle più stupefacenti annate. Il contenuto di alcune si era guastato, ma il sapore dei vini rimasti sani era impareggiabile.

«Affido a lei la divisione: non lo trova un bel regalo?» Era uno strano modo di trasferire un comando, seduti in una cantina e bevendo vino. Ma von Kleindorf era l'unica persona con cui Horner si aprisse sino ad arrivare, talvolta, al confidenziale scambio del "tu", senza peraltro eccedere in familiarità. Era uno scotto da pagare alla gerarchia.

«Un regalo stupendo, Herr General.» Anche se sembravano parecchi di più, gli anni di Horner erano solo quarantadue. Se in definitiva avesse ottenuto la promozione a comandare un Corpo d'Armata, egli avrebbe conseguito un primato di velocità negli annali della carriere militari.

«E il colonnello Weizsäcker è incluso nel regalo» aggiunse Horner. «Tutto sommato, se l'è cavata abbastanza bene quando è arrivato l'attacco. Comunque, sono felice che non dovemmo lasciarlo troppo a lungo a tenere la linea sul fiume. Se gli uomini avessero cominciato ad attraversarlo, si sarebbe disintegrata l'intera divisione. Se ne rende conto, von Kleindorf?»

«Sì, Herr General.»

«E, in ogni caso, nelle nostre attuali condizioni, non so come lei si potrebbe concedere un gruppo di combattimento distaccato.»

«No, Herr General.»

«Il primo reggimento fucilieri è il più affaticato» continuò Horner. Ispezionò la sfilata delle bottiglie, studiandone le splendide etichette e le venerande annate. Ne scelse una, la stappò e ne assaggiò il contenuto.

«Perché sono sempre stati motorizzati» disse von Kleindorf. «È inevitabile.»

«Non li sprema subito. Ne avrà bisogno. Di loro e dei guastatori, ora più che mai.» Assaporò il vino, con gli occhi fissi sul suo vice al comando. Certo, avrebbe preferito rimorchiarselo al quartier generale di Corpo d'Armata, ma a von Kleindorf non si poteva negare l'opportunità di un primo comando da generale. Comandare una divisione era il passo più ambito nella carriera di un ufficiale.

«C'è tutto il malloppo delle carte» gli ricordò doverosamente von Kleindorf. «Forse vorrà vederne qualcuna prima di lasciarci.» Era il malloppo che aveva portato dalla sua visita al Comando d'Armata. Era chiuso nelle scatole d'acciaio dipinte di grigio, alle quali l'Esercito tedesco affidava le sue preziose scartoffie. Ordini speciali, ordini supplementari, modifiche a ordini appena emanati, riassunti di rapporti del controspionaggio militare, tutto il grafomane prodotto con il quale la burocrazia delle retrovie faceva la sua guerra. Al novanta per cento, scritto prima che l'Armata Rossa sferrasse il suo massiccio contrattacco del 6 dicembre, e ormai irrilevante, tranne che per gli uomini che vivevano di scartoffie.

«Naturalmente, insisterò che lei possa continuare a comandare la divisione, ma questo non fa parte del mio regalo.» Horner piantò i piedi sul tavolo. Lo fece con qualche difficoltà, prima uno, poi l'altro, con penosa elaborata lentezza.

«Sarò pronto a collaborare con chiunque venga designato dall'Esercito.»

«Lo so, von Kleindorf, e apprezzo la sua lealtà verso di me e la divisione. Che altro ha sentito al Comando d'Armata?» volle sapere Horner. «A parte von Bock che assume il comando della Quarta Armata.»

«Il generale Hoepner è stato esonerato, degradato, col divieto di indossare mai più l'uniforme militare.»

«Hoepner è quello che, più d'ogni altro, è arrivato vicino a Mosca» disse Horner. Si addossò allo schienale della sedia con tale impeto da far temere a von Kleindorf che perdesse l'equilibrio e finisse a gambe all'aria. Il che non avvenne, sia pure per un pelo.

«E Guderian è stato liquidato.»

«Non riesco a crederlo» disse Horner. «È la fine dell'Esercito quale noi lo conoscevamo, von Kleindorf. Finiremo per arrivare a Mosca e sconfiggere i russi, perché i nostri soldati non ci deludono mai. Ma l'Esercito non sarà più quello di prima. E i russi ci hanno preso le misure. Loro conoscono il terreno, e sono preparati al clima. Potremmo restar qui per settimane, anche per mesi, prima di impadronirci della città.» Si soffiò il naso. Aveva il raffreddore. Era circondato, immerso fino al collo in quella bolgia desolata di neve e ghiaccio. Chrisi, sua moglie, continuava a scrivergli chiedendogli se stava bene. C'era una medicina infallibile che lui avrebbe tanto voluto aver lì — a Berlino l'aveva trovata infallibile contro il naso gocciolante — ma non poteva certo informare Chrisi di avere quel maledetto raffreddore di testa.

«Non le ho fatto le mie congratulazioni per la sua nomina a comandante del Corpo d'Armata, generale.»

«Aspetti a farmele finché non vediamo quanto ci resisto» rispose Horner. Stappò una bottiglia di un rinomato Burgundy. Ne assaggiò un sorso. Era aspro, o forse sapeva di tappo. Lo sputò per terra e scelse un'altra bottiglia.

«Lei ha salvato la divisione, Herr General.»

Ah, questa volta il nettare era degno della sua fama. Mulinò in bocca il sorso d'assaggio, prima di inghiottirlo. «Noi militiamo in un Esercito che di regola non ricompensa i comandanti che si ritirano da un territorio già occupato, indipendentemente da quanto si sia riusciti a limitare i danni conseguenti.»

«Il servizio del controspionaggio ha rielaborato le stime del potenziale nemico in ordine di battaglia. Dicono di non essere sicuri di quante divisioni russe sono state impiegate nell'offensiva del 6 dicembre. Ne hanno identificate diciotto. Ho qui gli ultimi rapporti.»

Horner sorrise. «I russi li ho visti da vicino negli anni Venti, quando gli stavamo insegnando come pilotare i carri armati. Si dimostrarono ottimi allievi, eh, Kleindorf?»

«Che tipi erano, Herr General?»

Horner fece roteare il Burgundy nel bicchiere, per il solo gusto di osservarne i riflessi. «Lunatici» disse, dopo qualche attimo. «O sono abbacchiati e malinconici e incapaci di far bene anche le cose più semplici, oppure esplosivi e indomiti e inarrestabili.» Horner si impadronì di un'altra bottiglia. «Finora, abbiamo avuto davanti un Ivan depresso e sotto shock, ma una battaglia vittoriosa alle porte di Mosca potrebbe trasformare l'intera nazione in un nemico ben più formidabile.» Annusò il nuovo vino. Cos'era questo vecchio bouquet delicato di aromi ormai semidimenticati? Un Médoc. Horner senior gli permetteva, quando Alex era bambino, di aprire le bottiglie di vino. Una volta Alex era sceso dal letto nel cuore della notte ed era andato nella sala da pranzo deserta a scolare ciò che era rimasto nei bicchieri. Lo avevano trovato lì, la mattina, ubriaco, che russava.

Suo padre si era infuriato. Perché Alex ci aveva tenuto tanto alla benevolenza paterna? Aveva sempre saputo che la tenuta sarebbe toccata al fratello maggiore. Tuttavia... Era imperativo che i figli cadetti dovessero trascorrere tutta la vita mendicando riconoscimenti e approvazione? Era per quello che lui aveva abbracciato la carriera militare e che Pauli Winter lavorava adesso per quella brutta masnada al Ministero degli Interni? «Lei non è stato a Lichterfelde, von Kleindorf?»

«Ahimè, no, Herr General.»

«Ha fatto di me un uomo.»

«Poco ma sicuro, Herr General.»

«Un paio d'anni fa sono passato di lì. Adesso la vecchia caserma ospita certi tizi in uniforme nera. "Leibstandarte Adolf Hitler", si fanno chiamare.»

«Aveva sentito dire che gli LAH erano lì» confermò von Kleindorf.

«Farabutti!» sentenziò Alex Horner.

Von Kleindorf si era accorto che il suo comandante stava man mano ubriacandosi. Non aveva mai visto Horner brillo, ed era incerto sul da farsi. Il suo generale doveva essere in strada prima dell'alba, per assumere il nuovo comando al quartier generale di Corpo d'Armata. Certo, non era pensabile si mettesse in viaggio con i postumi di una sbornia. Eppure, von Kleindorf non se la sentiva di esternare le proprie preoccupazioni. «Sì, Herr General.»

Horner si fece meditabondo, e bevve di nuovo. «Stiamo per trovarci di fronte un nuovo comandante delle forze russe. Me lo sento nelle budella.»

«Il servizio intercettazioni ha sentito Radio Mosca dare l'annuncio che il generale Timošenko è stato sostituito. Al comando del fronte centrale è stato nominato un altro generale, un certo Žukov.»

«Ah! Così le teste rotolano anche dall'altra parte, von Kleindorf. Ne prenda nota, ragazzo mio.»

«Senz'altro, Herr General.»

Horner ruttò, ma parve inconsapevole che il suo vice potesse averlo rilevato. «I ponti, per esempio. Interessante, no?» Il generale Horner era partito all'attacco della successiva bottiglia, seviziandola col cavaturaccioli, ma alla fine vi rinunciò e passò bottiglia e arnese a von Kleindorf.

«In che senso, Herr General?»

«Non hanno bombardato quei ponti fottuti, von Kleindorf.»

«Qualche attacco esplorativo e carogna, l'hanno fatto» obiettò von Kleindorf, che per poco non ci aveva rimesso la pelle.

«Mi riferisco a veri attacchi — incursioni a tappeto per distruggerli.»

«Quelli, no, signore, è vero.»

«E perché? Mi sa dire il perché?» E Horner si versò altro vino dalla bottiglia che von Kleindorf aveva stappato.

«Non ci avevo pensato, generale.»

«Riflettere sempre su tutto, ragazzo. Su tutto. Perché non hanno tentato di distruggere quei ponti? Perché vogliono che noi li attraversiamo scappando quando ci attaccano? No, hanno forze sufficienti per farci fuori qui, senza doverci inseguire. È perché sperano di sfondare del tutto con tanta velocità da impadronirsi dei ponti senza doverli distruggere, e poi avere da ricostruirli? Io non credo. Gli Ivan non sono opportunisti: lavorano a programma, loro.»

«Ha una teoria, Herr General?»

«Mettiamo che attacchino con movimento a tenaglia: con entrambe le ganasce che calano dall'altra riva del fiume. Che succede, allora?»

«Sarebbe una manovra a tenaglia di enorme consistenza, generale.»

«Io calcolo che l'offensiva del 6 dicembre si sia articolata su cento divisioni, una più una meno.»

«Cento divisioni?» Von Kleindorf si mosse a disagio sulla sedia. Il generale non era uomo da abbandonarsi a stime fasulle. Ma cento divisioni erano una forza gigantesca che i russi avrebbero dovuto tirar fuori dal niente. Il potente attacco tedesco alla Russia — il "Barbarossa" — aveva impiegato solo 153 divisioni.

«Su un fronte di duecento miglia. Con l'aviazione, l'artiglieria e tutto quanto avesse richiesto il compagno Žukov. Sfortunatamente, non abbiamo solo noi il monopolio delle tattiche di accerchiamento.»

«E da dove le avrebbero tirate fuori?»

«Dalle loro province dell'est. Le divisioni che presidiano le frontiere con i cinesi e i giapponesi.»

«Un'ipotesi tutt'altro che da escludere, Herr General.»

«Sufficienti per una grande manovra a tenaglia, no?»

«Direi di sì, Herr General.» Von Kleindorf sbirciò il capo. Horner non sembrava ubriaco. Non fosse stato che ogni tanto la lingua gli si impastava, non c'era alcun sintomo che il generale avesse alzato il gomito.

«Siamo noi ad avere la colpa. Lo sbaglio è stato dei militari. Il generale Marcks, nostro capo della pianificazione, diceva che potevamo conquistare la Russia in nove settimane... diciassette al massimo. Ho visto la sua relazione. I sovietici, diceva, non avrebbero avuto il tempo di impiegare le loro riserve. Il Führer ci crede, a noi militari, quando gli diciamo questo genere di cose.» Horner fece un altro rutto.

«Ci crede, sì, Herr General.»

Horner trincò di nuovo, un vecchio Burgundy questa volta, e passò la bottiglia a von Kleindorf. «Si sa niente di chi diventerà il C in C quando Brauchitsch se ne va?»

«Sì, il Führer» rispose von Kleindorf. Finse di bere, ma in realtà si limitò a sfiorare il vino con le labbra. Aveva deciso che uno di loro due, almeno uno, doveva restare lucido di cervello.

«C in C dell'Esercito, voglio dire.»

«Sì, il Führer ha assunto anche quella carica.»

Horner non nascose la propria incredulità. «È capo dello Stato, Ministro della Guerra, e comandante supremo di tutte le Forze armate. E adesso lei mi dice che si è autonominato anche comandante in capo dell'Esercito?»

«Oh, e c'è dell'altro, generale. Gli americani e i giapponesi se le stanno dando. Domenica mattina i bombardieri delle portaerei giapponesi hanno attaccato le basi navali americane nel Pacifico. Non ho avuto particolari più completi, ma le notizie risultano esatte. Tutte le agenzie radio e di stampa ne hanno dato comunicazione.»

«Quindi, è in guerra tutto il mondo» commentò Horner, cupamente.

«È vero. E giovedì il Führer ha dichiarato guerra anche agli americani.»

«Cosa?» esclamò il generale Horner, rovesciandosi il vino sui risvolti scarlatti del suo cappotto.

«In un discorso al Reichstag.»

«Dichiarato guerra agli Stati Uniti d'America?»

«Sì, è ufficiale.»

«Ah, ah, ah!» L'accesso di ilarità del generale Horner fu tale da fargli rovesciare altro vino e farlo quasi rotolare giù dalla sedia, cosa evitata all'ultimo momento. «Ah, ah, ah!» Gli occhi gli si erano riempiti di lacrime per il gran ridere. «Gli inglesi stanno bombardando le nostre città, le nostre armate sono sparpagliate dall'Africa al Capo Nord della Norvegia, noi siamo qui impastoiati nella neve di Russia a fronteggiare, solo su questo fronte, cento divisioni fresche. E il piccolo caporale austriaco ha scelto questo momento per dichiarare guerra alla più grande potenza industriale del mondo! Ah, ah, ah!» Si artigliò lo stomaco con le mani e andò avanti a ridere finché anche von Kleindorf lo imitò per contagio.

Facevano un tale fracasso da far accorrere Winkel, l'autista di Horner, a vedere se non fosse successo qualcosa.

«No, tutto a posto, Winkel» lo tranquillizzò Horner. «Il Capo di Stato Maggiore e io stavamo semplicemente discutendo di strategia.»

## 1942

### *«Sapevo che avrebbe aspettato»*

La notte era buia. Ed era febbraio, quindi la Prussia orientale era coperta dal suo regolare manto di neve e ghiaccio. Il sistema ferroviario tedesco, sotto il peso delle sempre crescenti esigenze della guerra contro la Russia, mostrava segni di cedimento. I treni erano stipati, sporchi, e in ritardo.

Il marciapiede della stazione di Königshof era rischiarato soltanto da lampade a gas, alcune delle quali fuori servizio. Inge Winter ripulì una piccola zona del finestrino appannato e si fece paraocchi con le mani per vedere nell'oscurità.

«Siamo a Königshof?» domandò al giovane pilota di Stukas, che sonnecchiava sul sedile di fronte a lei. Egli balzò in piedi e abbassò il finestrino, sporgendosi fuori. Lo scompartimento si riempì di aria fredda, intrisa dell'odore di fuliggine della locomotiva.

«Ehilà, senta!» gridò l'ufficiale. «È Königshof, questa?»

«Königshof» confermò, cortesemente, la donna capostazione. E poi, nella lontana eventualità che qualche viaggiatore da Berlino intendesse scendere in quella cittadina rurale, ripeté a voce alta: «Königshof! Königshof!».

Inge si alzò, si infilò la pelliccia, mentre il giovane pilota le tirava la borsa di cuoio giù dalla reticella e le apriva la porta. Le sorrise e la salutò, dispiaciuto di perdere la compagna di viaggio, perché Inge, a quarant'anni superati, era una donna assai attraente. Snella, romanticamente pallida, capelli ondulati naturalmente. Ma l'avrebbe ricordata soprattutto per quei profondi occhi luminosi che erano parsi tutti e solo per lui.

Inge non mancava di soddisfatta disinvoltura e sicurezza, quasi a sfidare il mondo che aveva intorno. Era quella splendida fiducia di sé che tanta gente, Pauli per primo, notava e ammirava. Era stato quel requisito a spingere Pauli a desiderarla come moglie, e che di tante conoscenze casuali, come quella con il pilota di Stukas, aveva fatto suoi docili schiavi.

Appena Inge mise piede giù dal treno, il bel pilota era dimenticato. La sua mente era già su altre cose, non ultima la conferenza che avrebbe tenuto alla locale sezione dell'RADwJ – giovani donne destinate a lavori agricoli e operaie dell'industria. Sarebbe stato il pubblico più numeroso cui si fosse mai rivolta.

Si avviò, facendosi strada tra i mucchi di neve. Era buio; uno spesso strato di nuvole nascondeva luna e stelle. Trilli di fischietto per segnalare la partenza del treno, mentre i segnali volgevano al verde. Non v'era traccia di portabagagli, quindi Inge dovette trasportare da sola la borsa; c'era abituata, ormai: si era in guerra.

«Abbassare le tendine ai finestrini!»

La investì uno sbuffo di vapore, e il treno si mosse, con un lamentoso stridìo delle ruote sul binario ghiacciato.

A quanto pareva, Inge era l'unica a essere scesa in quel posto remoto. I passeggeri erano tutti militari, o borghesi in missione ufficiale, come lo era lei. I posti non erano abbondanti sui treni espresso. Mentre il convoglio sfilava via, le facce al finestrino erano parecchie, quasi che la gente fosse riluttante ad abbassare le tendine per l'oscuramento. Tra un'ora o poco più, quei soldati avrebbero raggiunto Königsberg, nella Prussia orientale, per essere trasferiti su altri treni che li avrebbero portati al fronte.

Inge spinse le pesanti porte a molla dell'edificio della stazione, e depose a terra la borsa. Lì dentro, l'aria era più calda, e puzzava di fumo di sigarette a buon mercato, e di umanità mal lavata. L'atrio era affollato di gente in attesa di treni locali. Civili esonerati dal servizio militare per un motivo o per l'altro, che rientravano nei loro piccoli centri urbani, dopo una giornata di acquisti spiccioli. Fattori e braccianti agricoli reduci dalle grandi tenute che caratterizzavano quella parte della Prussia. Tutti ben forniti a soldi, ormai, approfittando del boom conseguente all'attacco tedesco contro l'Unione Sovietica. L'Esercito tedesco aveva fame di viveri, di foraggi, di ogni genere di cavalli, in quantità sempre in aumento. Quindi, lì, in quella parte della Germania del nord così vicina al fronte, alberghi e ristoranti erano pieni di continuo di funzionari governativi dell'amministrazione militare, accolti a braccia aperte e corteggiati da chiunque avesse da vendere qualche cosa.

Ed era tuttavia sorprendente il fatto che molti di quei borghesi fossero riusciti ad andare in giro con una divisa: guardie forestali, camicie brune, ausiliarie, Gioventù Hitleriana, e uomini delle SS part-time, con le loro minacciose uniformi nere.

Inge si guardò attorno, impaziente. «Sotto l'orologio», diceva il messaggio, ma non c'era nessuno. Solo due sergenti della polizia militare, uomini dallo sguardo freddo, e con le piastrine di metallo appese al collo, e due della polizia ferroviaria che stavano interrogando un paio di vistose ragazze.

Inge controllò sul proprio orologio. Il treno era arrivato in ritardo. Lei detestava dover aspettare, specie in luoghi pubblici come quello. Già qualcuno dei soldati seduti su un mucchio di zaini la stava adocchiando e le sorrideva, invitante. Da un momento all'altro, quei due poliziotti l'avrebbero notata. Non perché potessero scambiarla per una puttana, o una spia o una fuggiasca, ma solo per una maligna curiosità o per una dimostrazione di attaccamento al dovere. Quelli della polizia militare erano carogne: Pauli glielo aveva ripetuto e Inge lo sapeva.

Ci vollero altri cinque minuti prima che una camicia bruna, panciuta e ansimante, si facesse viva, biascicando scuse servili.

«Frau Winter?»

Lo squadrò senza aprire bocca. L'uomo, un tipo dalla faccia paonazza e troppo anziano per l'Esercito, prese la borsa, e, col braccio libero, si aprì un varco tra la ressa. Inge lo seguì.

Davanti all'ingresso della stazione era parcheggiata una vecchia ma splendida Mercedes, verniciata di un nero brillante, con tanto di fiamma ministeriale sul parafango anteriore. La camicia bruna aprì il bagagliaio ove ficcò la borsa, poi tenne spalancata la portiera per far salire a bordo Inge.

«Ha fatto buon viaggio?» le chiese l'uomo, prendendo posto sul sedile posteriore.

«No. Schifoso, se vuole saperlo» rispose Inge. «E lei era in ritardo.»

«Sapevo che avrebbe aspettato» ribatté l'altro, sogghignando. Ci provava gusto a irritarla.

«Vada all'inferno!» Nessuno, di coloro che la conoscevano come la donna sicura di sé, che non aveva bisogno di nessuno e di niente, l'avrebbe riconosciuta in quel momento.

L'uomo scoppiò in una risata.

### *«Rimpiangerai d'averlo fatto, credi a me»*

Lothar Koch sapeva che c'era sempre un assortimento di bottiglie nell'armadio d'angolo di Fritz Esser, e che Pauli disponeva della chiave per accedere a quel tesoro. Lothar non avrebbe mai osato capitar lì, e chiedere l'omaggio di un bicchierino al viceministro, ma, da un po' di tempo, nelle sue regolari visite al comando della Gestapo, a tre isolati dal ministero, aveva preso l'abitudine di salire da Pauli, e, se Esser era assente, suggerirgli una bevutina in comune. Una prassi che, a volte, Pauli trovava irritante, senza comunque dire mai di no. In quel momento, non vedeva l'ora che Lothar se ne andasse. Guardò dalla finestra. Nella via sottostante, i tigli erano in pieno fogliame, e dalle finestre spalancate entrava l'aria calda e profumata.

Quel giorno, Lothar, solitamente malinconico, risultava eccitato e fiero del suo vestito nuovo. Se ne stava in piedi, nel centro dello spazioso ufficio di Fritz Esser, gesticolando e facendo facce a compendio di quanto andava raccontando. A Lothar piaceva entrare nell'ufficio di Esser quando il titolare era assente, e immaginare di essere lui il viceministro. Era uno dei suoi pallini. «Allora, il Führer scese in strada a chiedere ai passanti che pensassero di Hitler. Lui si è camuffato con una barba finta e il resto.»

«Lothar, a raccontar barzellette sei una frana» precisò Pauli, la cui mente era rivolta al lavoro arretrato che avrebbe dovuto smaltire.

Inutile: Lothar era convinto di essere un passabile umorista. «No, ascolta. Il Führer abborda il primo tizio che vede, e gli dice: "Che ne pensa di Hitler?". Il tizio afferra il Führer per un braccio e lo porta al Tiergarten. Lo rimorchia nei prati fino a un punto dove è sicuro che nessuno possa sentire. Poi accosta la bocca all'orecchio del Führer e sussurra: "Personalmente, di Hitler me ne strafrego!".» E Lothar gorgogliò una sonora risata e si batté deliziato la coscia.

«La sapevo già» disse Pauli.

«"Personalmente, di Hitler me ne strafrego".» ripeté Lothar a sottolineare il sale della battuta, e sorridendo tanto ampiamente da scoprire i suoi denti d'oro.

«La scorsa settimana, hanno arrestato il comico all'Admiralspalast» gli fece presente Pauli, che stava sorseggiando un bicchier d'acqua Apollinaris.

«Sì, me l'hanno detto. Perché, che ha fatto? Era divertente?»

«È venuto in scena e si è messo a guardare il pubblico, in silenzio, per parecchi minuti; poi, quando tutti stavano diventando nervosi, ha detto: "Bene, adesso basta con le discussioni di politica; passiamo alle barzellette".»

«E l'hanno arrestato per questo?» si stupì Lothar. «Una carognata!»

«C'era un gruppo di leader del partito con le rispettive mogli. Ci sono state lamentele. Fritz ha ritenuto che dovessimo fare qualche cosa.»

«L'hanno portato in un campo di concentramento?»

«Figurarsi se potevamo portarlo in tribunale! Un'incriminazione del genere non avrebbe retto.»

«Suppongo di no. Comunque, è una carognata. E non era nemmeno ebreo.» Lothar portò il suo bicchiere all'armadio, dove c'era un lavello e uno scolapiatti. Sciacquò e rimise a posto il bicchiere. Non ne beveva mai un secondo, rientrava nel suo addestramento di poliziotto: una bevuta gratis era un diritto, due erano corruzione.

D'improvviso, mentre Lothar gli volgeva le spalle, Pauli disse: «A proposito, Lothar, è vero che gli ebrei vengono sistematicamente uccisi nei campi?». Lothar pareva sempre saper tutto quello che accadeva.

Koch lo guardò a lungo, prima di rispondere. «Sì, è vero. In alcuni campi.»

«Uccisi sistematicamente?»

Di nuovo, Lothar Koch prese tempo. «È stata una decisione dall'alto. È stato Heydrich a presiedere le riunioni a Wannsee in gennaio. *Endlösung* — una soluzione finale al problema ebraico — tutto coperto dal massimo segreto. Non lo sapevi?» Lothar si era ricomposto, adesso. Era tornato se stesso, lugubre e guardingo.

«Non lo sapevo. Ma sono stati da me gli avvocati della I.G.Farben, che fornisce ai campi uno dei suoi prodotti chimici brevettati, sul quale è sorta una divergenza.»

«Avvocati?»

«Se ne stava incaricando Fritz, ma, non appena la Farben ha messo di mezzo i suoi legali, ha scaricato la faccenda su di me. Sai com'è fatto, no?»

«Un'opinione legale sul prodotto chimico?»

«È un gas velenoso. Un antiparassitario chiamato Zyklon-B. Ora, c'è un grosso ordinativo per questo prodotto, ma i campi lo vogliono senza il suo "segnalatore", che sarebbe una specie di odore sgradevole che segnala agli esseri umani la presenza del gas nell'aria. La Farben non vuole fornirlo finché non è sicura che l'assenza del segnalatore non comprometta l'esclusività brevettata di cui ha il diritto. Ho fatto tante volte la spola all'Ufficio Brevetti di Gitschiner Strasse, e ho letto così tante specifiche, da finire col chiedermi cosa c'è sotto a tutto 'sto casino. E mi è venuta la voglia di sapere che ci fanno i campi di concentramento con tutto quel gas velenoso ma inodore.»

«Perché non l'hai chiesto a Fritz Esser?»

«L'ho chiesto. Si è messo a ridere, e mi ha consigliato di comprare qualche azione della Degesch.»

«Degesch?»

«La sussidiaria della Farben che fabbrica il prodotto.»

Lothar Koch distolse lo sguardo. «Esser sa tutto della faccenda.»

«E tu che ne sai? Guardami, Lothar. Che ne sai, tu?»

«Non molto. Tranne che ho sentito dire che la moglie di un ufficiale tedesco è stata caricata per errore su uno dei treni diretti ai campi di sterminio. Quando è arrivata a destinazione, l'ufficiale al comando ha detto che doveva seguire la sorte degli altri. Ecco quanto lo tengono segreto.»

«Ma possibile sia vero? Buon Dio, di cosa sarebbe stata testimone? Ci ammazzano la gente su così vasta scala?»

Lothar si strinse nelle spalle. «Sento storie del genere, e so quello che mi dicono gli uomini che portano i prigionieri ai campi. Ma è meglio non sapere molto, e i miei non vedono i campi di sterminio. Sono troppo lontani.»

«Dove?»

«Sempre fuori dai confini del Reich» disse Lothar. «È Fritz Esser che ha organizzato tutto — devi aver partecipato anche tu alle riunioni. C'era anche un uomo che rappresentava le compagnie d'assicurazione. L'ho visto nel tuo ufficio.»

«Le compagnie d'assicurazione si lamentavano per l'alto numero di polizze sulla vita che dovevano pagare per i decessi nei campi.»

«Esattamente. E tu hai detto a Fritz Esser che, in base alla legge attuale, le persone che emigrano dalla Germania perdono ogni diritto civile. Fritz Esser disse a tutti quanti che eri un vero asso.»

«Non sapevo che avesse a che fare con l'uccisione dei prigionieri. Fritz diceva che nei campi c'erano un sacco di vecchi malati. Credevo stesse parlando di decessi per cause naturali!»

«Be', il fatto è che ufficialmente sono a posto, in quanto tutti questi speciali campi di sterminio sono fuori del Reich. Per lo più, i prigionieri li trasportano in Polonia. Quindi, loro muoiono al di là dei confini, e le compagnie d'assicurazione non devono pagare un soldo a chicchessia.»

«Che figli di puttana!»

«Quelli dell'assicurazione?»

Pauli ignorò la domanda. «Lothar, mia cognata sarà rilasciata il mese prossimo. Cosa pensi le succederà?»

«Il mese prossimo? Vediamo, sta scontando la condanna qui a Berlino, cioè nel carcere femminile in Barnimstrasse. Probabilmente sarà prelevata sulla porta della prigione da uno dei nostri, in base a un mandato di fermo cautelativo. È la solita procedura, ormai.»

«E portata in un campo?»

«Dove, se no?»

«Potresti scoprire il giorno e l'ora del rilascio e sapere il numero del mandato di fermo cautelativo dall'Ufficio Matricola di Prinz-Albrecht-Strasse?»

Lothar offrì a Pauli, che l'accettò, una delle sue sigarette puzzolenti. «Scordatelo, Pauli. Troppo pericoloso.»

«Do troppo nell'occhio se vado a far domande lì dentro, perché anche lei è una Winter. Si accorgerebbero che ho lo stesso cognome. E poi, là non ci bazzico più come un tempo. Per te, è facile.»

«È una straniera, di un Paese nemico, Pauli. Rea di un crimine contro lo Stato.»

«È la moglie di Peter!»

«Lascia perdere, Pauli. Ascolta il consiglio di un amico. Non è più come ai vecchi tempi, quando falsificavamo le firme, e trovavamo il tempo di frugare tra le scartoffie perché ci faceva comodo. È differente, adesso, e tutto si fa in base a ordini dall'alto. Da molto in alto, Pauli. Se ti ci cacci dentro e pesti i piedi a qualcuno, non ne esci vivo.» Si interruppe perché l'amico afferrasse il concetto a fondo. «Non hai visto quel che succede dall'altro capo di tutto questo giro di carte. Fanno sul serio. Non scherzo, sai.»

Pauli parve ignorare quel pressante consiglio. «Tu scrivi a macchina su uno dei miei memorandum giornalieri: carcere, data e ora. Poi, cancella dal registro matricola il mandato cautelativo. Se ci vado io, si chiederanno il perché, ma tu ci fai avanti e indietro ogni giorno. D'accordo?»

«No, d'accordo un cavolo!»

«Ti prego, Lothar.»

Lothar Koch si accese la sigaretta, ne soffiò via un anello di fumo, prima di rispondere all'appello di Pauli. «Ti hanno dato questo bell'ufficio sull'Unter den Linden. Adesso non vieni più tanto spesso in Prinz-Albrecht-Strasse. E se ci vieni, vai su al terzo piano, ti fumi un bel sigaro con uno dei gerarchi, ti affacci alla finestra a guardare i giardini, e fai quattro chiacchiere brillanti sulle sottigliezze legali. Lascia che un giorno ti porti giù nei seminterrati.»

«Cosa c'è nei seminterrati?» domandò Pauli, lasciandosi andare sulla comoda poltrona di pelle che Fritz teneva per i visitatori.

«Lo sai quanto me cosa c'è laggiù.»

«Non sono mai stato nel seminterrato.»

«No, sei sempre stato attento a tenerti le mani pulite. Tu stai qui, al Ministero degli Interni, dove il seminterrato è pieno di archivi, e la sola cosa che capita a chi ci va è di riempirsi di polvere. In Prinz-Albrecht-Strasse, loro hanno stanze nello scantinato dove torturano i prigionieri, quando tu, o altri come te, avete bisogno urgente di una confessione. Non è bello, là sotto, Pauli. Sono tanti i prigionieri che non sopravvivono a quel tipo di interrogatorio. Io me ne sto alla larga più che posso, e non ti biasimo se tu fai lo stesso, ma non guardarmi negli occhi e non venirmi a dire che non sai come va la faccenda. E io non ho la minima intenzione di ottenere un mandato cautelativo perché tu lo possa fare a pezzetti, nella speranza che tutto passi inosservato quando tua cognata signora Winter non sarà consegnata a Oranienburg il giorno stabilito.»

«Scusami, Lothar. Non avrei dovuto chiedertelo.»

Le sconsolate scuse di Pauli fecero sì che Lothar Koch provasse vergogna per lasciare a terra l'amico. «Potrei riuscire ad arraffare il mandato di fermo e il modulo di consegna, ma dal registro matricola non posso cancellare niente. Alterare un documento del genere in tempo di guerra è probabilmente alto tradimento. Fucilano la gente per un reato del genere, Pauli. Un sacco di gente.» Sorrise nervosamente. «Meglio che tua cognata combini qualche casino mentre ancora è in prigione, e si becchi un prolungamento della condanna. Dille di colpire un secondino; è abbastanza comune, oggi come oggi, quando chi viene dimesso prevede di essere bloccato sulla porta del carcere per essere portato in un campo di concentramento. Un bel cazzotto in faccia a una guardia della prigione, è la cosa migliore per tua cognata.»

«Procurati l'ordine e il modulo di consegna. Cosa ci sarà su? Signora Winter, ebrea, non-tedesca di razza e nazionalità?»

«Non so che razza di puttanata hai in testa, Pauli, e non voglio saperne niente. Quando la tua signora Winter non arriverà al campo di Oranienburg al giorno stabilito, si scatenerà l'inferno. Credimi, so che razza di gente è quella. Non puoi farla franca nel far sparire un prigioniero.»

«Grazie, Lothar.»

«Rimpiangerai d'averlo fatto, credi a me.»

*«Inge non potrebbe lavorare a Berlino?»*

Pauli nutriva un forte affetto per suo padre e sua madre, dal profondo del cuore, eppure non era mai riuscito a esternare tale suo sentimento. Adesso che suo padre non stava bene, non mancava di fargli visita quasi ogni giorno, ma era tuttora incapace di dar voce ai propri più intimi sentimenti.

Quella domenica pomeriggio dei primi di giugno, si era portato con sé, per il tè in casa Winter, l'uomo a cui lo legava un'amicizia di vecchia data, Alex Horner. Horner vestiva la magnifica uniforme che l'Esercito tedesco attribuisce tradizionalmente ai propri generali. Bavero con le insegne che solo i generali hanno, e pantaloni con l'ambita ampia banda color rosso. Ma il generale Horner aveva pagato a caro prezzo il grado, il prestigio e le medaglie. Il servizio prestato sul fronte russo aveva invecchiato l'ufficiale al di là della sua età effettiva.

Pauli sedeva a fianco dell'amico, e di fronte a loro sedeva suo padre. Harald Winter si era fatto portare in salotto la sua poltrona preferita e, a dispetto del sole che — in quello splendido pomeriggio di giugno — cadeva sul tappeto, se ne stava lì, avvolto dalle coperte. La poltrona di chinz appariva stonata tra i mobili stile Bauhaus scintillanti cromo, gli specchi dalle sottili cornici di lacca nera, e le pareti che non ospitavano quadri, ma vecchi poster pubblicitari, uno dei quali a ricordo del servizio di linea del *Graf Zeppelin* verso il Sud America.

Harald Winter era troppo cocciuto per obbedire alle raccomandazioni del medico e rimanersene a letto. Aveva soltanto settantadue anni, continuava a far presente ai medici, non un'età da vecchio decrepito. In quei giorni di medicina moderna, settantadue primavere non erano niente più di una mezz'età avanzata.

«Il tuo feldmaresciallo Göring ha fatto il più grande sbaglio della sua vita, quando fece smantellare le aeronavi nel 1940» disse Harald, notando che Pauli guardava il poster dello Zeppelin sulla parete.

A Pauli non sfuggì che Göring era il "suo" feldmaresciallo, segno indubbio che il genitore si sentiva polemico. Forse era un buon segno. Forse significava che stava migliorando. «La Luftwaffe aveva bisogno delle leghe d'alluminio» replicò.

«Ah» disse Harald. «I miei stabilimenti fornivano alle fabbriche aeronautiche più di quanto esse potessero impiegare, finché il Ministero dell'Aeronautica non mise nei consigli d'amministrazione e nei posti chiave tutti quegli idioti di nazisti.»

«Fu quella, comunque, la versione ufficiale» rilevò Pauli, al quale l'argomento interessava poco.

«Göring non riusciva a far danzare a bacchetta le fabbriche Zeppelin, ecco il vero motivo, e meno male per loro! Göring è forse il peggior uomo al mondo per una faccenda del genere. Quel pagliaccio lardoso vive ancora tra le nuvole, pilotando il suo triplano Fokker del 1918.»

«Hai ragione» ammise Pauli. Suo padre odiava Göring. Un'avversione che proveniva dalle trattative avute con gli incompetenti burocrati di Göring nell'immenso Ministero dell'Aeronautica, che adesso occupava un intero isolato di Wilhelm Strasse, dieci volte più grande di qualsiasi altro edificio ministeriale di Berlino.

«Rossetto e cipria sulla faccia, e unghie laccate!»

«Lo so» ammise di nuovo Pauli. Sbirciò l'amico Horner, ma senza sorridere perché suo padre non se ne accorgesse.

«Disgustoso» aggiunse Harald Winter.

«Meglio non parlare di certi argomenti» ammonì Pauli, che sapeva come ci fosse gente finita in prigione per aver detto cose anche più insignificanti.

«Meglio per chi?»

«Meglio per te. Siamo in guerra, papà. Certi discorsi possono essere interpretati come disfattisti.»

Ma suo padre insistette: «E domenica scorsa, un migliaio di bombardieri della RAF ha attaccato Colonia. Un macello, a quanto mi risulta. Chiedi a Göring che ne pensa!».

«Però hanno abbattuto trentasette aerei inglesi» obiettò Pauli, il quale aveva avuto un memorandum confidenziale dell'SD che segnalava come l'incursione avesse provocato "notevole panico" tra la popolazione.

«Rossetto e cipria. Disgustoso, uno schifo!» ripeté suo padre, con la protervia di un bambino a cui sia stato detto di non dire parolacce. «E quell'imbecille d'un megalomane ama farsi chiamare l'Uomo di Ferro.» Uscì in una risatina, e confermò: «Der Eiserne, si fa chiamare!».

Veronica Winter arrivò dalla cucina, recando un capace vassoio d'argento, carico di tazze, piattini, torta e teiera. «Dai a me, mamma» esclamò Pauli balzando in piedi, sconcertato nel vedere sua madre impegnata in tali compiti servili. «Dove sono le domestiche?»

Veronica non gli mollò il vassoio. Anche se suo figlio era già un uomo di mezz'età, Veronica lo considerava tuttora come l'impacciato, goffo bambino che aveva fatto cadere e andare in mille pezzi un prezioso servizio di porcellana. «Il fidanzato della cameriera è a casa, in licenza dal fronte orientale. Non potevo negarle la libera uscita. La ragazza più giovane non sta bene, e la cuoca è al mercato, a fare la coda per le cose fuori tessera. Non posso chiedere ad Hauser di lavorare in cucina, sarebbe come dirgli che deve prendere ordini dalla cuoca. I domestici sono diventati così suscettibili. E, con i tempi che corrono, non è facile trovarne. Le ragazze preferiscono lavorare in fabbrica, chissà poi perché. Grazie, Pauli caro. Metti i fiori sul tavolino, avremo più spazio. Ecco, così. Da' una tazza ad Alex, ché gli servo il tè.»

«Però, mamma, non devi sobbarcarti certe incombenze. Io non permetto mai che Inge lo faccia.»

«Fortunata Inge» rispose Veronica versando il tè. «È un tè molto debole, temo. Pensa, la settimana scorsa, ho preso il tè in casa della baronessa Munte, e lei aveva i limoni! Glieli aveva portati un parente, dalla Grecia o da non so dove. Quasi avevo dimenticato che gusto ha un limone. In Russia, vi danno limoni, Alex?»

«No, Frau Winter.»

«Il tè che ci danno con la tessera non è vero tè, è una specie di tisana che, senza limone, non ha sapore. Ho ricominciato ad allungarlo col latte, come usa in Inghilterra.»

«Potresti assumere una immigrata per i lavori di casa. Ce ne sono tante, adesso.»

Rispose Veronica: «Tuo padre non vuole gente polacca in casa, dice che mandano cattivo odore».

«Assurdo» disse Pauli. Guardò suo padre e ripeté: «Assurdo!».

«Lo so, mio caro, ma non posso andare contro la volontà di tuo padre.» In realtà, Veronica Winter aveva concluso di non poter avere in casa una ragazza polacca, perché sarebbe stata a disagio. Adesso che gli Stati Uniti erano in guerra con la Germania, i polacchi erano *de facto* degli alleati. Non sarebbe stato giusto avere una domestica polacca, a lavorare come una schiava, per poco o niente. Tecnicamente, Veronica era adesso tedesca, ma era rimasta abbastanza americana da ritenere che la mano d'opera doveva essere assunta con un equo salario. Cambiò argomento. «Inge è già tornata?»

«Arriva domenica sera.»

«È stata via un bel po', in questi ultimi tempi.»

«Odia dover viaggiare, ma insiste nel fare qualche cosa che contribuisca allo sforzo bellico.»

«Di preciso, non so cosa faccia» disse Veronica. Andò alla finestra e la chiuse, nonostante il caldo. Dalla strada veniva un gran rumore: automobili, camion, cavalli, uomini in marcia. Un frastuono continuo.

«È un lavoro per il partito. Inge lavora per l'ufficio centrale della Lega delle Ragazze Tedesche, di cui coordina l'attività con quella di altre organizzazioni femminili.»

«Non sarebbe meglio che rimanesse a casa e si occupasse di te, Pauli?» domandò Veronica.

«Dobbiamo tutti fare qualche cosa per la guerra, mamma, e noi non abbiamo figli. Inge ha voluto farlo.»

«Ma tutto quel viaggiare... Slesia, Renania... Inge non potrebbe lavorare a Berlino?»

Era impossibile spiegare certe cose ai genitori. Mamma e papà restavano ai margini, in un certo senso, del conflitto, a parte i disagi imposti dal razionamento, e qualche occasionale incursione aerea. E Veronica non trascurava mai l'opportunità per criticare Inge. «Fritz ha già spiegato com'è la faccenda, mamma. Anche se ci fosse a Berlino un lavoro disponibile, non sarebbe adatto a una persona con la cultura che ha Inge. Quando lei è via, ne sento la mancanza, però non andrà avanti per sempre.»

Veronica si rivolse al loro ospite. «E il nostro piccolo Christian, Alex? Quanti anni ha, adesso?»

«Mio figlio ne compie quattro sabato prossimo.»

«Già quattro anni?» disse Pauli. Sapeva che Alex in quel momento si stava ricordando del giorno in cui lo aveva aspettato nelle stalle di Bernau. Come aveva potuto mai credere che Alex mettesse in guardia Fritsch? Che stupida idea era stata di tentare di impedire che tutto quanto avvenisse! Adesso aveva meno illusioni. Adesso, si teneva lontano dai guai... o, per lo meno, ci provava.

«Che bello che lei sia in licenza. Sua moglie ne sarà senz'altro felicissima. Deve portarcela qui, prima che la licenza finisca. Ha fatto in modo di essere a casa proprio in coincidenza del compleanno di suo figlio, generale Horner?»

«Che dici, mamma? Te l'ho già precisato. Alex è a Berlino per il funerale di Stato di martedì.»

«Ah, già. Il funerale di Heydrich, il leader delle SS.»

«Alex rappresenta ufficialmente l'Esercito» aggiunse Pauli con orgoglio.

Se Alex Horner avesse immaginato che le idee fisse di Harald Winter fossero dovute a rimbambimento senile, adesso avrebbe cambiato opinione. Winter si protese verso di lui e domandò: «Allora, che è successo a Heydrich?».

«Gli hanno sparato, Herr Winter» rispose Alex, che non provava alcun senso di cordoglio per la morte del leader delle SS.

«Questo lo so, Alex. Non sono ancora rimbecillito. Chi gli ha sparato, e perché?»

«È un po' presto per averne la certezza, Herr Winter. Ma corre voce che gli assassini fossero cèchi, lanciati col paracadute.»

«Quindi i giornali l'hanno riportato esattamente. Dalla Russia?»

«No. Non dalla Russia. I sovietici non hanno gli uomini giusti o l'aviazione adatta per un'operazione del genere.»

«Dall'Inghilterra, allora?»

«Sì, Londra. Si ritiene che il governo cecoslovacco in esilio con a capo Edvard Beneš cominciasse a preoccuparsi della popolarità di Heydrich.»

«Credevo che Heydrich fosse andato là per schiacciare qualsiasi forma di resistenza» obiettò Harald Winter.

«All'inizio usò mazza e bastone» disse Pauli. «Ma, dopo che ebbe eliminato i focolai insurrezionali, riorganizzò tutto il sistema di previdenza sociale per i lavoratori cèchi, e i contadini, anche. Heydrich aveva conquistato una notevole popolarità. Non c'è più terrorismo contro di noi in Boemia e in Moravia.»

«Ce ne sarà adesso» anticipò Alex in tono sconfortato. «E sarà inevitabile una nostra repressione spietata, ed è proprio questo che gli inglesi si aspettano.»

«È già cominciata» precisò Pauli. «Hanno fatto retate di migliaia di cèchi, e ne hanno fucilati a centinaia.»

«Che orrore» mormorò Veronica.

«Così è la guerra» disse Harald Winter. «Vero, generale Horner?»

«Sì, purtroppo, Herr Winter. Perdiamo tantissimi uomini uccisi dai partigiani russi. Nelle retrovie, ci sono speciali unità delle SS che non fanno altro che combattere contro la guerriglia. È una faccenda sporca, sanguinosa e ripugnante, non certo il tipo di guerra che l'Esercito vuole, glielo garantisco.»

«Quando ritorna sul fronte orientale, generale Horner?» chiese Harald.

«Sono in attesa di nuova destinazione.»

«Spero tanto lei rimanga a Berlino» si augurò Veronica. «I figli crescono così in fretta.»

«Mamma ha ricevuto una lettera di Peter» disse Pauli, rivolgendosi all'amico. «Te l'avevo detto?»

«Sì,» rispose Alex «ma com'è possibile? Non è negli Stati Uniti?»

«C'è un servizio postale con i Paesi nemici tramite una casella postale di Lisbona» spiegò Veronica. Mise la tazza di tè sul tavolino dal ripiano di cristallo, estrasse dalla borsetta la lettera che tolse dalla busta e aprì con cura. Un foglio di carta sottile, che aveva letto e riletto, e maneggiava come un fragile oggetto prezioso. «Non è un servizio celere, naturalmente. Credo che ogni lettera debba essere controllata dalla censura, per quella faccenda degli inchiostri simpatici e parole in codice e così via. Ma è stata una gioia avere avuto notizie di Peter. Capisce l'inglese, Alex?»

«Temo di no, Frau Winter.»

«Allora è inutile che gliela faccia vedere.» Era compiaciuta di avere la scusa per rileggere una volta ancora la lettera. La spiegò sulle ginocchia La minuta, ordinata grafia di Peter era inconfondibile; il foglio era sbarrato diagonalmente da una striscia gialla di un qualche composto chimico che avrebbe dovuto rivelare l'eventuale inchiostro simpatico. «Dice soltanto che sta bene, e che la piccola Helena va a scuola. Ha visto suo nonno, che ha novantun anni; una bella età, no?»

«Visto?» intervenne Harald Winter. «La gente adesso vive di più. Mangiamo meglio e non ci trascuriamo.»

Veronica attese, per essere sicura che suo marito avesse finito, poi continuò a riassumere il contenuto della lettera. «Peter dice anche che suona moltissimo il piano e che ha un lavoro con una compagnia cinematografica. È tutto in generale, naturalmente. Immagino avesse paura che la censura intercettasse la lettera e la bloccasse, se vi fosse stato dentro qualche cosa di specifico. Ci chiede di fare il possibile per sua moglie, Lottie. Lei è in prigione, lo sapeva, generale?» Veronica alzò gli occhi su Horner.

«Sì, lo so» rispose questi. Veronica indugiò a guardarlo. Alex appariva molto più vecchio di Pauli, che pure era suo coetaneo. Da quanto ella sapeva della guerra in Russia, niente poteva essere peggiore di combattere laggiù, tranne, forse, il doverci mandare tanti giovani a fare la stessa cosa. Quale terribile scherzo del destino aveva mandato quel povero uomo — e il resto della sua generazione — per due volte nei mattatoi di una guerra mondiale?

«Ma le autorità carcerarie non hanno risposto alle mie lettere, quindi non riesco a sapere quando verrà rilasciata.»

«Lascia che me ne occupi io, mamma» ammonì Pauli. «Ti ho già detto che è una faccenda mia.»

«Ma se non sappiamo...»

«Ci penso io.»

«Però, non metterti nei guai, Pauli» scongiurò Veronica.

«Stai tranquilla, mamma.»

«È tanto un tesoro il nostro Pauli» disse Veronica al generale Alex Horner.

### *«Oggi, la gente ha bisogno di tirarsi su»*

La grande casa adiacente alla Kant Strasse non era più la scintillante vetrina di quando il "salotto" di Frau Wisliceny era convegno dei più rinomati artisti, musicisti, scrittori e intellettuali della città. Con l'entrata in guerra dell'America, e anche per la partenza dei diplomatici latino-americani, la scoppiettante vita sociale di Berlino aveva perso colpi, finendo con lo spegnersi. La guerra aveva portato anche lì, nel cuore della capitale, la stringata austerità.

Il professor Wisliceny era morto, ma gli Hennig non si erano mossi dalla casa avita, né Inge aveva fatto pressioni perché fosse messa in vendita, tanto più che gli immobili a Berlino spuntavano prezzi ben modesti. I berlinesi erano sparpagliati sui fronti di battaglia di mezzo mondo. Non pochi gli sfollati, nel timore di incursioni dal cielo, che, si diceva, avrebbe preso inevitabilmente di mira la metropoli l'inverno prossimo. E chi affollava ancora le vie di Berlino non acquistava case.

Anche se Erich Hennig avesse avuto tuttora le pingui ricompense per i suoi concerti, sarebbe stato difficile mantenere i locali ai precedenti livelli di impeccabilità. Normali articoli per la manutenzione, la vernice, ad esempio, scarseggiavano, e gli artigiani, che avrebbero potuto rifare i bei soffitti, pulire i tappeti o riparare i preziosi lampadari, erano introvabili: tutti sotto le armi o al lavoro nelle industrie belliche.

Per di più, Erich Hennig non traeva alcun provento dai concerti. Aveva seri problemi a un braccio. Non riusciva a sollevarlo al di sopra della testa, e avvertiva, talvolta, dolori al polso. Il medico era ottimista, aveva prescritto riposo inframmezzato da una serie di esercizi – due ore ogni volta –, bagni caldi con certi sali maleodoranti, e un pestifero unguento con cui massaggiare il braccio ogni sera prima d'andare a letto.

«Tra sei mesi, forse meno, Erich sarà a posto come e meglio di prima» asserì Lisl. «Il riposo gli ci voleva. È stato quel continuo andare nelle fabbriche belliche che gli ha procurato questo guaio. Dormire tra lenzuola umide, credo sia stato quello.»

«Ti eserciti tuttora, Erich?» domandò Pauli. Erano seduti al tavolo di cucina, dopo una delle cene a base di *Eintopf** di Lisl. La grande sala da pranzo confinante era al buio. Ed era probabile, pensava Pauli, che non l'avrebbe più rivista com'era stata in occasione dei grandi pranzi offerti da Frau Wisliceny.

«Ogni giorno, immancabilmente» rispose Erich.

«E sta anche insegnando a suonare al nostro piccolo Theo»

* Stufato di carne, pancetta e verdure. [*N.d.T.*]

sottolineò con orgoglio Lisl. «Erich dice che ha un vero talento.»

«Fantastico!» approvò Pauli, che provava affetto per il figlio dodicenne degli Hennig, di cui era diventato uno zio inappuntabile.

«Erich potrebbe anche dare un concerto, ma il medico dice che il braccio ne risentirebbe.»

«Non so se potrei,» intervenne Hennig «a meno che non si trattasse di brani corti. Un intero concerto non riuscirei a portarlo a termine.»

«Erich era a Varsavia» precisò Lisl, con aria di importanza. «Sei concerti per i soldati. È stato presentato al generale Steflea, il Capo dello Stato Maggiore rumeno.»

«Però!...» commentò Pauli, che non aveva mai sentito nominare quel tale.

«E a tutti i feldmarescialli e ai primi generali» aggiunse Lisl, quando si avvide che suo cognato non era rimasto troppo impressionato dalla notizia.

Pauli allontanò il piatto che aveva davanti. Disporre di un certo spazio prima di dire qualche cosa di importante era stata sua abitudine sin da piccolo. «Ho saputo che avete ricavato un appartamento dal piano di sopra.»

«No, Pauli, precisiamo» si affrettò a replicare Erich sulla difensiva. «Solo finché non torno a lavorare.»

«Non per darlo in affitto» aggiunse subito Lisl. «Mi serviva che qualcuno lo abitasse, ora che Erich ha bisogno di cure e assistenza.»

«Non sono venuto a chiedervi una parte dell'affitto» li tranquillizzò Pauli. «Voglio che troviate un letto per una persona. Vi pagherò, se lo desiderate.»

«Non sarebbe possibile» dichiarò precipitosamente Erich.

«Ma certo che sarebbe possibile» disse Pauli. Finì l'acqua che aveva nel bicchiere e allungò la mano verso la caraffa per versarsene ancora.

«Non vuoi un bicchiere di vino?» propose Erich. Mentre se lo versava, la mano gli tremò vistosamente.

«Non bevo alcolici» precisò Pauli.

«Vorrei che anche Erich non bevesse» disse Lisl. «Il medico dice che non gli fa bene.»

«Il medico non capisce niente» sbottò suo marito con amarezza. «Non sa nemmeno cosa c'è in me che non va.»

«L'appartamento è occupato» riprese Lisl. Guardò Erich, il quale distolse gli occhi e bevve il suo vino.

«Chi lo occupa dovrà andarsene» disse Pauli. Era deciso a sistemare la faccenda come si era prefisso, e il suo tono di voce non lasciava dubbi su quella determinazione.

«Non possono traslocare» protestò la cognata. «Sono... come dire?... profughi. Non hanno documenti e non un posto dove andare!»

«Esuli dall'Est?» chiese Pauli.

«Ci alloggiano il Dr. Volkmann e sua moglie» rispose alla fine Lisl, con aria di sfida. Ma a Pauli non sfuggì il tono spaventato. Per loro, egli era l'uomo della Gestapo. Per loro e per molta altra gente, anche. Avevano paura di lui, nonostante egli potesse fare il possibile per rassicurarli.

«Volkmann? Il dentista?»

Fu Lisl a parlare. Suo marito si trincerava in un rancoroso silenzio. Erich non era mai stato noto per il suo eroismo. Dopo la caduta dello Zeppelin, Erich era scappato per mettersi in salvo. Aveva fatto quasi due chilometri di corsa prima di ruzzolare in un fosso e rompersi una caviglia. Ma Lisl aveva fegato per entrambi. Sempre in tono di sfida, raccontò: «Non avevano nessun posto dove riparare. Erano andati ad arrestarli, ma loro non erano in casa. La ragazza che lavorava per loro corse nello studio ad avvisare il dottore, e loro due non tornarono più a casa».

«Non ne sapevo niente» disse Pauli. «Già da un bel po' avevo cambiato dentista. Con Volkmann avevo perso i contatti.»

«Se adesso li mettiamo sulla strada, li prendono. È questo che vuoi?»

«C'è stato un particolare motivo per ospitare i Volkmann?» domandò Pauli.

«Lui è stato sempre così paziente e gentile con papà. Non potevo dirgli di no.»

Che stupefacente ragione per metterti nei guai, pensò Pauli, ma senza sorprendersene troppo. Moltissimi di quei comportamenti sconsiderati avevano origine da piccole motivazioni personali piuttosto che morali o politiche. La sua esperienza con la Gestapo glielo aveva confermato a più riprese. «Escono mai di casa?»

«Il Dr. Volkmann va a lavorare al cimitero ebraico di Weissensee» disse Erich. «Dice che lì è al sicuro. Ma è vero, Pauli?»

«Sì, lì è al sicuro. Non permettono certo che le tombe degli ebrei siano scavate da ariani; quindi, finché ci sono ebrei da seppellire, lasceranno lavorare tranquillamente becchini e impresari di pompe funebri di razza ebraica.»

«Frau Volkmann mi aiuta nelle faccende di casa» aggiunse Lisl.

«Cucinare e lavare Frau Volkmann?» si stupì Pauli. Una donna così delicata e signorile.

«Le cose cambiano» sentenziò Erich, il quale non aveva dubbi che Pauli li avrebbe denunciati per aver dato ospitalità ai Volkmann. Teneva gli occhi bassi, ormai quasi brillo.

«Dovranno restringersi per far posto a un'altra persona» precisò Pauli. «Lottie sta per uscire di prigione. Dovrà tenersi nascosta.»

«Lottie sta per uscire di prigione?» ripeté Lisl. Toccava a lei di essere sorpresa.

Pauli annuì. «Devo trovare un posto dove possa nascondersi. Non sapevo dei Volkmann, ma forse questo rende le cose più facili per tutti.»

Erich stava ancora con lo sguardo perduto nel vuoto, sempre sorseggiando il suo vino. Alla fine, Lisl disse: «E Peter è sempre in America?».

«Sì, mamma ha avuto una sua lettera. Spedita mesi fa, ma arrivata. Immagina quanto ne è restata emozionata.»

«Povero Peter! Chissà come si preoccupa per Lottie.»

«Lottie starà benone se lasciate che vada a stare su con i Volkmann.»

«Lo spazio è già sacrificato per loro, Pauli.»

«Dovranno arrangiarsi. Meglio stretti che in un campo, no?»

«E per le razioni?» insisté Lisl. «È già un bel problema con i Volkmann.»

«Vedrò che posso fare. Conosco qualcuno che lavora all'annonaria. Potremmo procurarci qualche tessera d'emergenza, come quella che danno agli sfollati. Aiuterebbe.»

«E avrò anche bisogno di coperte. Finché fa caldo, tutto va bene, ma, d'inverno, all'ultimo piano fa freddo, e non possiamo tenere acceso il riscaldamento giorno e notte.»

«A casa mia, coperte ce ne sono in abbondanza» rispose Pauli. «E anche lenzuola e roba del genere. Ne parlo a Inge appena rientra.»

«Vuoi dirlo a Inge?»

«Certo che glielo dico. Perché no?»

«Dei Volkmann non le abbiamo mai detto nulla. È mia sorella, ma è imprevedibile su cose come queste.»

«Queste, come?»

«Il regime» chiarì Lisl senza esitare. «Inge non vuole sentire pronunciar parola contro il regime. Dovresti saperlo, Pauli. Una volta le raccontai una barzelletta, neanche tanto feroce, sul Führer... Sdegnata, partì a razzo e mi impartì una lezione sullo sforzo bellico. Per un attimo, pensai che sarebbe andata al Tribunale del Popolo a denunciarmi.» Lisl si mise a ridere, subito dopo averlo detto: naturalmente non aveva mai pensato che la propria sorella potesse arrivare a certi estremi.

«Parlerò io a Inge» disse Pauli, anche se qualcosa nella mente cominciava a suggerirgli che era meglio di no.

«Quello che davvero mi piacerebbe fare,» disse Lisl, con voce che voleva dimostrare la propria disponibilità «è di aprire una sala da tè.»

«Non ricominciamo!» protestò Erich, senza girarsi a guardarli.

«Una sala da tè?» ripeté Pauli.

«Sarebbe l'ideale. Qui, a un passo da Kant Strasse e non lontano da Ku-damm. Non costerebbe molto farne un locale di classe.»

«Una sala da tè? Qui?»

«Giù, a pianterreno.»

Sempre con la schiena rivolta a loro, Erich interloquì: «Essere non lontano da Ku-damm non vuol dire nulla. La gente non passa di qui: il passeggio è in Ku-damm».

Pauli si rese conto che la sua presenza stava fornendo alla coppia la scusa per litigare suo tramite. Un sistema cui spesso le coppie sposate ricorrevano. A volte, anche Inge e lui...

«Se fosse un locale accogliente, la gente ci verrebbe, e come! Ce n'è tanta che va in giro senza una meta — militari con le ragazze, operai in ferie, e stranieri. Una sala da tè non è molto impegnativa se apre solo di pomeriggio e la sera chiude presto. E mi servirei delle due stanze da basso, dove adesso non andiamo mai. Per me vorrebbe dire tanto, Pauli, e il bilancio di casa ne avrebbe vantaggi.»

Erich si girò verso di loro. Aveva il bicchiere vuoto, e se lo riempì di nuovo. Vino francese, notò Pauli. Gli Hennig potevano essere a corto di quattrini, ma si trattavano bene. «Che direbbe la gente quando si spargesse la voce che Erich Hennig, concertista di piano, gestisce una sala da tè?»

«Sii ragionevole, tesoro» insisté Lisl. «Tu non vuoi che io mi trovi un lavoro, e un po' di soldi in più risolverebbero tutti i nostri problemi.»

«Dovresti ottenere la licenza di commercio» disse Erich. Se ne stava ingobbito sul tavolo, tanto da avere il bicchiere a pochi centimetri dalle labbra.

«Per la licenza, me la vedo io. Vuoi lasciarmi provare, Erich?»

Il marito pareva un bambino imbronciato. «Le stanze da basso sono in condizioni pietose.»

«I Volkmann mi darebbero una mano. Il Dr. Volkmann è bravo, sa decorare, e Lily mi aiuterebbe a ripulire tutto.»

Erich Hennig andava ammorbidendosi. «Comunque, non penserai di metterci i mobili migliori! Assolutamente, non quelle preziose sedie della sala da pranzo.»

«Mi prendi per scema, Erich? Certo che non ci metterò quelle sedie della sala da pranzo! Erano il tesoro che mamma aveva più caro. Quello che mi serve, posso prenderlo a noleggio o in prestito. Oppure in quelle liquidazioni di mobili delle case sinistrate. Ce ne sono di ottimi.»

«E dove metteresti quel vecchio piano verticale?»

«Pensavo di lasciarlo lì dov'è, Erich. Se le cose andassero bene, potrei assumere un pianista, o anche un trio, che suonasse. Oggi, la gente ha bisogno di tirarsi su.»

«Tu che ne pensi, Pauli?» volle sapere Erich.

«Vale la pena di tentare» rispose Pauli. «Ci rimorchierei Fritz Esser. Se lui cominciasse a portarci le sue donne, vi fareste un nome.»

«Non ce li voglio, Fritz Esser e le sue donne» si oppose Lisl. «Il mio locale non deve essere uno di quelli.» Sebbene sorridesse quel tanto da far capire che stava scherzando, dalla sua voce trapelava un'indubbia sincerità. Pauli si chiese che cosa avesse voluto dire, ma non lo domandò.

### *«Sei vecchio, ormai, Peter»*

«Ti sei calato nel personaggio, Peter» constatò Glenn Rensselaer mentre, assieme al nipote, procedeva lungo la londinese Baker Street. Rensselaer, sessantadue anni, indossava un abito ben tagliato, a spina di pesce, e completo di panciotto, un feltro marrone e scarpe di cuoio opaco. La via era affollata di gente per lo più in divisa di foggia varia: ausiliarie della Marina da guerra, con i loro cappellini da scolaretta, norvegesi barbuti, aviatori australiani nel loro blu particolare, canadesi in kaki verdastro, ufficiali polacchi dal rigido berretto, e, occhieggianti nelle vetrine, graziose ragazze, immancabili ovunque transitassero soldati.

«Mi sento un impostore» ribatté Peter Winter, il quale indossava la divisa di colonnello dell'Esercito degli Stati Uniti. «E tutti mi trattano in conseguenza. Per lo meno, gli americani.» Si fermarono in attesa che una pausa nel traffico permettesse loro di attraversare la strada.

«È il tuo accento» precisò Glenn. «Se tu parlassi un inglese incespicante con un forte accento tedesco saresti immediatamente accettato. Il controspionaggio militare, come ben sai, è pieno di emigrati tedeschi. Ma il tuo inglese è eccellente, con un accento prettamente britannico. Che, per un soldato americano, è maledettamente difficile accomunare con un colonnello del suo Esercito.»

«Dovrò prendere lezioni di dizione» concluse Peter. «E tu, perché sei in borghese? Spiegamelo un po', zio Glenn.» Tra un rosso autobus a due piani e un autotreno scricchiolante sotto il peso di un carro armato Matilda si era aperto uno spiraglio, e i due uomini scattarono a guadagnare il marciapiede opposto, schivando per un pelo una donna portaordini a cavalcioni di una potente motocicletta.

«Lascia perdere lo "zio", Peter, te ne sarò grato. Perché sono in borghese? Be', la lezione sulle uniformi l'ho imparata ancora nei vecchi tempi. Se a una riunione mandiamo un tenente, gli inglesi ci mandano un capitano, e così via. Alla fine, ho preferito prescindere dal mio grado e tornare borghese. In questo modo, gli inglesi non sanno quale sia la mia autorevolezza, e non mi piazzano alti papaveri gallonati a soffiarmi sul collo.»

«Avresti dovuto dirlo anche a me» si lagnò Peter.

«Stai benissimo così, colonnello. Ci sono io a guardarti alle spalle. A me, invece, nessuno mi protegge la schiena.»

«Credevo fossi tu il gran capo.»

«Sì, ma il gran capo di niente. Per il momento, qui siamo i parenti poveri. Dobbiamo usare gli aerei della RAF per paracadutare i nostri agenti, il che vuol dire metterci in fila, cappello in mano, con i francesi liberi, i polacchi, i cèchi, gli olandesi e tutti i governi in esilio.»

«Perché non usiamo aerei americani?»

«Alleluia! Poter entrare nell'ufficio di quel capitano della RAF e dire a quel bastardo con la puzza sotto al naso dove può mettersi i suo aeroplani è una gioia che pregusto tantissimo. Ma la RAF vola sulla Germania ogni notte. I suoi piloti hanno ogni sorta di scatole magiche, e riescono a trovare ogni riferimento sulle mappe e metter giù un agente nel punto dove dev'essere messo. I nostri piloti sono addestrati a volare di giorno. E in formazione. Vale a dire che solo il comandante della formazione sa dov'è — e anche così deve servirsi delle mappe per poter seguire la rotta giusta. No, Peter, gli agenti devono essere paracadutati di notte, e per il momento questo ci mette nelle mani degli inglesi, incluso quel borioso tesoruccio del quale abbiamo appena parlato.»

Erano arrivati davanti a un piccolo isolato residenziale, di una certa classe, con le finestre protette da quelle fitte reticelle intese a impedire che i vetri esplodessero sotto l'impatto delle bombe. Superarono la breve rampa di gradini — ognuno dei quali verniciato di bianco sul bordo per evitare che durante l'oscuramento qualcuno ci rimettesse una gamba — ed entrarono. Dall'esterno, l'edificio non era molto dissimile dagli altri piccoli isolati di costosi alloggi di Saint Marylebone a Londra, ma, come tanti altri, questo era stato requisito e adibito a usi ufficiali. Al di là della porta, c'erano due uomini della Military Police americana, cinturoni bianchi e candide ghette. Uno era seduto, i piedi appoggiati a una sedia, e ascoltava la radio che stava trasmettendo *Non voglio dar fuoco al mondo*. Il militare saltò in piedi e salutò, poi abbassò il volume della radio e controllò i documenti dei nuovi venuti, ai quali fece firmare il registro.

«Come va, sergente?» si informò amabilmente Glenn.

«Non male, Mr. Rensselaer. Non male davvero.»

«Non aspettiamo l'ascensore» disse Glenn. «Sono solo due piani.» Mentre affrontavano la prima rampa, *Non voglio dar fuoco al mondo* aumentò di colpo il volume.

Glenn e Peter attraversarono un vasto locale, dove qualcuno stava imballando in tre grossi contenitori metallici tipo H armi, radio e razioni viveri destinate a essere paracadutate nell'Europa occupata. Lungo uno stretto corridoio, arrivarono a un uscio con la scritta "G. Rensselaer. Riservato al Comando Operativo". Una volta entrati — l'ufficio di Glenn era davvero piccolino — sedettero. Peter sbirciò verso la finestra che dava su Seymour Place.

«Vuoi bere qualcosa? Caffè? Tè?» propose Glenn.

«No, grazie. Mi fa un effetto essere di nuovo a Londra! E qui, poi. È strano pensare che la casa del nonno è lì, girato l'angolo.» Peter non portava più i capelli tanto corti, ma era ancora abbronzato dal sole californiano. Gli avevano fatto attraversare l'Atlantico a bordo di un aereo. Indice di un privilegio raro in quei giorni di personaggi prioritari.

«Sì, questo rione della città è stato scelto da molti dei governi in esilio» riconobbe Glenn. «Ritengo sia perché vogliono essere vicini all'Esecutivo inglese per operazioni speciali di Baker Street.»

«Quanto ne sanno gli inglesi?» domandò Peter.

«Ufficialmente, non sanno nulla. L'accordo che abbiamo fatto con loro è lo stesso di quello fatto dagli altri. Gli olandesi e i francesi non vogliono rivelare niente degli uomini che la RAF deve paracadutare in Europa, e noi adottiamo la stessa prassi. Ma gli inglesi non sono stupidi. Sanno che non abbiamo laggiù nessun movimento clandestino, come invece lo hanno francesi, belgi e olandesi. Quindi devono arguire che mandiamo giù americani di origine tedesca a scopo di spionaggio per nostro conto. Domani conoscerai un uomo di nome Piper — Sir Alan, adesso che l'anno scorso l'hanno fatto baronetto — che è uno degli alti esponenti dei servizi segreti britannici. Lo hai incontrato già. Venne con me a Travemünde, quando ancora tua nonna era viva. L'anno in cui stavate per annegare e faceste diventare grigi i capelli di vostra madre.»

«Grigi, i capelli di mamma?»

«Già! Non te ne eri accorto?»

«No. È l'uomo di cui mamma si era innamorata?»

«Allora lo sapevi?»

«A quell'epoca, no. Me lo disse Pauli, molti anni dopo. Non riesco a ricordarlo molto chiaramente, solo che era di alta statura e parlava tedesco con un accento buffo.»

«È lui. Perse la testa per tua madre. Mai me lo sarei portato dietro se avessi potuto immaginare il seguito.»

«Un seguito di cui mamma risentì molto?»

«Non lo so. Stavo pensando a Piper. Sai, conserva ancora una foto in cornice di lei.»

«Da allora? Dopo tutti questi anni?»

«La tiene assieme ad altre fotografie di amici e conoscenti, ma lo conosco abbastanza da sapere...»

«E approvi?»

«Non essere un tale...»

«Inflessibile puritano?»

«Ecco, bravo! Non essere tanto puritano, Peter. Boy Piper amava Veronica, e forse sarebbe stato meglio se lei fosse andata via con lui.»

«Ed è questo che le dicesti?» C'era una nota di delusa scontentezza nella domanda di Peter.

«È tua madre, ma è anche mia sorella» ribatté cocciuto Glenn. «Sarebbe bene lo tenessi presente. E Boy non si è mai sposato.»

«Ed è tuo amico.»

«È un uomo come si deve. Lo constaterai. Questa città è piena di personaggi fasulli, ma quando un inglese è in gamba, lo è per davvero.»

«Sono ansioso di incontrarlo.»

«Be', stai attento a non indisporlo. Quasi tutto quello di cui disponiamo in questo momento, dalle puntine di disegno all'addestramento col paracadute, è perché Boy Piper dice di sì.»

«Non lo farò arrabbiare.»

Per cambiare argomento, Glenn domandò: «Come stanno andando i tuoi uomini?».

«Uno di loro non sarà mai all'altezza necessaria, ma i tre migliori sono già pronti. Non potrei insegnare loro altro. Che possibilità hanno, Glenn? Di tornarsene indietro, voglio dire.»

«A questo, direi di non cominciare a pensarci, Peter. Non puoi scherzare col fuoco. Quegli uomini sono tutti volontari. Vogliono fare qualche cosa per la guerra, e questo è il lavoro migliore che possono fare, se ne sono adatti. Alcuni hanno perso i genitori — tutti hanno delle storie da raccontare.»

«Non è che parlino molto.»

«Grazie a Dio, ma dobbiamo insistere ancor più sulla segretezza. La prossima infornata sarà conosciuta soltanto con nomi in codice; li terremo chiusi negli alloggi dal momento stesso che arrivano, per evitare che ci capiti un altro sprovveduto come il tizio che si ubriacò in un pub e cominciò a raccontare alla cameriera tutta la sua storia. Non possiamo correre un rischio del genere. E per la fine del mese, ci daranno alloggi più decenti, almeno questa è la promessa degli inglesi. Voglio un posto appartato, con parecchio terreno attorno dove organizzare una palestra di addestramento tutta nostra, completa dell'essenziale per i lanci col paracadute — magari solo una torre e cavi di scivolo, tanto per dare l'idea. Ci farebbe risparmiare tempo, giù a Manchester. Meno tempo i nostri passano con estranei, tanto di guadagnato.»

«Direi proprio di sì.»

«Il mese scorso uno dei nostri è stato ridotto in polpetta da un paio di polacchi. L'avevano preso per tedesco, ed è bastato perché cominciassero a farlo a pezzi. Che poteva fare il poveraccio? Avevamo detto a tutti i nostri che li avremmo fatti fuori se avessero lasciato capire in giro chi erano realmente.»

«Di questo non sapevo nulla.»

«Ci mancava altro! Un idiota come quello può mandare all'aria tutto il nostro programma. Pensa se un giornalista fosse venuto a saperlo! Questa pidocchiosa città è piena di cronisti in cerca di storie.»

«Vorrei andare io» disse Peter.

«Sei impazzito? Sei vecchio, ormai, Peter. Non hai più le attitudini fisiche, non resisteresti al corso di addestramento. Questa roba da duri lasciala ai giovani.»

«Uno dei miei ha quarant'anni.»

«Müller. Certo, ma è un caso speciale. Non posso addestrare uno di questi ragazzi a diventare un chimico bavarese; ci vogliono anni per imparare chimica a livello accettabile. Quindi ho dovuto prendere un chimico — Müller, per l'appunto — e servirmene.»

«Il tedesco di Müller è berlinese, e...»

«E Müller è ebreo e si vede che è ebreo. Sì, lo so. Ne ho parlato una dozzina di volte con quelli di Washington. Non è la scelta perfetta, ma potrebbe farcela.»

«Non credo ce la farà. È via dalla Germania da troppo tempo. Il suo tedesco è sorpassato e poi lui si dimentica le cose.»

«Müller ha mai dato segni di non voler andare?»

«No, mai; è furbo.»

«Allora andrà.»

«Ma, Glenn...»

«Ascolta, Peter. Müller ha visto uccidere i propri genitori.

Non voglio parlarne, perché sono affari personali di Müller, ed è contro la prassi stabilita di rivelare i trascorsi di un agente. Però, questa è la guerra di Müller. Conosce i rischi, ma vuole andare. Il che mi sta benissimo, e lo farò andar giù non appena le notti saranno abbastanza lunghe.»

«Müller vuole andare perché ha saputo che l'ufficio non è riuscito a trovare qualcun altro con i suoi requisiti.»

«Non farmi la predica, Peter. Di Müller ne ho avuti centinaia tra le mani. Non posso cominciare ad angosciarmi per loro. E nemmeno tu.»

«Sto solo dicendo che se Müller è adatto, lo sono anch'io.»

«Gesù, Peter! Hai quarantasei anni, porti gli occhiali e sei fuori forma. Se capita che abbiamo urgente necessità strategica di paracadutare un agente laureato in legge e ottimo pianista di boogie-woogie, ti terrò presente. Per adesso, colonnello Winter, si attenga alle mansioni assegnatele.»

«Sì, signore» rispose Peter, ma era offeso. Suo zio non considerava abbastanza il fatto che Lottie era a Berlino, chissà dove a Berlino, e che non se ne avevano notizie. In realtà, Glenn Rensselaer era in ansia per Lottie e Veronica non meno di quanto lo fosse Peter.

# 1943

## *«Prospero e vittorioso»*

1° gennaio 1943. Era una festa per il quarantatreesimo compleanno di Pauli. C'erano i suoi genitori, v'era Alex Horner, e non mancava Fritz Esser. Inge aveva accantonato un numero sufficiente di punti-razione da confezionare una splendida torta, e Harald Winter aveva concesso che fossero portate dall'ormai quasi vuota cantina due bottiglie di champagne francese. Come detto da Pauli in un breve discorsetto di ringraziamento, se Peter fosse stato presente, la festa sarebbe stata quasi perfetta, compatibilmente a quei difficili momenti.

Si erano dati convegno in casa di Harald, l'unico modo per cui il settantaduenne genitore di Pauli potesse presenziare. Gli era ormai difficile spostarsi, e la sua complicata sedia a rotelle non sarebbe entrata nell'ascensore della casa di Pauli e Inge.

La forzata assenza di Peter in America sembrava più penosa per Harald che non per Veronica. Pauli aveva tentato di colmare il vuoto che Peter aveva lasciato nella vita del padre, ma senza successo. Diceva le cose che Peter era solito dire, e cercava di parlare con intelligenza di ciò di cui Peter si era interessato. Ma gli sforzi di Pauli sembravano soltanto irritare e annoiare suo padre, come se la presenza del figlio minore non facesse altro che sottolineare l'assenza del prediletto Peter. Ogni tanto, Pauli e il padre ritrovavano quel meraviglioso caldo rapporto che entrambi desideravano. Ma ogni volta, l'oro si tramutava in vile metallo, e tutti e due si sentivano più distanti che mai. Ma quella sera, nuove speranze animavano Pauli: che suo padre lo amasse di nuovo come egli lo amava, in quanto nulla al mondo desiderava Pauli di più se non l'affetto e la considerazione di Harald Winter.

La cena fu servita nella più piccola delle due sale da pranzo. Una bella stanza, tuttora arredata nel vecchio stile Gründerzeit. Quattro colonne dagli elaborati capitelli erano sormontate da angeli scolpiti in legno, che sostenevano, sulle ali spiegate, gli angoli del soffitto. E dal centro del soffitto pendeva, basso sulla tavola lucidissima, un superbo lampadario di cristallo, che rifletteva, nelle sue mille sfaccettature, la luce delle candele, unica fonte di illuminazione. I bicchieri di cristallo di Boemia, i tovaglioli di lino irlandese, i piatti di Meissen e le posate di antico argento erano i più bei tesori casalinghi di Veronica, che aveva assunto camerieri a ore affinché la serata fosse perfetta. Era un genetliaco da ricordare. Se non altro, perché sarebbe stato l'ultimo a essere solennizzato con una cena così irreprensibile mai servita in quella sala.

Dopo cena, le signore si isolarono, lasciando gli uomini a fumare e chiacchierare. «Alex, ultimamente hai viaggiato un bel po'» disse Fritz Esser al generale Horner. Da quando Horner era stato assegnato, in giugno, al Bendlerblock, i due avevano fatto amicizia. Esser era una potenza nelle alte gerarchie del partito, prezioso contatto per un generale dell'Esercito, e Horner sapeva come l'Esercito la pensava. Il generale Horner era sopravvissuto al furore del Führer per il mancato conseguimento di impossibili obiettivi affidati all'Esercito in occasione di uno dei chimerici piani di guerra ideati da Hitler. Ma Horner aveva quasi compiuto i miracoli che gli erano stati richiesti, e, dato che l'Esercito aveva sempre trovato il modo di badare a se stesso, la Croce di Cavaliere era appesa al bavero di Horner, e la medaglia della Croce Tedesca brillava appuntata sul taschino della giubba. I due amici di fresca data pranzavano assieme, regolarmente, nei migliori ristoranti di Berlino, e si scambiavano prudenti, ma significativi punti di vista. Fritz Esser, figlio di umile gente, provava una profonda soddisfazione nel dare del tu a un generale, e Horner si divertiva per le cose irriverenti e feroci che Esser diceva sul partito e sul regime.

Esser soffiò il fumo verso il lampadario. Sempre in grado di assicurarsi le buone cose della vita, dalle automobili potenti alle giovani donne arrendevoli, Esser quella sera aveva portato dei sigari. Un suo amico al Ministero degli Esteri glieli portava da Vichy, ogni qual volta ci andava per le riunioni col governo di Pétain. Adesso che le truppe tedesche occupavano il sud della Francia, il rifornimento sarebbe forse giunto alla fine. I sigari se li sarebbero presi i soldati, come avveniva sempre. Esser decise di parlarne a Horner, il quale doveva avere contatti con le truppe di occupazione.

Horner, anch'egli col sigaro acceso, esalò il fumo e annuì approvando. Un avana, l'aroma non lasciava dubbi. «Ho viaggiato anche troppo per i miei gusti» rispose.

«Alle calcagna di Der Chef» aggiunse Esser, guardando Harald Winter, il quale era all'altra estremità del tavolo, sulla sua sedia a rotelle. A Winter era proibito fumare, ed egli annusava l'aria, voglioso e invidioso.

«Il Führer ha fatto trasportare tutto al Berghof, a metà novembre» disse Horner. «Sono dovuto andare là. A malincuore. Mi aspettavo mi destinassero al quartier generale nella Prussia orientale. Wolfsschanze non è lontano dai possedimenti della mia famiglia. Speravo di rivedere mio fratello e la vecchia casa degli Horner.»

«Il Capo ha voluto trasferirsi in montagna. Gli avevo detto di non farlo» spiegò Esser. «Ma quel fottuto del Dr. Morell se lo rigira come vuole. Da una parte della Germania all'altra. Che casino! Che confusione! C'ero, e ho visto.»

«Tutto quanto?» chiese Harald Winter, con voce secca e rasposa.

Fritz Esser si volse verso di lui. «L'intero fottuto supremo quartier generale del Führer, imballato e spedito giù lì.»

«Quello è stato solo l'inizio» rivelò Horner. «Una rappresentanza ristretta della "piccola Cancelleria del Reich". E un treno speciale completo di personale di alti ufficiali dell'Esercito. Naturalmente, non c'era posto per loro, nemmeno a Berchtesgaden, quindi il convoglio fu lasciato su un binario morto a Salisburgo. Ci andai per una riunione presieduta da Jodl. Ci vollero ore per rintracciare tutti quelli che dovevano parteciparvi.»

«Eri con il Capo il 22 novembre?» domandò Esser.

«Quando arrivò la notizia che l'Armata Rossa aveva completato la sua manovra a tenaglia a Kalach? No, fu quello che gli fece riportare tutto il quartier generale su nella Prussia dell'est. L'assurdità fu che erano là solo da pochi giorni.»

«Dicono che lui fosse di luna storta come non mai» riferì Esser.

«Lo era, infatti, finché non arrivò Göring che lo fece tornare di buon umore: lo convinse che la Luftwaffe avrebbe rifornito via aerea la sacca di Stalingrado. Allora il Führer si ringalluzzì, si ringalluzzì al punto da bocciare la richiesta del generale Paulus, secondo il quale la Sesta Armata doveva intervenire a ovest e sfondare in quella direzione.»

«La Luftwaffe sarà in grado di fare quello che Göring promette?» chiese Harald Winter. «Quanta roba serve a quelli là? Cinquecento tonnellate al giorno?» Pauli guardò con rispetto il vecchio. Il cervello di suo padre era lucido e attivo come sempre. Sorrise ad Harry, che ricambiò con un cenno del capo.

«Probabilmente, potrebbe riuscire sulle trecento tonnellate» rispose Horner. «Ho visto le stime del Comando operativo. Ma la Luftwaffe non ci riuscirà, anche se la Sesta Armata le tenesse in funzione gli aerodromi. Noi voliamo solo di notte, o quando il cielo è molto coperto. Non appena i russi si accorgessero delle nostre intenzioni del ponte aereo, farebbero affluire i caccia dagli altri fronti. A pensare che cosa accadrebbe allora, mi vengono i brividi.»

«Ma l'assedio non dovrebbe continuare ancora per molto, adesso che hanno dato il comando del Gruppo d'Armate del Don a von Manstein» disse il sempre ottimista Pauli. Egli sapeva che Alex Horner stravedeva per il vecchio generale. «Lui si aprirà la strada e spezzerà l'assedio.»

«E tutti i tedeschi lo hanno nel cuore» confermò Horner. «Ma non può fare miracoli. I russi ci hanno impegnato un'armata di duecentocinquantamila uomini, e resisteranno tenacemente. Io li conosco. La propaganda del Dr. Goebbels può strombazzare quanto vuole che il russo è *Untermensch*, razzialmente inferiore. Il soldato russo è un contadino, ma non ottuso. Ed è un duro, non molla. Gli uomini di von Manstein si troveranno davanti un muro d'acciaio quando tenteranno di salvare i loro camerati della Sesta Armata.»

«E poi, il povero Rommel arrivò a Wolfsschanze» aggiunse Pauli. Stava alimentando la conversazione a beneficio di suo padre. Erano tutte cose che già sapeva.

«Mica tanto "povero Rommel"» ribatté Fritz Esser. «Quello è un intrigante. Lo è sempre stato. Già prima della guerra, ricordo che era ufficiale di collegamento con la Gioventù Hitleriana. Tentava in tutti i modi di mettersi in mostra col Führer. Non mi è mai piaciuto l'amico.»

«Io non c'ero,» disse Horner «ma ovviamente non era il momento adatto per suggerire che evacuassimo il Nord Africa. E Rommel fece malissimo ad arrivare inaspettato con un suggerimento del genere. A parte qualsiasi esigenza militare, un ritiro dell'Afrikakorps sarebbe adesso un colpo terribile per il morale della nazione.»

«Sarebbe meglio ci ritirassimo dal Nord Africa dopo una batosta a Stalingrado?» ipotizzò Esser. Era una domanda senz'altro provocatoria.

«Aspettiamo di vedere cosa succede» disse Pauli, conciliante.

«Devo dirti io quel che succederà?» intervenne Harald Winter. Gli altri avevano fatto capannello, come accade quando le signore si sono ritirate, consentendo agli uomini una conversazione a ruota libera. Ma Harald Winter, intrappolato nella sua sedia a rotelle, si trovava all'estremità opposta del tavolo. Le candele stavano colando, e il viso esangue di Winter era appena visibile nella semioscurità. «I russi faranno l'impossibile per annientare Paulus e la Sesta Armata entro il 30 gennaio. Sarà il modo con cui Stalin festeggerà il decimo anniversario del regime di Hitler.»

Vi fu silenzio. Erich Hennig prese la bottiglia del vino e si riempì raso il bicchiere. Non aveva affatto contribuito alla conversazione. Come sempre, in quegli ultimi tempi, era rimasto meditabondo e silenzioso, man mano che l'ubriachezza aumentava. Nessuno ignorava i preparativi già in corso per la celebrazione del decimo anniversario della conquista del potere. Ogni anno Hitler veniva a Berlino e teneva un discorso allo Sportpalast. Era la ricorrenza più importante del calendario nazista, quell'anno ancor più significativo, in quanto segnava il decennale del regime.

Alla fine, Fritz Esser ruppe il teso silenzio. «Non parlerà.»

«Il Führer non parlerà?» si meravigliò Pauli.

«Deve farlo» esclamò Horner. «Sarebbe terribile se non venisse allo Sportpalast! Equivarrebbe a regalare al nemico una vittoria morale.»

«È già deciso» confermò Esser. «Ha incaricato Göring per il discorso. Goebbels probabilmente leggerà alla radio una dichiarazione del Führer.»

«Bisogna fare qualcosa» insistette Horner.

«Ti sei convertito di colpo agli scopi e agli ideali del partito?» gli domandò Esser in tono canzonatorio.

«Non si tratta di politica» rispose Horner. Rifletté un attimo prima di continuare: anche parlando a una ristretta cerchia di amici o quasi amici, un generale dell'Esercito doveva restare circospetto. «L'Esercito non ha cercato questa guerra, né l'ha mai incoraggiata. Ma la Nazione aveva bisogno che la combattessimo. E stiamo combattendo con tutte le nostre forze, e il prezzo è tremendo. Ma viviamo in un'epoca in cui il morale della popolazione è parte intrinseca dell'apparato bellico. Se il Führer non terrà il suo discorso annuale allo Sportpalast, sarà come aver perso un corpo d'armata.»

Fritz Esser si mise il sigaro tra le labbra per poter battere le mani. «Ben detto, Herr General. Il Ministero della Propaganda perdette una fulgida stella quando tuo padre decise di far di te un soldato.»

Horner sorrise doverosamente, ma senza entusiasmo. Si era abituato ai sarcasmi di Esser, ma non apprezzava esserne il bersaglio. Il fatto era che non aveva mai potuto adattarsi all'idea che un incolto individuo come Esser fosse diventato membro del Gabinetto. Ma la maggioranza dei nazisti aveva la stessa origine contadina: anche alcuni generali delle SS d'assalto, che si era trovato di fianco sul fronte orientale, erano risultati uomini privi di una conveniente istruzione. Qualcuno, addirittura, incapace di leggere una carta topografica.

Disse Fritz: «Tu non conosci il Führer, caro Alex. Io lo conosco da molto tempo. Goebbels si compiace di deificarlo a superuomo, e Himmler è convinto che il sole gli esca dal sedere, ma in realtà Der Chef è un uomo come tanti altri, però con il dono meraviglioso dell'intuizione. Un'intuizione, comunque, che funziona al meglio quando le cose stanno andando bene. Il Führer non è uomo attrezzato a navigare in acque tempestose».

«Be', e chi lo è?» intervenne Pauli, che detestava quel tipo di conversazione pessimistica. Se il Führer non amava le acque tempestose, Pauli conosceva bene quella sensazione.

«Winston Churchill» gracchiò Harald Winter, dall'altro capo del tavolo.

«Sì» ammise Esser, con una certa perplessità. Erich Hennig chiuse gli occhi, assalito da un angoscioso presentimento che il discorso stava volgendo a uno sleale disfattismo. Non pochi avevano sentito il peso dell'ascia del boia per discorsi non più "disfattisti" di quelli.

«Churchill ha impugnato le redini quando le cose erano al peggio assoluto per l'Inghilterra» insistette Harald Winter. Per Winter poteva anche andare benissimo parlare da traditore: era talmente vecchio e malato da non aver molto da perdere.

«Be', sì, stiamo a vedere come sarà quando cominciano a vincere» disse Esser. Seguì un silenzio di morte. Nessuno aveva capito se Fritz volesse scherzare o avesse fatto una maledetta gaffe.

Bussarono leggermente alla porta. Hauser, vispo a dispetto della sessantina da molto superata e dei capelli tutti grigi, entrò e disse: «Il caffè è servito, Herr Winter. E Frau Winter vorrebbe che Herr Doktor tagliasse la torta». Guardò Pauli.

«Bene» fece il padre di Pauli. «Raggiungiamo le signore.» Pauli balzò in piedi e afferrò la spalliera della sedia a rotelle. «Lascia che se ne occupi Hauser» tuonò il vecchio signore. «Spingimi, Hauser, e attenzione al tappeto! Ieri si è impigliato nelle ruote.» Pauli rimase a osservare Hauser che spingeva la sedia fuori dalla stanza. Era stato Pauli, naturalmente, che il giorno prima era riuscito a far incastrare l'angolo del tappeto tra la ruota e il freno.

Le signore stavano aspettandoli in salotto. La stanza prediletta da Harald, che, da quando era confinato sulla sedia, vi passava gran parte della giornata. Era un locale luminoso e moderno, con un tappeto bianco da poco inaugurato, a grandi strisce a zig-zag, che ricopriva il pavimento da parete a parete. C'era un grande piedistallo di tubi cromati e di vetro che sosteneva alcune piccole sculture moderne — un Rodin e un Epstein. Le pareti ospitavano grandi quadri astratti. Tutto quello che il regime nazista condannava quale "arte degenerata", e correva voce che Harald Winter lo avesse comprato a prezzi stracciati proprio per quel motivo; non v'era tuttavia dubbio che egli adorasse quella sua collezione.

In un angolo del salotto c'era, come sempre in quel periodo dell'anno, un albero di Natale. E, secondo un'altra vecchia tradizione della famiglia Winter, i regali per il compleanno di Pauli erano sistemati ai piedi dell'abete.

Tutto contribuiva a rendere quanto mai lieta la scena. Le donne avevano fatto sforzi speciali per superare l'austerità del tempo di guerra. Veronica Winter si era fatta rimodernare un vecchio adorabile vestito di seta rosa. Lisl indossava un modello che Erich si era procurato quando aveva suonato per le truppe a Parigi. Inge appariva radiosa, fasciata in un abito di satin dorato che risaliva al 1934 — la famosa cena cui Esser era mancato — ma che tuttora le stava a perfezione. Chrisi Horner non aveva ancora abbandonato quella timidezza che non ci si sarebbe aspettata in una "Frau General". E, al sopraggiungere degli uomini, anche la bionda piuttosto lugubre, che Fritz si era rimorchiata, parve acquistare colore.

Pauli tagliò la torta con la dovuta solennità. Era un dolce superbo, per quanto poteva esserlo in tempi di razionamento, quando il burro era visibile solo in minuti cubetti, e la crema e il cioccolato raramente si concedevano ai mortali. E anche se il caffè versato dalla grande caraffa d'argento era surrogato — malto, con una specie di aromatizzazione di fichi — il suo sapore risultava buono, quasi come vero caffè.

Poi, venne il momento di servire lo champagne francese, mentre Pauli scartava i regali. E se questi non erano per nulla opulenti come invece lo erano stati in occasine di altri compleanni, Pauli non diede segno alcuno di esserne deluso.

I genitori gli avevano regalato una spilla fermacravatta, impreziosita da un diamante; Horner, un portadocumenti in pelle; Esser una dozzina di bottiglie di cognac invecchiato; gli Hennig, alcuni dischi delle sonate di Schubert, incisi da Erich; e Inge, un portasigarette d'oro, con incisi il nome di Pauli e la data.

Anche quella sera, Pauli bevve solo acqua di soda, ma non si lasciò sfuggire l'occasione di tenere un discorsetto. Gli era sempre piaciuto fare piccole allocuzioni e raccontare le sue barzellette, e per la serata si era preparato. Gli altri risero e applaudirono le storielle, in quanto egli non diceva cose allarmanti, sorprendenti o rivelatrici. Ecco perché tutti trovavano Pauli simpatico e divertente: lui non faceva mai nulla di irritante, lui amava le cose così come erano e arrivavano. Baciò sua madre: una donna tanto meravigliosa, riusciva quasi impossibile credere che era una straniera; il prossimo compleanno ne avrebbe compiuti sessantotto, ma era ancora bella come qualsiasi altra donna lì presente, tranne forse — aveva aggiunto Pauli in fretta — Inge. Precisazione che aveva sollevato uno scoppio di risa.

E, aveva proseguito il discorso del festeggiato, quant'era egli fortunato di avere riuniti gli amici più cari, in un momento in cui tanta, troppa gente in tutto il mondo era tenuta separata dalle circostanze della guerra.

Bevvero alla salute di Pauli. Ed egli ricambiò con questo brindisi: «Auguro a tutti voi un prospero e vittorioso 1943».

Ma la serata fu rovinata dalla lite che Inge e Pauli ebbero mentre stavano rincasando, diretti al loro appartamento al quinto piano.

Inge aveva insistito perché salissero a piedi. Da qualche tempo andava lamentandosi di soffrire di claustrofobia e di non sopportare l'angusta cabina dell'ascensore. Anche quella sera, tanto fece da costringere Pauli a non usarlo.

Fu mentre salivano le scale che Pauli disse: «Vorrei che tu non facessi la scema con Fritz».

Senza curarsi di abbassare la voce, sua moglie ribatté: «Che diavolo vuoi dire?». Si era fermata sul pianerottolo del quarto piano. Fissò Pauli con durezza.

«Tutte quelle scene cretine... strizzargli l'occhio e dargli una pacca sul sedere quando gli dai il bacetto della buonanotte.»

Inge sogghignò. Che avesse bevuto troppo era evidente. «È stata tua madre a lagnarsene?»

Adesso che lui non beveva più, le persone brille gli apparivano sciocche e rumorose in modo intollerabile. Paziente e a voce bassa rispose: «No, ma la gente anziana non capisce certe confidenze fra te e Fritz. Dirgli di cambiarsi più spesso la biancheria intima...».

«Ma è solo per scherzare, Pauli. Non essere così puritano.»

«Be', a Fritz non piace. Puoi starne sicura.» Prese di tasca le chiavi, e affrontò l'ultima rampa di scale. «Gli fa fare la figura del fesso, e a nessuno piace farla.»

## *«Per reinsediamento all'Est»*

Il treno si fermò con uno scossone violento. Il colonnello von Kleindorf N.H. Rudolf, che aveva preso sonno mentre il convoglio aveva superato innumerevoli stazioni e sobbalzato su interminabili scambi, si svegliò nella stretta cuccetta. Tentò di cambiare posizione, ma il giaciglio, troppo esiguo, gli bloccava le braccia. Quando ne districò uno e lo lasciò penzolare giù dalla sponda di legno, la circolazione sanguigna era bloccata, e la mano risultava inerte, tanto che egli dovette muoverla energicamente. Sbirciò l'orologio da polso. Sul soffitto, c'era un'unica lampadina rossa, molto fioca, ma alla fine il colonnello riuscì a leggere le ore: le due e venticinque del mattino. Accidenti!

Aveva sognato di nuovo Mosca, del proprio breve periodo di comandante di divisione. Supponendo che non si fosse ritirato? Se avesse dato ordine di combattere sino all'ultimo uomo, come doveva fare ogni reparto, secondo quanto aveva detto il Führer? Be', in tal caso non sarebbe stato sottoposto a inchiesta e retrocesso ad aiutante in un reggimento di fucilieri fino all'ottenimento di un comando di reggimento. No, sarebbe morto, a quest'ora, assieme all'ultimo superstite della divisione. Forse sette mesi come aiutante in un reggimento di fucilieri era un modesto prezzo da pagare per le vite di tanti giovani e validi soldati. Così la pensava il generale Horner — il quale aveva mandato a von Kleindorf una lettera che lo diceva testualmente — ma il fatto non compensava del tutto il mancato comando di una divisione. Von Kleindorf avrebbe dato forse qualsiasi cosa per quella gioia e per quel privilegio.

Il colonnello von Kleindorf, sulla trentina, ma prematuramente invecchiato, tentò di riprendere sonno, senza però riuscirvi, e il treno era tuttora fermo, lì dov'era, tranne qualche sbuffo e sussulto. Ogni volta che il colonnello si appisolava c'era qualche rumore di meccanismi, che un treno non manca mai di fare: il tintinnìo delle catene dei respingenti, il sibilo improvviso dell'aria nei freni. Dopo quella che sembrava una sequenza di ore, ma che in realtà non superava i trenta minuti, egli si districò dal viluppo dello scomodo giaciglio, e mise i piedi a terra. Il pavimento era gelato. Era un convoglio dell'Esercito, quello, e il suo arredo non prevedeva pavimenti forniti di tappeto, neanche nella piccola cabina riservata all'ufficiale al comando. E se il pavimento era freddo, l'aria all'esterno doveva essere gelata. Il colonnello indossava a fior di pelle una completa combinazione di lana. Alcuni degli altri dormivano interamemte vestiti — magari, anche con le scarpe — ma per un viaggio come quello Rudi von Kleindorf ricorreva al compromesso: via la divisa, ma la combinazione rimaneva. Tantissime cose nella vita di Rudi soggiacevano al compromesso. Anche nel lontano 1929, la sua entrata nell'Esercito era stata un compromesso.

Accese la lampadina non schermata. Non forniva molta più luce: quei treni erano destinati a raggiungere direttamente i terminali militari, alcuni in sconfortante vicinanza del fronte. Von Kleindorf si fece scivolare le bretelle sulle spalle, si abbottonò il davanti dei calzoni, infilò un braccio nella manica della giubba, introducendo al tempo stesso i piedi negli stivaloni. Tutto in una sequenza meccanica, ormai connaturata. Riusciva a vestirsi, e anche a radersi, prima di essere del tutto sveglio. In un angolo, c'era un lavello pieghevole. Si spruzzò la faccia con l'acqua, si passò la mano sui capelli tagliati cortissimi, si strofinò le guance. Sì, avrebbe dovuto radersi, ma la sua barba non era di quelle che raspavano, e d'altra parte egli non avrebbe certo incontrato gente di riguardo. Il comandante di reggimento era lui. Ed era anche l'ufficiale di grado più elevato che si trovasse sul convoglio.

Stava allungando la mano sulla maniglia della porta, quando bussarono. Era l'ufficiale di servizio: Leutnant Uhl. Il subalterno restò sorpreso di vedere von Kleindorf completamente vestito. «Signor colonnello! Come lo sapeva?»

«I comandanti sanno tutto» rispose von Kleindorf. Era quello che Horner era solito dirgli, ai vecchi tempi. E Rudi si chiedeva quante volte avesse ammirato in Horner tale prescienza in circostanze similari.

Il tenente Uhl – giovane, allampanato, occhialuto — disse: «C'è un'ostruzione sulla linea. Ho messo fuori i picchetti, caso mai si tratti di un'imboscata della guerriglia. Il capotreno è tornato indietro alla ricerca di un posto di blocco da cui telefonare e scoprire cosa c'è che non va».

«Un posto di blocco da cui telefonare?» ridacchiò lugubremente von Kleindorf. «Crede di essere sulla metropolitana per Wannsee?»

«Lui è convinto di trovarne uno.»

«Dove siamo, Uhl?»

«Non lo so, signor colonnello. In Polonia, immagino, a quest'ora.»

«Non ci sono molti posti di blocco e telefoni in Polonia, Uhl! Potrebbe prenderne nota per future evenienze.»

«Senz'altro, signor colonnello.» A von Kleindorf il ragazzo era simpatico. Poco più che ventenne, Uhl si era iscritto a medicina in età assurdamente verde, e poi, dopo un anno, aveva interrotto gli studi per arruolarsi. Che suonato!

«E niente partigiani così vicino a casa. Ma ha fatto bene, Uhl. È una prassi corretta, e voglio tenere gli uomini vispi e attenti. Lasci le sentinelle dove le ha messe. Ha piazzato qualcuno sul tetto?»

«Sì, signor colonnello. Anche una squadra mitraglieri.»

«Andiamo a vedere cos'è che ci tiene fermi, Uhl.» Von Kleindorf si infilò il pesante cappotto invernale, rialzandone il bavero di pelo.

Con cautela i due ufficiali scesero dal treno e si inoltrarono nelle tenebre. Notte senza luna, adattissima per un'imboscata. Imboscata, però, del tutto improbabile in una zona come quella, di profonda retrovia. Comunque, circolavano voci non troppo consolanti. Nelle retrovie, appunto, speciali reparti delle SS non facevano altro che passare per le armi e sul posto partigiani e irregolari che minacciavano le linee di rifornimento e, secondo quanto si sapeva, le esecuzioni avvenivano a migliaia: quindi la situazione doveva essere pericolosa. Non si fucila gente sospetta senza una buona ragione. O sì?

Soffiava un vento freddo, tagliente in modo particolare, lì, sul terrapieno della ferrovia. A destra e a sinistra, il terreno si estendeva piatto, per quel tanto che l'occhio poteva indovinare, data l'oscurità. Giunti all'altezza della locomotiva, von Kleindorf e Uhl avvertirono la vampa della caldaia, e guardarono sulla piattaforma, dove macchinista e fuochisti si stagliavano nel riverbero arancione del fuoco. Gente fortunata, quella: la sola al caldo in quella notte gelida. «Non si sono neanche degnati di scoprire quale sia l'intoppo» si lagnò il tenente Uhl.

«Si attengono agli ordini, Uhl. Macchinisti e fuochisti devono rimanere al loro posto mentre un treno viene bloccato. Troppi i casi in cui gli addetti alla locomotiva sono stati rapiti e uccisi. Dopo di che, tutto il convoglio è alla mercé degli assalitori.»

«Giusto, signor colonnello.»

«Che fetore c'è in giro!» osservò von Kleindorf.

«I campi, forse, signor colonnello. Concime organico.»

«In questo periodo dell'anno? Si vede che lei è un ragazzo di città, tenente Uhl.»

«Infatti, signor colonnello.»

«Che puzza! Sembra un campo di battaglia.»

Si spinsero oltre. Il binario non era certo steso a regola d'arte. Alla luce della torcia, von Kleindorf ne poteva vedere le traversine: sezioni di legno sommariamente squadrato, con tracce di vecchi fori a dimostrare che erano state divelte e reimpiegate più volte, imbullonate alla meglio alle rotaie; assenza totale del pietrisco che garantisse il buon livellamento. Non certo i binari che c'erano in Germania, progettati e realizzati con tanta cura e precisione. Qui si era nell'Est.

A bloccare la strada c'era, davanti a loro, un altro convoglio. Lungo un centinaio, forse, di vagoni merci coperti. Verniciati di verde scuro, con le fiancate contraddistinte dall'aquila, simbolo delle ferrovie tedesche.

«Allora, qual è il problema?» interrogò, gridando, von Kleindorf.

«L'assale fottuto, ecco qual è il guaio!» Era la voce di un uomo esasperato, tirato fuori dal letto nel cuore di una notte fredda.

Quando i due ufficiali furono più vicini, chi aveva risposto cambiò tono. «Oh, mi scusi, signor colonnello.» Una voce maschile, aspra e condita dall'accento della Slesia.

«Bisogna che la linea venga liberata» disse von Kleindorf. «Dietro a noi ci sono altri treni che serrano sotto.» Il fetore del vagone colpevole dell'arresto era intollerabile. Era lo stesso per tutto il treno?

Un uomo barbuto, che sembrava essere il capo, consultò un fascio di carte che aveva in mano, sotto il raggio della sua torcia. «Loro sono l'HZ 1489? Scaglione di testa, quartier generale della Divisione Corazzata, signor colonnello?» La sua voce era meno rozza e più autoritaria.

«Sì. Settantadue treni che ci seguono da vicino» rispose von Kleindorf, anche se non aveva dubbi che i ferrovieri sapevano quanti convogli ci volessero per trasportare una divisione di carri armati.

«Può precisarmi dove i carri sono caricati, signor colonnello?» chiese l'uomo, che poi si portò le mani a coppa alla bocca e vi soffiò dentro per scaldarsele.

Von Kleindorf esitò. La disposizione sui vagoni a pianale dei carri armati e dell'artiglieria cingolata non era cosa da rivelare al primo venuto che volesse saperlo. Quegli uomini erano indubbiamente tedeschi, nonostante il loro accento della Slesia, ma perché volevano sapere?

Come se gli avesse letto nel pensiero, l'altro fornì maggiori particolari: «Normali vagoni merci o vetture passeggeri, posso farli sfilare rasente a questo vagone rotto. Ma i suoi carri armati, colonnello, sporgono oltre i bordi dei pianali. Ai vecchi tempi, i carri armati più piccoli consentivano questa manovra a binari affiancati, ma con i vostri moderni mostri, niente da fare, se non con entrambi i binari liberi».

«Subito dietro a noi ci sono i carri armati» disse von Kleindorf. Dall'interno del vagone in avaria provenivano rumori — bestiame, forse, cavalli o bovini.

«E sul binario di raccordo abbiamo altri corazzati, quindi niente da fare da quella parte» aggiunse l'uomo barbuto, riflettendo e aspirando aria tra i denti. «Allora dovremo togliere dai binari questo vagone rotto» concluse. Si rivolse al collega dalla voce tonante. «Nessuna idea, Andi?»

«La gru più vicina è al deposito, ma se non te ne frega niente di ricuperarlo, potremmo far venire un verricello, rovesciare il vagone fuori dai binari e farlo rotolare giù dalla scarpata.»

«Ho due treni ospedale in transito» disse l'uomo con la barba. Si era tolto i guanti per scrivere. Adesso li rimise. «Ecco il primo che sta arrivando, se non sbaglio. Feriti di guerra. Deve avere la priorità.» Il rumore del treno giungeva debolissimo, ma l'orecchio dell'uomo era sintonizzato per abitudine a rumori del genere.

«Non possiamo aspettare gru o verricelli» obiettò von Kleindorf. «Faccio venire uno dei miei genieri, e ci piazziamo un paio di candelotti di dinamite, sotto a questo vagone merci.»

«Senza danneggiare i binari, signor colonnello?»

«I miei uomini possono rompere un uovo senza schiacciarne il tuorlo» garantì von Kleindorf. «Ma prima dovete vuotarlo. Il suo vagone brucerà come uno zolfanello. Che c'è dentro? Bestiame?»

I due ferrovieri si scambiarono un'occhiata. Che razza di domanda! Davvero questi ufficiali dell'Esercito non sapevano? Non sentivano come puzzava tutto il convoglio? Ignoravano che treni delle ferrovie tedesche, uguali a quello, costituivano adesso il traffico preponderante diretto a Est, e che poi tornavano vuoti? «Ebrei, signor Colonnello.»

«Ebrei?»

«Per reinsediamento all'Est.» L'uomo diresse il raggio della torcia sul cartello fissato alla fiancata di legno del vagone. La grande scritta in nero diceva: "Auschwitz-Birkenau".

Adesso von Kleindorf poteva sentirli. Quello che aveva creduto fosse di animali era l'incessante tramestìo di creature umane, che dovevano essere ammucchiate le une sulle altre, tanto fittamente da non poter respirare.

«Faccia venire i suoi attrezzi e togliete i sigilli» disse l'uomo con la barba.

«Che ne farete di loro?»

«Può metterci a disposizione un picchetto armato, signor colonnello?»

«Non posso lasciarlo qui, se è questo che intende» disse von Kleindorf. «Dovrà ricorrere a qualcuno dei vostri.»

«Non ci servono sentinelle» intervenne l'uomo chiamato Andi. «Non ci daranno problemi. Possiamo metterli nel vagone vuoto che sta sul raccordo.»

Ci vollero soltanto un paio di minuti per spezzare i sigilli. Ma fu necessario lo sforzo combinato di due uomini per aprire il portello del vagone. E poi, la gente ne traboccò, per abbattersi sul duro terreno gelato, con tonfi strazianti.

L'improvviso fetore di urina, di sterco e di morte esplose come una ventata rabbiosa. «Buon Dio!» esclamò il tenente Uhl, indietreggiando di scatto stravolto.

Anche a von Kleindorf, temprato e indurito da tante battaglie, mancò il respiro. Donne, bambini, vecchi, giovani donne con infanti stretti al seno, tutti rotolavano giù, rigidi come manichini, paralizzati dal freddo. Un uomo alto, vestito di nero, si abbatté al suolo con un impatto tale da piegarsi in due e sparire giù per la scarpata, nel fosso sottostante.

Eppure quelle misere creature, le più vicine al portello, erano ancora le più forti. Uomini e donne che avevano lottato selvaggiamente per aprirsi un varco, o avevano spinto i loro bambini, verso dove magari c'era uno spiraglio di luce o una fessura che lasciasse filtrare un filo d'aria.

«*Raus! Raus!*» gridava l'uomo barbuto. Spinse il raggio della torcia a esplorare gli angoli bui del vagone, dove c'era il lucchìo di occhi terrorizzati. Altra gente appiattata lì, dozzine di corpi. «Fuori! Fuori! Fuori!», ma per alcuni era impossibile venir fuori. Qualche vecchio era già morto. Anche qualche bambino, naturalmente. Uomini e donne erano incespicati su di loro, nella stretta della ressa spasmodica, calpestandoli e soffocandoli. Altri erano svenuti, stramazzando sul pavimento, schiacciati sotto i piedi in quel girone dell'inferno, ed erano rimasti lì, esanimi, fino a diventare irriconoscibili se non come ammassi di cenci vischiosi e insanguinati.

Von Kleindorf si sentì male, fisicamente. Girò sui tacchi e si allontanò. Il suo giovane subalterno lo seguì. Quindi, era quello il genere di reinsediamento che il regime offriva agli ebrei. Rudi von Kleindorf prese di tasca le sigarette. Voleva liberarsi di quella visione da incubo e del fetore che l'accompagnava. Ma il ricordo... di quello non si sarebbe mai liberato.

Boris Somló era sul punto di perdere i sensi quando avevano cominciato a rompere i sigilli del vagone. Era rimasto incastrato in un angolo. Lui, che aveva sempre odiato la folla; anche quando doveva accompagnare sua madre nei grandi magazzini di Vienna, l'essere spintonato e oppresso da estranei gli riusciva intollerabile. Ma lì non erano i grandi magazzini, era l'inferno. A lungo aveva tentato di tener sollevato in alto un bimbo, ma era stato molti giorni prima. Prima del giorno in cui avevano dato loro acqua e croste di pane. Prima dello svenimento iniziale, cui altri erano seguiti. Dov'era il bambino, adesso? Un ometto, non più di cinque o sei anni poteva avere, che non aveva mai risposto alle sue domande. Boris si strofinò il viso, tentando di giudicare, dalla lunghezza della barba, da quanti giorni erano rinchiusi in quella scatola buia e fredda. Ma la sua barba non era mai stata vigorosa, e non forniva alcuna indicazione.

Boris aveva anche sentito le voci dei ferrovieri, senza riuscire a capire che cosa stessero dicendo, e non gliene importava troppo. Era talmente debole da non sentire nemmeno più i morsi della fame. Niente ormai importava più. Niente. Così, come tutti gli altri, era del tutto impreparato all'apertura del portello.

E quando questo si era spalancato, tutti nel vagone si erano mossi verso il rettangolo di luce e d'aria, e Boris si era trovato di colpo trascinato in quella direzione, osservando la gente cadere giù nel buio. Aveva inspirato aria, tanto fredda da far male ai polmoni, e quindi qualcuno lo aveva spinto alle spalle, e anch'egli era rotolato giù nella tenebra che pareva senza fondo.

Era finito sulla massicciata con un tonfo da togliergli il respiro, ma la violenza dell'impatto l'aveva proiettato a rotoloni giù per la scarpata buia. In fondo alla discesa c'era un fosso poco profondo di acqua stagnante, la cui sottile crosta superficiale di ghiaccio si era rotta e sbriciolata, come zucchero filato, sotto il peso del corpo. E Boris s'era trovato dentro l'acqua ghiacciata.

Riacquistò di colpo piena coscienza: la pochissima forza rimastagli gli toglieva qualsiasi determinazione, se non quella, istintiva, di arrampicarsi fuori del fosso per afflosciarsi nel campo vicino. Il calore dei corpi compressi lo aveva tenuto in vita, e adesso il vento gelido sui suoi abiti fradici lo paralizzò al punto da toglierli il respiro. Soffocò con la mano un colpo di tosse, e prese a strisciare.

Guardò su in cima alla massicciata, dove gli uomini con le torce gridavano dentro al vagone semivuoto. Si alzò in piedi e si avviò con penosa lentezza nelle tenebre.

Boris trascinò un piede dietro l'altro sino a percorrere l'intera lunghezza del treno del "reinsediamento all'Est", con il corpo tremante e dolorante di freddo. Dietro quel convoglio ce n'era un altro. Sarebbe stato sensato tenersi lontano dalla linea ferrata. Le vie di comunicazione erano sempre strettamente sorvegliate, non era necessario essere un militare per saperlo. Ma Boris non poteva affrontare l'aperta campagna, indossando quei suoi abiti fradici. Era affamato, assetato, stanco e debolissimo. Sapeva di non poter sopravvivere più di un'altra mezz'ora in quelle condizioni.

Seguitò a camminare, inciampando e barcollando, senza pensare a dove stesse andando. Arrivò al secondo convoglio quasi automaticamente, senza essere consapevole del perché si stesse dirigendo lì, tranne che vedeva le luci ammiccanti nel buio e gli appariva una meta calda e invitante. Era un treno militare, le cui fiancate recavano grandi simboli della Croce Rossa. Gli si accostò con cautela. Sapeva ormai il pericolo costituito dalle sentinelle, ma lì non ve n'erano, a parte due soldati armati sul tetto dei vagoni. Forse i treni ospedali non disponevano di personale sufficiente per piazzare sentinelle ogni volta che il convoglio doveva fermarsi.

Alcuni dei finestrini avevano le tendine rialzate, ed egli poté scorgere soldati all'interno. Quel treno era pieno zeppo di uomini: uomini avvolti in coperte, a giacere sul pavimento come soldatini di piombo rovesciati fuori dalla loro scatola.

Molti erano bendati; moltissimi stavano dormendo. Tutto taceva, nessun movimento su quel treno. Boris proseguì, tenendosi alla larga dalla locomotiva. Sulla locomotiva doveva esserci qualcuno, sveglio e all'erta. Il vagone successivo era dotato di brande: per i feriti impossibilitati a camminare. Era affollatissimo anche questo, con i soldati ammassati fianco a fianco, a sfruttare ogni centimetro di spazio. Tutti gli occupanti erano avvolti in coperte grigie, e stipati insieme sui giacigli, curiosamente simili a sardine in scatola.

Lo sportello del terzo vagone era aperto, e ne sgorgava la luce. Due infermieri erano seduti sui gradini, entrambi godendosi una sigaretta con la passione che viene dopo una lunga pausa di astinenza. Alle loro spalle, Boris riuscì a scorgere un armadio spalancato, i cui ripiani ospitavano pile di coperte militari. Un richiamo che sembrava attirarlo. Una di quelle spesse calde coperte era un tesoro più prezioso di qualsiasi altra cosa al mondo, in quel momento.

Aspettò, attimi interminabili, nel vento gelido che lo tagliava come mille coltelli. Finalmente, i due infermieri terminarono le loro sigarette e rientrarono nel vagone. Li poteva vedere attraverso i finestrini, mentre si allontanavano tra i giacigli. Era il suo momento. Si inerpicò sui gradini e tentò di aprire lo sportello. Non era bloccato. Lo aprì con cautela e salì sulla piattaforma. Sulla destra, un gabinetto, alle sue spalle la porta di comunicazione con l'altro vagone. Da lì, lo sguardo poteva spingersi lungo il convoglio. Boris sentì il tepore, udì il russare, i lamenti sommessi, i movimenti irrequieti dei feriti. Nessuno stava guardando dalla sua parte. Avanzò nella luce gialla. Dall'armadio tirò fuori lentamente una coperta, bloccando le altre con una mano. La coperta cadde a terra, aprendosi. La trascinò nella zona sgombra della piattaforma. E in quell'attimo, il treno ebbe uno scossone. Da sotto il pavimento, Boris poté sentire lo sbatacchiare dei respingenti. Poi un fischio della locomotiva, mentre il convoglio, con un paio di sussulti, cominciava a muoversi.

«Infermiere! Infermiere! Quest'uomo ha bisogno di aiuto. Sta perdendo sangue di nuovo!» Era la voce stridula, la voce spaventata di un giovane.

«Arrivo! Sto arrivando!» Un infermiere aveva aperto la porta di comunicazione con l'altro vagone, soffermandovisi un attimo. Boris lo riconobbe come uno dei due fumatori di qualche attimo prima. Il treno rumoreggiava, guadagnando velocità e sobbalzando sugli scambi. Boris indietreggiò dove la luce era più scarsa, e si avvolse nella coperta a nascondere il suo vestito nero, puzzolente e sporco di vomito ed escrementi, suoi e degli altri. L'infermiere lo oltrepassò, dandogli appena un'occhiata. Anche quel fetore disgustoso non attirava l'attenzione lì dentro, tra i malati e i feriti.

«Perde sangue?» chiese l'infermiere quando arrivò vicino al giovane che aveva lanciato l'appello. «Dov'è che perde sangue?» Il treno stava filando rapido, ormai. E ben presto avrebbe raggiunto una velocità tale da rendere impossibile a Boris di saltar giù, se non a costo di una gamba o un piede fratturati. Guardò attraverso i cristalli del finestrino. Stavano sfilando lungo un altro convoglio: un treno militare pieno di soldati. Che lo guardavano, come guardavano tutti i feriti, chiedendosi se sarebbe stato il modo con cui anch'essi avrebbero fatto ritorno.

Gocce di sangue erano colate giù dal giaciglio sovrastante, finendo sul viso e sulla coperta del giovane soldato. «Non è niente» sentenziò l'infermiere. «In mattinata gli cambierò la fasciatura.»

«Voglio spostarmi da qui» replicò il soldatino spaventato.

«Nessuno te lo impedisce, se trovi un posto» disse l'infermiere, rimboccando la coperta con quei piccoli movimenti sbrigativi, dettati da una lunga esperienza.

«Te la sei fatta addosso un'altra volta, eh?» constatò l'infermiere.

«Mi è scappata, non ho fatto in tempo.»

«Adesso devi cambiarti il pigiama. Ma è l'ultima volta, non ne hai più di puliti, hai capito?»

«Sì.»

L'infermiere tornò sui suoi passi, sfiorando Boris, e, prima di aprire la porta di comunicazione, si fermò a guardarlo. Boris ricambiò l'occhiata, con lo stomaco che gli si chiudeva dal terrore. «Li conosco i vostri trucchetti» disse l'uomo severamente. «È vietato fumare qui. Torna nel tuo letto o nel tuo scompartimento o dove cavolo eri. Conosci i regolamenti!»

Boris annuì.

L'infermiere si richiuse alle spalle la porta e sparì nel vagone successivo.

Boris osservò il soldatino alzarsi e prendere il pigiama pulito. Se anch'egli fosse riuscito a procurarsene uno e a nascondere il nero abito che indossava, forse gli avrebbero dato da mangiare, come a tutti gli altri. A stomaco pieno, sarebbe riuscito a pensare più lucidamente.

Guardò dal finestrino. Sul binario di raccordo, c'era in attesa un altro treno militare. Era formato di vagoni a pianale, su cui troneggiavano carri armati, una sfilata interminabile, centinaia di carri. Come se tutto il mondo non fosse altro che carri armati.

## *«Sei l'unica persona amica che ho, Lottie!»*

Pauli Winter era uno specialista nel tirar su di morale la gente. Adesso che veniva due o tre volte la settimana in casa degli Hennig a farle visita, Lottie trovava la vita molto più sopportabile. Pauli le raccontava barzellette. Pauli la teneva al corrente delle storie e dei pettegolezzi e degli scandali, e Pauli sapeva divertirla con piccoli trucchi da prestidigitatore: una monetina che spariva e ricompariva uscendo da un orecchio! Ed era Pauli che le portava libri da leggere, specie in inglese, i quali (ma Lottie non lo sapeva) erano stati sequestrati ai legittimi possessori durante le perquisizioni della polizia. E sempre Pauli le aveva procurato i cuscini e una poltrona di velluto rosso con poggiapiedi in legno, due stampe incorniciate di van Gogh, qualche disco di musica da ballo e un vecchio grammofono a manovella. Cose che avevano contribuito a trasformare le due stanzette di Lottie all'ultimo piano di casa Hennig in un appartamentino relativamente accogliente.

Quando veniva, Pauli amava sedersi sulla poltrona di velluto rosso. Quel giorno, il grammofono stava suonando *Brividi e sussulti*. Lottie era al fornellino elettrico a preparare dolci senza uova, da servire col surrogato di caffè. In prigione, aveva imparato a cucinare abbastanza bene, facendo tesoro dei momenti in cui le avevano concesso di lavorare in cucina. A volte, si sedeva a tavola con i Volkmann, che occupavano le stanze attigue, e con i quali c'era il bagno in comune. In qualche occasione Lottie era invitata a pranzo anche dagli Hennig, ma quasi sempre era sola. Le piaceva sedere vicino all'abbaino, guardare oltre i tetti frastagliati e identificare le guglie e le sagome degli edifici più alti del Ku-damm. «Certe volte mi domando se c'è qualche altro americano, qui a Berlino» disse, mentre scodellava su un piatto la focaccia. Il grammofono si era fermato, e lei girò il disco sull'altra faccia, ma senza avviarlo.

«Penserei proprio di no» rispose Pauli, anche se sapeva, dagli incartamenti al Ministero, che qualcuno ce n'era. Qualcuno classificato dalla Gestapo tedesco d'origine emigrato all'estero — e quindi "amico" — oppure qualche emigrato rientrato in Germania a causa dell'Ordine Nuovo di Hitler: gente che Pauli non voleva che Lottie frequentasse. Non voleva che a sua cognata venisse in testa di prendere contatto con chicchessia a Berlino. Gli Hennig erano vincolati da giuramento di segretezza, e i Volkmann sapevano come comportarsi da fuggiaschi. Anche Veronica non vedeva Lottie che due volte al mese. Meglio essere prudenti. A carico di Lottie non era stato emesso alcun ordine di ricerca o di cattura — c'era da ringraziare Iddio. Ma la carta d'identità che Pauli le aveva dato recava una grossa "J" sulla copertina — l'iniziale della parola "Jude", ebreo, giudeo — e di sicuro non sarebbe sfuggita all'occhio attento che i poliziotti tedeschi riservavano per quei documenti con la "J". Forse non importava tanto che il nome di battesimo fosse Martha, anziché Charlotte Sarah, ma l'età era indicata in sessant'anni invece dei quaranta di Lottie. E la fotografia era quella di una donna molto più anziana, per nulla somigliante alla moglie di Peter.

Rimanendo sempre in casa, probabilmente era al sicuro, ma se fosse uscita, anche per fare solo quattro passi, c'era sempre il pericolo che la fermassero in una retata e la spedissero in un campo di concentramento. Il destino degli ebrei era divenuto argomento di divergenze e rivalità tra le varie fazioni delle SS, ma il disaccordo risiedeva unicamente sul fatto se essi dovessero essere eliminati subito in un campo di sterminio, oppure inviati in un campo di lavoro fin tanto che fame e sfinimento non li avessero distrutti.

Ormai, l'idea di Pauli sull'autofinanziamento dei campi era stata estesa e applicata, in modo che le SS erano divenute padrone di un enorme impero industriale che, nei loro campi di concentramento, usava il lavoro schiavista per produrre ogni cosa, da mobili a buon mercato a stampa di banconote estere false. I prigionieri cavavano pietre, facevano gomma sintetica e cucivano le uniformi dell'Esercito. Le SS possedevano la fabbrica di porcellane Meissen, e stavano assumendo il monopolio nella fabbricazione di acque gasate, a iniziare dalla Apollinaris.

«È quello che pensavo anch'io» disse Lottie. «Immagina se fossi l'unica americana a trovarmi qui. Dico, potrei scrivere un libro, *La sola americana nella Berlino in tempo di guerra.* Ci pensi? Diventerei famosa.»

Pauli sapeva che stava solo scherzando, quindi si mise a ridere. Ma si affrettò a dire: «Io non scriverei nulla, Lottie. Non per il momento».

Dal piano di sotto, arrivava il suono del piano su cui il figlio di Erich e Lisl si stava esercitando. Erich sosteneva che il ragazzo era dotato di talento musicale, ma non era facile crederlo ascoltando la sua esecuzione di *Per Elisa*.

«Non sono arrivate altre lettere, immagino.»

«Da Peter? No, nessuna. Però è al sicuro negli Stati Uniti. Gli americani non lo costringeranno ad arruolarsi. In questo momento, sarà probabilmente a casa da tua madre, a chiedersi cosa stiamo facendo noi.»

«Lo credo anch'io. Mi sembra un secolo che non lo vedo! Ed Helena compirà diciassette anni a settembre. Non riesco a crederlo. Ne aveva solo dieci quando entrai in prigione. In tutti questi anni, non ho potuto vederla crescere e diventare donna. Vorrei tanto avere una foto più recente di entrambi!» Collocò di fianco a Pauli focaccia e caffè, ed egli la ringraziò caldamente. «Diciassette anni. Era una bambinetta tanto bella.»

«E adesso è una signorina bellissima.»

«Sì, dev'esserlo senz'altro, Pauli. Era sempre un amore. Non piangeva mai come certi bambini. Era così... non so... così adulta, così matura.»

«Sì» annuì Pauli. A Lottie piaceva parlare, ed egli bevve il suo caffè e la lasciò parlare. Doveva esserle stato ben pesante, restare lì da sola per tante ore. Ed era piacevole ascoltarla parlare un fluente tedesco, condito di tutto il sale del dialetto berlinese e del gergo malavitoso.

«Non fossi stata incinta, saremmo andati in America» proseguì Lottie. «Zio Glenn era contrario, ma Peter avrebbe accettato quel lavoro. Pensaci: ancora un anno, e Helena sarebbe nata in America. Ah, se papà fosse riuscito a vederla!»

«Sì» fece eco Pauli. Con una certa apprensione, guardò sua cognata. In occasione dell'ultima visita gli aveva chiesto di andare a mettere qualche fiore sulla tomba di Simon Danziger. Gli aveva anche chiesto degli altri cimiteri ebraici, ed egli era stato costretto a dirle che il vecchio camposanto ebreo di Grosse-Hamburger-Strasse, che risaliva al XVII secolo, non esisteva più. Le salme erano state riesumate e disperse, e il cimitero era stato dichiarato *judenrein*, epurato da ebrei. Lottie ne era rimasta terribilmente sconvolta. Forse sarebbe stato meglio non dirglielo, ma Pauli aveva avuto il timore che ella potesse fare una puntata là, ed essere fermata e interrogata. «È stata una fortuna che Peter se la sia portata assieme» disse Pauli.

«Sai che continuo a pensarci? Che Peter avesse previsto?»

«Previsto che i giapponesi avrebbero attaccato Pearl Harbor, e che il Führer avrebbe seguito a ruota, dichiarando guerra agli americani? Credo che nessuno potesse immaginare una cosa del genere, Lottie.»

«No, non avrebbe potuto prevederlo. Hai ragione.»

«Prese con sé Helena perché il nonno e tua madre la vedessero.»

«E adesso lei è americana. O lo sarà presto. Riesco già a immaginarla che prende lezioni di danza classica. Ma, quanto a Peter? Che vorrà dire per lui trovarsi là?»

«Peter si troverà benissimo» rispose Pauli, sorbendo il caffè. «Magari, la gente lo tratterà bruscamente per il solo fatto che è tedesco, ma, da quel che leggo nei bollettini riservati del Ministero degli Esteri, negli Stati Uniti non c'è stato internamento su larga scala dei tedeschi.»

Lottie non condivideva affatto. «La gente non lo tratterà male per il fatto che è tedesco. Siete soltanto voi tedeschi che avete quella innata paura e quella diffidenza degli stranieri che vi induce a trattarli così duramente. Ecco come è nata tutta la faccenda del vostro Hitler. Sono quelli come Hitler che odiano gli stranieri, e troppi tedeschi hanno spalleggiato il suo programma di odio. Gli americani non nutrono alcun astio verso gli europei, anzi! È negli Stati Uniti che gli europei si rifugiarono per sottrarsi ai progrom, alle persecuzioni e ai pregiudizi. Mio padre non fu mai trattato male nella prima guerra mondiale. Ero una ragazzina, a quell'epoca, e me ne ricordo bene. Non avemmo mai alcun problema!» Si interruppe. Come poteva fare del caro Pauli il bersaglio della propria rabbia? Pauli aveva rischiato l'impossibile per lei.

«Avevamo un'istitutrice scozzese» disse Pauli. Sorrise: non se l'era presa per il rimprovero; in parte, era giustificato. La maggior parte dei rimproveri che aveva subìto in vita sua erano stati motivati. «Certe volte tu me la fai venire in mente. "Voi tedeschi," era solita dire, "voi non pensate altro che a far le guerre." Era una donna meravigliosa. Fece i bagagli e se ne tornò in patria quando cominciò la guerra del '14. Nemmeno le dissi addio in modo decente, ma dopo, quando mi veniva di ripensarci, mi resi conto di quanta parte della sua vita lei ci aveva dedicato. E mi chiedo che cosa spinga una donna a sacrificarsi tanto per aver cura dei figli di un'altra.»

«Forse non poteva aver figli suoi» ipotizzò Lottie, e subito se ne pentì, ricordando quanto Pauli e Inge avessero desiderato invano un erede.

«Forse» ammise Pauli. «Lisl m'ha detto che la signora Volkmann aspetta un bambino.»

«Sì. I Volkmann non stanno più nella pelle. Darà loro un motivo per continuare a vivere.»

«Quindi, i miracoli succedono» rifletté Pauli. «Che età ha il Dr. Volkmann? Sulla cinquantina, credo.»

«Sì, penso di sì. Ma Lily è molto più giovane di lui. Spero tanto che tutto le vada bene.»

«Come se la caveranno gli Hennig senza di lei?»

«Per la sala da tè, vuoi dire? Sì, è lei che prepara quasi tutte le torte e i panini per la sala da tè. Darò una mano io, per quanto posso; l'ho già detto a Lisl. Ci vanno forte, con quel locale! Lisl è al colmo della felicità, adesso che Erich ci suona il piano.»

«Erich Hennig suona il piano nella sala da tè?» Pauli era stupefatto. Erich, lui che era stato così scettico e contrario all'iniziativa di Lisl?

«Ha cominciato il mese scorso. Non lo sapevi? Il pianista che avevano costava troppo, e non era neanche un tipo di cui potessero fidarsi. Così, Lisl lo mandò a spasso perché arrivava sempre in ritardo, e per tre settimane il piano non lo suonò nessuno. Ma i clienti calarono così tanto che alla fine Erich acconsentì a suonare lui, provvisoriamente.»

«Devo farci un salto un pomeriggio, a prendere il tè.»

«Erich dice che è solo per adesso; comunque il braccio gli è peggiorato. Non credo che potrà mai più tenere un concerto.»

«Con me non ne ha fatto parola.»

«Suonare per i clienti della sala da tè, è un idea che non ha ancora digerito» proseguì Lottie. «Ma gli Hennig hanno bisogno di soldi, e Lisl si diverte moltissimo a gestire il locale. Non apre prima di mezzogiorno, e alle sei e mezzo di pomeriggio chiude. Non è quindi un sacrificio enorme. E poi, non ha da uscire per trovarsi con gli amici: tutti i suoi vecchi amici vengono qui. E lei può fare il giro dei tavolini e ascoltare e riferire tutti i pettegolezzi del momento. Il Dr. Volkmann dice che è uno dei locali più in voga di Berlino.»

«Qui? Uno dei più voga di Berlino? Sono queste le notizie che riceve da quelli con cui lavora nel cimitero di Weissensee?»

«Non fare il maligno, Pauli!» esclamò Lottie, ridendo. «Lui esagera, naturalmente. Non è come il Kaiserhof o il Kempi, ma Lisl ha fatto miracoli. Oh, a proposito, tua mamma mi ha fatto avere qualche dolcetto al cioccolato. Ne vuoi uno?»

«No, grazie. Sto ingrassando troppo.»

«Anche quando ero in prigione, me li mandava. Non cioccolato vero, si intende, ma un pensiero tanto caro da parte sua. Un po' di sapore degli Stati Uniti, lei li chiama. Voglio bene a tua mamma.»

«Voleva venire a trovarti più spesso, ma le ho detto di farlo non più di due volte al mese. Per il momento, voglio che tu sia prudente al massimo.»

«Come vuoi tu, Pauli.» In prigione, Lottie aveva saputo di quello che succedeva a certe categorie di prigionieri non appena finito di scontare la condanna. Ma invece di un uomo delle SS con un mandato di custodia, era Pauli che lei aveva trovato ad aspettarla su un'auto, davanti alla porta del carcere di Barnimstrasse. L'aveva portata direttamente lì, in casa degli Hennig. Lei non gli aveva mai chiesto come fosse riuscito a non farla condurre in un campo. Aveva fatto quello che lui diceva, e aveva ringraziato Dio per il miracolo.

«La situazione va peggiorando. La guerra non va bene come ci si aspettava. Tutta la Sesta Armata è andata persa a Stalingrado: ventiquattro generali si sono arresi ai russi. Erano lì anche ragazzi che avevo conosciuto a Lichterfelde. Deve essere il peggiore disastro della storia militare tedesca. Fritz Esser dice che, negli ultimi giorni della battaglia, Hitler ebbe notizia che suo nipote, Leo Raubal, era tra i feriti, ma negò il permesso che fosse evacuato per via aerea. Dio sa che succede al nipote se i russi scoprono chi è. Poi, in maggio, un quarto di milione di altri soldati tedeschi si è arreso, in Tunisia, agli inglesi e agli americani. Altri amici che non torneranno, Lottie. Mi chiedo se li rivedrò un giorno...»

«Ma niente invasione?» domandò Lottie.

«Della Francia? Non credo avverrà mai. Pensa a quante navi ci vorrebbero. E tutta la linea costiera è poderosamente fortificata. La scorsa settimana ho visto al cinegiornale le difese messe in atto. Ma il Dr. Goebbels ha decretato "guerra totale", quale ne sia il significato, e tutti dai sedici ai sessantacinque anni devono presentarsi ai distretti. E agli uffici di polizia, se sono donne. Il che significa maggiori e più stretti controlli sul posto.» Pauli finì il suo surrogato di caffè e si alzò. Sperava che il fatto dei controlli a tappeto fosse sufficiente per far restare chiusa in casa sua cognata. Aveva saputo da Lisl che Lottie si era portata dietro il piccolo Theo a far spese e quattro passi al Tiergarten. Quello spericolato comportamento lo aveva impaurito, ma d'altra parte egli non sapeva come convincere Lottie a rimanersene in casa.

«Non vorrai mica andartene, Pauli?»

«Meglio di sì. Adesso, in ufficio ci vado a piedi. Sto cercando di perdere qualche chilo, il che significa che devo uscire di casa più presto.»

«Povera Inge! Quindi anche lei deve alzarsi prima.»

«Attualmente, sono solo.»

«Inge lavora troppo, Pauli.»

La guardò per un attimo. «Inge, adesso, passa quasi tutto il suo tempo libero con Fritz.»

«Come sarebbe a dire?»

«Dorme nell'appartamento di Fritz Esser.»

Lo fissò incredula. Aveva capito bene? «Pauli! Stai scherzando?»

«Non sto scherzando. Avrei dovuto immaginare che accadeva quando lei stava via di città così spesso e a lungo. Ma non avevo mai fatto caso che le sue assenze coincidevano sempre con i periodi in cui Fritz era in viaggio. Perché avrei dovuto collegare le cose?»

«Oh, Pauli!»

«Quando l'ho accusata, si è messa a ridere e mi ha detto che lei e lui si meravigliavano, chiedendosi quanto ancora ci sarebbe voluto prima che capissi.»

«Oh, Pauli» ripeté Lottie. Non riusciva a pensare cos'altro dire. Pauli le faceva tanta pena. Come si poteva avere il coraggio di fare una cattiveria simile a Pauli? Il quale, adesso, aveva il volto contratto, come quello di un bimbo che ha visto la fine del proprio mondo. Lo prese tra le braccia, ed egli ricambiò la stretta, forte forte.

«Si è messa a ridere» confermò Pauli, senza sciogliersi dall'abbraccio. «Le chiesi da quanto tempo andava avanti in quel modo, e lei mi rispose che durava da anni. Le dissi che io non l'avevo mai tradita, e lei mi rispose soltanto: "Allora devi proprio essere scemo".»

«Ma Inge...» Le idee di Lottie erano un turbinìo confuso. Non vedeva Inge da tanti anni. «Pensavo che lei ti volesse bene. Ne ero sicura.»

«Forse se avessimo avuto un figlio...»

«Come ha potuto essere tanto crudele?» Un'incredula domanda che Lottie formulò sempre tenendosi stretta a Pauli. Poteva sentirgli il cuore che batteva.

«Un tempo mi amava, mi ha detto, ma Fritz Esser è più vero uomo. Non so di che stesse parlando, Lottie.»

«Rimettiti a sedere, Pauli. Non puoi uscire in questo stato. Hai una faccia che fa paura. Ho un po' di grappa...»

«Non bevo mai alcol.»

«Hai bisogno di qualche cosa di forte!»

«Un dito, magari.» Tornò a sedersi.

«Lisl lo sa?»

«Buon Dio, no! Andrebbe subito a dirlo a tutti.»

«Chi altri lo sa?»

«Nessuno. Alex non è a Berlino, e, a parte lui, sei l'unica persona amica che ho, Lottie. Perché tu sei una di famiglia, vero?»

«Sì, Pauli, lo sono.»

Le sorrise. «Mi sento meglio, adesso che mi sono confidato con qualcuno. Tenermi dentro tutto quanto, stavo per esplodere...»

«Vieni a trovarmi più spesso, Pauli. È bello parlare con te.»

«Sì, verrò, Lottie.»

*«Non sono mai stato capace di farti contento, vero?»*

L'affetto profondo e riverente di Pauli Winter verso suo padre era sempre stato condizionato da una traccia di paura. Se mai avesse avuto un figlio, Pauli avrebbe fatto di tutto per liberarlo da quella sensazione ansiosa che egli sempre avvertiva di fronte ad Harald. Anche adesso che se lo trovava davanti invalido su una sedia a rotelle, lui, Pauli Winter, quarantatré anni, alto funzionario del Ministero degli Interni, di cui l'universalmente temuto Heinrich Himmler era di recente diventato il capo, si sentiva nervoso. Era ridicolo che la presenza di suo padre lo mettesse in tensione.

E suo padre aveva parlato pochissimo durante quell'uscita domenicale nel Tiergarten. Sedeva, raggrinzita figura, rimpicciolita sotto una pesante coperta, col cappello leggermente di sghembo, come lo sono i cappelli calzati per mano della moglie. Osservava il mondo, disapprovando. Era Pauli che lo spingeva: la pesante sedia a rotelle era troppo ostica per Veronica, che camminava a fianco di Pauli, godendosi la luce del sole, il verde dei prati e del fogliame. Il Tiergarten era al suo meglio. Gli alberi rilucevano sotto il bacio del sole che sbucava da sotto le nuvole e rendeva ogni foglia e filo d'erba delineati in modo innaturale, come in un mondo subacqueo. Qualsiasi mutamento avesse mortificato altre cose, quello splendido parco verde, nel cuore della città, rimaneva glorioso come sempre. Pauli, ancor prima d'aver imparato a camminare, vi ci era stato portato in carrozzina da Nanny, l'istitutrice scozzese. Ne conosceva ogni albero, ogni cespuglio, e l'acqua che serpeggiava in sorprendenti volute, e le anitre e gli uccelli in attesa delle briciole di pane. A volte, sulla via del rientro a casa, avevano sentito il brontolìo dei leoni nello zoo.

Quell'estate del 1943 era perfetta. Le giornate erano state splendide, con sole caldo e cieli azzurri. Ma ormai l'incanto del tempo di sogno stava giungendo alla fine. Quel giorno, l'aria era mossa dalla brezza vivace che precede un temporale. Il tuono borbottava in alto, e il cielo andava oscurandosi. Quindi Pauli aveva suggerito che abbreviassero la loro passeggiata. Meglio girare per Siegessaüle e puntare direttamente verso Budapester Strasse. Ma i suoi genitori avevano minimizzato la minaccia della pioggia: Veronica, perché sapeva quanto Harald gustasse quelle uscite, e Harald, perché accettava volentieri quei suggerimenti della moglie, intesi a compiacerlo. Come aveva sempre fatto. Era un egoista. A volte Pauli si chiedeva perché sua madre non si ribellasse a quell'egoismo cocciuto.

«In casa, avremmo dovuto parlare inglese più spesso» stava dicendo Veronica. «Sarebbe stato utile per te, Pauli, e anche per tuo padre. E confesso che il mio inglese si è arrugginito. È un peccato!»

Indossava un elegante soprabito nuovo e un feltro marrone, ad ala ampia, com'era di moda. Sotto gli sbuffi di vento, doveva trattenerlo con la mano, per impedire che se ne volasse via. Veronica aveva sessantotto anni, ma conservava la figura snella ed eretta della sua prima giovinezza. Pauli era orgoglioso di lei. «C'è una battuta che corre tra la gente» ricordò a sua madre. «Che gli ottimisti stanno imparando l'inglese, e i pessimisti il russo.»

«È una cattiveria bella e buona, questa, Pauli. E sono sicura che non è vero.»

«Scusa, mamma. Avevo detto che è una battuta. Senz'altro tra non molto respingeremo i russi.» Il cielo andava rabbuiandosi rapidamente, e i tuoni si susseguivano, preceduti, adesso, da lampi. Di lì a poco, la pioggia sarebbe arrivata, e i tre Winter non avevano a portata di mano alcun posto per ripararsi.

«Non leggo neanche più i giornali» proseguì Veronica. «Tutte quelle mappe... T'avevo detto che Hugo, il giovane domestico che lavorò tanto per trasformare la cantina in rifugio antiaereo, è rimasto ucciso? Era in Marina ed è morto sotto le bombe di quella tremenda incursione su Amburgo. Doveva averci considerati come di famiglia. Povero piccolo Hugo, non sapevo che non avesse una famiglia sua. Ecco, forse, perché ci scriveva così spesso.»

Nel sentir parlare della serie di incursioni aeree che avevano devastato Amburgo, e provocato diffuso allarme in tutta la popolazione tedesca, Harald Winter parve emergere dal torpore. «Che ne sai di Amburgo, Pauli? Qual è la verità? Eh?»

Pauli non addolcì la dura verità. «Kauffmann, il Gauleiter di Amburgo, ha segnalato di avere ottocentomila senza tetto che non sanno dove andare, che vagano per le strade, alla ricerca di cibo, vestiario e asilo. Che potevamo dirgli? Abbiamo inviato coperte e medicinali, e cose del genere. Ma i nostri al Ministero non sanno come fronteggiare una catastrofe di questa portata. Il funzionario che ci abbiamo mandato non ha potuto far molto, purtroppo: è rientrato sconvolto, dicendo che i danni sono inimmaginabili. Aveva delle fotografie. Tutta la città è stata rasa al suolo. Ma stanno pian piano tornando al lavoro. Nessuno saprà mai quanti morti ci sono stati. La gente si buttava nei canali per sfuggire alle fiamme, ma non si è per questo salvata, e la mattina dopo i canali erano pieni di cadaveri.»

Suo padre grugnì. Ognuno di quei disastri era da imputare a quel "ciccione incosciente" di Göring, comandante supremo della spremutissima aviazione militare della Germania. Veronica tacque. Forse Pauli avrebbe fatto meglio a non fornire quei particolari. Certe persone preferivano non sapere nulla di quanto accadeva. Un aereo solcò il cielo. Pauli alzò gli occhi. Era uno Junkers da trasporto. Ne aveva visti a centinaia, ma ogni volta che ne scorgeva uno, Pauli tornava con la mente a quella lugubre mattina del 1934, quando il Führer era volato a Monaco per vendicarsi sanguinosamente sulle sue camicie brune. Il ricordo del povero vecchio Graf spezzato in due dalla scarica di fucili, il sangue che era sgorgato... E gli altri: "Heil Hitler!" avevano gridato, mentre il plotone di esecuzione premeva il grilletto. Poveri diavoli, illusi e delusi. E per che cosa, poi? Davvero gli accoliti di Röhm stavano preparando un colpo, o era stato soltanto un altro esempio della paranoia di Hitler?

«Il Führer chiederà i termini?» chiese Veronica.

«I termini di pace?» Una domanda che coglieva Pauli di sorpresa. Una possibilità del genere non l'aveva mai considerata seriamente. «No, non credo. Ha sempre detto che lotterà sino all'ultima goccia di sangue, ed esige lo stesso da noi.»

«Ma continueranno a bombardarci! E se tutte le nostre città

saranno attaccate da migliaia di aerei nemici, come è successo ad Amburgo?»

«A Berlino, siamo al sicuro, mamma.»

«Però la Luftwaffe anni fa aveva cominciato a bombardare Londra: non posso pensare che gli inglesi vogliano risparmiarci.»

«Amburgo è sul mare, mamma. È un bersaglio più facile — i bombardieri non devono affrontare le nostre zone protette dalla contraerea.»

«Tu sei sempre fiducioso, Pauli, ma io temo il peggio.»

«Qual è il peggio, mamma?»

«Che i russi arrivino qui» rispose sua madre senza esitazione.

Pauli si mise a ridere. «Via, mamma. Non crederai sul serio che i russi riuscirebbero ad arrivare addirittura a Berlino! Arrivano i cosacchi: il babau con cui le mamme berlinesi volevano spaventare i loro bambini cattivi.»

Un altro lampo, e questa volta il brontolìo del tuono durò a lungo.

Passò un altro aereo. Veronica disse: «Forse si stanno affrettando ad atterrare prima che cominci a piovere».

Questa volta, Pauli non rise. «Forse è così, mamma.» L'aereo volava lentissimo: un grosso quadrimotore Focke-Wulf da trasporto, che stava per atterrare a Tempelhof. La sua vernice mimetica era striata di sporco e olio, con tracce di danni recenti. Quei velivoli a lungo raggio, che facevano la spola tra l'aeroporto centrale di Berlino e il fronte di guerra, trasportando alti ufficiali e rifornimenti urgenti, ricordavano a ogni berlinese che si prendesse la pena di alzare gli occhi quanto fosse vicina la guerra.

Veronica insistette: «La Germania sta combattendo su due fronti, Pauli. E mi ricordo quando tutti dicevano che una guerra su due fronti è sempre fatale per la Germania».

«Non abbiamo due fronti, mamma. Gli Eserciti inglese e americano sono ancora in Inghilterra.»

«Non sono lì in vacanza, Pauli» ribatté seccamente sua madre.

«Non stai forse sperando in segreto che gli alleati vincano, mamma?»

«No, certo che no, ma vorrei che il Führer cominciasse a pensare alla pace.»

«Certe cose, non le direi in pubblico, mamma.»

Lo guardò. Terribile cosa quando una madre non può rivelare al figlio i propri veri pensieri. Era chiaro, però, che sullo specifico argomento la mente di Pauli era refrattaria. «Hai ragione, Pauli.»

Egli la guardò e le toccò il braccio. Amava sua madre. Ma ella, come troppe altre persone, non sapeva la differenza tra ciò che era opportuno e ciò che era assoluta leggerezza. Se chiunque in Germania fosse andato in giro a dire ciò che pensava veramente, le cantine di Prinz-Albrecht-Strasse non sarebbero state sufficienti ad accogliere i mormoratori!

«Sta per piovere forte» rimarcò Pauli. «Non ti sei portato l'ombrello?»

«No, ma non importa.»

«Ci inzupperemo ben bene.»

Mentre attraversavano il ponticello, incrociarono quattro giovani soldati con le loro ragazze, che procedevano di corsa, ansiosi di evitare il temporale. Rumorosi e animati come solo le giovani coppie sono. Pauli si girò a guardarli mentre si spingevano a vicenda, rincorrendosi lungo il vialetto. Lui non aveva mai conosciuto quella spensierata, giovanile esuberanza. Tutta la sua vita era trascorsa asservita all'autorità.

Quando raggiunsero il giardino delle rose, il luogo era deserto, le panchine erano vuote. Pauli si sedette di fianco alla sedia a rotelle di suo padre, mentre Veronica prese a fare il giro delle aiuole. Le visite di Harald al Tiergarten seguivano sempre una prassi immutabile. A mamma piaceva esaminare i fiori: riconosceva ogni cespuglio e ne notava i progressi. Conversando con suo padre, Pauli ne seguiva i movimenti nel giro di ispezione. Veronica non dava alcun segno di affrettarsi, nonostante il cielo nero e i tuoni che si avvicinavano sempre più. Era caratteristico in lei: una donna assai determinata. Un giorno, Pauli le avrebbe detto dell'infedeltà di Inge, e la mamma gli avrebbe ridato nuova forza. Un giorno, non adesso.

«Hai visto Lottie, ultimamente?» chiese Harald. Era una domanda sorprendente. Anche se sapeva che sua nuora era a Berlino, Harald Winter non aveva dimostrato alcun interesse o intenzione di occuparsene, e il nome di Lottie veniva raramente pronunciato, lui presente.

Nelle sue visite quindicinali a Lottie, Veronica andava sempre da sola.

«Ci vado a portarle un po' di viveri» rispose Pauli, di colpo nervoso. Gli occhi di Harald avevano una luce che non dissipava per nulla l'agitazione del figlio. Lo sguardo di altri uomini anziani aveva una vacuità acquosa, ma quello di Harald Winter conservava la stessa penetrante fissità che, a suo tempo e così spesso, aveva indotto Pauli a rifugiarsi da Nanny. «Sei tu che l'hai tirata fuori di prigione, vero?» proseguì Harald, senza dimostrare alcun compiacimento.

«Fu dimessa. La condanna venne ridotta per buona condotta.» Pauli aveva risposto con voce affrettata e nervosa. Sapeva che suo padre aveva un orecchio particolare se qualcuno parlava insicuro, e ciò non faceva che aumentare la diffidenza.

Harald girò lo sguardo per vedere dov'era sua moglie. Veronica era troppo lontana per sentire, ma, tuttavia, egli chiese in un sussurro: «Che accadde a Martha?».

«Martha?»

«Non fingere di non capire, farabutto!»

«Ah, Martha. La tua Martha.»

«Che ne è stato di lei?»

«Non lo so. Perché?»

«Tu ci andasti, andasti a Vienna. Sapevo tutto al riguardo.»

«Ma è stato anni fa... All'epoca dell'*Anschluss*.»

«Le desti un biglietto da visita e le offristi protezione.»

«Sì» confermò Pauli, con un sorriso nervoso. Adesso suo padre lo avrebbe sicuramente elogiato.

«Fu arrestata. Ti telefonò a Berlino.»

«No!»

«Non negarlo: ho un testimonio» incalzò Harald.

«Io non c'ero.»

«Lo so che non c'eri. Dico che ti telefonò.»

«Non ero in ufficio, voglio dire.»

«Non mentire. Lei ti parlò. L'uomo che l'aveva arrestata le lasciò usare il telefono per chiamarti a Berlino. Tu le dicesti che non si poteva far nulla.»

Perché suo padre doveva dargli la colpa di qualsiasi cosa? Pauli rettificò: «Le dissi che avrei cercato di aiutarla».

«Ma non muovesti un dito.»

«Feci quello che potevo.»

«Non facesti nulla.»

Fu la volta di Pauli a risentirsi. «Tu credi sia tanto facile, eh? Perché non facesti nulla, tu, per aiutarla? Era la tua amante, no?» Harald Winter parve contrarsi come l'avessero colpito in viso. Mai Pauli gli aveva parlato in quel modo, almeno non dopo quella terribile sera in cui Hauser era stato accoltellato da uno dei camerati nazisti di Pauli.

«Non ti permettere di parlarmi così» minacciò Harald.

Tanta era l'ingiustizia di quel trattamento che la frustrazione e la rabbia di Pauli, da tanto tempo soffocate dentro, esplosero. «Ti parlo come meglio mi aggrada. Non sono più un bambino. Lei fu presa in custodia cautelativa perché era cittadina straniera di razza ebrea. Se tu l'avessi sposata, avrebbe avuto un passaporto tedesco e la protezione di un matrimonio misto.»

«Stai cercando di dare a me la colpa per quanto le è successo?»

«Non so cosa le sia successo» insisté Pauli.

Harald Winter si irrigidì; strinse forte le mani a pugno, parlò con voce piatta: «Non sei mai stato capace di guardare in faccia la verità, Pauli».

«Ti dico che non lo so.»

«Fu portata in un campo e mandata all'Est per reinsediamento.»

«Non c'era niente che potessi fare.»

Pacatamente, suo padre precisò: «Sul mandato di custodia cautelativa c'era la tua firma. Puoi spiegarlo, questo?».

«Non è vero!»

«C'era un testimonio, al momento dell'arresto. Non lo avevi previsto quando mandasti uno dei tuoi gangster a Vienna per arrestarla. A quello non ci avevi pensato, vero?» Abbozzò un risolino amaro, un sogghigno di bieco trionfo.

«Non è vero.»

«Ti illudi che non sappia cosa sia successo? Credi che non sappia come lavora la tua mente contorta?»

«Cosa?» Il mondo di Pauli stava crollando a pezzi.

«Tu, piccolo maiale repellente, hai il codice morale di un rettile.»

«Cosa?»

«Signora Winter: nazionalità straniera, sesso femminile, ebrea. Credi che io sia stupido? Che non sappia che due più due fa quattro? Hai fatto arrestare Martha perché fosse mandata in un campo al posto di Lottie.»

Pauli si umettò le labbra con la saliva. «E se l'ho fatto? Ho salvato Lottie, la moglie di Peter, sì o no?» Sentì la propria voce, stridula e concitata, che tradiva tutto quanto egli voleva nascondere a ogni costo, il fatto che era ancora la scolaretto spaventato di un tempo, odiato da sempre.

Fissò suo padre, nella speranza, anche in quel momento, di una dilazione della condanna. Le labbra di Harald erano contorte in un avvilente disprezzo. «Porco!»

«La moglie di Peter.» Perché suo padre non capiva? Ma il furore e il disprezzo di Harald Winter restavano implacabili. Pauli disse: «La tua amante — e non era la sola che avevi — in cambio della moglie di Peter. La tua Martha era vecchia... aveva sessant'anni».

«Non voglio rivederti mai più» disse suo padre, con voce ora fredda e sommessa.

«Chi era questo testimonio? Posso sapere almeno chi era?» domandò Pauli, sarcasticamente.

«No.»

«Boris, immagino.»

«Sì, Boris.»

«Il suo bello, quello che ti sostituiva.»

Harald Winter lo guardò, prima di decidere come rispondere. «Così, era questo che pensavi?» Si pulì la bocca, quasi a impedire che ne uscissero le parole. «Boris è mio figlio: il figlio di Martha.»

«Boris è tuo figlio?» ripeté Pauli, raucamente.

«Tuo fratellastro» confermò il vecchio, rigirando il coltello nella piaga.

«Egli fu arrestato, probabilmente, solo perché non poteva dimostrare di essere mezzo ariano. È colpa tua se lo presero. Se tu lo avessi riconosciuto come tuo figlio, egli sarebbe stato registrato quale *Mischling** e avrebbe ottenuto i documenti di identità. I *Mischlinge* di regola non vengono associati a un campo.»

«Lui ce lo portarono.»

«Allora, come fai a sapere tutto quanto?»

«Riuscì a scappare.»

«Nessuno scappa da lì.»

«Qualcuno ci riesce. Dillo ai tuoi padroni. Qualcuno sarà presente a vederti impiccare.»

Pauli tirò fuori il fazzoletto e si soffiò il naso. «Non sono mai stato capace di farti contento, vero? Qualsiasi cosa io faccia, è sbagliata. Supero il corso a Lichterfelde, e tu mi dici che ce l'ho

* Figlio nato da matrimonio tra un ariano e un'ebrea. [*N.d.T.*]

fatta per un pelo; faccio la guerra, e tu ti meravigli perché non mi hanno dato una medaglia; mi laureo in legge, e tu dici che, per forza, il diritto penale è una fesseria; divento un funzionario governativo, e mi definisci un burocrate da strapazzo; lavoro come un matto, mi avanzano di grado, e tu dici che sono un porco nazista! Da te non ho mai sentito una parola di elogio, e suppongo non la sentirò mai.»

«Vattene, non venirmi più tra i piedi.» Cominciavano a cadere le prime gocce di pioggia, grosse come monete scintillanti a picchiettare il viale polveroso.

«Ho salvato Lottie, la tua nuora.» La faccia di Harald non mutò espressione, fissa in una strana vacuità, che non era odio, ma solo indifferenza.

Pauli aggiunse: «E c'è di più: ho distrutto l'incartamento che ti riguardava!».

«L'incartamento che mi riguardava?» commentò Harald con disprezzo. Pauli non desiderava altro che una parola di elogio o un piccolo cenno di apprezzamento. Il rischio che s'era preso nel sottrarre quella pratica — come i rischi cui era andato incontro in un sacco di altre cose, dal mettere in guardia Alex Horner sulla macchinazione ai danni del generale von Fritsch al salvare la povera Lottie — era considerevole, ma suo padre sembrava essere duro e sordo come una roccia.

«A Vienna. La polizia segreta dell'imperatore aveva una pratica su di te, alta così. Fin da quando, da studente, ti eri iscritto alla Società dell'Aquila d'Argento.»

«Ah!» Harald Winter guardò suo figlio, ricordando la propria conversazione con il conte Kupka, al club. La vigilia di Capodanno, appena prima che Pauli nascesse. Sentì di nuovo il clangore di tutte quelle dannate campane delle chiese. E ricordò le parole di quell'idiota di un ginecologo: "Suo figlio nascerà nel 1900: un figlio del nuovo secolo". Be', forse quello aveva ragione, e che razza di maledetto secolo era stato!

Meglio se suo figlio non fosse mai nato. «Vattene, ti ho detto.»

«Mamma non ce la fa con la sedia a rotelle.»

«Si arrangerà. Sparisci! E sta' alla larga da casa mia finché non crepo.» La pioggia adesso cadeva fitta. «Almeno questo puoi farlo, no?»

### «*Dov'è Fritz?*»

Quella sera di domenica segnò la fine dello stupendo tempo d'estate. Quando Pauli raggiunse il suo appartamento, vicino a Bismarckplatz, la pioggia era fitta e incessante. Prese l'ascensore, entrò in casa. Rimase stupito nel trovare tutte le luci accese, e di annusare un aroma di caffè che impregnava l'appartamento. In cucina, sulla tavola, c'era una scatola per dolci aperta; la carta che l'aveva avvolta era nel secchio della spazzatura.

«Pauli?» Il richiamo veniva dal salotto. Inge era lì, sul divano: indossava un vestito sobrio, a righine marroni, abbottonato sul davanti, confacente alla stagione calda. I capelli di sua moglie erano però in disordine. «L'hai presa tutta? Io era fradicia.»

«Inge! Che ci fai, qui?»

«È casa mia» gli rispose con aria di sfida.

«Dov'è Fritz?»

«È ad Amburgo.»

«A fare che?»

«A fare qualcosa di molto intuibile con una arrendevole bionda diciannovenne, che fa la dattilografa nella fabbrica aeronautica Blohm e Voss.»

«Capisco.» La guardò: quell'Inge piuttosto mogia era un'Inge che non aveva mai visto prima.

«Ecco quello che sta facendo.» Si mise a ridere. Doveva essere allenata agli infiniti affari erotici di Fritz, perché non c'era eccessiva amarezza in quella risata. «Ci eravamo andati assieme. Lui tenne un discorso alle maestranze, e poi portò a letto un'esponente femminile delle maestranze stesse.» Inge era tuttora bella. Come poteva quell'idiota di Fritz preferire qualsiasi altra donna a quella splendida creatura? Sul tavolino, c'era una *Gugelhupf,** a cui mancavano un paio di fette. E anche un bricco di caffè e due tazze col piattino. Come aveva potuto intuire Inge quando Pauli sarebbe arrivato? Non poteva averlo saputo, ma aveva sempre fortuna nelle piccole cose. Erano le cose importanti che le andavano storte: Peter, Pauli, e adesso Fritz, e il figlio che aveva desiderato tanto.

«Sotto la cenere le fiamme ardono ancora» disse Pauli.

Inge sorrise. Era una citazione dall'oratoria di Fritz, una fra-

* Ciambella di pasta lievitata, con zucchero filato, cosparsa di cioccolato e mandorle tritate. [*N. d. T.*]

se che egli ripeteva quando non gli riusciva di pensare ad alcunché di originale e lapidario.

«È finita?» domandò Pauli.

«Non lo so.» Inge si toccò i capelli, consapevole dell'aspetto che avevano.

«Non so se potrei... Non credo.»

«Ho bisogno di un buco dove stare!»

«Fritz non ti sposa di sicuro, se è questo che speri.»

«Non verrà nemmeno a cercarmi» ammise tristemente. «Lo so benissimo.»

«Il Führer ha detto che non vuole più sentir parlare di divorzi più o meno riparatori.»

«Lui è un puritano. Sì, lo so. Fritz non mi porterebbe neanche alla presenza del Capo, per paura di sentirsi porre domande imbarazzanti.»

«Credevo che Fritz fosse un "vero uomo". Ha tanta fifa del Führer?»

«Mi dispiace di averti fatto soffrire, Pauli. Non volevo.»

«Non volevi?» Pauli ricordò quanto quella frase sulla virilità di Fritz lo avesse umiliato.

«Sei dimagrito» gli disse, e versò il caffè. Non era vero caffè, ma ottimo lo stesso.

«Grane e lavoro duro.» Sorseggiò il caffè e sbirciò la ciambella, senza prenderne una fetta.

«Grane?»

«Ho appena fatto una litigata tremenda con mio padre. Dice che non vuole vedermi mai più.»

«Povero Pauli.»

«E lo ha detto convinto.»

Inge si mise a ridere, cercando di rincuorarlo da quell'avvilimento. «Ci sentiamo reietti, tutti e due, vero? Andiamo a letto e scordiamo tutto quanto. Domani è un altro giorno!»

Era tipico di lei che gli concedesse i suoi favori, così, dall'alto. Pauli la amava e la desiderava, ma d'ora in poi sarebbe stato differente. Non l'avrebbe più idolatrata come un tempo, perché non voleva soffrire di nuovo. «Ho un sacco di carte da liquidare. Dormirò sulla branda.»

Inge sorrise. Le andava bene anche così: aveva imparato a prendere le cose come venivano. Tutto quello che quel giorno le serviva era un posto dove dormire.

# 1944

## *«Nessuno di noi scherza»*

«Berlino di nuovo, questa notte» disse il tenente della RAF. Anzianotto, portava il distintivo d'osservatore aereo della prima guerra, e i nastrini relativi. Adesso lavorava al Centro Operativo, quale ufficiale del servizio segreto, ma, a parte qualche breve seduta di istruzione ai piloti, in assenza del suo collega, i suoi compiti non erano molto di più di quelli di un impiegato superiore. Indossava il giubbotto di combattimento, di quelli in dotazione agli equipaggi in volo, e non la solita giubba da ufficiale, ma era per far scena, così come i baffi "a manubrio" che sfoggiava.

«A quanto pare» rispose il colonnello Peter Winter. Non c'era bisogno di domandare chiarimenti. Fin dal novembre del 1943, Berlino era stata l'obiettivo focale dei bombardamenti aerei degli alleati. Un numero sufficiente di aerei da bombardamento pesante aveva trovato la strada per raggiungere la capitale tedesca — nonostante la copertura del cielo, che è regolare caratteristica degli inverni berlinesi, e l'estensione delle aree edificate che rendevano arduo localizzare la città sugli schermi dei radar H2S — per seminare rovina in interi quartieri della metropoli. La maggior parte dei Ministeri erano stati — almeno temporaneamente — resi inabitabili, così come un quinto degli edifici residenziali. I servizi di informazione inglesi chiamavano quella serie di incursioni "la battaglia di Berlino".

«Le lunghe notti invernali, vede» proseguì quello della RAF. «Permettono ai nostri di colpire bersagli lontani e di rientrare a casa col buio.»

«Direi di sì» concordò Peter.

«Lei sta aspettando il generale Rensselaer, o sbaglio?»

«No, non sbaglia.» E Peter si chinò ancor di più sulla sua copia della *Picture Post*, nella speranza che l'altro la smettesse di chiacchierare. Il campo d'aviazione era tranquillo, e il Centro

Operativo silenzioso. I bombardieri erano tutti in volo, ormai, e non c'era alcun lavoro da svolgere finché non fossero tornati.

«Lei, però, non è americano?» Una strana domanda da rivolgere a chi indossava l'uniforme, gli emblemi e i gradi del Corpo Segnalatori dell'Esercito degli Stati Uniti, ma in quella base aerea della RAF erano transitati un bel numero di tipi bizzarri in svariate, improbabili uniformi.

«Sì, sono americano» rispose Peter.

«Non parla come un americano.»

«Ho fatto le scuole in Europa.»

«Ah, è così» registrò l'altro. «E dove, se posso chiederlo?»

«Dove?»

«Ha fatto le scuole. È una domanda personale, me ne rendo conto, ma mi incuriosisce sapere dove ha imparato a parlare un inglese tanto impeccabile.»

«Mia madre è americana» spiegò Peter. Sebbene tentato di dire che il suo buon inglese lo aveva appreso a Berlino da una istitutrice scozzese, aveva scoperto, in precedenti esperienze, che tale informazione avrebbe provocato interminabili, sia pure innocenti, domande alle quali non voleva rispondere. Ed era stato messo in guardia un migliaio di volte che il suo lavoro era della massima segretezza, il che implicava che anche i suoi trascorsi e il luogo di nascita erano segretissimi.

«Sì, Berlino si becca ancora l'annaffiata stanotte. Gli sta bene a quei bastardi, dico io.»

«Sì. Gli sta bene a quei bastardi» confermò Peter.

«È del mio ragazzo che mi preoccupo.»

«Il suo ragazzo?»

«Mio figlio. Vola sui Lancasters. Ha fatto quattordici missioni. Mi preoccupo per lui. I crucchi li chiamano "piloti terroristi", capisce. Abbiamo saputo di casi in cui i nostri ragazzi sono stati sbrigativamente uccisi dopo essere scesi col paracadute. È contro le regole di guerra, ma gli unni sono fatti così.»

«Fa caldo qui dentro» disse Peter, deponendo la rivista illustrata. Quell'uomo era ben deciso a chiacchierare. «Si soffoca, non c'è ventilazione.»

«Non si possono togliere dalle finestre gli schermi dell'oscuramento.»

«Ma sono di legno. Non potreste oscurare le finestre con delle tende e lasciar passare un po' d'aria?»

«Ci abbiamo provato, ma rimaneva sempre qualche giallo.»

«Giallo?» si stupì Peter. Era quello il problema con gli inglesi. Ti inventavano sempre termini nuovi.

«Gialli che lasciano filtrare la luce.»

«Ah, capisco.»

«Non gialli cinesi» chiarì l'uomo. «Non è da molto in Inghilterra, a quanto vedo.»

«A me sembra un secolo.»

«Così è la guerra. Certe volte, penso che andrà ancora avanti dopo che sarò morto. Sto per toccare i sessanta.»

«Veramente? Non li dimostra affatto.»

«Sì, me lo dice un sacco di gente. È per via dei miei capelli, credo.» Guardò la tazza vuota di Peter. A Peter avevano dato anche un piattino; egli aveva imparato che era per riguardo al suo grado. Gli inglesi non davano il piattino al primo venuto. «Ancora un po' di tè, colonnello?»

«No, la ringrazio.»

«Vedo che lo beve senza latte.»

«Il latte in polvere non mi piace.»

«I tedeschi lo bevono senza latte. Lei non è nato, per caso, in Germania?»

«Encino, California.» Peter dava sempre Encino come suo luogo di nascita. Era un posto che sapeva descrivere, e lontano dall'Europa quanto è possibile esserlo.

«Già. M'era venuto in mente che i tedeschi il tè lo bevono sempre liscio.» L'ufficiale della RAF si alzò. «È sicuro di non volerne un'altra tazza? Dico alla ragazza di metter su altra acqua a bollire. Io vivo a tè.»

«No, grazie.»

«Magari, preferisce un caffè?»

«Non mi piace il caffè.»

«I tedeschi ne vanno matti. Mi risulta che i prigionieri di guerra tedeschi non riescono a credere che siamo andati avanti tutti questi anni di guerra senza razionare il caffè.»

«Lo crederebbero se l'avessero assaggiato» replicò Peter, convinto.

«Ah!» L'altro parve sorpreso per un attimo, poi rise asciuttamente. «Afferro l'allusione. Sì.»

Gli inglesi non gradivano freddure sul loro caffè. Peter lo aveva già riscontrato. Potevi scherzare sulle loro case scomodamente fredde, sulla pietosa inefficienza dei telefoni e del servizio postale, e persino sul loro sovrano; ma freddure sulla cucina inglese o sull'incapacità britannica di fare un buon caffè non erano considerate buona educazione. «Non bevo mai caffè» aggiunse Peter.

Fu in quel momento che la porta venne aperta e Glenn Rensselaer fece il suo ingresso. La sua ritrosia a indossare l'uniforme si era appannata da quando l'avevano fatto brigadiere generale. Appariva forte, elegante e militaresco. I capelli grigi lo rendevano distinto, anziché vecchio. E il suo sorriso spontaneo era sempre pronto a illuminargli il volto.

«Sto facendo fare il tè, generale Rensselaer» propose quello della RAF.

«No, grazie, Mr. Parker. Abbiamo premura. Venga, colonnello. Ha con sé la sua roba per la notte?»

«Il suo autista l'ha già caricata in macchina» rispose Peter.

«Andiamo, allora. Guido io. Si copra bene. Siamo su una jeep, e ci fa freddo come in una camera da letto inglese.»

La notte era buia. Glenn Rensselaer licenziò l'autista e si mise al volante. La strada fino a Londra era lunga, ma a Glenn piaceva guidare, anche sulle strette, tortuose strade oscurate d'Inghilterra. La sua "jeep" risultò essere la poco più spaziosa, e di pochissimo più confortevole, Dodge militare da tre quarti di tonnellata, sempre però col tettuccio e laterali di tessuto, su cui l'aria fredda della notte tambureggiava accanita prima di investire i passeggeri come una doccia d'acqua gelata.

Sui sedili anteriori si stava un tantino più caldi, come disse Glenn al nipote. Questi annuì e si abbottonò il pastrano fin sul collo.

Zio e nipote rimasero silenziosi per un tratto di strada. Peter stava pensando a Lottie. Detraendo dalla condanna il massimo della riduzione per buona condotta, sua moglie ormai doveva essere uscita di prigione. Peter aveva scritto a sua madre, chiedendo notizie, ma non poteva essere sicuro che la lettera fosse arrivata a destinazione. Si chiese che avrebbe detto il tenente della RAF se avesse potuto leggergli nel pensiero.

«Deve aver avuto il dubbio che fossi tedesco» disse Peter all'improvviso.

«Chi? Ficcanaso? Gli piace far vedere quant'è bravo a scoprire i segreti altrui. La prossima volta che mi vedrà, mi prenderà in disparte e mi dirà che sa tutto di te. Faceva gli interrogatori in un campo di prigionieri di guerra. Quando era là, spasimava perché voleva essere qui; adesso che è qui, vorrebbe esser rimasto là. Conosci il tipo.»

«Gli hai dato del "Mister".»

«È lo stile inglese quando ci si rivolge a ufficiali inferiori, ai servizi sedentari.»

«Parla tedesco?»

«Fluentemente. Era pilota, abbattuto nel 1916. Ha passato il resto dell'altra guerra dietro il filo spinato. Si ritiene un esperto della "mentalità tedesca".»

«È quanto mai insistente.»

«Un tenente della RAF non è niente più di un capitano. Tu sei colonnello. Basta che tu gli dica di chiudere il becco.»

«Non mi sento un colonnello.»

«A quest'ora, dovresti averci fatto il callo.»

«Me lo vedo lì, seduto, col petto pieno di nastrini e la sua aquila di pilota.»

«Senti il bisogno di mostrare i tuoi nastrini e il distintivo della tua Divisione Zeppelin?»

«Questo è un altro discorso!»

«Non è vero. Non devi farti bagnare il naso né da Ficcanaso né da nessuno come lui.»

«SIXPACK è andato giù liscio?»*

«Eccome! L'aereo ci ha segnalato via radio che è atterrato in orario. Adesso, aspettiamo e vediamo.»

«Se la caverà» disse Peter.

«Oh! Questo è insolito da parte tua. Perché sei così fiducioso riguardo a SIXPACK?»

«È un dritto. Non ha nessuna intenzione di seguire gli ordini. Quello pensa a far soldi.»

«Come, esattamente?»

«Non lo so. Ma alcuni di loro sono fatti così, Glenn. Sono opportunisti. Badano ai quattrini, e procedono con i piedi di piombo.»

«Hai confidato a qualcun altro ciò che pensi dei nostri agenti?»

«Non sono tutti come quello. Ma non penso ci sia da aspettarsi molto da SIXPACK, a meno che non si sia sicuri di quanto otteniamo.»

«Quattrini, vuoi dire?»

* Confezione di sei (razioni, bottiglie, ecc.). [*N.d.T.*]

«Certo. Chiederà quattrini, e altri ancora. Vedrai.»
«Spero ti stia sbagliando.»
«Ha poca importanza, comunque, no?»
«SIXPACK è una faccia di bronzo mica male, eh?» osservò Glenn.
«Non è uno che dorme. Andrà al sodo, lui.»
«Hai sempre avuto buon intuito circa questi ragazzi, Peter.» Precedenti giudizi preventivi di Peter si erano dimostrati azzeccati.
«Non è intuito, Glenn, è allenamento a giudicare le persone. Ho passato tutta la mia vita fra i tedeschi. Posso distinguerne uno dall'altro, proprio come fai tu con gli americani.»
«Suppongo di sì.» Glenn rallentò in prossimità di un incrocio a senso unico rotatorio, uno di quelli che gli inglesi chiamavano "rondò". Un bel po' di americani, trovandosi di fronte per la prima volta uno di tali quadrivi, avevano continuato dritti, finendo col provocare un incidente sulla comune corsia centrale. «Vorrei un po' di quella capacità di "giudizio" su quel barattolo di vermi che avrò di fronte domani. Sta venendo a galla qualcosa di veramente grosso.» Glenn rallentò ancora e procedette lentamente fino a trovare un punto ove accostare al margine della strada.
«Non ho voluto che l'autista venisse con noi,» spiegò Glenn «perché è una faccenda che scotta parecchio.» Spense il motore. La campagna intorno era buia, e la notte silenziosa: solo il verso di una civetta e il rumore lontanissimo di un treno in manovra.
«Di che si tratta?»
«Da più di un anno ormai, gli inglesi stanno ricevendo sondaggi circa una sorta di trattato di pace.»
«Da parte di Hitler?»
«No, non da Hitler. Da gente che progetta di rovesciare Adolf e poi intavolare trattative di resa.»
«Chi sono?»
«Già. Chi sono? Sono gruppi differenti. Uno è chiamato il Circolo Kreisau: pacifisti e intellettuali, con dentro un sacco di "von" e di "conti" e nobili vari. Grandi nomi, mi dicono. E questo è uno.»
«Von Moltke» disse Peter.
«Può darsi.»
«La tenuta dei Moltke è a Kreisau, in Slesia» precisò Peter.
«Veramente? Direi che avrebbero bisogno di una discrezione un po' più abbottonata, così a pensarci a primo colpo.»

«Ho fatto centro?»

Il generale Rensselaer a questa domanda non rispose. «Questi tizi del Kreisau hanno mandato un paio di alti prelati a Stoccolma. I due pezzi grossi della Chiesa hanno parlato a un certo vescovo inglese che era in viaggio lì in Svezia e che ha portato il loro messaggio a Londra.»

«I due prelati tedeschi come ebbero il permesso di lasciare la Germania?»

«È una domanda che mette in pensiero anche me. Comunque, di contatti ce ne sono altri. Mai sentito parlato di un tale di nome Goerdeler?»

«Sì, Carl Goerdeler. Un tempo sindaco di Lipsia. Protestante, monarchico e antihitleriano.»

«Che uomo è?»

«Tenace, coraggioso, dinamico, intelligente.»

«In gamba, allora?»

«Ma esuberante e impulsivo. Troppo in vista come uomo antiHitler, per essere un adatto punto di convergenza per un colpo di Stato segreto.»

«D'accordo, ma se Goerdeler cercasse l'alleanza dell'Esercito?»

«Dell'Esercito?»

«Goerdeler ha cercato a più riprese di vendere la sua rivoluzione ai generali. Andò persino a Smolensk per tirar dalla sua il feldmaresciallo Kluge, comandante del Gruppo d'Armata centrale del fronte orientale.»

«Con quale esito?» domandò Peter.

«Non lo sappiamo. Sappiamo, o pensiamo, che Ludwig Beck, già Capo di Stato Maggiore, è un adepto.»

«E oggi, quanto conta Beck?»

«Ha carisma, mi dicono. Il concetto è che sbattano giù Hitler, si servano dell'Armata di riserva del generale Fromm per occupare Berlino, e poi chiedere i termini per la resa. Noi diciamo di sì, e loro si consolidano.»

«Ma l'Armata di riserva è formata solo di coscritti e trasferiti.»

«Però ha cannoni, ed è proprio lì a Berlino e in altre grandi città.»

«E tutto quanto sta andando avanti senza che i nazisti lo sappiano?»

«Gli esperti dicono che Himmler non impugnerà la spada

che farà fuori Hitler, ma sarà pronto ad assumere il governo se, e quando, qualcuno avrà fatto il lavoro per lui.»

«E questo è l'uomo che chiamano il "Leale Heinrich"» commentò Peter.

«Be', forse Himmler è un punto interrogativo, ma l'ammiraglio Canaris è con i cospiratori.»

«Canaris? Chi è?»

«Il capo dell'Abwehr. Ecco perché i generali si sentono così fiduciosi. Il capo del servizio informazioni dell'Esercito è uno dei cospiratori.»

«Tutto questo che ha a che fare con noi?»

«Niente — era una rogna strettamente inglese — finché quei tizi non scoprirono il nostro ufficio OSS* a Berna, e hanno cercato di accelerare le cose. Il nostro uomo di Berna ha informato Washington, e adesso Washington vuol sapere da noi se la faccenda è pulita.»

«Washington è pronta a trattare?»

«Washington è un'aquila dalle molte teste. Secondo me, vogliono tenere i cospiratori di riserva, cuocendoli a bagno maria.»

«Per vedere se riescono a prevalere?»

«Un "no" inequivocabile potrebbe spedirli in braccio a Zio Beppe a Mosca.»

«Washington arriva a tal punto di cinismo?»

«Sì.»

«Quindi, noi che dovremmo fare?»

«I cospiratori progettano di sistemare Adolf prestissimo, forse in marzo: data e metodo esatti ancora da definire. Vogliono che noi gli si fornisca un agente e un collegamento radio. Vogliono sia emesso subito un comunicato di cessare il fuoco. Poi, se le SS rimangono fedeli al regime di Hitler e oppongono resistenza, quelli si aspettano un nostro rapido appoggio militare. Tu che ne dici?»

«Sapevo che sarebbe accaduto.» Peter riuscì a nascondere la propria contentezza. Aveva sempre sperato che i tedeschi sarebbero tornati a ragionare e a sbarazzarsi dei banditi nazisti. Adesso la vecchia Germania — la Germania imperiale che sin da bambino aveva imparato ad amare e onorare — avrebbe ripreso il suo meritato posto nel mondo.

* Ufficio dei Servizi Strategici. [*N.d.T.*]

«Be', deve ancora accadere. Ma incrociamo le dita. Una soluzione politica del genere ci eviterebbe di dover invadere il Continente. Forse risparmierebbe un milione di vite umane.»

«Quanto ai russi?»

«Speravo che questo non me lo chiedessi, Peter.»

«Dico sul serio.»

«Lo so. Anch'io dico sul serio. Nessuno di noi scherza. Gli inglesi, i russi, e forse anche Washington. Ma fanno sul serio questi figli di puttana di Berlino? Ecco quello che dobbiamo accertare, Peter.»

«Marzo... non ci lascia molto tempo a disposizione!»

Il generale Glenn Rensselaer non rispose. Girò la chiavetta d'accensione e riprese il viaggio, lasciando Peter Winter a fissare la strada buia e a rimuginare compositi pensieri.

Raggiunsero Londra alle prime ore del mattino. Il cielo era striato di rosa, e dagli alberi della piazza venivano i rumori dei piccioni, degli storni e dei passeri. La casa londinese di Cyrus Rensselaer era stata ceduta alla Croce Rosa per farne un circolo ufficiali. Ma Glenn si era tenuto il ridotto delle scuderie nella stradetta selciata sul retro dell'edificio. Aprì le porte di quelle che, al loro tempo, erano state le stalle, e vi entrò con la Dodge.

«Se la lascio in strada, il regolamento prescrive che devo portarmi via lo spinterogeno» spiegò a Peter «e, a dire la verità, non ho la minima idea di cosa sia uno spinterogeno.»

Peter sorrise, e lo aiutò a richiudere le porte. Non era mai sicuro se credere o meno ai commenti autolesionisti di suo zio. Consapevole e imbarazzato della propria età — tra poco, sessantaquattro anni — Glenn aveva cominciato a parlare di se stesso quasi fosse stato un idiota condizionato da demenza senile. Forse perché la guerra era ormai in mano ai giovanissimi. Erano loro che pilotavano gli aerei, che comandavano le navi e si guadagnavano le medaglie. Adesso, anche qualcuno dei generali era poco più che maggiorenne!

«Spinterogeni!» ripeté Glenn Rensselaer. «Già, perché qualche ladro potrebbe andare in giro con le tasche piene di spinterogeni a cuccare qualsiasi automobile di sua preferenza.»

Fece strada su per la scricchiolante scala di legno. L'alloggio era ben poco cambiato da quando era stato la casa delle carrozze e dei cavalli: boxes, mangiatoie e fossi di scolo erano rimasti al loro posto.

«Ah, bene. Sally è stata qui.»

«Sally? Chi è Sally?»

«Non colei che mi scalda il letto» rispose Glenn ridendo. «È quella che gli inglesi chiamano donna a ore — la vecchia signora che fa le pulizie qui dentro.» Si avvicinò al lavello e annuì soddisfatto nel vedere come tutto quanto fosse lustro e ordinato, poi accese le luci. «Questi locali sono sempre bui. È il loro peggior difetto.»

«Sono simpaticissimi, invece» disse Peter. Si guardò in giro, dubbioso. Non solo erano bui, ma anche terribilmente soffocati: la "cucina", altro non era che una stufa di cottura sul pianerottolo, il gabinetto, poco più di un ripostiglio piccolo piccolo. Il sempre adattabile Glenn, che aveva trascorso la vita in alloggi di fortuna, sembrava non accorgersi di quegli svantaggi. «Chi abitava qui?»

«L'autista di papà, con moglie e figli!» Glenn tirò fuori dalla tasca del pastrano una bottiglia di Scotch, che mise sul tavolo. «Quando cominciò il razionamento della benzina, si trovò un altro lavoro e traslocò.» Salito su una sedia, in precario equilibrio, Glenn aprì lo sportello di un armadietto a muro, che ospitava contatori elettrici e un groviglio di vecchi fili. Azionò un interruttore, contrassegnato alla meglio dalla scritta "acqua calda". Tornò quindi con i piedi sul pavimento, rosso in faccia per lo sforzo, e incominciò a sfogliare la corrispondenza che la domestica aveva messo sulla piccola scrivania prelevata dalla casa di Cyrus. Glenn esaminò alla svelta le lettere, e mise una copia del *Saturday Evening Post* sopra una pila di riviste tuttora intonse. «È papà che mi manda le riviste illustrate» spiegò Glenn. «Dice che mi aiutano a ricordare dove sono le mie radici.» Rise e accese una stufetta elettrica. «Tra poco, avremo un po' di caldo!» Poi, in previsione del tepore, si tolse il corto pastrano e la giubba, che gettò su una sedia. Andò a ispezionare il piccolo frigorifero per avere la conferma che Sally gli aveva comprato il latte. Gli americani erano caseario-dipendenti, Peter lo aveva già rilevato. Anche gli uomini ordinavano, al ristorante, bicchieroni di latte o andavano al drug-store solo per il gusto di mangiarsi un gelato misto: crema, frutta e nocciola. Dopo un certo armeggio con un coltello, Glenn staccò dal freezer il vassoietto dei cubetti di ghiaccio. «Signora a mezzo servizio» disse meditabondo, calcando su "signora". «Questi inglesi non ti lasciano secco? Anche i pitali degli uomini hanno la scritta "Signori".» Mise i cubetti di ghiaccio sotto il rubinetto dell'acqua fredda. «Togliti il pastrano, mettiti comodo. Whisky?»

«No, grazie.»

Glenn scodellò i cubetti in un bicchiere alto. «Magari vuoi schiacciare un pisolino?»

«No.»

«Se hai fame ci sono delle uova, uova vere. Sally le compra alla borsa nera.»

«Sono a posto così, ti ringrazio.»

Da fuori, sulla stradetta selciata, venivano rumori di taxi in arrivo, e le voci sonore di gente che si salutava dopo una festicciola durata per tutta la notte. Peter scostò le tendine per guardare dalla finestra. Davanti alla casa di fronte, un autista stava irrorando con un tubo dell'acqua una Daimler, mentre due ragazzini avevano organizzato, nel canale di scolo, una gara tra fiammiferi di legno. Stavano salendo a bordo dei taxi donne impellicciate, un paio di ufficiali inglesi dall'aspetto stralunato, un marinaio polacco, e un uomo in abito da sera: frac e cravattino bianco. Quella era la Londra attuale — uno strano miscuglio di elementi incompatibili — e quelle scuderie trasformate in abitazioni erano spesso prese in affitto per brevi periodi da quella gente in transito.

«A mezzogiorno, mi vedo con Boy Piper. Devo fare il bagno e darmi una sistemata.» Glenn stappò la sua bottiglia di Scotch, ne versò due dita sui cubetti di ghiaccio, si allentò la cravatta e si lasciò andare su una poltrona. Piazzò i piedi su un tavolino basso e sorseggiò la sua bibita.

«Riguardo il putsch antiHitler?» domandò Peter.

«Già. Gli accordi prevedono che lo debba tenere al corrente.»

«È ancora Sir Alan che presiede alle cose per gli inglesi?»

«Non ufficialmente, ma il suo successore ha affidato a lui settori di responsabilità. Gli inglesi ci sanno fare a lottizzare il comando senza litigi conseguenti. Una cosa che dovremmo imparare da loro. Sulle loro navi trasporto dei corazzati, l'ufficiale dell'Esercito di grado più alto e gli ufficiali di Marina hanno eguale autorità. Prova a fare lo stesso su una nave degli Stati Uniti, e avrai una scazzottatura da K.O.»

«Ma la parola finale è tua?»

«So quello che ti frulla in testa, Peter, ma scordatelo.»

«In definitiva, sei tu ad avere l'ultima parola?»

«Quando ho messo a punto un piano, lo sottopongo a Boy, e lui deve dare l'okay.»

«E se non lo dà?»

«Sarà che ha le sue buone ragioni, e allora rielaboro il tutto.»

«Di lui ti fidi in pieno, non è così?»

«Certo. È un vecchio amico. Perché non dovrei fidarmi?»

Peter non rispose. Nutriva ancora rancore per Boy e la sua breve relazione con Veronica. «Che tipo d'uomo manderai giù a prendere contatto con quella gente tedesca?»

«Nessuno importante. Washington ha mandato precise, tassative istruzioni su quello che dobbiamo evitare. Non dev'essere un politico, e neanche un consulente di politica. Non dev'essere un ufficiale di grado superiore. Basta un radioperatore, uno che sia sacrificabile, direi.»

Peter era stupefatto. «Quelli non vorranno certo negoziare con un sergente specialista del Corpo Trasmissioni» esclamò.

«Per amor di Dio, togliti il pastrano, mettiti a sedere e rilassati. Mi rendi nervoso, lì in piedi, come fossi in servizio di picchetto.» Come a sottolineare la cosa, Glenn si sfilò le scarpe e le scalciò in un angolo della stanza, vicino alla sedia dove aveva buttato pastrano e giubba. «Negoziare? Chi ha parlato di negoziati?»

«In pratica, chiunque ci mandi è un rappresentante dei governi alleati.»

«No, per niente!»

«Non vuoi guardare in faccia alla realtà perché vuoi evitarla. Quei generali e feldmarescialli laggiù non gli diranno nemmeno buongiorno al tipo di uomo di cui vai parlando.»

«E allora, che vadano a farsi fottere!»

«Cos'è? La prassi ufficiale, questa? Preferiresti davvero che tutto questo non fosse mai successo? Vuoi assicurarti che tutto vada a pallino? È questo il tuo modo per dimostrare a quelli che gli alleati non intendono sporcarsi le mani con il loro complotto per liberarsi di Hitler? Gli mandi un sottufficiale radio-telegrafista a tempo perso, un povero sprovveduto senza un minimo di autorità?»

«Peter, tu sei un maledetto snob!»

«Ieri sera mi hai detto che l'iniziativa potrebbe salvare un milione di vite umane.» Peter si sbarazzò della giubba. L'informalità degli americani andava troppo oltre; ciò che rendeva loro rilassati, metteva lui a disagio.

«Non so che decidere, Peter, e la realtà è questa.»

«Devi prenderla sul serio, la faccenda. Ponderarla bene, Glenn. Sarebbe terribile lasciare priva d'appoggio quella gente. Stanno rischiando la vita, e quella dei loro familiari, anche. Sappiamo come lavora la Gestapo!»

«Quindi, tu ci manderesti un generale americano?»

«Però, un generale che parli tedesco.»

«E che bel colpo per la propaganda di Goebbels se lo catturano!»

«Non tanto bel colpo come quello del vice Führer Hess che scappa in aereo in Inghilterra. Il regime nazista ci è sopravvissuto.»

«Un generale.»

«O qualcuno che loro considerino di pari livello sociale» insistette Peter. «La Germania è la nazione più conformista del mondo — per quanto possano criticare il sistema classico inglese — e il Corpo Ufficiali prussiano ne è la componente più sensibile.»

«Immagino tu sappia queste cose molto meglio di me.»

«Sì, Glenn. I tedeschi li conosco bene.»

«E, secondo te, sarebbe per i tedeschi l'occasione per dimostrare al mondo che non sono il gregge di Hitler?»

«Sì, che sono buoni tedeschi.»

«Cioè, ti riferisci ai tedeschi del ceto superiore: il Corpo Ufficiali prussiano, gli intellettuali, gli accademici e gli uomini di cultura ed educazioni appropriate.»

«Anche se è così, che c'è di sbagliato?»

«Niente. Volevo solo avere la terminologia precisa.»

«Ci sono state diverse opportunità per i lavoratori, per gli operai, di rovesciare Hitler, e non si sono mossi, perché Hitler è popolare tra le classi lavoratrici. Hitler ha eliminato la disoccupazione e ha dato ai lavoratori il miglior tenore di vita dell'Europa — molto migliore di quello inglese — e i lavoratori con alto tenore di vita non spasimano per ottenere libertà di parola o facoltà di scelte culturali.»

«Il che suona un po' triste.»

«Be', comunque è la verità» disse Peter.

«Quindi la controrivoluzione dipende dai generali?» Glenn lo chiese con un pizzico di ironia.

«Tu lo trovi divertente» replicò suo nipote. «Forse non ti rendi conto dei pericoli che i cospiratori hanno davanti.»

«Va bene, Peter. Hai ragione, penso. Ma mi sa che, se ti dicessi che abbiamo mandato giù col paracadute a Berlino il Kaiser a capeggiare la rivoluzione contro Hitler, tu saresti ancora più entusiasmato.»

«Il Kaiser è morto in Olanda nel 1941» rettificò asciutto Peter, con la mezza speranza che suo zio gli dicesse che si sbagliava.

«Ed è voce comune che voi tedeschi non abbiate alcun senso dell'umorismo» aggiunse Glenn.

«Devi lasciarmi andare» implorò Peter, ignorando il sarcasmo.

«Be', lo sapevamo tutti e due quello che hai in testa, fin da quando ti ho accennato la cosa, ieri sera. Però non la ritengo un'idea giusta.»

«Le persone di cui vai parlando è probabile abbiano la mia età e siano del mio ceto sociale. Io sono tedesco, e so come parlargli.»

«Sei un disertore.»

«No! Non lo sono!» ribatté Peter, in quello che era quasi un grido di dolore.

«Ai loro occhi, lo sei» insistette suo zio.

«Fui bloccato negli Stati Uniti dallo scoppio delle ostilità.»

«Peter! Hai indosso la divisa di colonnello dell'Esercito americano. Noi siamo in guerra con la Germania. Credi davvero che i tuoi connazionali la vedano come uno scherzo del destino?»

«Bevo un goccio, se permetti» disse Peter.

«Tutto quello che c'è da bere è dentro la scrivania. Devo tenerlo sotto chiave, altrimenti Sally se lo porta a casa per l'influenza di suo marito. Lui soffre molto di influenza. I bicchieri sono nella credenza. E versa anche a me un altro Scotch, per piacere.»

«Posso andar giù col paracadute» disse Peter quando tornò con lo Scotch.

«Lo so. Ero lì a vederti. Mi hai spaventato a morte.»

«Veramente?» Versò una dose abbondante per lo zio e una molto più modesta per sé.

«Eri stato destinato a portare quel gruppo nel Galles, la settimana subito dopo. Se ti fossi rotto l'osso del collo, non c'era nessun altro che potesse andarci, tranne me. E quei viaggi nel Galles mi rompono l'anima.»

«Poco ma sicuro» concordò Peter. «Potrei farcela, zio Glenn.»

«Adesso, siamo tornati a "zio Glenn"?»

«Sul serio!»

«Peter, non scherzavo quando ho detto che questo è un lavoro per qualcuno sacrificabile. Tu non sei di quelli "anche se muore, pazienza".»

«Vale la pena di rischiare.»

«Tu dici che vale la pena, ma non sei tu a comandare l'operazione; sono io che la comando, e io dico che non vale la pena. Paracadutare uno laggiù, non è troppo difficile, ma, se l'insurrezione fallisce, i nazisti non avranno mezze misure. E allora non ci sarà alcun modo di ricuperare il nostro uomo.»

«In tal caso, nessuno quanto me avrebbe la possibilità di sopravvivere. Conosco Berlino. Ci ho vissuto, ho là i miei genitori che mi darebbero rifugio.»

«E tua madre è mia sorella, però.»

«Sì» fece Peter. Sapeva che qualsiasi eventualità di mettere in pericolo Veronica era una remora fortissima contro la sua proposta. Prese il bicchiere, ma nell'attimo in cui avvertì l'aroma forte e dolce dello Scotch, si sentì rivoltare lo stomaco. Rimise giù il bicchiere.

Suo zio lo stava studiando con estrema attenzione. «Oh, certamente! Ci sono motivi per cui scegliere te avrebbe un sacco di vantaggi, ma i motivi in contrario sono anche più convincenti.»

«Dimmeli.»

«I motivi per il sì?» Glenn Rensselaer si era lasciato trascinare nella discussione da pari a pari, e adesso non c'era modo di evitarla. Peter si aspettava d'essere trattato da eguale, e così doveva essere trattato. «Il generale Fromm è pesantemente coinvolto nella cospirazione. Nel suo Stato Maggiore c'è un generale di nome Horner, che era alla scuola allievi ufficiali assieme a tuo fratello.»

«Horner? Alex Horner? Sì, lo conosco. È uno dei migliori esponenti del vero prussiano: uomo d'onore, abile e riservato. Non si assocerebbe mai a un'impresa destinata a un facile fallimento.»

«Calma! Non sappiamo se Horner è uno di loro. Sappiamo soltanto che lo è Fromm e che Horner è il suo aiutante di campo.»

«E mio fratello?»

«Pauli? No, nessuna informazione che ci sia dentro anche lui.»

«Horner è il più intimo dei suoi amici. Pensavo...»

«La politica divide amici e parenti» disse Rensselaer. «Immagino tu lo abbia già scoperto.»

«Sì, e da parecchio tempo.»

«Pauli non è un tipo rivoluzionario, Peter. Lo sai bene. Pauli nuota con la corrente.»

«Mi tirò fuori dal mare.»

«Okay, non è l'analogia calzante, ma Pauli non è il tipo che si imbarchi in un complotto. Pauli è il tipo di segugio, che fiuta quello che sta per accadere, e lo riferisce doverosamente ai suoi superiori.»

«Questo è sleale, zio Glenn. Pauli è il più buono e liberale degli uomini.»

«Confesso che mi sentirei molto preoccupato se venissi a sapere che Pauli è implicato in questa faccenda. Gli sono affezionato, Peter. Affezionato veramente. Ma Pauli ha il suo modo di fare le cose, magari anche al meglio, ma chi fa le cose a modo suo non può essere affidabile.»

«Voglio andarci. Ti chiedo in via ufficiale di mandare me.»

«Vacci piano, Peter. Ne riparliamo domani.»

Peter non aveva intenzione di mollare. «Di' a Boy Piper che voglio andare. Senti che dice.»

«Lo so quel che dice» rispose Glenn.

«E cioè?»

«Sceglie te appena sente che vuoi andare.»

«Bene, è fatta.»

«Ancora una cosa» disse Glenn Rensselaer, che adesso si sentiva in obbligo di mettere tutte le carte in tavola. «A Berlino non abbiamo nessuno che possa ricevere il nostro agente. Gli inglesi avrebbero da organizzare il contatto a Bernau, che loro preferiscono essendo sulla direttrice principale di Berlino. Da informazioni attendibili, so che il loro uomo sul posto è quel tale Samson.»

«Brian Samson? Quello che assunsi alla fabbrica di Brema?»

«Proprio lui. È stato mandato di nuovo là, circa sei mesi fa.»

«Perché non può essere Samson l'intermediario con quelli del complotto?»

Glenn vuotò il bicchiere e fece una smorfia. «Samson non sa niente di questa faccenda, e comunque ha già il suo lavoro da fare. Non può essere messo allo scoperto, rivelando ai cospiratori la propria vera identità. Chiunque ci vada deve essere istruito a fondo. Magari, Samson non ha nemmeno una ricetrasmittente. Probabilmente, non lo hanno nemmeno addestrato a farne uso. Impossibile comunicargli le lunghezze d'onda. Ci sono un milione di ragioni ma, anche se potessero essere tutte superate, gli inglesi non lascerebbero che uno del loro servizio segreto di controspionaggio si occupasse di una cosa del genere. I britannici tengono le loro procedure nettamente separate dal servizio informativo. Tutte le "Operazioni" sono di competenza del SOE, quell'ufficio in Baker Street, e si concentrano sui Paesi occupati. Attualmente, non operano in alcun modo nella zona di Berlino.»

«Samson» ripeté Peter. «Di Samson mi fiderei.»

«Ma lui si fiderebbe di te? Fino a oggi, il servizio segreto di informazioni degli inglesi ha rifiutato di lavorare con i nostri uomini.» Glenn consultò l'orologio. «Chissà se l'acqua è già calda? Devo organizzarmi se voglio rispettare tutti gli appuntamenti che m'aspettano oggi.»

«Tu parla a Boy Piper» insistette Peter.

Glenn lo guardò. Il nome di Lottie non era mai stato menzionato. Meglio così. «Gli parlerò» promise. Accese la radio per sentire il notiziario. L'apparecchio era sintonizzato sulla rete delle Forze Armate americane, una grande orchestra stava eseguendo *Non far nulla finché non hai mie notizie*.

Il generale Glenn Rensselaer arrivò in ritardo al suo colloquio con Sir Alan Piper, o "Sir Boy", come lo chiamava qualcuno dei pettegoli. Glenn detestava farsi aspettare, ma si sentiva giustificato, in quanto la conversazione con Peter era meritevole anche di un certo ritardo. Fu fatto passare nel nuovo ufficio dell'amico, una stanza che si affacciava sul retro, su uno spiazzo bombardato e pieno di erbacce, adesso che Piper non era più il direttore d'orchestra.

Anche se più piccolo del precedente, il locale dava sullo stesso pianerottolo dove erano allogate la cucina e le signore vestali del tè. In complesso, Piper, gran bevitore di tè, aveva concluso che il cambio era stato per il meglio. Non mancavano anche altre innovazioni, in particolare un giovanotto dagli occhi dilatati, munito di un naso affilato e capelli lisci, nominato assistente speciale di Piper. Glenn strinse solennemente la mano all'agitato giovane, che proveniva dall'università, con votazioni senza precedenti in letteratura greca. A Glenn pareva una singolare referenza per un lavoro importante presso il servizio segreto di informazioni, ma, a quanto pareva, gli inglesi preferivano gente che avesse trascorso i giorni della goliardia a specializzarsi in qualche cosa di eminentemente poco pratico. «Questi è Mr. Frank Harrington» presentò Piper. «Se non hai nulla in contrario, si mette qui in un angolo e prende appunti.»

«Benissimo» concordò Glenn, e il giovane gli prese in consegna il pastrano e si precipitò a portar loro l'immancabile tè.

«È un ragazzo in gamba» disse Piper sulla difensiva, dopo che Harrington fu uscito. «È uno dei giovani selezionato per un lavoro di informazioni riservate in Germania, quando avremo vinto la guerra. Progettiamo di stabilire un ufficio a Berlino, diretto da Gaunt, che tu conosci. Il giovane Harrington e qualche altro elemento selezionato lavoreranno laggiù.»

«C'è già un programma così lungimirante?» domandò sorpreso Rensselaer. «Gesù, non abbiamo ancora invaso il Continente!»

«Lo so» rispose Piper. «Questi preparativi per il futuro mi fan sentire vecchio, certe volte.»

Glenn Rensselaer guardò l'amico e sorrise. Piper aveva settant'anni. Dio solo sapeva come avesse fatto a lavorare fino allora. Forse, per via della guerra — si disse Glenn —, della stessa guerra che aveva dato a lui nuovo lavoro quando era già oltre l'età pensionabile. Rientrò Harrington, tenendo in equilibrio due tazze di tè. Rispettosamente, le collocò sulla scrivania e andò a riesumare una scatola di latta, contenente biscotti fatti in casa e riservati ai visitatori di riguardo.

«Allora, che ha detto?» domandò Piper.

«Il giovane Winter? Ha detto di sì, esattamente come sapevamo tutti e due che avrebbe detto. In pratica ho dovuto impedirgli di correre qui e tenerti la sua perorazione.»

«Che genere di perorazione?»

«La stessa che tu hai inflitta a me, con qualche variante.»

«Sì, qualche variante, è naturale. Non posso pensare che un tedesco la veda tale e quale a come la vedo io.»

«Non mi è mai riuscito di odiare i tedeschi come li odii tu, Boy.»

«Non odio i tedeschi, ma il loro comportamento verso il resto del mondo. Odio le lacrime di coccodrillo che versano per chi è vittima delle loro stesse malefatte. Prima della guerra, dovunque mi capitasse di trovarmi in Germania, vedevo grandi cartelli con la scritta "Gli ebrei sono la nostra disgrazia". Brutalizzano gli ebrei, li derubano, li sbattono in prigione, e li accoppano. Ma gli ebrei sono la *loro* disgrazia; ecco cosa odio nei tedeschi.» Pescò dal cassetto della scrivania una scatola di sigari, che offrì a Rensselaer. Era un gesto che denotava turbamento. Egli sapeva che Glenn era preoccupato. «E Dio solo sa che cosa troveremo in quei campi di concentramento, quando ci arriviamo. I rapporti che riceviamo sono troppo raccapriccianti per crederci, ma ogni giorno ci pervengono le stesse notizie a maledetta conferma. È quasi come se i tedeschi stessero tentando di sterminare l'intera popolazione ebrea — tutta, al completo — in ogni angolo d'Europa.»

Rensselaer prese un sigaro, che rigirò tra le dita, senza accenderlo. I sigari accesi erano per riflettere, valutare, rallegrarsi di una circostanza, non per momenti di ansietà come quelli. Piper attese, per dar tempo all'amico di pensare. Per un attimo Rensselaer fissò il vuoto. Dannazione! Perché doveva essere davanti a un simile pasticcio? Peter faceva parte della famiglia. «Vorrei avere un paio di giorni per cercare un'alternativa» disse alla fine.

Piper annuì, e versò il tè. «Naturalmente. È dura per te, vecchio mio. Lo so bene. Ma tuo nipote sembra essere la scelta ideale.»

«Dobbiamo mandarcelo con un aereo, vero?» chiese Glenn. Prese con compunzione la tazza di tè che gli veniva offerta, e la depose sulla scrivania. Gli era impossibile cimentarsi con un robusto tè inglese.

«Temo proprio di sì, Glenn. Chiunque ci vada, dovrà scendere col paracadute. Ed ecco che qui tuo nipote rientra perfettamente nello schema.»

«Avete mai lanciato gente non allenata?»

«Sì. E si è sempre fatta male. Magari solo una caviglia slogata, ma è quel che basta per scrivere la condanna a morte di un uomo che resti azzoppato nella zona di atterraggio. La parte radio è molto più liscia. Oggi disponiamo di apparecchi che anche un bambino saprebbe far funzionare.» Piper sorrise e sorbì il suo tè. Piper, come tanti altri suoi connazionali, sembrava trarre nuova vita da quel beveraggio.

«E il recupero via Svizzera?»

«Se è possibile, ma credo di dover essere assolutamente sincero con te, Glenn. Le probabilità di riportarlo sano e salvo non raggiungono l'uno per cento.»

«Credevo che Samson stesse per rientrare alla base. Hai detto che sua moglie sta per avere un bambino. Hai detto che avevi promesso di ricuperarlo.»

«Samson è un caso speciale. Si è dimostrato uno dei nostri uomini migliori, in senso assoluto. Lo portammo con un Mosquito a Stoccolma, e andò direttamente in Germania su una nave svedese. Ha documenti di identità a prova di bomba, tornerà alla base prestissimo. Silas Gaunt vuole Samson quale suo numero uno, e queste squadre del servizio di sicurezza del Governo militare devono essere pronte per quando invadiamo il Continente, e hanno un sacco di lavoro preparatorio da fare. Non potrei metterlo in pericolo, ordinandogli di aiutare l'uomo che mandate giù... le cui carte d'identità risentiranno della fretta con cui sono state preparate. Non potrei rischiare, Glenn, davvero non me la sento.»

Glenn si sentì afferrare lo stomaco da una morsa. Si era sempre congratulato con se stesso per la capacità di mantenere un impassibile comportamento professionale di fronte a qualsiasi evenienza. Ma Peter era anche sangue del suo sangue, e in quell'ultimo anno Glenn gli si era affezionato sempre più. «È uno che "anche se muore, pazienza", quindi? È questo che vuoi dire?» La sua voce era piatta, senza traccia di emozione.

«Sai che non intendo questo! Faremo tutto quanto ci è possibile per tirarlo fuori, ma le probabilità non sono buone.»

Glenn picchiettò sul dorso della mano il sigaro non ancora acceso, che pareva assorbire tutta la sua attenzione. Disse: «Devo desumere, da tutto quanto mi hai appena detto, che non consideri molto elevate le possibilità che l'assassinio di Hitler riesca?».

Piper si alzò dalla scrivania, andò alla finestra a indugiare con lo sguardo sul terreno vuoto dove, non molto tempo prima, sorgeva un bell'edificio stile Regina Anna. Il cratere lasciato dalla bomba era stato riempito, le macerie erano state rimosse: adesso era una spianata invasa dalle ortiche e dalle erbacce. «Non molto alte. È un colpo nel buio. Speri per il meglio; ti prepari per il peggio. È tutto quello che possiamo fare, non trovi?»

Si girò e si accorse che le dita di Glenn avevano cominciato a sbriciolare il sigaro. Che nessuno avrebbe fumato.

### *«Finché il Führer non sia morto»*

In distanza, i due uomini a cavallo parevano cimici a spasso su una coperta, una coperta arruffata di verde e punteggiata di alberi spogli e piccole fattorie. I due erano tedeschi, e, tipicamente, cavalcavano con quella frenetica irruenza agonistica alla quale nemmeno le razze latine propendono. Saettavano attraverso i campi e saltavano siepi e cancelli con una calcolata abilità e un coraggio che rasentava la follia.

Un terzo uomo li stava osservando, servendosi di un binocolo. Era ben oltre la sessantina, figura militaresca, ma senza uniforme. Pur indossando rozzi indumenti campagnoli e calzando stivaloni di gomma, non lo si poteva certo scambiare per un contadino. Se ne stava in piedi su un'altura all'estremità del cimitero che contraddistingue l'estremo limite del villaggio di Hohendorf, sulla strada da Bernau a Biesenthal. Quando i due cavallerizzi sparirono al di là della collina, chi li osservava rimise il binocolo nell'astuccio, che si pose a tracolla. Poi girò sui tacchi e tornò lentamente sui suoi passi, attraversando il cimitero e sostando di quando in quando a guardare le lapidi. Cominciò a cadere un improvviso scroscio di pioggia, che però non fece accelerare il passo del vecchio. Quando arrivò alla chiesa, egli esplorò l'interno.

Il tempio era silenzioso e buio. L'ultima messa mattutina era finita, e le luci era spente. L'uomo entrò. La chiesa era deserta, ancora impregnata dell'odore del fumo delle candele spente da poco. Le candele scarseggiavano e nessuno ci teneva a farle consumare inutilmente. Da un banco sul fondo, egli trovò un punto da cui la visibilità era migliore. Si inginocchiò, indugiando in una lunga preghiera. Quand'ebbe finito, si sedette sulla panca di duro legno, e cominciò a pensare. Aveva un mucchio di cose a cui pensare.

L'uomo era il barone Wilhelm von Munte; suo figlio era un alto funzionario della Reichsbank.

I von Munte erano una famiglia facoltosa. Possedevano la grande casa da molti anni, e la loro tenuta in Pomerania risaliva a molte generazioni. Von Munte aveva parecchio da perdere se i suoi piani fossero falliti.

In aperta campagna, dove il breve acquazzone era già finito e il sole tornava ad animare i colori smorti del paesaggio invernale, i due uomini a cavallo si erano fermati e stavano chiacchierando.

«Questa galoppata non l'avrei mai fatta se non tu non l'avessi suggerita» disse Pauli.

«Suggerita e risuggerita e suggerita fino alla nausea...» commentò il generale Alex Horner. Smontò di sella, e inspirò a fondo l'aria. In cielo, v'era soltanto uno squarcio d'azzurro. Il sole sarebbe scomparso ben presto e molta altra pioggia sarebbe arrivata, ma non importava.

«Sì, hai ragione, e ti chiedo scusa. Ma da quando il Reichsführer è diventato Ministro degli Interni, l'anno scorso, il lavoro è diventato enorme, e stiamo ancora in arretrato.» Anche Pauli mise piede a terra. Ansimava. Quella galoppata l'aveva sfiancato, anche se egli non lo avrebbe mai ammesso.

«Ma tu comunque sei a posto?» domandò Alex.

«Ah, ti riferisci alla stangata sugli avvocati? Sì, Himmler ha fatto piazza pulita di tutti gli avvocati dell'Amministrazione e dell'Ufficio legale, ma è acqua passata, ormai.»

«Fritz ci rimase male» disse Alex. «Ci teneva parecchio a diventare ministro.»

«Quando si è accorto che il Reichsführer era deciso a prendersi la carica, Fritz ha avuto sufficiente buon senso di non entrare in concorrenza. È tuttora vice, e le speciali SS "Adolf Hitler" sono state potenziate al punto che Fritz Esser è più potente di prima.»

«Però non risulta evidente.»

«Non credo che Fritz ci si roda il fegato.»

«E io non credo che a Fritz importi di nulla finché può vivere alla grande» aggiunse Horner. «Il mese scorso, ero a un suo ricevimento; raramente avevo visto banchettare e bere a quel modo. Un'esagerazione! Non avresti mai detto che c'è in corso una guerra.»

«Fritz arraffa quel che può» confermò Pauli, con convinzione. «Mio Dio, ma è fantastico essere di nuovo in aperta campagna. Avevo paura di non essere più capace di montare a cavallo.»

«Non è cosa che si dimentica, Pauli. Abbiamo avuto la fortuna di imparare sin da quando eravamo ragazzi. E la scuola cadetti è stata una buona palestra. Mi domando che ne è delle vecchie scuderie, adesso che ci sono dentro i militi delle SS.» Visto che Pauli non rispondeva, aggiunse: «Il mio Christian compirà sei anni in giugno. Per quel giorno gli ho promesso la sua prima lezione di equitazione. Chrisi gli sta preparando un costume da cavallerizzo per il giorno del compleanno».

Di nuovo Pauli non fece commenti. Risalirono in sella, lasciarono che i cavalli procedessero lentamente dopo quella furiosa galoppata. Sul colmo dell'altura successiva, Horner smontò di nuovo e rimase a osservare il terreno che si apriva davanti. L'osservava con occhio di soldato. Il solo modo con cui gli riusciva adesso di interpretare un panorama era in termini di terreno al coperto, punti di osservazione, difese anticarro e dislocazione dell'artiglieria. Ma quello non era un campo di battaglia, ed egli cercava di vederlo sotto un altro profilo. Amandolo come una delle cose per cui stava combattendo.

«Tra me e Inge è finita» disse Pauli. Ecco, finalmente lo aveva detto!

«Scusami, Pauli. Non avrei dovuto...»

«Fa niente, Alex. Non mi importa se ne parliamo.»

«Ma credevo che lei...»

«Fosse tornata a vivere con me? Sì, lo ha fatto. Conviene a entrambi, adesso che non convive più con Fritz.»

«È terribile, Pauli. Mi spiace tantissimo.»

«Il mio matrimonio non sarà mai altro che una finzione. Non do la colpa a Fritz. È Inge che gli si è buttata tra le braccia. Me l'ha detto lei stessa. Ma Fritz si è stancato di lei. Sapevo che sarebbe finita così. Fritz di donne ne ha a centinaia: è fatto così, lo conosci anche tu.»

«Sì, lo conosco» disse Horner. «L'altro ieri abbiamo pranzato assieme. Mi ha detto che ormai la Germania non ha alcuna probabilità di vincere la guerra.»

«Non lo prenderei troppo sul serio» ammonì Pauli. «Fritz dice ogni sorta di cose di cui non è convinto nemmeno lui.»

«Credo che questa volta parlasse sul serio.»

Seguì una pausa, mentre Horner aspettava che Pauli reagisse. E Pauli disse: «Le cose non vanno troppo bene per noi, al momento. Ma ve ne sono tante altre in nostro favore».

«Per esempio?»

«Se gli americani tentano l'invasione, li facciamo fuori non appena arrivano a metter piede sulla spiaggia. Sono convinto che sarà la più grande tragedia che abbiano mai sofferto.»

«Vorrei avere la tua stessa fiducia» ribatté Horner. «Il mese scorso ero in Francia a ispezionare il sistema di difese.»

«Ho visto il cinegiornale» disse Pauli. «È formidabile!»

«Lo è il pezzo che filmano per il cinegiornale» precisò Horner. «Però non sappiamo dove gli alleati colpiranno. Non è escluso che mandino giù col paracadute e alle nostre spalle unità aviotrasportate. E grossi tratti della costa sono presidiati da russi volontari. Non possiamo aspettarci che essi combattano fino all'ultima goccia di sangue per difendere per noi la Francia occupata.»

«Tu pensi che lo sbarco avrà successo?»

«Secondo me, sì, al cinquanta per cento. E se riescono a costituire una testa di ponte, sbarcheranno una massa tale di uomini e materiale da poter sbaragliare le nostre forze dell'Ovest.»

«Le loro armate sono paragonabili a quelle russe?» replicò sprezzante Pauli, sperando di tacitare il pessimismo dell'amico. «Vuoi forse sostenere che questi americani, e gli inglesi che facemmo scappare dalla Francia nel 1940, sono paragonabili al soldato tedesco?»

«Singolarmente no. Ma gli alleati combattono meccanizzati. Le nostre truppe sono ancora e per lo più ippotrasportate. Gli anglo-americani non usano più i traini animali. Tutto si muove su trasporti a motore; a volte sono intere divisioni di fanteria che avanzano a bordo di mezzi blindati. La loro artiglieria ha abbondanza di munizioni, e i loro rifornimenti usano aerei e autocarri per alimentare incessantemente l'offensiva. All'Ovest, dove la rete viaria è in buone condizioni, troveremo difficile resistere.»

«Anche noi abbiamo aerei per attaccarli. Le coste saranno un succoso bersaglio per i nostri bombardieri. E abbiamo le armi del miracolo.»

«Quelle che ha promesso il Führer. Sì, le armi del miracolo. Mi domando che razza di miracoli compiranno, e quanto tempo dovremo aspettarle.»

«Sei davvero tanto scoraggiato, Alex?»

«Fritz ha ragione, Pauli. Forse la guerra non è ancora perduta, ma vincerla non possiamo. Se almeno chi è a stretto contatto col Führer riuscisse a fargliela capire!»

«Il Führer è deciso a non mollare.»

«Allora, qualcuno dovrebbe esautorare il Führer e farlo al suo posto.»

«Che vuoi dire? Alex!»

«Vedo le nostre divisioni decimate giorno per giorno. L'Esercito tedesco sta dissanguandosi. Le nostre perdite sono gigantesche, Pauli. La Germania sta perdendo i suoi soldati: e con questa coscrizione totale, i suoi soldati sono l'intera popolazione maschile. Non possiamo andare avanti in questo modo. La Germania sta morendo. Morendo, Pauli!»

«Ma allora che possiamo fare?»

«Hai sentito parlare dei gruppi di opposizione?»

«Il Circolo Kreisau?» chiese Pauli.

«Sì» fu la conferma guardinga di Alex.

«O ti riferisci a quello che stanno facendo Goerdeler e Beck?»

Horner rimase in silenzio, e, da quell'esperto inquisitore che era diventato, Pauli concesse all'amico qualche istante per riflettere. Ma riprese subito, implacabile: «Sei uno di loro, Alex?».

«Sono stato contattato, Pauli» ammise Horner.

«Oh, mio Dio, Alex! Come puoi essere tanto incosciente?»

«Consegnami pure alla tua Gestapo, se vuoi, ma da me non caverai nulla.»

«Non ti consegno a nessuno, scemo! Ma come puoi farti coinvolgere in un crimine di alto tradimento? Non ne avrai fatto parola con Fritz?»

«No, no di certo.»

«Taglia ogni rapporto con quella gente, Alex. È da mesi che teniamo sotto controllo il gruppo Goerdeler-Beck e il Circolo Kreisau. Datti malato o pensa a qualche altro sistema per starne alla larga.»

«È il consiglio migliore che hai da darmi?»

«Beck è troppo vecchio, e Goerdeler troppo loquace. Parlano e parlano finché le loro iniziative non possono venire ignorate più a lungo, e così li spediranno in un campo. Non riusciranno a far niente. È tutto inutile, Alex.»

«Sono contento di queste nostre quattro chiacchiere, Pauli. Non ti sei annoiato, vero?»

«Quella gente è sotto osservazione da oltre un anno. Müller della Gestapo se ne vantava giusto la settimana scorsa, mentre ero lì. Ci ha mostrato il suo incartamento e fatto ascoltare i nastri delle intercettazioni telefoniche. Sa tutto di quella gente.»

«A chi arriva prima a quel ciuffo d'alberi?»

«Come vuoi.»

Entrambi balzarono in sella con tale energia da far rinculare i cavalli. Poi si spinsero al galoppo attraverso i campi, testa a testa.

Pauli si sentiva bene, davvero bene. Questa volta era riuscito a fare qualche cosa di utile per aiutare il suo amico.

«E allora?» chiese l'uomo anziano che, seduto sul banco della chiesa deserta, era stato in attesa del generale Horner.

«È uno che ci va cauto» rispose Horner.

«Non si associa?» insistette von Munte, tormentando la cinghia del binocolo.

«No, ma terrà tutto per sé. Gli affiderei la mia vita senza esitare.»

«L'ha già fatto» ribatté il vecchio, seccamente.

«Sa tutto del Circolo Kreisau e del gruppo Goerdeler-Beck. E anche la Gestapo lo sa. Dice che hanno le registrazioni delle telefonate e tutto quanto.»

«Poveracci. Ma niente su di noi?»

«No, altrimenti sono sicuro che me lo avrebbe detto.»

«Quindi è valsa la pena degli sforzi che abbiamo fatto per la segretezza.»

«Però, adesso mi sono compromesso» rilevò il generale Horner.

«Infatti. Dobbiamo ipotizzare che il suo amico la tradirà. Tanto per andare sul sicuro. Ma non importa, generale. Lei sarà a Berlino. Non ci sarà bisogno che lei faccia nulla finché il Führer non è morto.»

## *«Schiacciate quella faccia»*

«Hai lavorato sodo, Koch.»

«Sì, Herr viceministro» rispose Koch, senza modificare la propria espressione malinconica. Stava diventando ogni giorno più canino, pensò Fritz Esser, osservando l'ometto raggomitolato al centro del divano. Gli occhi cerchiati di nero e le folte sopracciglia lo facevano somigliare a un ubbidiente cane lupo in attesa del comando di mordere.

Fritz Esser radunò le carte che Koch gli aveva messo davanti, sulla scrivania, e le pareggiò per farne una pila. «Ci penserò su.» Esser sollevò la cornetta del telefono che comunicava con la segreteria attigua. «Fate entrare Herr Doktor Winter.» Alzò gli occhi su Koch. «Adesso lasciaci, Koch.» Gli accennò l'altra porta che dava sul corridoio. «E vedi di mantenere il segreto.»

Koch dovette muoversi velocemente per ricuperare il suo cappello alla tirolese e il tre quarti di cuoio nero, e guadagnare la porta prima dell'ingresso di Pauli Winter. Koch non era sorpreso per la raccomandazione di Esser. L'ossessione di Fritz per la segretezza era ben nota. I suoi assistenti ne facevano oggetto di barzellette, quando lui non c'era.

Era la prima volta che Pauli vedeva la nuova sistemazione di Fritz. Di gran lunga più confortevole di qualsiasi altro suo ufficio, c'era spazio per un divano di pelle e per le due poltrone assortite. E c'era un tavolino basso, a cui Esser potesse sedere con i visitatori e bere il caffè, quando volesse un'atmosfera informale di difficile conseguimento da dietro la sua magnifica scrivania. Sulla quale, in quel momento, figurava, di fianco all'incartamento portato da Koch, un pacco avvolto alla buona in carta marrone.

Si strinsero la mano e si scambiarono saluti. Pauli si era ripromesso che l'infedeltà di Inge non avrebbe per nulla intaccato la sua amicizia con Fritz. E questi aveva ripetuto la stessa cosa un milione di volte. Però una differenza c'era. Pauli, in quei giorni, vedeva l'amico sotto una luce nuova. Era diventato consapevole dell'ambiguità e dell'astuzia nascoste sotto l'esuberante e proclamata amicizia di Fritz. Ingobbito sulla scrivania, quell'uomo, che Pauli aveva sempre paragonato a un orso spelacchiato, assomigliava, adesso, più che altro a un rospo. «È una cannonata, Fritz» esclamò Pauli, girando lo sguardo sulle moderne litografie alle pareti — una serie degli eroi nazionalsocialisti, da un comandante carrista a una ben tornita campionessa di nuoto — e sulla foto, incorniciata d'argento, con tanto di fraterna dedica e firma del Führer, che aveva il posto d'onore sul tavolino.

«Sì,» ammise Fritz Esser piuttosto goffamente «non l'avevi

ancora visto, vero?» Pauli intuì che l'arredamento doveva essere farina del sacco di Inge. I tappeti, l'arazzo dietro la scrivania e le litografie: era tutto molto stile Inge. Alcuni di quegli oggetti erano gli stessi che lei avrebbe sempre voluto figurassero nell'ufficio di Pauli.

Le finestre erano grandi, a dominare abbastanza dall'alto l'Unter den Linden, così da permettere all'occhio di spaziare oltre i celeberrimi alberi. Sulla via, quasi dirimpetto, alcuni operai stavano riparando i due piani superiori, gravemente danneggiati, di un edificio colpito da un grappolo di bombe incendiarie. Nessun posto, ormai, era al sicuro dalle bombe degli alleati. «Sono venuto più presto che mi è stato possibile» disse Pauli.

«Sì. Bravo. Bevi qualcosa?»

«No, grazie.» Era la solita routine, ma Fritz offriva sempre da bere. E anche adesso si stava riempiendo il bicchiere che poi sollevò in segno augurale. «Ho altri rapporti sulla cospirazione.»

«Migliori dell'infornata dell'ultima volta?» chiese Pauli, riferendosi a certe voci isteriche che gli informatori avevano convogliato lì, in gennaio, e che avevano suscitato prima allarme e poi collera nel capo delle SS, Himmler.

Fritz ignorò il commento. Rispose: «Ci crederesti che l'Esercito — il Gruppo d'Armata centrale, quei serpenti a sonagli attorno a Kluge — sta preparando un colpo di Stato?». L'aveva detto senza eccessivo sdegno, e alzando gli occhi su Pauli per vederne la reazione.

«Ci sono prove?» domandò Pauli. Di storie del genere ne aveva sentite altre volte. Berlino era piena di voci in quei giorni, e Pauli le raccoglieva quasi tutte nei giri alla Gestapo e al ministero.

Fritz sospirò a quella reazione da "avvocato". «Hanno una bomba: due bombe, anzi.»

«Hanno delle bombe?»

«Bombe inglesi.»

«L'Esercito è così a corto di bombe?» si stupì Pauli.

«Non c'è da ridere» ammonì cupamente Fritz Esser, e poi, sorpreso dal suo stesso tono funereo, non riuscì a mantenersi del tutto serio. Riprendendo un'aria grave, proseguì: «Questi ordigni inglesi vengono paracadutati per i terroristi. Ne ho qui un esemplare». Aprì il pacco che aveva sulla scrivania. Conteneva due cilindri di metallo.

Esser ne prese uno per farlo vedere all'amico. Quando Pauli

dimostrò un certo allarme, Fritz lo tranquillizzò: «Sono stati vuotati. Ma lascia che ti mostri come funzionano».

«D'accordo» disse Pauli. Fritz Esser non aveva certo il cervello che si adeguasse alle complicate articolazioni di ingegneria meccanica, ma quelle bombe erano abbastanza semplici da permettergli di capirne il funzionamento, ed egli lo spiegò a Pauli con evidente soddisfazione. «Tu schiacci qui, e la fialetta si rompe. Poi l'acido si mangia il cavetto finché questo... Ecco, così, vedi? Permette alla molla di scattare... Un momento. Sì, così. Il percussore picchia sul detonatore. Il detonatore esplode e la bomba parte. Che ne dici?»

«Molto rozza. Sembra come se l'avesse fatta uno scolaro delle elementari. È il massimo che gli inglesi riescono a fare?»

«Rozza, sì. Le fanno a migliaia e gli costano quasi zero. Le mandano giù in Francia, Belgio, Olanda, Norvegia e via dicendo. Del tutto silenziose. E questo filo è intercambiabile, di modo che il tempo di scoppio può essere quello che si vuole, da dieci minuti a un paio d'ore.»

«Posso sapere come ti sei procurato questo ordigno infernale?»

«L'Abwehr ne ha intercettati a migliaia.»

«L'Abwehr.» A partire dal 18 febbraio, il servizio informazioni dell'Esercito era stato amalgamato con l'SD — il controspionaggio delle SS — e rientrava adesso nel sempre più vasto impero di Himmler.

«L'Abwehr fa parte del complotto contro il Führer. Un certo momento dell'anno scorso vi fu a Smolensk un rapporto per gli ufficiali del servizio informazioni — quello del Gruppo d'Armata centrale e due di queste bombe furono scoperte lì. Ecco dove quei porci di militari misero su il loro complotto. Potrebbero averci già provato e fatto fiasco. Abbiamo problemi a infiltrarci in quei clan dell'Esercito, naturalmente. Fanno muro contro di noi.»

«Cosa starebbero complottando?» chiese Pauli.

«Non lo so, ma c'è già stato qualche contatto tra qualcuno di questi traditori e i governi occidentali.»

«Come fai a saperlo?»

«L'SD Esteri e la Gestapo concordano sulla circostanza.»

«Li farete arrestare?»

«Non ancora» disse Esser. «Himmler dice che non dobbiamo fare nulla fintanto che non siamo pronti.»

«La vita del Führer è in pericolo!» esclamò Pauli, spaventato dalla prospettiva.

Fritz bevve un po' del suo brandy. Perché era brandy, Pauli ne poteva sentire l'odore. Poi Friz si protese in avanti e disse a voce bassa: «E se ti dicessi che anche lo stesso Himmler è stato in contatto con gli americani?». Pauli non si scompose; non ci credeva. Era una delle solite balle di Fritz Esser.

«Per discutere di pace con loro?»

«Mandò in Svizzera il Dr. Carl Langbehn, un avvocato di Berlino, per conferire con un americano che dice di parlare per conto del presidente Roosevelt. L'americano si chiama Dulles.»

Era vero? Poteva essere vero? «Non ci posso credere. Ma Langbehn era stato arrestato...»

«Aspetta, Pauli, ascolta. Langbehn andò in Svizzera con la benedizione di Himmler. Ma il servizio intercettazione delle SS pescò un radiomessaggio. Nessuno sa come, perché e quale ne fosse la fonte, ma gli inglesi si sono sempre opposti a qualsiasi trattativa col Reichsführer delle SS, e quindi sembra proprio che gli inglesi volessero sabotare i colloqui di Langbehn, mettendo in onda il messaggio che il nostro servizio d'ascolto potesse intercettare... La Gestapo inviò l'intercettazione al quartier generale del Führer, e noi non avemmo altra alternativa che quella di arrestare Langbehn e spedirlo in un campo.» Fritz sogghignò, scoprendo i denti diseguali. «Himmler se la fece sotto. Non avevo mai visto il nostro Heini tanto spaventato. Da allora, non ha più avuto nessun contatto con nessun altro gruppo.»

Pauli era stupefatto. Era il suo mondo che cadeva a pezzi? «Ma è tutto quanto vero? Non riesco a crederci.»

«Credici: è tutta verità, parola per parola. Ma il problema di Heini è sempre stato il giuramento che ha fatto al Führer. Non vorrebbe sentir parlare assolutamente di un piano che prevedesse di mettere a repentaglio l'incolumità del Führer.»

«Direi di no» concordò Pauli.

«E quindi, finché il Führer è là, a nessuno sarà consentito di fare ciò che deve essere fatto.» Fritz si appoggiò con tutto il petto sulla scrivania e congiunse la punta delle dita, con un sorrisetto sulle labbra. «Ma supponiamo un qualche cosa come questa...» Toccò la bomba con delicatezza, quasi potesse esplodere. «Supponiamo che la persona di cui stiamo parlando non ci fosse più.» Nemmeno Fritz riusciva a dirlo a chiare lettere. «Allora, potremmo arrestare i colpevoli e fornire al Reichsführer delle SS la missione che io credo sia la sua.»

Pauli guardò Fritz. Si rendeva conto di quello che l'amico intendeva. Fritz voleva che Hitler fosse assassinato, per spianare la strada a Himmler. Che ipocrita, era, e che razza di cinico! Quanto di tutto questo proveniva direttamente da Himmler e quale percentuale era stata ficcata in testa a Heini dall'intrigante Fritz? Ma quadrava — schematico e subdolo, ma quadrava — e ciò che Fritz gli aveva confidato collimava con altre cose che Pauli aveva scoperto nell'espletamento dei suoi compiti ufficiali.

«Perché mi stai dicendo questo, Fritz?»

«Voglio affidare a te le indagini su questi traditori dei gruppi di opposizione.»

«A me?»

«Avrai tutti i poteri e il personale che desideri.»

«No, Fritz. No! Ti prego.»

«Pauli, dev'essere qualcuno di cui mi fido.»

«E che dovrei fare?»

«Non è ovvio?»

«No.»

«Voglio che schiacciate quella feccia, che sia nell'Esercito, nell'Abwehr, nella chiesa, nell'università o dovunque altro. Anche se è nell'SD o nella Gestapo, avrai il potere di interrogare e indagare chiunque ti piaccia. Voglio che il Führer sappia che l'apparato della polizia del partito è sotto controllo, sotto il controllo dello Stato.»

«Vuoi che spazzi via queste organizzazioni?»

«Che le sottoponga a indagini» lo corresse Fritz gentilmente. «C'è coinvolta gente influente: alti prelati, feldmarescialli e aristocratici. Non sottovalutare la loro potenza. Le incriminazioni dovranno essere concretate da processi regolari e circostanziati. Il partito non può permettersi brutte figure in tribunale.»

«Quindi, dovrò portarli davanti ai giudici?»

«Sì, ma non troppo in fretta.» Sfoderò quel suo sorriso di un'astuzia inimitabile. «Dà loro il tempo di fare qualche cosa per cui incriminarli dovutamente.»

Nella casa di fronte, gli operai stavano rivestendo di tavolati i piani alti del ministero; la parte elevata dell'edificio sarebbe stata abbandonata e chiusa. Un edificio cieco, in parte, con le sue finestre coperte di assi, lì nel blocco ministeriale, a ricordare a ogni passante che i bombardieri alleati potevano portare la guerra fin nel cuore del Reich.

«Mi sono spiegato?» domandò Fritz.

«Ti sei spiegato» confermò Pauli.

## *«Non ci serve alcun aiuto per uccidere Hitler»*

Prima dell'avvento del regime nazista, gli abitanti di Berlino-Wedding erano innegabilmente simpatizzanti comunisti. Wedding era un rione di enormi caseggiati residenziali, casermoni costruiti in fretta nel secolo precedente per dare alloggio alle ondate, apparentemente senza fine, di gente dei campi che inurbava Berlino in cerca di lavoro nelle nuove fabbriche. Dato che quei caseggiati propendevano per uno stile a nido d'ape, lame di luce diurna potevano a volte raggiungere i loro cortili e rendere meno miserabili i piccoli squallidi locali, dove gli inquilini si stipavano a dozzine. Adesso quegli appartamenti non erano più affollati e squallidi come un tempo, ma le comodità ignoravano quei grigi e tetri monoliti, i cui abitanti dovevano ringraziare l'avvento dell'estate apportatrice di più luce e caldo.

In quella fredda mattina primaverile, una stanza all'ultimo piano di uno di quei caseggiati era occupata da due uomini. Uno di essi aveva tutta l'aria di un marittimo straniero: un uomo alto e gioviale, sui trentacinque anni, con grandi baffi e tondi occhiali cerchiati di metallo, che si esprimeva in ottimo tedesco — lingua di solito inaccessibile alla completa padronanza da parte di uno straniero — e che dimostrava una spiccata tendenza agli scherzi pesanti e alle frasi senza peli sulla lingua, che fanno tanto *berlinerisch*. Con lui, si trovava un tedesco, prossimo alla cinquantina, grigi capelli ondulati e quel tipo di accento berlinese che ci si sarebbe aspettato di sentire a Grunewald anziché in un tetro rione com'era Wedding.

La vita in comune in quell'unica stanza, da quasi due settimane, non aveva fatto sbocciare alcuna amicizia tra i due. La tensione nervosa non la favoriva, né vi contribuiva il puzzo che veniva dal gabinetto sul pianerottolo. Altri elementi negativi erano rappresentati dalle lenzuola sporche e dall'atmosfera soffocante di quella stanza in cui essi dormivano, mangiavano, giocavano a carte e cercavano di non polemizzare.

«Che ora è?» domandò Peter Winter, il più anziano dei due.

Indossava un vestito grigio scuro, informe e abbondantemente liso in certi punti, l'unico, comunque, dei pochi indumenti che bene o male gli si fosse adattato sulla persona, quando l'Esecutivo Operazioni Speciali di Londra gli aveva messo a disposizione il suo assortimento di abiti confezionati in Germania e muniti di etichetta originale tedesca. Un abito che doveva aiutare Peter a sostenere il ruolo di qualificato contabile, specificato nei documenti falsificati che aveva in tasca. Ma rispettabili ragionieri erano scarsamente disponibili a Londra. La maggior parte degli abiti sotto mano provenivano dagli esuli, e gli esuli non sono famosi per la loro eleganza nel vestiario.

«Sono passati venticinque minuti» rispose Brian Samson, stizzosamente. Nel precedente quarto d'ora, era la terza volta che Winter aveva voluto sapere l'ora. Samson indossava un girocollo bianco da marinaio, calzoni di velluto a coste e pesanti stivali chiodati, usabili come arma di ultima risorsa. Brian era seduto vicino alla finestra, intento a rammendare un calzino teso su un bicchiere vuoto.

«Ormai avrebbero dovuto mandare qualcuno» disse Winter, guardando la ricetrasmittente in un angolo. Se li avessero colti con quell'apparecchio, e con l'antenna fissata alla grondaia fuori dalla finestra, li avrebbero giustiziati senza processo. Peter sbirciò Samson. Non un filo di ansia su quel volto; non era il sistema nervoso che rendeva Samson così di malumore. Se in quel momento la porta fosse stata scardinata, Brian Samson avrebbe sfoderato il suo sorriso e recitato il suo ruolo di marittimo svedese giovialone ed espansivo. Samson possedeva il "tocco comune" e Peter gli invidiava quel dono di natura. Nel pericoloso gioco dello spionaggio, il "tocco comune" poteva essere la carta vincente.

«Forse Hitler ha annullato la riunione ed è rientrato al Wolfsschanze» disse Samson. Articolò il nome del quartier generale del Führer con palese disprezzo. "Tana del Lupo", il nome dato da Hitler al suo quartier generale, dava la misura del mondo immaginario abitato da quei pazzi.

«A Rastenburg, nella Prussia orientale? No, è fuori discussione. In questo periodo dell'anno, tutto quanto viene fatto al Berghof. Il Führer vi trascorre adesso periodi sempre più lunghi. I generali dicono che il Führer non tornerà all'est finché non comincia l'offensiva d'estate.»

«Vorrei tanto che la piantassi di chiamare quel bastardo "il Führer". Non è il mio Führer, quello!»

Peter Winter evitò la polemica, ma non era facile perdere certe radicate abitudini. «Ecco perché è questo il momento adatto per l'Esercito di agire. Lui rimarrà al Berghof fino a luglio, più o meno, e lì le misure di sicurezza non sono poi tanto rigorose.»

«Già» commentò sarcastico Samson, senza alzare gli occhi dal rammendo.

Winter si guardò il dito mozzo della mano sinistra. Maneggiare la bardatura e le corde durante il suo lancio col paracadute era risultato non facile, e quella mano handicappata era rossa e indolenzita per lo sforzo. Per anni, era riuscito a dimenticare quella menomazione, ma adesso — sotto lo sguardo critico di Samson — egli ne era di nuovo condizionato. «È un giovane capitano... Sta dimostrando a Hitler il funzionamento di una nuova arma anticarro...» Questa volta non aveva sbagliato: "Hitler", non il "Führer". «La bomba è nascosta dentro una delle scatole di munizioni che fanno parte della dimostrazione.»

«Come idea, sembra buona» ammise Samson con aria indifferente.

«Quell'ufficiale ci rimetterà la vita» puntualizzò Peter. Guardò il socio nella speranza di vederlo più interessato e compartecipe.

Samson alzò gli occhi dal suo rammendo, e fissò Peter: «Ci credi davvero a tutta questa fregnaccia?».

«Come sarebbe a dire?»

«I tuoi capi a Londra ci credono a tutte le balle che mi vai dicendo?» E poi, rispondendo alla propria domanda: «Devo pensare di sì, altrimenti non m'avrebbero affidato questa rogna extra di farti da balia».

Questa volta, Peter si risentì sul serio. Era tipico di Samson che qualsiasi cosa fosse misurata dal lavoro e dagli inconvenienti cui dovesse sottostare. «Perché non dovrebbero crederci?»

«Sono stati gli americani a mandarti qui, sì o no? Loro bevono qualsiasi balla. Se qualcuno dicesse a quegli americani a Londra che Hitler è un gorilla addomesticato, loro manderebbero giù, subito, uno zoologo!»

«L'Esercito è deciso a...»

«L'Esercito! Non venirmi a parlare del fottuto Esercito. Quei figli di puttana smidollati non scoprirono niente di male in Hitler finché l'Armata Rossa non ha cominciato a insegnar loro come si combatte una guerra, e la RAF non ha cominciato a bombardare le loro preziose città tedesche. Adesso, hanno deciso di farlo fuori. Tipicamente tedesco: amici finché la barca va, i tedeschi.»

«Ci hanno provato già altre volte!» ribatté Peter. Sapeva che in gran parte Samson stava parlando in quel modo per scaricarsi della tensione, comunque la cosa non era piacevole.

«E come ci hanno provato altre volte! Ho sentito tante di quelle storie sui tentativi dell'Esercito di assassinare Hitler che ne ho perso il conto.»

«Le misure di sicurezza che lo proteggono sono oggi severissime.»

«Allora, perché non hanno cercato di farlo fuori ancora nel 1940, quando le misure di sicurezza non erano tanto severe? Perché non ne avevano il fegato. Se i generali avessero voluto uccidere Hitler, a quest'ora lo avrebbero fatto. Mio Dio, ne hanno discusso da tempo immemorabile. Vuoi sapere quand'è che ho cominciato a sentire queste storie?»

Peter, che non voleva sapere quel particolare, insistette: «Non è soltanto l'Esercito. Ci sono tantissimi tedeschi che stanno facendo di tutto per arrivare a un armistizio».

«Un "armistizio" è la parola esatta» disse Samson. «Una sospensione delle ostilità. Ecco quello che vogliono. Una pausa per riprendere fiato prima di tornare a fare la guerra. Dargli retta? Col cavolo! Generali, nobili di campagna, prelati, intellettuali, liberali e tutta la masnada. A nessuno di loro darei retta, io. Un calcio nel culo, ecco quello di cui hanno bisogno!»

«Tu non vuoi che la guerra finisca?»

«Sì, voglio che la guerra finisca. Ma che finisca al momento giusto, nel posto esatto, e con la gente giusta che vi ponga fine. La nostra politica di guerra l'abbiamo esposta chiaramente: resa incondizionata. Non vogliamo nessuna di queste coglionate di un fottuto armistizio. Un armistizio lo avemmo nel 1918, e guarda un po' il risultato. Sono bastati pochi anni di riorganizzazione e di riarmo, e i tuoi cari tedeschi eccoli di nuovo in marcia. No, no, no! Non ripetiamo lo stesso errore. All'inferno, questa cricca di ufficiali nati bene, e tutto il resto. Ché vadano a fare in culo. Non ci serve alcun aiuto per uccidere Hitler. Lo faremo a modo nostro e a tempo debito.»

«È così che la pensa la maggioranza dei tuoi compatrioti?»

«I miei compatrioti? Sì, la pensano allo stesso modo. E se credi che ci faccia difetto la "cavalleria" del Vecchio Mondo, vai a parlare con i polacchi e i cèchi e tutti gli altri poveri diavoli che vi siete messi sotto i piedi con tanta generosità.»

«Non m'ero reso conto dei tuoi appassionati sentimenti. Date le circostanze, devo ringraziarti di nuovo per tutto quanto hai fatto per me.»

«Ho fatto quello che dovevo fare.» Samson guardò l'orologio. «Ormai Hitler non l'hanno accoppato. Naturalmente, avranno ottime giustificazioni; ne hanno sempre. Se dedicassero all'organizzazione dei complotti contro Hitler lo stesso tempo che riservano a procurarsi scuse per non riuscire, il gran bastardo sarebbe già da un pezzo sottoterra.»

«Staremo a vedere.»

Constatando che la propria sfuriata non aveva sbilanciato eccessivamente Winter, Samson si fece un tantino più conciliante. «Vedi, questi alti ufficiali che porti in palmo di mano – loro non vogliono affatto portare la Germania a qualsiasi specie di regime democratico. D'altra parte, non occorre che te lo dica: ricordi senz'altro l'atteggiamento della stragrande maggioranza degli ufficiali verso il governo di Weimar.»

«Essi non amano Hitler» ribadì Winter.

«No, per loro, lui è il caporale di un tempo. Non odiano Hitler perché ha invaso Paesi neutrali o per quello che sta facendo agli ebrei. Lo odiano perché è un bifolco di austriaco, con il buffo accento austriaco, che non rispetta il loro nobile lignaggio e non ammira la loro maestria nell'arte della guerra.»

«Questo è un parlare da sciocco.»

«I generali tedeschi non vogliono la fine della guerra: vogliono che noi li aiutiamo a combatterla. Tu stesso mi hai detto che si propongono di continuare a combattere i russi quale "baluardo contro il comunismo", facendo in pari tempo la pace con le potenze occidentali.»

«Sì.»

«Bene, che altro significa questo, se non che noi li si aiuti a combattere i rossi?»

«Sarà anche così, ma non possiamo lasciare che i russi continuino a farsi avanti. Devono essere ricacciati. Moltissima gente in America la pensa in questo modo.»

«Lascia perdere. L'opinione pubblica inglese è di parere diverso. Beppe Baffone è per loro il salvatore. E il governo non proverà mai ad andare contro l'opinione pubblica. Indipendentemente da qualsiasi macello l'Armata Rossa vi sta combinando, non c'è la minima probabilità di una pace separata senza i russi. Churchill, Roosevelt e Stalin hanno chiarito già da un bel po' il loro messaggio di resa incondizionata. Se non l'hanno modificato mentre stavano perdendo, perché diavolo dovrebbero farlo adesso che stanno vincendo?»

Non era incoraggiante ascoltare l'amico, pensò Winter. Se c'erano molti altri come lui, la missione di Winter era condannata al fallimento già prima di iniziare. E Peter aveva la sensazione che di gente come Samson ve ne fosse moltissima.

### «*Amarlo? Io lo odio!*»

In un altro settore della città, una Mercedes 320 decappottabile, uno dei modelli più piccoli delle auto usate di rappresentanza dall'Esercito, procedeva lentamente lungo l'Unter den Linden. I fiori dei tigli emanavano un forte profumo in quell'ora serotina. E col calar del buio, il traffico si era fatto intenso. La gente usciva dall'Opera e invadeva l'Unter den Linden, dimentica del traffico, la testa ancora piena di musica. Toccava a Mozart, quella sera. Non *Il flauto magico*, naturalmente — era bandito per i riferimenti massonici — e nemmeno *Le nozze di Figaro* o *Così fan tutte*, perché il libretto era stato scritto da Da Ponte, un ebreo convertito. Quella sera era *Il ratto nel serraglio*, che il pubblico berlinese aveva sempre prediletto perché scritto in un linguaggio che riusciva accessibile.

Il generale Horner, seduto sui sedili posteriori della Mercedes, approfittava della lenta andatura della macchina per osservare gli edifici. Non era mai riuscito ad abituarsi ai danni tremendi provocati dall'inverno di incursioni aeree. Gran parte della città era andata distrutta, intere zone sparite, morti e feriti a non finire, ma anche peggiore era la mancanza di fiducia inflitta da quegli incessanti attacchi dall'aria. I berlinesi, essendo berlinesi, avevano affrontato l'incubo con sorrisi e battute. Ma le battute umoristiche erano diverse da quelle di un tempo. Gratta via la scorza a un berlinese ridanciano, e sotto ci trovi un cinico, e l'umorismo di Berlino si era fatto più amaro. E non solo su Hermann Göring e il sistema difensivo della Luftwaffe: le barzellette andavano ben oltre, e si incentravano sulla disfatta. "Scherzi da ebreo", le definivano alcuni, e forse avevano ragione.

Adesso che l'inverno se n'era andato, c'era più gente per le strade. I bombardamenti notturni erano di competenza degli inglesi, e i berlinesi si erano resi conto che i bombardamenti pesanti della RAF potevano arrivare a far visita alla metropoli solo grazie alla copertura delle lunghe notti dell'inverno. Adesso era possibile godere di una intera nottata di buon sonno, tranne quando, a volte, arrivava l'aviazione leggera a mollare qualche bomba, e tanto per far suonare le sirene. Be', non era una cattiva tattica, pensava Horner; valeva la pena di rimetterci un piccolo aereo in cambio di una forza lavorativa di tutta la città che andasse in giro con gli occhi gonfi di sonno. E, come sapevano tutti, gli inglesi non ci rimettevano neanche la loro aviazione leggera. Quei dannati Mosquito della RAF volavano troppo alti per essere beccati dai caccia notturni della Luftwaffe.

Quanto agli americani, loro attraversavano il Reich per bombardare la Polonia in pieno giorno! L'implicazione era terrificante: gli alleati stavano assumendo, in pratica, l'intero controllo dello spazio aereo.

Nemmeno l'Unter den Linden era sfuggito alle bombe. Il Caffè Kranzler era stato demolito. Alex Horner non si sarebbe più seduto lì, a mangiarsi gelati alla crema e a bearsi delle belle fanciulle in transito, come tante volte aveva fatto con Pauli Winter, ai tempi della scuola cadetti. Tempi in cui le guerre si combattevano al fronte: il nemico non veniva a distruggere la casa di un uomo che, in quel momento, era lontano centinaia di miglia a combattere per la propria patria. L'effetto dei bombardamenti aerei sul morale dei soldati impiegati sul fronte russo era fin troppo evidente dagli estratti e campioni di lettere che la censura mandava indietro perché fossero analizzati. Da qualsiasi parte si esaminasse la situazione, la logica diceva che la guerra doveva finire. E se c'era un solo modo per farla finire, che fosse quello, giuramento o non giuramento al Führer.

«Accelera, autista! Ti ho detto che era urgente.»

«*Ja*, Herr General.»

Superata Pariser Platz, il traffico diminuì un poco, e la Mercedes filò più spedita attraverso il Tiergarten, dove i fari schermati sfiorarono qualche coppietta a braccetto, costeggiò l'Hotel Eden e le impalcature dietro le quali stavano riparando i danni delle bombe allo zoo. Il cinema Zoo Palast andava vuotandosi, e

Ku-damm era invasa dal traffico, rallentato e bloccato di continuo dai tram. Ma la serata non era ancora finita, e altra gente arrivava all'assalto di cinema, teatri e caffè. La Mercedes verde scuro sostò dietro un tram, in attesa, prima di riprendere la marcia, che i passeggeri scendessero e guadagnassero il marciapiedi. Alcuni dei passeggeri erano vestiti con eleganza, ma era ormai il mezzo pubblico l'unico modo per spostarsi; difficile ottenere il carburante, se non per importanti itineri ufficiali o d'emergenza.

L'autista conosceva la strada. Deviò all'altezza di Hubertus Allee, fece il giro del rondò di Bismarckplatz e raggiunse il piccolo ed elegante isolato dove viveva adesso Pauli Winter. L'autista balzò a terra e si precipitò ad aprire la portiera al suo generale. Accidenti, se faceva freddo! fu il primo pensiero di Alex Horner, scendendo dalla Mercedes.

Suonò al portone. Il custode lo fece entrare, inchinandosi riverente al generale in uniforme, con tanto di lucidi stivaloni e la Croce di Cavaliere penzolante dal bavero. L'uomo corse anche a spalancare il cancelletto dell'ascensore. «Buonasera, Herr General.» Alex ricambiò con un cenno del capo e schiacciò il bottone. Dopo una serie di scricchiolii e di sussulti, la cabina si fermò al quinto piano, dov'era situato l'appartamento di Pauli.

«Alex! Salve!» disse Pauli, aprendo la porta.

«Sei solo?»

«Sì. Accomodati. Inge è andata al cinema.»

«Non possono trattenermi, ma non potevo dirtelo per telefono.» Prima di entrare in salotto, Horner appese il berretto sull'attaccapanni in anticamera.

«Bevi qualcosa?»

«No, Pauli. C'è stato un altro attentato alla vita del Führer. Oggi pomeriggio, alle quattro.»

«È fallito?»

«Sì, è fallito.»

«Finora non ne ho saputo niente» commentò Pauli. Guardò l'amico con aria perplessa. Era tutto lì? Aveva attraversato Berlino per dirgli che un altro dei tentativi dell'Esercito per far fuori Hitler si era concluso con un fiasco?

«A ripensarci, un goccio lo berrei» disse Alex. «Brandy, se ne hai.»

«Siediti, Alex» suggerì Pauli, mentre versava il brandy e apriva, per sé, una bottiglia di Apollinaris. Sempre, da quando le SS avevano acquisito la società dell'acqua minerale, Fritz Esser aveva fatto in modo che ognuno dei suoi stretti collaboratori ricevesse in omaggio casse e casse del prodotto.

«È una faccenda abbastanza pasticciata, Pauli. Si trattava di una dimostrazione pratica al Führer — un razzo anticarro, versione elaborata del Panzerfaust... Sai come a lui piaccia venire aggiornato su cose del genere, in modo da poter poi catechizzare tutti i presenti e fare sfoggio di competenza.»

«Sì, lo so.» E Pauli si accese una sigaretta, osservando l'amico bere il brandy con soda in due o tre sorsate, e poi deporre il bicchiere vuoto sul tavolino. Per qualche attimo, rimasero in silenzio, a guardarsi l'un l'altro. Tra di essi si era andato instaurando uno strano rapporto. Sebbene la profonda e sincera amicizia di lunga data fornisse una base di fiducia reciproca fondamentalmente integra, v'era un elemento di bluff e contro-bluff, anche. Il generale Horner aveva una mente rettilinea e si sentiva a posto. Serviva fedelmente l'Esercito, e più in particolare il gruppo dei congiurati ai quali si era unito. Se Himmler voleva che le indagini sul gruppo fossero affidate a Pauli Winter, niente in contrario, in quanto Alex era tenuto a distanza di sicurezza dai congiurati, nell'ipotesi che la vecchia amicizia non risultasse sufficiente a proteggerlo. E se Himmler avesse poi ritenuto di dover intervenire ed eliminare gli uomini dell'Esercito dopo che il "voto" fosse stato assolto, Alex sarebbe risultato estraneo a ogni intrigo.

La lealtà di Pauli Winter era meno facilmente definibile. Anch'egli amava l'Esercito, e il suo addestramento a Lichterfelde lo legava al Corpo Ufficiali prussiano al pari di Horner. Ma Pauli Winter aveva altri vincoli più o meno morali: negli anni postbellici, il regime nazista gli aveva fornito un nuovo rispetto di se stesso, in momenti in cui egli ne aveva più bisogno. Era arrivato a far parte dell'élite del partito, parte dello Stato nello Stato. L'apparato che il Reichsführer delle SS si era monopolizzato, e di cui aveva il diretto controllo, includeva ormai le SS nero-vestite, le SS di combattimento in uniforme grigia, i campi di concentramento e di sterminio, l'organizzazione del servizio di sicurezza (l'SD), il Ministero degli Interni, la Gestapo e vari organi di polizia che ricadevano sotto l'egida di Himmler quale ministro. Inoltre, l'impero di Himmler comprendeva società commerciali che si occupavano di tutto, dai mobili economici alle uniformi e alle armi.

Himmler era adesso più potente di quanto qualsiasi generale avesse mai sperato di diventare, e Pauli ammirava il tranquillo, modesto piccolo Heini, con il suo pince-nez e l'uniforme che tanto aveva cara. Se Himmler voleva che i propri uomini non facessero niente mentre l'Esercito tentava di accoppare Hitler, Pauli si sarebbe attenuto alle disposizioni. Era arrivato ad afferrare la logica della situazione. Himmler aveva già acquisito *de facto* il controllo del Terzo Reich: era solo questione di tempo prima che se lo assicurasse totalmente. E se, poi, il Reichsführer delle SS avesse negoziato la pace con le potenze occidentali, senza dubbio lo avrebbe fatto con la stessa abilità dimostrata nella scalata al vertice della posizione attuale.

Di conseguenza, Pauli Winter riusciva a considerare con equanimità la determinazione di Alex Horner di eliminare il Capo dello Stato. Tuttavia, la morte di Hitler non gli avrebbe dato gioia. Se ne sarebbe rattristato, così come si era rattristato per l'inevitabile morte del vecchio Graf di fronte al plotone d'esecuzione, nel carcere di Monaco.

Il generale Horner aveva declinato l'invito a sedersi. Stava passeggiando su e giù per la stanza, guardando i quadri e i libri senza vederli, muovendo le labbra in un muto eloquio. Si girò, le mani a pugno ficcate in tasca dei calzoni, e proseguì: «Le armi vennero disposte su un tavolo, scariche, naturalmente, solo per dare idea della loro configurazione, e la bomba era innescata al tempo prestabilito. La dimostrazione avveniva nel cortile della caserma delle SS, dietro il Platterhof. Poi, proprio nel momento in cui la dimostrazione stava per avere inizio, il Führer fu chiamato all'interno della caserma per prendere un'importante telefonata dalla Cancelleria. Una volta che il movimento a orologeria della bomba è in funzione, non puoi ritardarlo o fermarlo».

«Ed è esplosa?»

«Solo un mezzo chilo circa di esplosivo, ma l'ufficiale è rimasto gravemente ferito.»

«Non è morto?»

«No, lo stanno "interrogando", Pauli.»

«Non posso far niente per lui, Alex. Davvero, mi è impossibile. Ho completa facoltà d'indagine su piani che mirino ad attentare la vita del Führer, ma questa è una faccenda del tutto differente. L'interrogatorio del vostro uomo è di competenza dell'ufficiale delle SS incaricato della sicurezza sul posto. Neanche la

Gestapo potrebbe intervenire finché il funzionario di cui sopra non abbia accertato soggettivamente che non vi è pericolo immediato dopo lo scoppio della prima bomba, e che altre bombe non si trovano nelle vicinanze.»

«Non sono venuto a chiederti di interferire al Berghof, Pauli. Però il guaio è che quest'ufficiale ferito ha avuto contatti con altre persone, qui a Berlino.»

«Ti conviene farle traslocare in qualche zona dove l'Esercito abbia completo controllo: la Francia sarebbe forse l'ideale.»

«Una di quelle persone era tuo fratello.»

«Mio fratello? Peter? Come?»

«Peter è a Berlino. È stato mandato qui per prendere contatto per conto delle potenze alleate.»

«Peter?» Era pazzesco, sconvolgente!

«E Peter si è incontrato con l'ufficiale in questione. Se riescono a farlo parlare, quel poveraccio può dare la descrizione di Peter. Sta a te decidere, Pauli. Caso mai volessi mettere in salvo tuo fratello.»

«Che ci sta facendo qui?»

«Ha una radio. Doveva servirsene per dare a Londra la notizia dell'assassinio, e poi rimanere qui a Berlino come uomo di collegamento con l'Esercito. E ci sarebbe restato finché la radio dell'Esercito non si fosse messa in diretto contatto con Londra.»

«Sai dove sia, adesso?»

«A Wedding. Non c'è telefono.»

«Non c'è telefono. Che assurdità!»

«Per maggior sicurezza» spiegò Alex.

«E per aumentare le difficoltà. Non avevano preventivato che poteva succedere un casino del genere?»

«No. Erano convinti che tutto sarebbe andato liscio.»

Pauli lo guardò. «Già, loro sono sempre convinti che tutto finirà liscio.» Respinse la tentazione di aggiungere qualche sarcastico commento sul similare ottimismo dell'Esercito, e conseguente mancanza di successo, contro i russi: Alex Horner non l'avrebbe gradito, e Pauli era troppo affezionato all'amico per intaccare quel loro prezioso rapporto.

L'attimo di silenzio che seguì fu rotto dal rumore dell'ascensore in arrivo, e subito dopo, sul pianerottolo, dal fracasso del cancelletto che veniva richiuso con violenza. E quindi, il suono di voci sulla porta d'ingresso e in anticamera: Inge, che entrò nel salotto, seguita da Fritz Esser. Ridevano entrambi per qualche cosa che Fritz aveva appena detto.

«Generale Horner?» disse Inge, con quel tono di voce affettato che spesso adottava dopo aver bevuto qualche bicchierino. «A cosa dobbiamo l'onore?» Era tutta elegante. Anche Friz era in tiro.

«Alex ha fatto un salto a bere qualcosa, cara» rispose Pauli. «Ma non dovevate andare a cena, voi due, e poi dedicarvi alle danze?»

«Infatti» disse Inge. «Ma un rompiscatole ha portato a Fritz un messaggio urgente.» Si guardò nello specchio, sistemandosi una ciocca di capelli. La moglie di Pauli aveva quarantasette anni, e aveva cominciato a tingersi i punti grigi della capigliatura. Erano stati al cinema a vedere *Romanza in bemolle*. Un film che deliziava Inge, che si identificava nell'eroina, infedele moglie di un impiegato statale. Nel film, però, l'amante era un genio musicale che componeva una "romanza" e ben poco aveva in comune con Fritz Esser. Inge era seccata di non aver potuto vedere la fine — il suicidio della moglie respinta — anche se il film l'aveva visto già tre volte. Rivolse un pallido sorriso alla propria immagine nello specchio.

«Al cinema» spiegò Esser, dopo aver salutato Horner. «Hanno interrotto il film e hanno fatto apparire sullo schermo una diapositiva chiedendomi di mettermi in contatto con chi aveva il messaggio per me.»

«Quale messaggio?» domandò Pauli.

Fritz Esser guardò dal generale Horner a Pauli e di nuovo Horner. Aveva intuito il motivo che aveva portato lì Alex, ma, visto che la situazione pareva richiederlo, si adeguò e riferì. «Un attentato alla vita del Führer. Non ne hanno dato la notizia ufficiale. Un capitano dell'Esercito con una bomba. Un ufficiale di Stato Maggiore, ma già combattente al fronte: il solito tipo con Croce di Cavaliere e medaglie relative. Il povero fesso ci ha rimesso tutto un braccio. La bomba glielo ha soffiato via. In quel momento, il Führer era in caserma, era corso al cesso. Deve essersi chiesto che aveva mangiato quando ha sentito il botto che partiva.» La dieta a base di insalate, seguita dal Führer, e la conseguente cronica flatulenza erano ben note ai suoi stretti collaboratori. E Fritz esplose in una risata fragorosa, scoprendo la dentatura. Da un po' di tempo egli si stava sottoponendo a plurimi e costosi interventi odontoiatrici. Su insistenza di Inge, i vecchi, cariati e storti dentoni di Fritz venivano adesso rimpiazzati da protesi irreprensibili, in cui non mancava l'oro.

«Come fai a sapere tutti questi particolari?» insistette Pauli.

«Ho telefonato a Bormann. Bormann è l'unico che sa cosa sta facendo giù là al Berghof. Tutto il resto è un casino! Quei bavaresi non sarebbero neanche capaci di gestire un negozio di caramelle, ma il Führer sembra fregarsene dei pasticci che combinano. E sono gli unici che riescono a capire il suo accento» disse Fritz, con un'altra risata. «Dammi qualche cosa da bere, Pauli, fa' il bravo. Dovrò stare su tutta notte. Adesso hanno messo sotto chiave il povero fesso, ma dovremo mandar su qualcuno dei nostri per le indagini, tanto per salvare la faccia. Secondo te, il nostro amico Koch potrebbe occuparsene?» Guardò l'orologio, e poi si versò da bere. Sapeva dove erano tenuti i liquori, in quella casa. «Devo andare.»

«Koch non è uno specialista in materia. Non sa come svolgere un interrogatorio» obiettò Pauli. «E a volte indispone la gente. Non mandare lui al Berghof. L'ho piazzato dietro una scrivania a fare il passacarte. Lasciamolo lì dov'è.»

«Troverò qualcun altro» acconsentì Fritz, ingollando la sua dose abbondante di grappa.

«Io devo uscire con Alex» comunicò Pauli.

«Per andare dove?» intervenne Inge, petulante. Sarebbe rimasta sola, e detestava la solitudine. Ecco perché stava con Pauli, e si ostinava in quella ridicola commedia coniugale.

«Fuori» le rispose seccamente Pauli.

«Non c'è bisogno che tu sia tanto villano» squittì con rabbia sua moglie. Qualsiasi tipo di ripulsa la rendeva nevrastenica.

«Via, via, via» si interpose Fritz Esser, che spesso si trovava a dover fare da paciere tra i due. «Pauli non ci chiede mai, a noi due, dove andiamo, Inge, tesoro mio. Devi lasciare che viva la sua vita.»

«Avremmo dovuto divorziare un secolo fa» rimbeccò lei.

Alex Horner andò a riprendersi il berretto in anticamera. Rimase lì, a fissare una stampa di Vienna — un regalo di Inge a Pauli, di tanto tempo prima — impassibile, come se non stesse ascoltando la conversazione.

«Non parliamo di divorzio» ammonì Fritz Esser. «Il Führer non approva i divorzi: potrebbe essere una fregatura per la carriera di tuo marito, e magari anche per la mia.» Sogghignò. Forse era una delle solite battute di Fritz, ma non si poteva mai sapere; comunque Inge capì che il monito non lasciava dubbi, e si arrese: l'argomento era troppo scottante.

Si rivolse a Pauli, con un sorriso che era troppo dolce. «Così, Peter è qui a Berlino?» domandò all'improvviso.

«Cosa?» muggì Fritz Esser.

Alex Horner continuò a studiare la stampa, e Pauli assunse un'aria stupita. «Peter? A Berlino? No.» Ma Pauli non era mai stato un abile mentitore, e la genuina sorpresa di Fritz rese evidente che il diniego di Pauli era fasullo.

«Vi ho sentiti parlare» disse Inge. «Ho fatto le scale a piedi — non posso salire in quella scatola dell'ascensore, mi dà la claustrofobia — e sono entrata mentre Fritz era giù a parcheggiare la macchina. Vi ho sentiti!»

«Sì, è qui a Berlino.» La voce di Pauli era fredda, priva di emozione. La voce che egli usava tanto spesso quando litigava con sua moglie.

«È da lui che stai andando?» domandò Inge

«Sì, vado a vedere mio fratello.»

«Per dirgli che Lottie è morta?»

«Non lo so.»

«Assassinata dalle bombe degli americani: accertati che lui si renda conto del particolare» insistette lei, crudelmente.

Pauli la fissò. Povera Inge. «Lo ami ancora?» le chiese.

«Amarlo? Io lo odio!»

«Come odii me» insistette Pauli.

«Sì, come odio te.»

Fritz Esser finì la sua grappa, mise il bicchiere sul tavolo, afferrò Inge per un braccio e le dette una scrollante violenta al punto da farle schioccare i denti. «Adesso, ascolta me, cretina che non sei altro! Questa è una faccenda di Stato, non una storia romantica da rivista rosa. Tu tieni ben chiusa quella boccaccia.» La scrollò di nuovo con forza. «Chiusa stretta, stretta! Pronunzia ancora il nome di Peter Winter e ti do una ripassata che ti sgombra il cervello per sempre. Capito, puttanella da strapazzo?»

Mollò la stretta, e Inge arretrò impaurita, strofinando il braccio indolenzito. Con stupore di Pauli, Inge sorrise, un sorriso amaro, ma pur sempre un sorriso. «I tuoi argomenti li esponi sempre in modo così chiaro, Fritz, carino mio!» disse.

«Se ne starà buona buona, Pauli» garantì Fritz senza nemmeno degnarla di uno sguardo. «Tu vai e fai quel che devi fare. Dov'è?»

«Dov'è?» Pauli girò la domanda a Horner.

Questi esitò. Poi rispose: «A Wedding: un isolato residenziale tra la chiesa di San Giuseppe e la stazione della metropolitana».

«Devo saperlo, se voglio depistare chi ti potrebbe pedinare» spiegò Fritz, senza dire come intendeva provvedere al riguardo.

«L'ufficiale dell'attentato, che è stato ferito, lì al Berghof, ha avuto contatti con Peter» disse Pauli.

«Non preoccuparti di lui» lo rassicurò Fritz. «Se ne sono già incaricati.» Sbirciò il generale Horner, ma questi rimase rigido come un palo, in quell'atteggiamento teso e formale e militaresco che i tedeschi chiamano *zackig*.

Anche Pauli guardò Alex, con acuto imbarazzo. Non c'era da equivocare sul commento di Esser: era già stato programmato che l'ufficiale decedesse quanto più presto possibile, a evitare ogni possibilità di ulteriori complicazioni. Il generale Horner aveva capito, naturalmente — non era scemo — ma restò impassibile.

«Tu vai a letto, Inge» ordinò Fritz; e quando la vide che non si muoveva e fingeva di riordinare i bicchieri vuoti, ripeté: «Mi hai sentito? Ti ho detto di andare a letto!».

«Sì, Fritz. Buonanotte, generale Horner.» Horner abbozzò un inchino, senza aprire bocca. «Buonanotte, Pauli.»

«Buonanotte, Inge.»

«E tieni chiusa la bocca» le ricordò Fritz, prima che lei potesse augurare lo stesso a lui. Rivolto agli altri due, Esser aggiunse: «Andiamo. Presumo tu sia venuto in macchina, Alex».

«Si, l'ho giù da basso.»

«In bocca al lupo, voi due» concluse Fritz. «Si preannuncia come una notte maledettamente lunga.»

## *«Chi era quello svedese?»*

Il Bodensee è un grande lago dall'aspetto imbronciato, che segna i confini tra la Germania sud-ovest e i cantoni svizzeri di lingua tedesca. Le sue acque sono spesso rese pericolose da tempeste che scendono all'improvviso dalle Alpi incappucciate di neve a chiudere l'orizzonte. Da Friedrichshafen, una piccola cittadina sulla costa tedesca, un traghetto raggiunge regolarmente la città svizzera di Romanshorn. Quella sera di giugno, l'aria si era fatta imprevedibilmente fredda, e le acque avevano quel curioso aspetto lattiginoso che, a detta della gente del posto, è presagio di un temporale. E l'aria era anche piena di minuscoli insetti alati, preda di uccelli che saettavano bassi a rasentare il pelo dell'acqua. La minaccia della pioggia aveva fatto rintanare in casa chiunque, tranne due uomini. Il molo era tutto per loro.

Stavano camminando, i due, sotto la fila di alberi; uno di essi era piuttosto basso di statura, pienotto, oltre la quarantina. Indossava, con trascuratezza, un buon vestito della stessa stoffa ritorta e scurissima che gli avvocati di tutto il mondo sembrano prediligere. I suoi capelli biondi non erano esenti da canizie. Un tipo che muoveva incessantemente le mani mentre parlava. Il suo compagno risultava leggermente più anziano: occhialuto, viso affilato; dimessamente vestito, era però alto e snello, con un portamento più aggraziato e l'andatura che potrebbero avere un attore o un seguace di Tersicore. Giunti al muraglione, i due tornarono sui loro passi verso la grossa BMW nera, con la targa di Berlino, parcheggiata vicino alla chiesa.

«L'ufficiale all'immigrazione qui all'imbarco si chiama Schanz» disse Pauli a suo fratello. «Uno alto, coi baffi... sulla sessantina. A suo tempo lavorava per papà, nella fabbrica qui in città. È ben disposto verso la famiglia Winter. Digli che vai in Svizzera per conto della ditta. Se c'è qualche intoppo, interverrò io, ma speriamo tutto vada liscio senza che debba espormi.»

«Non voglio che tu ti metta nei guai» replicò Peter.

«So badare a me stesso.»

«Non sarei riuscito a venir via da Berlino senza di te.»

«Chi era quello svedese?»

«Un marittimo. Stava cercando di vendermi burro e prosciutto in scatola.»

«Ha tagliato la corda come un fantasma.»

«Borsa nera. Aveva paura d'essere beccato, immagino.»

Pauli sorrise. «Evidentemente.» Guardò di nuovo il lago. Erano sul viale vicino alla Schlosskirche, nello stesso punto dove mamma, tanti anni prima, era rimasta a bordo della meravigliosa automobile italiana, a osservare gli Zeppelin. Dov'era adesso quella gloriosa vettura? In un museo, forse. Pauli, una volta, durante i combattimenti nelle vie di Berlino nel 1919, l'aveva vista transitare per il Tiergarten, con a bordo una mezza dozzina di soldati. «Mi hai detto che, una volta dall'altra parte, sei a cavallo... Comunque, se sorgessero problemi, chiedi di uno che si chiama Becheler. È un ispettore di polizia che ronza sempre vicino all'ufficio dogana. Digli che mi conosci. È un lavativo scansafatiche, ma prende soldi da noi.»

«Dalla Gestapo?»

«Sì. Di quando in quando ci dà una mano. I suoi genitori vivono a Innsbruck: non farà niente che ci possa tornare sgradito» precisò Pauli, significativamente.

Peter consultò il suo orologio da tasca, un modello non costoso, in acciaio, ma che funzionava benissimo, come Londra gli aveva assicurato.

«Il battello sarà qui da un momento all'altro. Perché non vieni via con me, Pauli?»

«Ne abbiamo già parlato e straparlato, Peter!»

«Sì, ma vorrei tanto che tu venissi. Potrei sistemarti ottimamente, quali che siano i tuoi precedenti nazisti.»

Accidenti! Come poteva Peter fare pressioni perché suo fratello minore fuggisse dal Paese natale e si unisse ai nemici della patria? Certamente, sarebbe stato più logico che Peter rimanesse lì, e si affidasse alla protezione di Pauli. Il mondo si stava capovolgendo. «Non ho fatto nulla di cui vergognarmi» ribatté Pauli.

Peter lo guardò. Come far capire a Pauli quello che il futuro aveva in serbo per le SS e la Gestapo e tutti gli accoliti di Himmler? «Loro ci odiano, Pauli.»

«Loro chi? Gli americani?»

«Tutti. Tutti ci odiano. Nessuno rispetta più i tedeschi. Ci chiamano con tutti i nomi — crucchi, unni, nazi — e ci disprezzano.»

«La vedremo dopo che abbiamo vinto la guerra» commentò Pauli con aria di sfida.

L'ingenuo ottimismo di Pauli era irritante. Perché niente pareva fargli entrare in testa un po' di buon senso? «La guerra è persa, Pauli. Ormai devi averlo capito anche tu.»

«Ne sei convinto, Peter?»

Povero Pauli. Era irrecuperabile. Peter aveva sempre considerato propri diritti il rispetto, l'amore e la lealtà di suo fratello; forse non li aveva ricambiati in egual misura. Nessuno della famiglia lo aveva fatto, forse. E di colpo sentì che avrebbe dovuto proteggere quel suo fratellino: lo sentì come non mai prima.

Circondò con un braccio le spalle di Pauli, con dolcezza. «Dio sa che accadrà alla Germania. Vieni con me! Cosa hai qui perché tu debba rimanerci?»

«Niente. Ho perduto Inge. Non ho figli. Papà non vuole che metta piede in casa sua. Ma non posso venire con te. Sono troppo vecchio per adattarmi a un altro Paese e a un'altra lingua. Troppo vecchio e troppo stupido. Resterò con mamma. Avrà bisogno di essere consolata quando papà morirà. Non supererà un altro inverno, lui: il medico lo ha già detto a mamma.»

«Ecco che arriva il battello. Avrei voluto vederlo, nostro padre; e la mamma. Forse riuscirai a trovare un modo per dirglielo.»

«Meno persone sanno, meglio è, Peter.»

«Sì, credo che tu abbia ragione. Ma è terribile pensare che forse non lo rivedrò mai più.»

«Non volevo litigare con papà, ma mi aveva incolpato di cose che non dipendevano da me. È stato ingiusto.»

«È vecchio, Pauli, e i vecchi diventano lunatici.»

«Ho fatto quello che potevo.»

«Non ne dubito, Pauli. Nessuno ti incolpa. Adesso, è meglio che andiamo all'imbarcadero.»

Pauli, invece, si fermò. Fissando negli occhi il fratello, disse: «Volevo bene a Lottie. Le volevo bene, davvero!».

«Certo che le volevi bene, Pauli. Ti ripeto, nessuno ti biasima.»

«Non capisci: l'amavo!»

«Dobbiamo andare, Pauli. Il battello è quasi arrivato.»

«Se fosse rimasta tranquilla in casa di Lisl Hennig, tutto sarebbe andato bene, ma lei si sentiva sola, depressa, e il figlio di Lisl disse che l'avrebbe portata al cinema. Lei non usciva mai, ma era un film a colori, un musical. Secondo il piccolo Theo l'avrebbe tirata su di morale.»

Peter chiuse gli occhi, cercando di non sentire. Era troppo doloroso. «Me l'hai detto.»

«E poi arrivarono gli americani. Era una brutta incursione. Devono essere morti sul colpo, lei e Theo: tutto il cinema crollò. Centrato in pieno da una bomba.»

Peter aprì gli occhi, posandoli sul fratello. «Nessuno te ne dà la colpa, Pauli. È la guerra. Me ne rendo conto.» Peter aveva ricacciato la notizia della morte di Lottie in qualche oscuro recesso della propria mente. L'avrebbe pianta in un altro momento e in un altro luogo.

«Avrei voluto poter fare qualsiasi cosa, Peter. Lo sai.»

«Lo so, Pauli.»

## *«C'è una visita»*

La grande casa nel cuore di New York era diventata una specie di curiosità, in quanto circondata completamente da alti isolati residenziali e complessi per uffici. In una camera del secondo piano del vecchio edificio, Cyrus Rensselaer era a letto. A novantatré anni, egli era, per un uomo di quell'età, in stupefacenti condizioni fisiche e mentali. Si alzava quasi ogni giorno e, con il piccolo aiuto di un domestico, si vestiva e, col minuscolo ascensore installato di recente, scendeva al piano terra per far colazione. Nelle due ultime settimane, però, non se l'era sentita di affrontare l'impresa. Era rimasto a letto, a farsi leggere il *New York Times* e il *Wall Street Journal*. Aveva mangiato soltanto uova in camicia e un po' di minestra di brodo di pollo, e qualche crostino. Il medico era venuto a visitarlo quotidianamente. All'inizio aveva detto che il paziente tirava avanti benone, ma il martedì Cyrus Rensselaer si era indebolito notevolmente.

Amava gli portassero in camera la posta in arrivo. A volte, c'era una lettera di Glenn. Che non diceva molto – Glenn non era mai stato capace di scrivere epistole soddisfacenti, e, adesso che era impegnato in quel lavoro segreto in Inghilterra, i suoi scritti erano ancora più brevi e scarsi di notizie. Un paio di volte aveva detto che la famiglia poteva essere fiera di Peter Winter, e, una volta, molto di recente, era arrivato a precisare che Peter era in Inghilterra, sano e salvo. Ma, dato che in casa non avevano mai saputo che Peter fosse stato via dall'Inghilterra, o in pericolo, quelle assicurazioni non avevano significato molto.

Il venerdì mattina, Cyrus Rensselaer ricevette la lettera, quel tipo di lettere che preferiva: bella spessa, speditagli da un vecchio amico in viaggio d'affari in Portogallo. Una lunga lettera, scritta, con grafia decisa e scorrevole, su una dozzina di fogli di carta azzurra, che conteneva ogni sorta di informazioni sulla gente europea, su luoghi e ditte che Cyrus conosceva. Le ultime imprese dei suoi concorrenti vi trovavano il dovuto resoconto, e, quasi alla fine, l'amico aveva scritto: «... nessuno arriva a Berlino, di questi tempi, ma ho incontrato un tale che mi ha detto come i funerali di Harald Winter siano stati una specie di avvenimento in quella miseranda città. Tua figlia Veronica è stata vista alla cerimonia funebre e aveva un buon aspetto, te lo dico con vivo piacere, anche se tu probabilmente sai già tutto».

Cyrus lasciò cadere la lettera sul lenzuolo. Così, Harald Winter se n'era andato. Presto la guerra sarebbe finita, e Veronica sarebbe tornata a casa, in America. E la vita sarebbe sembrata tanto migliore. Lui sarebbe stato in piedi, non appena Veronica fosse stata di nuovo lì. Ne poteva ricordare chiaramente la voce, di quando era ancora una bimba. Sempre a cantare e a chiacchierare — una bimbetta così ciarliera! Sorrise al ricordo. La casa non era stata più la stessa da quando sua figlia era partita per il college. Quante cose avevano da dirsi, loro due!

Trovarono Cyrus Rensselaer morto, quando gli portarono la leggera colazione in camera. Aveva ancora sul naso gli occhiali; era morto in pace. I fogli azzurrini della lettera erano caduti sul pavimento. Chi lesse poi quella lettera pensò che la notizia delle esequie del genero lo avesse ucciso. Ma qualcuno più percettivo disse che era morto contento, sapendo che il suo vecchio nemico Harald lo aveva preceduto nella tomba.

La notizia del decesso di Cyrus Rensselaer raggiunse Londra più rapidamente di quanto la notizia riguardante Harald Winter attraversasse l'Atlantico. Perché Cyrus Rensselaer era un nome conosciuto nel mondo della finanza e degli affari, e anche più in là. A Londra apparve un necrologio sul *Times*, e sul *Financial Times*, anche. L'*Economist* pubblicò un breve articolo dedicato a «Un mago di Wall Street». Ma ci volle parecchio più tempo perché Glenn scoprisse che tutte le sostanze del vecchio erano state devolute a Dot, la seconda moglie. A Glenn non era stata assegnata che una modesta annualità, e per Veronica, la quale — come era detto nel testamento — non era mai tornata in patria, non c'era nulla di nulla.

A Londra, in quella lunga e febbrile estate del 1944, Glenn Rensselaer e Peter Winter furono troppo occupati per dedicarsi dovutamente a ringraziare per le condoglianze e alle rimembranze. Il 6 giugno era stato il D-Day, le forze anglo-americane avevano invaso la Francia, e la Germania aveva quella guerra su due fronti che, secondo quasi tutti gli strateghi, le sarebbe stata fatale.

Il colonnello Rudolf von Kleindorf era stato tra i primi a dover fronteggiare il nemico testé arrivato. Era al comando di un battaglione impegnato in prossimità della spiaggia sin dalle prime ore della battaglia. Il giorno successivo al D-Day aveva fatto una ricognizione personale del terreno a sud di Omaha Beach, dove l'attacco americano era stato sferrato con violenza. Era facile perdersi nel dedalo di viottoli fronzuti e bordati di siepi, e i difensori tedeschi erano sotto la costante minaccia dei caccia americani che mitragliavano rasente il suolo qualsiasi cosa si muovesse. In uno di quegli attacchi a volo radente, il mezzo blindato di von Kleindorf era stato centrato dai proiettili di mitragliatrice, uscendo di strada e rovesciandosi. Il colonnello e il suo autista passarono quattro ore nascosti in un cratere di bomba, nella speranza di poter rientrare nelle loro linee, protetti dall'oscurità.

Ma il buio arriva molto tardi in una sera di giugno, in Normandia. La fanteria americana in avanzata catturò i due uomini, e un caporale tolse a von Kleindorf le medaglie, l'anello d'oro col sigillo di famiglia e l'orologio da polso, ficcandoseli in tasca. Quando von Kleindorf incominciò a protestare vivamente contro il furto dei suoi oggetti personali, un fante di Chicago, di nome Weinberger, lo insultò in fluente e gergale dialetto berlinese, prima di colpirlo in faccia col calcio del fucile, fratturandogli una mascella, lo zigomo, rompendogli il naso e scardinandogli qualche dente, più tagli ed escoriazioni multiple. L'infelice venne abbandonato, privo di sensi, sul bordo della strada, e il plotone di fanteria riprese la sua marcia.

Le armate delle potenze occidentali avevano fatto breccia nel "Vallo Atlantico", proseguendo la loro avanzata senza soste. Le navi anglo-americane non permettevano ad alcune unità navale tedesca di avvicinarsi a distanza di tiro all'enorme flotta di invasione che riempiva la Manica, e il cielo era completamente dominato dall'aviazione alleata. Due settimane più tardi, ebbe inzio l'offensiva dell'Armata Rossa sul fronte orientale. Le truppe sovietiche sfondarono lo schieramento del Gruppo d'Armata centrale, dov'era concentrato il grosso delle forze tedesche. Il fronte germanico cedette, e la Polonia e il Reich rimasero aperti all'avanzata russa.

Il 20 luglio, i cospiratori dell'Esercito effettuarono un nuovo tentativo di assassinare Adolf Hitler. Un'altra delle bombe di fabbricazione inglese, ottenuta tramite l'Abwehr, venne fatta esplodere, mediante il solito congegno a tempo, durante una conferenza alla "Tana del Lupo" a Rastenburg, nella Prussia orientale. L'attentato ebbe solo in parte esito migliore rispetto a tutti i precedenti. Hitler, sebbene ferito, sopravvisse e mantenne il controllo del suo regime. Questa volta, però, i cospiratori avevano organizzato malamente non solo l'attentato, ma anche l'eventuale presa del potere. I messaggi, i proclami e gli ordini, con tanta cura preparati dai congiurati, non vennero diramati. A Berlino la giornata era afosa e umida, e gli uffici e i corridoi dell'Armata di rimpiazzo al Bendlerblock erano affollati di ufficiali intenti a discutere che cosa fare, in attesa di ordini che non venivano, né sarebbero venuti. Non fu fatto alcun tentativo di impadronirsi della rete radiofonica o dei servizi postali, telegrafici o telefonici. Nessuno andò ad arrestare i ministri nazisti, e il capo della polizia berlinese, anch'egli partecipe al complotto, attese invano ordini d'intervento.

Solo dopo che il conte von Stauffenberg — colui che aveva collocato la bomba vicino a Hitler — fece ritorno a Berlino, il tentativo di colpo di Stato ebbe inizio. Ma era ormai troppo tardi. A Berlino era giunta la notizia che Hitler era vivo e furibondo, assetato di vendetta. La cospirazione andò in frantumi, e ben presto le famigerate cantine dell'edificio della Gestapo in Prinz-Albrecht-Strasse furono piene di alti ufficiali dell'Esercito. Gli interrogatori a cui vennero sottoposti risultarono accelerati e spietati. Gli stenografi registravano velocemente mentre i torturatori professionisti espletavano il loro compito.

Nessuno degli uomini coinvolti fruì di quello che poteva somigliare a un regolare processo: si temeva che eventuali giudizi in tribunale potessero incitare altri tedeschi alla rivolta. Al Volksgerichtshof — il Tribunale del Popolo — gli accusati non vennero processati; furono soltanto maltrattati e ingiuriati, in un procedimento d'accusa cui anche i cosiddetti avvocati difensori partecipavano. I cospiratori vennero torturati, condannati e messi a morte con sistemi barbari, tipo strangolamento progressivo. Generali e feldmarescialli furono impiccati, penzolanti mediante corde di pianoforte a ganci di macellaio, e filmati nella loro agonia, cosicché Hitler avesse la soddisfazione di vedere più volte la loro fine. E le sofferenze non si limitarono ai colpevoli. Loro parenti e amici vennero giustiziati a migliaia o spediti nei campi di concentramento. Non furono pochi quelli che morirono solo perché avevano lo stesso nome di uno dei congiurati.

L'assegnazione del generale Alex Horner a comandare un

corpo d'armata in Francia aveva fatto sì che fosse assente da Berlino e dall'abortito putsch. Quando ne era arrivata la notizia, Horner stava cercando disperatamente di tamponare l'irruzione del generale Bradley sul fronte di Saint Lô e di arginare l'impeto della Terza Armata del generale Patton che stava avanzando attraverso la breccia. Pur consapevole in ogni istante che il proprio nome potesse venire a galla negli incessanti interrogatori dei suoi commilitoni a Berlino, e che il suo diretto superiore, feldmaresciallo Kluge, era tra i sospettati, Alex Horner dedicava ogni attenzione al campo di battaglia. Ma, ogni notte, trovava qualche minuto per scrivere una lettera a sua moglie, Chrisi, e sempre, prima di chiudere, tracciava in fondo alla pagina qualche disegnino buffo per Christian, il figlioletto di sei anni.

Faceva caldo quella sera, tanto caldo da permettergli di sentire il profumo delle ciliegie mature sugli alberi dell'orto in cui bivaccava. Anche attraverso lo schermo dei teli verdi, la sua tenda era illuminata dai bagliori di un nuovo bombardamento dell'artiglieria americana. E il rumore dei cannoni era un susseguirsi di tuoni; le esplosioni erano a volte così vicine l'una all'altra da formare un rombo ininterrotto.

Aveva appena finito di scrivere la sua lettera, quando il giovane Winkel fece capolino nella tenda. «Herr General?»

«Sì, Winkel. Che c'è?» Il ragazzo stava diventando la copia esatta di suo padre. Troppa birra, lì stava il problema. Non aveva importanza: il tempo della birra e delle rose era tramontato, per non tornare mai più.

«C'è una visita.»

«Chi?»

«Un generale, un Gruppenführer delle SS.»

L'ufficiale delle SS scostò da parte Winkel. «Generale Horner?» chiese brusco. Era chiaramente stupito, ma Alex Horner ci era abituato. I generali di quarantacinque anni non erano ancora uno spettacolo normale, nemmeno in quella nuova era del nazionalsocialismo.

«Sì?»

«Heil Hitler» disse l'altro, protendendo il braccio nel saluto che, dopo l'attentato a Hitler, era diventato obbligatorio sia per l'Esercito sia per le SS.

«Buonasera» rispose Horner, rimanendo seduto. Leccò il lembo gommato della busta. «Che c'è?»

«Sto portando la mia divisione sul fianco sinistro del suo

schieramento, domani, generale.» Horner gli era superiore gerarchicamente, ed era suo comandante di corpo d'armata, ma il nuovo venuto lo aveva chiamato "generale", non "Herr General". Era lo stile SS che, al di là del loro ambito, usavano anche per l'Esercito. L'uomo era sulla sessantina, rasato impeccabilmente, aveva un naso ossuto su una faccia lunga e cotta dal sole, che l'età aveva arrotondata e increspata. Parlava con la cadenza spessa e inarticolata della Baviera. Sulla testa, baldanzosamente inclinato, il berretto consunto dell'Afrikakorps. Aveva addosso la tuta mimetica, prerogativa esclusiva delle SS d'assalto, le cui insegne, assieme al grado, erano sommariamente impresse sul bavero. L'abbigliamento era completato da fondina e pistola al fianco, e alti stivali allacciati, non regolamentari. Nonostante l'età, il suo aspetto era quello di un combattente o di un brigante da strada. Horner lo squadrò, senza esserne impressionato. Alcuni di quella categoria amavano sembrare veterani di fanteria, ma non voleva dire nulla: i generali vincono le battaglie usando il cervello, e una pistola rientra nel quadro, anche se ti è d'impaccio, quando ti chini a studiare una mappa.

«Sì, la stavo aspettando due giorni fa» disse Horner.

«Vi sono state impreviste difficoltà nei trasporti.»

«Beva un goccio» suggerì Horner.

«È vero cognac francese?»

«Portaci due bicchieri, Winkel» gridò Horner. Sapeva che il suo autista era lì a coglier ciliegie per poter ascoltare, ma Winkel sapeva tenere a freno la lingua, e Horner tollerava quella curiosità. «Da dove venite?» domandò al nuovo arrivato.

«Dall'Italia del nord: vicino a Milano. Eravamo di riserva, cercando di riorganizzarci, dopo le perdite subite sul fronte orientale. Eravamo completamente sotto organico.»

«Granatieri corazzati?»

«Sulla carta.» Winkel arrivò con i due bicchieri. Horner e l'uomo delle SS si sbirciarono a vicenda, mentre bevevano. Gli occhietti del Gruppenführer erano mobilissimi: astuti? da maiale? Oppure Horner nutriva troppi pregiudizi contro quei soldati politicizzati? Non era entusiasta della prospettiva di avere una divisione delle SS d'assalto nel suo corpo d'armata, anche se si trattava di unità indubbiamente capaci di battersi assai bene. Le SS d'assalto avevano l'ostinata abitudine di ignorare gli ordini che non gradivano: occupavano le città nelle quali avevano avuto ordine di non entrare, non ne occupavano altre che invece avrebbero dovuto presidiare o attaccare. Il Gruppenführer bevve il suo cognac, e si asciugò le labbra col dorso della mano. «Roba fine» disse, e poi: «Ma ce la caveremo, generale: i miei ragazzi sanno come combattere».

«Sempre che non vi illudiate che qui le cose siano facili» ammonì Horner. «Gli americani sono giovani e inesperti. A volte, ingenui, e infilano un errore via l'altro, ma hanno energia giovanile e tenacia, anche, e imparano presto. Quel che conta di più, pare abbiano rifornimenti a non finire, di qualsiasi cosa. È differente dal fronte orientale, ma non creda sia più facile.»

«I miei uomini terranno la sua linea per lei.» Horner rilevò che gli uomini delle SS avrebbero tenuto la "sua" linea per "lui". Il Gruppenführer si servì altro cognac senza farne richiesta. Si diceva spesso che i prussiani fossero troppo freddi e distaccati, ma, di fronte a un tipo come quello, era difficile per Horner contestare la teoria paterna: che, cioè, tutti i bavaresi erano stupidi, ostili e caratterizzati da facce di maiale.

«Non ne dubito» ammise Horner.

«Ci chiamano "brigata pompieri". Passiamo in volata da fronte a fronte, ovunque l'Esercito ha bisogno di aiuto. E lottiamo sino all'ultima cartuccia.»

«Una cosa sia ben chiara, Herr Gruppenführer» disse asciutto Horner. «Non voglio che un solo prigioniero sia passato per le armi. Sul mio settore del fronte, non devono esserci atrocità di sorta!»

«Però sono cose che succedono» replicò l'uomo delle SS. «I miei uomini combattono per vincere.»

«Se accadono sul mio fronte, vi sarà una corte marziale sul posto.»

«D'accordo. Niente fucilazioni di prigionieri.»

«Spero mi abbia capito bene, Herr Gruppenführer. Applicherò la corte marziale a qualsiasi ufficiale che disobbedisca ai miei ordini, quale ne sia il grado.»

«Non mi riconosce, gnerale Horner?»

L'esistenza di Horner era stata piena di facce, momentanee visioni di uomini di ogni grado, formato e misura, ma egli non aveva mai avuto sotto di sé una divisione di SS. Scrutò l'interlocutore. «No, Herr Gruppenführer.»

«Brand, mi chiamo, generale Heinrich Brand, Heini il Pazzo! Ebbi il piacere di insegnarle la guerra di trincea, quando lei aveva ancora il latte sulla bocca.»

Sì, era Brand. Cambiato un bel po', ma Horner avrebbe dovuto riconoscere quegli occhietti sempre in movimento. Che disdetta aver di nuovo a che fare, dopo tutti quegli anni, con quel maiale insolente! «Le conviene cominciare subito a occupare la sua posizione» disse Horner.

«I miei uomini stanno ancora arrivando.»

«Avrete bisogno della copertura del buio. In questo settore, gli aerei nemici entrano in piena attività non appena ci sia luce sufficiente per vedere. Vengono in ondate a staffetta, squadriglia dopo squadriglia... aerei muniti di proiettili razzo, a volte. Tutto quello che si muove, lo attaccano. Ed è così per tutto il giorno.»

«Dov'è la fottuta Luftwaffe?»

«Anche la Luftwaffe ha avuto imprevisti problemi di trasporto» rispose Horner. «L'aviazione americana attacca e abbatte ogni nostro aereo cui venga in mente di avvicinarsi.»

«La mia contraerea...»

«Non tenti di arginare i loro attacchi — rimandi al giorno seguente» disse sarcasticamente Horner. «Pensi a occupare le sue posizioni avanzate prima che spunti l'alba. Tutto è pronto per voi: il nostro settore è quanto mai esteso. Dico due parole a uno dei miei ufficiali che manderò con lei. Faccia quello che le dirà. Dovrà far muovere i suoi uomini...»

«Non mi serve alcun aiuto» protestò Brand.

«Non le ho chiesto se ha bisogno di aiuto. Ho detto che le mando assieme uno dei miei ufficiali di Stato Maggiore. Desidero, e mi aspetto, che lei sia già sulle posizioni avanzate prima che venga l'alba.»

«Non mi dà mica molto tempo!»

«È la normale procedura di noi dell'Esercito» precisò Horner, per pungolarlo addizionalmente.

«Dov'è questo ufficiale?»

«Winkel!» chiamò Horner. «Accompagna il signor generale al comando.» Rivolto a Brand, aggiunse: «Quando è in posizione, me lo faccia sapere con un portaordini. Poi venga a rapporto al quartier generale. Alle 7 e 30 minuti».

«Sì, Herr General» rispose Brand. Mostrò i denti in un feroce sorriso.

## *«Un padre veramente orgoglioso»*

Veronica Winter fece capolino nella stanza che Harald Winter aveva usato come studio fin da quando erano entrati in quella casa. Una stanza che era cambiata ben poco rispetto a com'era stata appena dopo che si erano sposati. La libreria di Harry, i preziosi tappeti, la stupenda scrivania intarsiata, dove Pauli era seduto in quel momento. Loro figlio si trovava lì da quasi mezz'ora, tentando di trovare il coraggio o la volontà, o quel che altro fosse, per aprire la scrivania paterna e inventariarne le carte contenute.

Pauli aveva preso atto della rinnovata forza morale di sua madre, ma non poteva farci affidamento. Aveva dato per scontato che Veronica fosse affranta, non meno di lui, per la morte di Harald Winter, ma Veronica aveva accettato la dipartita con stoicismo. Aveva amato il marito con la tenerezza e la lealtà che, alla sua generazione, erano state insegnate quali meritori requisiti. Sebbene l'avesse pianta, la morte di Harry rappresentava per lei la fine di un vincolo a volte penoso.

Pauli avrebbe pagato qualsiasi cosa perché quel triste incarico fosse stato affidato a un altro. Ma sua madre si era rifiutata di esaminare le carte private chiuse a chiave nella scrivania. Forse perché, così supponeva Pauli, le ripugnava di trovare lettere d'amore, o altro materiale compromettente circa le notorie relazioni extraconiugali di Harald. Quanto a Pauli, la morte paterna era stata una specie di incubo, sin da quando era piccolo; si era sempre chiesto come avrebbe fatto fronte alla scomparsa del genitore. Una domanda la cui angosciosa risposta era addolcita dal pensiero che, quando il momento fosse venuto, ci sarebbe stato presente Peter, avrebbe pensato a tutto Peter.

Prese il mazzo di chiavi, e introdusse la più piccola nella serratura. Chiavi che gli erano familiari da sempre. Sin da quando ricordava, papà le aveva portate appese a una catena d'oro che gli attraversava il panciotto. Adesso, chiavi e catena erano sue, ma Pauli non provava alcuna gioia a maneggiarle.

Metodicamente, prese a inventariare: gemelli di onice, in una scatoletta piccina che recava il nome di un gioielliere di Parigi; un tagliacarte in osso; una lente d'ingrandimento, marca Zeiss, unita, mediante un grosso elastico, a un paio di occhiali di riserva; un regolo calcolatore in avorio, logoro e scolorito per l'uso continuo; una agendina di indirizzi, rilegata in morbida pelle, che papà portava nel taschino del panciotto, e piena della grafia minuta del proprietario; lettere inserite nelle loro buste aperte, con l'annotazione a penna del contenuto; l'atto notarile riguardante la casa; una copia a carbone di una lettera relativa alle azioni di Harry nelle aziende Winter, e una lunga stipula circa la compartecipazione azionaria, firmata da tutti i consiglieri e munita di sigillo in ceralacca rossa; cartoline illustrate di tutti i vecchi Zeppelin, una delle quali con due righe e l'intricata firma dell'anziano conte; una foto di Veronica ai tempi del fidanzamento.

Pauli passò in rassegna gli oggetti, uno per uno, cercando di non pensare a colui che non avrebbe mai più rivisto, cercando di non chiedersi dove il loro rapporto aveva cominciato a deteriorarsi. Che si era aspettato Harald da lui? Che cosa si aspetta ogni padre dal proprio figlio? Tanto, troppo. Se Harald avesse preso, così semplicemente, l'amore e il rispetto di Pauli per quello che meritavano, e avesse ringraziato Iddio per quel figlio leale e devoto, tutto sarebbe stato meraviglioso. Ma, per Pauli, la vita con Harald Winter era stata un lungo, incessante esame. Il loro rapporto era sempre stato un susseguirsi di prove, inventate, condotte e giudicate da Harald Winter in persona, con l'imparzialità di Nostro Signore.

In fondo alla scrivania c'erano quattro grandi libri dalla copertina in pelle che mostrava differenti segni di usura. A prima vista, potevano esser presi per registri contabili che Pauli, poco versato in materia, aveva deciso di lasciare per ultimi. Ma quando li aprì, ebbe la più grossa sorpresa della sua vita. Erano album di ritagli di giornali e riviste, ordinatamente incollati su ogni pagina. E c'erano anche fotografie, e due menù firmati e una cartolina di auguri disegnata da Pauli a nove anni e inviata a suo padre tanti, tanti anni prima.

I quattro album contenevano, in pratica, la storia della vita di Pauli. Relazioni sul suo rendimento a Lichterfelde, lettere di Pauli scritte dalla trincea. Foto di giornale delle splendide nozze di Pauli. E persino piccoli ritagli del giornale delle SS che annunciavano ogni promozione di Pauli e la sua nomina a ufficiale onorario delle SS. E Pauli ignorava che suo padre avesse mai visto una copia di *Das Schwarze Korps*, tanto meno che ne avesse ritagliato un trafiletto. Ne restò interdetto. Fece passare a uno a uno i fogli dei quattro album. C'era anche qualche ritaglio e ricordo di Peter, ma la stragrande maggioranza riguardava Pauli. E nulla che gettasse un'ombra sulla carriera di Pauli. Era una raccolta che soltanto un padre veramente orgoglioso poteva aver compilato.

# 1945

## *«È un lavoro fatto con amore»*

A metà gennaio 1945, l'Armata Rossa sferrò la più gande delle offensive russe della guerra. Centottanta divisioni impiegate in un attacco che, nel giro di due settimane, separò la Prussia orientale dal Reich e assicurò all'Unione Sovietica la regione industriale della Slesia, la maggior risorsa, quanto a carbone e acciaio, per lo sforzo bellico tedesco.

Il comando supremo di Adolf Hitler era stato riportato nella Cancelleria del Reich e nel bunker sottostante. Il 19 gennaio, Eva Braun, l'amante di Hitler, e Martin Bormann arrivarono dall'Obersalzberg per essere con lui. Il pomeriggio del 27 gennaio, le mappe sulla parete della testé ripristinata sala operativa di Berlino furono aggiornate per dare evidenza che le punte avanzate delle unità di ricognizione dell'Armata Rossa di Žukov avevano attraversato il fiume Oder, e si trovavano adesso a solo cento miglia dalla capitale. Verso la fine di gennaio, Hitler effettuò una delle sue rare uscite dal Comando supremo: andò a prendere il tè, assieme al Dr. Joseph Goebbels, a casa di quest'ultimo, a Schwanenwerder, un'isola sull'Havel. Temendo di essere avvelenato, Hitler si era portato un thermos di tè e una scatola di biscotti.

Lo stesso giorno, a Weissensee, all'altro capo di Berlino, un altro medico stava offrendo il tè ai propri colleghi. Quel giorno non c'era nessun funerale nel grande cimitero ebraico di Berlino. Il Dr. Isaac Volkmann, un tempo dentista altamente stimato in città, festeggiava il proprio compleanno. Già da qualche anno lavorava lì come becchino, grato a Dio che gli faceva la grazia di farlo sopravvivere. Per l'occasione aveva con sé un pugno di foglioline per il tè. Non vero tè, naturalmente — una miscela di foglie di menta e altre erbe che i tedeschi si erano abituati a bere senza troppi mugugni.

Volkmann aveva parecchi motivi per essere grato alla Provvidenza. Andava a casa ogni sera da sua moglie e dal suo bebè, e il duro lavoro di scavar fosse e faticare come un qualsiasi bracciante riusciva più facile a lui che non a qualcuno dei suoi compagni. Volkmann era sempre stato solido e muscoloso. All'università si era distinto negli sport: hockey, canottaggio e atletica leggera. Per alcuni degli altri, lì al cimitero, le cose erano più difficili. C'era Benjamin, il rabbino, con la sua spalla irrigidita dall'artrite; c'erano il vecchio Simon, "il professore", con quella tosse bronchiale che lo faceva boccheggiare in cerca d'aria, e il Dr. Sigmund Weiss, il quale viveva nel terrore di dover andare all'ospedale per le sue fitte al petto, qualora lo avessero prelevato e destinato a un campo.

A scavar fosse c'erano altri tre uomini, più giovani e provenienti dalle classi lavoratrici, cresciuti con la prospettiva di quel pesante lavoro manuale. Il più disadattato risultava il settimo componente del gruppo, quello strano Boris Somló, che era il tipo più sibillino e incongruo che le circostanze avessero portato lì. Era ufficialmente noto come "Fromm", ma Volkmann aveva visto il suo vero nome su una vecchia patente di guida austriaca che una volta gli era caduta di tasca. Una patente non più valida in quanto risaliva a prima dell'*Anschluss*. L'uomo era un incosciente ad averla conservata. Assieme al documento, Volkmann era riuscito a intravedere alcune fotografie, tutte di una donna che somigliava moltissimo a Boris. Sua madre, senz'altro.

Il mistero circa quel furtivo Boris Somló era che egli, una volta, aveva affermato che suo padre non era ebreo. Quale *Mischling*, probabilmente avrebbe potuto vivere e trovare un lavoro secondo una prassi più normale, esente da persecuzioni razziali. Non gli era assolutamente necessario lavorare lì al cimitero. Non era, per lui, la differenza tra vita e morte, come per il resto del gruppo. Il Dr. Weiss sosteneva che era una vergogna: diceva che Boris sarebbe dovuto andarsene di lì, e lasciare il posto a qualche ebreo vero che fosse in pericolo, ma Boris ribatteva che già una volta si era trovato su un treno diretto a un campo di sterminio all'Est, e non se la sentiva di correre di nuovo lo stesso rischio. Nessuno gli aveva creduto, ma la storia era quella. Un treno diretto ai campi all'Est. Nessuno era mai riuscito a scappare da uno di quei convogli e tornare indietro a raccontare la sua storia. C'era voluto parecchio tempo per capire in pieno cosa ne era delle famiglie ebree destinate al "reinsediamento all'Est"; nessuna di esse aveva mai scritto lettere o cartoline per dire che era arrivata a destinazione. Ma adesso chiunque sapeva, e sapeva che nessuno tornava mai. Ecco perché non credevano alla storia di Boris.

Isaac Volkmann era l'unico al cimitero che trattasse amichevolmente Boris. Gli faceva pena. Anche se oltre la quarantina, Boris era uno sprovveduto, che pareva incapace di organizzarsi anche nelle cose più elementari, quali lavarsi la biancheria o radersi con una certa regolarità. Era — dicevano gli altri, quando l'interessato non poteva sentirli — un "irrecuperabile".

Comunque, lo sconfortante aspetto di Boris sarebbe potuto essere meno negativo non fosse stato per quella sua parlata orrendamente viennese, un sibilo nasale, buffo al punto da far sorridere, a volte, anche Isaac Volkmann, nonostante la volontà di non rendere ancora più complicata l'esistenza di quel povero diavolo.

Ma quel giorno, con le tazze di tè bello caldo a scaldare stomaco e mani, e la porta chiusa contro il feroce freddo berlinese, il gruppo era tutto di buon umore. Volkmann girò lo sguardo sui suoi compagni di sventura. Tutta brava gente, anche se nessuno di loro possedeva quella che egli avrebbe considerato una dentatura decente. Erano radunati al completo nella baracca sul retro della camera mortuaria, a discutere dell'avanzata russa — o, piuttosto, delle voci che correvano al riguardo, in quanto nessuno aveva sentito alla radio tedesca dell'attraversamento dell'Oder da parte delle truppe sovietiche. Forse qualcuno l'aveva appreso dalla BBC, ma si sarebbe guardato bene dall'ammetterlo, anche davanti a quei compagni, amici e colleghi nel patimento.

Che avrebbero fatto se i russi fossero arrivati fin lì, a Berlino? Era sempre "se", nonostante il nemico fosse tanto vicino. «I russi sono dei barbari» disse il Dr. Weiss, che aveva un cugino nell'Esercito. «Se arrivano qui, ammazzano tutti quanti.»

«Non noi,» precisò il professore «non gli ebrei.» La rivoluzione in Russia aveva avuto le sue basi nell'intelletto e nel dinamismo ebraici. «L'Armata Rossa non farà alcun male agli ebrei.»

«Come faranno a sapere che siamo ebrei?» domandò il Dr. Weiss.

«Non dobbiamo aver paura» disse Benjamin. Era l'unico rabbino vivente e ancora libero in tutta Berlino. Per quanto ne sapeva, era l'unico rabbino sopravvissuto in tutta la Germania. Era sempre di umore lieto.

Fu mentre parlavano che Boris andò agli armadietti metallici dove essi tenevano i loro abiti normali. Aprì lo sportello del proprio armadio e ne estrasse un pacco avvolto in carta marrone. Lo osservarono in silenzio mentre scioglieva i nodi dello spago. Dentro l'involto c'era quello che sembrava una pezza arrotolata, un tessuto color rosso brillante. Boris ne afferrò un lembo, tenendolo alto, e lasciò che l'altra estremità si srotolasse fino a sfiorare il pavimento.

Vi fu un sussulto di sorpresa, e anche di paura, quando videro di che cosa si trattava: una grande bandiera rossa, con tanto di falce e martello.

«Dove te la sei procurata?» domandò il Dr. Weiss.

«L'ho fatta io» rispose Boris.

Nessuno rise o sorrise, in quel momento, per il suo buffo accento. Weiss allungò una mano e toccò l'orlo della bandiera, quasi temesse che potesse esplodere. «L'hai fatta tu?»

Adesso potevano vedere che il vessillo era stato confezionato riunendo assieme tanti piccoli pezzi di stoffa, cuciti con notevole abilità. Gli emblemi della falce e del martello erano costituiti di una stoffa d'un vivido giallo che scintillava come l'oro. C'erano voluti migliaia di piccoli punti a mano per realizzare quell'opera. Era un lavoro fatto con amore, e il professore lo disse, rispettosamente.

«Quando loro arrivano, la faremo sventolare dal pennone della bandiera» dichiarò Boris.

«È un lavoro fatto con amore» ripeté il professore.

«Così sapranno» aggiunse Boris.

«Mettila via, adesso» si affrettò a dire Benjamin che, per generale consenso, era la voce dell'autorità e della saggezza. «Bel lavoro, Boris. Adesso mettila via finché non ne avremo bisogno.»

«Bel lavoro, Boris» fecero eco gli altri, con un rispetto nuovo nella voce. Chi avrebbe mai immaginato che un essere imbranato e lugubre come quello potesse confezionare, in tutta segretezza, una stupenda bandiera del genere, e portarla lì, senza che nessuno se ne fosse accorto?

Ma ora, Isaac Volkmann credeva d'aver capito la ragione delle esagerate paure del *Mischling* e del cambio del suo nome. Aveva intuito che Boris Somló era stato un membro attivo del partito comunista in Austria prima dell'*Anschluss*. In tal caso, le sue paure erano giustificate.

## *«Non sembra affatto oro»*

Per qualsiasi nazista superstizioso, come lo era Fritz Esser, il venerdì 13 aprile 1945 manteneva la sua infausta promessa. Le truppe degli Stati Uniti avevano raggiunto l'autostrada di Berlino Dessau, e dal Bendlerblock era partito l'ordine di distruggere le due fabbriche di esplosivi dell'Esercito, minacciate da un momento all'altro dall'avanzata americana. Erano le ultime fabbriche rimaste all'Esercito tedesco: da quel momento non vi sarebbero state più munizioni per le armi tedesche.

Berlino era un marasma di incendi e di edifici bombardati. La Cancelleria era gravemente danneggiata — Hitler era nel bunker — e, nel vicino Hotel Adlon, Louis Adlon andava aggirandosi tra tappeti bruciacchiati, specchi in frantumi e mattoni sbriciolati per vedere cosa ci fosse di recuperabile di quello che, un tempo, era stato il più splendido albergo d'Europa. Potsdamer Platz era irriconoscibile: spariti gli alberi, sventrati gli alberghi e gli uffici che l'avevano circondata. La famosa facciata di Messel dei grandi magazzini Wertheim non esisteva più. Quasi tutti i ministeri avevano cominciato a traslocare via da Berlino i loro documenti. I collaboratori personali di Hitler erano andati all'Obersalzberg per preparare il suo arrivo, previsto per il 20 aprile, giorno del suo cinquantaseiesimo compleanno. Era già pronta una torta: Adolf Hitler era ghiotto di torte.

La mattina del venerdì 13 aprile era spuntata color rosso sangue. Le squadriglie della RAF avevano illuminato il cielo con razzi di segnalazione, e sotto le bombe al fosforo e quelle ad alto esplosivo il terreno era sparito. Lungo la via, Fritz Esser, nella sua grossa Mercedes a sei ruote, guidava con attenzione rasentando grossi cumuli di macerie vecchie e nuove. Stava andando a prelevare Pauli Winter. Sui trasporti pubblici non si poteva fare affidamento, anche se gli sforzi degli operai addetti erano stati sovrumani. L'auto di Esser superò un nutrito gruppo di ragazzi — quattordici, quindici e sedici anni — che, lungo Keith Strasse, si dirigeva stancamente verso casa, nel quartiere in rovine di Schöneberg. Era stata una brutta notte: qualcuno sarebbe arrivato a casa per trovare che non esisteva più. I ragazzi indossavano uniformi assurdamente inadatte, ed elmetti troppo pesanti per loro. Erano gli scolari di recente assegnati alle squadre dell'antiaerea nel Tiergarten. La coda del gruppo stava attraversando il ponte Cornelius, sotto il quale il canale Landwehr era in secca: le macchine di pompaggio che ne controllavano il flusso erano inutilizzabili a seguito dei bombardamenti.

Fritz Esser si fermò e fece retromarcia. Avvertiva un impulso improvviso di dare qualche cosa a quei ragazzi: avevano un aspetto tanto patetico! E come guardavano quella Mercedes, dello stesso modello usato dal Führer quando era solito, ai bei tempi, percorrere le vie cittadine. Senz'altro, adesso l'occupante doveva essere un alto funzionario dello Stato. Gli si raggrupparono intorno, rispettosamente. Nel portabagagli c'era una grossa scatola di cioccolatini, destinati a Inge. Fritz li distribuì ai ragazzi, che presero a divorarli avidamente. Alcuni di essi non avevano mai visto il cioccolato. Un pallido quindicenne, scoprendone per la prima volta il sapore, scoppiò a ridere, come se stessero facendo uno scherzo, così come, in certo qual modo, il piccolo caporale austriaco aveva fatto un certo tipo di scherzo a tutti loro. Anche Fritz si mise a ridere. A parte piangere, che altro restava da fare?

«Goebbels è ancora seduto nel suo ufficio in Wilhelmsplatz a bere champagne» ghignò Fritz. Era in macchina assieme a Pauli, fuori dell'edificio del Ministero degli Interni. Stavano aspettando che gli uffici si aprissero e arrivasse il personale. «Ha telefonato al Führer per dirgli che era scritto nelle stelle che la metà di aprile avrebbe visto un cambiamento nelle nostre fortune. Dice che la morte di Roosevelt collima con la morte della zarina durante la Guerra dei Sette Anni, e che porterà vittoria al Führer come la portò a Federico il Grande.»

«Figurati se non gli ha tirato su il morale» commentò Pauli. Il portinaio si fece vivo e aprì il portone alle 8,30 in punto, e un organetto di Barberia cominciò a macinare la sua musica, nella speranza di raccattare qualche spicciolo dagli impiegati del ministero.

«Goebbels ha incaricato qualcuno di confezionare, anzi di riesumare, l'oroscopo per il Führer del 30 gennaio 1933. Dice la stessa cosa.»

«Ma Goebbels ci crede a tutte queste balle dell'oroscopo?» domandò Pauli.

«Goebbels ha una fifa matta dei russi» spiegò Fritz. «Sta facendo di tutto per convincere se stesso che quelli non arriveranno mai fin qui.»

«E dire che Goebbels è un uomo colto.»

«Lui è il primo a credere nella propria propaganda.» La risposta di Fritz gettava una nuova luce sul Reichsminister per la stampa e propaganda. Pauli aveva sempre creduto che Goebbels, col suo virulento antisemitismo, fosse un cinico per lo meno quanto Fritz.

«Non me n'ero mai reso conto» Pauli tossì. Stavano fumando entrambi, e l'abitacolo della Mercedes era azzurro per il fumo.

«Sono tutti matti» disse Fritz. «Ecco perché taglio la corda.»

«Credevo dovessi andare all'Obersalzberg col Führer.»

«Non ci andrà mai, lui. Avrei dovuto capirlo già da prima. Lui rimarrà rintanato in quel fottuto bunker finché i carri armati russi non ci spianeranno come frittelle.»

«Non doveva essere là per il suo cinquantaseiesimo compleanno?»

«Così aveva detto, ma adesso non ci andrà. Avrei dovuto prevedere le sue vere intenzioni quando Eva Braun arrivò qui in gennaio. Di solito la tiene sotto chiave al Berghof.»

«Chi è Eva Braun?» volle sapere Pauli.

«L'amante del Führer, quella che gli scalda le cosce.»

«L'amante? Del Führer? Ne sei sicuro?»

«È stato un segreto ben custodito, vero? È da dodici anni circa che si tiene nascosto quel bel bocconcino al Berghof, eppure sono in pochissimi a saperlo.»

«Dove vuoi andare, adesso?»

«A sud. Non appena le avanguardie americane si incontrano con i russi, ci sarà impossibile passarci in mezzo per arrivare...»

«Arrivare dove?»

«Non lo so... In Svizzera, o in Italia. Ho bisogno di documenti falsi. Pensi che Lothar Koch potrebbe procurarmeli?»

«Direi di sì. Ne ha confezionati per altri, e anche per sé. Ha documenti che dimostrano che in questi ultimi dodici anni è stato un impiegato, e, in precedenza, un addetto alla reception di un albergo. Chissà, qualcuno potrebbe anche crederci. Vai su a trovarlo. Da quando la metropolitana non funziona, dorme in ufficio.»

«Voglio che venga anche tu, Pauli.»

«Non posso, Fritz.»

«Prima, aspetta a vedere quello che ho con me.» Fritz ghignò. «Guarda dentro a quei sacchi.» Tutto il sedile posteriore era occupato da sacchetti legati strettamente con lo spago. Pauli ne prese uno, lo aprì e guardò il contenuto. In un primo momento, non riuscì a distinguere che cosa fosse. Pesava un bel po', ma sembravano uova strapazzate, – sporche uova strapazzate.

«Che roba è?»

«Oro.»

«Oro? Non sembra affatto oro» disse Pauli.

«Denti e altro, montature in oro per occhiali, roba di vario genere che l'SD aveva depositato alla Reichsbank.»

«Come fai ad avere questa roba?»

«Il Reichsminister Funk ha ordinato che tutto l'oro, l'argento, le banconote estere e i preziosi custoditi nel caveau della banca siano trasferiti a sud.»

«A sud, dove?»

«Tutto quanto nelle miniere di sale e nelle cave. Ben nascosto.»

«E questi?»

«Non appartengono alla Reichsbank: appartengono a noi. Ho rilasciato una ricevuta su carta intestata del Servizio di sicurezza. Nessuno ha fatto obiezioni: finché hanno una ricevuta in mano...»

«L'SD? Quando se ne accorgono, sai che macello vien fuori, Fritz?»

«Non essere così fesso, Pauli!» Accese un'altra sigaretta col mozzicone della precedente, prima di schiacciarlo nel portacenere con forza non necessaria. «È tutto kaputt. E questa roba è quello che ci serve per le nostre finanze personali. I Reichsmark non varranno una cicca non appena smettiamo di combattere.»

«Ma tu l'hai rubata.»

«E a chi altri serve? Dài, faremo a metà. Senti come pesa.»

«Denti? Denti d'oro?»

«Dei prigionieri che sono morti nei campi.»

«Oh, Dio!»

«Non metterti a inorridire. La guerra, l'hai fatta o no?»

«Dei prigionieri? Gente che è morta nei campi? È orribile! E hanno messo questa roba in banca?»

«Ce n'è a tonnellate. Quello che c'è sul sedile è tutto quello che sono riuscito a prendere. Vieni con me, Pauli. Di benzina ne ho un sacco.»

«Devo rimanere qui, Fritz. Devo pensare a mia mamma.»

Pauli abbassò il finestrino per far uscire un po' di fumo. Il suono dell'organetto aumentò di intensità.

«Non avrai mai più un'altra occasione come questa, Pauli. I russi accopperanno chiunque, qui in città.»

«Mia madre è troppo anziana per andare da qualsiasi parte.»

Fritz non polemizzò sullo specifico punto. Non aveva intenzione di rimorchiarsi la madre di Pauli, quale fosse la sua meta. Diavolo, la donna doveva pesare almeno cinquanta chili, l'equivalente di pari peso in oro.

Pauli richiuse il sacchetto. Trovava sconvolgente guardare quei pietosi e grotteschi frammenti e pezzetti, adesso che ne sapeva la provenienza. Legò con cura l'involto e lo rimise al suo posto. «Grazie ancora, Fritz, ma devo restare con lei. Non c'è nessuno adesso che si occupi di lei, dopo che papà è morto.»

«Ho bisogno di una rivoltella, Pauli.»

«Non ne hai già una?»

«Mi serve qualcosa di più efficace, una pistola mitragliatrice, magari.» Si guardarono, e Fritz aggiunse: «Per quest'oro, la gente è capace di uccidere».

«Ne sei convinto, Fritz?»

«Non qui in città... non ancora. Ma io vado a sud, dove si combatte.» Stava arrivando gente per iniziare il lavoro. Un autobus si fermò e ne scese una dozzina di impiegati. Era sorprendente come la gente andasse avanti, nonostante l'imminente collasso della nazione.

«Vai da Koch. Digli di telefonare all'armeria di Prinz-Albrecht-Strasse. Lui sa a chi rivolgersi. Digli che sei autorizzato a prendere qualsiasi arma ti serva.»

«Sapevo che avresti risolto il mio problema.» Picchiò col pugno sul volante, come impaziente di partire.

«Allora, è un addio?»

«Sì. Me ne vado appena ho documenti e pistola.» Fritz scosse la cenere della sigaretta nel piccolo portacenere sul cruscotto. Un gesto insolito in lui, che aveva l'abitudine di depositare la cenere ovunque gli tornasse più comodo.

«Abbiamo avuto giorni felici, Fritz.»

«E tantissimi altri ne avremo ancora, Pauli. Se la va, te ne accorgerai! Ti scriverò a casa dei tuoi genitori. D'accordo?»

«Inge viene con te?»

«È partita ieri. In treno. Sono riuscito a farle avere un posto e i documenti. La incontrerò a Mittenwald per fine settimana.»

«Dille buona fortuna, anche a lei.» Pauli aprì la portiera e scese dall'auto. «Addio, Fritz.» L'organetto stava suonando *Lily Marlene*. Pauli aveva ancora tanto lavoro da sbrigare. Forse sarebbe stato più intelligente procurarsi documenti falsi e tagliare la corda, come stava facendo Fritz, ma per Pauli il lavoro aveva la precedenza. Come sempre.

### *«Il momento di avere coraggio»*

Il 20 aprile, il compleanno di Adolf Hitler fu festeggiato a Berlino, e tutti gli alti gerarchi nazisti erano con lui nel bunker: Göring, Himmler, Ribbentrop, Bormann e Goebbels, nonché gli alti comandanti dell'Esercito. Ma quella notte, molti di essi lasciarono la città. Göring, con una lunga carovana di veicoli, si portava via qualche pezzo di prima scelta di capolavori artistici (saccheggiati), puntando all'Obersalzberg, mentre Himmler puntava a nord, diretto a Lubecca, dove doveva discutere di pace al consolato svedese.

Lo spazio resosi così disponibile nel bunker del Führer comportò che l'intera famiglia Goebbels fosse invitata a traslocarvi, abbandonando la casa sinistrata nei giardini di Wilhelmstrasse. Due giorni dopo, i carri armati russi infransero le difese esterne ed entrarono in città. Ormai i proiettili dell'artiglieria cadevano nel centro di Berlino.

Gli uomini che lavoravano al cimitero continuarono il loro compito anche quando fu l'artiglieria campale tedesca ad aprire il fuoco, dalla vicina Berliner Allee, contro bersagli in terreno scoperto a Wartenberg, a nord dello scalo merci. I colpi cadevano negli orti e negli appezzamenti coltivati, sollevando nuvole scure di terriccio asciutto.

«La fanteria» disse il Dr. Volkmann, senza che nessuno osasse contraddirlo. Nella prima guerra, si era guadagnato la Croce di ferro di prima classe combattendo sul fronte occidentale. «Granate ad alto esplosivo, che vengono usate contro obiettivi non fortificati. Fanteria russa.»

«Poveri diavoli» commentò il rabbino.

I poveri diavoli dovevano aver chiesto aiuti via radio, perché Benjamin aveva appena finito di parlare che enormi globi di fuoco incominciarono a solcare il cielo scuro, in traiettorie che approdavano nelle presunte postazioni dei pezzi tedeschi. Solcando l'aria, i misteriosi, rabbiosi missili emettevano un sibilo sonoro.

«Fuoco di controbatteria» disse Volkmann. «Razzi. Li chiamano "Organi di Stalin". Penso ci convenga tornare nella camera mortuaria. Dietro la fanteria devono esserci i carri armati. Uno dei pezzi ha cominciato a sparare proiettili anticarro. Riuscite a sentirli?»

«La fanteria sarà dietro i carri armati» obiettò il professore, che non mancava mai di dire la sua.

«No, no, no» insistette Volkmann. «Prima la fanteria, dopo i carri.» Non voleva comunque intavolare quel tipo di botta e risposta accademico che al professore piaceva tanto. «Io torno a casa.»

Boris Somló aveva in mano la sua grande bandiera rossa, avvolta nel pacco. Incominciò a sciogliere lo spago, pronto ad aprirla. Gli altri gli si raggrupparono intorno.

Il Dr. Volkmann chiese se qualcuno veniva via con lui.

«Dobbiamo ben affrontarli, una volta o l'altra, Dr. Volkmann» osservò il rabbino.

«Meglio incontrarli qui, allo scoperto» approvò il Dr. Weiss. «Forse ci daranno una specie di lasciapassare che ci metterà al sicuro. Tempo domani e tutti si faranno avanti per vantare meriti speciali e richiedere un trattamento particolare.» Guardò Boris, che aveva sul viso una espressione decisa, assolutamente insolita in lui.

«Io me ne vado» ripeté Volkmann. «Chi viene con me?» Nessuno rispose.

«Arriva il momento di avere coraggio» disse, poi, Benjamin il rabbino.

Come non avesse aspettato che quella frase, Boris si avviò, con la bandiera sulla spalla, come una coperta arrotolata. Gli altri lo seguirono, dirigendosi verso i binari della ferrovia. Boris aveva deciso che il terrapieno dello scalo merci fosse un posto adatto per l'incontro con gli avanzanti soldati sovietici. I quali avrebbero avuto modo e tempo sufficienti per vedere la bandiera, una volta che questa fosse stata distesa sulla scarpata. Per tacito consenso, Boris era diventato il leader del gruppo.

Il Dr. Volkmann si mosse in direzione opposta. Non aveva la minima voglia di andare incontro ai soldati dell'Armata Rossa. Voleva tornare a casa, da sua moglie e da suo figlio.

Si avviò di buon passo lungo Berliner Allee, sperando che

qualcuno gli desse un passaggio sino in centro città, ma l'unico traffico nella via era militare: autocarri pieni di fanteria, alcuni obici da dieci centimetri a rimorchio di grossi semicingolati, e cinque carri armati giù per Virchow Strasse, provenienti da Friedrichs Hain, che era stato trasformato in parco macchine dell'Esercito. I cingoli avrebbero rovinato l'asfalto, ma che importanza aveva? Niente aveva più importanza, si disse Volkmann. Quando arrivò all'ospedale Horst Wessel, in Landsberger Allee, vide uomini penzolanti dai lampioni. I corpi oscillavano alla brezza, e a ciascuno di essi era attaccato un cartello con una scritta frettolosamente tracciata. Diceva: "Ho abbandonato il mio posto e ne ho pagato il prezzo". Aveva sentito parlare dei "tribunali volanti", che eseguivano sentenze di morte sommarie sulle vie, ma era la prima volta che aveva sott'occhio la prova palpabile del loro operato. Rabbrividì e allungò il passo, rasentando un punto in prossimità di Alexanderplatz dove un autobus era caduto dentro un tratto scoperto della metropolitana. Squadre di operai specialmente addestrati ed equipaggiati stavano piazzando un argano per liberare la gente rimasta intrappolata nell'incidente.

Sul lato ovest della grande intersezione, due vetture tranviarie erano state tolte dai binari per formare una barricata di fortuna. Componenti della Gioventù Hitleriana e uomini anziani, che indossavano cappotti del vecchio Esercito del Kaiser, bustine dell'Afrikakorps e bracciali del Popolo in armi, stavano riempiendo le due vetture di macerie e pezzi di pavimentazione stradale. In mezzo alla strada, giacevano tre cavalli morti e i resti di un carretto militare, sparpagliati attorno al cratere che segnava il punto in cui una bomba vagante dell'Armata Rossa li aveva centrati.

Nell'attimo in cui il Dr. Volkmann raggiungeva l'angolo successivo, echeggiò il crepitìo di fucileria. Non più di una raffica disordinata di una mezza dozzina di fucili, ma tanto vicina da indurre Volkmann a fermarsi di colpo, per la paura di stare andando pari pari tra i due fuochi di un combattimento. Eppure i russi non potevano essere arrivati sin lì, così fulmineamente, anche se correvano voci di loro truppe paracadutate di notte nella città.

Guardò intorno, in tempo per scorgere sei soldati arrampicarsi su un mucchio di macerie per tornare sulla via, sbucando fuori da alcuni edifici in rovina. Tipi dalle facce dure, con le uniformi macchiate e impolverate, gli stivaloni sporchi e logori.

«Ehi, tu!» gridò uno di essi.

Volkmann si voltò.

«Resta dove sei, senza muoverti!» Due di quelli avevano sollevato il fucile puntandoglielo contro, con un gesto meccanico che denotava una lunga esperienza.

Volkmann alzò le braccia, ben alte sulla testa, e attese. Quando furono più vicini, vide che la loro divisa era verde, con i contrassegni della polizia sulle maniche. Ma non erano i soliti della polizia militare: appartenevano a uno degli speciali "reggimenti di polizia" costituiti per operare nei territori occupati dell'Est. Uomini dall'aspetto feroce, ben consapevoli della terribile nomea che si erano guadagnata nelle regioni dove erano stati impiegati per proteggere le linee di comunicazione dell'Esercito.

Uno di essi — un sottufficiale alto con i gradi di maresciallo — punzecchiò Volkmann con la punta della canna; così facendo, scostò deliberatamente il risvolto del cappotto per rivelare in pieno la grande stella di Davide, ritagliata in tessuto giallo, che tutti gli ebrei erano costretti per legge a portare fuori di casa.

«Dove stai andando, giudeo?» domandò aspramente il sottufficiale, con l'accento cantilenante della Renania.

«A casa, Herr Major.»

Gli altri uomini ridacchiarono, senza gaiezza. Volkmann sapeva che quello non era un maggiore — nemmeno ufficiale, era — ma sembrava opportuno lusingarlo. Gli ebrei — quelli che erano ancora vivi — avevano imparato a essere complimentosi con qualsiasi funzionario avessero davanti, di modo che i loro compatrioti tedeschi davano per scontato tale servilismo.

«A casa, fino in Palestina?» chiese il sottufficiale, e i suoi uomini risero disciplinatamente.

Volkmann sorrise per dimostrare che apprezzava l'umorismo, e rispose: «A Neuer Westen, Herr Major».

«Il Nuovo West End!» esclamò l'altro, e aspirò aria tra i denti, in comico rispetto al nome di un così elegante quartiere. «Gli ebrei sono già tornati nel Nuovo West End. Si vede che pensano che la guerra è perduta.» Rivolto a Volkmann, aggiunse: «Gli ebrei non possono circolare». Mentre i soldati serravano sotto per circondarlo, Volkmann si rese ancor più conto di quanto fossero alti. Il suo terrore aumentò, come quelli volevano.

«Lavoro al cimitero di Weissensee» disse. «Ho i miei documenti.»

«Facciamolo secco,» suggerì uno dei soldati «così domani va al lavoro dentro una cassa da morto.» E rise della propria facezia.

Volkmann li guardò. Adesso sapeva, senza ombra di dubbio, cos'era stata la scarica di fucili: quello era un "tribunale volante" che giustiziava sul posto gli sbandati, i disertori, o qualsiasi infelice non in grado di esibire credenziali soddisfacenti.

L'incessante tambureggiare dei bombardamenti lontani fu di colpo annullato dagli scoppi, più vicini e più acuti, dell'artiglieria campale. I soldati si voltarono a guardare verso Alexanderplatz. Gli uomini che lavoravano alla barricata si erano gettati a terra al fracasso improvviso. Il sottufficiale rise a quel nervosismo. Sputò per terra, e, mentre si asciugava le labbra, risultò evidente un tatuaggio che aveva sul dorso della mano: "Mamma", riuscì a leggere Volkmann. Il maresciallo prese di tasca un taccuino e cominciò la litania: «In nome del Führer e del Reich...».

«Oh, mio Dio!» balbettò Volkmann.

«Meglio aspettare l'ufficiale» ammonì uno dei soldati. L'ufficiale uscì da dietro un pezzo di muro dove, con un pudore esagerato date le circostanze, si era ritirato a fare pipì. Il cinturone della pistola gli pendeva dalla spalla, e il pastrano era sbottonato, mentre egli si stava sistemando l'apertura dei pantaloni. Era un omaccione, faccia rotonda, occhi stretti e naso sottile e aguzzo. La sua uniforme non era come quella dei suoi soldati: era del grigio regolamentare dell'Esercito tedesco, e i suoi gradi e le sue mostrine erano di capitano d'artiglieria.

Quando il capitano si abbottonò il pastrano, lasciò slacciati i tre bottoni in alto e i risvolti del bavero del tutto aperti. Un privilegio concesso solo a generali e feldmarescialli, o agli eroi che avevano al collo la più ambita medaglia al valore.

«Un ebreo» riferì il maresciallo. «Nessun documento valido: lo fuciliamo?» La sua voce tradiva lo scarsissimo rispetto che quegli uomini del reggimento di polizia avevano per l'Esercito regolare. Il maresciallo avrebbe considerato molto offensivo essere spedito di pattuglia agli ordini di un semplice capitano d'artiglieria non fosse stato per "la collanina di latta" – la Croce di Cavaliere con foglie di quercia – e tutte le altre mostrine che l'altro portava.

«I documenti li ho!» protestò Volkmann con voce stridula, sebbene sapesse che l'ufficiale avrebbe probabilmente creduto al maresciallo.

Transitarono pesanti autocarri, con cannoni a rimorchio. Gli occupanti e gli addetti ai pezzi apparivano stanchi, pallidi e preoccupati. «Nome?» chiese l'ufficiale. Volkmann si sentì leggermente incoraggiato, riconoscendo nella voce un indubbio accento berlinese. Berlino, città cosmopolita, non era mai stata ostile agli ebrei come lo erano altre regioni tedesche.

«Volkmann. Isaac Volkmann. Lavoro al cimitero. I miei documenti sono a posto, signor capitano.» Stava quasi per aggiungere di essere anch'egli un ex ufficiale insignito della Croce di ferro, ma anche in quel momento, con la morte tanto vicina, l'orgoglio gli vietò di dirlo. E poi, era improbabile che tali referenze avessero effetto sul capitano. Meglio, forse, limitarsi a dimostrare a quella marmaglia che un ufficiale ebreo sapeva morire con la propria dignità e il proprio coraggio intatti.

Il capitano d'artiglieria lo squadrò con diffidente stupore: «Lei lavora al cimitero?». Poi ripeté, come non riuscisse a crederci: «Al cimitero?».

«Sì, signor capitano.»

«Lei è il Dr. Volkmann, il dentista» ribatté l'altro, quasi spazientito.

«Sì, lo ero.»

«Mi ha curato i denti, lei. Quando ero piccolo. Mio padre mi portò da lei in Ku-damm. Mauser: Rolf Mauser. Si ricorda di me?»

«Forse» rispose Volkmann.

«Rolf Mauser. Mi fece la lastra. Disse che l'avrebbe usata per tener lezioni ai suoi allievi.»

«Ne facevo parecchie allora» riconobbe Volkmann.

«Per una tecnica speciale per curare le radici. Non mandò mai la parcella» disse l'ufficiale.

«No? Forse la mandò la clinica» rispose Volkmann. L'artiglieria campale riprese a sparare. Più vicino, questa volta. Doveva essere semovente, cingolata. Solo pezzi semoventi potevano cambiare posizione e far fuoco subito dopo.

«Lichtenberg» disse uno dei soldati alla domanda non formulata. «Su bersagli a vista... e allora è segno che i carri russi... hanno serrato sotto.»

«Se ne vada a casa» disse l'ufficiale. «Adesso la parcella è saldata. Giusto?»
«Grazie, signor capitano.»
«Vada a casa e ci resti. Protegga sua moglie e la sua famiglia. Quando arriva Ivan, Dio abbia pietà di tutti noi.»

Allorché Volkmann arrivò dagli Hennig, il primo plotone della fanteria russa aveva già raggiunto il terrapieno ferroviario a Weissensee. Era tutto di veterani, alcuni dei quali si erano aperti la strada da Mosca sin lì, combattendo. E avevano sognato quel giorno. Col pensiero rivolto soltanto alle donne e alle bevute che li aspettavano, lì sulla strada che li avrebbe portati nel cuore della città. Avevano ricevuto la promessa di poter arraffare ai "criminali tedeschi" tutto quanto fosse loro piaciuto. Senza restrizioni. Sarebbero stati tre giorni di stupri, saccheggi e bevute; tre giorni che li avrebbero ricompensati del calvario sofferto, degli anni senza una licenza, dei camerati perduti.
Ma i tedeschi combattevano ancora, accaniti. Sarebbe stato tragico morire adesso, così vicini al traguardo. Ecco perché la fanteria russa non si prendeva rischi. Ecco perché era meglio sparare su qualsiasi cosa o creatura si muovesse. Ecco perché i fanti russi non esitarono ad aprire il fuoco contro quella manciata di vecchi in abito civile, accucciati dietro il terrapieno ferroviario. Una lunga raffica fu sufficiente, ma un paio di bombe a mano compì l'opera per maggior sicurezza. Dopo di che, tutto il plotone scattò al di là dei binari. Un terrapieno come quello poteva essere pericoloso. C'è un attimo in cui ogni soldato di fanteria si staglia, sagoma nitida, contro il cielo del sud. I cecchini tedeschi sparavano dai tetti delle case di Franz Josef Strasse. Ma del primo plotone di fanteria russa che stava attraversando il terrapieno della ferrovia solo un uomo rimase ucciso. Il predestinato era un sottufficiale cinquantenne di Odessa. Sfortunatamente si era attardato a causa di un piede che gli si era impigliato in un grande drappo rosso.
Quando ne raccolsero il cadavere, quasi tre settimane dopo — quando cioè il pericolo di una epidemia di tifo aveva obbligato le autorità sovietiche ad accelerare la sepoltura dei caduti — le corvè dei seppellitori trovarono i piedi dell'uomo impastoiati in una bandiera, una rozza bandiera rossa confezionata con mezzi di fortuna. La corvè non perse tempo a domandarsi che

cosa fosse. L'Armata Rossa non incoraggiava i propri uomini a porsi certi interrogativi.

### *«Non era giovane, e neanche di mezza età»*

Quando la lotta, e il suo orrendo corollario cessarono, Berlino era come un set di un film hollywoodiano. All'osservatore superficiale, vie e case erano sempre lì. Ma una più attenta osservazione rivelava che gli edifici altro non erano che gusci nudi aperti al cielo: un alveare di circoscritti spazi vuoti. A volte, le intere pareti esterne di una grande casa o di interi isolati erano scivolate via, mettendo in luce lavelli e vasche da bagno penzolanti dalle loro tubature. Quadri, e anche specchi, erano sopravvissuti sulle pareti non colpite dalle esplosioni, e i piani superiori sporgevano in fuori sulla strada, come lingue protese in un'ultima atroce e beffarda smorfia ai seviziatori della città.

Era primavera. Per molti degli abitanti, l'arrivo dell'estate avrebbe offerto una possibilità di continuare a vivere e di prepararsi a quelle rigide temperature di cui Berlino beneficia d'inverno, ma l'estate avrebbe portato caldo e mosche, e avrebbe fatto del fetore della metropoli un ricordo che i berlinesi non avrebbero mai più dimenticato.

Già la puzza c'era adesso. Di corpi non ancora sepolti, di polvere di mattoni vetusti e di legni bruciati. E poi, il fetore delle fognature rotte e traboccanti. Ma le armate conquistatrici erano abituate a tutto quello. L'acido sentore di feci, di macerie e di carne marcescente era un sentore che tutti i soldati conoscevano bene: era l'odore della guerra.

Per quasi tutti i soldati americani, russi e inglesi, Berlino non era che una delle città tedesche. Puzzava ed era piena di rovine, ma era né più né meno come le altre città che si erano lasciate alle spalle, combattendo. Gli unici cambiamenti erano quelli che gli eserciti di occupazione portano in ogni città: prostitute, mendicanti e borsari neri.

Ma non tutti i militari che posavano fra i grandi cumuli di macerie erano indifferenti all'agonia della metropoli. Sir Alan "Boy" Piper avvertiva le sofferenze di Berlino come una cronica pugnalata ai propri sentimenti. Era come vedere un amico — un tempo splendente nella sua bellezza — che fosse sopravvissuto per un pelo a un incidente che l'avesse lasciato sfigurato. Se ne riconosceva ogni lineamento, ma dove posare lo sguardo? Che dirgli?

Piper era in divisa di maggiore del Servizio militare informazioni. Il suo attuale vero grado era quello di brigadier-generale, ma nella relativa uniforme egli si sentiva troppo vistoso. Per il momento almeno, il comando superiore prescriveva che chiunque indossasse una divisa, quella che fosse, e così Piper, quale importante personaggio nel governo militare, non se la sentiva di schivare le disposizioni. Aveva scelto di circolare come maggiore. I colonnelli attiravano molta più attenzione, ma quel grado di ufficiale superiore gli dava accesso a club e uffici dove un semplice capitano poteva trovare difficile entrare.

Se, però, Piper pensava che il proprio accorgimento potesse renderlo meno appariscente, si sbagliava. Piper era eretto e vigoroso — gli avevano fatto passare un esame fisico prima di mandarlo oltremare — incedeva con camminata soldatesca, e aveva folti candidi capelli e vivaci occhi azzurri che parevano scintillare quando sorrideva. Ma Piper era vecchio quanto Matusalemme. I soldati erano abituati a vedere generali canuti o molto anziani, ma un maggiore di così vetusta età faceva voltare le teste. Lui ormai se n'era reso conto — di frequente la polizia militare l'aveva fermato per controllare i suoi documenti — ma se ne infischiava. Preferiva essere un maggiore. La gente parlava con i maggiori come non avrebbe parlato con i generali. E a Piper piaceva parlare col prossimo, e il suo tedesco era eccellente.

All'altezza dell'Hotel Kempinski girò per Ku-damm e percorse la via laterale fino ad arrivare alla sala da tè. Il locale era ridotto male, ma qualcuno aveva tentato di ripararne il soffitto, e di riportarlo a un livello più o meno accettabile. C'era di più: la sala da tè era in attività. Un cartello scritto a mano diceva che l'apertura era per mezzogiorno. C'erano sedie e tavolini con tovaglie di bucato; su ogni tavolino, qualche primula infilata in un bicchiere. Nell'angolo, un grande vaso cinese, segnato da crepe, ospitava una pianta di aspidistra. E c'era anche un tale che accordava il pianoforte. Piper rimase a osservarlo mentre il pianista si concedeva una pausa e accennava qualche battuta di *Per Elisa* del grande Beethoven.

«Complimenti! Un'ottima esecuzione, la sua!» approvò Piper allorché l'accordatore ebbe concluso il suo breve recital.

«Grazie, Herr Major» rispose Erich Hennig.

«Sto cercando Frau Winter. Frau Veronica Winter. Non alloggia più in casa sua. Mi hanno indirizzato qui.»
«Al secondo piano. È un suo parente?»
«Ahimè, no» disse Piper. «Solo un vecchio amico.»
«Secondo piano, sul retro. Faccia attenzione alla passatoia delle scale. Si è staccata, ed è pericolosa, Herr Major.»
«La ringrazio. Ci starò attento.»
Mentre saliva, si sorprese a canticchiare a bocca chiusa. Vecchio scemo che non sei altro, pensò, sei come un pivello di diciotto anni al suo primo appuntamento con la ragazza. Ma non poteva fare a meno di sentirsi emozionato. Aveva trascorso la vita pensando a Veronica, in un modo o nell'altro. Aveva anche cercato di vedere suo fratello il più spesso possibile, perché Glenn le somigliava tanto nell'aspetto e nel modo di fare. Adesso il momento era finalmente arrivato, ed egli si andava preparando a un crudele shock, senza comunque esserne veramente pronto. «Spera per il meglio e preparati al peggio»: sua nipote aveva ricamato la frase a scuola, su un pezzetto di tessuto, che poi gli aveva regalato, e che, da allora, era rimasto appeso alla parete del suo ufficio londinese.
Arrivò sull'oscuro pianerottolo, bussò alla porta, e dopo qualche attimo chiamò: «Frau Winter?».
Veronica ci mise parecchio a venire ad aprire. Che si era aspettato: quella bella incantevole creatura che gli aveva preso il cuore e la mente nel 1910, e li aveva conquistati per sempre?
Non era giovane, e neanche di mezza età, la donna che aveva aperto l'uscio: aveva i capelli bianchi.
«Sì?» Vecchia e fragile, ma inequivocabilmente lei. In piedi sulla soglia, Veronica non era alta come colei che Piper ricordava, ma aveva la stessa faccia larga e ossuta e la stessa mascella e la bocca dei Rensselaer. Ed era ancora bella.
«Veronica. Ti ricordi di me?»
Le ci volle un momento per ricordarsi di parlare in inglese. «Lei è un amico di mio fratello?... Mi spiace essere in mezzo a questa confusione. Sono appena traslocata qui... Tutto quanto è...»
«Veronica. Sono Alan Piper "Boy". Ti ricordi?...»
«Sì, Boy.» Aggrottò le sopracciglia. Ricordava la voce con tanta chiarezza. Una voce meravigliosa, bassa, nitida, e dolce. Senza gli occhiali non riusciva a vederlo bene nell'oscurità del pianerottolo. Ma quando si protese più vicina, la faccia le si illu-

minò, ed ella sorrise con quel malinconico pensoso sorriso che Piper ricordava così bene. «Accomodati... Sei nell'Esercito. Entra... C'è un tale disordine, ho appena finito il trasloco.»

«Grazie, ma non posso fermarmi. Sono venuto a vedere se stavi bene. L'avevo promesso a tuo fratello.»

«Come hai fatto a trovarmi? Questa casa appartiene alla famiglia Hennig.»

«La tessera del razionamento.»

«Ah, già, naturalmente.» Gli tolse la bustina di mano e gli indicò di sedersi sullo sconquassato divano. La stanza era in un terribile disordine. Due bauli aperti, in un angolo. Da essi Veronica stava tirando fuori biancheria e oggetti personali. Per il resto, il locale era relativamente nudo. Oltre il divano, c'erano tre sedie di legno e un tavolo, puntellato sotto una gamba rotta. Una foto di gruppo a un matrimonio alquanto fastoso occupava il posto d'onore su un piccolo tavolino intarsiato. La foto non aveva cornice: la cornice d'argento, Veronica l'aveva venduta per dare un piccolo aiuto agli Hennig e a dimostrazione della propria gratitudine per l'ospitalità. A guardare bene l'immagine, risultava che lo sposo era Pauli, in divisa da ufficiale. La sposa appariva radiosa, e c'erano una sfilza di volti sorridenti e una scorta di ufficiali dell'Esercito con le sciabole sguainate.

«E volevo dirti che i tuoi figli sono sani e salvi» le disse.

«Sani e salvi» ripeté lei, e si sedette come stordita. «Sani e salvi. Tutti e due?»

«Peter è nell'Esercito americano. È con tuo fratello nella Zona americana — Monaco, o da quelle parti. Senz'altro verranno a trovarti non appena capita l'occasione.»

«Peter, sì. Avevo saputo che era nell'esercito.»

«Un colonnello, fatto e finito. È stato assegnato al Tribunale Militare Internazionale.»

«Che incarico importante!»

«Ai processi di Norimberga per i crimini di guerra. Ci vorrà ancora un bel po' prima che comincino. E andranno avanti chissà quanto. Ne vedrai parecchi, direi, a meno che tu non abbia deciso di essere rimpatriata.»

«Negli Stati Uniti?»

«Non sarebbe difficile da attuare, Veronica. Sempre che tu lo voglia.»

«Hai detto che tutti e due i ragazzi sono salvi, e al sicuro.»

«Paul è in un campo di prigionia vicino a Colonia. Probabilmente, finirà con l'essere trasferito in Inghilterra.»

«In Inghilterra?» La povera donna era confusa. Era troppo per lei quel susseguirsi di notizie in un colpo solo.

«Devo metter su un po' d'acqua a bollire?» propose Alan. «Ho portato del caffè.»

«Vero caffè?»

«Caffè caffè!»

«C'è un fornello a pressione. Non sarai capace di farlo funzionare.»

«Resta dove sei, Veronica. Quei fornelli li facevo andare che ero ancora un giovane esploratore, tanti anni fa, proprio tanti.»

Lei rise. Una risata dolce e infantile. «Sì, dev'essere stato parecchio tempo fa.»

Rimase a guardarlo mentre preparava il caffè. Le dava modo di ricomporsi, di raccogliere le idee. Era tutto così inaspettato! Perché non le aveva scritto? Si sarebbe resa più presentabile, avrebbe chiesto a Lisl di pettinarla. Vi fu un improvviso sibilo prepotente allorché il fornello arrivò a pressione. Alan aprì il rubinetto, da cui però non sgorgò un filo d'acqua.

«Nella brocca di fianco al lavello» indicò lei. Assieme alla scatola di mezzo chilo di caffè, Piper aveva portato una lattina di latte evaporato e un sacchetto di zucchero. Era sempre stato preciso e metodico. «L'apriscatole è nel cassetto.»

«Stai ferma, Veronica. Me la cavo da solo.»

«E anche tu sei nell'Esercito?» gli domandò.

«Perché? Non ti sembro un soldato?»

«Certo, che lo sembri» asserì Veronica, anche se, in verità, non le dava quell'impressione. Alan aveva l'aspetto di un anziano idolo dello schermo che interpretasse il ruolo del guerriero.

Piper le mise davanti la caffettiera e il bricco in cui aveva versato il latte. «Dimmi di Pauli» sollecitò Veronica.

La guardò. Meglio dirle tutta la verità; non era il tipo di donna che rifiutasse di essere posta di fronte alla realtà delle cose. «Lo stanno interrogando... Oh, non spaventarti, Veronica! Non vuol dire che lo trattino male. Lo interrogano.»

«Riguardo che cosa?»

«Paul era un alto funzionario della Gestapo. Al Ministero degli Interni aveva compiti decisionali.»

«Non è un criminale» disse lei, a bassa voce. «Era soltanto un dipendente statale: un burocrate.»

«Queste sono organizzazioni del partito nazista, Veronica. È routine, ma comunque deve rispondere a certe domande.»

«Ne sai parecchio sul suo conto.»

«Mi sono dato un po' da fare. Mi hanno lasciato guardare la pratica. Uno dei miei giovanotti, si chiama Brian Samson, è colui che, in questo odioso gergo moderno, viene definito un "esperto in denazificazione".»

«Samson. Il nome non mi è nuovo. Lo conosco?»

«È possibile. Ha lavorato in una delle fabbriche di Harald.»

Lo guardò, con moderata sorpresa. Ormai, poteva credere qualsiasi cosa. «Un inglese. Sì, lo incontrai un paio di volte. Quindi, era uno dei tuoi agenti?»

«Sì» ammise Piper.

«Harald l'aveva sempre detto che eri una spia. Io gli ho riso in faccia. Litigammo al riguardo.»

«Mi spiace.»

«D'essere una spia?»

«Che litigaste.»

«Non ha importanza.» Prese la tazzina, annusò il caffè un attimo, e ne bevve un sorso, golosamente. Il primo vero caffè, fresco e fragrante, dopo tanto tempo! «Hai messo su famiglia?» volle sapere.

«No, non mi sono mai sposato. C'era sempre troppo da fare. Le ragazze da marito non mi avrebbero sopportato.»

«Questa è una grossa bugia.»

Piper cercò di farsi venire in mente che cosa poter rispondere. Qualche cosa che riuscisse a fargli confessare candidamente a quella donna che nessun'altra aveva mai potuto essere alla pari con lei. Ma gli era impossibile dirlo. Aveva solo due giorni per restare a Berlino, e aveva deciso di farle sapere che non c'era stata alcun'altra nella sua vita. Rimase a contemplarla, beandosi della visione. Veronica aveva già bevuto tutto il caffè, ed egli non aveva nemmeno assaggiato il proprio. Le sorrise e le riempì di nuovo la tazza.

«Questo caffè è squisito» disse Veronica.

«E tu non ti sei risposata?»

«Io? No.» Adesso, quest'altra tazza l'avrebbe gustata con dentro un po' di latte. «Ne vuoi anche tu?»

«Sì, grazie.»

Gli versò nella tazza qualche goccia di latte. «Va bene così?»

«Sì.»

«È così bello parlare di nuovo inglese!» Diluì il proprio caffè con un po' di latte, poi si toccò i capelli. «Devo far paura. C'è tanta di quella polvere qui dentro, e un tale disordine...»

«Sei bellissima, Veronica.»

«Se almeno potessi offrirti qualcosa.»

«Ti manderò un po' di roba da mangiare. Ne ho talmente tanta! Fumi?»

«No.»

«Ti farò avere delle sigarette, comunque. Dicono che con le sigarette riesci a procurarti di tutto.»

«Sì, non c'è dubbio.» Veronica sospirò. «Non c'è più dignità, o fede o senso della misura. La Germania che conoscevo un tempo è sparita.»

«Ma non era tutto quanto un aver voluto illudere se stessi, Veronica? Anch'io amavo la Germania, ma adesso mi chiedo se la Germania che amavo sia mai esistita.»

«Che ne sarà di lui?»

«Di Paul? Non è facile preventivarlo. Si parla di dichiarare le SS un'organizzazione illegale, ma non vedo come potrebbero punire ogni membro delle SS.»

«Harald diceva lo stesso a proposito degli Ebrei. Diceva che Hitler e i suoi nazisti non avrebbero potuto punire tutti gli ebrei in blocco, però ci sono riusciti, no?»

«Quasi tutti, è vero, ma noi non siamo Hitler.»

«La moglie di Pauli lo ha lasciato. Se n'andò con un uomo per il quale Pauli lavorava, Fritz Esser, il viceministro. Ora sento che Fritz Esser sta per essere accusato di crimini contro l'umanità.» Portò alle labbra la tazza di caffè. «Sono in pena per Pauli. È un ragazzo tanto buono, non c'è cattiveria in lui.»

«E io sono sicuro che ne uscirà bene.»

«Quando i russi vennero nella vecchia casa, lui era con me, nascosto in solaio. Era armato. Alla fine, se ne andarono.»

«Dev'essere stato terribile.»

«Portavano via la gente e la uccidevano. Sentivamo i gemiti e le implorazioni. Era un incubo, e andò avanti per giorni e notti, ma Pauli rimase con me. Poi, quando arrivarono gli inglesi, venne un loro ufficiale con la polizia. Perquisirono la casa e si portarono via Pauli.» Il ricordo la sconvolgeva.

«Meglio noi che i russi» cercò di consolarla Piper.

«Anche Pauli disse lo stesso. Poi, gli inglesi tornarono e requisirono tutta la casa. S'erano accorti che ci abitavo da sola, e che non era troppo sinistrata. Mi diedero quarantotto ore per sloggiare. Fui costretta a venire qui dagli Hennig.»

«Berlino non sarà un buon posto per viverci, Veronica. Sistemarcisi sarà sempre più difficile, e con l'inverno la vita sarà dura.»

«Non ne dubito.» Lo guardò e gli sorrise.

Alan si chiese se non fosse quello il momento giusto per dirle che l'amava, che la adorava, che voleva sposarla, che era lei l'unica donna desiderata da sempre. Ma non era sicuro che fosse quello il momento. Lui era inglese: un inglese piuttosto avanti negli anni, che aveva paura di rendersi ridicolo. No, era meglio rimandare. Il pensiero che Veronica potesse ridergli in faccia era intollerabile. Meglio, forse, vivere senza di lei che rischiare la distruzione del sogno.

«Domani vado a Colonia per una riunione» le disse. Non doveva approfittare troppo dell'ospitalità. Non voleva risultare inopportuno. Forse era stato un errore piombar lì senza preavviso. Si alzò. «Se riesco ad avere altre notizie di tuo figlio, te le farò avere.»

«Sei gentile. Non dimenticare il tuo pacchetto del caffè.»

«Ti prego, tienilo, se ti è piaciuto.»

«È stato meraviglioso rivederti, Boy!» Non poteva trattenerlo a mangiare: non aveva nulla da mangiare, né soldi per comprarne. Si stava chiedendo quale fosse il posto migliore per vendere quel caffè. Con quei soldi avrebbe potuto offrirgli uno spuntino, la prossima volta che fosse venuto.

«Mi terrò in contatto» assicurò Alan Piper. Gli era vicina. Se l'avesse baciata? No, forse si sarebbe offesa. Piper decise, invece, per una stretta di mano.

### *«Si stanno comportando tutti in modo maledettamente vendicativo!»*

Il colonnello Peter Winter non era mai riuscito a capire gli americani, quel loro uso indiscriminato dei soldi, dei mezzi e delle comodità che i quattrini possono assicurare. Quando era andato a prelevare suo fratello, l'Esercito degli Stati Uniti gli aveva messo a disposizione, e in esclusiva, un aereo per raggiungere Norimberga. E non un piccolo aereo qualsiasi, ma un grosso Douglas DC3 da trasporto.

I mesi di prigionia avevano fatto dimagrire Pauli Winter, restituendogli nerbo e vigoria — egli ricordava il giovane soldato che era partito per combattere la prima guerra mondiale — ma non gli avevano ridato la spensieratezza e la bonomia di un tempo. La reclusione non si confaceva all'indole irrequieta e indisciplinata di Pauli, che era divenuto musone e apatico; neanche la presenza di Peter gli aveva ridato l'ottimismo e la fiducia. Si era scelto un posto vicino al finestrino e, dominato da un orrore privo di parole, osservava la terra scorrere sotto il DC3. Nulla di quanto aveva letto o sentito lo aveva preparato alla realtà di quel terreno sconvolto dalla guerra, quel terreno dilaniato che era stato una volta la Germania. Lo spolverìo della neve accentuava ogni cratere di bomba e ogni fattoria scoperchiata, qualsiasi campanile mozzato in villaggi senza più vita. Per Pauli, era come se qualcuno avesse preso una latta di vernice bianca per contrassegnare ogni ferita e dirgli: «Tedesco, questo è il tuo castigo: pentiti!».

I fratelli Winter sedevano fianco a fianco. Alle loro spalle aveva preso posto Brian Samson, che indossava la divisa di capitano dell'Esercito inglese. Quelli di Londra si erano mostrati riluttanti al trasferimento di Paul Winter, e da ultimo Peter aveva aggirato l'ostacolo suggerendo che fosse della partita anche Brian Samson. Samson non aveva nessuna voglia di andare a Norimberga, ma gli era stato ordinato di farlo. Perché, aveva detto, qualcuno, era importante non creare un precedente. Alti esponenti del Ministero degli Interni erano catture importanti. Prigionieri tedeschi di tale livello non sarebbero stati consegnati agli americani contro semplice ricevuta, a evasione di una semplice richiesta. Pauli Winter non veniva ceduto agli americani: era sempre sotto custodia del capitano Brian Samson, e così sarebbe rimasto sino a nuovo ordine.

All'improvviso, Pauli distolse gli occhi dal terreno sottostante, e domandò: «Non sarebbe stato meglio se fossi rimasto a Londra e avessi affrontato questa inchiesta sulla denazificazione?».

Peter era stanco morto. Aveva gli occhi cerchiati e il viso segnato da pieghe profonde, come la sua uniforme. Preoccupazione per la sorte di Pauli, dolore per la morte di Lottie e incertezza su sua figlia e sua madre erano fardelli tali che, a volte, temeva di non riuscire più a sostenere. Da oltre una settimana era sottoposto alle lunghe e amare geremiadi di Glenn Rensselaer a proposito di Dot e del modo come la seconda moglie di Rensselaer senior era riuscita a diventare l'unica beneficiaria della sostanze di famiglia. E Dot aveva già reso ben chiaro che non avrebbe fatto nulla per rettificare la dura decisione del vecchio di escludere Glenn e Veronica dal testamento. I soldi erano destinati ai suoi tre figli. Glenn, che non si era mai dannato l'anima per il denaro, era furente. Intendeva impugnare il testamento e insisteva perché Peter gli desse manforte. Peter era troppo stanco per mettersi a discutere della faccenda. L'andare a prelevare Pauli era stato il suo unico pensiero. Per il momento, era Pauli a monopolizzargli cuore e mente. Peter amava suo fratello e ne aveva sentito acutamente la mancanza.

«No, non sarebbe stato meglio» ribatté Peter. «Si stanno comportando tutti in modo maledettamente vendicativo. Lascia che passi qualche mese, e si ammorbidiranno un po'. Invece di impiccare la gente, emetteranno sentenze detentive sempre più ridotte. Se mi riesce di tenerti a Norimberga finché si sia concluso il Tribunale Militare Internazionale, ognuno sarà stanco delle denazificazioni. Conosco gli americani. Fai come ti dico.»

«Sei stato tu a suggerire a Fritz Esser di chiedere di me?»

«Ho fatto in modo che qualcuno gli ricordasse che è suo diritto essere assistito da qualsiasi avvocato difensore disposto a farlo. Non era necessario dirgli che tu saresti stato un'ottima scelta.»

«Potrebbe davvero avere chiunque?»

«Anche un tedesco che scontasse una condanna verrebbe temporaneamente rilasciato.»

«Allora, sarà un processo equo?»

«Un processo equo? A Norimberga?» Peter guardò suo fratello e gli rivolse uno stanco sorriso. «Sì, avranno un processo equo, e poi saranno impiccati.»

«Ne sei convinto?»

«Sarà una sceneggiata. In giudizio, ci siedono i russi. I russi! Già alleati di Hitler. Stalin mandò a Hitler un messaggio di congratulazioni quando la Francia si arrese ai carri armati tedeschi. I campi di concentramento di Stalin hanno macellato più vittime di quante ne abbia fatto fuori Himmler. Saranno loro, i russi, a giudicare.»

«Ma, comunque...»

«Aspetta di essere là, e vedrai. Ognuno degli accusati ha il suo avvocato. Non potrai parlare in privato con Fritz Esser; sarai in un salone pieno di rumore, pieno zeppo di altri imputati che cercano di parlare con i loro legali. A stretto contatto di gomito, avrai una guardia bene attenta a non perdere una sillaba di quanto dici. E, per garantirsi che tu non possa avvicinarti al tuo cliente per bisbigliare qualcosa, ti piazzano davanti alla faccia una lastra di vetro corazzato.»

«Questo non li aiuterà...»

«E ti accorgerai di cos'è il collegio d'accusa. Ci sono centinaia di avvocati, e centinaia di ricercatori, traduttori e assistenti. Non si bada a spese; questo è il processo, capisci, che giustifica la guerra. Quindi il collegio d'accusa vive in fastosi alberghi e offre ricevimenti coi fiocchi, ogni sera. Champagne francese e razioni americane. Stecche di sigarette. Oh, certo, gli avvocati avranno un processo equo; qualcosa di cui parlare quando torneranno a casa in America. Ma per gli imputati sarà una parodia della giustizia.»

«Non può essere vero» protestò Pauli.

«Ma è vero. Sono anch'io nel collegio d'accusa, quindi lo so.»

«Stai cercando di demoralizzarmi?»

«Voglio soltanto che tu non immagini di andare a Norimberga, fare una sorta di stupendo lavoro legale, e restituire al mondo Fritz Esser, uomo libero. Niente del genere. Esser andrà sulla forca. Il Tribunale Militare Internazionale di Norimberga è soltanto un modo elegante per mandarcelo.»

Si fece sentire una nuova voce, sommessa ma irosa. «È così che la pensi, colonnello Winter?» domandò Brian Samson dal sedile alle loro spalle.

«Sì, è così» rispose Peter. Sapeva che Samson era stato lì ad ascoltare. In realtà, la sua tirata non era totalmente destinata a togliere illusioni a Pauli, ma in parte a provocare e irritare Brian Samson. E c'era riuscito. I due uomini sapevano esattamente come indisporsi a vicenda. Ne avevano fatto abbondante pratica.

### *«La primavera sarà un po' in ritardo quest'anno»*

Il carcere aveva cinque raggi, che si irradiavano da una rotonda centrale, ognuno con tre ordini di celle. A livello delle celle superiori era tesa una robusta rete metallica a rendere vani i tentativi di suicidio. Le guardie erano soldati americani in uniforme, e dall'ufficio in fondo al corridoio veniva il suono amplificato di una musica: *La primavera sarà un po' in ritardo quest'anno*. Era uno dei motivi di successo. Fritz Esser era in una cella del livello inferiore, quasi in fondo al raggio. Il pavimento era formato di lastre di pietra irregolari, le pareti tinteggiate a calce, con macchie di umido sotto la finestrella che si apriva in alto. In un angolo, un water che odorava di un potente disinfettante.

Pauli entrò nella cella, impreparato al cambiamento che il breve periodo di detenzione aveva operato sul suo amico. Fritz Esser aveva solo cinquantadue anni e ne dimostrava almeno sessanta. I suoi capelli erano andati diradandosi per anni, ma adesso egli era divenuto un vecchio calvo. Giallastro in volto e scavato, era seduto sul lettuccio di ferro, i gomiti sulle ginocchia, una mano a sostenersi il mento non rasato. Come da regolamento, gli avevano tolto cintura, bretelle e cravatta, e l'abito su misura, opera di uno dei più rinomati sarti di Berlino, era adesso macchiato e sgualcito. Eppure, gli occhi cerchiati di nero erano gli stessi, e il mento puntuto con la fossetta lo rendeva immediatamente riconoscibile quale una celebrità del Terzo Reich, uno dei più fidati collaboratori del Führer.

Attese che Fritz Esser parlasse, ma il silenzio si prolungava. Alla fine, Pauli disse: «Mi ha mandato a chiamare, Herr Reichsminister?».

Il prigioniero alzò gli occhi. «Il Reich è kaputt, la Germania è kaputt, e io non sono un ministro: sono soltanto un numero.» Pauli Winter non riuscì a farsi venire in mente alcuna risposta per quel vecchio amareggiato. Da troppo tempo si era abituato a vederlo seduto dietro alla splendida scrivania intarsiata, nella stanza ad arazzi del ministero, attorniato da sottosegretari, segretarie e assistenti. «Sì volevo vederla, Herr Doktor Winter. Si segga.»

Pauli sedette. Quindi, aveva visto giusto: Fritz Esser voleva che il colloquio fosse improntato alla più rigida formalità: Herr Doktor Winter, non Pauli. Bene, nulla in contrario. Meglio stare sul formale quando si è convocati dal vecchio capo in prigione.

«Volevo vederla, Winter, e le spiego il perché. Mi avevano informato che lei era in prigione a Londra, in attesa di essere interrogato. Mi risulta anche che ognuno di noi, qui sotto processo, poteva scegliere qualsiasi concittadino tedesco di suo gradimento per il collegio di difesa, e che, se il prescelto fosse a sua volta detenuto, lo avrebbero rilasciato temporaneamente a tale scopo. Mi è parso evidente che un uomo in prigione debba rendersi conto di cosa voglia dire per me essere qui dentro.»

Pauli lo guardò. Fritz gli ricordava qualcuno conosciuto tanti anni prima, e, mentre Fritz ricambiava lo sguardo, la memoria tornò: Fritz era diventato l'esatta copia di suo padre, l'uomo dei maiali. Si domandò se non fosse il caso di offrire all'ex Reichsminister una sigaretta, ma quando — ancora incerto — tirò fuori il prezioso pacchetto, l'uomo della polizia militare che sorvegliava dal corridoio ammonì seccamente: «Vietato fumare, amico!».

L'ex Reichsminister parve ignorare la voce del poliziotto e continuò: «Punto due: lei parla americano... lo parla fluentemente. Tre, lei è un avvocato maledettamente in gamba, e lo so per aver lavorato con lei molti anni. Quattro, ed è la cosa più importante, lei è Obersturmbannführer delle SS...» Vide Winter mutare espressione, e disse: «Qualche cosa non va, Winter?».

Pauli si protese verso di lui: un atteggiamento che denotava preoccupazione e riserbo. «In questo stesso istante, a qualche centinaio di metri da qui, uno stuolo di avvocati americani sta stilando, per l'accusa, un documento che dichiari le SS organizzazione illegale. Se acquisito agli atti, un documento del genere renderebbe inevitabile la sentenza: galera, e forse morte, per chiunque ne fosse mai stato membro.»

«Benissimo» replicò stizzosamente il detenuto. Aveva sempre detestato quelli che definiva "insignificanti cavilli legali". «Non mi verrà a sostenere, così, di colpo, che non ha mai appartenuto alle SS? O sì?»

Per la prima volta da quando gli era stato comunicato che il ministro lo voleva nel collegio di difesa, Winter si sentì allarmato. Girò gli occhi tutto intorno alla cella per vedere se ci fossero microfoni. Non era affatto da escludere. Ricordava quell'edificio sin dai tempi in cui aveva lavorato per la Gestapo di Norimberga. L'estate che aveva visto fucilare il vecchio Graf e gli altri. Metà del materiale usato nei processi alle rimanenti camicie brune recalcitranti era provenuto dagli stenografi, i quali, mediante microfoni nascosti, avevano ascoltato quanto i prigionieri si erano detti. «A questo, non posso rispondere» disse Winter, a voce bassa.

«Non stia a rifilarmi i suoi "sissignore, nossignore, non lo so signore". Non mi serve un liberale dal cervello d'ovatta, tenero di cuore e filogiudeo, che cerchi di incasinare il mio processo per mezzo di sottili disquisizioni legali. L'ho mandata a chiamare perché è lei che mi ha messo in questa situazione. Non avevo certo dimenticato il suo duro lavoro per il partito. Ricordavo i bei tempi assieme, molto prima che sognassimo di arrivare al potere. Ricordavo come suo padre mi finanziò quando nessun altro mi avrebbe nemmeno permesso di entrare nel suo ufficio. Animo, Winter. O si mette anima e corpo nella mia difesa, oppure esca di qui, e tanti saluti!»

Quindi, Harald Winter aveva dato quattrini al partito, nonostante tutto quello che Pauli aveva fatto e suggerito. E Fritz era stato quello della tangente, lui in persona: com'era tipico del padre padrone, e tipico di Fritz! E tipico del partito, anche! Dio, che ruffiani erano stati!

«Mi ha sentito o no?»

«Sì.» Pauli ebbe un sorriso di incoraggiamento. Non poteva non ammirare il coraggio del vecchio amico. Le apparenze potevano ingannare: l'uomo non era il guscio, vuoto di nerbo, che egli aveva pensato che fosse; era ancora lo stesso spietato bastardo di sempre, per il quale aveva lavorato. Gli venne in mente il primo raduno politico nella Potsdamer Platz, negli anni Venti, e il relativo discorso: "Sotto le ceneri, divampa ancora il fuoco". Un tema ricorrente in tutte le sue allocuzioni, sempre, fino al 1945.

«Quei giudici, li combatteremo» esclamò Winter. «Li afferreremo per le caviglie e li scuoteremo fino a fargli uscire dalle tasche gli ultimi spiccioli!»

«Ora ci siamo!» disse il prigioniero. Era un'altra delle sue espressioni predilette. Era quello che aveva fatto a papà: scuoterlo fino a fargli cadere l'ultimo spicciolo dalle tasche? «Ora ci siamo!» ripeté Esser, e quasi sorrideva. Come quell'orso che era. Adesso non più l'aggraziato orso bruno che unghiava pesci vivi negli impetuosi torrenti; più simile, adesso, ai vecchi bestioni spelacchiati dietro le sbarre di uno zoo. Ma artigli e denti erano tuttora aguzzi, e aguzza era la mente.

«Tempo finito, compare!»

Winter guardò l'orologio. Mancavano ancora due minuti. Gli americani erano fatti così. La piccola tirata di Peter sull'aereo — mai più ripetuta — era stata centrata al cento per cento. Parlavano di giustizia e libertà, di democrazia e diritti umani, ma non mollavano mai di un millimetro. Inutile discutere: i vincitori erano loro. Tutto quel dannato processo di Norimberga non era altro che un gran fumo negli occhi, null'altro che l'opportunità, per americani, inglesi, francesi e russi, di far bella mostra di un'elaborata pretesa di rettitudine legale prima di giustiziare i vinti. Ma era meglio che l'ex Reichsminister non si rendesse conto in pieno dell'inevitabile verdetto. Meglio lottare fino in fondo e morire a testa alta. Per lo meno, sarebbe servito ad alimentare lo spirito combattivo. Raggiunta questa conclusione, Winter si sentì meglio. Sarebbe stata un'occasione per rivivere i vecchi tempi, anche se soltanto nel ricordo.

Quando Winter fu sulla porta, Esser lo richiamò. «Un'ultima cosa, Winter.» Pauli si girò. «Ho sentito parlare di un certo aggressivo colonnello americano del collegio d'accusa, un tipo alto, snello, con una bella divisa su misura e le unghie curate... uno che parla un perfetto tedesco con accento berlinese. Pare che abbia in odio tutti i tedeschi e non guardi in faccia nessuno; chiunque manda a chiamare, lo tratta a pesci in faccia. Adesso, risulterebbe che lo hanno mandato da Washington espressamente per incastrare me...» Si interruppe, accigliandosi. Stava immagazzinando quella sorta di collera che aveva seminato terrore in ogni angolo del suo ministero, e anche più in là. «Non per fregare Göring, Speer, Hess o qualsiasi altro. Solo per me. Che ne sa, lei, di questa faccia di merda d'uno *Schweinehund*?»

«Sì, ne so qualcosa. È mio fratello.»

La faccia costernata di Fritz Esser era quasi comica. «Tuo fratello? Peter?»

«Proprio lui.» Un secondino transitò nel corridoio, fischiettando stonato.

«Gli americani lo hanno fatto colonnello del loro Esercito? Ma è un tedesco!»

«Gli americani hanno un modo tutto loro di fare le cose, Fritz. Ci vuole un po' di tempo per abituarcisi.»

«Gesù Cristo, se ce ne vuole! Quindi era una spia! E a quel figlio di puttana, gli ho salvato la vita. L'anno scorso: quella notte a Berlino. Gli salvai la vita. Quando tu lo portasti via.»

«Lui, questo lo sa.»

«Mi domando se lo sappia davvero» replicò Esser.

«Non lo facesti per *lui*, vero?» Era una domanda, non retorica. «Fu per il Reichsführer delle SS.»

Esser gli puntò contro un indice nodoso. «E tu gli salvasti la pelle!»

«Lasciamo perdere i dettagli insignificanti.» suggerì Pauli.

Fritz Esser riuscì ad abbozzare un sogghigno. Mio Dio! quanto somigliava all'uomo dei maiali. Pauli si chiese se anch'egli non stesse ora cominciando a sembrare Harald Winter con la stessa nettezza.

## *«Un buon tedesco, un uomo d'onore»*

Considerato che era rimasto privo di sensi sul campo di battaglia, che era stato ferito da schegge di granata, e che una corvè americana per la sepoltura dei caduti si era accorta all'ultimo momento che si trattava di un nemico che ancora respirava, il nobiluomo Rudolf von Kleindorf era guarito e si era ripreso in modo stupefacente. Aveva però trascorso cinque mesi all'ospedale, e anche adesso soffriva di vertigini e svenimenti. Ecco perché era stato rimpatriato e ufficialmente restituito alla vita civile, quando la maggior parte dell'Esercito tedesco era tuttora nei campi di prigionia degli alleati.

Munito di un lasciapassare ufficiale concessogli dal Comando militare alleato di Berlino, era venuto nella Zona russa della Germania a trovare un uomo che non aveva mai incontrato: il barone Wilhelm von Munte, un aristocratico possidente terriero, la cui famiglia viveva, da molte generazioni, vicino a Bernau.

Quello che in tempi andati era stato un tragitto da pendolari in partenza da Berlino Centrale, aveva richiesto a von Kleindorf ben quattro ore. Era una sconfortante grigia giornata, con nuvole basse e quel vento da est che sempre porta rigide temperature in quella regione. L'unico treno su cui i tedeschi potessero salire era arrivato con oltre un'ora di ritardo, ed egli era stato costretto a fare a piedi tutta la strada dalla stazione alla meta, per lo più scarpinando tra il fango vischioso. Per quattro volte, la polizia militare russa lo aveva fermato: non solo aveva voluto esaminare i suoi documenti, ma aveva telefonato al Comando prima di consentirgli di continuare il percorso.

E anche quand'era arrivato all'indirizzo che gli era stato dato, fu bloccato e interrogato dai soldati russi, in quanto la dimora dei von Munte era stata requisita dall'Armata Rossa. Ed erano soldati di prima linea, dallo strano aspetto indagatore, che giocherellavano con i fucili, fumavano sigaretti puzzolenti e, diversamente dagli uomini che von Kleindorf aveva comandato, avevano la barba lunga e puzzavano di alcol.

Von Munte senior era a letto, in una stanza della piccola dépendance vicina ai cancelli d'ingresso. Sebbene l'imponente magione fosse stata requisita, i russi non si erano opposti a che i von Munte vivessero al margine della tenuta. Avevano anche permesso al vecchio di portarvi qualche bracciata di libri della biblioteca. Libri che erano accatastati sul pavimento, lungo una parete di quella stanza da letto, soffocata e buia, troppo buia perché si potesse leggere. Non c'era elettricità in tutta quella zona, né vi era speranza che presto sarebbe arrivata. I russi non si sognavano di rimettere in funzione le centrali elettriche: le stavano smontando e spedendo in Russia. Il caldo era assicurato a intermittenza da una minuscola stufa a legna che quel giorno, a dispetto del freddo intenso, era spenta. E la lampada a olio, che figurava scomposta nei suoi elementi sul comodino, aspettava di essere pulita.

Il vecchio von Munte si stava riprendendo da un qualche virus non meglio identificato, ma era abbastanza fortunato di poter fruire dell'assistenza di un competente medico locale, e ancora più fortunato di avere come premuroso e vigile infermiere il proprio figlio, Walter von Munte. Fu Walter che venne ad aprire la porta e ad ammonire von Kleindorf che il padre non era in condizioni di parlare per più di qualche minuto.

Walter era stato un brillante studente, che aveva coronato i suoi studi *summa cum laude*, e, verso la fine della guerra, si era guadagnato un posto di rilievo alla Reichsbank. Sposatosi giovanissimo, perché la sua fidanzata, Ida, era in stato interessante, era rimasto vedovo quando la giovane sposa era stata uccisa in una delle prime violente incursioni aeree su Berlino. Ida era una ballerina, e aveva ripreso la professione dopo la nascita del loro bambino. Vi erano state accese liti in famiglia — il vecchio von Munte aveva sempre detestato la nuora — ma Walter non aveva mai smesso di amare il ricordo di lei e il bimbo che gli aveva dato. Poi, proprio alla fine della guerra, era giunta un'altra tragedia. Il fratello minore di Walter era morto sul campo. Il ragazzo aveva costituito la vera essenza della vita del padre, che la perdita aveva privato di qualsiasi volontà di tirare avanti. Da allora

Walter era andato ad abitare con lui, assicurando al vecchio e al piccolo orfano la più commovente delle dedizioni.

E così von Kleindorf si trovò davanti e le obiezioni del figlio e la scontrosità del padre, nella richiesta che il vecchio Wilhelm von Munte venisse ad Amburgo a deporre in favore del generale Alex Horner al processo contro i crimini di guerra.

Von Kleindorf era in piedi, e teneva bassa la testa per non urtare contro la trave del soffitto dove era già incappato. Nessuno lo aveva invitato a sedersi: lo avevano lasciato lì, le braccia lungo i fianchi, in quell'atteggiamento formale che si addiceva a un prussiano in visita a un altro prussiano.

«Che cosa le fa pensare che non sia vero?» domandò Walter, seduto in un angolo della stanza, in equilibrio, pesante com'era, su una piccola sedia di legno, sottratta alla cucina. La luce livida che viene dopo un temporale gli rischiarava un lato del viso, e si rifletteva sul soffitto dalle nude assi del pavimento. Per qualche istante, la camera fu soffusa di una strana luce priva di ombre. Faceva sembrare il vecchio, sostenuto sul letto d'ottone dal cuscino ricamato, un santo, da lungo tempo defunto, mummificato ed esposto per qualche santa ricorrenza.

Von Kleindorf continuava a rivolgersi al vecchio malato, il quale non gli aveva mai risposto. Era sempre il figlio che interloquiva. Sebbene dovesse essere giovane, Walter non lo sembrava. Era un tipo pesante e fosco, uno di quegli uomini che non appare mai giovane.

Von Kleindorf lo guardò. Che intenzioni aveva quello? Di metterlo alla prova? Di fargli saltare i nervi? «Non ho detto che non sia vero» spiegò, paziente. «Ho detto che il colpevole non è stato lui.»

«Di aver fatto fucilare prigionieri inglesi?»

«C'era una divisione delle SS nel corpo d'armata di Horner. Furono le SS a fucilare i prigionieri: prigionieri australiani.»

«Il comandante delle SS che cosa dice?»

«Il comandante delle SS è morto. Gli uomini del quartier generale divisionale combatterono fino all'ultima cartuccia. E quando il comando di corpo d'armata fu travolto, il generale Horner stava usando un fucile. È una storia stupefacente. Lottarono fino all'ultimo.»

«Il comandante è responsabile di qualsiasi atrocità nel suo settore» sentenziò Walter.

«Non è vero» ribatté von Kleindorf. «E non è giusto.»

Walter von Munte non si curò di controbattere. Naturalmente, non era né vero né giusto; quasi niente era vero o giusto. «Quando è questo processo?»

«Fra due mesi circa. La data esatta non è stata ancora fissata.»

«Ad Amburgo?»

«Sì, ad Amburgo.» Che il fatto che il processo avrebbe fornito l'occasione per una puntata nella Zona britannica rendesse il vecchio più interessato?

«Non vedo di quale effettiva utilità sarebbe la presenza là di mio padre.»

Von Kleindorf era stanco di ricevere le risposte da von Munte junior. Fissò negli occhi Wilhelm, appoggiato sul cuscino. «Barone von Munte, lei conosce il generale Horner. Era con lei nel complotto antinazista. Voglio soltanto che lei, al processo, dica questo.»

Il vecchio si schiarì la gola e rispose: «Crederanno gli inglesi che nessun cospiratore antinazista poteva fucilare i prigionieri?». Era una voce gracidante, e il tono era sarcastico.

«Non lo so, barone von Munte. Sto solo cercando di aiutare un vero uomo, un buon tedesco, un uomo d'onore.»

«I buoni tedeschi sono tutti morti» disse il barone. Era la risposta di un vecchio, un rifiuto ironico ed elusivo.

Von Kleindorf tacque.

«Perché Horner l'ha mandata qui?» riprese il vecchio, con voce querula, come se fosse offeso perché il generale in prigione non era venuto di persona.

«Non mi ha mandato lui: sono venuto spontaneamente.»

«Perché, lei?»

«Era mio dovere.»

«Ha sigarette?» gracchiò il vecchio.

«Non posso permettermele» rispose von Kleindorf.

Walter tornò alla carica. «I russi non permetteranno a mio padre di andar là.» Alle sue parole fece eco la pioggia, picchiettando sui vetri della finestra, e poi tambureggiando sul cristallo con maggiore intensità.

«Gli inglesi ne faranno richiesta ufficiale.»

«Non glielo permetteranno lo stesso. Non appena sapranno che è una testimonianza a favore di un tedesco, faranno un monte di difficoltà, come fanno sempre.»

«Lo fanno sempre?» chiese von Kleindorf. La stanza andava facendosi sempre più buia, adesso che la pioggia veniva giù forte. Solo le sbarre d'ottone della testiera del letto mandavano un luccichìo. Le figure dei due von Munte erano quasi invisibili nella penombra.

«Lei non vive qui, nella Zona russa,» insistette Walter «altrimenti a quest'ora lo saprebbe.»

«Accetta di venire?» domandò von Kleindorf al barone.

Il vecchio Wilhelm appoggiò di nuovo la testa sul cuscino, e chiuse gli occhi come volesse riflettere. Stava facendo i suoi calcoli, il vecchio marpione, cercando di valutare quanto beneficio la sua testimonianza avrebbe potuto portare alla propria reputazione e a quella dei von Munte. «Glielo farò sapere» disse.

Kleindorf fece schioccare i tacchi e abbozzò un inchino. «La ringrazio, barone von Munte.»

«Magari una deposizione scritta» suggerì Walter, mentre von Kleindorf era sulla porta.

### *«E nessuno sa chi siano quei tre»*

Era stato uno degli avvocati americani, il colonnello Bill Callaghan, a impuntarsi a proposito di Pauli Winter. Era stato lui a pretendere che Pauli Winter fosse tenuto a firmare sul registro le proprie uscite e i propri rientri da e nell'alloggio che gli era stato assegnato, e a fare lo stesso entrando e uscendo dal Palazzo di giustizia. Non fosse stato per quella disposizione, nessuno ne avrebbe segnalato la sparizione prima della ripresa del processo la mattina seguente.

Ma Pauli Winter non era rientrato nel suo alloggio quella sera, e anche il colonnello Peter Winter, in forza all'Esercito degli Stati Uniti, si era reso irreperibile. Sulla carta, l'unico responsabile di Paul Winter era Samson, e lì a Norimberga erano le carte le sole ad avere importanza.

Era una notte di luna piena. I tre grossi autocarri, nonostante i loro speciali pneumatici e la trazione integrale, avevano problemi nell'affrontare le strette strade di campagna bavaresi, con la neve alta. Samson aveva racimolato il drappello assegnatogli in tutta fretta, nonché i veicoli, nella caserma di Bad Reichenhall. Gli autisti non erano abituati a quel genere di condizioni meteorologiche con cui dovevano cimentarsi sulle Alpi bavaresi in quel periodo dell'anno, e i soldati erano una raccolta assortita proveniente dai più svariati reparti, e senza niente altro in comune se non l'aspirazione a tornarsene a casa. Gente nervosa e furente per essere stata tirata fuori dalla ben riscaldata caserma in una notte come quella.

A precedere gli autocarri c'era una jeep — la Buick d'ordinanza del generale Glenn Rensselaer non ce l'avrebbe mai fatta su un terreno simile — con il capitano Brian Samson e lo stesso generale Rensselaer sui sedili posteriori. Davanti, di fianco all'autista, aveva preso posto, con una carta topografica e una torcia sulle ginocchia, un giovanotto dalla faccia rubiconda: un primo tenente del Servizio di controspionaggio, originario di New York, di nome Busby. Era un ventottenne, ex agente di polizia, carrierista come spesso lo sono i poliziotti delle grandi città, ma, in base a una frequentazione di qualche ora, ritenuto da Brian Samson elemento adatto a dare la caccia a chi si fosse reso uccel di bosco. Ed era appunto quello il compito che si erano assunti.

«Come siete riusciti a rintracciarli?» chiese a Busby il generale Rensselaer.

«C'è un battaglione del Genio che sta riparando il tratto dell'autostrada vicino al Chiemsee. Chiunque transita di lì deve ottenere il nulla osta per procedere.»

«E questi del Genio li hanno identificati?»

«C'è la polizia militare che regola il traffico.»

«Già, naturalmente.»

«Un colonnello e un civile tedesco di mezz'età, bassotto e biondo. Oh, sono i suoi polli, senz'altro. Non si preoccupi.»

Brian Samson sbirciò il generale Rensselaer. Il quale probabilmente avrebbe preferito una descrizione meno convincente. Stava tuttora cercando di credere che fosse tutto uno sbaglio.

«Non è la prima volta che succede» aggiunse Busby. «Questi bastardi puntano al confine austriaco, con la speranza, in definitiva, di girare a ovest per la brava ospitale Svizzera, o a sud per raggiungere l'Italia. Di solito, li becchiamo a uno dei valichi. In questo periodo dell'anno non sono molti i passi di montagna aperti. Ma come mai il colonnello americano? È un ostaggio o qualcosa del genere?»

«Non lo sappiamo» si affrettò a rispondere il generale Rensselaer.

«Sarebbe una prima assoluta» sottolineò Busby. «O che siano

soci in qualche racket? Gesù! La settimana scorsa ho dovuto arrestare un colonnello: aveva un tre-assi carico zeppo di droga, e ha cercato di mettermi sull'attenti e farmi fesso! Ci pensa?»

Rensselaer non rispose. Busby accese un attimo la torcia per un'occhiata alla carta topografica, e poi la spense subito, in ossequio ai regolamenti. Le disposizioni ufficiali prescrivevano che qualsiasi veicolo in marcia notturna si mantenesse all'erta contro le unità dei lupi mannari. Tali unità dei lupi mannari, secondo i rapporti del controspionaggio, erano costituite da gruppi, ottimamente organizzati e ben armati, di soldati tedeschi e uomini delle SS di sicura fede e accuratamente selezionati, che alla fine della guerra si erano dati alla macchia per una massiccia insurrezione contro le forze di occupazione, non appena i tempi fossero maturi. Il fatto che i lupi mannari esistessero solo nella fantasia del controspionaggio alleato non impediva che molti soldati ne riferissero la presenza e l'attività ogni qual volta la notte fosse abbastanza tenebrosa e le bevute abbondanti.

«I poliziotti ai lavori stradali del Chiemsee hanno notato che i due avevano sulla jeep una vanga e altri attrezzi» aggiunse Busby.

«Tutte le jeep non hanno in dotazione una vanga?» chiese Rensselaer. «Questa ce l'ha.»

«Già, può essere. Me se quei due hanno in programma di dissotterrare, o seppellire, qualcuno di quei lingotti d'oro della Reichsbank, di cui si continua a parlare, faccio venire un rivelatore di metalli. L'altra jeep ha la radio.»

«Non avremo bisogno di rivelatori di metalli» obiettò Rensselaer. Poi, rivolgendosi a Samson, chiese sottovoce: «Qual è la tua opinione, Brian, su questo pasticcio?».

«A Londra, Paul Winter è stato posto davanti ad accuse molto pesanti. Tali da indurlo in tentazione di darsi alla fuga.»

«Ma tu non ci credi a questo, Brian?» Era un'implorazione. «E poi, perché anche Peter?»

«Non lo so, generale. Ma Pauli ha salvato la vita al fratello, non una ma parecchie volte. Peter lo sa. È come un obbligo di riconoscenza che gli grava sul collo.»

«Quindi, lo starebbe aiutando, secondo te?»

«Sì, lo farebbe senza esitare, generale.»

«Immagino tu conosca Peter non meno di quanto lo conosco io, anche meglio, forse.»

«Una persona si arriva a conoscerla bene quando ci resti chiuso assieme dentro una stanza.»

«E a te, Peter sta sullo stomaco.»

«Dei tedeschi ne ho fin qui, generale Rensselaer.» Brian si portò la mano a livello del naso. «Quando termina il mio contratto, chiederò di potere andarmene da qualche parte, ma lontano, molto lontano. Oppure, cambierò mestiere.»

Disse Rensselaer: «Parli così adesso, ma scommetto che finirai i tuoi giorni quale specialista tedesco. Magari vivendo qui in Germania».

«Dio me ne scampi!»

Rensselaer si chinò in avanti per parlare al tenente. «Quando arriviamo sul posto, lei disponga i suoi uomini come le ho fatto vedere sulla carta. Io andrò su alla casa, assieme al capitano Samson. Conosciamo quei due. Sappiamo come parlar loro.»

«Come vuole lei, generale» rispose Busby. «Ma è meglio che siate armati.»

«Il capitano Samson ha la sua rivoltella. Sarà più che sufficiente.»

«Se lo dice lei, generale... Ma dovrò rispondere a un sacco di domande poco simpatiche se questi figli di puttana vi inchiodano.»

«Lei veda soltanto di non farli allontanare.»

«Stia tranquillo, generale! I miei ragazzi non lasceranno passare nemmeno uno scoiattolo. Ci hanno già fatto la loro esperienza. Non c'è modo per i suoi polli di sconfinare in Austria, tranne che per il Kniepass a ovest, o attraverso Hallein. Dubito che, anche in piena estate, uno possa battersela al di là di quelle montagne. I suoi nazisti dovranno ritornare da questa parte, oppure rimanere dove sono finché non gli gela il sedere.»

«Non sono esattamente nazisti» replicò Rensselaer con gentilezza.

«No! Sicuro!» esclamò Busby. «Parlare con questi crucchi, mi ha convinto che in tutta la Germania c'erano soltanto tre nazisti, e nessuno sa chi siano quei tre.»

Rensselaer era seccato, ma si morse le labbra e si constrinse a soffocare l'irritazione. Non era appropriato per un generale zittire, in simili circostanze, un ufficiale subalterno. E neanche si poteva pretendere che fosse Samson a richiamare all'ordine il tenente: Samson non era neanche dello stesso Esercito. In ogni caso, era un tasto delicato.

Arrivarono a Berchtesgaden. Le luci erano accese, ma il coprifuoco aveva vuotato le vie di tedeschi, e di americani, anche, tranne un sergente a bordo di una jeep, in attesa fuori del Berchtesgaden Hof, adesso centro di riposo per gli ufficiali della 101ª Divisione Aviotrasportata.

«Salve, Siggi!» fu il saluto di Busby quando furono vicini al sergente. Vi fu tra i due un breve conciliabolo. Siggi, un sergente maggiore, era un ometto minuto: per parlare con Busby era salito sul predellino. Poi risalì sulla jeep, e si avviò facendo da battistrada al convoglio.

C'era ancora un bel tratto per arrivare all'Obersalzberg. La strada era ripida e sinuosa, a tornanti. Gli autocarri erano costretti a ingranare le marce basse, ringhiando ai costoni tenebrosi della montagna, i quali rispondevano riecheggiando il ringhio.

Superarono il cancello, sormontato da un tetto, e la garitta della sentinella che un tempo sbarravano l'accesso al "Quartiere del Führer"; la garitta era adesso sconquassata e deserta. Raggiunte alcune vecchie case coloniche, il convoglio rallentò. Poi, la jeep di testa oltrepassò sobbalzando un cancello spalancato e attraversò il cortile selciato. Siggi, con un braccio proteso fuori dalla jeep in movimento, indicò a mostrare il sentiero. Già da parecchio i due fuggitivi erano passati di lì, ma le loro impronte erano ancora visibili sulla neve.

Quando la jeep arrivò al secondo cortile, sul lato opposto della fattoria, il convoglio si fermò. Oltre quel punto non c'era strada su cui gli autocarri potessero avventurarsi. Da lì, il terreno saliva bruscamente, prima di lambire le pendici fittamente boscose, e poi inerpicarsi là dove l'Hohe Göll e l'Hohe Brett innevati si stagliavano minacciosi e giganteschi nella vivida luce della luna.

Il tenente balzò a terra, carabina in spalla, e, con l'aiuto del suo sergente maggiore, dispose il suo plotone lungo la mulattiera che delimitava l'orlo del pascolo estivo. Quando i soldati risultarono su una lunga linea al fondo del declivio, Busby li fece avanzare lentamente finché non furono fuori di vista. Gli uomini erano dotati di parka all'eschimese, e il freddo pungente aveva fatto sì che si rialzassero il cappuccio sulla testa e serrassero ben stretti i lacci. Se ne stavano sotto gli alberi, battendo i piedi e dandosi manate sul corpo, nel tentativo di non congelarsi. Più d'uno s'attaccava alla borraccia per un sorso ristoratore.

Il capitano Samson si tolse il pastrano e lo mise sul sedile posteriore della jeep. Poi, si allacciò cinturone, tracolla e rivoltella, sopra la divisa da campo.

«Buona fortuna, signore» augurò Busby mentre Rensselaer, in compagnia di Samson, attaccava il ripido sentiero.

Al di sopra della spalla, Rensselaer ammonì: «Veda soltanto di non impallinarmi il sedere, tenente».

«Sissignore» rispose Busby. Il suo alito si condensò in una nuvoletta bianca nella fredda aria notturna.

Il sentiero era scivoloso sotto il ghiaccio che scricchiolava sotto le scarpe. La neve cadeva in abbondanza dagli alberi, tanto da far sembrare che avesse ricominciato a nevicare. Dopo una quindicina di minuti, i due uomini avevano raggiunto il cupo costone, fitto d'alberi. Lì, il terreno, protetto dall'intrico dei rami, era sgombro dalla neve.

Quando arrivarono su un tratto disboscato rompifuoco, Rensselaer si fermò per ammirare la vista. Alle loro spalle era visibile, sul pendio bagnato dal chiaro di luna, tutto il "Quartiere del Führer": il Berghof di Hitler, la casa di Bormann, significativamente vicina a quella del suo padrone, il fastoso padiglione di caccia di Göring, l'austero Palazzo per gli ospiti, e le grandi caserme delle SS che delimitavano la piazza d'armi. Tutte rovine, prive di tetto, in un paesaggio lunare. La nevicata aveva accentuato le distruzioni.

Verso nord-ovest, le luci di Berchtesgaden brillavano nitide come grappoli di stelle. Dietro la piccola cittadina si ergeva possente il Lattengebirge. Tutto l'orizzonte era chiuso dalle montagne. Era la vista che Hitler aveva goduto dalla terrazza del suo Berghof. Perché i tedeschi amavano nascondersi in un simile scenario montagnoso? pensò Samson. Aveva a che fare con la loro fondamentale paranoia?

«Che spettacolo, Brian» disse Rensselaer, sebbene sapessero entrambi che, in realtà, il più anziano dei due aveva bisogno di una pausa per riprendere fiato. «Hai fatto bene a lasciare in macchina il pastrano.»

Samson annuì.

Quando ripresero la salita, il sentiero risultò ancor più ripido. Senza la neve, non era più possibile vedere le orme dei due fratelli, ma anche nel cuore dell'inverno il sottobosco era abbastanza folto da segnalare che nessuno si era di recente avventurato fuori dal sentiero.

Si fermarono di nuovo, e questa volta Rensselaer non cercò di nascondere la propria mancanza di fiato. Si sbottonò il pastrano e si appoggiò a un tronco. «Brian, se tu sai o riesci a capire che cosa c'è sotto a tutta questa faccenda, forse è il momento che mi illumini.»

Brian Samson lo guardò, come cercando di decidere che cosa dire. Poi parlò. «Non conosco personalmente Paul Winter — lo incontrai di sfuggita molto tempo fa. Ma da quanto mi risulta, non è mai stato capace di affrontare il mondo reale. Adesso che deve affrontare il castigo, lui scappa.»

«Lo fai sembrare come se fosse un bambino» rilevò Rensselaer.

«Esattamente quello che tutti mi dicono che sia.»

«Sei un uomo inflessibile, capitano Samson. Non vorrei averti come mio giudice.»

«Non sto giudicando nessuno» replicò Samson. «Ma Winter è sotto la mia custodia, e sono deciso a riportarlo all'ovile.»

«Tutto secondo il regolamento, eh?» Non era sarcasmo: Rensselaer stava tentando di capire il suo compagno.

«Non vorrà suggerire che lo lasciamo uccel di bosco, generale?»

«No, ma era necessario che tu suonassi la sveglia generale per questo spettacolo da circo?»

«L'ufficio del controspionaggio a Norimberga è il numero telefonico del mio contatto ufficiale. Oggi, è di servizio il tenente Busby.»

«Potevi telefonare a me, Samson. Al mio alloggio. Il numero di telefono lo hai.»

«Ho il suo numero di telefono, generale Rensselaer, e le ho telefonato subito dopo aver parlato col controspionaggio.»

«Un vero peccato tu non l'abbia fatto prima di telefonare al controspionaggio.»

«Sia ragionevole, generale. Lei sa quanto me che Paul Winter era sotto sorveglianza. E che detta sorveglianza era stata imposta da un colonnello americano: il colonnello Bill Callaghan. Non era una cosa voluta dai miei superiori, o dal sottoscritto.»

«E questo, come sei arrivato a saperlo, capitano?»

«Ho ritenuto opportuno scoprirlo da me, generale Rensselaer. Quando qualcuno interferisce nella procedura da usare con un prigioniero in mia custodia, mi piace scoprire che cosa c'è sotto.»

Glenn Rensselaer annuì. Quell'inglese era abrasivo come la carta vetrata. Non c'era da stupirsi se Peter non era mai riuscito a sopportarlo. Ma Samson aveva ragione, naturalmente. Sapeva il fatto suo; ecco perché era meschino polemizzare con lui. Era come voler discutere con una bilancia parlante che abbia denunciato i tuoi chili in eccesso. «Ho l'impressione che tu abbia ragione, capitano. Ho fatto male a sollevare l'argomento.» Guardò in su, valutando quanto ancora dovessero salire. «Okay, andiamo, allora. Più presto troviamo le risposte a questo mistero, tanto meglio.»

La prima cosa cui arrivarono era una piccola baracca di tronchi, elementare alloggio usato dai mandriani nei mesi estivi, quando il bestiame era portato al pascolo sulle pendici più alte. Sorgeva in mezzo a una piccola radura. A fianco della baracca, era accatastata legna da ardere, in quel modo sorprendentemente accurato caratteristico di quelle zone. Le estremità segate dei tronchi formavano una raggiera di mezze lune dorate.

Davanti a un portico ornamentale in mattoni, alcuni gradini di pietra e cancelli in ferro battuto. A sovrastare il portico, un'insegna, ricavata da un tronco d'albero e artisticamente incisa, recava la scritta «Haus Pauli», contornata da fiori di stelle alpine, anch'essi intagliati nel legno. Poi, al di là del portico, ancor più in alto, ecco la casa che Harald Winter aveva regalato a suo figlio. Le finestre erano buie, ma le imposte di una apparivano aperte, come a lasciar passare il chiaro di luna.

Samson estrasse la sua Webley d'ordinanza, e gridò: «Winter! Vieni fuori con le braccia alzate».

Nulla accadde.

Allora, ci provò Rensselaer: «Pauli, sono Glenn! Vieni fuori. Andrà tutto bene».

Ancora nulla.

«Forse non sentono. Le finestre sono chiuse.» Rensselaer andò alla porta d'ingresso. Non era chiusa a chiave. L'aprì, ma Samson lo spinse da parte, ed entrò, arma in pugno. L'interno della casa era buio. Brian attraversò l'anticamera e raggiunse il grande salotto. Il chiarore che entrava dalla finestra era sufficiente a dimostrare che il locale era deserto. Tende, tappeti, libri, quadri e mobili erano spariti, rubati da quella categoria di ladri che si autodefiniscono cacciatori di souvenirs. Anche il braccio dorato di una lampada a muro era stato divelto, e penzolava desolato.

Salirono le scale. Stessa situazione ovunque. Soltanto una delle camere da letto era stata usata di recente. Conteneva un letto di ferro, con lenzuola e coperte sgualcite, due sedie di legno e un baule metallico, tutto ammaccato, piazzato in un angolo. Un baule sporco, come fosse stato tirato fuori dalla terra indurita dal gelo. Rensselaer ne illuminò l'interno con la torcia. Era vuoto, tranne che per un lucchetto di ottone, con la chiave ancora inserita.

«Si sono presi qualche cosa» arguì Samson.

«Così pare.» Glenn Rensselaer aprì la porta del guardaroba. C'erano appesi degli abiti: un completo grigio e qualche paio di pantaloni da lavoro. E anche abiti da donna, neri, e una sottoveste che, dalla taglia, poteva essere stata di Inge.

«Questi devono essere i vestiti del Reichsminister Esser» giudicò il capitano Samson. «È in questa casa che l'hanno arrestato.»

«Questa è la casa di Pauli Winter» precisò Glenn Rensselaer.

«Sì, lo so.»

«Tu sai tutto, vero?» constatò Glenn.

«Di Paul Winter? Sì, infatti.»

«Allora, forse potrai dirmi dov'è sua moglie, Inge.»

«A Garmisch: Taverna del Cavallino Bianco.»

«La cosa?»

«È un night di lusso per borsari neri e altri tipi che vivono ai margini. Orchestra e musica da ballo. Lei è la cantante.»

«La cantante? Inge Winter? Gesù, è una donna di mezz'età!»

«Non c'è alcuna legge contro le cantanti anzianotte.»

Rensselaer non disse parola, per paura di mostrare la propria rabbia. I modi di Samson lo indisponevano, così come lo aveva irritato l'impertinenza del tenente Busby. Era diventato un mondo di giovani: l'educazione era roba d'altri tempi.

Dopo una rapida ispezione supplementare dei locali, i due uomini uscirono all'aperto, alla ricerca di impronte sul terreno. Le trovarono troppo tardi.

L'eco degli spari rimbombò sonora nella notte silenziosa e soffusa di luna. Samson non ebbe dubbi: fucili automatici Brownig, inequivocabili.

«Oh, mio Dio!» balbettò Rensselaer. Era un vecchio uomo affaticato, ma l'ansietà lo fece correre giù per il sentiero traditore, inciampando e scivolando.

Il capitano Samson se la prese più calma. Qualsiasi cosa fosse successa, l'avrebbe scoperta quando avesse raggiunto il punto. Fin dall'inizio, aveva avuto la sensazione che gli uomini di Busby erano troppo dannatamente nervosi.

I due corpi erano vicini, bocconi sulla neve in quel punto del declivio dove gli alberi finivano e cedevano il passo ai pascoli innevati. Uno dei due — quello biondo — aveva perso sangue a formare una grossa chiazza di neve rossastra che si era sciolta e subito dopo gelata di nuovo, così da luccicare uniforme e levigata. Nessuno dei due era armato. Peter aveva un impermeabile color kaki pallido. Non era facile identificarlo quale ufficiale dell'Esercito. L'indumento era tutto sbottonato, aperto in pieno, come ali distese.

Pauli indossava un vecchio cappotto azzurro scuro, lo stesso che portava da anni. Le sue ginocchia erano piegate e riunite in posizione fetale. I muscoli contratti, come accade tanto spesso nei momenti finali di una morte del genere. Peter, subito al di là del fratello, era bocconi, a faccia in giù. Al generale Glenn Rensselaer parve come se il braccio di Peter fosse proteso verso la spalla del fratello minore.

# Indice

Finito di stampare nel mese di marzo 1989
dalla RCS Rizzoli Libri S.p.A. - Via A. Scarsellini, 17 - 20161 Milano

Printed in Italy

LA SCALA
Ultimi volumi pubblicati

•

Giorgio Manganelli *Dall'inferno*

Thomas Thompson *Celebrità*

Corrado Augias *L'ultima primavera*

Len Deighton *Gioco a Berlino*

Guareschi *Il destino si chiama Clotilde*

Mario Vargas Llosa *Storia di Mayta*

Ruth Rendell *La bambola che uccide*

Johanna Kingsley *Profumi*

Hubert Monteilhet *Neropolis*

Andrew M. Greeley *Ascesa all'inferno*

Donald McCaig *Nops il campione*

J.M.G. Le Clézio *Deserto*

Romano Bilenchi *Conservatorio di Santa Teresa*

Robert Ludlum *La via per Gandolfo*

P. Citati/F. Sisti *Alessandro Magno*

Carlos Castaneda *Il fuoco dal profondo*

Mario Soldati *L'architetto*

Heinz G. Konsalik *Una famiglia perbene*

Anthony Burgess *La fine della storia*

Mario Vargas Llosa *La città e i cani*

Elio Vittorini *Conversazione in Sicilia*

Joy Fielding *Condanne*

Claudio Marabini *Viaggio all'alba*

James Grady *Gli artigli dell'aquila*

L. Ron Hubbard *Battaglia per la Terra*

Gaspare Barbiellini Amidei *Storia di lei*

John Updike *Le streghe di Eastwick*

Giorgio Manganelli *Tutti gli errori*

Eric Van Lustbader *Miko*

Paolo Mosca *Tra colori di rabbia e di passione*

Françoise Dorin *Madame L.L.*

Giuseppe Bonaviri *È un rosseggiar di peschi e d'albicocchi*

Len Deighton *Mexico City*

J. G. Ballard *L'Impero del Sole*

Régine Deforges *Avenue Henri-Martin 101*

Tom Clancy *La grande fuga dell'Ottobre rosso*

Albert E. Killeen *La pallina da golf da $ 10.000.000*

Manlio Cancogni *Dolci spine*

Pat Booth *Palm Beach*

Joseph Wambaugh *Ombre al confine*

Giuseppe Berto *Oh, Serafina!*

Nico Orengo *Dogana d'amore*

Pietro Citati *Il sogno della camera rossa*

John Hale *La soffiata*

ALICE ADAMS *Cinque volte donna*

ROBERT LUDLUM *Doppio inganno*

J. M. COETZEE *La vita e il tempo di Michael K*

NANTAS SALVALAGGIO *Fuga da Venezia*

MARIO VARGAS LLOSA *L'orgia perpetua*

JOHANNES MARIO SIMMEL *Una vita impossibile*

JEAN D'ORMESSON *Il vento della sera*

DANIEL PETERS *Tikal*

CARLO CASTELLANETA *Gente famosa*

KARLEEN KOEN *Come in uno specchio*

SYLVIA FENTON *Tutti gli animali della fattoria*

MAURICE DENUZIÈRE *Le tre querce*

GIUSEPPE MAROTTA *L'oro di Napoli*

FRANCESCA DURANTI *Lieto fine*

STAN LEE *L'enigma*

RAY BRADBURY *Morte a Venice*

CLIVE CUSSLER *Missione "Eagle"*

PETER HEIM *La clinica della Foresta Nera*

D. KINCAID *Nonostante l'evidenza delle prove*

TOMMASO LANDOLFI *Il gioco della torre*

JAMES GRADY *La notte dell'avvoltoio*

MEMPO GIARDINELLI *Calda luna*

GIUSEPPE CONTE *Equinozio d'autunno*

HEINZ G. KONSALIK *Gli amanti*

M. FELISATTI/M. LETO *O dolce terra addio*

ERIC VAN LUSTBADER *Quattro pezzi di giada*

Giorgio Manganelli *Rumori o voci*

Peter Cameron *In un modo o nell'altro*

Gerald A. Browne *La pietra 588*

Emilio Tadini *La lunga notte*

Sylvie Germain *Il libro delle notti*

Antonio Debenedetti *Spavaldi e strambi*

John Trenhaile *Le spie del Mah-Jong*

Renato Olivieri *Largo Richini*

Stephen Marlowe *Il Viceré del Nuovo Mondo*

Mario Soldati *El Paseo de Gracia*

Hilary Norman *L'amicizia il sangue l'amore*

Paul Auster *Trilogia di New York*

Len Deighton *L'ultima partita*

Riccardo Pazzaglia *La stagione dei bagni*

Andrea Barbato *A sinistra nella foto*

Stephen Sheppard *Monte Carlo*

Régine Deforges *Le vigne di Montillac*

Dennis Jones *Barbarossa Red*

L. Ron Hubbard *Anno 3000*

Tom Clancy *Uragano Rosso*

Julian Barnes *Il pappagallo di Flaubert*

Ferruccio Parazzoli *Vigilia di Natale*

Nantas Salvalaggio *La doppia vita*

Mario Vargas Llosa *Chi ha ucciso Palomino Molero?*

Pietro Citati *Kafka*

Giorgio Montefoschi *Lo sguardo del cacciatore*

David Morrell *La Confraternita della Rosa*

Edward Behr *L'ultimo imperatore*

C. W. Nicol *Harpoon*

M. French *Mia madre non mi ha mai spazzolato i capelli*

John Gardner *007 Nessuno vive per sempre*

J. M. Coetzee *Foe*

Giuseppe Marotta *A Milano non fa freddo*

Julija Voznesenskaja *Il Decamerone delle donne*

M. M. Kaye *Morte a Berlino*

Carlo Cristiano Delforno *Descrizioni criminali*

Kazuo Ishiguro *L'artista*

James Grady *Colpo di rasoio*

Claudio Marabini *L'Acropoli*

Osvaldo Soriano *La resa del leone*

David Aaron *Stato Scarlatto*

John Updike *La versione di Roger*

Ippolita Avalli *L'infedele*

Nicholas Guild *L'assiro*

Steve Sohmer *Gli ultimi nove giorni*

Romano Bilenchi *Amici*

William Kennedy *Ironweed*

Alice McDermott *Quella notte*

Giorgio De Simone *Il caso Anima*

Oddone Camerana *La notte dell'Arciduca*

Clive Cussler *Cyclops*

Arthur C. Clarke *Voci di terra lontana*

André Brink *Un istante nel vento*

Stephen Vizinczey *Il candido miliardario*

Marco Bacci *Settimo cielo*

Noah Gordon *Medicus*

Robert Ludlum *L'Agenda Icaro*

Tom Clancy *Attentato alla corte d'Inghilterra*

Anatolij Rybakov *I figli dell'Arbat*

J. G. Ballard *Il giorno della creazione*

Hans Werner Kettenbach *I piedi sulla testa ovvero Progetto inutile di un delitto perfetto*

Carlos Castaneda *Il potere del silenzio*

Luigi Meneghello *Bau-sète!*

Francesca Duranti *Effetti personali*

Gary Jennings *Nomadi*

Mario Vargas Llosa *Il narratore ambulante*

Heinz G. Konsalik *La crociera*

Rod Jones *Il caso Paradise*

Johannes Mario Simmel *Il codice genetico*

Joan Perucho *Le storie naturali*

Antonio Terzi *L'assoluto sentimentale*

John Updike *Su e giù per il mondo*

Vittorio Sermonti *Il tempo fra cane e lupo*

Rosetta Loy *L'estate di Letuchè*

Anna Banti *Artemisia*

Giuseppe Cassieri *I festeggiamenti*

Luca Desiato *Bocca di Leone*

Julian Barnes *Guardando il sole*